STALLER UND DER PATE VON HAMBURG

Bisher in diesem Verlag erschienen:

Staller und der Schwarze Kreis

Staller und die Rache der Spieler

Staller und die toten Witwen

Staller und die Höllenhunde

Staller und der schnelle Tod

Staller und der unheimliche Fremde

Staller und die ehrbare Familie

Staller und der Mann für alle Fälle

Mike Staller schreibt bei Facebook unter:

Michael „Mike" Staller

Chris Krause

Staller und der Pate von Hamburg

Mike Stallers neunter Fall

© 2020 Chris Krause

Autor: Chris Krause

Verlag und Druck: tredition GmbH, Halenreihe 42, 22359 Hamburg

ISBN
978-3-347-16818-3 (Paperback)
978-3-347-16819-0 (Hardcover)
978-3-347-16820-6 (e-Book)

Die Ampel sprang auf Rot um.

Der Fahrer des auffälligen weißen Bentleys war mit der Regelung des Verkehrsflusses offenbar vertraut, denn er rollte gemächlich an die Haltelinie heran. Sein Fenster war herabgelassen und er hatte einen muskulösen Arm lässig auf die Tür gelehnt. Der Hamburger Sommer zeigte sich von seiner angenehmen Seite und warme, aber nicht heiße Luft drang durch die Öffnung. Gleichzeitig ließ sich so die Atmosphäre dieses pulsierenden Viertels erfahren. St. Pauli schlief selten und um 23 Uhr schon gar nicht. Hier an der Reeperbahn, Ecke Hein-Hoyer-Straße, waren so viele Menschen unterwegs wie zur Geschäftszeit in der Mönckebergstraße.

Irgendwo spielte ein Musiker alte Dylan-Songs auf der Gitarre und sang dazu mit einer rauen, aber seelenvollen Stimme. Neonreklamen blinkten aufdringlich und ein Koberer warb heiser für Genüsse, die sich kein Mann entgehen lassen dürfe. Ein alter Mann saß auf einer Pappe und hatte vor sich zwei Plastikbecher stehen. In dem einen befand sich ein dunkles Getränk, möglicherweise Kaffee oder auch Cola-Whisky. In dem anderen lagen einige Münzen. Mit unaufdringlicher Lautstärke bat der Mann Vorbeieilende um ein wenig Kleingeld, während er gedankenverloren den Kopf eines struppigen Mischlingshundes streichelte, den dieser vertrauensvoll in den Schoß des Alten gelegt hatte.

Es gab unendlich viel zu beobachten und zu bestaunen, aber die schiere Fülle des Angebots verhinderte, dass irgendjemand einen umfassenden Gesamteindruck bekommen konnte. Kaum hatte das Auge ein spannendes Ziel gefunden, so wurde es schon von einem neuen, ebenso interessanten Eindruck abgelenkt.

Neben den Bentley, der auf der rechten der beiden Fahrspuren stand und weiter auf Grün wartete, schob sich ein Motorrad. Es handelte sich um eine große Reisemaschine von BMW mit grobstolligen Reifen und einem Topcase aus Aluminium auf dem Gepäckträger. Zwei Gestalten saßen auf der Maschine und waren in schwarzes Leder mit bunten Werbeaufdrucken gekleidet. Integralhelme mit getöntem Visier vervollständigten das Bild. Der Fahrer stellte das rechte Bein auf den Boden, ließ den linken Fuß jedoch auf der Schaltwippe. Der Sozius hatte den Fahrer von beiden Seiten umfasst, lockerte seinen Griff jedoch, als das Motorrad stand.

Linker Hand trat ein Polizist aus der legendären Davidswache und ließ seinen Blick über den Spielbudenplatz schweifen. Ob er nur frische Luft schnappen wollte oder ob er einen Rundgang plante, um Präsenz zu zeigen, blieb noch unklar. Er stand einfach da, sah sich um und ließ die Eindrücke des lauen Abends auf dem Kiez einsickern. Eine alte Frau mit gebeugten Schultern und einem offenbar schweren Einkaufsnetz nickte grüßend in seine Richtung und er legte als Antwort die rechte Hand salutierend an den Mützenrand. Diese kleine, menschliche Szene hätte sich ebenso vor der Wache eines niederbayrischen Dorfes mit 500 Einwohnern abspielen können und nicht im Zentrum einer Millionenmetropole. Ein tiefer Frieden ging von dieser kurzen Sequenz aus. Man kannte sich, man respektierte sich und man gab aufeinander acht.

Der Sozius auf dem Motorrad lehnte sich nach hinten gegen das Topcase. Er warf einen beiläufigen Blick nach rechts durch das geöffnete Fenster des Bentleys. Der Fahrer des Wagens hatte den Blick auf die Ampel gerichtet. Offenbar erwartete er jeden Moment, dass er bei Grün seine Fahrt fortsetzen konnte.

Aus seiner Lederjacke zog der Sozius auf der BMW einen dunklen Gegenstand und richtete ihn auf das Autofenster. Dreimal ertönte ein dumpfes Geräusch, das wie ein unterdrücktes Husten klang. Niemand nahm davon Notiz. Zu intensiv war die Geräuschkulisse hier im Herzen von St. Pauli.

Die Ampel wechselte auf Grün.

Der Fahrer der schweren BMW trat den Schalthebel herunter und beschleunigte moderat. Nach wenigen hundert Metern betätigte er ordnungsgemäß den Blinker und bog links in eine Nebenstraße Richtung Fischmarkt ab.

Ein Mann am Steuer seines staubigen Kleinwagens trommelte verärgert auf das Lenkrad. Es war immer dasselbe! Wer eine genügend große – und teure – Karre fuhr, der glaubte, dass er damit auch die Verkehrsregeln bestimmen durfte. Abbiegen ohne Blinker? Natürlich! Grundloses Abbremsen? Klar doch! Einfach an der grünen Ampel stehen bleiben, weil man noch nicht fertig mit seinem Handy ist? Sicher, das macht der Kerl da in seinem Angeber-Auto, ohne auch nur einen Gedanken an die übrigen Verkehrsteilnehmer zu verschwenden!

Wütend drückte der Mann hinter dem Bentley auf die Hupe. Erwartungsgemäß beeindruckte es die Schlafmütze vor ihm nicht.

„Wenn du glaubst, du kannst dir alles erlauben, nur weil du Geld scheißen kannst, dann werde ich dir mal meine Sicht auf diese Dinge erläutern", schäumte der Fahrer und löste seinen Gurt. Er würde diesem Penner jetzt eine Lektion erteilen! Hoffentlich war es so ein widerlicher, fetter Krawattenträger, die hatte er besonders gefressen.

Während er die paar Schritte nach vorne machte, registrierte der Mann, dass auch die klangvolle Hupe des Bentley ertönte.

„Ist der bescheuert?", knurrte er. „Ganz vorne vor der grünen Ampel stehen und hupen – der merkt doch nix mehr!"

Kopfschüttelnd erreichte er die Fahrertür und hatte sich schon eine passende Bemerkung zur Eröffnung ihres Gesprächs bereitgelegt, als sein Blick durch das geöffnete Fenster ins Wageninnere fiel. In Sekundenbruchteilen war die Woge seiner Empörung verebbt und machte einer ausgeprägten Fassungslosigkeit Platz. Sein Gehirn schaffte es nicht, aus den Informationen, die das Auge ihm vermittelte, eine angemessene Einschätzung der Situation zu erarbeiten. Es bekam nur eine unzusammenhängende Reihe von einzelnen Bildern mit, die offenbar völlig willkürlich aneinandergereiht wurden.

Der Fahrer des Bentley war mit dem Kopf auf das Lenkrad gesackt. Sein Blick ging in Richtung der Tür.

Bei der Inneneinrichtung handelte es sich ganz offensichtlich um eine Sonderanfertigung nach einem sehr speziellen Kundenwunsch. Das Interieur war nahezu vollständig in einem so hellen Creme-Farbton gehalten, dass es fast weiß wirkte. Nur minimale Wurzelholz-Akzente durchbrachen die sterile Farbgebung.

Drei Löcher gehörten definitiv nicht in den Kopf des Fahrers. Eins über dem Auge, eins über dem Ohr und eins im Hals.

Der Kerl war ganz sicher kein fetter Geschäftsmann. Er trug zwar ein weißes Hemd mit kurzen Ärmeln, aber die Masse an Tattoos auf Armen vom Format Schwergewichtsboxer erzählte eine andere Geschichte.

Das dunkle Rot von ausgetretenem Blut hatte Teile der makellosen Ausstattung des Continental GT für immer versaut.

Irgendetwas stimmte nicht mit der Scheibe auf der Beifahrerseite.

An diesem Punkt seiner Beobachtungen drehte der Mann aus dem Kleinwagen sich zur Seite und kotzte zwei Hamburger, eine mittlere Pommes und eine kleine Cola auf die linke Fahrbahnhälfte der Reeperbahn.

* * *

„Das ist wundervoll!"

„Findest du, Helmut? Echt jetzt?"

Polizeireporter Mike Staller sah seinen Chef vom Dienst kopfschüttelnd an.

„Natürlich!" Das normalerweise mürrische und überhebliche Gesicht von Helmut Zenz erstrahlte in euphorischem Glanz. „Eine Hinrichtung auf offener Straße! Einer – oder vielleicht der – Herrscher über St. Pauli einfach ausgelöscht. Das kann doch nur der Anfang sein! Entweder er hatte Ärger mit den eigenen Leuten oder die Konkurrenz will die Verhältnisse neu sortieren. In jedem Fall bedeutet das mit großer Wahrscheinlichkeit Krieg um den Kiez. Ich freu' mich!"

Staller seufzte innerlich. Zenz mochte ein äußerst kompetenter Journalist sein, aber um seine menschlichen Qualitäten stand es schlecht. Ausgestattet mit dem Empathievermögen eines Backsteins gehörte der Chef vom Dienst eigentlich in sein Büro gesperrt und von allen Begegnungen mit echten Menschen abgeschirmt.

„Mal abgesehen davon, dass deine Schlussfolgerungen zum jetzigen Zeitpunkt rein spekulativ sind, bleibt die Tatsache, dass ein eiskalter Killer in Hamburg herumläuft, der sein Opfer skrupellos auf offener Straße niedergeschossen hat. Das macht den Menschen Angst und ich finde das nachvollziehbar."

„Ja, ja", wiegelte Zenz ab und spielte das Bildmaterial erneut ab. „Um ängstliche Omis soll sich Aktenzeichen XY kümmern. Für "KM – Das Kriminalmagazin" zählen starke Geschichten mit eindrucksvollen Bildern!

Schau nur hier – das auf dem Beifahrerfenster müssten Knochensplitter und Hirnmasse sein. Der Täter hat Spezialmunition benutzt. Die rechte Schädelseite des Toten ist praktisch nicht mehr existent. Da wollte jemand ganz sichergehen, dass der Anschlag auch wirklich gelingt."

Mike Staller wandte seine Augen vom Monitor ab. Es hatte ihm gereicht, die Bilder einmal zu sehen, die das Kamerateam für "KM" gedreht hatte. Sie waren ungewöhnlich vollständig, detailliert – und seiner Meinung nach zumindest teilweise unsendbar. Ein seriöses Kriminalmagazin musste keine Austrittswunden von Explosivmunition zeigen. Bestimmte Grenzen durften einfach nicht überschritten werden.

„Ich will dir deine Freude nicht nehmen, Helmut, aber die Hälfte der Aufnahmen können wir unseren Zuschauern nicht zumuten. Was machen wir also daraus? Heute Abend ist schließlich Sendung. Das Thema dürfte sogar in den Nachrichten aufgegriffen werden."

„Eben, eben! Das zwingt uns förmlich dazu, unsere besten Bilder ins Rennen zu werfen. Wir müssen uns abheben!"

„Aber nicht, indem wir Zombie-TV machen. Ich werde sehen, dass ich noch möglichst viel Hintergrundinformationen bekomme, dann können wir vielleicht ein bisschen mehr liefern als die Tagesschau."

„Und ich kümmere mich um weiteres Bewegtmaterial von Joschi. Der hat so viel Dreck am Stecken, da muss es einfach noch Bilder geben." Zenz versprühte Optimismus wie ein Parfümzerstäuber Wohlgeruch in der Drogeriefiliale.

Lajos „Joschi" Saleh war ein Mann mit einer schillernden Vergangenheit. Der Sohn einer Ungarin und eines Afghanen war in Deutschland geboren worden und ging nach der Schule zur Bundeswehr. Dort ließ er sich zum Scharfschützen ausbilden und diente unter anderem in der Heimat seines Vaters.

Zurück in Deutschland beschritt er andere Wege. Offiziell betätigte er sich nach seiner Bundeswehrzeit im Im- und Export, faktisch schloss er sich einer Rockergruppe namens Hounds of Hell an, bei der er dank seiner vielseitigen Fähigkeiten schnell aufrückte. Wenig überraschend nahm er im Berliner Chapter des Klubs den Posten des Sergeant of Arms ein. Sein Name fiel häufig, wenn es um ungeklärte Todesfälle in den Reihen der Konkurrenz ging, beweisen konnte man ihm hingegen nichts. Ein paar geringfügige Vergehen bescherten ihm zwar einen kurzen Aufenthalt im

Gefängnis, aber angesichts der Dinge, die ihm zugeschrieben wurden, waren das Peanuts.

„Wann ist Joschi nach Hamburg gekommen? Vor drei Jahren etwa, oder?" Der Reporter kratzte sich nachdenklich am Kinn.

„Etwa zwei Monate nachdem du die Hamburger Spitze der Hounds in den Knast geschickt hast", bestätigte Zenz. „Im Grunde bist du also schuld."

Staller hatte sich damals undercover bei dem Rockerklub eingeschlichen und das Kunststück fertiggebracht, die gesamte Führungsspitze samt ausreichender Beweise für ihre Verbrechen in die Hände der Polizei zu liefern. Das Hamburger Chapter der Hounds of Hell stand kurz vor dem Aus, als Joschi aus Berlin zur Unterstützung kam, um die restlichen Mitglieder zusammenzuhalten. Das war ihm so ausgezeichnet gelungen, dass die Hamburger Hounds ihre Vormachtstellung nicht nur sichern, sondern sogar ausbauen konnten. Ein letzter Versuch der Night Devils im letzten Jahr, auf dem Kiez Fuß zu fassen, war nach kurzer, aber umso blutigerer Auseinandersetzung abgeschmettert worden. Seitdem gehörten die einzigen Kutten, die offen in St. Paulis Gassen getragen wurden, ausschließlich den Hounds of Hell.

„Zugegebenermaßen habe ich nicht damit gerechnet, dass die Kerle den Verlust der kompletten Führung so unbeeindruckt wegstecken. Aber wer konnte auch ahnen, dass ein einzelner Mann von außerhalb derart viel erreicht."

In den Worten des Reporters schwang eine gewisse Anerkennung mit. Auch wenn er die Taten des Klubs an sich und die des Toten im Besonderen zutiefst verabscheute, musste er einräumen, dass Joschi bei der Restrukturierung des Hamburger Chapters Fähigkeiten an den Tag gelegt hatte, die unter anderen Vorzeichen bewundernswert gewesen wären.

„Es heißt, dass er den Präsi der Devils persönlich exekutiert haben soll. Aufgesetzter Schuss. Vor den Augen der übrigen Mitglieder. Ich hätte meine Oma dafür geopfert, wenn es davon Bilder gegeben hätte."

„Das Schlimme ist, das glaube ich dir sogar", murmelte Staller vor sich hin, aber der CvD hörte ihm gar nicht zu.

„Einmal ist er in seinem Lieblingslokal angegriffen worden und hat einen Stich direkt neben die Lunge abbekommen. Davon gibt es auf jeden Fall Bilder. Mit nacktem Oberkörper auf der Trage, blutüberströmt, aber mit breitem Grinsen und Victory-Zeichen in die Kamera", erinnerte sich Zenz. „Und dann immer mal Bilder mit Promis auf irgendwelchen Veranstaltungen. Es galt ja geradezu als schick, sich mit ihm fotografieren zu lassen."

„Ja, er hat seine wahren Absichten perfekt getarnt. Ein bisschen Charity hier, ein wenig roter Teppich da – der Bursche war clever", räumte der Reporter ein. „Aber offenbar nicht clever genug, denn sonst wäre er jetzt nicht tot."

„Was tippst du? Rache der Night Devils oder Aufstand im eigenen Klub?"

„Ich habe nicht den Hauch einer Ahnung", bekannte Staller. „Das – oder irgendetwas, das wir noch überhaupt nicht auf dem Zettel haben. In jedem Fall war das aber ein Profi. So viel ist sicher."

„Ganz schön abgebrüht", stimmte Zenz zu. „Drei Schüsse, jeder einzelne davon tödlich, abgefeuert auf offener Straße inmitten derart vieler Menschen – das musst du erst mal bringen!"

„Und deswegen glaube ich auch nicht daran, dass wir bis heute Abend nennenswert weiter sind. Aber ich werde mich reinhängen und sehen, was ich bis zur Sendung zusammenbekomme. Das wird mit heißer Nadel gestrickt werden!"

„Denk aber dran, dass du deine übergroße Nase in die Kamera halten musst! Unsere eigentliche Moderatorin habt ihr ja unüberlegterweise ein halbes Jahr in den Urlaub geschickt!"

„Den Job bei CNN als Urlaub zu bezeichnen kann auch nur der, der nie dort gearbeitet hat", knurrte Staller. „Ich kriege das schon alles hin, keine Sorge. Sieh zu, dass die Kollegen Moderationsvorschläge zu ihren Beiträgen machen, dann klappt das auch."

Sonja Delft, Hauptmoderatorin von "KM", Nachfolgerin, Lieblingskollegin, Freundin und vielleicht auch noch mehr von Staller, befand sich seit drei Monaten in den USA und arbeitete dort für den großen Nachrichtensender. Dieses einmalige Angebot musste sie einfach wahrnehmen, zumal sie die Auszeit für wichtig hielt, damit der Reporter sich endlich darüber klar werden würde, wie er sich ihre zukünftige Beziehung vorstellte. Zu diesem Erkenntnisprozess war es allerdings noch nicht gekommen, denn Staller nahm die Doppelbelastung als Chefreporter und Moderator zum Anlass, seine eh schon üppigen Arbeitszeiten noch etwas auszudehnen.

„Wenn du Unterstützung brauchst, dann schnapp dir die Klugscheißerin, die ihr zur Volontärin gemacht habt. Wieder mal ohne Rücksprache mit mir. Aber das bedarf ja keiner besonderen Erwähnung in diesem Hause."

Mit diesen Worten hatte der CvD einen in seinen Augen angemessenen Abgang vorbereitet, den er mit dem entsprechenden Türenknallen nun auch vollendete. Staller rollte mit den Augen, war aber nicht wirklich überrascht. Helmut Zenz war eben einfach speziell.

Wie konnten die nächsten Schritte aussehen? Den Aufnahmen vom Tatort war der übliche Infozettel beigelegt, der alle Einzelheiten enthielt, die nicht den Bildern zu entnehmen waren. Viel war das in diesem Fall nicht. Die Polizei hatte die Brisanz des Falles erkannt und sich gehütet, ihre Erkenntnisse mit der Presse zu teilen. Aber mittlerweile waren fast zwölf Stunden vergangen. Erste Ermittlungsergebnisse durften vorliegen. Diese würden sicherlich auch bald in Form einer Pressemitteilung an die Redaktionen herausgegeben werden. Da "KM" natürlich im Verteiler für diese Meldungen vertreten war, würden diese Informationen automatisch und von selbst ihren Weg auf den Rechner von Zenz finden. Sie hatten keinen besonderen Wert, denn praktisch jeder Journalist hatte Zugriff darauf. Entscheidend waren jetzt die Erkenntnisse, die nicht öffentlich waren. Damit konnte ihre Sendung punkten.

Ansprechpartner dafür war wie immer Thomas Bombach, Kriminalhauptkommissar, Freund, Konkurrent, Zwillingsvater und Widerpart für endlose Auseinandersetzungen über die Frage, wie man denn den Kampf gegen das Verbrechen am besten führte. Staller griff zum Telefon.

„Bommel, du treue Beamtenseele! Wie geht es deinem Gummibaum?"

Die Stimme des Kommissars klang trotz der relativ frühen Tageszeit bereits erschöpft.

„Die Freude, dass ich dich gestern nicht am Tatort gesehen habe, war offensichtlich verfrüht. Oder möchtest du mich nur zum Mittagessen einladen?"

„Würde ich ja gerne, mein hungriger Freund, aber im Gegensatz zu dir muss ich meinem Brötchengeber regelmäßige Leistungsnachweise präsentieren."

„Was willst du also?"

„Was wisst ihr bisher?"

„Nun, die Zahl der Parkvergehen ist bisher in diesem Jahr stark ansteigend, wohingegen die Verfahren wegen Geschwindigkeitsüberschreitungen leicht rückläufig sind, wobei das allerdings ..."

„Sehr witzig", unterbrach der Reporter. „Könnten wir dann zur Sache kommen?"

„Warum sollte ich dir Interna von unseren Ermittlungen mitteilen?"

„Weil ich sie sowieso rausbekomme, weil du auch Sachen von mir erfährst, weil wir das immer so machen – möchtest du noch mehr hören?"

„Was kannst du denn an Informationen beitragen?", erkundigte sich Bombach.

„Bis jetzt nicht viel", gab Staller zu. „Ich darf allerdings darauf hinweisen, dass Joschi in erster Linie ein Rocker ist. Das bedeutet, dass dir schon mal niemand aus seinem Umfeld auch nur die Uhrzeit verrät. Ich könnte da schon mehr in Erfahrung bringen."

„Planst du einen neuen Undercover-Einsatz?"

„Eher nicht. Aber der letzte hat deinem Verein ziemliche Lorbeeren eingebracht, wenn ich mich recht entsinne. Oder ist schon mal ein Präsi eines Rockerklubs von einem Polizisten eines Schwerverbrechens überführt worden?"

„Ich gebe auf", räumte der Kommissar ein. „Außerdem kann ich nicht den ganzen Tag mit dir am Telefon verbringen. Da wartet ein Mordfall auf mich."

„Also?"

„Zu Todeszeitpunkt und -ursache muss ich ja nichts sagen."

„Stimmt. Der Doc muss glücklich sein, weil du ihm keine diesbezüglichen Fragen stellst."

„Ich glaube sogar, dass er kurz gelächelt hat. Auch wenn das kaum vorstellbar ist."

„Irgendwelche Anhaltspunkte, den Täter betreffend?"

„Überschaubar. Der Zeuge, der hinter Joschi stand, erinnert sich an ein Motorrad, das neben dem Bentley hielt. Zwei Personen, großes Topcase. Von dort müssen die Schüsse gefallen sein."

„Hat sich der Zeuge das Kennzeichen gemerkt?", erkundigte sich Staller hoffnungsvoll.

„Natürlich nicht. Er kann sich nicht einmal erinnern, ob es aus Hamburg war."

„Irgendwelche anderen Details, die weiterhelfen?"

„Leider nicht", seufzte Bombach. „Die Männer – wenn es denn welche waren – trugen dunkle Lederkleidung und ebensolche Helme. Zum Motorrad wusste er nur, dass es keine Harley war. Vielleicht eine Reisemaschine, wenn man das Topcase berücksichtigt."

„Mehr nicht?"

„Nö."

„Das ist nicht viel", konstatierte der Reporter.

„Allerdings nicht. Natürlich werten wir die umliegenden Überwachungskameras aus, aber ich bezweifele, dass dabei ein nützlicher Hinweis rausspringt."

Staller dachte einen Moment nach.

„Keine Harley, sagst du. Das deutet darauf hin, dass es niemand aus der Rockerszene war. Damit würden Joschis eigene Crew und die Devils als Verdächtige ausscheiden."

„Es sei denn, die Täter haben bewusst ein neutrales Motorrad gewählt, damit wir genau das denken sollen."

„Da hast du leider recht, Bommel. Sonst noch irgendwas?"

„Nicht wirklich. Die Täter haben wohl einen Schalldämpfer benutzt, denn niemand hat einen Schuss gehört."

„Wisst ihr, welche Waffe benutzt wurde?"

„Eine Glock 17."

„Na super. Das ist ja ein ganz besonders seltenes Modell. Das macht die Suche nach der Tatwaffe ja einfacher."

Die Glock wurde unter anderem vom österreichischen Bundesheer, vielen Polizeistationen Amerikas und Sicherheitsinstitutionen weltweit eingesetzt.

„Ich weiß, dass es Millionen Glocks auf der Welt geben muss. Das bringt uns aller Voraussicht nach nicht weiter." Der Kommissar klang resigniert.

„Hatte Joschi außer den Devils noch irgendwelche Feinde, die ihr auf dem Radar habt?"

Jetzt lachte Bombach humorlos.

„Feinde? Joschi doch nicht! Der Kopf einer Bande von Menschenhändlern, Drogendealern und Schutzgelderpressern wird doch von allen geliebt und vergöttert. Sowas weiß man doch!"

„Du weißt, wie ich das gemeint habe."

„Natürlich. Aber wir haben niemanden, der sich gerade besonders verdächtig gemacht hat in dieser Hinsicht. Die Zahl der Leute, die gerade vor Freude in die Hände klatschen, dürfte trotzdem dreistellig sein."

„Was werdet ihr also tun?"

„Na, was wir immer machen: Fleißig und geduldig jedes Steinchen umdrehen, das wir finden können. Wir arbeiten die Kameras ab, wir rekonstruieren seine letzten Tage und wir befragen sein Umfeld. Wobei du zurecht ja schon gesagt hast, dass Letzteres vermutlich wenig bringen wird."

„Mit anderen Worten: Ihr habt nichts."

„Bisher nicht wirklich. Außer dass er als letzte Mahlzeit Pasta hatte und Rotwein. Aber er war weder nennenswert alkoholisiert noch hatte er Drogen intus."

„Das wird eine harte Nuss werden", befürchtete der Reporter. „Zumal die Medien sich überschlagen werden. Zenzi würde am liebsten die Austrittswunde in Superzeitlupe und Dauerschleife senden."

„Dann wäre euer Krawallmagazin wenigstens bald Geschichte."

„Ich werde die schlimmsten Auswüchse zu verhindern wissen. Aber unser bekannt sensibler CvD freut sich gerade ein drittes Ei."

„Was wird dein Ansatz sein?"

„Wir senden ja heute Abend schon. Von daher werden wir noch keine belastbaren Ergebnisse präsentieren können. Wir beschränken uns auf die Dokumentation des Geschehenen und zählen die Möglichkeiten auf, die zu dem Mord geführt haben könnten."

„Also muss ich mich auf keine Überraschungen gefasst machen?"

„Vermutlich nicht." Der Reporter musste lachen. „Aber ein paar Stunden haben wir ja noch. Wer weiß?"

„Hast du eigentlich mal wieder was von Sonja gehört?", wechselte Bombach das Thema.

„Äh, klar. Es geht ihr gut und die Arbeit macht Spaß. Schön grüßen soll ich dich auch. Hätte ich fast vergessen."

„Wie lange ist sie noch weg?"

„Drei Monate, ziemlich genau."

„Und – vermisst du sie schon?"

Staller runzelte die Stirn.

„Hast du nicht vorhin geklagt, dass du keine Zeit zum Plaudern hast?"

„Stimmt auch wieder. Bleib sauber, Mike!"

Der Reporter warf sein Telefon auf den Schreibtisch und lehnte sich in seinem Stuhl zurück. Die Polizei machte gewohnt akribisch ihren Job, stieß aber bei einer solchen Konstellation mit Sicherheit an ihre Grenzen. Natürlich würde jemand zu den Hounds of Hell gehen und Fragen stellen. Gleiches galt für die Night Devils. Allerdings dürfte der Wert der Antworten gegen null tendieren. Auch wenn sich das Rockermilieu in den letzten Jahren leicht verändert hatte, eines war garantiert geblieben: Mit der Polizei wurde nicht geredet und das würde immer so sein!

Was konnte er erreichen, was der Polizei nicht möglich war? Fairerweise gestand er sich ein, dass sein Spielraum nicht deutlich größer war. Auch die Medien wurden im Milieu nicht gerade innig geliebt und schon gar nicht in Geheimnisse eingeweiht. Die Tatsache, dass er vor ewigen Zeiten mal eine Reportage über die Liberty Wheels gemacht hatte, ein Rockerklub, der heute nicht einmal mehr existierte, war jetzt nicht direkt eine Eintrittskarte in die Szene. Und sein spektakulärer Coup gegen die Hounds of Hell war nur gelungen, weil sie ihn für einen der Ihren gehalten hatten. Da die Geschichte damals mit seinem fingierten Tod geendet hatte, konnte er diese Tarnung auch nicht wiederbeleben.

Was blieb also? Er konnte versuchen seine Quellen anzuzapfen. Das war ebenso eine Standardprozedur wie das Befragen von Zeugen durch die Polizei. Es konnte ein Glücksstreffer dabei sein oder auch nicht. Trotzdem musste es erledigt werden. Aber es musste doch noch andere Wege geben!

„Mike?"

Er schreckte aus seinen Gedanken hoch. Wie war Isa überhaupt unbemerkt in sein Büro gekommen? Normalerweise machte sie einen Lärm wie ein Rollkommando.

„Was gibt's?"

„Zenzi schickt mich." Die Volontärin machte einen durchaus zufriedenen Eindruck. „Ich soll dir bei dem gestrigen Rocker-Mord helfen."

Das sah dem CvD wieder ähnlich. Im Rahmen von Isas Ausbildung war eigentlich vorgesehen, dass sie für mindestens zwei Wochen die Aufgaben eines Chefs vom Dienst genau kennenlernen sollte. Dafür musste sie natürlich die ganze Zeit mit Zenz verbringen und idealerweise auch von diesem mit entsprechenden Aufträgen betraut werden. Was dem Choleriker und bekennenden Menschenfeind natürlich nicht passte. So hatte er die erste Gelegenheit genutzt, um die ungeliebte Volontärin wegzuschicken.

„Du wirkst nicht unglücklich mit dieser Entwicklung", stellte der Reporter fest.

„Alles ist besser, als bei Zenzi im Büro zu sitzen, nichts zu tun zu haben und die Klappe zu halten."

„Da hast du wohl recht. Kannst du eigentlich schon Moderationstexte schreiben?"

Isa starrte ihn verwirrt an.

„Was hat das mit dem Mord zu tun?"

„Nichts", räumte Staller ein. „Aber in dem Fall kannst du mir zum jetzigen Zeitpunkt nicht wirklich helfen. Ich muss meine Kontakte abtelefonieren und die würden dir nichts sagen. Gleichzeitig müssen aber die Moderationstexte für heute Abend fertig werden."

„Und das traust du mir zu?"

„Warum nicht? Du bist doch nun schon lange dabei und kennst den Tonfall unserer Sendung. Willst du es ausprobieren?"

„Supergern, Mike, danke!" Spontan sprang sie um den Schreibtisch herum und warf ihm die Arme um den Hals. „Endlich wieder eine Aufgabe!"

Er ertrug diese Charmeoffensive dank des Wissens, dass Isa gerade mal ein Jahr älter als seine Tochter Kati war.

„Hast du eigentlich kürzlich mal wieder was von Sonja gehört?", fragte die Volontärin, nachdem sie sich von ihm gelöst hatte.

„Habt ihr euch zur gemeinsamen Inquisition verabredet?" Staller zog misstrauisch die Stirn kraus.

„Wieso?"

„Es ist keine fünf Minuten her, da hat Bommel die gleiche Frage gestellt."

„Zufall. Und – antwortest du noch?"

Der Reporter hob resigniert die Hände.

„Ja, ich habe gestern mit ihr geschrieben. Möchtest du den Chat vielleicht lesen?"

„Aber ja, gerne!", platzte Isa heraus und stutzte dann, als sie sein verzweifeltes Gesicht sah. „Das hast du nicht ernst gemeint – oder?"

„Allerdings nicht. Es geht ihr gut und außerdem bin ich sicher, dass sie euch mindestens so oft schreibt wie mir, vermutlich öfter. Du bist also nicht an ihrem Wohlergehen interessiert, sondern nur am Stand unserer Beziehung."

„Ja, nun, ein so wichtiges Thema kann man dir ja nicht überlassen. Allein scheiterst du doch daran!" Falls sie irgendwelche Gewissensbisse aufgrund ihrer Einmischung in seine Privatsphäre verspürte, war ihr jedenfalls nichts davon anzumerken.

„Ich hatte die vage Hoffnung, dass 6000 Kilometer Entfernung zwischen Sonja und mir eure Kuppelshow in die Sommerpause schicken würde, aber offensichtlich habe ich mich zu früh gefreut."

„Uns liegt nur dein Glück am Herzen."

„Prima. Dann mach mich mal glücklich, indem du flott ein paar Moderationen für heute Abend schreibst. Du findest die Infos auf dem Redaktionsserver. Und jetzt mach, dass sich die Luft vor dir teilt!"

Sie schaute ihn verständnislos an, als ob er die letzten Sätze in Suaheli gesprochen hätte.

„Das bedeutet: Hebe dich hinfort, mach dich vom Acker, kurz – raus hier, ich habe zu arbeiten!" Er unterstrich seine Erklärung mit einer eindeutigen Armbewegung Richtung Tür. Sein jungenhaftes Grinsen nahm dem Satz jedoch jede Schärfe.

„Okay, okay!" Sie hob beschwichtigend die Arme. „Ich fange sofort an. Aber glaub ja nicht, dass das Thema damit vom Tisch wäre!"

„Als wenn ich das nicht wüsste!", rief er ihr hinterher und stand dann auf, um seine Tür zu schließen. Bei den folgenden Telefonaten konnte er keine Zuhörer gebrauchen.

* * *

Jahrelang hatte ein ganz einsam gelegenes Gehöft im Osten von Hamburg den Hounds of Hell als Klubhaus gedient. Der Präsident, der momentan seine Haftstrafe absaß, hatte es geerbt und den Bedürfnissen des Klubs entsprechend umgebaut. Es diente als Werkstatt, Schaltzentrale und darüber hinaus als repräsentativer Treffpunkt. Regelmäßige Partys stellten einen wichtigen Teil der Öffentlichkeitsarbeit dar. Suggeriert werden sollte damit, dass die Höllenhunde eine Gruppe fröhlicher Motorradfreunde waren, die zu feiern verstanden und gelegentlich ein bisschen über die Stränge schlugen. Das klappte recht ordentlich, denn die Veranstaltungen waren stets gut besucht und keiner der Gäste fühlte sich unsicher oder gar bedroht. Es gab Alkohol und Grillfleisch und maximal den einen oder anderen Joint. Harte Drogen waren tabu. Dafür erschienen sogar Familien mit Kindern, für die auf dem weitläufigen Gelände extra ein Spielplatz errichtet worden war.

Als Joschi Saleh aus Berlin kam, um dem auseinanderfallenden Klub Halt zu verleihen, gehörte zu seinen ersten Maßnahmen die Anmietung einer alten Scheune einige Kilometer vom Klubgelände entfernt. Zu groß war das Risiko, dass ein unbedarfter Gast versehentlich Einblicke in das kriminelle Kerngeschäft der Höllenhunde bekam. Wer sich hauptberuflich mit Drogenschmuggel, Menschenhandel und Schutzgelderpressung befasst, der benutzt nicht Tinte und Feder, sondern Pistolen und Sturmgewehre.

Von außen blieb die Scheune, wie sie war: ungepflegt, verwittert und teilweise sogar leicht baufällig. Nichts deutete auf eine andersartige Nutzung hin, als hier landwirtschaftliches Gerät unterzustellen.

Von innen sah das ganz anders aus. Die Hälfte der Scheune war abgetrennt und zu einem geschlossenen schalldichten Raum umgebaut worden. Er wurde aus unerklärlichen Gründen "Kapelle" genannt und hier wurden die strategischen Entscheidungen über die jeweiligen kriminellen Aktivitäten getroffen.

Heute, am Tag nach Joschis Tod, waren die Hounds of Hell vollständig um den großen Konferenztisch versammelt. Die Stimmung schwankte zwischen Trauer und Wut. Auch hier beherrschte nur eine Frage die Tagesordnung: Wer hatte das getan?

„Das können doch nur die Devils gewesen sein", knurrte ein Kuttenträger mit auffälligem Bierbauch. „Die wollten Rache wegen ihres Präsis!"

„Könnte auch was Persönliches gewesen sein. Vielleicht aus seiner Berliner Zeit", mutmaßte ein anderer.

„Auf jeden Fall haben wir ein Problem. Caspar und Bandit sitzen noch im Knast und Joschi ist tot. Wir dürfen jetzt nicht verwundbar erscheinen."

„Richtig!", stellte ein breitschultriger Kerl fest, auf dessen Patch "Road Captain" zu lesen war und der in der Hierarchie nun weit oben stand. „Zwei Dinge liegen an. Erstens: Die Geschäfte müssen reibungslos weiterlaufen. Zweitens: Irgendjemand muss für Joschis Tod bezahlen. Und die Reihenfolge ist bewusst gewählt."

Beifälliges Gemurmel gab dem Sprecher recht. Das gute Dutzend Männer war es gewohnt, dass jemand die Zügel in die Hand nahm, auch wenn am Ende Entscheidungen meistens demokratisch durch Abstimmung gefällt wurden. Alleingänge der Führung waren nur innerhalb klar definierter Grenzen möglich.

„Also, was steht an in Sachen Business?", fragte der Road Captain.

„Nächste Woche kommt eine neue Lieferung Koks. Muss an der gewohnten Stelle im Hafen abgeholt und ins Depot gebracht werden", berichtete der Bierbauch.

„Okay. Das sollen wie immer die Prospects machen. Aber sicherheitshalber folgst du ihnen in einem zweiten Wagen. Nimm Hoss mit!" Prospects waren praktisch Azubis. Sie wollten in den Klub aufgenommen werden und mussten dafür eine lange Probezeit ableisten, in der ihnen alle möglichen Aufgaben vom Putzen der Motorräder bis zu Kurierdiensten zugeteilt wurden.

„Alles klar." Der Bierbauch nickte.

„Und sonst?", fragte der Road Captain in die Runde.

„Wir haben zwei neue Chicks im Trainingslager. Sind erst drei Tage da. Die brauchen noch jede Menge Übungseinheiten." Der Mann, der das sagte, trug seine langen Haare offen und grinste dreckig.

Das Trainingslager war eine Mietwohnung, in der eingeschmuggelte Mädchen, oft aus der Ukraine, auf ihre zukünftige Arbeit als Prostituierte vorbereitet wurden. Dabei wurden sie gefesselt, vergewaltigt und oft sogar unter Drogen gesetzt. Wenn sie genügend abgestumpft waren, wurden sie auf die Bordelle verteilt.

„Übungseinheiten, die du gerne und freiwillig leitest?", erkundigte sich der Road Captain.

„Ich würde mich dazu bereiterklären. Zum Wohle des Klubs."

Die Männer lachten dröhnend. Die unersättliche sexuelle Gier des Sprechers war allen wohlbekannt.

„Okay. Sieh zu, dass rund um die Uhr jemand dort ist. Sonst noch was?"

Allgemeines Kopfschütteln.

„Gut", stellte der Road Captain fest. „Ich weiß, dass Joschi Pläne zur weiteren Expansion hatte. Aber die legen wir vorläufig auf Eis, denn wir brauchen unsere Kräfte, um seinen Mörder zu finden. Einverstanden?" Er schaute in die Runde.

Nacheinander nickten alle Männer oder brummten ihre Zustimmung. Es tat gut, Beschlüsse zu fassen. Damit wurde klar, dass es weiterging. Diese moralische Krücke brauchten sie jetzt, denn der Tod ihres Anführers hatte sie schwerer getroffen, als sie zeigten.

„Also, wie gehen wir es an?"

Bevor einer der Männer antworten konnte, vibrierte das Mobiltelefon, das der Sprecher vor sich auf den Tisch gelegt hatte. Es handelte sich um das "offizielle" Klubhandy. Alle anderen Telefone mussten vor Betreten des Raums abgelegt werden. Eine zusätzliche Sicherheitsvorkehrung, die Joschi angeordnet hatte.

„Ja?" Der Road Captain hörte eine längere Zeit stumm zu. „Okay. Ich gebe das so weiter. Danke."

Die Augen der Männer ruhten voller Neugier auf ihrem derzeitigen Anführer.

„Das war Foxy von den Night Devils", berichtete er. „Die Devils haben sich letzte Woche aufgelöst. Er schwört, dass niemand von ihnen etwas mit Joschis Tod zu tun hat."

„Glaubst du ihm das?", fragte der Bierbauch zögernd.

Der Road Captain überlegte einen Moment, bevor er antwortete.

„Ich denke schon. Warum sollten die Devils noch irgendwelche Risiken eingehen, wenn ihr Klub nicht mehr existiert?"

„Da ist was dran."

„Sind wir uns einig, dass wir Foxy und seine Crew erst einmal von der Liste der Hauptverdächtigen streichen?"

Dieses Mal dauerte die Abstimmung etwas länger und fiel auch nicht einstimmig aus. Das konnte aber auch mit persönlichen Animositäten zusammenhängen. In den vergangenen Jahren hatte es diverse Auseinandersetzungen zwischen den Hounds und den Devils gegeben. Manch einer am Tisch hatte vielleicht noch eine Rechnung offen.

„Damit ist das beschlossen." Der Road Captain schlug mit einem Hammer auf den Tisch. „Zum weiteren Vorgehen: Ich kümmere mich um Joschis Vergangenheit in Berlin. Rufe ein paar Leute an und versuche in Erfahrung zu bringen, ob jemand so einen Hals hatte, dass er nach Hamburg kommt. Und ihr geht raus zu euren Leuten. Macht Druck! Jeder Puffbesitzer, jeder Dealer und jeder geschützte Laden soll wissen, dass die Hounds im Krieg sind! Wir geben erst Ruhe, wenn Joschis Mörder schön langsam ausgeblutet ist. Sagt den Leuten das! Wer uns hilft, wird belohnt. Wenn jemand etwas vor uns verheimlicht, dann kann er schon mal seine letzte Kippe anzünden. Verstanden?"

Jetzt nickten wieder alle zügig und einvernehmlich.

„Dann los!" Der Hammer fiel. Ein Todesurteil war gesprochen worden.

* * *

Die Schlange vor dem improvisierten Tresen war erschreckend lang. Die Menschen, die hier Schritt für Schritt geduldig vorrückten, waren völlig unterschiedlich, aber sie hatten eins gemeinsam: Ihr Gesichtsausdruck war von Vorfreude geprägt. Gleich würden sie eine warme Mahlzeit bekommen, frisch gekocht und – das war für alle hier von großer Bedeutung – kostenlos. Wer diese Suppenküche auf St. Pauli aufsuchte, für den war regelmäßige Verpflegung keine Selbstverständlichkeit. Auch in einer reichen Stadt wie Hamburg lebten Einwohner, die selbst grundlegendste Bedürfnisse nicht aus eigenen Mitteln befriedigen konnten. Aus unterschiedlichsten Gründen waren sie die soziale Leiter herabgestiegen und oft sogar -gefallen. Etliche waren wohnungslos, praktisch alle ohne Arbeit, viele einsam, einige an Körper oder Seele krank. Es fehlte nicht nur die Basis für ein selbstbestimmtes Leben wie ein warmes Bett, Zugang zu sanitären Anlagen und ein Minimum an Privatsphäre, nein, oft war sogar die Würde abhandengekommen, die doch angeblich unantastbar sein sollte.

Umso wichtiger war dieser Ort. Vordergründig gab es einen ordentlichen, nahrhaften Eintopf, Duschkabinen und eine Kleiderkammer. Entscheidend war aber die Haltung der Menschen, die hier überwiegend ehrenamtlich den Bedürftigen dienten. Genau so wurde die Arbeit nämlich verstanden. Als Dienst am Menschen, der hier stets respektvoll Gast genannt wurde, egal wie er aussah oder roch.

„Hier, bitteschön! Guten Appetit – dort hinten steht noch ein Korb mit Brot, wenn Sie möchten. Lassen Sie es sich schmecken!" Der Mann mit den Einmalhandschuhen und der weißen Schürze hielt den Suppenteller einer kleinen Frau entgegen, die ungeachtet der sommerlichen Temperaturen in mehrere Schals gewickelt war und Handschuhe ohne Finger trug. Ihr runzeliges Gesicht unter den strähnigen grauen Haaren strahlte und der zu einem scheuen Lächeln geöffnete Mund wies einige Zahnlücken auf.

„Danke, junger Mann, sehr freundlich von Ihnen!"

Mit etwas zittrigen Händen ergriff sie den Teller und schlurfte in Richtung des Speiseraums. Der Mann, eher fünfzig als vierzig Jahre alt, schmunzelte über die Ansprache und griff sich einen neuen Teller. Mit einer gewaltigen Kelle rührte er einmal durch den riesigen Suppentopf, bevor er eine sorgfältig bemessene Menge auf den Teller kippte. Niemand sollte nur Dünnes bekommen.

„Könnte ich noch ein kleines bisschen mehr bekommen? Ich hatte diese Woche noch nichts Warmes", bat der nächste Gast leise und fast demütig. Die Augen hinter seiner dicken Brille waren das einzig Lebendige in seinem Gesicht. Der Rest war grau, eingefallen und wirkte ungesund.

„Aber sicher!" Ohne zu zögern, füllte der Essenausteiler den Teller nun bis zum Rand. „Geht es Ihnen gut? Wenn nicht, dann sollten Sie vielleicht mal bei unserem Doc vorbeischauen. Er fragt auch nicht nach Krankenkassenkarten." Der Mann zwinkerte freundlich. „Sie sehen so aus, als ob Sie was ausbrüten. Überlegen Sie es sich!"

Der Gast murmelte einen Dank und trug seinen vollen Teller vorsichtig und schleppenden Schrittes davon.

Im Hintergrund erschien ein Mann, der sich von den übrigen Gästen signifikant unterschied. Mit dem schneidigen Käppi unter dem Arm und dem Sakko mit Goldknöpfen wirkte er definitiv fehl am Platze. Er sah nicht nur aus wie ein Chauffeur – er war es auch. Mit diskreten Handzeichen versuchte er den Mann an der Essenausgabe auf sich aufmerksam zu machen. Dies gelang jedoch nicht, denn dieser war in ein kurzes Gespräch mit seinem nächsten Gast, einem Kind von etwa zehn Jahren, vertieft.

„Herr Schrader!" Der Chauffeur wusste sich nicht anders zu helfen. „Herr Schrader, wir müssen. Ihr Termin mit dem Wirtschaftssenator!"

Jetzt konnte der Mann nicht umhin und musste reagieren.

„Sie sehen doch, dass hier noch Gäste warten! Die Leute haben Hunger. Das ist wichtiger als ein Termin mit einem Mann, der vermutlich mindestens jeden zweiten Tag in einem Restaurant isst."

„Sie sind aber für 14.30 Uhr verabredet!"

„Dann wird der Mann ein paar Minuten warten müssen. Das hier geht vor!" Er hielt dem Kind den Teller hin und sagte: „Hier, mein Junge. Iss tüchtig. Dann bist du bald so groß wie ich!"

Das Kind lächelte schüchtern und nickte zustimmend. Mit konzentriert zusammengekniffenen Augen, damit ja nichts überschwappte, stolzierte der kleine Kerl davon. Der Mann sah ihm kurz nach und griff dann zum nächsten Teller. Routiniert teilte er weiter den Eintopf aus, bis die Schlange fast abgearbeitet war. Dann erschien eine resolut wirkende Frau und schob ihn beiseite.

„Sie sind ja schon wieder viel länger hier als geplant, Herr Schrader!", tadelte sie mild. „Wen lassen Sie diesmal warten?"

„Och, nur den Wirtschaftssenator. Der wird sich schon nicht langweilen." Schrader streifte die Schürze ab und präsentierte darunter ein makelloses, offensichtlich maßgeschneidertes Oberhemd mit aufgekrempelten Ärmeln.

„Ich finde das so toll, dass Sie nicht nur einfach Geld spenden, sondern dass Sie auch persönlich mithelfen! Es gibt nicht viele Menschen in Ihrer Stellung, die das machen."

„Was für eine Stellung? Ich bin ein Kaufmann, das ist doch nichts Besonderes."

„Wie viele Kaufleute treffen sich denn so mit dem Wirtschaftssenator?"

„Bestimmt Dutzende!" Schrader lächelte bescheiden und hängte seine Schürze an einen Haken. „Aber jetzt halte ich mich besser mal ran, sonst bin ich das letzte Mal mit dem Senator verabredet gewesen!"

Der unbemerkt herangetretene Chauffeur präsentierte wie von Zauberhand ein dunkelblaues Sakko, das die hochgewachsene Figur Schraders umschloss wie ein Handschuh die Finger.

„Danke, Herr Schrader! Bis zum nächsten Mal!" Die Frau drückte ihm respektvoll die Hand.

„Nächste Woche! Gleiche Zeit, gleicher Ort – ist versprochen und wird nicht gebrochen!" Er lächelte, klopfte einem Gast aufmunternd auf die Schulter und folgte seinem Chauffeur, der mehrfach verzweifelt auf seine Uhr deutete, zur Tür.

„So ein netter junger Mann", befand die kleine, grauhaarige Dame, die ihren Teller zurückbrachte.

* * *

Mike Staller hatte mit Gott und der Welt telefoniert und letzten Endes nur Dinge erfahren, die er sowieso schon wusste. Joschi war ein neuer Typ Krimineller gewesen, kein dumpfer Schläger. Er verfügte über eine gewisse Bildung, Intelligenz und über die Fähigkeit größere Zusammenhänge zu erkennen. Wenn er nicht bei den Rockern gelandet wäre, hätte er womöglich auch als skrupelloser Geschäftsmann Karriere machen können.

Trotzdem besaß er eine kaltblütige Brutalität, die in höchstem Maße abschreckend wirkte. Wenn er es für erforderlich hielt, dann tötete er, ohne zu zögern. Niemals verlor er dabei die äußeren Umstände aus den Augen und stets sorgte er dafür, dass Spuren bestmöglich verwischt wurden. Nicht umsonst war er für keinen der Morde, die er begangen hatte, jemals juristisch belangt worden. Die Zahl der Tötungsdelikte, die ihm zugeschrieben wurden, ließ sich nicht klar eingrenzen, aber verlässliche Hinweise deuteten auf einen zweistelligen Bereich. Dabei war seine berufliche Vergangenheit als Scharfschütze der Bundeswehr im Auslandseinsatz selbstverständlich nicht einbezogen.

Sein Standing innerhalb der Hounds of Hell war ganz offensichtlich hervorragend. Er hatte sich bereits in Berlin einen ausgezeichneten Ruf als loyales Mitglied erarbeitet. Der Wechsel nach Hamburg hatte seine Position noch deutlich verbessert. In der labilen Situation nach der Verhaftung der alten Führungsspitze hatte er geräuschlos das Machtvakuum aufgefüllt und den in seinen Grundfesten erschütterten Klub binnen Wochen stabilisiert. Alte Geschäftsfelder waren zunächst gesichert und dann ausgedehnt worden. Dazu kamen Gebietserweiterungen und kluge Investitionen. In Rekordzeit hatte er die Hamburger Hounds in eine neue Ära überführt und als neue Nummer eins auf dem Kiez etabliert. Dafür war verhältnismäßig wenig Blutvergießen erforderlich gewesen. Sein kühnes, aber trotzdem überlegtes Auftreten in einigen wenigen Schlüsselmomenten hatte potenzielle Konkurrenten abgeschreckt. Der letzte Versuch, an den Machtverhältnissen zu rütteln, der von den Night Devils unternommen worden war, hatte bekanntermaßen zum unmittelbaren Tod der Spitze geführt – ein Zeichen, das weithin verstanden wurde.

Das Hamburger Chapter verehrte seinen neuen Anführer geradezu, erst recht, weil der darauf verzichtet hatte, sich zum Präsidenten wählen zu lassen. Als Sergeant of Arms besaß er formal genügend Autorität, um die Geschicke des Klubs zu lenken, rüttelte jedoch nicht an der gewachsenen Hierarchie. Präsident und Vize blieben – obwohl noch längere Zeit im Knast – in Amt und Würden. Was nach ihrer Rückkehr passieren würde, blieb abzuwarten. Diese Vorgehensweise wurde als äußerst fair betrachtet. Insofern hielten alle Quellen des Reporters eine interne Auseinandersetzung für nahezu ausgeschlossen.

Staller lehnte sich in seinem Schreibtischstuhl zurück und registrierte, wie verspannt er war. Sein Rücken protestierte gegen die verkrampfte Haltung bei den endlosen Telefonaten. Zum Glück blieb jetzt nur noch eine Person übrig, an die er sich wenden konnte. Und die musste er persönlich aufsuchen. Das war eine Frage des Respekts.

Bevor er das Gebäude von "KM" verließ, schaute der Reporter noch kurz bei Isa vorbei.

„Kommst du klar mit den Moderationen?"

Die Volontärin blickte von ihrem Bildschirm hoch. Zartrosa Flecken auf ihren Wangen verrieten, wie angestrengt sie arbeitete.

„Sieht ganz gut aus. Es fehlen nur noch zwei. Hoffentlich gefällt dir, was ich hier mache!"

„Ganz bestimmt. Ich schaue nachher kurz drüber. Jetzt muss ich noch mal weg."

„In drei Stunden ist Sendung!"

„Ist mir bekannt", grinste er. „Aber meinen Freund Daddel-Gerd ruft man nicht einfach an, wenn man etwas wissen will. Da muss man schon vorbeikommen. Es dauert sicher nicht lange."

Sie winkte ihm kurz zum Abschied zu und vertiefte sich sofort wieder in ihre Aufgabe. Den Moderationstexten, so kurz sie auch sein mochten, kam eine besondere Bedeutung innerhalb der Sendung zu. Sie waren sozusagen die Titelseite der jeweiligen Beiträge und konnten darüber entscheiden, ob die Zuschauer dranblieben oder den Sender wechselten.

Staller brauchte nur zehn Minuten, dann stand er vor dem unscheinbaren Lokal. Gerd Kröger, den alle nur Daddel-Gerd nannten, war eine Hamburger Legende. Falls irgendjemand mal die Geschichte von St. Pauli schreiben wollte, dann würde er zumindest über die letzten 50 Jahre alles von Kröger erfahren können. Dieser hatte sich in seinen ersten Jahren noch mit anderen Zuhältern um die besten Pferde im Stall geprügelt. Später war er ins Automatengeschäft eingestiegen, was ihm – neben seiner Leidenschaft für Wetten – den Spitznamen eingebracht hatte. Aus den regelmäßigen Kiez-Kriegen hielt er sich klugerweise heraus und blieb als quasi unabhängige Institution parallel zu den ständig wechselnden Strukturen über die Jahrzehnte hinweg bestehen. Sicher auch ein Verdienst seiner geliebten Frau, die außerdem dafür sorgte, dass er sein Geld nicht sinnlos verpulverte, sondern zumindest einen Teil davon sinnvoll anlegte. Nach ihrem Tod verlor er jede Lust an dem Leben, das er kannte, und zog sich weitgehend aus den Geschäften zurück. Übrig geblieben war diese eine Kneipe in St. Georg, auch optisch ein Relikt aus lange vergangenen Tagen und Krögers Zuflucht. Hier floss das Bier noch in echte Halbe, hier standen mechanische Flipper und hier war der Treffpunkt für alle, deren Leben mindestens so viel in der Vergangenheit wie in der Gegenwart stattfand.

Als Staller den Laden betreten hatte, musste er zunächst einmal stehen bleiben und seine Augen an das herrschende Dämmerlicht gewöhnen. Die großen Fensterfronten waren mit vergilbten Stores verhangen, die seit Jahrzehnten keine Waschmaschine gesehen hatten und Tageslicht einfach zu absorbieren schienen.

Hinter der Theke herrschte Paul, Daddel-Gerds Faktotum, Fahrer, Bote, Bodyguard und Gesprächspartner in langen, einsamen Nächten.

„Tach Mike!" Er nickte kurz und völlig unüberrascht, als ob der Reporter praktisch täglich vorbeischaute.

„Moin Paul, ist Gerd da?"

Paul gab einen letzten Schuss in ein Bierglas und schob es über den Tresen einem grauhaarigen Mann zu, der eifrig Münzen in einen vorsintflutlichen Geldautomaten steckte. „Oben", antwortete er mit einem minimalen Schwenk seines Kopfes. Sein aus immer weniger und dünner werdenden Haaren bestehender Pferdeschwanz, den er als Ausgleich für eine flächenmäßig gewaltige Stirn trug, schwankte müde in die andere Richtung. Yin und Yang.

„Danke!"

Paul war nicht gerade gesprächig, aber das wusste jeder. Insofern nickte Staller freundlich und verschwand im düsteren hinteren Teil des Ladens, wo eine steile Eisentreppe nach oben führte. Ein winziger Flur führte in den Raum, der jetzt zu immer größeren Teilen die Heimat des Besitzers darstellte. Daddel-Gerd lag auf dem alten Sofa, der Fernseher lief, wie eigentlich immer, und der großgewachsene Mann hatte die Augen geschlossen.

„Gerd?", fragte der Reporter halblaut, da er nicht wusste, ob der Angesprochene vielleicht schlief. Doch dieser öffnete umgehend die Augen, rieb sich das Gesicht, blinzelte zur Tür und setzte sich auf.

„Mike, mein Junge! Schön dich zu sehen. Ich dachte schon, du hast mich vergessen."

„Wie könnte ich! Geht es dir gut?"

„Ach weißt du", ächzte der frühere Schwarm aller Prostituierten, „wenn das Alter nicht wäre, dann ginge es mir sicher besser. Mein Leben ist eine endlose Reihe von salzarmen Mahlzeiten und Nickerchen geworden. Nicht besonders spannend."

„Das klingt aber gar nicht nach dem Gerd Kröger, den ich kenne!"

„Das klingt auch nicht nach dem, der ich gerne wäre, aber es nützt ja nix. Wir kommen in Windeln und gehen wieder darin, so sieht es doch aus. Setz dich! Wie wäre es mit einem schönen Asbach-Cola?"

„Liebend gern, aber ich muss gleich noch eine Fernsehsendung moderieren. Da kommt das nicht so gut an. Ich nehme mir stattdessen einen Kaffee, okay?"

„Mach ruhig!"

Staller bediente sich aus der Thermoskanne, die in Krögers "Büro" bereitstand, solange er denken konnte. „Soll ich dir einen Asbach mischen?"

Der alte Mann winkte ab.

„Lass mal! Für meine Gastritis ist das Gift. Hier, guck dir das an, so weit ist es mit mir gekommen!" Er schenkte sich aus einer grünen Glasflasche eine klare Flüssigkeit ein. „Heilwasser mit wenig Kohlensäure, erzähl das bloß niemandem!"

„Das ist in der Tat etwas ungewohnt", räumte der Reporter ein. „Aber wenn es gut für dich ist …"

„Der Arzt sagt das so. Das ist natürlich auch nur ein Quacksalber. Aber du bist bestimmt nicht gekommen, um mit mir über meine Gebrechen zu reden. Was kann ich denn für dich tun?"

Staller nippte an dem Kaffee, der ausgezeichnet schmeckte. Paul pflegte ihn von Hand aufzugießen.

„Du hast bestimmt von der Sache mit Joschi gehört, oder?"

„Natürlich!" Kröger verzog kurz das Gesicht, veränderte seine Position und schob sich ein Kissen ins Kreuz. „Überrascht hat mich das nicht."

„Warum nicht?"

„Wer immer hart am Wind segelt, der kentert auch mal. Der Junge hatte die Hand ziemlich schnell am Abzug. So macht man sich keine Freunde."

„Du denkst, das war ein Racheakt?"

„Ich schätze, dass für jeden, den du umlegst, zwei nachkommen, die es dir heimzahlen wollen. Und irgendwann klappt das auch."

„Du würdest seinen Mörder also im Umfeld seiner Opfer suchen?"

„Das ist zumindest das Gesetz der Straße. Allerdings kommen in seinem Fall sicher noch andere Möglichkeiten hinzu." Kröger griff nach seinem Mineralwasser. Angewidert nahm er einen Schluck.

„An was denkst du dabei?"

„Joschi hat ganz schön rumgehühnert. Da war mit Sicherheit der eine oder andere Stecher ziemlich angepisst."

„Hast du einen bestimmten Namen im Kopf?"

„Um Himmels willen, nein! Wenn du da mehr wissen willst, dann musst du es mal beim Italiener in der Hein-Hoyer-Straße probieren. Das war praktisch Joschis Wohnzimmer. Er hatte sogar seinen eigenen Tisch dort."

„Und was ist mit den Jungs aus seinem Klub?"

„Einer von den Hounds?" Kröger schüttelte energisch den Kopf. „Das glaube ich nicht. Die würden ihn auf Händen zum Nordkap tragen. Es war ausschließlich sein Verdienst, dass es das Hamburger Chapter überhaupt noch gibt. Ohne ihn wäre der Klub auseinandergefallen wie die Devils jetzt."

„Was soll das heißen?"

„Ich wollte nur ein bisschen angeben!" Kröger lachte, aber es klang lange nicht so dröhnend wie früher. Es endete in einem bellenden Husten. „Das ist die letzte Neuigkeit: Die Night Devils sind Geschichte. Vorige Woche haben sie sich aufgelöst. Im Grunde hat Joschi das bewirkt."

„Weil er den Präsi liquidiert hat?"

„Ganz genau. Davon hat sich der Klub nicht wieder erholt. Tja – und nun ist eben Schluss mit lustig."

„Bedeutet das, dass sie den Mord nicht mehr rächen wollen?"

Kröger schürzte die Lippen und bewegte seinen imposanten Kopf langsam hin und her.

„Kann man nicht so genau sagen. Ohne die Organisation durch einen Klub im Hintergrund wird ein Vergeltungsschlag natürlich schwieriger. Da fehlt dann Infrastruktur. Aber wenn eine einzelne Person natürlich "all in" geht, dann könnte da trotzdem was laufen."

„Wenn du wetten müsstest, Gerd, auf wen würdest du dein Geld setzen?" Staller triggerte bewusst die Leidenschaft des alten Zockers an. Aber Kröger durchschaute ihn.

„Du weißt schon, wie du mich kriegen kannst, was? Es nützt dir aber nichts. Ich wette nur, wenn es eine überschaubare Chance gibt, dass ich gewinne. Wie viele hat Joschi umgelegt, zehn, zwanzig? Rechne dazu nochmal doppelt so viele wütende Stecher, dann kommst du locker auf eine halbe Hundertschaft Verdächtige."

„Du meinst also, es ist die Suche nach der Nadel im Heuhaufen?"

„Ich würde eher sagen, es ist die Suche nach dem Grashalm im Heuhaufen. Vermutlich hilft die gute alte Bullentour am ehesten: Sucht nach dem Motorrad und den Fahrern. Dann bekommt ihr euren Mörder. Und dann müsst ihr nur noch den Auftraggeber herausfinden."

„Du glaubst also, dass die Killer bezahlt wurden?"

„Du nicht? Alle Indizien deuten auf Profis. Schalldämpfer, Spezialmunition, perfektes Timing und eine offenbar sorgfältig geplante, kontrollierte Flucht – das war ein Job von Experten. Trotzdem könnte natürlich jeder der Auftraggeber sein. Wobei – Auftragskiller stehen nicht in den Gelben Seiten. Wer immer die engagiert hat, er musste erst einmal den Kontakt herstellen können."

„Danke Gerd, das war sehr aufschlussreich. Du hast mir sehr geholfen! Zumindest dein Hirn funktioniert noch wie in deinen besten Zeiten. Aber jetzt muss ich langsam los. In anderthalb Stunden muss ich im Studio stehen."

„Wieso moderierst du das eigentlich wieder? Ihr hattet doch da so eine kluge Maus, die das ganz prima gemacht hat. Wie hieß sie noch, Sonja?"

„Sonja Delft, richtig. Sie arbeitet ein halbes Jahr in Amerika."

„Kannst du sie denn so lange entbehren?" Kröger beugte sich verschwörerisch vor. „Da lief doch was zwischen euch, das konnte ja ein Blinder sehen!"

„Wir sind Kollegen und gute Freunde, Gerd. Da hat dein Blinder sich wohl verguckt."

„Meinst du? Na, wenn du das sagst, dann muss es wohl so sein." Der alte Mann wirkte nicht für fünf Cent überzeugt, aber er ließ das Thema ruhen. „Kommst du mich mal wieder besuchen? Wir könnten das Stadtderby zusammen gucken. Dann kannst du wieder gegen deinen Verein wetten."

„Lass die Jungs von der Müllverbrennungsanlage ruhig das Derby gewinnen. Dann verlieren sie danach jedes Spiel. War bei Pauli doch auch so."

„Wir werden es ja sehen. Es war schön, dass du da warst. Lass nicht wieder so viel Zeit vergehen, hörst du, mein Junge? Meine Uhr läuft langsam ab."

„Ach Gerd, mit deiner Konstitution wirst du doch mindestens neunzig!"

„Schön wär's, Mike. Aber ich höre Gevatter Hein schon die Sense schärfen!"

* * *

Der dunkelgrüne BMW von Thomas Bombach rollte auf den Hof, der mit einigen Harleys und ein paar Autos vollgestellt war. An der Rückwand der Scheune prangte riesengroß das Logo der Hounds of Hell, ein Wolfskopf mit aufgerissenem Maul vor einem flammenden Hintergrund.

„Das sieht ja schon mal einladend aus", murmelte der Kommissar vor sich hin. „Bestimmt wird das ein ganz wunderbares Gespräch."

Auf der Veranda, die offenbar nachträglich angebaut worden war, hielten sich einige Personen auf. Hier würden seine Recherchen beginnen. Ob sie ihn irgendwohin führen würden, durfte bezweifelt werden. Trotzdem war dieser Besuch erforderlich. Und wenn es nur der Vollständigkeit halber war.

„Moin. Mein Name ist Bombach, Kripo Hamburg", stellte er sich vor, nachdem er die Veranda betreten hatte. Zumindest durfte er sich der Aufmerksamkeit aller Beteiligten sehr sicher sein. Allerdings betrachteten sie ihn eher wie etwas äußerst Unangenehmes. Er kam sich ein bisschen wie ein Hundehaufen auf einem Perserteppich vor.

„Wir haben nichts getan", brummte ein vierschrötiger Kerl im aufgekrempelten Flanellhemd, also offensichtlich kein Klubmitglied.

„Das bezweifele ich", entgegnete der Kommissar, der schlagfertig sein konnte und zudem keine Furcht zeigte. Er schaute sich um. Zwei Frauen, drei Männer ohne Kutte, also offensichtlich Hangarounds, denen es Spaß machte im Umfeld des Klubs abzuhängen. Ein Prospect, wie der Patch auf seiner Lederweste kundtat, und einer, der offenbar zur Führung gehörte, denn er trug einen zusätzlichen Aufnäher mit der Aufschrift Road Captain. An diesen wandte sich Bombach.

„Tut mir leid, das mit Ihrem Boss."

„Das bezweifele ich", entgegnete der Road Captain und zündete sich eine selbstgedrehte Zigarette an. Damit war die Tonlage für die Unterhaltung schon mal festgelegt.

„Wenn es nach mir ginge, wäre er nicht tot, sondern würde im Knast sitzen. Insofern meine ich das ganz ernst." Bombach zog unaufgefordert einen Stuhl heran und nahm gegenüber dem Rocker Platz.

„Was wollen Sie?" Der Road Captain pustete eine beißende Qualmwolke über den Tisch genau in das Gesicht des Kommissars.

„Lässig und feindselig können Sie. Wie sieht es aus mit kooperativ?"

„Nicht so doll, schätze ich."

„Probieren wir es doch einfach. Wer könnte Joschi erschossen haben?"

„Für Sie immer noch Herr Saleh!"

„Natürlich. Wer also könnte Herrn Saleh erschossen haben?"

„Weiß ich nicht."

„Irgendjemand, mit dem er aktuell, äh, geschäftlich Probleme hatte?"

„Keine Ahnung."

„Halten Sie es für möglich, dass das eine Vergeltung der Night Devils war?"

„Nicht dass ich wüsste."

„Oder hatte er vielleicht privat mit jemandem Streit?"

„Mit Privatsachen kenne ich mich nicht aus."

Die Unterhaltung nahm eindeutig den erwarteten Verlauf. Ein Gespräch mit dem Blumenkübel, in dem prächtige Geranien blühten, wäre vermutlich ergiebiger gewesen. Bombach zählte innerlich bis zehn, holte tief Luft und nahm einen letzten Anlauf.

„Hören Sie, ich weiß, dass Ihnen irgendein Kodex verbietet mit der Polizei zu reden. Und dass Sie beabsichtigen, die Angelegenheit intern zu regeln, was wir Selbstjustiz nennen, die übrigens verboten ist."

„Dann wäre jetzt ja ein guter Zeitpunkt für 'n Abflug, meinen Sie nicht?", unterbrach der Rocker und drückte seine Zigarette in einem Aschenbecher aus, der aus einem alten Kolben bestand.

„Ich bin noch nicht fertig." Einschüchtern ließ der Kommissar sich nicht. „Ihr Boss wurde von einem Profi ermordet. Waffe mit Schalldämpfer, Explosivmunition, drei Treffer, alle tödlich. Da hatte auch ein ehemaliger Elitesoldat, Scharfschütze und mehrfacher Killer keine Chance. Das sollte Ihnen zu denken geben."

„War's das jetzt?" Der Rocker hob nicht einmal die Stimme.

„Ich denke, schon." Bombach stand auf und griff in seine Hemdentasche. „Falls jemand anderer Meinung ist als Sie, kann er mich anrufen." Er schob seine Visitenkarte über den Tisch. Der Rocker nahm sie überraschenderweise in die Hand und bewies, dass er immerhin lesen konnte.

„Thomas Bombach, Mordkommission, na denn. Warten Sie lieber nicht auf einen Anruf."

Der Road Captain nahm die Karte, riss sie in mehrere Stückchen und warf diese in den Aschenbecher.

„Jetzt musste Ihretwegen ein Baum völlig unnötig sterben", klagte der Kommissar. „Haben Sie denn überhaupt kein Umweltgewissen? Schönen Tag noch!"

Die Blicke aller Anwesenden verfolgten ihn, als er erhobenen Hauptes die Veranda verließ. Aber niemand fühlte sich zu einer Verabschiedung oder sonstigen Bemerkung gemüßigt.

„Nein, kooperativ kannst du definitiv nicht", stellte Bombach halblaut fest, als er in seinem Wagen saß. „Aber damit war ja auch nicht zu rechnen."

* * *

Dass heute ein besonderer Tag war, erkannte man daran, dass Peter Benedikt, der Chefredakteur von "KM", zur Sendung gekommen war. Der Tod von Joschi zog offensichtlich Kreise.

„Hallo Mike, schöne Sendung!"

„Danke, Peter. Was treibt dich zu später Stunde her, solltest du nicht bei deiner Familie sein?"

„Ein- oder zweimal pro Woche darf ich weg", schmunzelte Benedikt, der wie stets makellos gekleidet war. „Ich wollte selber sehen, was ihr aus dem Mordfall Saleh gemacht habt."

„Tja, es ist noch ein bisschen früh. Die Polizei hat bisher praktisch nichts und wir ja genau genommen auch nicht."

„Deshalb war es eine gute Idee, zumindest die Möglichkeiten zu sammeln. Mein persönlicher Favorit ist übrigens jemand aus dem privaten Umfeld."

„Wie kommst du darauf?"

„Joschi war unter anderem eine echte Rampensau. Hast du mal seine Instagram Seite angesehen? Neben den ganzen Fotos mit fetten Autos, abgedrehten Motorrädern und schweren Waffen, kommen da mindestens 50 Frauen vor. Einige davon sind vermutlich Prostituierte, aber die anderen – die haben womöglich Männer oder Freunde. Und die dürften wenig begeistert sein von den Aufnahmen."

„Mit der Ansicht befindest du dich in bester Gesellschaft. Daddel-Gerd tippt auch eher auf einen wütenden Angehörigen. Allerdings glaubt Gerd, dass das ein Profi gemacht hat."

„Auftragsmord? Gut möglich. Die Indizien könnten passen. Was wirst du als Nächstes tun?"

„Essen gehen", grinste Staller.

„Du hast völlig recht, Mike. Ich vergesse immer, wann du morgens hier anfängst. Deinen Feierabend hast du dir redlich verdient. Genieße ihn!"

„Ganz so ist der Plan nicht. Ich dachte, ich esse beim Italiener in der Hein-Hoyer-Straße. Dort war Joschis zweites Zuhause. Auch gestern vor seinem Tod war er noch dort."

„Das ist eine ganz wunderbare Idee! Ich würde dich sehr gern begleiten, aber ...", er schaute auf seine elegante Armbanduhr. „Marion erwartet mich um 22 Uhr zurück. Sie war beim Elternabend und ich werde vermutlich eine Stunde brauchen, um sie wieder zu beruhigen."

„Ist dein Sohn so widerspenstig?"

„Nein, der nicht", lachte Benedikt. „Aber die anderen Eltern. Du glaubst gar nicht, um welche Nebensächlichkeiten heutzutage Generaldebatten losgetreten werden. Momentan geht es um eine Klassenreise."

„Ich erahne das Problem."

„Die eine Hälfte möchte mit dem Fahrrad durch die Harburger Berge, die andere auf Skireise nach Ischgl. Der gemeinsame Nenner lässt sich nicht ganz so einfach finden."

„Und die Kids?"

„Die werden nicht gefragt."

„Oh je, Peter! Dann viel Glück. Ich schaue mal, ob ich noch etwas in Erfahrung bringen kann."

„Glaubst du, dass du dort unerkannt bleibst?"

Staller warf einen Blick in den Garderobenspiegel. „Ich werde ein bisschen nachhelfen. Unsere Maskenbildnerin hat mir ein paar Tricks gezeigt."

„Da bin ich aber gespannt."

Der Reporter holte sich eine Kiste heran und wühlte darin herum. Dann benetzte er seine Oberlippe mit einer zähen Flüssigkeit. Dort hinein drückte er einen üppigen Schnurrbart mit herabhängenden Enden, der seinem Gesicht eine traurige Note verlieh. Das Make-up von der Sendung hatte er so gelassen. Nun drückte er noch eine Baskenmütze auf seine Haare, sodass sie keck und etwas schief saß.

„Was sagst du, Peter?"

„Verblüffend, dafür, dass du nicht viel gemacht hast. Auf den ersten Blick hätte ich dich nicht erkannt."

„Es geht darum, mit einfachen Mitteln eine Ablenkung zu starten, die in eine bestimmte Richtung lenkt. Der dunkle Teint war die Grundidee. Zusammen mit der Mütze denkt jeder nach einem flüchtigen Blick: aha, ein Südeuropäer. Der Bart verändert die Gesichtsform, deutet aber in dieselbe Richtung."

„Genau das war mein erster Gedanke: ein Franzose." Der Chefredakteur war beeindruckt.

„Voilà! Noch eine kleine Accent – parfait!"

„Jetzt bin ich sicher, dass dich niemand erkennen wird. Viel Glück!"

„Das wünsche ich dir auch, Peter! Wie es sich anhört, wirst du es mehr brauchen als ich", grinste der Reporter.

Staller parkte seinen Wagen sicherheitshalber einige hundert Meter von dem Lokal entfernt. Mit leicht gebeugtem Rücken schritt er langsam aus. Er wirkte kleiner als die 1,90 Meter, die er aufgerichtet maß, und etliche Jahre älter. In Bewegung hätte ihn vermutlich seine eigene Tochter nicht erkannt.

Von Weitem waren bereits die Tische draußen auf der Straße zu sehen. Unter den roten Schirmen hatten sich viele hungrige Mäuler eingefunden. Die schlichten Bänke waren gut besetzt. Der Reporter zögerte nicht, sondern betrat zielstrebig das Lokal. Draußen bestimmten Touristen das

Bild. Das Stammpublikum saß, ungeachtet der sommerlichen Temperaturen, innen. Niemand kümmerte sich um den Mann mit dem Schnurrbart, der sich suchend umblickte. Der Raum war mit kleinen und großen Tischen vollgestellt und ließ nur schmale Gänge frei. Karierte Tischdecken in Rot und Weiß erweckten einen rustikalen Eindruck. Die Holzstühle mit dunkelroter Lederpolsterung wirkten allerdings deutlich bequemer als die Bierzeltgarnituren im Freien. An den Wänden hingen Schwarzweiß-Bilder aus alten Filmen und jede der breiten Fensterbänke war mit unterschiedlichen Dekostücken vollgestellt. Mit Erstaunen nahm Staller dabei eine Tischlampe zur Kenntnis, die auf die Replika einer Maschinenpistole geschraubt war, womöglich eine AK 47. Zumindest hoffte er, dass es sich um eine Replika handelte.

Zu lange durfte er nicht abwartend im Eingang stehen bleiben. Rechts oder links? Er entschied sich für rechts und schlurfte Richtung Tresen. Der Tisch direkt davor war für acht Personen gedacht, bisher aber nur von zwei Gästen besetzt. Auf der anderen Seite des schmalen Durchgangs stand ein sehr kleiner Tisch. Diesen steuerte der Reporter an und setzte sich so, dass er den ganzen Raum überblicken konnte. Von den beiden anderen Gästen war er höchstens einen Meter entfernt. Sie hatten eine Karaffe Rotwein sowie zwei Gläser vor sich stehen und schwiegen momentan.

Als Speisekarte diente eine handgeschriebene Tafel an der Wand. Ob das Essen hier auch nur halbwegs von der Qualität war, wie sie Mario, sein Lieblingsitaliener, servierte? Staller hatte so seine Zweifel.

„Was darf ich Ihnen bringen?" Der Kellner verzichtete auf jegliche idiomatische Exzentrik, wie sie Mario im Übermaß besaß.

„Tagliatelle avec Lachs, s'il vous plaît", bat er mit erhobener Stimme.

„Sehr gern. Und zu trinken?"

„Pardon?" Staller sprach immer noch lauter als nötig und hielt sich die Hand hinter das Ohr.

„Was möchten Sie trinken?" Der Kellner hatte völlig automatisch ebenfalls die Stimme erhoben, wie man das eben machte, wenn man es offensichtlich mit einem Schwerhörigen zu tun hatte. Als er den verständnislosen Blick seines Gastes sah, führte er pantomimisch ein Glas zum Mund.

„Ah, la boisson!" Jetzt bemühte sich der Reporter um einen konzentrierten Gesichtsausdruck. „Acqua, prego!"

„Kommt sofort!" Der dienstbare Geist eilte hinter die Theke, froh, dass er die erforderliche Kommunikation mit dem neuen Gast erfolgreich bewältigt hatte. Englisch war hier durchaus an der Tagesordnung, aber französische oder osteuropäische Gäste warfen immer wieder linguistische Probleme auf.

Die beiden Männer am Nachbartisch hatten diesen Auftritt zwangsläufig mitbekommen und warfen sich vielsagende Blicke zu. Der ältere Mann würde sie nicht stören.

Staller zog ein Heftchen und einen Kuli aus der Tasche und begann zu schreiben. Er schien sich kein bisschen für seine Umgebung zu interessieren. Auch als sein Wasser kam, schaute er kaum auf, sondern nickte nur dankend.

„Wenn man bedenkt, dass wir gestern noch hier zusammen gegessen haben", bemerkte der größere Mann am Nebentisch düster. Er trug ein rotes Polohemd, das über gewaltigen Oberarmen spannte. Beide Unterarme waren tätowiert.

„Ich kann das auch noch gar nicht fassen", entgegnete sein Gegenüber. „Joschi tot. Das geht nicht in meinen Kopf."

„Er hat Afghanistan überlebt, sich in Berlin einen Namen bei den Hounds gemacht und hier in drei Jahren aus einem Provinz-Chapter die Herrscher des Kiezes geformt. Und dann wird er einfach so in der Karre weggeballert?"

Der Kleine, der ein schlichtes hellblaues T-Shirt und einen Pferdeschwanz trug, schenkte Rotwein nach.

„Was meinst du, wer ist das gewesen?"

Staller ließ es sich nicht anmerken, aber er verfolgte das Gespräch genau. Und im Moment freute er sich, dass es offenbar in die richtige Richtung lief.

Der große Mann machte ein ratloses Gesicht.

„Das werden sich jetzt wohl viele fragen. Ich gehe allerdings davon aus, dass die Hounds Vergeltung wollen."

„Ganz bestimmt. Aber sie dürften auch nicht viel mehr wissen als wir. Die restlichen Devils waren es nicht. Jedenfalls traue ich denen das nicht zu. Außerdem haben sie sich gerade aufgelöst."

„Was ist mit den Drogenlieferanten?"

Der Kleine schüttelte den Kopf. „Man erschießt doch nicht seine Käufer! Nein, das glaube ich nicht. Vielleicht jemand aus seiner Vergangenheit. Wenn du jahrelang mit den Bad Boys spielst, dann bleiben dir nicht nur Freunde."

„Da kommt Riese! Vielleicht weiß der ja etwas."

Der große Mann stand erwartungsvoll auf. Staller ließ seine Augen kurz Richtung Eingang huschen. Der Kerl in der schwarzen Lederhose machte seinem Namen alle Ehre, denn er musste den Kopf mächtig einziehen, um das Lokal überhaupt betreten zu können. Als er sich innen aufrichtete, war er deutlich über zwei Meter groß. Seine zu einem Irokesen gestylten Haare verstärkten diesen Eindruck noch. Er trug eine über und über mit Nieten besetzte Jeansjacke und wirkte überhaupt etwas aus der Zeit gefallen. Dicke Ringe zierten vier seiner Finger und mit Conchas verzierte Lederarmbänder spannten um seine breiten Handgelenke.

„Lukas! Schön, dich zu sehen!" Riese und der größere Mann verschränkten die Hände und knallten sich die andere Pranke auf die Schulter.

„Benny, alles klar?" Auch der zweite Mann wurde begrüßt. Dann setzten sich alle drei wieder hin. Riese bekam ungefragt ein großes Bier. Offenbar gehörte er zu den Stammgästen, bei denen sich gewisse Rituale etabliert hatten.

„Wir haben gerade über Joschi geredet. Wer es wohl gewesen ist", platzte Lukas raus, nachdem Riese sein Bier angetrunken hatte. Dieser warf einen misstrauischen Blick in Richtung auf den Tisch, an dem Staller wieder in sein Heftchen schrieb.

„Keine Sorge. Das ist ein Franzmann. Versteht kein Wort Deutsch und schwerhörig ist er auch noch. Ein Wunder, dass Carlo überhaupt herausbekommen hat, was er haben will."

Nach einem weiteren, skeptischen Blick akzeptierte Riese diese Erklärung. Staller hatte inzwischen sein Essen bekommen und nahm immer wieder scheinbar abwesend eine Gabel voll, während er eifrig weiter kritzelte.

„Ganz übles Ding mit Joschi. Und es gibt ein Gerücht, das die Sache womöglich noch schlimmer macht."

„Echt? Erzähl mal, Riese", forderte Benny ihn auf.

Dieser schaute sich zunächst um, bevor er sich über den Tisch beugte und halblaut erklärte: „Als Joschi zu den Hounds kam, da hat er einen kapitalen Bock geschossen."

„Was denn?" Lukas bekam ganz große Augen vor Anspannung.

„Es heißt, dass er was mit Caspars Old Lady angefangen hat."

Zufrieden mit der Wirkung seiner Auskunft lehnte Riese sich zurück und trank sein Bier mit einem gewaltigen Zug aus.

„Nein!", flüsterte Benny und wurde merkbar bleich im Gesicht. „Das ist ja quasi eine Todsünde! Und das, während Caspar im Knast sitzt!"

„Die bessere Hälfte vom Präsi? Na, der traut sich ja was!"

„Am Anfang hat Joschi das wohl nicht gewusst. Aber trotzdem – das geht gar nicht! Caspar hätte jedes Recht ihn umzubringen."

„Wusste er denn davon?"

„Keine Ahnung. Aber andererseits: Wenn wir es wissen, dann gibt es keinen Grund, warum er es nicht wissen könnte."

„Aber Caspar kann es nicht gewesen sein", überlegte Lukas, der kein allzu schneller Denker zu sein schien. „Der sitzt ja im Knast."

„Er muss es ja nicht selber getan haben. Es reicht ja, wenn er den Auftrag erteilt", klärte Benny seinen Kumpel auf.

„Caspar Kaiser war der einzige von dem Haufen, der Eier in der Hose und Grips im Kopf hatte. Schon Bandit, sein Vize, war nur ein simpler Schläger. Von daher wäre es Caspar zumindest zuzutrauen, dass er das organisiert hat. Möglichkeiten hat er da drinnen ja fast genauso viele wie draußen." Riese nickte mehrmals wie zur Bekräftigung.

„Was ist mit Kohle? Ein Auftragskiller arbeitet nun nicht gerade für Klimpergeld", fragte sich Benny.

„Und schon gar nicht einer, der so professionell und sauber arbeitet wie dieser", ergänzte Riese. „Aber da gibt es verschiedene Möglichkeiten. Vielleicht schuldet irgendjemand Caspar noch einen Gefallen oder jemand von außen hat das Geld besorgt. Jemand, der darauf vertraut, dass Caspar es zurückzahlt."

„Stimmt das echt, dass du im Knast alles kriegst? Handys, Drogen, Waffen? Das kann doch eigentlich nicht sein", wunderte sich Lukas, der offenbar nicht über persönliche Erfahrungen in dieser Hinsicht verfügte.

„Wieso kann das nicht sein? Es ist sogar viel einfacher als auf der Straße. Draußen kommen wie viele, 50? brave Bürger auf einen Kriminellen. Wenn du die auf eine Waffe anhaust, rennen die natürlich gleich zu den Bullen. Im Knast ist das Schlimmste, was dir passieren kann, dass du an jemanden gerätst, der nicht die Connections hat, die du brauchst. Dann fragst du halt den nächsten. Aber es wird dich niemand verpfeifen."

„Da hast du natürlich recht, Riese", räumte Lukas ein. „Aber wie kommen die Sachen rein?"

„Wahrscheinlich ist es einfacher zu sagen, wie sie nicht reinkommen. Das sind nämlich weniger Möglichkeiten." Riese war offenbar dankbar, dass er sich seinen Gesprächspartnern gegenüber so kompetent erklären konnte. „Aber reden macht furchtbar durstig!"

Benny verstand den dezenten Hinweis und orderte ein neues großes Bier, das prompt in Rekordzeit gebracht wurde. Riese leerte es mit einem Zug zur Hälfte, unterdrückte einen Rülpser und wischte sich den Schaum vom Mund ab.

„Also: Alle Leute im Umfeld von jedem Knast dieser Welt fühlen sich unterbezahlt. Ihre Arbeit ist nicht der Brüller, sie werden rumgeschubst und gefährlich ist es unter Umständen auch noch. Egal ob Wärter, Lieferanten, Küchenpersonal, Wäscherei – jeder ist bereit für ein paar Scheine ein Auge zuzudrücken."

„Besucher können auch was reinschmuggeln", behauptete Lukas, der sich an etwas erinnerte. „Die Alte von Mucki Pinzner hat doch damals die Knarre im Slip versteckt, mit der er den Staatsanwalt umgepustet hat!"

„Okay, so einfach würde das heute nicht mehr funktionieren. Aber wer es will, der bekommt es hin, so viel ist mal sicher."

Staller, der inzwischen noch ein Dessert geordert hatte, wieder mit offensichtlichen Verständigungsproblemen, war vom Erfolg seiner Mission positiv überrascht. Eine Affäre zwischen Joschi als Außenstehendem und der Old Lady des Präsis war tatsächlich ein sehr gutes Motiv. Und so sehr die kleine Gesprächsrunde am Nachbartisch auch mit Klischees hantierte – in einem Punkt hatte sie recht: Es war definitiv möglich, aus dem Gefängnis heraus einen Mord in Auftrag zu geben. Der Beweis dafür wurde regelmäßig angetreten. Dieser Ansatzpunkt verdiente unbedingt eine genauere Recherche.

„Was mag ein solcher Mord wohl kosten?", fragte sich Lukas, der an dem Thema mehr und mehr Gefallen fand.

„Billig ist das bestimmt nicht", äußerte sich Benny mangels konkreten Fachwissens eher vage. Wieder einmal war es Riese, der am ehesten mit Fakten aufwarten konnte.

„Es heißt ja, dass es zwei Mann auf einem Motorrad gewesen sein sollen. Die wollen beide bezahlt sein, denn auch der Fahrer wandert in den Bau, wenn sie erwischt werden. Das Bike müssen sie natürlich vorher klauen oder ein geklautes kaufen, die Knarre kostet auch ein paar Scheine. Dazu Reisekosten und die Klamotten, die sie schließlich auch wegwerfen müssen. Mindestens ein weiteres Fluchtfahrzeug und ein sicherer Ort, wo sie erst mal untertauchen können", zählte er auf. „Bei echten Profis bist du da schnell im sechsstelligen Bereich."

„Wow!", machte Lukas und starrte den Sprecher mit großen Augen an. „Das ist aber mal ein einträgliches Geschäft."

„Schon. Aber das Risiko ist natürlich auch nicht zu unterschätzen. Du sitzt schließlich nicht nur ein paar Monate im Knast, wenn das schiefgeht", überlegte Benny.

„Ich finde, wenn ich hier so viele Informationen liefere, dann könntet ihr auch etwas beitragen. Zum Beispiel einen Grappa. Und noch ein Helles." Um seinen Anspruch zu untermauern, leerte Riese zügig sein Glas.

„Klar!", beeilte sich Benny zu sagen und machte eine auffordernde Handbewegung Richtung Tresen. „Wir sollten unbedingt auf Joschi trinken!"

Die gewünschten Getränke erschienen schnell und die kleine Gruppe stieß mit den Schnapsgläsern an.

„Auf Joschi!", erklang es halblaut aus drei Kehlen. Niemand sonst im Lokal bekam diesen Toast als letzten Gruß an den Verblichenen mit. Danach schien das Thema ausreichend behandelt zu sein, denn die drei Männer begannen sich über Fußball zu unterhalten.

Staller erkannte, dass er keine weiteren Informationen mehr bekommen würde, und zahlte umständlich. Sein Abgang wurde von dem Trüppchen vollständig ignoriert, denn sie hatten erneut Grappa geordert und konzentrierten sich vollständig auf das Hochprozentige.

Der Reporter verließ gebückt das Lokal und trat langsam den Rückweg zu seinem Wagen an. Als er in seinem Pajero saß, zog er sich die Baskenmütze vom Kopf, unter der es doch recht warm geworden war, und fuhr sich durch die verschwitzten Haare. Der Aufwand hatte sich gelohnt, auch wenn das Essen nicht annähernd an die Küche von Mario heranreichte.

* * *

Die Kollegen von der Abteilung Organisierte Kriminalität, kurz OK, traten wie immer im Rudel auf und wirkten irritierend inoffiziell. Thomas Bombach hatte Probleme, die drei Herren adäquat in seinem Büro zu platzieren, was seinen Besuchern aber herzlich egal war. Einer nahm auf dem Besucherstuhl Platz, einer lehnte sich auf das furnierte Aktenregal und der dritte okkupierte mit einer Hinterbacke den Schreibtisch.

„Da hast du ja mal einen richtigen Fall in den Fingern, Bommel", eröffnete der auf dem Besucherstuhl das Gespräch. Er nuschelte ziemlich, was möglicherweise an dem Kaugummi lag, mit dem er seine Kiefer ausdauernd malträtierte. Zu einem weißen Hemd, das aussah wie aus einem Indienladen der Siebziger, trug er eine schwarze Lederweste. Die halblangen Haare wirkten schmuddelig und verliehen ihm ein leicht verwegenes Aussehen.

„Joschi Saleh, der ungekrönte König vom Kiez." Der Mann am Aktenregal erweckte mit seiner Nerdbrille und dem jahreszeitenuntypischen Wollpullunder den Eindruck eines einsamen Computergenies, das er möglicherweise auch war.

„Eigentlich jemand von unserem Playground. Er spielt bei den großen Jungs", ergänzte der Schreibtischbesetzer, der eine selbstgedrehte Zigarette hinter dem rechten Ohr trug. Den anderen Lauscher zierte ein beachtlicher goldener Ring. Die Fingerspitzen zeigten deutliche Nikotinspuren und die Nägel hatten länger keine Bürste mehr gesehen.

In der Summe machten die drei vom OK dem Ansehen der Polizei keine Ehre, befand Bombach. Ihr Äußeres empfand er als klischeehaft, ihr Verhalten arrogant und ihren Auftritt irgendwo zwischen aufdringlich und gönnerhaft. Außerdem hatte er keine Ahnung, was sie von ihm wollten.

„Was führt euch zu mir?", begann er deshalb defensiv. „Wer Joschi ist, hat sich auch über eure Abteilung hinaus rumgesprochen."

„Tatsächlich?" Der Mann auf dem Besucherstuhl streckte die langen Beine entspannt aus und hing nun nur noch auf der Kante des Sitzes. „Tja, man sollte euch Eichhörnchen des Präsidiums nicht unterschätzen. Hier ein Nüsschen sammeln, da eine Buchecker und hin und wieder merkt ihr euch sogar, wo ihr sie verbuddelt habt."

Seine Kollegen grinsten über diese kryptische Aussage. Bombach spürte, wie in ihm der Ärger aufwallte, riss sich aber zusammen.

„Wie ihr ganz richtig erkannt habt, habe ich einen Fall zu bearbeiten. Insofern wäre ich euch dankbar, wenn ihr langsam mal sagt, was ihr wollt. Zum gemeinsamen chilligen Abhängen fehlt mir ein bisschen die Zeit."

„Hach, es steht gut um Deutschlands Beamte", grinste der Mann vom Schreibtisch. „Immer voller Tatendrang, stets bereit den nächsten Aktenordner aufzuschlagen. Du wirst es noch weit bringen, Bommel!"

„Bist du nicht kürzlich Vater geworden?", erkundigte sich der Nerd am Regal. „Klar, Zwillinge! Da wäre doch ein kleiner Karrieresprung sicher hilfreich, oder?"

„Ich sage es ja wirklich ungern, aber ihr fangt an mir auf die Nüsse zu gehen", stellte Bombach säuerlich fest. „Jetzt tragt euer Anliegen vor oder nervt jemand anderen!"

„Auf die Nüsse gehen! Also Humor kann unser Eichhörnchen", lachte der Mann auf dem Stuhl. Seine Kollegen fielen meckernd ein. „Also schön, ich komme zur Sache."

„Na, besten Dank!", brummte Bombach.

„Wie du dir denken kannst, fällt Joschi normalerweise in unser Ressort. Rockerklub, Drogen, Prostitution, Schutzgeld, bla, blubb, das ganze Programm."

„Aber?"

„Na ja, der Chef ist offenbar der Meinung, dass es momentan ausreicht, wenn du die Ermittlungen leitest."

„Welch unverdiente Ehre!", warf Bombach sarkastisch ein.

„Seh' ich auch so. Aber wenn der Präsi es sagt, dann wird es so gemacht. Allerdings mit einer Einschränkung."

„Die da wäre?"

„Alle Memos, alle Mails und alle Protokolle gehen in Kopie an uns. Das soll uns beiden nützen. Wir wissen immer, was hier passiert, und du bekommst von uns einen Tipp, wenn du irgendwo reingestochen hast, wo's weh tut. Wir wollen ja, dass es dir gut geht, so als jungem Vater."

Der Kommissar hörte regungslos zu. Warum bekam er bei den Kollegen vom OK immer den Eindruck, dass sie zwischen den Stühlen saßen? Färbte der permanente Umgang mit Schwerkriminellen derartig ab, dass man Polizisten und Verbrecher schließlich mit bloßem Auge nur noch schwer unterscheiden konnte? Jedenfalls fand er ihre Aussagen immer schwammig und wenig den Dienstvorschriften entsprechend.

„Ich fasse mal zusammen, damit es keine Missverständnisse gibt. Der Mord an Joschi bleibt mein Fall, aber eure Abteilung soll über sämtliche Ermittlungsergebnisse informiert werden?"

„Ich hab' euch doch gesagt, der Bommel ist ein schlaues Kerlchen. So doof, wie der aussieht, ist er gar nicht!" Der Mann auf der Schreibtischkante beugte sich rüber und tätschelte Bombachs Wange. „Genau so, Mann, du hast es erfasst!"

„Und was bekomme ich von euch?"

„Den reichhaltigen Schatz unserer langjährigen Erfahrungen mit den Hounds, den Devils und anderen Teilnehmern aus dem Stuhlkreis Schwerverbrecher und Konsorten. Also, solange es nicht mit unseren Interessen kollidiert."

„Mit anderen Worten: Ihr entscheidet, was ihr mir sagt oder auch nicht", stellte der Kommissar trocken fest.

„Du hast es erfasst", lobte der Hauptsprecher und erhob sich von seinem Stuhl. „Also nicht vergessen: das OK immer in cc, gelle!"

„Danke für deine Aufmerksamkeit!" Auch der Schreibtischbesetzer stand auf.

„Viel Glück dann!" Der Nerd bemühte sich immerhin um einen höflichen Abgang.

„Kommando zurück!", bellte Bombach, der die nervtötende Art seiner Kollegen einfach nicht mehr ertrug. „Ich bin nicht euer Mäppchenträger. Ihr mögt es kaum glauben, aber auch alle anderen Abteilungen außer eurer sind wichtig. Wenn es also euer knappes Zeitbudget erlaubt, dann hätte ich gerne einen kleinen Abriss über die möglichen Verdächtigen. Falls es nicht den übergeordneten Interessen des OK widerspricht."

Der Sprecher der kleinen Gruppe hatte die Tür schon erreicht, drehte sich aber aufreizend lässig noch einmal um.

„Schnapp dir den Mopedfahrer, dann hast du deinen Verdächtigen. Das ist doch relativ einfache Polizeiarbeit." Dann wandte er sich an seine Mitarbeiter. „So, Kollegen, Abflug! Das Briefing ist beendet."

Mit zusammengebissenen Zähnen beobachtete Bombach, wie das Grüppchen im Gänsemarsch sein Büro verließ. Diese überhebliche Art war es, die die Rivalität der einzelnen Abteilungen im Präsidium am Leben erhielt. Von gleichberechtigtem Miteinander konnte keine Rede sein. Die Abteilung Organisierte Kriminalität hielt sich für eine Art Eliteeinheit und ließ jeden Kollegen spüren, dass sie über qualifizierteres Wissen verfügte als die sogenannten normalen Polizisten. Bei einer Zusammenarbeit auf Augenhöhe hätten ihm die Kollegen wenigstens einen knappen Überblick über die aktuelle Situation rund um die Hounds of Hell und ihre potenziellen Konkurrenten geben können. Natürlich würde er diese Information bekommen können, wenn er schriftlich darum ersuchte. Aber dann befand er sich genau in der Position als Bittsteller im eigenen Hause, die er abgrundtief hasste.

Er war ein guter Polizist. Und hartnäckig. Es würde ihm auch ohne Unterstützung der Abteilung OK gelingen, den Mörder von Joschi Saleh dingfest zu machen. Und bis dahin konnten sich die Jungs ihr cc dahin schieben, wo die Sonne nicht oft hinschien. Ohne schriftliche Aufforderung würde er gar nichts machen. Basta!

* * *

Der Raum, in dem die Präsentation stattfand, war gut besetzt. Die Spitze des Wirtschaftsressorts der Hansestadt war vollständig erschienen und die einzelnen Fraktionen der Bürgerschaft hatten alle mindestens zwei Vertreter entsandt. Männer waren typischerweise wieder mal in der Mehrheit, nur die Grünen hatten ihre Delegation paritätisch besetzt.

Norman Schrader hatte sein Sakko über einen Stuhl gehängt und die Ärmel seines Oberhemdes aufgekrempelt. Er strahlte damit aber nicht diese gewollte Lässigkeit der neuen Managergeneration aus, sondern vermittelte lediglich den Eindruck, dass er bereit war für seine Ziele hart zu arbeiten. Das einnehmende Lächeln in seinem Gesicht bedeutete, dass er seinen Job liebte und von seinem Projekt überzeugt war. In Händen hielt er ein Tablet, von dem aus er die Präsentation an der Leinwand in seinem Rücken steuerte. Den dazugehörigen Vortrag hielt er frei, wobei er ungezwungen und sicher auftrat.

„Meine Damen und Herren!" Er ließ den Blick über die gespannte Zuhörerschaft wandern. In keinem Gesicht konnte er Langeweile oder Ablehnung erkennen. Das war gut. „Unsere Gesellschaft befand sich schon immer im Wandel. Neu ist nur das Tempo, in dem das geschieht. Auch die Komplexität der Entwicklungen hat spürbar zugenommen. Deswegen sind die Ansprüche an neue wirtschaftliche Konzepte enorm gestiegen. Früher stellte sich lediglich die Frage, ob ein Unternehmen Arbeitsplätze schafft und Gewinn erwirtschaftet. Hieß die Antwort zweimal ja, dann hatte der entsprechende Betrieb Ihre Unterstützung."

Beifälliges Gemurmel und leises Lachen ertönte aus der Runde.

„So einfach ist das heute nicht mehr. Aber das ist auch gut so! Unsere Jugend fordert völlig zu Recht, dass wir den Ausverkauf des Planeten nicht unnötig vorantreiben sollen. Die Menschen, die ihre Knochen in einem langen Arbeitsleben für unser aller Wohlstand hingehalten haben, möchten nicht im Ruhestand am Hungertuch nagen. Verständlich! Und diejenigen, die jetzt mitten im Arbeitsleben stehen, vielleicht eine Familie gründen, die fragen sich, warum gerade sie jetzt für alle daraus resultierenden Kosten den Kopf hinhalten sollen, denn das können sie nicht. Nachvollziehbar!"

Er machte eine kleine Kunstpause und blickte nach vorn. Gespannte Gesichter überall, selbst der Wirtschaftssenator hing förmlich an seinen Lippen.

„Wie können wir dieses Dilemma lösen?" Schrader tippte auf seinen Bildschirm und auf der Leinwand erschienen drei Worte. In der oberen Zeile stand *Neu denken* und darunter *Synergie*. „Was meine ich damit konkret?"

Für die folgende Geschichte legte er sein Tablet aus der Hand und wanderte langsam vor der Leinwand auf und ab.

„Ich habe neulich ein Mehrgenerationenhaus auf dem Land besucht. Eine kleine Wohnanlage mit acht Einheiten. Gegründet und erbaut von einer Kooperative aus Privatleuten. Der jüngste Bewohner war noch nicht geboren, die älteste Bewohnerin war beim Einzug achtzig Jahre alt. Neben den privaten Räumen wurde von vorneherein ein gemeinschaftlicher

Bereich geplant. Obwohl die Ansprüche an dieses Projekt überdurchschnittlich hoch waren – eigene Energiegewinnung, großes Grundstück zur Selbstversorgung und absolute Barrierefreiheit, um nur drei Beispiele zu nennen – bezahlen die Menschen dort nicht mehr als im ortsüblichen Vergleich."

Er wandte sich wieder frontal seinem Publikum zu.

„Weil es nämlich ganz erhebliche Synergieeffekte gibt. Auf dem Land geht es momentan noch nicht ohne Auto und im Normalfall hat jede Familie 1,4 Fahrzeuge. Dieses Projekt kommt mit vier PKW und einem Roller aus."

Die Zuhörer nickten beifällig. Bei einem eher unterdurchschnittlich ausgestatteten Golf als Berechnungsgrundlage ergab sich in diesem Punkt eine Ersparnis von etwa 175.000 Euro. Und das bezog sich nur auf die Anschaffungskosten.

„Acht Wohneinheiten verfügen in der Regel auch über acht Waschmaschinen und oft auch über die entsprechende Menge Wäschetrockner. In der gemeinsamen Waschküche stehen gerade mal zwei Maschinen. Ich könnte mit diesen Beispielen noch lange weitermachen, aber Sie verstehen das Prinzip."

„Wer entscheidet denn über den Bedarf?", fragte ein Mann von der FDP.

„Alle Mitglieder der Kooperative gemeinsam. Ein sehr basisdemokratischer Vorgang, der natürlich nur bis zu einer gewissen Größe der Gruppe reibungslos funktioniert. Aber Synergieeffekte ergeben sich nicht nur bei materiellen Dingen", fuhr Schrader an alle gewandt fort. „Aufgaben für die Gemeinschaft werden nach Bedürfnissen und Fähigkeiten verteilt. Und auch im privaten Bereich findet ein reger Austausch statt. Warum soll die Oma sich mühsam in ihren PC einarbeiten, wenn der Jugendliche nebenan das ruckzuck erledigt hat? Dafür passt sie auf das kleinere Kind auf, wenn die Eltern abends weggehen wollen."

„Birgt das nicht ungeheuer viel Konfliktpotenzial? Was ist, wenn jemand dieses System zu seinem Vorteil ausnutzt?", wollte ein Abgeordneter der CDU wissen.

„Die Fragestellung ist grundsätzlich berechtigt. Bei diesem speziellen Beispiel würde ein solcher Fall in der Vollversammlung zur Sprache gebracht werden. Wenn man sich das Projekt bedeutend größer vorstellt, dann müsste man meiner Meinung nach andere Mechanismen implementieren. Und damit kommen wir nun zu dem, was ich Ihnen heute gerne vorstellen möchte. Das Bisherige war sozusagen die Einführung, damit Sie verstehen, auf welchem Hintergrund meine Idee fußt."

Schrader ging mit elastischen Schritten zurück an den kleinen Tisch und nahm erneut sein Tablet in die Hand.

„Folgende Probleme haben die politische Agenda in letzter Zeit vornehmlich bestimmt", erklärte er und rief eine neue Seite auf, in der passend zu seinem Vortrag die entsprechenden Begriffe aufploppten. *Pflege, Altersarmut und Geflüchtete.*

Bei dem letzten Begriff wurde es unruhig im Raum. Dieses Thema war immer noch extrem heikel, obwohl die Zahlen permanent rückläufig waren.

„Ich weiß, dass alle diese Themen sehr emotional belastet sind. Aber gerade deshalb verdienen sie es, dass wir uns ihrer annehmen – und zwar möglichst unvoreingenommen. Denn dass diese Themen präsent sind, zieht niemand in Zweifel, oder?"

Das Gemurmel wurde leiser und einzelne Köpfe wurden geschüttelt.

„Diesen drei singulären Themen ist noch ein weiteres beigeordnet, das sozusagen über allem schwebt und trotzdem von verantwortungsvollen Politikern und Unternehmern bei jeder Entscheidung in den Fokus gerückt werden muss: *Nachhaltigkeit.*"

Die Vertreterin der Grünen nickte an dieser Stelle mehrmals zustimmend.

„Das soll es aber nun wirklich gewesen sein mit der Vorrede. Ich möchte Sie weder langweilen noch ihre Zeit über Gebühr in Anspruch nehmen. Der folgende kleine Film stellt mein Projekt in etwa drei Minuten kurz vor. Danach stehe ich Ihnen für Fragen zur Verfügung." Er tippte auf sein Tablet und auf der Leinwand erschien als Einstieg ein animiertes Logo mit den Worten *ZusammenLeben.*

Der professionell gestaltete Film zeigte eine moderne Wohnanlage von gewaltigem Format. Immer wieder wurden einzelne Details ins Bild genommen. Eine flächendeckende Fotovoltaikanlage, ein Kinderspielplatz oder eine ultramoderne Großküche mit chromblitzenden Flächen. Aber auch die menschliche Komponente fand ausreichend Beachtung. Jugendliche Mädchen mit Kopftuch lasen einer Gruppe Seniorinnen in Rollstühlen vor und ein rüstiger Rentner arbeitete mit vier Schwarzen, die unter seiner Anleitung in einer Werkstatt Möbel schreinerten. Unter die Bilder war eine unaufdringliche Musik gelegt, die den positiven Eindruck des Films unauffällig verstärkte. Als letzte Einstellung diente ein Lageplan, der die Ausmaße des Projekts erahnen ließ. Dieser blieb zum Schluss als Standbild auf der Leinwand.

„Tja, meine Damen und Herren – das ist mein Projekt *ZusammenLeben*. Es ist mir wichtig, dass Sie einen Eindruck von der zugrundeliegenden Intention bekommen, daher habe ich den kleinen Film nicht mit Daten und Zahlen gespickt. Selbstverständlich existieren diese jedoch bereits. Sie können sie gerne einsehen, wenn Sie möchten. Aber zum jetzigen Zeitpunkt geht es zunächst um eine grundsätzliche Entscheidung: Möchten Sie generell, dass ich ein solches Projekt in Hamburg verwirkliche?"

Norman Schrader zog sich von dem kleinen Tisch zurück und lehnte sich locker an ein Sideboard neben der Leinwand an der Stirnseite des Raumes.

„Das klingt alles ganz spannend und fortschrittlich", begann einer der Spitzenbeamten aus dem Wirtschaftsressort die Diskussion. „Aber warum werden wir alle zu diesem Zeitpunkt involviert?"

Die Frage trug einen Subtext in sich, der konkret so nie ausgesprochen werden würde, aber lautete: Was wollen Sie von uns? Was wird uns das kosten?

„Sie werden erkannt haben, dass die Größenordnung dieses Projektes im dreistelligen Millionenbereich liegen dürfte. Die gute Nachricht ist: Diese Summe werde ich finanzieren." Schrader gestattete sich ein warmes Lächeln. „Die Stadt übernimmt keinerlei Risiko."

„Das klingt fast zu schön, um wahr zu sein", freute sich der Wirtschaftssenator. „Wo ist also der Pferdefuß?" Der Mann war für seine klaren Worte bekannt.

„Es gibt keinen. Jedenfalls nicht in dem von Ihnen unterstellten Sinne", antwortete Schrader. „Ich brauche keinerlei Bürgschaften von Ihnen, ich möchte nicht über Steuersätze verhandeln und ich habe auch keine Kompensationsgeschäfte im Hinterkopf. Mein Projekt kostet die Stadt keinen Cent extra. Punkt."

„Aber?", dehnte der Wirtschaftssenator. „Es gibt doch ein Aber, oder?"

„Wenn Sie so wollen, ja. Für ein Projekt dieser Dimension werde ich Ihre Unterstützung brauchen. Aber ich verspreche Ihnen, dass es sich nicht um zusätzliche finanzielle Aufwendungen handelt. Es beginnt mit dem Grundstück. Wir reden hier über einige Hektar. Da kommt geradezu zwangsläufig die Stadt ins Spiel."

„Sie wollen verbilligtes Bauland?", erkundigte sich der Senator direkt.

„Ganz klar: nein! Kein verbilligtes. Aber Bauland werde ich brauchen. Die Stadt muss es mir verkaufen wollen."

„Geht es dabei um die neuen Quartiere auf dem Grasbrook?", wollte die Vertreterin der Stadtentwicklungsbehörde wissen.

„Nicht zwangsläufig, aber natürlich bietet die völlige Neugestaltung eines Stadtteils bessere Chancen für die Umsetzung eines solchen Vorhabens als die Suche nach einem geeigneten Grundstück in einem bereits komplett bebauten Quartier. Ich bin da nicht festgelegt."

Nach der Hafencity war die Umwidmung des Grasbrooks das nächste große Entwicklungsprojekt der Hansestadt. Hier waren in naher Zukunft gewaltige Veränderungen zu erwarten.

„Angenommen, es fände sich ein geeignetes Grundstück – wie ginge es dann weiter?" Der Wirtschaftssenator ergriff wieder das Wort.

„Ich möchte gerne meine Vorstellungen von einem möglichst nachhaltigen Bau umsetzen. Das bedeutet zunächst einmal weitestgehende Autarkie, was die Energieversorgung angeht. Wie das umzusetzen ist, hängt von der Lage ab. Und natürlich von den zuständigen Behörden. Aber weil ich nicht an ein eigenes Atomkraftwerk denke, sondern an so harmlose Dinge wie Erdwärme, Sonnenkollektoren und Energiespeicher, dürfte es da keine grundsätzlichen Probleme geben."

„Wir befinden uns hier ja in einem überwiegend informellen Vorgespräch", stellte der Vertreter der FDP fest. „Sie wollen uns also erzählen, dass Sie 100 Millionen in eine Öko-Wohnanlage investieren, in der Flüchtlingskinder zu Pflegekräften ausgebildet werden?"

„Ganz so war der Plan nicht, aber die Idee ist an sich nicht schlecht", antwortete Schrader und tippte ein paar Stichworte in sein Tablet.

„Was ist Ihr Ziel bei diesem Projekt?", wollte der Mann von der CDU wissen.

„Ich will die Karte mit dem Altruismus nicht überreizen", erwiderte Schrader offen. „Wie Sie alle wissen, bin ich Unternehmer. Mein Ziel ist es Geld zu verdienen. Allerdings bin ich in der privilegierten Situation, dass es nicht um jeden Preis Gewinnmaximierung sein muss. Dann müsste ich besser mit Drogen oder Waffen handeln."

Das Publikum feixte erwartungsgemäß.

„Ich möchte Ihnen gar nichts vormachen", fuhr der Unternehmer fort. „Meine internen Planungen sehen vor, dass das Projekt innerhalb von drei Jahren die Gewinnzone erreichen soll. Dafür sind drei Faktoren bestimmend. Erstens: Wir haben genügend Jugendliche in der Betreuung, für die wir die üblichen Gelder erhalten. Zweitens: Gleiches gilt für Menschen mit erhöhtem Pflegebedarf. Und schließlich drittens: Die von mir angestrebten Synergieeffekte zwischen diesen beiden Bereichen und den Bewohnern, die weder in die eine noch in die andere Kategorie fallen, greifen auch. Im Idealfall ist *ZusammenLeben* ein Projekt, das Jugendheim, Pflegeheim und sozialen Wohnungsbau unter einen Hut bekommt, besser ist als die einzelnen Komponenten und dabei kostengünstiger."

Die entstehende Pause zeigte, dass alle, die diesen Vortrag gehört hatten, über die Angelegenheit nachdenken mussten. Die ebenso kurzen wie klaren Äußerungen des Unternehmers waren für die Zuhörer ungewohnt und überraschend.

„Haben Sie noch irgendwelche Fragen? Wenn ich kann, möchte ich sie Ihnen gerne beantworten."

Die Vertreterin der Stadtentwicklungsbehörde fasste sich zuerst. Vielleicht war sie auch nur einfach von allen Anwesenden am dichtesten am Thema dran.

„Sie haben Ihre unternehmerischen Ziele sehr klar umrissen. Wie beurteilen Sie denn die Risiken? Was passiert, wenn Ihr Plan aus welchen Gründen auch immer nicht funktioniert?"

„Dann gibt es zwei Möglichkeiten." Schrader blieb seiner gradlinigen Art treu. „Entweder ich habe den Zeitrahmen zu optimistisch gesteckt, liege in der Sache aber richtig. Dann verfüge ich über die entsprechenden Ressourcen, um den Break-even nach hinten zu verschieben. Oder meine inhaltlichen Ideen sind nicht umsetzbar, weil es zum Beispiel zu wenig Flüchtlinge oder keine Pflegebedürftigen mehr gibt. Das halte ich zwar für extrem unwahrscheinlich, aber in dem Falle existiert weiterhin eine sehr hochwertige und nachhaltige Liegenschaft, die ihre Interessenten sicher finden wird. Denken Sie nur an die Hafencity!"

Mit Immobilien konnte man zurzeit in Hamburg fast nichts falsch machen. Selbst zweifelhafte Objekte in nicht wirklich beliebten Vierteln steigerten ihren Wert seit Jahren kontinuierlich.

„Wenn es nur um das Grundstück geht, dann verstehe ich trotzdem den ganzen Aufwand hier nicht so ganz", meldete sich nun ein führender Politiker der SPD zu Wort.

„Das ist nachvollziehbar", nickte Schrader zustimmend. „Ich will versuchen es zu erklären. Zunächst geht es mir um maximale Transparenz. Sie alle sollen, falls und wenn es zu ernsthaften Verhandlungen um einen Kauf geht, schon wissen, was ich dort plane und wie ich mir die Umsetzung vorstelle. Ansonsten geistert irgendwann die Geschichte vom geheimnisvollen Investor durch die Gazetten, der dadurch automatisch in den Verdacht der Mauschelei gerät. Ich wünsche mir, dass Sie mein Projekt unterstützen, weil Sie mit mir der Meinung sind, dass es neben meinem Profit einen Mehrwert für Hamburg und seine Bürgerinnen und Bürger abwirft. Darüber hinaus bedeutet *ZusammenLeben* natürlich auch einen großen bürokratischen Aufwand. Es werden viele Ressorts involviert sein, vom Gesundheitsamt, Bauamt, Ausländerbehörde bis zur Sozialbehörde und dem Umweltamt. Das macht wohl jedem Bürger erst mal Sorgen. Erst recht, wenn er viele Millionen in die Hand nimmt. Ich bin da ganz ehrlich: Wenn ich mich auf dieses Abenteuer einlasse, dann möchte ich Sie an meiner Seite wissen und nicht gegen einen Apparat kämpfen, dem ich vermutlich nicht gewachsen bin. Aber verraten Sie das bitte nicht weiter! Das würde meinen Ruf als harter Geschäftsmann wohl zerstören."

Er zwinkerte charmant. Nicht jedem wären diese Worte geglaubt worden, aber Norman Schrader besaß eine Aura von Zielstrebigkeit bei gleichzeitiger Bescheidenheit und großer Authentizität. Niemand kam auf die Idee, ihn als Heuschrecke abzustempeln. Zu verbreitet war das Wissen um seine karitativen Tätigkeiten, obwohl er sie nie an die große Glocke hängte. Hier im Raum gab es hingegen niemanden, der nicht wenigstens eines seiner Tätigkeitsfelder kannte.

„Ich danke Ihnen sehr herzlich für Ihre Zeit und Ihre Aufmerksamkeit. Zusammen mit meinen Mitarbeitern treibe ich die Vorarbeiten kontinuierlich weiter voran. Wenn Sie mir als Votum mit auf den Weg geben könnten, dass Sie grundsätzlich offen sind für mein Projekt, dann halte ich Sie gerne über die konkreten Entwicklungen auf dem Laufenden.

Wobei wir alle wissen, dass wir momentan über eine unverbindliche mündliche Absichtserklärung ohne juristische Konsequenzen reden. Alles andere kommt später."

„Da wir somit keinerlei Risiko eingehen, sage ich einfach mal, dass ich gespannt auf die nächsten Schritte warte. Ihr Projekt ist ungewöhnlich und ambitioniert, aber die Zeiten verlangen möglicherweise danach, ausgetretene Pfade zu verlassen. Die Ziele klingen jedenfalls vernünftig."

Der Wirtschaftssenator hatte seine Meinung schnell gefunden. Allerdings war er auch vor diesem Meeting bereits ziemlich gut im Bilde gewesen.

„Ist jemand anderer Meinung?"

Schrader schaute von Gesicht zu Gesicht und wartete eine angemessene Zeit lang, ob sich noch jemand äußern wollte. Als dies nicht der Fall zu sein schien, fuhr er fort: „Ich danke nochmals, diesmal für Ihr Vertrauen. Ich werde mich bemühen, es zu rechtfertigen. Sobald ein vorläufiger Timetable vorliegt, werde ich mich erneut mit Ihnen in Verbindung setzen. Sollte in der Zwischenzeit eine Frage auftauchen – rufen Sie mich gerne jederzeit an."

Er schaltete sein Tablet aus und packte es in die schlichte Aktentasche, während das Gemurmel im Saal lauter wurde. Schrader bekam mit, dass fast alle Anwesenden ihre Gedanken zu dem Gehörten kurz austauschten. Das hielt er für ein gutes Zeichen. Nach seiner Auffassung war das Publikum dem Projekt *ZusammenLeben* gegenüber wohlwollend und aufgeschlossen eingestellt. Ein erster wichtiger Test war bestanden. Nun konnte es weitergehen.

* * *

Das Sichten der Videoaufnahmen aus den Verkehrsüberwachungskameras war glücklicherweise keine unüberschaubare Aufgabe wie sonst so oft. Dadurch, dass Bombach den Zeitrahmen auf wenige Minuten eingrenzen konnte und die Anzahl der Kameras nicht so groß war, wie die Kritiker des "Überwachungsstaates" immer behaupteten, nahm das Material nur wenig Speicherplatz auf seinem Rechner ein.

Problematisch war eher die Qualität. Verglichen mit einem stinknormalen Mobiltelefon gelangen den Verkehrskameras meist nur lausige Aufnahmen. Speziell, wenn er einzelne Bilder vergrößern wollte, erschrak er über die matschigen Konturen. Aber immerhin reichte es, um ein Motorrad von einem PKW zu unterscheiden. Für den Anfang war das genug.

Bereits beim zweiten Band drückte er nach einer Minute auf die Stopptaste. Das Band erfasste die Kreuzung Reeperbahn und Ring 2, eine der größeren Verbindungsstraßen in Hamburg. Das Motorrad kam offensichtlich aus Richtung Spielbudenplatz und bog links ab. Zwei Köpfe waren zu erkennen. Das stimmte also schon mal. Das Zeitfenster war ebenfalls passend. Außerdem war das große Topcase, das der Zeuge beschrieben hatte, klar zu erkennen. Damit stand für den Kommissar fest, dass er ein Bild der Mörder hatte. Nun musste er nur noch hoffen, dass er ihm einige Informationen entnehmen konnte, die ihn auf die Spur der Täter brachten.

Die übliche Prozedur wäre jetzt, dass er das Bild innerhalb des Hauses weiterschickte und um entsprechende Bearbeitung bat. Leider bedeutete das, dass der Vorgang deutlich länger dauern konnte, als ihm lieb war. Außerdem war das Ergebnis nicht zwangsläufig zufriedenstellend.

Alternativ konnte er die Dienste von Mike Staller beziehungsweise seiner Techniker von "KM" in Anspruch nehmen. Das ging schneller, brachte zuverlässigere Ergebnisse und wurde erfahrungsgemäß diskret behandelt. Der Nachteil war nur, dass sein Freund sich wieder ein bisschen unersetzlicher vorkäme.

Nachdem er die Vor- und Nachteile kurz abgewogen hatte, griff der Kommissar seufzend zum Telefonhörer. Der Zweck musste wieder mal die Mittel heiligen.

„Bommel, kannst du hellsehen? Ich wollte mich auch gerade melden!"

Der Reporter klang wie immer putzmunter und motiviert.

„Tatsächlich? Was gibt es denn?"

„Nein, erst du. Du hast schließlich zuerst angerufen."

„Na schön. Ich hätte da ein Bild aus einer Überwachungskamera."

„Auf dem du wie üblich nichts erkennen kannst und das ich für dich bearbeiten soll. Weil dein Verein es mal wieder nicht hinbekommt. Es muss schnell gehen und ich darf mit niemandem drüber reden, stimmt's?"

„Nicht exakt, aber so ähnlich. Es handelt sich um zwei Aufnahmen der mutmaßlichen Mörder von Joschi auf ihrem Motorrad. Reeperbahn, Ecke Ring 2."

„Und du brauchst das Nummernschild und idealerweise ein bestmögliches Bild der Männer. Auch wenn unter einem Motorradhelm im Regelfall nicht viel zu erkennen ist. Und es sich bei der Kamera leider, leider um ein Super 8-Modell von 1953 handelt."

„Ich wünschte, du könntest mir einmal einen Gefallen tun, ohne dass du ein Päckchen Streusalz über meinen Wunden ausleerst." Bombach klang resigniert. „Vermutlich werde ich das allerdings nicht mehr erleben."

„Jetzt sei doch nicht so empfindlich. Mailst du es mir rüber?"

„Schon passiert."

„Ah ja. Ich schau' es mir gerade mal an. Au weia, das ist ja noch schlechter, als ich dachte. Und du bist sicher, dass das aus diesem Jahrtausend ist?"

„Ja", antwortete der Kommissar der Einfachheit halber. Mike konnte halt nicht anders.

„Okay. Eine Stunde. Das Nummernschild werden wir lesen können. Für die Gesichter sehe ich schwarz. Buchstäblich."

„Wie meinst du das?"

„Getönte Visiere. Profis halt. Und das Nummernschild ist entweder mitsamt der Maschine oder extra geklaut. Da wette ich deine fette Pension drauf."

„Versuchst du es trotzdem?" Bombach entschied sich, die stichelnden Bemerkungen einfach zu ignorieren, zumal er in der Sache vermutete, dass sein Freund recht hatte.

„Natürlich. Du weißt doch: Ich helfe gern!"

„Ja, weil es Nervennahrung für deine Überheblichkeit bedeutet."

„Überheblich? Ich? Jetzt machst du mich aber traurig."

„Ich glaube dir kein Wort."

„Solltest du aber. Im Gegensatz zu dir habe ich nämlich einen Ermittlungsansatz."

„Ach ja?"

„Ja. Und weil ich heute meinen großzügigen Tag habe, werde ich ihn mit dir teilen."

„Bist du wieder irgendwo eingebrochen und hast irgendwelches Material gefunden, das daraufhin kein Richter jemals als Beweis zulässt?"

„Du bist undankbar!"

„Ich habe recht und du weißt das auch. Und jetzt sag, was du zu sagen hast. Sonst platzt du noch."

„Unser liebebedürftiger Joschi hatte ein Techtelmechtel mit der Old Lady von Caspar Kaiser."

„Hui!" So gut kannte sich auch Bombach mit dem Ehrenkodex der Rocker aus, dass er diese Information als brisant erachtete. Die festen Freundinnen waren tabu. Das galt erst recht, wenn ihr Mann im Gefängnis saß. Hielt sich jemand nicht an dieses ungeschriebene Gesetz, dann durfte er ungestraft umgebracht werden, auch wenn er dem eigenen Klub angehörte.

„Da staunst du, was? Wenn das jemand von den Hounds mitbekommen hat und es Caspar gesteckt hat, dann wäre das ein erstklassiges Motiv."

„Zumal der Präsi vermutlich sowieso nicht sehr begeistert davon sein dürfte, dass in seiner erzwungenen Abwesenheit ein Auswärtiger kommt und den Laden womöglich besser führt als er selbst."

„Ganz genau. Du kannst ja doch zwei und zwei zusammenzählen! Die Tatsache, dass Caspar im Knast sitzt, spielt dabei keine entscheidende Rolle. Er kann jemanden beauftragt haben. Intern oder extern."

„Und woher weißt du das?" Der Kommissar wusste zwar, dass Staller überall Quellen hatte, aber ein solches Gerücht musste nicht zwangsläufig stimmen. Auch in der Welt der Verbrecher gab es immer wieder Leute, die sich wichtig machen wollten und Dinge verbreiteten, deren Wahrheitsgehalt gering oder nicht nachprüfbar war.

„Ich habe gestern einen informativen Abend bei Joschis Stammitaliener verbracht. Das Essen hielt zwar keinem Vergleich mit Mario stand, aber das Trüppchen an Joschis Tisch hat im Grunde das Gleiche gemacht wie wir. Sie haben überlegt, wer es gewesen sein könnte. Dabei kam diese Info rum."

„Und wie glaubwürdig ist das?"

Staller dachte einen Moment nach, bevor er antwortete.

„Die Jungs waren nicht von den Hounds. Privat hat Joschi offenbar andere Kontakte gepflegt. Ich könnte mir schon vorstellen, dass er da mal mit der einen oder anderen Eroberung rumgeprahlt hat. Das hätte zu ihm gepasst."

„Aber warum erzählen sie dir das?"

„Haben sie ja nicht." Der Reporter berichtete kurz von seiner Tarnung. „Sie haben mich für einen schwerhörigen Franzosen gehalten, der dazu etwas verschroben ist. Das Gespräch verlief ganz ungezwungen untereinander. Trotzdem werde ich versuchen, noch eine andere Bestätigung einzuholen."

„Wo denn? Bei Caspars Freundin vielleicht?"

„Die müsste es ja zumindest wissen."

„Ernsthaft?" Bombach war außer sich. „Du würdest die Old Lady des Präsidenten der Hounds of Hell fragen, ob sie was mit dem Ersatzmann für ihren Macker gehabt hat?"

„Warum nicht? Eine kompetentere Quelle gibt es nicht, jetzt da Joschi tot ist."

„Sag mir bitte, dass das einer deiner billigen Scherze ist!"

„Erstens mache ich keine billigen Scherze und zweitens finde ich die Idee mit jedem Nachdenken besser."

„Als ob die Frau dir auch nur die Uhrzeit sagen würde, selbst wenn du an sie herankommst!"

„Dessen bin ich mir schon bewusst. Mir kommt es mehr auf die Art und Weise an, wie sie mir die Antwort verschweigt. Das würde mir ziemlich sicher schon weiterhelfen."

„Und wie willst du das anstellen? Ich war schon bei denen und fand den Klub ziemlich uninformativ."

„Du bist ja auch ein Bulle!"

„Das ist auch nicht schlimmer als ein Reporter."

„Ganz falsch liegst du vermutlich nicht. Ich würde eher in meiner Eigenschaft als gutaussehender Mann dort auftauchen und nicht als Polizeireporter."

Wenn man Augenrollen hören könnte, dann hätte sich Staller jetzt bestimmt den Hörer vom Ohr gerissen. Der Kommissar war wieder einmal überrascht über das überbordende Selbstbewusstsein seines Freundes.

„Klar, Mike, du schlägst im Klubhaus auf, sagst, dass du gerade in der Gegend wärest und mal reinschauen wolltest, und möchtest dann die Freundin vom Chef sprechen. Die fragst du dann einfach, was sie so vom

Fremdvögeln hält und ob Joschi vielleicht in ihr Beuteschema fällt. Habe ich das richtig verstanden?"

„Vielleicht ist das der Grund, warum dir niemand etwas sagt. Du bist so unsensibel!"

„Wohingegen du eine ganz andere Vorgehensweise hast."

„Natürlich. Die Freundin von Caspar steht zum Beispiel auf Männer, die höflich sind und über eine gewisse Bildung verfügen. Charme schadet auch nicht."

„Und dieses exklusive Wissen besitzt du woher?"

„Ich habe es selbst ausprobiert. Damals, als ich gern gesehener Gast im Klubhaus war."

Bombach schlug sich an die Stirn.

„Das hatte ich glatt verdrängt! Allerdings macht das deine Idee noch ein bisschen wahnsinniger als sowieso schon. Wie kannst du auch nur eine Sekunde in Betracht ziehen bei den Hounds aufzuschlagen, wenn du dort schon mal warst und seitdem offiziell tot bist?"

Bei seiner damaligen Recherche war der Reporter undercover als Rocker aufgetreten und hatte als Ausstiegsszenario seinen eigenen Tod inszeniert.

„Die Hounds machen immer noch öffentliche Partys. Da brauchst du keine Einladung. Und wenn du dich dann nicht zu doof anstellst, bekommst du auch was raus. Ich könnte Isa mitnehmen. Alter Sack mit blutjunger Freundin – das passt doch."

„Ich hoffe jetzt einfach mal, dass auch das einer deiner bekannt geschmacklosen Scherze war. Schlimm genug, wenn du dich selber in Gefahr bringst. Aber Isa?"

„Wenn ich sie mitnehme, ist die Gefahr für die übrigen Gäste größer als für mich", grinste Staller. Isa war eine so erfahrene Kampfsportlerin, dass sie es auch mit mehreren Männern gleichzeitig aufnahm.

„Mit dir kann man nicht vernünftig reden", beklagte sich der Kommissar.

„Solltest du auch nicht. Sonst wird das nämlich nichts mit deinen Schrottbildern aus der Überwachungskamera. Ich melde mich, sobald ich fertig bin!"

Bombach starrte sein Telefon an. Die Information über das Verhältnis von Joschi Saleh zur Old Lady von Caspar Kaiser stellte eine Wende in diesem Fall dar. Wenn das stimmte, dann gab es jetzt ein klares Motiv und einen möglichen Auftraggeber. Nur den eigentlichen Tätern war er trotzdem noch keinen Zentimeter näher gerückt. Umso wichtiger wurde die Aufnahme von dem Motorrad. Selbst wenn es geklaut war, so bot auch das einen Anhaltspunkt. Wer hat es wann und wo entwendet? Hat jemand den Diebstahl beobachtet? Winzige Möglichkeiten, die einen guten Polizisten langsam, sehr langsam, aber zuverlässig ans Ziel führten.

Knapp 30 Minuten später klingelte sein Telefon erneut. Mike Staller berichtete, dass er die bearbeiteten Bilder zurückgeschickt hatte und vergaß natürlich nicht herauszustreichen, dass er damit wieder einmal besser und schneller als die Polizei gearbeitet hatte.

Der Kommissar rief die Fotos auf. Ja, das Nummernschild war gut lesbar. Auch Typ und Ausführung des Motorrades standen jetzt fest. Über die beiden Männer ließ sich tatsächlich so gut wie nichts sagen, außer dass sie schwarze Kleidung und Helme mit getöntem Visier trugen. Selbst die Einschätzung als Männer musste nicht zwangsläufig stimmen. In der Kleidung konnten auch zwei Frauen stecken, falls sie nicht zu klein waren. Aber immerhin – er konnte die Maschine zur Fahndung rausgeben. Das tat er sofort. Vielleicht hatte er ja einmal ein bisschen Glück.

* * *

„Un momentino, ich bin subito bei dir, Mike!"

Mario, der Wirt von Stallers Lieblingslokal, schaffte wieder das schier Unmögliche: Er schlängelte seinen fassartigen Körper wie einen überdimensionierten Aal durch die engen Stuhlreihen des Restaurants, balancierte eine beachtliche Anzahl von Tellern und Schüsseln und registrierte gleichzeitig den Neuankömmling in seinem Rücken. Der sizilianische Gastronom musste über eine eingebaute 360° Kamera verfügen, anders war das nicht zu erklären. Allerdings war der Reporter auch sein erklärter Lieblingsgast und die Sonderbehandlung, die er sowieso schon genoss, hatte sich noch gesteigert, seit die "bella signorina", also Sonja Delft, nach Amerika gereist und die "bella figlia", also Kati, den väterlichen Wohnsitz verlassen hatte, um mit ihrer Freundin Isa auf Sonjas Wohnung aufzupassen. In den Augen von Mario war Staller nun ein einsamer, gebrochener Mann, der seine Freunde jetzt mehr denn je benötigte.

Der Reporter nahm an dem einzigen Tisch Platz, der nicht mit blütenweißem Leinen eingedeckt war. Hier, dicht am Tresen und noch dichter an der Küche, durften nur Menschen sitzen, die "la famiglia" waren und eine besondere Beziehung zum Inhaber pflegten. Wenn man es genau betrachtete, dann konnte man auch sagen: Dies war Stallers Tisch.

Mit einem bedauernden Achselzucken tänzelte Mario erneut vorbei. Eine größere Gesellschaft wollte bedient sein und sein gastronomisches Selbstverständnis erforderte, dass die Unmengen an Speisen, die er stets servierte, möglichst zeitgleich am Tisch zu erscheinen hatten. Dass er dafür seinen guten Freund warten lassen musste, tat dem leidenschaftlichen Gastgeber geradezu körperlich weh, war aber nicht zu ändern.

Nach der dritten Ladung war vom Tischtuch nichts mehr zu erkennen, da jeder Quadratzentimeter mit Schüsseln und Platten vollgestellt war. Erst jetzt konnte Mario sich der neuen Aufgabe widmen.

„Du biste alleine heute Abend?", erkundigte er sich mitleidig und entfernte mit sorgenvoller Miene die überzähligen Gedecke, nachdem Staller genickt hatte. Im Gegenzug brachte der Wirt nicht nur die üblichen warmen Brötchen und duftendes Aioli, sondern auch einen Ständer mit Ölfläschchen, eine Untertasse und eine Salzmühle. Vermutlich erschien es ihm ansonsten zu leer auf dem Tisch. Auch Wasser und eine kleine Karaffe mit Rotwein brachte er unaufgefordert. Jetzt, da das unmittelbare Überleben seines Lieblingsgastes gewährleistet war, kam die Zeit für eine kleine Unterhaltung, jedenfalls in dem Umfang, wie es das Wohlergehen der übrigen Gäste zuließ. Mario setzte gerade an, als sich die Tür öffnete und Isa mit Kati hereinfegte und zielstrebig den Familientisch ansteuerte.

„Oh, che bello!" Der Wirt war ganz aus dem Häuschen und begrüßte die Neuankömmlinge überschwänglich. Während die beiden jungen Frauen den Reporter einrahmten, erfuhr der Tisch eine blitzartige Überarbeitung. Zwei neue Gedecke mit allem Drum und Dran machten aus einer einsamen Nahrungsaufnahme ein Festmahl. Der Korb mit den Brötchen wurde durch einen größeren ersetzt und eine weitere Schüssel Aioli folgte sogleich. Aus Marios Sicht hatte sich die Situation für seinen Freund bedeutend verbessert.

„Nanu, wo kommt ihr denn her?", wunderte sich Staller.

„Wir waren beim Sport", berichtete Isa, was zugleich ihre feuchten Haare erklärte.

„Und da zu Hause alles dunkel war, haben wir es gleich hier probiert", grinste Kati und begrüßte ihren Vater mit einem liebevollen Kuss auf die Wange.

„Alleine essen ist doof", ergänzte Isa. „Wir müssen uns ja ein bisschen um dich kümmern, solange Sonja weg ist."

„Nicht dass du uns vereinsamst", schmunzelte Kati.

„Wenn man euch so hört, fühlt man sich gleich wie ein Sozialfall! Aber schön, dass ihr da seid." Staller biss in eines der leckeren Pizzabrötchen und stellte fest, dass es in Gesellschaft tatsächlich besser schmeckte. Da die anderen beiden es ihm eifrig gleichtaten, senkte sich eine geschäftige Stille über den Familientisch. Lediglich Mario unterbrach kurz die Idylle, um einen Überblick über die Speisenfolge zu geben, die er zu servieren beabsichtigte. Speisekarten hatten für seine Freunde keine Gültigkeit, denn ihnen bereitete er stets besondere Gerichte zu. Heute handelte es sich zur Eröffnung um eine Minestrone nach einem Rezept seiner Oma, gefolgt von Pasta mit Scampi und der unvermeidlichen Nachtischvariation. Einwände wurden weder erwartet noch erhoben.

„An was arbeitet ihr denn gerade?", erkundigte sich Kati kauend.

„An dem Mord an Joschi Saleh. Der Typ, der am Spielbudenplatz in seinem Bentley erschossen wurde."

„Wie krass! Das war so eine Kiezgröße, oder?"

„Das klingt ein bisschen idealisierend", schmunzelte ihr Vater. „Der Mann war ein Schwerverbrecher. Trotzdem darf man ihn natürlich nicht einfach so hinrichten."

„Und – wer war's?"

„Wenn wir das wüssten, würden wir vermutlich nicht mehr an dem Fall arbeiten", warf Isa ein. „Gibt es etwas Neues?"

„Bommel hat ein Bild des Motorrads, von dem aus Joschi vermutlich erschossen wurde."

„Das ist ja super!" Isa riss ihre Augen begeistert auf.

„Na ja. Die Qualität ist lausig, die Leute tragen Lederklamotten und Helme – aber das Nummernschild ist lesbar. Insofern gibt es immerhin eine Fahndung. Steht vermutlich morgen in allen Zeitungen. Aber es gibt noch einen anderen Aspekt."

„Nämlich?"

„Der Tote hatte ein Verhältnis mit der Freundin von Caspar Kaiser, dem Präsidenten der Hounds of Hell."

„Ist das nicht der Rocker, den du ins Gefängnis gebracht hast?", wollte Kati wissen.

„Genau der!"

„Wow, eine Old Lady angraben, das ist nicht gut. Dafür kann man umgelegt werden." Isa kannte sich mit den Gebräuchen der Outlaws ziemlich gut aus.

„Was?!" Kati war entsetzt. „Das sind ja Steinzeit-Vorstellungen. In welchem Jahrhundert leben diese Typen denn?"

„Einige Regeln sind, sagen wir: ungewohnt für uns. Aber innerhalb dieser Zirkel haben sie unbedingte Gültigkeit und sind auch allen bekannt. Insofern wäre das ein geeignetes Mordmotiv."

„Wie können wir herausbekommen, ob das der Grund war?" Isa fand diese Entwicklung faszinierend. Immerhin war das der erste konkrete Anhaltspunkt in dem Fall.

„Die Hounds veranstalten regelmäßig öffentliche Partys, wie ihr ja wisst." Damals waren Kati und Isa – unerwartet – auf einer solchen Feier aufgetaucht und hatten den verdeckt auftretenden Reporter Blut und Wasser schwitzen lassen. „Vielleicht sollte ich da mal hingehen. Ganz privat natürlich."

„Ist das nicht zu gefährlich?" Kati klang besorgt.

„Das hast du damals ja auch ignoriert."

„Ja, aber ich wollte doch nur mal gucken und keinen Mord aufklären."

„Die Idee ist gar nicht so schlecht", überlegte Isa. „Ich könnte mitkommen. Wir treten als Paar auf, das einfach mal was erleben will. Da ist so eine Party bei den Bad Boys eine spannende Abwechslung."

„Hm." Dem Reporter wurde eine Antwort abgenommen, denn Mario erschien mit der Minestrone, die ausgesprochen verführerisch duftete. Nach den ungeschriebenen Gesetzen des Sizilianers hatte die Diskussion zu ruhen, bis die Suppe vertilgt war. Und die Gruppe hielt sich gerne daran.

„Exzellent. Ich liebe Marios Oma!", seufzte Kati und tupfte sich die Mundwinkel mit der Serviette ab.

Isa wischte mit dem letzten Pizzabrötchen ihren Teller trocken und nickte nur zustimmend. Der Reporter griff zum Wasserglas und nahm einen großen Schluck.

„Wie läuft eure WG denn so, Mädels? Kommt ihr klar oder gibt es schon Streit um den Putzplan?"

„Deine Tochter ist ein richtiger Drachen. Da darf nichts rumliegen", beklagte Isa und schenkte sich Rotwein nach. „Aber das wusste ich ja vorher schon."

„Isa ist eben Isa", behauptete die Angesprochene kühn. „Sie erklärt, dass sie keine Macken hat, sondern Special Effects. Aber davon abgesehen verstehen wir uns großartig. Und da du sie ja zu den unmöglichsten Zeiten zur Arbeit zwingst, Paps, sehen wir uns gar nicht so oft."

„Es würde also überhaupt nicht auffallen, wenn Sonja zurück wäre. Eigentlich können wir alle drei da wohnen. Wir sind eh kaum alle gleichzeitig zu Hause", überlegte die Volontärin. „Vielleicht sollte ich ihr den Vorschlag mal schreiben. Wie lange ist sie noch weg, drei Monate?"

„Ungefähr", stimmte Staller zu. „Heißt das, dass ihr euch gar nicht um eine Wohnung für die Zeit danach kümmert?"

„Das war nur Spaß von Isa." Kati legte ihrem Vater beruhigend die Hand auf den Arm. „Klar halten wir die Augen offen. Du musst keine Angst haben, dass ich im Spätherbst wieder auf der Matte stehe. Wir finden schon was."

„Im Studentenwohnheim soll es auch schön sein", schlug Staller vor. Aber der Gedanke konnte nicht weiter verfolgt werden, denn Mario erschien mit drei verschiedenen Sorten Pasta und einer riesigen Schüssel voller intensiv nach Knoblauch riechenden Scampi.

„Time-out!" Isa formte mit beiden Händen ein großes T. „Es gibt endlich wieder was zu essen. Aber es macht einsam, so wie es duftet."

Abermals senkte sich Schweigen über den Tisch wie eine luftige Decke über einen ermüdeten Wanderer auf einer einsamen Hütte. Die Nudelportion schien ausreichend für ein halbes Dutzend Marathonläufer am Vorabend des Wettkampfs und die Schüssel mit den Scampi erinnerte vom Format an einen kleinen Eimer. Trotzdem verging keine Viertelstunde, bis sämtliche Lebensmittel auf dem Tisch auf wundersame Weise verschwunden waren.

„Lecker!", urteilte Isa abschließend und lehnte sich erschöpft zurück. „Vielleicht ein bisschen reichlich, aber sensationell gut."

„Ich staune echt jedes Mal, was du so wegputzen kannst, Frau Kollegin", äußerte der Reporter mit schwacher Stimme. Seine letzte Kraft legte er in eine Handbewegung Richtung Tresen, mit der er Espresso zu bestellen hoffte. Zum Glück gelang dies, wie die laut schnaufende Maschine nur Sekunden später bewies.

„Irgendeine Chance, dass wir dem Nachtisch entgehen können?", erkundigte sich Kati hoffnungsvoll.

„Wenn es nicht zu einem spontanen Weltuntergang kommt – nein." Sie alle kannten die Regeln von Mario. Hatte es nicht drei Gänge, dann war es keine Mahlzeit. Und das war bereits ein Zugeständnis.

„Ah, habe alle aufgegesse, molto bene!" Der Wirt brachte den Espresso und machte sich über die abgegrasten Teller und Schüsseln her. Eine Eigenschaft schätzte er an Staller und seinen wechselnden Begleitern sehr: Niemand schonte sich beim Essen. Spatzenhaftes Picken an einem halben Salatblatt wurde an diesem Tisch auch nicht geduldet.

„Was den Nachtisch angeht", wagte sich Kati todesmutig aus der Deckung.

„Si, habe bestimmte Wunsche?" Mario strahlte sie derart überwältigend an, dass alles Aufbegehren wie ein Kartenhaus in sich zusammenfiel.

„Eine kleine Pause vielleicht. Bitte!" Der Widerstand war gebrochen, bevor er richtig aufkeimen konnte. Staller beobachtete seine Tochter liebevoll und versteckte sein Grinsen hinter der Serviette. Sie hatte es immerhin versucht.

„Naturalmente!" Ob der liebenswerte Sizilianer mit den eisernen Grundsätzen zur Gastfreundschaft die eigentliche Zielrichtung des Vorstoßes erkannt hatte? Man konnte es nicht wissen. Mit einem geheimnisvollen Lächeln und der ihm eigenen Leichtigkeit trug er den halben Zentner Porzellan ab.

„Um noch einmal auf den Besuch bei den Rockern zurückzukommen", nahm Isa den Gesprächsfaden wieder auf. „Wie der Zufall es so will, müsste morgen wieder eine der vierzehntägigen Partys dort steigen. Kleiner Ausflug?"

Staller trank zunächst seinen Espresso aus, grunzte zufrieden und strich sich über die strapazierte Magengegend.

„Eigentlich reicht es aus, wenn ich alleine dort hinfahre. Andererseits gebe ich zu, dass diese öffentlichen Veranstaltungen kein besonderes Gefahrenpotenzial bergen."

„Außerdem bin ich genauso Journalistin wie du", warf Isa ein. „Es gibt keinen Grund, warum du dort hinfahren könntest, ich aber nicht."

„Jedenfalls keinen, der mir nicht einen Sexismusvorwurf einbringen würde", schmunzelte der Reporter. „Du hast recht. Wer weiß, wozu es gut ist. Fahren wir gemeinsam hin!"

„Ich könnte ja auch noch mitkommen", schlug Kati vor.

„Auf keinen Fall! Das ist kein Familienausflug."

„War nur Spaß! Ich muss sowieso arbeiten. Sogar fast das ganze Wochenende. Im Hotel herrscht Hochbetrieb!"

Kati kellnerte bei größeren Gesellschaften, um sich ein bisschen Geld für die eigene Wohnung dazuzuverdienen. Ihr Vater unterstützte sie zwar, aber es war ihr wichtig, sich eine gewisse Unabhängigkeit zu erwerben.

„Dann wäre das also geklärt", stellte Isa zufrieden fest. „Irgendwo müsste ich noch meine Ledersachen haben. Ich möchte ja nicht dumm auffallen."

„Übertreib es nur nicht", mahnte Staller besorgt, der Isas Neigung zur Konsequenz aus langjähriger Erfahrung kannte. „Wir müssen nicht päpstlicher als der Papst wirken."

„Ich unterbreche euch nur ungern, aber ich habe eben einen Blick durch die Küchentür werfen können", merkte Kati warnend an. „Wenn das, was ich da gesehen habe, für uns ist, dann kommt noch eine größere Aufgabe auf uns zu!"

Und so war es auch.

* * *

Der Mann hinter dem Steuer des Pritschenwagens mit der Doppelkabine faltete seine Zeitung zusammen und trank den letzten Schluck aus seinem Kaffeebecher.

„Auf geht's, Leute! Die Frühstückspause ist vorbei, an die Arbeit mit euch!"

Widerwillig wurden Brotdosen geschlossen und Deckel auf Thermoskannen geschraubt. Die zwanzig Minuten waren wieder einmal viel zu schnell vergangen. Aber Protest war sinnlos. Die drei Gestalten in ihrer grellorangen Warnkleidung mussten ihre gemütlichen Sitzplätze räumen und mit Picker und Beutel bewaffnet weiter die Rabatten der Hansestadt vom Wohlstandsmüll befreien. Zwei von ihnen taten dies hauptberuflich und konnten ihrer Arbeit zumindest den Vorteil abgewinnen, dass sie auf diese Weise ihren Lebensunterhalt erwirtschafteten. Der dritte Mann leistete auf diese Weise insgesamt 100 Sozialstunden ab und erkannte deshalb keine Perspektive in seiner Aufgabe. Aber er hatte einen anderen Weg gefunden sich mit der ungeliebten Tätigkeit zu arrangieren.

„Ich kümmere mich um das Dickicht da", teilte er seinen Kollegen mit und deutete auf einen Urwald im Miniaturformat, der die Carsten-Rehder-Straße auf Höhe einer langgestreckten Kurve säumte. „Ihr könnt den Gehweg und den Rinnstein nehmen."

„Ist gut", befand der Vorarbeiter mit Blick auf das nahezu undurchdringliche Gestrüpp aus Brombeerranken, Heckenrosen und anderem undefinierbaren Wildwuchs, der sogar schon die Verkehrsschilder weitgehend überwuchert hatte. Wenn der Neue Lust auf Dornen und Kletten hatte – ihm sollte es recht sein. „Aber pass auf die Klamotten auf. Reiß keine Löcher rein!"

„Mach' ich!" Der Mann schlug die Autotür zu und trat an die niedrige Mauer heran, die diesen sogenannten Grünstreifen von dem schmalen Pfad trennte, den man kaum einen Gehweg nennen konnte. Hier an der Grenze zwischen Altona und St. Pauli war man zwar nur wenige hundert Meter vom Fischmarkt entfernt, aber doch weit ab vom Schuss.

Der Grund, warum er sich diese auf den ersten Blick unattraktive Örtlichkeit ausgesucht hatte, lag darin, dass er sich davon etwas versprach. Plätze wie dieser boten Chancen. Geringe zwar, aber immerhin. Es fing an mit Pfandflaschen. Das war zwar nicht gerade ein Hauptgewinn, aber ein paar Euro kamen schon zusammen.

Etwas lukrativer war es, wenn er eine Schnapsflasche fand. Er wunderte sich immer wieder, wie oft vermutlich heimliche Trinker ihren Stoff irgendwo verbargen, wo sie im Vorbeigehen ihren Pegel auffüllen konnten. In der Regel handelte es sich zwar um ziemlichen Fusel, aber er hatte auch schon mal eine Flasche Maltwhisky gefunden. Alkohol konnte er entweder selber trinken oder auf der Straße verticken. Beide Möglichkeiten boten einen finanziellen Vorteil.

Den eigentlichen Hauptgewinn hatte er bisher nicht gefunden, aber er hielt weiterhin die Augen danach offen. Denn öffentliche Grünanlagen dienten, wenn sie einsam lagen und vielleicht nicht gut eingesehen werden konnten, Drogendealern gerne als Depot. Selbst ungebildete Vertreter dieser Spezies wussten, dass es halbwegs problemlos war, kleine Mengen an Drogen bei sich zu führen. War die Eigenverbrauchsgrenze überschritten, drohten empfindlichere Strafen. Trotzdem musste die in der Regel ungeduldige Kundschaft zeitnah versorgt werden können. Dafür dienten Erddepots. Als Müllsammler konnte er geeignete Plätze sorgfältig absuchen. Ein hastig gegrabenes und wieder zugeschüttetes Loch würde ihm ziemlich sicher auffallen. Wenn er ein solches Nest finden und ausheben konnte, dann wäre er je nach Menge der deponierten Drogen um einen dreistelligen Betrag reicher. Für einen kleinen Ganoven wie ihn war das eine beachtliche Summe.

Langsam und mit prüfendem Blick schritt er den Grünstreifen ab. Gelegentlich benutzte er den Picker, um einige Ranken zur Seite zu schieben und einen besseren Zugang zum Boden darunter zu bekommen. Natürlich vergaß er dabei nicht, gelegentliche Müllfunde einzusammeln. Der Vorarbeiter prüfte zwar seine Arbeit nicht genau, aber einen leeren Sack würde er nicht akzeptieren. Zum Glück warfen die Leute bevorzugt Verpackungen von Schnellrestaurants weg, die vom Volumen her eine Sorgfalt beim Sammeln vortäuschten, die er in Wirklichkeit nicht an den Tag legte. Zehn oder zwanzig Papp- oder Styroporschachteln vom Imbiss ließen seine Ausbeute gleich beeindruckend wirken.

Zwei Dosen und eine Wasserflasche wanderten gleich in seinen Extrabeutel. 75 Cent – immerhin. Systematisch suchte er mit der Hand unmittelbar hinter dem Mäuerchen. Hier würden sich Schnapsflaschen leicht zugänglich und trotzdem auf den ersten Blick unsichtbar verbergen lassen. Aber heute hatte er kein Glück. Ein kurzer Blick zu den Kollegen verriet ihm, dass diese schon fast fünfzig Meter weiter waren. Das stellte kein Problem dar. Auf der Straße oder dem Bürgersteig kam man bedeutend schneller voran. Solange er am Ende einen vollen Beutel präsentierte, war es egal, wie weit er den anderen Arbeitern hinterher war.

Überrascht registrierte er eine Öffnung in dem grünen Dickicht. Halbrund und nicht ganz einen Meter hoch. Sein Herz hüpfte außerhalb des üblichen Takts. Hatte hier jemand einen Zugang geschaffen, damit er dort drinnen, vollkommen unsichtbar für Passanten und neugierige Betrachter aus den Büros auf der anderen Straßenseite, ungestört an sein Drogenversteck gelangen konnte? Die Chancen standen gut. Ganz kurz vergewisserte er sich noch einmal, dass er nicht beobachtet wurde, dann drang er gebückt in das Buschwerk ein. Schlagartig empfing ihn ein dämmriges Halbdunkel. Der Boden war überraschend eben und der Einstieg setzte sich in Form eines halbhohen Ganges fort. Heute war sein Glückstag, hier musste er einfach fündig werden! Leicht euphorisch, aber trotzdem vorsichtig kroch er vorwärts. Seine Säcke hatte er abgestellt, sobald sie von draußen nicht mehr gesehen werden konnten. Falls sich hier Müll befand, so interessierte ihn das nicht die Bohne.

Den Blick starr vor sich auf die Erde gerichtet, schlich er noch einige Meter weiter. Die Pflanzen waren niedergetrampelt worden, aber das Erdreich war, soweit er das beurteilen konnte, nirgendwo gelockert oder bewusst festgedrückt worden. Aber vermutlich lag sein Ziel am Endes dieses ganz offensichtlich von Menschenhand geschaffenen Ganges.

Da er einerseits sehr gebückt ging und andererseits konzentriert nach unten schaute, bemerkte er das Hindernis erst, als er dagegen stieß. Leise fluchend hielt er sich den Kopf und richtete sich mühsam ein wenig auf. Was, zum Teufel, war das?

Mit offenem Mund und aufgerissenen Augen registrierte er, dass er gegen einen ziemlich großen Aluminiumkoffer geprallt war, der auf den Gepäckträger eines Motorrades geschnallt war. Damit war hier nun wirklich nicht zu rechnen. Allerdings erklärte das ziemlich gut diesen relativ breiten Gang inmitten des ansonsten eher undurchdringlichen Grüns. Es war bestimmt nicht ganz einfach gewesen, die schwere Maschine über das Mäuerchen und tief hinein in das Dickicht zu bugsieren. Zwei Männer waren dafür bestimmt nötig gewesen.

Reflexhaft probierte er, ob sich das Topcase vielleicht öffnen ließ. Leider war das nicht der Fall. Dann überlegte er fieberhaft, ob und wie er aus dieser Entdeckung Kapital schlagen konnte. Denn dass der Besitzer sein Moped hier derart aufwendig versteckt hatte, damit er mal kurz Milch holen gehen konnte, schloss er aus. Eine schwere BMW, die einen relativ neuwertigen Eindruck machte, soweit er das bei den herrschenden Lichtverhältnissen beurteilen konnte, was mochte die wert sein? Selbst als Ersatzteillieferant müsste da eine bedeutende vierstellige Summe zusammenkommen. Das ganze barg außerdem voraussichtlich kein nennenswertes Risiko. Wer seine Maschine so versteckte, der kam erstens nicht alle paar Minuten vorbei, um zu schauen, ob sie noch da war. Und zweitens dürfte er nicht empört zur Polizei rennen, wenn er sie nicht mehr vorfand. Denn das Motorrad war entweder geklaut oder auf irgendeine andere Weise "heiß".

Plötzlich rastete in seinem Kopf etwas ein. Hatte er nicht gerade in der Zeitung gelesen, dass die Polizei nach einer solchen BMW fahndete? Ob es eine Belohnung für entsprechende Hinweise gab? Möglicherweise nicht so viel, wie er von einem Motorradschrauber bekommen hätte, aber dafür vollkommen legal und ohne jedes Risiko. Das war auch etwas wert.

„Ey, Meister, machst du da drin ein Nickerchen? Wir wollen weiter! Oder kackst du etwa in die Rabatten?" Sein Kollege lachte meckernd über seinen mäßig komischen Witz.

„Nein. Aber hier steht das Motorrad, nach dem in der Zeitung gesucht wird. Wir müssen mal bei der nächsten Wache anhalten. Hoffentlich gibt es eine Belohnung!" Wenigstens war die Arbeit damit zunächst einmal unterbrochen. Auch das zählte.

* * *

Der frühen Tageszeit geschuldet gab es in der "Kapelle" der Hounds of Hell ausschließlich Kaffee zu trinken. Unter Führung des Road Captain hatten sich die Vollmitglieder des Klubs zu einer weiteren strategischen Sitzung getroffen. Es galt die ersten Recherchen zum Tod ihres Anführers auszutauschen und gegebenenfalls entsprechende Beschlüsse zu fassen. Die Mienen der Teilnehmer waren dem Anlass angemessen sehr ernst. Dichte Rauchschwaden hingen im Raum. Falls die Anzahl der gequalmten Zigaretten einen Anhaltspunkt für den psychischen Zustand der Gruppe bot, dann war dieser nicht besonders gut.

„Also, dann lasst mal hören. Was habt ihr herausbekommen?" Der Road Captain warf erwartungsvolle Blicke in die Runde und spielte dabei mit seinem Kaffeebecher. Die anwesenden Member schauten sich gegenseitig erwartungsvoll an, aber niemand ergriff das Wort.

„Was ist?" Der Interimschef wirkte ungeduldig.

Der älteste der Rocker, ein gewichtiger Kerl mit grauen Haaren, einem eindrucksvollen Bart und ebensolchem Bierbauch, drückte seine Kippe aus und räusperte sich umständlich.

„Wir haben uns überall umgehört. In unseren eigenen Läden, auf der Straße und dort, wo Joschi sich öfter aufgehalten hat. Alle, mit denen wir gesprochen haben, waren durchaus kooperativ." Er machte eine Pause und steckte sich eine neue Zigarette an.

„Schön. Und was ist dabei herausgekommen?"

„Das ist das Problem", fuhr der alte Rocker fort. „Nichts."

„Nichts?"

„Gar nichts. Alle waren überrascht, einige besorgt, aber niemand hatte etwas zu singen. Wir haben sogar die letzten Stunden von Joschi ziemlich genau rekonstruiert, aber keinem, mit dem er an dem Tag zusammen war, ist irgendetwas aufgefallen. Er wurde nicht verfolgt, nicht beobachtet und niemand hat blöde Fragen gestellt."

„Wir haben also keinerlei Anhaltspunkt?"

Kollektives, bedauerndes Kopfschütteln.

„Das ist blöd, aber ich habe das befürchtet." Der Road Captain rührte nachdenklich in seinem Becher.

„Joschi war in seinem Büro, im Fitnessstudio und anschließend bei seinem Stammitaliener. Alle behaupten, dass er sich genau wie immer verhalten hat. Es war keineswegs zu erkennen, dass er sich Sorgen gemacht oder irgendwie unruhig gewirkt hätte."

„Scheiße." Der Road Captain trommelte ärgerlich mit den Fingern auf die Tischkante. „Danke, Frankie. Irgendwelche Ergänzungen?"

Die Gruppe starrte finster vor sich hin. Vereinzelt wurden Schultern gezuckt oder Köpfe geschüttelt. Die Ratlosigkeit war beinahe mit Händen zu greifen.

„Ich habe mich in Berlin umgehört. Die Brüder vom dortigen Chapter übermitteln zunächst ihr aufrichtiges Beileid. Sie trauern ebenfalls um

Joschi und haben uns jede Unterstützung zugesagt. Allerdings konnten sie mir nicht wirklich auf der Suche nach einem Verdächtigen weiterhelfen."

„Wenn es jemand aus seiner Berliner Zeit gewesen wäre, dann hätte der doch vermutlich schon früher zugeschlagen. Warum sollte er so lange warten?", überlegte Frankie laut.

„Ja, das haben sie ebenfalls gesagt. Ist ja auch ein Argument. Das bringt uns nur leider nicht weiter." Die Stimme des Road Captain klang frustriert.

„Und was ist, wenn es doch die Devils waren?", wollte einer der Männer am hinteren Ende des Tischs wissen.

„Kann natürlich sein. Aber ich habe das geprüft. Die haben sich wirklich aufgelöst. Das ergibt in meinen Augen keinen Sinn."

Stille senkte sich über den Tisch. Die harten Kerls in ihren Kutten und Ledermonturen wirkten seltsam hilflos und verletzlich. Einer der Ihren war ermordet worden. Das schrie nach Rache. Sie waren bereit Gesetze zu brechen, das Recht in die eigene Hand zu nehmen und Blut gegen Blut zu fordern. Keiner in dieser Versammlung würde sich weigern, höchstpersönlich die tödliche Kugel abzufeuern, das Messer in die Brust zu stoßen oder den Täter mit bloßen Fäusten zu erwürgen. Aber dafür musste man seiner erst einmal habhaft werden. Derart zum Nichtstun verdammt, wirkten die Hounds of Hell wie ein hochgezüchteter Motor, der mit 8000 Umdrehungen im Leerlauf röhrte. Es fehlte an jemandem, der einen Gang einlegte. Wenn das nicht bald passierte, würde die Maschine überhitzen.

„Wir machen erst mal weiter mit dem Alltagsgeschäft", entschied der Road Captain. „Für heute heißt das, dass wir abends eine Party haben. Alle, die keinen anderen Job zu erledigen haben, lassen sich da blicken. Es ist wichtig, dass wir nach außen hin Normalität ausstrahlen. Ansonsten denkt jeder darüber nach, welchen Ansatz wir bei der Suche nach Joschis Mörder noch verfolgen können. Einverstanden?"

Es war nicht gerade Begeisterung spürbar unter den Rockern, aber alle signalisierten durch ein Knurren oder eine entsprechende Kopfbewegung ihre Zustimmung. Im Grunde gab es ja keine Alternative. Mit einem halbherzigen Hammerschlag beendete der Interimschef die heutige Sitzung. Dem Nachhall folgte eine Stille, die durch das Scharren von Stühlen und von knarzendem Leder beim Aufstehen abgelöst wurde. Der fast heilige Raum, ihre Kapelle, war heute wie ein Käfig für die Hounds of Hell. Sie fühlten sich eingesperrt und wie gefesselt. Deshalb strebten sie zügig in den Rest der Scheune, wo Tageslicht durch einige Stallfenster fiel und insgesamt eine etwas freudvollere Atmosphäre herrschte.

Der erste Weg führte fast alle an die linke Seitenwand. Dort standen die Kaffeemaschine, das Spülbecken und ein Kühlschrank, sowie ein kleiner Tresen. Unwillkürlich drängte sich die überschaubare Gruppe hier zusammen. Ein bisschen Nestwärme, etwas Trost durch den Nachbarn und gegenseitiges Aufrichten waren hier und heute gefragt. Keiner der Männer hätte dies zugegeben, aber unbewusst suchten sie den Schutz der Herde.

Dann brach urplötzlich die Hölle los.

Das ohrenbetäubende Rattern automatischer Waffen wurde ergänzt vom Klirren der berstenden Scheiben. Dumpf klangen die Einschläge der Projektile in den Schallschutzwänden der Kapelle. Die Männer warfen sich nach einer Schrecksekunde kollektiv auf den Boden und schützten ihre Köpfe mit den Händen. Das Donnern der Schüsse schien endlos anzuhalten, dauerte in Wirklichkeit aber gerade mal dreißig Sekunden. Die Stille nach dem infernalischen Lärm nahm niemand direkt wahr, zu belastet war das menschliche Gehör. Man konnte zwar nicht direkt von einem Knalltrauma wie nach einer Bombenexplosion sprechen, aber trotzdem verging noch eine weitere Minute, bevor die Männer begriffen, dass der Angriff vorüber war. Deshalb bekam auch niemand mit, dass draußen auf dem Hof zwei schwere Geländewagen mit verdunkelten Scheiben zügig das Grundstück verließen.

„Was, zum Teufel, war das denn?", schrie Frankie und richtete sich langsam wieder auf. Er bemerkte seine eigene Lautstärke nicht einmal, denn in seinen Ohren dröhnte immer noch das tödliche Bellen der schweren Waffen.

„AKs?", schlug der Road Captain ebenfalls brüllend vor und zog sich zwei Glasscherben aus den blutenden Händen. Dann warf er einen prüfenden Blick rundum. „Jemand verletzt?"

Einer nach dem anderen schüttelten die Rocker Staub, Scherben und Mörtelbrocken von sich. Ungefähr eine Minute später standen alle auf eigenen Beinen und es wurde klar, dass es keine ernsthaften Verletzungen gegeben hatte.

„Das war selbst für diese einsame Gegend ein bisschen laut", konstatierte der Road Captain. „Irgendwer wird garantiert die Bullen gerufen haben. Ich weiß nicht, wie viel Zeit uns bleibt, aber hier sollte zackig alles verschwinden, was uns Probleme bereiten könnte. Und zwar unauffällig. Wer weiß, ob nicht die ersten Nachbarn schon auf dem Weg sind."

„Das betrifft nur die Waffenkammer", erklärte Frankie, der sich relativ schnell wieder gefangen hatte. „Drogen sind keine hier. Oder hat jemand was am Mann?"

Allgemeines Kopfschütteln.

„Okay, gut. Dann vier Mann los, sämtliche Knarren in Säcke packen und hinter der Scheune in dem Wäldchen verstecken! Das muss schnell gehen. Schiebt sie erst einmal ins Unterholz. Später können wir sie dann vergraben oder so. Aber wenn die Bullerei hier antrabt, müssen alle wieder am Start sein. Also bewegt euch!"

* * *

Auf den vom leichten Sommerregen glitschigen Pflastersteinen der Carsten-Rehder-Straße kam der dunkelgrüne BMW von Thomas Bombach schlitternd zum Stehen. Der Bereich um die Kurve herum war großzügig abgesperrt, als ob es sich um einen Tatort handelte und nicht den Fundort eines gesuchten Motorrades. Der VW-Bus der Spurensicherung war ebenfalls schon vor Ort.

„Moin Kollegen", grüßte der Kommissar munter. Er freute sich, dass der Fund ihm die Gelegenheit bot sein Büro zu verlassen. Und außerdem brannte er natürlich auf neue Erkenntnisse, die ihn bei seiner Ermittlung voranbringen würden.

„Moin Bommel", antwortete ein Mann in weißer Schutzkleidung, der gerade aus einem niedrigen Zugang zu einem urwaldartigen Dickicht auftauchte.

„Da drin?" Bombach klang erstaunt.

„Jepp. Praktisch unsichtbar."

„Und zweifelsfrei die gesuchte Maschine?"

„Nochmal ja. Das Kennzeichen passt und das Topcase auch. Halterabfrage läuft bereits."

„Wie zur Hölle wurde das Moped dort gefunden? Spielende Kinder?"
Der Kommissar kraulte ratlos sein Kinn und versuchte erfolglos, das
Dickicht mit seinen Blicken zu durchdringen.

„Das kannst du den Vogel selber fragen." Der Mann von der Spusi
deutete auf den Pritschenwagen, der etwa fünfzig Meter entfernt am
Straßenrand stand. „Stadtreinigung. Die haben hier Müll gesammelt. Einer
von ihnen hat die Aufgabe offenbar sehr ernst genommen und ist etliche
Meter in das Gebüsch hineingekrabbelt."

„Wusste nicht, dass die so gründlich arbeiten."

Aus einem ebenfalls in der Nähe geparkten Streifenwagen kletterte ein
Polizist und trat heran.

„Moin! Laut Halterabfrage gehört das Kennzeichen einem Roland
Carstens aus Bahrenfeld."

„Na großartig!" Der Kommissar hatte nicht mit einer so guten Nachricht
gerechnet. „Dann will ich den guten Mann doch mal besuchen und ihm ein
paar Fragen stellen. Die Adresse?"

Der Streifenpolizist schaute betreten zu Boden.

„So einfach ist die Sache wohl nicht."

„Warum nicht?"

„Herr Carstens besitzt einen Roller. Und hat vor drei Tagen den Verlust
oder Diebstahl seines Kennzeichens angezeigt."

„Scheiße." Bombach dachte nach. „Fahren Sie trotzdem mal dahin.
Versuchen Sie zu ermitteln, wann und wo genau das Nummernschild
abhandengekommen ist. Vielleicht gibt es ja irgendeinen Hinweis auf den
Dieb."

„Wird erledigt."

Der Techniker von der Spurensicherung räusperte sich diskret.

„Wo wir gerade bei schlechten Nachrichten sind."

„Was kommt denn jetzt?", erkundigte sich der Kommissar bang.

„Abgesehen davon, dass also das Kennzeichen nicht zum Fahrzeug
gehört, ist mit dem Moped auch nicht alles in Ordnung."

„Und das heißt?"

„Die Fahrgestellnummern sind rausgeflext worden."

„Das bedeutet: Wir haben keine Ahnung, wem die Karre gehört."

„Jepp."

„Und die Wahrscheinlichkeit ist groß, dass auch das Moped geklaut ist."

„Würde ich so sagen, ja."

„Irgendeine Chance, dass ihr doch noch was herausfindet? Wenn ihr das Ding zerlegt, zum Beispiel?"

„Unwahrscheinlich. Aber einen kleinen Hinweis habe ich doch für dich."

„Er darf auch gerne etwas größer sein."

„Im Kasten mit den Sicherungen ist ein Aufkleber. Ich bin kein Sprachexperte, aber ich würde sagen, dass die Maschine aus dem Osten stammt. Möglicherweise aus Polen."

„Super! Das hilft mir ja enorm weiter", grollte Bombach. „Mir ist, als ob hier wirklich Profis am Werk waren. Nimmst du das Motorrad trotzdem mit? Und guckst, ob nicht doch irgendwo noch ein Hinweis zu finden ist?"

„Mach' ich", versprach der Experte. „Aber das wird ein bisschen dauern."

„Ich hatte nichts anderes erwartet." Das Telefon des Kommissars klingelte. „Ja? Wie bitte? Das gibt's doch gar nicht! Natürlich, ich komme so schnell es geht. Eine halbe Stunde wird es aber sicher dauern. Ich muss durch die ganze Stadt. Dass mir keiner abhaut! Bis gleich."

Der Techniker zog fragend die Augenbrauen hoch.

„Irgendwelche unfreundlichen Menschen haben eine Scheune mit automatischen Waffen beschossen. Nicht schön. Kannst du dafür sorgen, dass jemand die Aussage von dem Straßenreiniger aufnimmt? Ich muss los."

„Klar, mach' ich."

Fast vierzig Minuten später bog ein äußerst genervter Thomas Bombach in den staubigen Feldweg ein, der als Zufahrt zur Scheune diente. Die Fahrt quer durch die Stadt war alles andere als ein Vergnügen gewesen. Dichte Büsche versperrten ihm nun die Sicht, sodass er überrascht auf die Bremse trat, als der Vorplatz sichtbar wurde. Neben drei Streifenwagen standen zwei Trecker und direkt vor der Scheune war ein gutes halbes Dutzend Harleys aufgereiht. Ihm schwante Übles. Dann sah er an der Seite einen alten blauen Pajero und wusste nun, dass Staller schon vor ihm erschienen war.

Ein Streifenpolizist näherte sich dem BMW und bekam die schlechte Laune des Kommissars zu spüren.

„Moin Kollege! Ich weiß nicht, wie das auf euch hier wirkt, aber für mich ist das ein Tatort."

„Moin! Klar, das sehe ich auch so."

„Und warum ist dann nichts abgesperrt?"

Der Polizist zuckte die Schultern.

„Hier kommt doch keiner!"

„Aha." Bombach deutete mit dem Daumen auf die beiden bäuerlichen Gestalten in blauen Jacken und grünen Gummistiefeln, die vor ihren Treckern standen und sich das Geschehen interessiert ansahen. „Was ist mit Brakelmann und Adsche hier? Und wo ist der Fernsehfuzzi aus dem Pajero dort?"

„Fernsehfuzzi? Ich dachte, das ist ein Kollege. Er ist in der Scheune."

Der Kommissar seufzte aus tiefem Herzen. Natürlich hatte Staller niemals behauptet, dass er Polizist sei. Aber vermutlich hatte er auch nichts getan, was diesem Eindruck widersprechen konnte. Mit dieser Masche kam er nur zu oft durch.

„Alles absperren und die Bauern wegschicken! Die Trecker bleiben stehen, bevor sie noch die letzte Spur zerstören. Um den sogenannten Kollegen kümmere ich mich selbst. Ist die Spurensicherung auf dem Weg?"

„Ich kümmere mich sofort darum!" Der Polizist sah ein, dass er wohl ein paar Fehler und Unterlassungen begangen hatte. Umso diensteifriger gab er sich jetzt. Es fehlte nicht viel und er hätte die Hacken zusammengeknallt.

Bombach ließ die Szenerie erst einmal auf sich wirken. Sämtliche Scheiben waren zerborsten und das große Holztor in der Mitte der Scheunenfront schien von Kugeln durchsiebt. Wer auch immer für diesen Anschlag verantwortlich war, verfügte über eine beängstigende Feuerkraft und eine äußerst schwach ausgeprägte Neigung zur Zurückhaltung. Seufzend machte er sich auf den Weg zu der kleinen Seitentür, die offen stand.

Im Inneren der Scheune brauchte er einen kleinen Moment, um sich zu orientieren. Der Fußboden war großflächig mit Staub, Glasscherben und Holzsplittern bedeckt. Die Trennwand in der Mitte des Raumes war mit Einschusslöchern übersät. Gegenüber schien sich eine Art Küchenzeile zu befinden. Dort standen acht Rocker, deren Kutten sie als Hounds of Hell auswiesen, und rauchten scheinbar unbeeindruckt. Mittendrin stand Mike Staller und hielt einen Kaffeebecher in der Hand. Der Kommissar trat an die Gruppe heran.

„Engagieren sich die Hounds neuerdings in der Landwirtschaft?", fragte er leutselig. Außer finsteren Blicken wurde ihm keine Antwort zuteil.

„Hätte einer der Herren vielleicht die Güte, mir zu schildern, was passiert ist?"

„Jemand hat geschossen", erklärte der Road Captain das Offensichtliche.

„Da wäre ich jetzt alleine ja gar nicht drauf gekommen. Wer und warum?"

Der Sprecher zuckte mit den Schultern.

„Weiß nicht. Die waren draußen, wir waren drinnen."

„Irgendeine Idee, wer euch gerade so gar nicht mag?"

Erneutes Schulterzucken, sonst kam keine weitere Reaktion.

„Natürlich nicht." Bombach seufzte. „Aber euch ist schon der Gedanke gekommen, dass ihr momentan offenbar keinen Beliebtheitspreis gewinnen könnt, oder? Ich meine, erst wird eure derzeitige Nummer eins exekutiert und jetzt versucht jemand Konfetti aus euch zu stanzen!"

„Vielleicht ist das ja nur ein blöder Zufall", schlug Frankie vor und hakte die Daumen hinter seinen Gürtel.

„Klar. Und vielleicht lagert ihr hier nur Kartoffeln. Was dagegen, wenn ich mich mal ein bisschen umsehe?"

Die Rocker würdigten ihn keiner Antwort. Ihnen war bewusst, dass seine Frage rein rhetorisch war. Es handelte sich hier eindeutig um einen Tatort. Jetzt nach einem Durchsuchungsbeschluss zu fragen, wäre albern gewesen. Bombach betrat die Kapelle, nachdem er sich ein Paar Einmalhandschuhe übergestreift hatte.

„Ich dachte immer, euer Klubhaus wäre auf Caspars Hof", wandte sich Staller an den Road Captain. „Ist das nicht mehr so?"

Der Angesprochene warf dem Reporter einen langen, misstrauischen Blick zu.

„Du kennst Caspar? Und seinen Hof?"

„Kennen ist zu viel gesagt", antwortete er vage. „Ich bin dort schon mal gewesen. Ist lange her."

„Aha. Doch, den Hof gibt's noch. Es finden auch noch viele Aktivitäten dort statt. Heute Abend ist zum Beispiel wieder eine Party dort. Für Leute wie dich, die sagen wollen, dass sie mal bei den Outlaws abgehangen haben."

„Und damit für Klubgeschäfte ein bisschen zu öffentlich, verstehe schon."

Staller vermied es geschickt, neugierig zu wirken. Wohin zu viele Fragen führten, hatte Bombach ja bereits erfahren: ins Nichts. Gleichzeitig versuchte er den Eindruck zu erwecken, als ob er eine ganze Menge über den Klub wüsste.

„Wie kommst du überhaupt so schnell hierher?", erkundigte sich Frankie. „Waren wir schon in den Nachrichten?"

Die Männer in Leder lachten. Es klang durchaus ungezwungen. Wenn ihnen der Schock des Angriffs noch in den Kleidern hing, dann wussten sie dies gut zu verbergen.

„Polizeifunk abhören", erklärte der Reporter, als ob es das Normalste der Welt wäre. „Und in die Nachrichten schafft ihr es erst heute Abend. Wie kommt's, dass keiner von euch getroffen wurde? Zufall? Oder Absicht?"

„Vermutlich Glück", knurrte der Road Captain. „Wir standen alle gerade hier in der Ecke am Tresen. Das war ziemlich außerhalb der Schusslinie. Und vorher im Innenraum. Da wäre wohl auch nichts passiert."

„Also eher eine Warnung, das Ganze. Da wollte wohl jemand ein Zeichen setzen", mutmaßte der Reporter mit Überzeugung in der Stimme.

„Sieht so aus", räumte der Sprecher ein, was ein Maximum an Kommunikation bedeutete.

„Und zwar jemand, der gut aufgestellt ist. Genügend Waffen und ausreichend Leute, die sie auch benutzen wollen. Das war keiner, dem euer Bier auf der Party nicht kühl genug war."

„Du gibst dir ganz schön Mühe, dir für uns den Kopf zu zerbrechen", bemerkte Frankie nicht unfreundlich.

„Ich denke einfach laut. Ist mein Job. Nur dass ich nicht jeden Tag in einer Hütte mit 300 Löchern stehe. So viele Kugeln sind hier nämlich mindestens eingeschlagen."

„Wir auch nicht", bestätigte der Road Captain trocken. Die anderen grinsten.

„Wo ich gerade laut denke – sehe nur ich den Zusammenhang? Doch wohl nicht! Erst wird Joschi von zwei Profis spektakulär und ganz öffentlich hingerichtet und jetzt sind Schnellfeuerwaffentestwochen in eurem Klubhaus. Ihr müsst da jemandem ganz empfindlich auf die Zehen getreten sein."

„Tja. Selbst wenn's so wäre, dann wüsste ich nicht, wem." Das war kein Abwürgen des Gesprächs vom Sprecher der Rocker, da war sich Staller sicher. Die Opfer dieses Anschlags hatten keine Ahnung, warum das passiert war, da wettete er drauf.

„Wird euer neugieriger Freund da hinten Dinge finden, die er lieber nicht sehen sollte?", erkundigte sich der Reporter bewusst flapsig.

„Was meinst du damit, Mann?" Frankie klang nicht mehr ganz so umgänglich.

„Halt mich nicht für blöd." Ein solch selbstbewusster Auftritt war ein Risiko, aber die Chancen überwogen. Aufrechte und geradlinige Typen akzeptierten die Outlaws eher als schleimige Anbiederer. „Euer Business ist Schutzgeld, Drogen und Prostitution. Das weiß ich, auch wenn ihr dafür noch nicht verknackt worden seid. Das Mindeste, was ich bei euch im Klubhaus erwarten würde, wäre eine Grundausstattung an Artillerie."

Die Rocker warfen sich überraschte Blicke zu.

„Aha, Treffer", stellte Staller fest und grinste freundlich. „Aber offenbar habt ihr das Zeug rechtzeitig aus der Schusslinie schaffen können. Das erspart euch dann eine Freifahrt zum Präsidium. Womöglich wärt ihr sonst zu spät zu eurer eigenen Party gekommen."

„Du traust dich ganz schön was", kommentierte der Road Captain und konnte dabei einen gewissen Respekt in seiner Stimme nicht verbergen. „Was willst du eigentlich?"

„Ich mache meinen Job. Hier liegt ein Verbrechen vor und ich berichte über Verbrechen. Und an einem guten Tag versuche ich sogar herauszufinden, wer das Verbrechen begangen hat und warum."

„Verstehe", antwortete der Sprecher, aber sein Gesicht zeugte vom Gegenteil. Er konnte überhaupt nicht einschätzen, was dieser Kerl mit dem losen Mundwerk und einem überdurchschnittlichen Hintergrundwissen beabsichtigte.

„Ihr habt da hinter eurem Hauptquartier einen hübschen kleinen Raum", bemerkte Bombach, der inzwischen aus der Kapelle wieder aufgetaucht war und zu der Gruppe trat. „Er verfügt über eine solide Stahltür, die mit zusätzlichen Schlössern gesichert ist."

Niemand machte sich die Mühe auf diese Sätze zu reagieren.

„Netterweise hat jemand diese Tür offen gelassen. Deshalb konnte ich den Raum inspizieren. Alles sauber, ordentlich und mit Schwerlastregalen versehen. Komischerweise sind die leer." Er machte eine Kunstpause, die jedoch niemand für einen Einwurf nutzte.

„Wenn man sie genau anschaut, kann man Abdrücke im Staub erkennen. Und ein paar Tropfen, von denen ich ganz stark annehme, dass es sich um Waffenöl handelt. Denn die Abdrücke haben ebenfalls Waffenform."

Das Schweigen hielt an.

„Jetzt frage ich mich natürlich: Wo sind die Waffen, die da vor Kurzem noch gelagert wurden? Genau genommen, vor einer Stunde, nehme ich mal an."

Staller beobachtete amüsiert, wie konsequent die Rocker seinen Freund ignorierten. Man zog an Zigaretten, nippte am Kaffee oder kratzte sich im Schritt. Niemand interessierte sich für den Kommissar.

„Also: Wo sind die Waffen?", blieb dieser hartnäckig am Ball.

Frankie konnte den aufrechten Gesetzeshüter nicht länger leiden sehen.

„Was für Waffen? Wir hatten dort mal Motorradteile gelagert. Kann sein, dass da auch mal ein bisschen Öl runtergetropft ist. Gelangt ja nicht ins Erdreich, sollte also kein Problem sein, oder?"

Seine Kumpel verbissen sich mehr oder weniger erfolgreich das Grinsen. Offensichtlich fühlten sie sich ausgesprochen sicher.

„Das habe ich mir gedacht. Motorradteile, natürlich! Wie konnte ich nur so blöd sein." Bombach näherte sich dem Road Captain und starrte ihm aus zwanzig Zentimetern Entfernung direkt ins Gesicht.

„Die Spurensicherung wird hier jeden Stein umdrehen. Wenn ich hier auch nur eine Signalpistole ohne entsprechende Waffenbesitzkarte finde, dann machen wir alle zusammen einen Ausflug. Und bis dahin rührt sich niemand aus dieser Scheune raus, haben Sie mich verstanden?"

Der Road Captain verzog keine Miene.

„Bisher war ich davon ausgegangen, dass Sie einen Anschlag AUF uns untersuchen, nicht VON uns. Dieser Anschlag ist im Gegensatz zu Ihren märchenhaften Vermutungen sehr real, wie die vielen brandneuen Löcher hier beweisen. Die haben echte Waffen gemacht, nicht eingebildete. Wenn Sie auf Knarren stehen, dann suchen Sie doch die, die hier benutzt worden sind!"

Staller kam nicht umhin den Rocker zu bewundern. Wie souverän er die Kurve von Bombachs Anschuldigungen, die zweifelsfrei begründet waren, zu dem eigentlichen Anlass der polizeilichen Untersuchung bekommen hatte!

„Das werde ich auch! Aber da Sie ja unter Ihrem Schweigegebot leiden, muss ich mir die Informationen zu den Tätern eben selber suchen. Und da ist es ein Unterschied, ob der Anschlag auf die Kinderkrippe Zwergennest oder das Waffenlager einer Bande von Kriminellen ausgeführt wurde. Das werden Sie doch verstehen, hm?"

Der Kommissar wich nicht einen Millimeter zurück und starrte seinem Gegenüber so lange unverwandt in die Augen, bis dieser mit einem Achselzucken den Kopf wegdrehte.

„Tun Sie, was Sie nicht lassen können."

Wieder war Staller beeindruckt, dieses Mal von seinem Freund. Diesen verband eine längere Vorgeschichte mit Rockern. Vor vielen Jahren hatte ihm einer nämlich mitten in der Nacht einen Molotowcocktail auf die Terrasse geschleudert und Gaby, Bommels Frau, derart erschreckt, dass dadurch sogar die vorbildliche Ehe der beiden kurzfristig ins Taumeln geriet. Das ließ sich, auch dank Stallers Mithilfe, zwar aus der Welt räumen, aber die Narbe blieb natürlich. Später hatte der Kommissar dann die Lorbeeren für die Verhaftung und Verurteilung der Führung der Hounds geerntet, obwohl der Reporter ihm die Truppe samt erdrückender Beweise frei Haus geliefert hatte. Unbelastet war die Beziehung zwischen den Hounds of Hell und Kommissar Bombach jedenfalls nicht.

Noch vor der Spurensicherung erschien das Kamerateam von "KM" und verkomplizierte die Situation zusätzlich, da es, außer bei Staller, überall unbeliebt war. Bombach hatte Angst, dass Spuren zerstört werden konnten, was völlig unbegründet war, denn das Team um den gewohnt maulfaulen Kameramann Eddy verhielt sich völlig professionell. Die Rocker wiederum legten so gar keinen Wert darauf, ins Bild genommen zu werden, konnten sich aber nicht wehren, da sie den Raum nicht verlassen durften. All das beeindruckte Eddy überhaupt nicht und er machte seine Arbeit gewohnt ruhig und zuverlässig.

Der Reporter, der sich zwischenzeitlich die Schäden am Gebäude auch genau angesehen hatte, trat wieder zu dem Grüppchen Kuttenträger. Sein Anliegen war, vorsichtig formuliert, ambitioniert.

„Wär' ganz schön, wenn einer von euch mir noch schildern könnte, wie er die Schießerei erlebt hat", warf er mutig in die Runde.

Die Reaktion war erwartungsgemäß verhalten.

„Glaubst du echt, dass einer von uns sich freiwillig die Kamera in die Fresse halten lässt?", erwiderte der Road Captain verhältnismäßig mild.

„Ich weiß, dass ihr nicht scharf auf Publicity seid. Aber sieh es mal so: Als reine Nachricht kommt das raus, was euer Freund von der Bullerei eben gesagt hat – eine etwas einseitige Schießerei zwischen Kriminellen. Die Zuschauer denken, dass es schon die Richtigen getroffen hat. Wenn ihr schildert, dass euch beim Käffchen aus heiterem Himmel die Kugeln um die Ohren geflogen sind, dann wirkt das schon ganz anders."

„Und was soll uns das bringen?"

„Möglicherweise nichts. Aber vielleicht sorgen die paar Sympathiepunkte dafür, dass sich ein Zeuge besser erinnert und er zum Beispiel den Wagen beschreiben kann, der zur passenden Uhrzeit mit überhöhter Geschwindigkeit durch Braak gefahren ist. Das hilft eventuell dabei, die Schützen zu finden. Ich glaube nämlich, dass ihr tatsächlich keine Ahnung habt, wer das war."

Der Köder lag aus und der Reporter wartete geduldig, ob seine Jagdbeute anbeißen würde. Wenn seine Annahme stimmte, dann hatten die Rocker ein bisschen Hilfe von außen wirklich nötig.

„Es geht nur um die Schießerei hier?", versicherte sich der Road Captain.

„Absolut. Ich stelle keine Fragen zu eurem Waffenlager da hinten." Dieses Zugeständnis kostete den Reporter nichts, denn ohne beweiskräftige Bilder gab es nicht viel über das Thema zu berichten. Und dass heute kein Seniorentreff überfallen worden war, sondern das Klubhaus einer Rockergang, das würde in seinem Bericht sowieso Erwähnung finden.

Der Sprecher der Hounds überlegte kurz und nickte dann.

„Okay. Frankie, machst du das?"

„Was, ich? Ich sehe bestimmt nicht gut aus im Fernsehen", protestierte der bekennende Bierbauchträger entsetzt.

„Kann sein. Aber du laberst wenigstens keinen Dummfug. Also, mach dem Klub keine Schande!"

Die übrigen Hounds lachten brüllend und strapazierten jeden nur erdenklichen Witz über Frankies bevorstehende Karriere als TV-Star. Und der Protagonist selbst? Er verhielt sich tatsächlich wie jeder Durchschnittsbürger, der überraschend mit einer Kamera konfrontiert wird. Er hatte hundert Fragen, konnte kaum seinen eigenen Namen sagen und wirkte ungefähr so natürlich wie ein Walfisch in einer Konditoreiauslage. Aber die Erfahrung von Staller, gepaart mit der Geduld und Kreativität von Eddy, sorgte dafür, dass am Ende ein ganz passables Interview dabei heraussprang, in dem Frankie die Geschehnisse des Nachmittags lebhaft und anschaulich schilderte. Das wertete die Geschichte für "KM" erheblich auf.

„Das war's schon", bestimmte Staller und klopfte dem Rocker lobend auf den Arm. „Gar nicht schlecht!"

Frankie, der sich mit dem Ärmel das schweißglänzende Gesicht abwischte, stöhnte auf. „Schon? Mann, Alter, ich glaube, ich habe seit einem Jahr nicht mehr so hart gearbeitet!"

Ein weiteres dröhnendes Gelächter war die Folge. Die Stimmung zwischen dem Reporter und den Rockern hatte sich weiter entspannt, eine der großen Fähigkeiten Stallers.

„Wann kommt das denn?" Natürlich, diese Frage durfte nicht fehlen.

„Sonntag bei uns in der Sendung. Die ist ein bisschen ausführlicher als die Nachrichten."

„Weiß schon, die kenn' ich. Gar nicht so übel manchmal." Aus Frankies Mund war das soviel wert wie eine Goldene Kamera. Auch Kriminelle saßen also sonntags manchmal auf dem Sofa und glotzten in die Flimmerkiste. Staller unterdrückte ein Lächeln.

„Danke!"

„Wir sind stolz auf dich, Frankie!" Der Road Captain hieb seine Hand vom Format eines Klodeckels auf die massigen Schultern seines Klubkameraden. Dann wandte er sich dem Reporter zu. „Das war in Ordnung. Du hast dich an das gehalten, was du gesagt hast. Was ist, willst du nicht heute Abend mal bei uns auf der Party vorbeischauen? Ein ruhiges Bier trinken in einer etwas entspannteren Atmosphäre als hier?"

Staller war überrascht und überlegte blitzschnell seine Optionen. Eigentlich hatte er nicht unter seinem wirklichen Namen auftreten wollen. Aber die Vorteile als geladener Gast waren auch nicht von der Hand zu weisen.

„Klingt gut. Ist es okay, wenn ich noch ein Mädel mitbringe?"

„Es wäre bestimmt nicht nötig, aber es ist überhaupt kein Problem. Es ist dann halt, als ob du Bier mit in die Kneipe nimmst."

Die Umstehenden lachten und klopften ihrem Chef und auch Staller kräftig auf die Schultern. Bombach, der gerade die Männer von der Spurensicherung in die Scheune führte, beobachtete diese Verbrüderungsszenen misstrauisch. Aber so war Mike halt.

* * *

Der Raum wirkte nüchtern und sachlich gehalten. Der graue Kunststofffußboden war pflegeleicht und abriebfest, aber hässlich. Die Wände waren mit einer Art Ölfarbe gestrichen, die sie zwar abwaschbar, aber nicht schöner machte. Vor den hohen Fenstern hingen Vorhänge aus Stoff, die so aussahen, als ob sie mal wieder eine Wäsche vertragen konnten.

Ein Teil des Raumes stand voller Stühle. Die Reihen waren auf einen langen Tisch hin ausgerichtet, auf dem einige Kerzen und zwei Blumensträuße standen. Diese hellten die triste Anmutung der Umgebung ein wenig auf. Ungefähr fünfzehn Personen saßen entweder auf den vorbereiteten Sitzmöbeln oder waren im Rollstuhl in den freien Teil des Raumes geschoben worden. Alle zusammen bildeten einen großen Halbkreis. Hinter dem Tisch standen ein Mann im blauen Anzug und eine ältere Frau mit einer Blockflöte.

„Liebe Freundinnen und Freunde", begann der Mann mit einer freundlichen, warmen Stimme. Er sprach laut und deutlich, womit er dem Alter und Gesundheitszustand seiner Zuhörerschaft entgegenkam. „Unsere heutige Andacht zum Wochenausklang beschäftigt sich mit dem

Thema Freizeit. Zu Beginn wollen wir gemeinsam ein Lied singen, das wir wohl alle aus unserer Kindheit kennen."

Auf ein Nicken hin setzte die Frau ihre Flöte an die Lippen und spielte eine Melodie an, die auf einige Gesichter einen Schleier freudiger Erinnerung zauberte. Musik und der Gang weit zurück in die Jugendzeit waren der Schlüssel nicht nur zu den Herzen, sondern auch zu den Hirnen der überwiegend dementen Zuhörer.

Die Flötenspielerin gab mit einer energischen Bewegung ihres Instruments den Einsatz und der Mann neben ihr begann mit einem volltönenden Bariton zu singen.

„Häschen in der Grube, sa-haß u-hund schlief …"

Einzelne Stimmen schlossen sich an, teils zaghaft und brüchig, teils auch ziemlich schief. An einigen Gesichtern konnte man ablesen, dass die Menschen geistige Schwerstarbeit leisteten, um Text und Melodie in Einklang zu bringen. Aber bei der dritten Strophe, die genau genommen die zweite Wiederholung der ersten war, sangen oder summten fast alle mit.

„Das war wunderschön", befand die Flötistin, nachdem sie ihr Instrument sorgsam auf den Tisch gelegt hatte. „Ihr habt einen Applaus verdient!"

Der Mann begann rhythmisch zu klatschen und wieder gelang es, die meisten der Zuhörer zum Mitmachen zu animieren. Ihre fröhlichen Gesichter bewiesen, dass sie einfach Spaß an der Bewegung und dem Geräusch hatten. Genau das war das Hauptziel der wöchentlichen Andacht.

Es folgten einige Gedanken über das harte Arbeitsleben, welches alle Besucher der Veranstaltung vermutlich hinter sich hatten. Einige wenige hatten den Krieg noch erlebt, aber alle waren in der Nachkriegszeit aufgewachsen und kannten daher Entbehrungen und Anstrengungen. Dem stellte der Mann die Freuden von Hobbys und Muße gegenüber. Nach wenigen Minuten stellte er fest, dass das Interesse seiner Zuhörer erlahmte. Also kürzte er seine Überlegungen stark ab und kündigte das nächste Lied an.

„Ri – ra – rutsch, wir fahren mit der Kutsch'!"

Bei diesem sehr rhythmischen Kinderlied sollten die Zuhörer gleich mitklatschen und taten dies schließlich auch mit vollem Einsatz. So manche

Wange färbte sich rot unter strähnig-weißem Haar und Augen, die oft stumpf vor sich hinstarrten, begannen zu glänzen. Die altbekannten Weisen weckten verschüttete Erinnerungen an eine Kindheit, die nur in der Rückschau golden und leicht erschien. Aber hier und jetzt funktionierte es. Die alten Menschen fanden ein wenig mehr zu sich selbst und spürten, dass sie noch am Leben waren.

Überraschenderweise sprach der Mann ganz spontan ein Kindergebet und beobachtete, dass auch dieser Programmpunkt gut ankam. Etliche fielen ein und alle hatten zumindest die Hände gefaltet. Andächtig schauten sie auf ihre Knie oder hatten sogar die Augen geschlossen. Aber nicht vor Erschöpfung, sondern in stiller Hinwendung an eine himmlische Macht, von der sie Trost und Kraft erhofften und offensichtlich auch bekamen. Die Stimmung war jetzt nicht mehr so ausgelassen, aber dafür heiter und hoffnungsvoll. Als Übergang in den Abend schien das ein guter Weg zu sein.

„Zum Abschluss habe ich euch wieder eine Kleinigkeit mitgebracht. Meine Mutter hat in ihrer Freizeit immer gerne gebacken. Das Rezept stammt aus ihrer Familie und ist uralt. Wer möchte gerne probieren?"

Die Mehrheit wollte. Der Mann ging mit der Keksdose von Stuhl zu Stuhl und fand für jede und jeden ein freundliches Wort oder eine liebevolle Berührung.

„Vergelt's Gott!", flüsterte eine sehr alte Dame, die es offensichtlich aus dem süddeutschen Raum in die Hansestadt verschlagen hatte.

„Lassen Sie es sich schmecken!" Er streichelte zart ihre knochige, blau geäderte Hand.

„Die sind gut", krähte ein älterer Herr mit einem recht widerspenstigen Haarkranz, der deshalb ein bisschen an einen Clown erinnerte. „Wie damals bei meiner Oma!"

„Zum Abschluss singen wir noch gemeinsam ein Lied", kündigte die Frau an. „Wir müssen Schluss machen, sonst kommt ihr zu spät zum Abendbrot! Wie wäre es mit: Danket dem Herrn?"

Niemand widersprach. Auch dieses Lied war allseits bekannt. Tollkühn versuchte sich der Mann beim dritten Durchlauf daran, einen Kanon daraus zu machen, aber damit überforderte er einige der Teilnehmer. Trotzdem brachten sie das Lied dank der klaren Führung der Dame an der Flöte zu einem guten Abschluss.

„Auf Wiedersehen! Und schlaft recht schön!" Winkend standen die beiden hinter ihrem Tisch und winkend verabschiedeten sich ihnen gegenüber die alten Herrschaften. Rituale waren wichtig und gaben Halt. Einige Pflegerinnen und Pfleger erschienen und halfen den Menschen, die den Raum nicht alleine verlassen konnten.

„Das war eine tolle Idee mit den Keksen, Herr Schrader!", lobte die Frau. „Sie haben einen prima Zugang zu unseren Bewohnern. Haben Sie eigentlich Erfahrungen mit Demenzkranken?"

„Zum Glück ist Demenz bei mir in der Familie bisher nicht aufgetreten, also nein. Das ist nur ein bisschen angelesenes Halbwissen und der Rest ist Instinkt."

„Dann verfügen Sie über einen sehr guten und sicheren Instinkt. Ich danke Ihnen sehr für Ihren Einsatz. Für die Menschen hier ist diese halbe Stunde das Highlight des Tages."

„Wir wissen ja alle nicht, wie es uns einmal im Alter ergehen wird", antwortete Schrader nachdenklich. „Wir können ja nicht alle mit hundert Jahren unerwartet und kerngesund im Schlaf sterben. Auch für uns können ein Lied und ein Keks mal zu etwas werden, auf das wir uns lange freuen."

Sie sah ihn bewundernd an.

„Das ist es, was ich so an Ihnen schätze. Sie machen sich tatsächlich Gedanken, nicht nur über die Themen, mit denen Sie sich beschäftigen, sondern vor allem über die Menschen, mit denen Sie es zu tun haben."

„So funktioniert Menschlichkeit doch nun mal, oder nicht?"

„Natürlich. Aber es ist für mich nicht selbstverständlich, dass Sie das wissen und beachten. Sehen wir uns in der nächsten Woche?"

„Ganz sicher. Treffen wir uns wieder eine halbe Stunde vorher, um den Ablauf zu besprechen?"

„Sehr gern. Bis nächsten Freitag, Herr Schrader! Einen schönen Abend wünsche ich Ihnen."

„Den wünsche ich Ihnen auch!" Er drückte ihre Hand und nickte ihr freundlich zu. „Danke für das schöne Flötenspiel!"

* * *

„Du hast einen von den Hounds of Hell vor die Kamera gekriegt?" Isa schaute auf den Bildschirm und riss die Augen auf. Dann hörte sie ein paar Minuten einfach nur zu.

„Nicht schlecht", befand sie und stoppte das Rohmaterial. „Wie hast du das gemacht?"

„Och, ein bisschen Verbrüderung, ein bisschen sanfter Druck und ansonsten meine bekannte Überredungskunst. Wir haben übrigens auch eine offizielle Einladung vom derzeitigen Chef für die Party heute Abend."

„Was?" Jetzt war die Volontärin wirklich platt.

„Darauf hatte ich es gar nicht angelegt. Die kam ganz von allein. Weil ich so ein hübsches Interview geführt habe."

„Und was machen wir nun?"

„Na, hinfahren. Oder hast du die Lust verloren?"

„Natürlich nicht. Aber irgendwie hatte ich gedacht, dass wir undercover dort aufschlagen würden."

„So war mein Plan eigentlich auch. Aber die Dinge verändern sich. Jetzt treten wir als offizielle Vertreter der Medien auf. Das hat natürlich Auswirkungen auf unsere Vorgehensweise."

„Nämlich?"

„Die Vorzeichen haben sich grundlegend geändert. Als Reporter können wir Fragen stellen, ohne dass sich jemand darüber wundert. Das ist ein Vorteil. Andererseits wird man sich nun noch mehr bemühen, nichts zu sagen, was für den Klub oder einzelne Personen kompromittierend wäre. Und das ist der Nachteil."

„Wie gehen wir also konkret vor?" Isa wirkte keineswegs verunsichert. Sie freute sich sichtlich auf den Besuch bei den Rockern.

„Erst sondieren wir die Stimmung. Dieser Überfall dürfte den Klub erschüttert haben, auch wenn sich alle bemühen werden, sich nichts anmerken zu lassen. Vielleicht hören wir den einen oder anderen interessanten Gesprächsfetzen."

Die Volontärin zog ihre Nase kraus. Dann kratzte sie sich am Ohr und strich schließlich ausführlich ihr T-Shirt glatt.

„Nun raus damit! Du bist doch sonst nicht so zurückhaltend. Was brennt dir unter den Nägeln?", erkundigte sich Staller amüsiert.

„Ich überlege die ganze Zeit, wie das zusammenpasst."

„Was meinst du?"

„Was wir herausbekommen wollen, ist doch, ob der Mord an Joschi mit seiner Affäre zusammenhängt. Also mit der Old Lady vom Präsidenten."

„Genau."

„Mal unterstellt, diese Verbindung hat es tatsächlich gegeben und Caspar Kaiser organisiert vom Knast aus die Vergeltung – warum dann dieser Überfall heute Nachmittag? Das wäre doch völlig unnötig."

„Sehr klug beobachtet, Isa. Das sehe ich genauso. Entweder handelt es sich hier um zwei ganz unterschiedliche Gründe oder die Sache mit Caspars Freundin spielt keine Rolle. Dass Caspar Joschi umlegen lässt und den eigenen Klub in Angst und Schrecken versetzt beziehungsweise den Tod seiner Brüder in Kauf nimmt, das halte ich für ausgeschlossen."

„Ich kann mir aber auch nicht vorstellen, dass innerhalb so kurzer Zeit Joschi ermordet wird, weil er mit der Freundin von Caspar rumgemacht hat, und das halbe Klubhaus mit automatischen Waffen zersiebt wird, weil – keine Ahnung – die Hounds irgendwem in die Quere gekommen sind."

„Hm." Staller bedachte gründlich, was Isa da überlegt hatte. Ausnahmsweise wartete sie still ab, bis er seine Gedanken fertig sortiert hatte. „Sehr wahrscheinlich ist das nicht, da hast du recht. Unmöglich ist es allerdings auch nicht. In einem solchen kriminellen Umfeld können schon einmal Ereignisse viel komprimierter vorkommen als im Finanzamt. Wir werden einfach Augen und Ohren offen halten müssen und abwarten, was wir in Erfahrung bringen können. Aber wir sollten tatsächlich möglichst unvoreingenommen an die Sache herangehen."

„Ich bin sehr gespannt!"

„Sei nicht enttäuscht, wenn es langweiliger wird, als du dir vorstellst. Und – Isa?"

„Keine spontanen Schnellschüsse, keine Alleingänge und auf gar keinen Fall Isa gegen den Rest der Welt, ja? Wir bleiben beieinander, egal, was passiert!"

„Geht klar, Mike. Versprochen!"

* * *

Es war ruhig geworden im Präsidium. Zwar schlief das Verbrechen bekanntlich nie, was auch die Gesetzeshüter zu teilweise unchristlichen Dienstzeiten zwang, aber an einem Freitag nach 18 Uhr hatte sich die überwiegende Mehrheit der Belegschaft wenigstens in den Abend, bevorzugt sogar ins Wochenende verabschiedet. Der Vorteil war, dass die Zurückgebliebenen ziemlich ungestört arbeiten konnten.

Bombach hatte auf seinem Whiteboard eine Skizze des nachmittäglichen Tatorts angefertigt. So versuchte er einen Überblick über den Ablauf der Ereignisse zu gewinnen. Reifenspuren, Geschosshülsen und Schusswinkel lieferten ihm genügend Hinweise, um den Ablauf des ebenso kurzen wie intensiven Überfalls nachvollziehen zu können.

„Also", murmelte er vor sich hin und deutete auf die rechte Seite seiner Zeichnung. „Hier sind die acht Harleys der Anwesenden in einer Reihe geparkt. Die dazugehörigen Fahrer halten hier ...", er markierte den abgetrennten Raum innerhalb der Scheune, „... ihre Besprechung ab. Dieser Raum ist schallisoliert. Die Angreifer müssen auf den Hof gefahren sein, solange die Rocker noch in ihrer Kapelle waren, denn sonst hätten sie die Motoren gehört."

Er zeichnete zwei stilisierte Autos auf den Hof, die quer zur Scheune parkten. Das hatten ihm die Reifenspuren verraten, auch wenn sie nicht perfekt sichtbar waren. Außerdem war das logisch so.

„Vermutlich sechs Leute steigen aus und nehmen im Halbkreis Aufstellung. Alle haben automatische Waffen dabei. Die jeweiligen Fahrer bleiben hinter dem Steuer sitzen."

Sechs kleine Kreise erschienen stellvertretend für die Schützen auf dem Board.

„Die Angreifer warten, bis sie Geräusche aus der Scheune hören. Die Außenwand ist nicht isoliert, die Rocker verhalten sich normalerweise eher laut, wenn sie sich sicher fühlen. Die Angreifer bekommen also mit, dass sich ihre Gegner nunmehr im Schussfeld befinden. Wo genau, können sie nicht wissen."

Der Kommissar zog von den Schützen aus gestrichelte Linien zur Scheune. Als Ziele dienten ausschließlich die zwei Fenster, die so schmutzig waren, dass sie wenig Sicht ins Gebäude boten, und das große Holztor.

„Die Angreifer nehmen nur die Stellen ins Visier, die einen Durchschuss erlauben. Das machen sie recht professionell, denn es gibt keine Einschüsse in den Steinen der Außenwand."

Jetzt verlängerte er seine gestrichelten Linien in das Innere der Scheune hinein. Auf diese Weise ergaben sich Felder, in denen die Schüsse ihr Ziel fanden.

„Die größte Gefahr getroffen zu werden, besteht in der Verlängerung des Tores. Hier schlagen die Kugeln von vier der sechs Angreifer ein."

Er unterstrich die beiden mittleren Schützen auf seiner Zeichnung und die beiden äußeren.

„Schütze 1 und 6 zielen schräg nach innen durch die Fenster. Ihre Treffer landen etwa da, wo 3 und 4 gerade durch das Tor ebenfalls hinzielen."

Dort, in der Mitte des Gebäudes, befand sich die Tür zu dem nachträglich eingebauten Raum. Wussten die Angreifer dies oder war das Zufall? Diese Frage konnte er nicht beantworten.

„Schütze 2 schießt durch das linke Fenster gerade oder etwas nach außen. Hier bleibt nur ein schmaler Streifen dicht an der Seiteneingangstür frei von Einschüssen. Schütze 5 hingegen kann maximal gerade durch das rechte Fenster schießen. Ansonsten gefährdet er Nummer 6, der wegen der parkenden Harleys etwas weiter innen stehen muss. Deshalb bleibt der Bereich um die Küchenzeile verschont. Das hat den Hounds das Leben gerettet oder zumindest schwere Verletzungen erspart."

Jetzt zog er seine Notizen zurate.

„Das Trefferbild innen in der Scheune legt die Vermutung nahe, dass die Schützen tendenziell von unten nach oben geschossen haben. Sie haben also entweder gekniet, um einen besseren Halt zu haben – das wird aber von der Spurenlage draußen nicht bestätigt. Oder sie haben relativ ungezielt aus der Hüfte geschossen. Das würde bedeuten, dass sie auf Kosten der Treffergenauigkeit mehr an dem Überraschungseffekt interessiert waren."

Er trat einen Schritt zurück und überlegte. Auch diese Frage konnte er nicht sicher beantworten. Aber er war ziemlich zufrieden, dass er dieses unglaubliche Kuddelmuddel so weit entwirrt hatte. Der weitere Ablauf war dann wieder etwas eindeutiger.

„Nach der Zeit, die man halt braucht, um mit sechs Mann gut 300 Schuss abzugeben, springen alle sofort wieder in die beiden Wagen und brausen davon. Das Ergebnis ihrer Attacke kontrollieren sie nicht."

Bombach zeichnete von den Autos aus zwei Pfeile entlang der Zufahrt bis zu der kleinen Straße. Dort markierte er rechts und links den Fluchtweg mit einem Fragezeichen.

„Bisher haben wir keine Hinweise, in welche Richtung die Angreifer abgezogen sind. Unklar ist ebenfalls, welche Fahrzeuge sie benutzt haben. Die Reifenspuren geben darüber keinen exakten Aufschluss und Zeugenaussagen gibt es zu dem Thema nicht. Die Größe der Reifenspuren legt lediglich die Vermutung nahe, dass es sich um SUVs oder Vans gehandelt haben muss."

Er zog weitere Unterlagen von seinem Schreibtisch zurate und notierte noch einige Zeiten.

„Um 14.33 Uhr geht der Notruf von Bauer Piepenbrink ein, dass er Gewehrfeuer gehört hat. Und da keine Jagdzeit sei, müsse wohl ein Verbrechen vorliegen. Die örtliche Streife trifft um 15.17 Uhr ein. Der lange Zeitraum erklärt sich, weil unklar war, woher genau die Schüsse kamen. Die Streife hat das entsprechende Gebiet systematisch kontrolliert und erst nach dieser langen Zeit die einsam gelegene Scheune entdeckt."

Zu jeder anderen Tageszeit wäre er mit seinen Selbstgesprächen etwas zurückhaltender verfahren, aber er war allein auf seinem Flur und das halblaute Mitsprechen half ihm, seine Gedanken zu sortieren.

„Der Ablauf ist soweit klar. Was völlig offen bleibt, sind das Motiv und die Identität der Täter. Die Vorgehensweise deutet eher darauf hin, dass jemand den Hounds einen Höllenschrecken einjagen wollte. Denn mit wenig mehr Risiko hätte es ein echtes Gemetzel mit etlichen Toten geben können. Darum ging es also offenbar nicht. Aber worum dann?"

Selbst in einer Großstadt wie Hamburg, in der auch die Kriminalität eine andere Dimension erreichte als auf dem platten Land, war eine Ballerei wie die heutige eine echte Seltenheit. Zum Glück! Wenn Munition in einem solchen Umfang zum Einsatz kam, sprach man normalerweise von einem Bandenkrieg. Erst recht, wenn eine der involvierten Gruppen als Alleinherrscher in einem bestimmten Gebiet galt. Aber wie passte das mit dem Mord an Joschi zusammen? Diese Exekution war definitiv kein Versehen gewesen. In dem Fall ging es nicht um maximalen Schrecken. Das

Ziel war der Tod des derzeitigen Anführers gewesen. Wie gehörten diese beiden Ereignisse zusammen? Oder hatten die beiden Fälle gar nichts miteinander zu tun? Der Kommissar wusste nicht, was er schlimmer finden sollte.

* * *

Als Staller mit Isa auf den Hof des alten Klubhauses der Hounds of Hell bog, war der Parkplatz bereits recht ordentlich gefüllt. Neben den obligatorischen, sehr ordentlich aufgereihten Harleys und einigen anderen Motorrädern, die selbstverständlich etwas abseits standen, parkten auch etliche PKW hinter der Scheune. Der alte Pajero des Reporters fiel also nicht ganz aus dem Rahmen. Er fand einen Platz neben einem schwarzen Jeep Cherokee und sog nach dem Aussteigen die Luft durch die Nase.

„Das alte Grillfass ist immer noch in Betrieb, wie es scheint", grinste er. „Ob mein alter Buddy Hoss wieder die Zange schwingt? Aber vermutlich nicht, das ist ein Job für einen Prospect."

„Hast du eigentlich keine Angst, dass dich jemand erkennt?", fragte Isa mit unterdrückter Stimme und sah sich vorsichtig um.

„Nein. Die Leute, mit denen ich am meisten zu tun hatte, sind heute abwesend, denn sie bekommen keinen Ausgang. Und bei den anderen bin ich mir sicher, dass sie mich zum einen in Zivil nicht erkennen und zum anderen einfach akzeptieren, dass ich ein Fernsehfuzzi bin. Die Verbindung zu dem Bruder aus Norwegen, der ich damals war, werden sie nicht herstellen. Zumal der ja erwiesenermaßen gestorben ist."

Staller war bei diesem früheren Fall mit dem Motorrad und wild ballernd auf den Polizeikordon zugerast. Vor der Linse der laufenden Kamera war er vom Bike geschossen worden und in einem Graben versunken. Dass die Munition mit einer Softairwaffe verschossen wurde, wusste niemand außer den Eingeweihten.

„Dann wollen wir mal hoffen, dass du recht behältst. Wie gehen wir vor?"

Der Reporter schloss den Wagen ab und zuckte die Achseln.

„Wir müssen improvisieren. Wichtig ist, dass wir zusammen bleiben. Ich weiß ja nicht einmal, ob die Freundin von Caspar überhaupt dabei ist. Wir lassen uns überraschen und hoffen das Beste. Und, Isa: keine Alleingänge! Sonst habe ich dich zum letzten Mal mitgenommen. Das ist mir ernst!"

„Großes Indianerehrenwort!" Isa spuckte aus und stampfte dreimal mit dem Fuß auf.

„Bitte?"

„Nichts. Ein Ritual aus meiner Kindheit. Es bedeutet: Ich schwöre."

„Ich nehme an, dass ich keine Einzelheiten dazu wissen möchte. Komm, da links geht es zur Terrasse!"

Seit seinem letzten Besuch als Bruder aus Norwegen war die Bepflanzung um den kleinen Teich ziemlich gewachsen und der Eingang war schlecht einsehbar. Als sie um einen dichten Weißdornbusch gebogen waren, konnten Staller und Isa das Gelände überschauen. Der Platz vor der Terrasse war von etlichen Fackeln malerisch beleuchtet, wobei die Wirkung erst langsam einsetzte, denn noch war es nicht richtig dunkel. Das schon angesprochene Grillfass war in Betrieb und ein schwitzender Rocker hantierte fachmännisch mit Würsten und Nackensteaks. Der Patch auf seiner Lederweste wies ihn als Prospect aus. Er war überraschend jung. Staller kannte ihn nicht.

„Da geht's rein", deutete er auf die überbaute Terrasse, auf der einige Tische und Bänke standen. Zwei Boxen auf massiven Metallständern übertrugen dröhnende Rockmusik in den Garten.

„Alte-Leute-Mucke", grinste Isa und stieß dem Reporter den Ellenbogen in die Rippen. „Gefällt dir bestimmt, oder?"

„Foreigner geht immer", antwortete der. „Außerdem ist das schon moderner, als ich es in Erinnerung hatte. Drinnen ist eine Theke. Wir holen uns erst einmal was zu trinken, dann fallen wir nicht mehr so auf."

Die Tische auf der Terrasse waren recht gut besetzt, aber er konnte niemanden aus dem Klub wiedererkennen. Allerdings war er über die Member auch nicht mehr auf dem Laufenden, sah man von dem Zusammentreffen in der Scheune am Nachmittag ab. Die Menschen, die er hier sah, wirkten eher wie zufällige Gäste oder die bekannten Hangarounds, die es im Umfeld aller Rockerklubs gab.

Im Inneren des alten Klubhauses hatte sich nichts verändert. Die Theke, ein freigeräumter Platz als Tanzfläche, einige Stehtische und Sitzecken und im Hintergrund der große Billardtisch – alles sah so aus wie früher. Überall saßen oder standen Gäste und in der Ecke, die den Übergang zur Werkstatt bildete, waren die ihm bekannten Hounds vom Nachmittag vollständig versammelt.

„Da hinten stehen die Glücklichen, denen im Kugelhagel heute so gut wie nix passiert ist", meinte Staller mit einem minimalen Wink des Kopfes zu Isa. „Wir holen trotzdem erst Getränke. Was möchtest du?"

„Einen 2013er Châteauneuf du Pape, bitte."

„Was?"

„War ein Witz. Ein Bier wird es wohl geben."

„Definitiv. Eine Sekunde."

Der Reporter stellte sich an die Theke und wurde sehr zügig bedient. Auch hier waren zwei ihm unbekannte Prospects am Werk. Erfolg machte offenbar attraktiv und der Klub hatte überraschend viel Zulauf. Andererseits bedeutete die Ausweitung der Aktivitäten auch ein erhöhtes Arbeitsaufkommen. Mit wichtigen Membern hinter Gittern war der Nachwuchs lebensnotwendig. Vielleicht hatte dies auch Auswirkungen auf das Personal. Wenn dringend Leute gebraucht wurden, waren die Ansprüche an Identifikation mit und Loyalität gegenüber dem Klub nicht ganz auf dem Niveau wie früher.

„Hier, dein Bier!"

„Du auch?" Sie zog missbilligend die Augenbrauen hoch. „Du sollst mich noch nach Hause fahren."

„Ich habe nicht vor es auszutrinken. Aber mit einem Wasser in der Hand mache ich einen schlechten Eindruck."

„Der Schein ist alles, oder?"

„Für den Anfang ja. Ich will schließlich nicht vor dem ersten Wort blöd auffallen. Wie ist dein Eindruck?"

„Von den Hounds?"

„Auch."

„Die halten sich ziemlich abseits. Haben wohl viel zu besprechen. Besonders gastfreundlich wirkt das nicht. Oder sie haben Muffe und bilden eine geschlossene Herde. Glaub' ich aber eher nicht."

Isa ließ ihren Blick müßig durch den Raum schweifen, eine Geste, die für Partygänger durchaus üblich war, wenn sie die Leute abchecken wollten.

„Da vorne, der Tisch mit den sechs Frauen, das müssten die Old Ladys sein, oder? Sie sehen ein bisschen so aus."

„Vorurteile? Aus deinem Mund? Isa, du enttäuschst mich." Staller bemühte sich mit mittlerem Erfolg um einen strafenden Gesichtsausdruck.

Die sechs Frauen an dem genannten Tisch wirkten auf den ersten Blick ganz unterschiedlich. Drei Blondinen, zwei Brünette und eine Rothaarige. Aber es gab trotzdem gewisse Übereinstimmungen, die sich nicht leugnen ließen. Alle trugen die Haare lang, waren stark geschminkt und mehr oder minder künstlerisch tätowiert, wobei eine von ihnen den Vogel abschoss, denn in großen Lettern stand quer über ihr Dekolleté *Property of Caspar* geschrieben. Das war Anne, die Old Lady des inhaftierten Präsidenten der Hounds of Hell.

„Schwer vorstellbar, dass Joschi nicht gewusst haben soll, mit wem er sich einlässt", murmelte Isa mit Blick auf das gut sichtbare Tattoo. Tiefe Ausschnitte, enge Oberteile und noch engere Jeans gehörten zu den weiteren übereinstimmenden äußeren Merkmalen.

„Ein Punkt für dich", pflichtete der Reporter ihr bei. „Es müsste schon sehr dunkel gewesen sein, um das zu übersehen."

„Oder er steht nur auf Doggy Style", ergänzte Isa.

„Okay, das sind genug Einzelheiten für den Moment. In diesen Klub der wilden Weiber traue ich mich nicht rein. Im Rudel sind die unberechenbar. Vielleicht können wir Anne später allein erwischen."

„Schisser! Aber deine Unfähigkeit, souverän mit dem weiblichen Geschlecht umzugehen, ist ja legendär."

Staller kam nicht dazu, auf diese Frage näher einzugehen, denn der Road Captain hatte sich aus der Gruppe der Rocker gelöst und schlenderte herbei.

„Na, wen haben wir denn da?", fragte er interessiert und musterte die junge Frau unverhohlen.

„Das ist Isa, meine Kollegin. Isa, das ist der momentane Chef der Hounds – deinen Namen kenne ich noch gar nicht."

„Ich werde von allen hier Bud genannt."

„Weil du nur Budweiser trinkst?", entgegnete Isa schlagfertig.

Der Rocker lachte dröhnend und richtete seine massige Gestalt zu voller Größe auf.

„Nein, aus irgendwelchen Gründen ist man der Meinung, dass ich gewisse Ähnlichkeiten mit Bud Spencer besitze. Kann ich gar nicht nachvollziehen, bei meiner zarten Gestalt."

Staller warf einen Blick auf die Pranken des Kerls und wiegte bedächtig den Kopf.

„Ich hab' eine vage Idee, wie das kommt. Wie war euer Tag mit den Bullen, ist der Typ euch noch sehr auf die Nerven gegangen?"

Bud machte eine wegwerfende Handbewegung.

„Er hat noch zig Male die immer gleichen Fragen gestellt. Aber irgendwann hat er eingesehen, dass er keine Antworten bekommt. Zumindest diesmal lag das daran, dass wir einfach wirklich keine Ahnung hatten, was das heute Nachmittag sollte."

„Dabei dürfte die Liste der potenziellen Täter nicht so lang sein. Ein unzufriedener Junkie oder ein gelinkter Freier tauchen normalerweise nicht mit der Hardware für einen kleinen Krieg auf. Schnellfeuerwaffen hat nicht jeder zu Hause in der Garage."

„Ja, das haben wir uns auch schon überlegt."

„Den Night Devils traue ich eine solche Bewaffnung zu", warf Staller beiläufig ein.

„Die Devils sind Geschichte. Aufgelöst."

„Hm. Und der Zusammenhang mit Joschi?"

„Seh' ich nicht. Aber deine Berufskrankheit bricht gerade wieder mächtig aus. Wolltest du nicht ganz entspannt ein Bierchen zischen? Oder kennst du keinen Feierabend?"

„Ihr doch auch nicht, oder? Aber du hast recht. Prost!" Der Reporter hob sein Glas, nippte jedoch nur daran. Bud, der einen Cola-Whisky in der Hand hielt, leerte die Hälfte davon in einem Zug.

Der Prospect vom Grill brachte eine große Schale mit fertig gebratenem Fleisch und stellte sie neben die Gruppe auf den Tresen. Dabei musterte er Isa so ungeniert, dass diese nicht umhin konnte, es zu bemerken. Mit einem süffisanten Lächeln drehte sie sich zu ihm hin, zog die Schultern nach hinten und sprach in leicht gekünsteltem Ton: „Starr mir nicht dauernd auf die Titten, Mister Honeydew, sonst schlag' ich dir die Scheiße aus den Knochen!"

Staller und Bud tauschten irritierte Blicke aus. Ja, der Prospect hatte sie ziemlich auffällig angestarrt, aber eine solche Ansprache?

Der junge Mann grinste breit über das ganze Gesicht. Offenbar fühlte er sich nicht angegriffen.

„Du liest also Bukowski?", fragte er stattdessen interessiert zurück.

„Du doch auch", antwortete sie und zeigte auf ein zerfleddertes Taschenbuch, von dem nur das obere Drittel aus der Westentasche ragte.

„Rocker und Literatur, wie passt das denn zusammen?"

„Du wirst es kaum glauben, aber es können sogar fast alle bei uns lesen und schreiben."

„Tatsächlich? Nicht schlecht!"

„Aber du hast für 'ne kleine Lady 'ne ziemlich große Klappe, finde ich."

Der Reporter seufzte innerlich. Offenbar hatte Isa sich wieder einmal einen Plan zurechtgelegt, den sie nun stur wie ein Muli verfolgte. Er wollte sich lieber nicht ausmalen, wohin das führen würde. Unterschiedlicher hätten die beiden jedenfalls nicht sein können. Auf der einen Seite der Prospect, groß, breitschultrig und eindeutig regelmäßiger Besucher einer Muckibude. Auf der anderen Seite Isa, die zwar auch sehr sportlich wirkte, aber auf eine ganz andere Art und Weise. Was ihr an Muskelmasse fehlte, machte sie jedoch durch Zähigkeit wett. Vom Typ her wirkte sie wie die Felsenkletterer, die trotz zarter Gliedmaßen unglaublich kraftvoll und ausdauernd waren.

„Findest du? Ich glaube, dass ich dich plattmachen könnte." Sie legte den Kopf schief und musterte nun ihn ganz ungeniert von oben bis unten. „Obwohl dein Body ganz okay ist."

„Na, schönen Dank auch! In was willst du mich denn plattmachen, Floh, hm?"

Er grinste sie gutmütig an, wie ein Löwe, der zulässt, dass sein Junges spielerisch an seinem Fell zerrt.

„Eigentlich dachte ich an eine nette, kleine Prügelei. Aber ich möchte natürlich nicht dein hübsches Gesicht ruinieren. Nehmen wir also was ohne Kontakt, Pull-ups, Push-ups – such es dir aus!" Seelenruhig setzte sie ihr Bierglas an den Mund und nahm einen großen Schluck. Dann wischte sie sich mit dem Handrücken den Schaum ab.

Staller, dem hinlänglich bekannt war, dass Isa eine Fähigkeit als Kampfsportlerin besaß, die ihresgleichen suchte, und tatsächlich gute

Chancen hatte, auch diesen Kleiderschrank auf die Matte zu legen, registrierte beruhigt, dass es zu keinen Kampfhandlungen kam. Bud, der sich vom zarten Körperbau der jungen Frau täuschen ließ, schüttelte bedauernd den Kopf. Eine derartige Selbstüberschätzung hatte er noch nicht erlebt.

Der Prospect hingegen betrachtete die Angelegenheit von einem ganz anderen Gesichtspunkt aus.

„Du sollst deine 15 Sekunden Fame bekommen." Er streifte seine Lederkutte ab und legte sie sorgfältig gefaltet auf die Theke. „Push-ups. Da hinten auf dem Billardtisch. Jeder so viele, wie er am Stück schafft."

„Kein Problem. Du legst vor!" Isa ließ sich keinerlei Unruhe anmerken.

„Ohne Shirt natürlich. Sonst heißt es noch, dass jemand geschummelt hat." Mit einem herausfordernden Grinsen zog sich der junge Mann, der etwa fünf Jahre älter als Isa sein mochte, das weiße T-Shirt über den Kopf. Die darunter versteckte Muskulatur war eindrucksvoll und kam entsprechend zur Geltung, da der Oberkörper komplett glattrasiert war.

„Ist mir recht", entgegnete Isa schlicht und befreite sich ebenfalls von ihrem Oberteil. Darunter trug sie ein Sportbustier, was einen Schatten des Bedauerns über das Gesicht des Prospects ziehen ließ.

Da mittlerweile nicht wenige Umstehende mitbekommen hatten, dass sich hier etwas Ungewöhnliches anbahnte, gab Bud ein Zeichen, woraufhin die Musik verstummte.

„Mal herhören!", brüllte er mit sonorer Stimme und erlangte so die Aufmerksamkeit aller. „Macht mal den Tisch da frei", wandte er sich an zwei Spieler, die am Billardtisch beschäftigt waren.

Für Staller war das die Gelegenheit Isa kurz ein paar Worte zuzuzischen.

„Was hast du vor, um Gottes willen?"

„Bisschen Socializing. Wenn er seine Niederlage verdaut hat, werden wir beste Kumpel sein."

„Und wenn er gewinnt?"

„Wird er nicht." In ihrer Stimme klang nicht die Spur von Unsicherheit mit.

„Unser junger Prospect Ben und die kleine Lady hier haben gerade ein Battle vereinbart. Liegestütze am Stück. Wer die meisten schafft, hat gewonnen."

Allgemeines Johlen und Klatschen folgte auf diese Ankündigung. Im Nu war der Tisch abgeräumt und die Zuschauer bildeten einen großen Kreis. Beim Anblick von Isas zartem Körper kam Gelächter auf. Als Ben die Arme posierend hob und sich im Kreis drehte, wobei sein athletischer Körperbau voll zur Geltung kam, pfiffen einige der Old Ladys durchdringend auf den Fingern.

„Viel Glück, Ben. Du wirst es brauchen." Isa gab ihrem Kontrahenten sportlich die Hand. Dieser drückte fest, aber nicht überhart zu. Dabei musterte er sie mit offensichtlichem Interesse.

„Wir werden sehen. Wenn deine Kraft so groß ist wie dein Selbstbewusstsein, dann wird es spannend."

Bud und Mike fungierten quasi als Sekundanten und nahmen rechts und links des Billardtisches Aufstellung.

„Wenn ein anderer Körperteil außer Händen und Fußspitzen länger als einen Sekundenbruchteil den Tisch berührt, ist der Versuch beendet", erklärte der Road Captain.

„Eine kurze Pause mit durchgestreckten Armen hingegen ist erlaubt, auch mehrmals", ergänzte Staller.

Mit zustimmenden Rufen akzeptierten die Zuschauer die Regeln. Ben kletterte auf den Billardtisch und brachte sich in Position. Fußspitzen dicht zusammen, die Hände schulterbreit auseinander flach auf das grüne Tuch aufgelegt. Dann begann er ruhig und gleichmäßig seinen gestreckten Körper zum Billardtisch abzusenken und anschließend mit Armdruck und gleichzeitiger Rumpfspannung wieder hochzustemmen. Die Bewegung erfolgte fließend und schien zunächst keine große Anstrengung zu bedeuten.

„Zehn!", gab Bud brüllend den Zwischenstand bekannt. Jeden einzelnen Liegestütz zu zählen, wäre zu aufwendig gewesen. Ohne Pause und ohne ein Zeichen der Ermüdung hob und senkte sich der Körper des Rockers weiterhin in absolut gleichmäßigem Tempo. Das Spiel der Muskeln an Armen und Rücken war dabei gut zu beobachten.

„Zwanzig!"

Diese Marke hätte für die Allermeisten im Raum vermutlich spätestens das Ende ihrer Möglichkeiten bedeutet, wie ein anerkennendes Raunen erkennen ließ. Ben hingegen war noch keine nennenswerte Anstrengung anzumerken.

„Dreißig!"

Die Umstehenden waren von der Darbietung so beeindruckt, dass sie anfingen rhythmisch zu klatschen. Zwar passte diese Unterstützung nicht zur Taktung der Liegestütze, aber sie befeuerte die Motivation.

„Vierzig!"

Wer den Prospect genau beobachtete, der musste feststellen, dass seine Bewegungen etwas langsamer wurden. Speziell beim Hochstemmen war ihm jetzt eine gewisse Ermüdung anzumerken. Bei 45 hielt er mit ausgestreckten Armen kurz inne und sammelte sich. Nach wenigen Sekunden begannen seine Bewegungen erneut.

„Fünfzig!"

Auf dem nackten Oberkörper des Rockers bildete sich eindeutig ein Schweißfilm, wie die hellen Scheinwerfer bewiesen. Wäre es nicht so laut in dem Raum gewesen, dann hätte man auch seinen Atem hören können, der nun gepresst und stoßweise und nicht mehr gleichmäßig kam.

„Sechzig!"

In das Klatschen mischten sich gellende Pfiffe als Anfeuerung und auch der Name des Prospects wurde immer wieder gerufen. Die Aufmunterung war auch nötig, denn nun sah jedermann, dass Ben richtig kämpfen musste. Bei 63, als seine Arme schon erheblich zitterten, legte er eine erneute Pause ein. Einige tiefe Atemzüge sollten letzte Kräfte freisetzen. Unter ohrenbetäubendem Jubel setzte er die Liegestütze fort. Von der anfänglichen Leichtigkeit war die Darbietung allerdings weit entfernt. Am tiefsten Punkt das Körpergewicht abzufangen und in die Gegenrichtung zu stemmen, war Schwerstarbeit. Die Adern an den Armen schwollen an, der Schweiß floss stärker und der ganze Körper schien zu zittern.

„Siebzig!"

Als Ben bei seinem einundsiebzigsten Versuch mit seinem Körper nur noch einen Zentimeter von dem Billardtisch entfernt war, schien es so, als ob er nicht wieder hochkäme. Unter größtmöglichem Lärm des Publikums stemmte er sich dennoch Millimeter um Millimeter in die Höhe, bis die Arme ganz durchgestreckt waren. Dann jedoch brach er wie vom Blitz getroffen zusammen und lag keuchend auf dem Tuch. Als sich der frenetische Jubel ein wenig gelegt hatte, hob Bud die Hände und verkündete: „71 gültige Versuche für Ben! Ordentliche Leistung für einen Prospect. Bringt mal ein Bier, der Junge sieht ja ganz geschafft aus!"

Während einer der Männer hinter der Theke diesen Wunsch erfüllte, richtete sich Ben mit einiger Mühe zum Sitzen auf und ließ die Beine vom Tisch baumeln.

„Immer noch so zuversichtlich?", fragte er Isa, die ihre Schultern kreisen ließ, um sich vorzubereiten.

„Das war nicht schlecht. Ich hatte dir 50 zugetraut. Das ganze Fleisch will schließlich bewegt werden!" Mit diesen Worten drückte sie seine Schultern und den prallen Bizeps. Der Schweiß auf der Haut schien sie nicht zu stören.

„Hier, dein Bier!"

Wer jetzt erwartet hatte, dass der Prospect die Gerstenkaltschale in einem Zug hinunterstürzen würde, sah sich getäuscht. Mannbarkeitsriten schienen für Ben nichts zu bedeuten. Er nahm einen Schluck, wischte sich die Stirn ab und machte Platz für seine Gegnerin.

„Dann zeig mal, was du drauf hast!"

Isa nickte nur und kletterte auf den Tisch. Sorgfältig positionierte sie Hände und Füße und atmete ein paarmal gleichmäßig und tief durch, während Bud eine weitere Ansage machte.

„Gleiche Regeln wie bei Ben. Wenn die Lady 72 Liegestütze schafft, hat sie gewonnen. Bei 71 endet es unentschieden, alles, was darunter liegt, bedeutet: Sieg für Ben!"

Was für ein Unterschied! Isa wog, obwohl sie nicht besonders klein war, vermutlich nur die Hälfte von ihrem Gegner. Ihre schmalen Schultern wirkten knöchern und anstelle eines Bizeps-Gebirges zeigte sie nur einen sehnigen, schmalen Armmuskel. Trotzdem wurde klar, dass sie sehr sportlich sein musste, denn an ihrem Oberkörper fand sich keinerlei überflüssiges Fett. Das, was man von ihr sah, war durchtrainiert und kernig.

„Zehn!"

Die Abfolge ihrer Bewegungen wirkte in höchstem Maße effektiv und geschmeidig. Hier wurde nirgendwo Kraft sinnlos vergeudet. Wie die Pleuelstangen eines Motors arbeiteten ihre Arme, regelmäßig wie ein Uhrwerk.

„Zwanzig!"

Obwohl keinerlei Anzeichen einer Ermüdung zu bemerken waren, legte Isa nach 25 Liegestützen eine kleine Pause mit gestreckten Armen ein.

Zwei, drei Atemzüge, dann setzte sie die Übung mit gleicher Lockerheit fort.

„Dreißig!"

„Vierzig!"

Mike registrierte im Publikum eine langsam aufkeimende Ungläubigkeit. Wie konnte dieses schmale Wesen mit einer solchen Leichtigkeit seinen Körper auf und nieder bewegen? Aber vermutlich stand das Ende unmittelbar bevor.

„Fünfzig!"

Wieder folgte eine kleine Pause, obwohl Isa ihren Bewegungsablauf immer noch im gleichen Tempo wie zu Anfang durchführte. Bei Ben hatte man zu diesem Zeitpunkt bereits gesehen, dass er zu kämpfen hatte. Als die Volontärin ihre nächste Serie startete, wich die Ungläubigkeit ernsthafter Verblüffung. Alle Zuschauer hatten das Gefühl, dass sich diese junge Frau noch nicht im Entferntesten am Rande ihrer Möglichkeiten befand. Im Gegenteil! Die Sache begann offenbar, ihr richtig Spaß zu machen, denn sie blickte kurz zu der Seite, auf der Staller und Ben standen und zwinkerte ihnen zu. Dann fuhr sie fort.

„Sechzig!"

Staller drehte den Kopf zu Isas Gegner, der das Schauspiel äußerst gespannt verfolgte. Ben schien keine Angst vor einer Niederlage zu haben, denn in seinem Gesicht spiegelte sich die Anerkennung eines Menschen, der eine Leistung zu würdigen und richtig einzuordnen bereit war.

„Siebzig!"

Erneut pausierte Isa. Das Publikum, das sich immer ruhiger verhalten hatte, schien nun kollektiv den Atem anzuhalten. Kein Laut war zu hören. Das führte dazu, dass jeder mitbekam, wie gleichmäßig und unangestrengt Isa atmete. Dass sie noch zwei Liegestütze hinbekommen würde, bezweifelte niemand im Raum, auch Ben nicht. Was dann aber geschah, war ebenso überraschend wie beeindruckend. Sie ließ ihren Körper in die tiefste Position absinken und verharrte dort einen Moment. Es mochten nur zwei oder drei Sekunden gewesen sein, aber die Abweichung von der bisherigen Norm fiel so auf, dass niemand auch nur zu blinzeln wagte. Gingen ihr nun doch von einer Sekunde zur nächsten die Kräfte aus? Schaffte sie nicht einmal den Gleichstand?

Bevor dieser Hauch eines Zweifels sich in den Köpfen der Zuschauer auch nur bemerkbar machen konnte, schnellte Isa hoch, klatschte in die Hände und fiel wieder in die tiefe Ausgangsposition zurück. Und noch einmal. Und ein weiteres Mal.

„Achtzig!"

Nach diesem Ausruf von Bud schnellte Isa ein letztes Mal hoch. Dieses Mal klatschte sie allerdings nicht in die Hände, sondern zog blitzartig die Füße unter ihren Körper. Aus dieser tiefen Hocke streckte sie sich zum Stand und sprang dann anmutig vom Billardtisch auf den Boden.

Erst in diesem Augenblick erkannte das Publikum, was da gerade geschehen war. Nach der fast andächtigen Stille, die während der gesamten Dauer ihrer Vorstellung geherrscht hatte, brach nunmehr ein wahres Pandämonium los. Egal ob Hound of Hell, Angehöriger, Hangaround oder schlichter Besucher – alle röhrten ihre Anerkennung heraus. Isa wirkte kein bisschen verlegen, sondern drehte sich in alle Richtungen und bedankte sich mit artigen Verbeugungen. Als das Gejohle kein Ende nehmen wollte und in rhythmisches Klatschen überging, sprang sie abermals auf den Billardtisch und zeigte mit der gleichen Mühelosigkeit noch einarmige Liegestütz – zehn rechts und zehn links. Dann sprang sie ein letztes Mal vom Tisch und zog sich unter gellenden Pfiffen der Anerkennung ihr T-Shirt wieder über.

Bud hatte große Mühe, die tobende Menge einigermaßen zu beruhigen.

„Auch wenn es mir sehr schwerfällt, muss ich verkünden: Die kleine Lady ist klarer Sieger!" Noch einmal brandete tosender Applaus auf. „Ich weiß nicht, was mit Ben los war, aber er muss noch viel üben, bevor er Vollmember werden kann. Du hast Schande über den Klub gebracht, Junge!"

Da er aber dem Prospect bei diesen Worten freundschaftlich den Arm um die Schultern legte, war der Satz als derber Spaß einzuordnen. Ben ließ es sich dann auch nicht nehmen, seiner Widersacherin ehrlich zu gratulieren.

„Das war beeindruckend, Floh. Was für einen Sport treibst du, dass du so gut in Form bist?"

„Ich mache alles Mögliche, aber in erster Linie Kampfsport. Sei froh, dass es nicht tatsächlich um eine kleine Prügelei ging." Ihr Grinsen nahm dem Satz jede Schärfe. „Und außerdem kannst du Isa zu mir sagen."

„Ein hübscher Name. Passt zu dir!"

„Rutsch bloß nicht auf deiner Schleimspur aus. Kriegt man hier eigentlich auch mal was zu essen?"

„Sollen wir am Grill nachsehen? Ich müsste da sowieso ein bisschen weitermachen."

„Das ist ein Plan. Ich esse und guck' dir bei der Arbeit zu. Der Abend hat doch Potenzial!" Sie nahm ihm das Bierglas aus der Hand, trank es aus und stellte es auf den Rand des Billardtisches. „Gehen wir?"

Die Musik setzte wieder ein und die Leute widmeten sich wieder ihren jeweiligen Beschäftigungen. Bud zog Staller am Ärmel und führte ihn in eine ruhigere Ecke.

„Und mit der musst du den ganzen Tag arbeiten? Alter, die hat ja Haare auf den Zähnen wie ein Reisigbesen!"

Der Reporter machte ein mitleiderregendes Gesicht und räumte ein: „Ja, Isa war schon immer etwas speziell. Und es hilft nicht viel, wenn man weiß, dass sie es nicht böse meint. Euer Prospect ahnt vermutlich nicht, worauf er sich da eingelassen hat!"

Bud lachte dröhnend.

„Ein Prospect muss sich halt beweisen. Heute ist dann mal ein neues Thema dran! Er wird es überstehen."

Eine Gruppe von Hounds machte ihrem Road Captain ein Zeichen.

„Ich muss, Klub-Geschäfte! Esst, trinkt und habt Spaß. Ihr seid meine Gäste! Die kleine Lady hat schließlich erheblich zu unserer Unterhaltung beigetragen." Zum Abschied hieb er dem Reporter seine Pranke auf den Rücken, woraufhin dieser ziemlich genau wusste, warum der Rocker nach Bud Spencer benannt worden war. Er ließ sich jedoch nichts anmerken und winkte lässig.

Was sollte er nun anfangen? Die Hounds of Hell zogen sich in den Hintergrund zurück und blieben für sich. Isa hielt auf der Terrasse ein fettiges Nackensteak in den Fingern, von dem sie eifrig abbiss, wie er durch die offene Tür sah. Dabei plauderte sie angeregt mit Ben. Andere Menschen kannte er hier nicht – jedenfalls nicht offiziell. Mit Anne und ein oder zwei anderen Old Ladys hatte er natürlich bei seinem Undercover-Einsatz schon mal geredet, aber das durfte selbstverständlich niemand wissen.

Mit seinem immer noch fast vollen Bierglas in der Hand wanderte er ziellos durch den Raum. Schließlich stellte er sich an einen kleinen

Stehtisch in der Nähe der Old Ladys. Vielleicht gelang es ihm trotz der lauten Musik, ein paar Gesprächsfetzen von ihnen aufzufangen. Ob die auch nur eine einzige seiner Fragen beantworten würden, war allerdings zu bezweifeln.

Seine Befürchtung bewahrheitete sich. Zu verstehen war eigentlich nur Klangbrei mit gelegentlichem Gelächter. Er bemühte sich in eine andere Richtung zu schauen, damit sein Interesse nicht allzu auffällig wurde. Der erste Satz, den er klar hören konnte, folgte auf ein allgemeines Stühlerücken. Anne verabschiedete sich vom Tisch mit den Worten: „Ich geh' dann mal pullern."

Der Reporter konnte nicht umhin ihr nachzusehen. Ihre Jeans war eng genug, dass man jeden Pickel am Po gesehen hätte. Ihre Aufmachung legte, zumindest in der Rückansicht, die Vermutung nahe, dass sie etwa Mitte zwanzig wäre, dabei ging sie, wie er wusste, stramm auf die vierzig zu. Trotzdem bewegte sie sich auf den hohen Absätzen mit großer Sicherheit und Eleganz.

Wenig später konnte er sie auf dem Rückweg von vorn mustern. Jetzt war ihr Alter trotz Schminke nicht zu leugnen. Alkohol und Zigaretten prägten Gesichter eben anders als Wasser und Obst. Lange Nächte waren die Regel, ausreichend Schlaf die Ausnahme. Trotzdem war sie auf ihre Art hübsch. Zumindest von härteren Drogen schien sie sich ferngehalten zu haben. Er schenkte ihr ein unverbindliches Lächeln.

„Du bist der Typ vom Fernsehen, oder?" Sie blieb an seinem Tisch stehen.

„Das stimmt. Michael Staller, erfreut, erkannt worden zu sein." Er vollführte eine anmutige Geste zwischen Hut ziehen und Hofknicks und grinste dabei gewinnend. Seinen Spitznamen hatte er bewusst nicht gewählt, denn damals hatte er sich der Einfachheit halber als Mike vorgestellt. Man konnte bei Frauen nie wissen, wie genau sie einen in Erinnerung hatten. Obwohl er damals eine Perücke mit langen Haaren und einen Vollbart getragen hatte.

„Spinner!", entgegnete sie, aber nicht unfreundlich. „Hast du irgendeinen Mittelalterfetisch?"

„Nein. Aber mir fehlt die Erfahrung im Umgang mit Old Ladys. Was ist sowohl höflich als auch gestattet und ab wann erscheint der Galan in der ledernen Rüstung, um mir ein neues Gesicht zu verpassen. Altertümliche Verhaltensweisen erscheinen mir da risikoärmer."

Sie wusste offensichtlich nicht, wie sie ihn einordnen sollte, fand sein Auftreten aber in jedem Falle unterhaltsam. Außerdem sah er gut aus.

„Ich bin Anne."

„Es ist mir eine Ehre!"

„Du kannst dich ganz normal verhalten. Falls du das kannst. Woher weißt du, dass ich eine Old Lady bin?"

„Ich habe den Grundbucheintrag gelesen."

Sie starrte ihn verständnislos an. Er sah, dass er sich näher erklären musste, und deutete verschämt mit dem Finger in Richtung ihres Dekolletés mit dem auffälligen Tattoo.

„*Property of Caspar*. Das dürfte Caspar Kaiser sein, der hiesige Vereinsvorsitzende. Normalerweise starre ich aber nicht auf Brüste."

„Warum nicht? Sehen sie etwa so scheiße aus?" Sie klang beinahe entsetzt und drückte ihre üppige Oberweite, die nur teilweise von dem sehr engen Top bedeckt war, noch etwas mehr heraus.

Ein heikles Terrain. Wenn einer der Rocker den Eindruck bekam, dass er die Freundin vom Präsi anbaggerte, dann dürfte sein Abgang schnell und unehrenhaft erfolgen. Andererseits wünschte er sich natürlich, mit ihr ins Gespräch zu kommen.

„Ich möchte nicht respektlos erscheinen. Außerdem widerstrebt es mir, Frauen auf ihre, wenn auch äußerst ansehnlichen, Geschlechtsmerkmale zu reduzieren." Er hoffte, dass ihm der Spagat geglückt war.

„Du bist ein komischer Vogel", stellte sie fest. Dann grinste sie. „Aber höflich. Sofern ich dich richtig verstanden habe. Du redest ganz schön schwer verdaulich."

„Sorry. Berufskrankheit. Ich gelobe Besserung!"

„Das wär' hilfreich." Sie wechselte das Thema. „Ich hab' gehört, dass du Frankie vor die Kamera gezerrt hast. Wie ist dir das gelungen?"

„Pssst, ich habe ihn mit einem Model-Vertrag geködert", raunte er ihr geheimnisvoll zu. „Bald läuft er für Lederwesten in Mailand und Biker Boots in Texas."

Damenhaft konnte man ihr raues Gelächter beim besten Willen nicht nennen.

„Du hast seltsame Ideen! Aber es macht Spaß mit dir zu reden. Was hältst du davon: Du besorgst uns ein paar frische Drinks und dann gehen wir in den Garten. Da ist es ruhiger."

„Dein Wunsch ist mir Befehl. Was kann ich dir bringen, Wein, Sekt, stilles Wasser ohne Eis?"

„Cola-Whisky, du Scherzkeks. Schadet nichts, wenn es eine ordentliche Mischung ist."

„Kommt sofort." Er durchquerte den Raum und trat wieder an die Theke, wo er für sich eine Cola pur orderte. Dabei ließ er sein fast volles Bierglas unauffällig stehen. Als er sich wieder umdrehte, war Anne bereits auf dem Weg nach draußen. Es war ihm recht, dass die übrigen Rocker nicht sehen konnten, dass er sich gemeinsam mit Caspars Old Lady zurückzog.

Auf der Terrasse achtete niemand weiter auf ihn. Hier waren tapfere Zecher hart am Getränk unterwegs und hatten weder Augen noch Ohren für ihre Umgebung. Laute Zoten und dröhnendes Gelächter eröffneten einen kleinen Einblick auf den bereits erreichten Alkoholpegel.

Das Grillfass glühte ohne Aufsicht in den letzten Zügen vor sich hin. Ben und Isa hatten sich auf eine Bank in der Nähe verzogen und befanden sich in angeregtem Austausch. Auch hier schien alles in Ordnung.

Staller schritt die Stufen zum Garten hinunter und wandte sich dem Spielplatz zu. Mittlerweile war es dunkel geworden und auch die Fackeln waren teilweise bereits erloschen. Wer ein bisschen Privatsphäre suchte, war hier im Freien gut aufgehoben. Das Glühen einer Zigarette wies dem Reporter den Weg. Anne saß halb von einem Johannisbeerstrauch verdeckt auf einer Bank, von wo aus normalerweise Eltern ihre spielenden Kinder beobachten konnten.

„Cola-Whisky nach dem Rezept Whisky muss, Eis kann, Cola nur das Nötigste", verkündete er und präsentierte ihr ein Glas, dessen Inhalt bei besserer Beleuchtung recht durchsichtig erschienen wäre.

Sie probierte einen großen Schluck und nickte anerkennend.

„Genau meine Geschmacksrichtung. Gut getroffen!"

„Cheers!" Er prostete ihr mit seiner Cola zu. Vermutlich war es von Nutzen, wenn sie einen im Tee hatte. Sie tat ihm den Gefallen ihr Glas zur Hälfte zu leeren. „Wie ist das so, wenn man für ein paar Jahre allein ist?"

„Du meinst, weil Caspar sitzt?" Sie zuckte die Achseln. „Berufsrisiko. Ich wusste ja, dass ich mich nicht mit einem Buchhalter einlasse. Das kommt vor, das geht vorbei. Wir haben keine Kinder, da ist es nicht so schlimm."

„Wie lange noch?"

„Drei Jahre. Wenn's gut läuft, zweieinhalb."

„Das ist 'ne lange Zeit für 'ne hübsche junge Frau."

Sie warf ihm einen schnellen Seitenblick zu.

„Du kannst ja doch charmant!"

„Hier achtet ja auch keiner auf mich außer dir. Ich stell' mir das blöd vor für dich – alle im Klub beobachten dich, passen auf, dass du immer schön brav bleibst – nervt das nicht?"

„Hä? Was hast du denn für Vorstellungen? Dass ich sechs Jahre wie im Kloster leben muss?"

„Ich dachte, das verlangen die Klubregeln."

„Also doch Mittelalter, ich hab's geahnt."

„Stimmt das nicht?"

„Nö."

„Sondern?"

„Klare Regel: vögeln – ja, verlieben – nein. Ganz easy."

„Aber nicht mit Jungs aus dem Klub, oder?"

„Ganz ehrlich: Das würde ich, mit Ausnahme von Ben vielleicht, auch nicht wollen. Außerdem ist das praktisch Familie. Da werde ich sofort trocken wie die Sahara."

Bis hierhin hatte Staller das Gespräch intuitiv und mit leichter Hand steuern können. Aber jetzt den Übergang zu Joschi hinzubekommen, erschien ihm problematisch. Wie konnte er sie fragen, ob da etwas mit ihm war, ohne sich schwer verdächtig zu machen? Bevor er eine zündende Idee hatte, übernahm sie das Ruder in der Gesprächsführung.

„Ist Sporty Spice deine Kleine?"

„Bitte?" Was meinte sie bloß, seine Tochter? Oder seine Freundin?

„Fickst du sie?"

Gut, das mit der Tochter hatte sich erledigt.

„Nein, sie ist eine Arbeitskollegin von mir. So etwas wie bei euch ein Prospect. Wenn sie ein bis zwei Jahre einen guten Job macht, dann kann sie Redakteurin werden, also praktisch Vollmember."

„Deswegen könntest du sie doch trotzdem vögeln."

„Offenbar sind unsere Regeln nicht so ganz unterschiedlich. Bei uns heißt es: don't fuck within the company. Außerdem finde ich sie ein bisschen jung für mein Alter."

„Echt jetzt? Ein Kerl findet eine Frau zu jung? Was stimmt nicht mit dir?" Sie lachte und kippte den Rest von ihrem Drink. „Holst du mir noch einen?"

„Klar, gerne."

„Ich lauf' auch nicht weg."

Was sollte der Blick, den sie ihm dabei zuwarf, nur ausdrücken? Machte die Old Lady vom Präsi ihn da gerade an? Er begab sich gedankenverloren auf den Rückweg zur Theke. Unterwegs stellte er fest, dass Ben und Isa nicht mehr zu sehen waren. So viel zum Thema "wir bleiben zusammen"! Aus den Boxen dröhnte jetzt *Angie* von den Stones und er ahnte, welches Bild er im Inneren vorfinden würde.

Seine Erwartungen wurden nicht enttäuscht. Etliche Paare klammerten sich aneinander wie Ertrinkende und fummelten teilweise wild am jeweiligen Partner herum. Hier wurde offenbar zielgerichtet und flächendeckend Geschlechtsverkehr vorbereitet. Wer bis jetzt nicht fündig geworden war, zeigte entweder generell kein Interesse oder gehörte zur Resterampe. Der Reporter hatte wenig Mühe ein neues Getränk zu bestellen, denn der Tresen war praktisch leer. Während der Prospect eine weitere fast toxische Mischung Cola-Whisky zubereitete, spürte Staller, wie eine Person neben ihn trat. Sehr dicht neben ihn trat. Überrascht wandte er sich zur Seite.

„Ich finde, wir sollten uns dringend mal bekannt machen", gurrte eine Stimme, deren schleppender Tonfall die Vermutung nahelegte, dass die Sprecherin bereits einen bemerkenswerten Beitrag zur Vernichtung des vorhandenen Alkohols geleistet hatte. Sie war noch nicht sturzbetrunken, aber einen größeren Teil des Weges dorthin hatte sie zurückgelegt. Mit Mühe schaffte sie es, ihn mit ihren unwirklich blauen Augen zu fixieren. „Oder hat dich Anne etwa schon angeleckt? Dann darf das Fußvolk natürlich nicht ran."

„Was meinst du mit angeleckt?" War das ein Code aus Bikerkreisen, den er nicht kannte?

„Hattest du keine Geschwister? Wenn es Kekse gab, haben wir immer einen genommen und zwei weitere angeleckt, damit kein anderer die nimmt", grinste sie und schwankte so geschickt, dass sie mit ihrer Brust gegen seinen Arm fiel. „Hoppala, nix passiert!"

„Du meinst, dass Anne die erste Wahl hat, wenn ihr ein Auge auf jemanden geworfen habt?"

„Na ja", meinte sie und unterdrückte ein Aufstoßen. „Sie ist praktisch die First Lady hier. Und ihr Macker sitzt schließlich für lange Zeit. Da muss sie zusehen, dass es ihr jemand anderes besorgt."

„Das ist also okay?"

„Klar, warum nicht? Ist ja nur Sex."

„Galt das auch für Joschi?" Er fragte ganz instinktiv und mit großer Selbstverständlichkeit.

„Natürlich. Wobei das schon ein bisschen grenzwertig war. Die haben nicht nur gebumst, die haben auch geredet."

„Uh, das ist allerdings bedenklich!" Sein spontaner Sarkasmus wurde von ihr komplett ignoriert.

„Sag' ich doch! Aber in dem Fall war es mir egal. Joschi war so gar nicht mein Typ. Du hingegen …"

„Ich hingegen habe versprochen, dass ich jemandem diesen Drink bringe", befreite sich Staller aus der Situation.

„Also doch angeleckt, dachte ich's mir! Wenn du es dir noch anders überlegst, dann findest du mich hier!" Zum Abschied griff sie ihm herzhaft an die Hinterbacke und drückte gierig zu. „Du wirst es nicht bereuen. Ich bin richtig gut, glaub mir das!"

Er schenkte ihr ein unverbindliches Lächeln.

„Ich glaube es – unbesehen!"

Sie schürzte bedauernd die Lippen, stieß sich von ihm ab, wobei sie ihm erneut die Brust an den Arm drückte und stöckelte über die Tanzfläche zurück zum Tisch der Frauen. Ihren kleinen Hintern ließ sie dabei gekonnt kreisen, ein Vorgeschmack auf die Wonnen, die sie dem Mann bereiten würde, der ihr großzügiges Angebot annahm.

Mit einem kleinen inneren Schauder nahm der Reporter den Drink für Anne und machte sich auf den Rückweg. In einer dunklen Ecke auf der Terrasse meinte er das weiße Shirt von Ben auszumachen. Ein Mädel saß auf seinem Schoß. Sollte das etwa Isa sein? Er verzichtete auf eine genauere

Recherche. Sie war erwachsen, erfahren genug und außerdem sehr gut in der Lage auf sich selbst aufzupassen.

„Ich dachte schon, dass du mich verdursten lassen wolltest", schmollte Anne, der man den genossenen Alkohol deutlich weniger anmerkte.

„Tut mir leid. Eine Lady hat mich in ein Gespräch verwickelt."

Sie runzelte die Stirn.

„Blond, große Hupen, kleiner Arsch und ein rotes Top?"

Er nickte zustimmend.

„Mary!" Dem Klang ihrer Stimme nach nicht gerade Annes beste Freundin. „Das kleine Fickschnitzel spuckt mir in die Suppe, wo immer sie kann."

Staller fand, dass hier allzu viel über Körperflüssigkeiten geredet wurde.

„Aber bei Joschi doch nicht?"

Sie hob den Kopf und blickte ihm direkt in die Augen.

„Hat sie dir davon erzählt?"

„Nein."

„Wer dann?"

Er machte eine abwehrende Handbewegung.

„Spielt doch keine Rolle. Niemand von hier."

„Wenn schon. Joschi war einer von außerhalb. Also: alles gut." Sie machte überhaupt keinen schuldbewussten Eindruck und versuchte auch nicht ihr Verhältnis abzustreiten.

„Auch für die anderen Member hier alles gut oder nur für dich und Joschi?"

„Hör mal, hast du eine Ahnung, wie oft ich es auf Ausfahrten oder Klubtreffen erlebt habe, dass Caspar seinen Schwanz bei irgendeinem Flittchen im Maul hatte? Das ist keine Einbahnstraße. Jedenfalls heutzutage nicht mehr."

„Ich frage mich ja auch nur, warum er jetzt tot ist."

Ihr scharfer Blick verriet, dass sie seine unausgesprochenen Gedanken gelesen hatte.

„Du glaubst, dass irgendwer ihn umgelegt hat, nur weil ich ein paarmal mit ihm in der Kiste war?"

Staller wiegte unentschlossen sein Haupt.

„Wäre doch möglich, oder?"

Anne widersprach energisch.

„Du glaubst nicht allen Ernstes, dass irgendjemand hier aus dem Club … nur weil Joschi und ich …"

„Wenn jemand dachte, dass Caspars Ehre betroffen war? Da könnte man dem Präsi die Sache doch mal stecken, oder?"

„Und dann soll Caspar aus dem Knast heraus den Mord organisiert haben?" Sie lachte wieder rau. „Tut mir leid, aber das glaube ich den ganzen Tag nicht."

„Geht dir sein Tod denn nahe?"

„Er war ein Hound of Hell, ein Bruder. Geht es dir nahe, wenn jemand aus deiner Familie erschossen wird?"

„Ist noch nicht vorgekommen. Aber vermutlich ja."

„Also! So geht es mir auch. Außerdem war er nicht irgendwer, sondern derjenige, der im Klub die Fäden gezogen hat, solange Caspar weg vom Fenster ist. Das ist ein großer Verlust – für uns alle."

„Aber irgendjemand hat den Abzug gedrückt."

„Sicher. Aber es war kein Member aus dem Klub. Da wette ich."

Sie nahm einen weiteren großen Schluck aus ihrem Glas. Der Reporter beobachtete sie scharf, konnte aber nichts erkennen, was ihn an ihren Worten zweifeln ließ. Hieß das, dass er dieses Motiv vernachlässigen konnte, oder war sie nur eine gute Schauspielerin in eigener Sache?

„Wer dann?"

Sie winkte ab.

„Was weiß ich! Mit Klubgeschäften kenne ich mich nicht aus. Da sind die Regeln immer noch wie früher. Frauen werden nicht informiert. Ob der Klub mit irgendwem Stress hat – keine Ahnung. Und ansonsten kommen bestimmt noch zig andere Leute infrage. Typen aus seiner Berliner Zeit, jemand, mit dem er hier privat über Kreuz war, oder auch ein anderer Klub. Caspar hat jedenfalls nichts damit zu tun. Und damit ist das Thema für mich erledigt. Ich wollte ein bisschen flirten, keine Spanische Inquisition."

„Tut mir leid", entgegnete Staller. „Der Mord an Joschi ist halt Thema in unserer Sendung. Und ich nehme meinen Job ziemlich ernst. Ich wollte dich nicht nerven."

„Schon okay." Sie trank ihren Drink aus. „Du bist nicht so der Typ für einen kleinen Flirt und 'ne schnelle Nummer, oder? Deine Lady hat vermutlich Glück mit dir! Gutaussehend, klug und treu – sag ihr, dass sie auf dich achtgeben soll."

„Wird nicht so einfach. Sie ist seit über sieben Jahren tot."

Anne sah ihn lange an, ohne ein Wort zu sagen. Trotz des herrschenden Halbdunkels versuchte sie in seinem Gesicht zu lesen. Er hielt dem Blick stand und schwieg ebenfalls. Dann nickte sie, als ob sich eine Vermutung bestätigt hätte.

„Du hast sie sehr geliebt, oder?"

„Ja." Nur dieses eine Wort, aber es sagte alles.

„Wie ist sie gestorben?"

„Krebs. Ihr blieben nur wenige Wochen. Sie bat mich, ihr über die Brüstung der Dachterrasse zu helfen, weil sie es nicht mehr aus eigener Kraft schaffte. Dann ist sie gesprungen. Fünfter Stock. Sie war sofort tot."

Die Old Lady senkte den Blick. Es dauerte fast eine Minute, dann sagte diesmal sie nur ein Wort.

„Wow."

„Ich weiß auch nicht, warum ich dir das erzählt habe. Normalerweise hänge ich das nicht an die große Glocke. Es gibt nur eine Handvoll Menschen, die das wissen."

„Du bist ein beeindruckender Mensch, Michael Staller. Wir spielen zwar in völlig unterschiedlichen Ligen und vermutlich sogar auf unterschiedlichen Seiten des Gesetzes. Aber ich mag dich! Und jetzt geh deinen Prospect einsammeln, bevor mein Prospect sie flachgelegt hat!"

Sie wandte sich ab und starrte auf den von fast erloschenen Fackeln nur noch spärlich beleuchteten Teich. Staller war sich nicht sicher, aber die Augen der Rockerbraut schienen verräterisch zu glänzen.

* * *

„Ein Herr Staller für dich!"

„Soll hochkommen."

Thomas Bombach verbrachte seine Samstage lieber mit Gaby und den beiden kleinen Rackern, aber die Ereignisse des gestrigen Tages hatten ihn veranlasst, doch noch einen kleinen Abstecher ins Präsidium zu machen.

Und hier griff auch am Wochenende die übliche Routine: Besucher marschierten nicht einfach ins Haus, auch nicht, wenn sie über einen der seltenen Dauerbesuchsausweise verfügten wie der Reporter. Die Kollegen am Eingang fragten stets telefonisch nach.

„Bommel, du Retter der Beamtenehre! Hast du heute Morgen dein Kalenderblatt nicht abgerissen? Es ist Samstag! Zeit, sich vom anstrengenden Büroschlaf der Woche zu erholen."

Staller stürmte mit seinem üblichen federnden Schritt in das Büro des Kommissars und steuerte zielsicher die kleine Kaffeemaschine an, die seit Neuestem für Unabhängigkeit beim Nachschub des begehrten Heißgetränks sorgte.

„Ein alter Hagestolz wie du, ohne Weib und Kind, muss natürlich am Wochenende zusehen, wo er seine Sozialkontakte herbekommt. Ist dir zu Hause die Decke auf den Kopf gefallen?"

„Du täuschst dich auf ganzer Linie, mein müder Freund. Und in wenigen Augenblicken wirst du mir aus vielerlei Gründen zutiefst dankbar sein." Vorsichtig setzte der Reporter den mitgebrachten Stoffbeutel auf dem Schreibtisch ab.

„Bringst du mir die Mordwaffe im Fall Joschi?", erkundigte sich Bombach hoffnungsvoll.

„Viel besser! Hier sind Franzbrötchen, Puddingschnecken und Schokocroissants."

Mit großen Augen verfolgte der Kommissar, wie sein Freund eine Tüte mit dem Aufdruck einer bekannten Hamburger Bäckerei hervorzog und öffnete.

„Da ich fest davon ausgehe, dass du schon dein gewohntes, hochkalorisches und cholesteringeschwängertes Wochenendfrühstück hinter dir hast, habe ich zum zweiten Frühstück etwas Süßes mitgebracht!"

Die leuchtenden Augen von Bombach legten ein ausreichendes Zeugnis seiner Begeisterung ab. Die verbale Abwehr hingegen war schwach und löchrig.

„Eigentlich habe ich noch gar keinen Hunger. Es ist doch erst anderthalb Stunden her …"

„Kein Problem, dann esse ich es selbst."

„Ich gehe Teller holen!"

Nach weniger als einer Minute war der Kommissar aus der kleinen Kaffeeküche zurück. Natürlich mit zwei Tellern für die Teilchen.

„Ich dachte, du hast keinen Hunger?"

„Bevor du dir den Magen verrenkst, muss ich dich doch unterstützen."

„Bedien dich, es ist genug da. Selbst für deine Verhältnisse!"

Diese Aufforderung war selbstverständlich vollständig überflüssig. Das erste Franzbrötchen war bereits zu weiten Teilen Geschichte. Staller bearbeitete seine Puddingschnecke, allerdings mit bedeutend weniger Tempo. Größere Aufmerksamkeit schenkte er dem Kaffee, der überraschend gut und noch ganz frisch war.

„Nachdem du die ersten 1000 Kalorien in circa drei Minuten eingeatmet hast, könntest du mich mal auf den neuesten Stand unserer Ermittlungen bringen. Hast du etwas herausgefunden?"

Bombach schluckte und spülte mit Kaffee nach. Erst dann war er zu einer halbwegs verständlichen Entgegnung fähig.

„Unsere Ermittlungen?"

„Jetzt hab dich nicht so! Gibt es etwas Neues?"

Der Kommissar wedelte mit seiner linken Hand vage in der Luft, während die rechte erneut in der Kuchentüte verschwand.

„Die KTU hat die Munition von der Schießerei gestern untersucht. Es handelt sich um russische Hülsen."

„Hilft uns das irgendwie weiter?"

„Nicht wirklich. Ein Großteil der illegalen Waffen stammt aus dem ehemaligen Ostblock. Derzeit kommen sie hauptsächlich aus Syrien. Sie lassen sich jedenfalls nicht zwangsläufig einer bestimmten Gruppe zuordnen. Wir haben zwar eine Idee, wer Hauptakteur beim Handel ist, aber wie so oft fehlen Beweise für eine Verhaftung. Und kaufen kann dort praktisch jeder, der bezahlt."

„Sind noch irgendwelche Zeugen aufgetaucht?"

„Nichts. Es gibt Leute, die etwas gehört haben, aber niemand hat etwas gesehen. Und die Reifenspuren helfen uns auch nicht wirklich weiter. Es müssen zwei große und schwere Wagen gewesen sein, aber da endet meine Weisheit schon."

Der Reporter deutete auf das Whiteboard, an dem die Zeichnung des Tatortes noch zu sehen war.

„Du hast den Tathergang rekonstruiert?"

Bombach nickte nur. Er hatte schon wieder den Mund voll.

„Erzähl doch mal!"

Enttäuscht und ein bisschen widerwillig legte der Kommissar sein Croissant zur Seite. Er trat an die Tafel und wiederholte den Ablauf, wie er ihn am gestrigen Abend ermittelt hatte.

„Zum Schluss sind beide Wagen auf die Straße gebogen. Wir wissen nicht einmal, ob nach rechts oder links. Und das war es dann schon mit unseren Erkenntnissen."

„Hm. Viel ist das nicht. Wo sollen wir da ansetzen?"

„Eben. Ohne ein paar Informationen von den Hounds of Hell, mit wem sie gerade Stress haben, erreichen wir gar nichts."

„Da hast du recht, Bommel. Das Problem ist nur: Sie wissen es selbst nicht."

„Du meinst, sie wollen es uns nicht sagen. Rockerehre und so."

„Nein, wirklich. Ich war gestern auf ihrer Party und habe mit der derzeitigen Nummer eins gesprochen. Er hat zugegeben, dass sie selber vollständig im Dunkeln tappen."

Der Kommissar hatte sich wieder mit Behagen daran gemacht sein Croissant zu essen. Jetzt hielt er den schäbigen Rest wenige Zentimeter von seinem Mund entfernt fest.

„Du warst auf der Rockerparty? Bist du irre? Was, wenn dich jemand erkannt hätte?"

„Genau das ist passiert. Die Old Lady von Caspar hat mich erkannt."

„Was?! Wie bist du aus der Nummer wieder rausgekommen?" Bombach war ernsthaft entsetzt.

„Ganz gut. Sie wollte, dass ich ihr Bettchen ein wenig anwärme. Aber auch da bin ich erfolgreich entfleucht."

„Kerl, könntest du mal vernünftig Auskunft geben!"

„Iss du mal fein dein Leckerchen und lass mich in Ruhe erzählen."

Staller berichtete ausführlich von seinen Gesprächen mit Bud, dem Road Captain, und Anne. In der Zwischenzeit verputzte ein äußerst gespannter Kommissar den Rest von seinem Croissant und einen ganzen Amerikaner.

„Unterm Strich bleibt: Anne schwört, dass Caspar nichts mit Joschis Tod zu tun hat, und Bud hat keinen Schimmer, wer versucht hat aus dem Klubhaus ein Nudelsieb zu machen."

„Und du kaufst ihnen das ab?"

„Sicher bin ich mir natürlich nicht. Aber mein Gefühl sagt mir, dass sie mich nicht angelogen haben."

„Hm." Jetzt war es an Bombach, zu knurren.

„Im Falle von Bud gibt es noch ein Argument. Isa hat mir erzählt, dass die Hounds sich einbunkern. Alle Member, die Familienmitglieder und die, die dem Klub besonders nahestehen, ziehen für die nächste Zeit ins Klubhaus. Keiner fährt mehr allein zu irgendwelchen Aufträgen, keiner düst ohne Anlass irgendwohin. Die Hounds haben eine Wagenburg gebildet."

„Inwiefern ist das ein Argument, dass sie nicht wissen, wer der Gegner ist?"

„Wenn sie das wüssten, würden sie einen Angriff planen, keine Verteidigung. Die Hounds haben wenig Gegenspieler, die sich so weit aus der Deckung trauen würden. Genau genommen fällt mir kein einziger ein."

„Dafür, dass es aus deinem Mund kommt, klingt das relativ vernünftig."

„Danke. Ich benutze ihn auch nicht nur zum Essen."

„Höre ich da irgendeine versteckte Andeutung?"

„Kaum. Ich hatte 6 Teilchen besorgt. Eins habe ich gegessen. Eine halbe Puddingschnecke liegt da auf deinem Teller und die Tüte ist leer. Was sagt dir das?"

„Dass du dich geirrt haben musst. Entweder hast du mehr gegessen oder du bist beschubst worden."

„Die naheliegende und stimmige Erklärung ist: Du hast bereits viereinhalb Stücke gegessen. Jetzt zier dich nicht und vertilge den Rest auch noch. Darauf kommt es jetzt nicht mehr an."

Der Kommissar schaute betreten von der Tüte zu seinem Teller und wieder zurück. Dann biss er mit erkennbar schlechtem Gewissen von seiner Puddingschnecke ab.

„Ist aber lecker", gab er undeutlich von sich.

„Wie sieht es denn bei Joschi aus? Hat die Fahndung nach dem Moped etwas ergeben?"

„Ach, das weißt du ja noch gar nicht!" Bombach berichtete von dem Fund des Motorrads in den Grünanlagen.

„Geklautes Nummernschild und unkenntlich gemachte Fahrzeug-ID? Na, war ja eigentlich zu erwarten. Profis halt."

„Der Besitzer des Rollers hat angegeben, dass sein Fahrzeug die Nacht über an der Straße gestanden hat. Am nächsten Tag ist ihm aufgefallen, dass das Nummernschild fehlt. Jeder hätte es also irgendwann zwischen 19 Uhr abends und 6 Uhr morgens abschrauben können. Zeugen, du errätst es vermutlich, keine."

„Und das Moped stammt aus Polen?"

„Ja, das ist inzwischen bestätigt. Ich habe eine Liste aller geklauten Motorräder bei den Kollegen dort angefordert. Aber erstens dauert das und zweitens hilft uns das nicht unmittelbar weiter, ohne Rahmennummer. Außerdem ist die BMW das meistgestohlene Motorrad in Polen."

„Das Leben bietet immer wieder neue Wendungen", philosophierte der Reporter. „Früher wurden die Fahrzeuge hier gestohlen und nach Polen verschoben. Heute ist es schon umgekehrt. Das führt uns also auch nirgendwohin."

„Leider nein."

„Bleibt die Frage: Hängen die beiden Fälle zusammen oder nicht?"

Der Kommissar knüllte die Kuchentüte zusammen und versenkte sie in seinem Papierkorb. Dann hob er beide Arme in der internationalen Geste der Ahnungslosigkeit.

„Sag du es mir!"

Staller stand auf und holte ihnen beiden neuen Kaffee. Damit gewann er einen Moment Zeit zum Überlegen.

„Ich tendiere zu der Ansicht, dass sie zusammengehören. Alles andere wäre in meinen Augen ein komischer Zufall. Zwei brutale Gewaltverbrechen an der gleichen Organisation, ein Mord und eine Schießerei mit automatischen Waffen – da muss es einen Zusammenhang geben. Ich weiß nur nicht, welchen."

„Spielen wir doch mal ein paar Situationen durch", schlug Bombach vor. „Angenommen, jemand will die Hounds aus dem Geschäft drängen. Dann sind die Ermordung des derzeitigen Chefs und die Ballerei nachvollziehbar."

„Im Prinzip schon. Allerdings wundere ich mich dann darüber, dass nicht ein einziger Hound bei der Schießerei getroffen wurde."

„Zufall?"

„Klar, das wäre möglich. Aber es widerstrebt mir irgendwie, dass wir schon wieder beim Zufall landen. Es wäre den Angreifern ein Leichtes gewesen, nach der ersten Salve das Gebäude zu stürmen und die Gegner zu erschießen. Das hätte nur eine Minute länger gedauert. Ihre Flucht wäre dadurch auch nicht beeinträchtigt gewesen."

„Aber sie mussten unter Umständen damit rechnen, dass die Hounds ebenfalls bewaffnet waren. Das hätte ihr persönliches Risiko erheblich erhöht."

„Das stimmt natürlich." Staller trommelte mit den Fingern auf die Schreibtischplatte. „Wenn Joschis Tod eine persönliche Angelegenheit war, zum Beispiel, weil er was mit Caspars Old Lady hatte – warum dann die Schießerei?"

„Gute Frage. Was hältst du davon: Caspar hat von jemandem außerhalb des Klubs das mit Anne und Joschi erfahren. Damit war klar, dass Joschi sterben musste. Die Hounds hingegen haben die Affäre gedeckt und verdienten dafür einen Denkzettel. Das würde erklären, warum es keine Verletzten gab. Den eigenen Klub will man schließlich nicht komplett auslöschen."

„Das wäre zwar ein bisschen viel Aufwand, der da aus dem Knast heraus betrieben wurde, aber unmöglich ist es nicht. Niemand weiß, zu wem Caspar Kontakte hatte oder wer ihm noch einen Gefallen schuldig war."

„Irgendwelche internen Auseinandersetzungen im Klub kann man wohl ausschließen. Bei der Schießerei waren alle Member anwesend. Das wäre für den potenziellen Auftraggeber zu gefährlich gewesen."

„Das denke ich auch. Was sagen denn deine Lieblingskollegen von der Organisierten Kriminalität – gibt es irgendeinen neuen großen Player, der auf den Markt drängt? Jemand, der es sich leisten kann einen kleinen Krieg anzuzetteln, damit er den Kiez übernimmt? Das passiert ja nicht zum ersten Mal."

„Meine sogenannten Lieblingskollegen erzählen mir nur, was ihnen in den Kram passt. Aber ich schätze, dass ich davon gehört hätte, wenn jemand eine feindliche Übernahme dieses Ausmaßes geplant hätte."

„Dann gehen mir ehrlich gesagt die Ideen aus."

Die beiden Freunde sahen sich ratlos an. Viele Ermittlungsansätze standen nicht gerade zur Verfügung.

„Ich versuche weiterhin das Motorrad zu identifizieren. Ob das etwas bringt, sehen wir dann. Außerdem lasse ich die Leute in der Umgebung des Fundortes befragen, ob sie gesehen haben, wie jemand das Bike in die Büsche geschoben hat. Aber viel Hoffnung habe ich nicht. In der Straße sind eine Schule, viele Büros und wenig Wohnungen. Und selbst wenn, dann hat ein Zeuge in der Nacht nur zwei Ledertypen mit Helm gesehen, fürchte ich. Aber vielleicht haben wir ja Glück."

„Ob es etwas bringt, mal mit Caspar zu reden?", überlegte Staller.

„Du auf keinen Fall! Die Gefahr, dass er dich erkennt, ist viel zu groß! Außerdem – was soll das bringen? Falls er etwas damit zu tun hat, wird er den Teufel tun und jemandem davon erzählen. Und schon gar nicht einem Polizisten oder einem Fernsehfuzzi."

„Auch wahr. Dann bleibe ich mal an den Hounds dran. Isa hat sich offenbar mit dem Prospect angefreundet, den sie gestern bei der Party besiegt hat."

„Moment mal – Isa war mit? Und wieso hat sie sich mit einem Prospect geprügelt?" Bombach war einerseits schockiert, zeigte allerdings keinerlei Erstaunen darüber, dass Isa sich mit einem der Rocker angelegt haben sollte. Er kannte und fürchtete die angehende Journalistin mit dem unbändigen Willen. Schließlich hatte sie sich mit ihrer impulsiven Art schon früher in seine Ermittlungen eingemischt.

„Nicht geprügelt. Obwohl sie das bestimmt auch gemacht hätte. Nein, sie hat einfach mehr Liegestütze gemacht als er."

„Das glaube ich sofort. Gegen diese Bierbauchträger ist das vermutlich nicht schwer."

„Nicht so voreilig. Es war ein junger Kerl, vielleicht fünf Jahre älter als sie, und vom Body her ein regelmäßiger Besucher im Fitnessstudio. Aber er hat es sehr gut weggesteckt, dass sie ihn geradezu vorgeführt hat." Der Reporter berichtete von dem Wettkampf.

„Boah, das ist so typisch Isa!" Es klang halb anerkennend, halb entsetzt.

„Danach hat sie sich an ihn rangemacht. Das hat wohl auch ganz gut funktioniert."

„Und du hast das zugelassen?"

„Hallo? Es ist Isa! Was hätte ich denn machen sollen?"

„Keine Ahnung. Dir fällt doch sonst immer etwas ein", entgegnete der Kommissar lahm.

„Wenn Isa sich etwas in den Kopf gesetzt hat, dann ist dagegen meist kein Kraut gewachsen", erklärte Staller unheilvoll. „Das weißt du selber ganz genau. Und eine Rockerparty ist auch nicht der geeignetste Ort für pädagogische Experimente."

„Du hättest sie überhaupt nicht mitnehmen dürfen", bemängelte Bombach.

„Ja, vermutlich hast du recht. Mir erschien es eine gute Idee. War unauffälliger. Nun ist es halt so und vielleicht zahlt es sich ja noch aus."

„Sie will sich mit dem Kriminellen treffen", mutmaßte der Kommissar. „Privat."

„Könnte sein. Das kann ich ihr ja schlecht verbieten, oder?"

„Hoffentlich bereust du es nicht, dass du sie da reingezogen hast."

Staller nahm diesen Tadel hin. So oder so ähnlich hatte er es selber schon betrachtet. Aber ändern konnte er es nachträglich nicht.

* * *

Das Telefon war eines von der ganz altmodischen Sorte, denn es hing am Ende einer etwa sechs Meter langen Schnur. Das andere Ende steckte in einer Telefondose in der Wand. Immerhin befand sich auf dem Gerät keine Wählscheibe mehr, sondern eine Tastatur.

„Danke! Tschüss."

Gerd Kröger legte den Hörer langsam auf und schob den Apparat dann weiter in die Mitte des Tisches. Nachdenklich ließ er seine Blicke durch den kleinen Raum schweifen, in dem er den größten Teil des Tages verbrachte, obwohl er über ein luxuriöses und gemütliches Haus verfügte, das mit allen vorstellbaren Annehmlichkeiten ausgestattet war. An der Flasche mit dem Heilwasser blieb er hängen. Er streckte den Arm aus und verharrte dann mitten in der Bewegung. Scheiß drauf!, dachte er und das fühlte sich ein bisschen wie der alte Daddel-Gerd an, der weder Tod noch Teufel fürchtete und einem Arzt nur traute, wenn es galt eine Stichwunde zu nähen oder eine Kugel zu entfernen.

„Paul!", brüllte er in Richtung der Eisentreppe, die nach unten in die Kneipe führte. „Mach mir doch bitte mal einen kleinen Asbach!"

Von unten ertönte ein kurzes Gemurmel, das entschieden nach Einspruch klang.

„Ja, ich weiß, der Quacksalber hat dir verboten mir so etwas zu geben! Aber wer bezahlt dich, ich oder der Quacksalber? Einer wird mich nicht gleich umbringen."

Der Protest verstummte. Die Argumentation hatte den dienstbaren Geist offenbar überzeugt. Vielleicht teilte Paul auch insgeheim die Abneigung seines Brötchengebers gegenüber den verdammten Weißkitteln.

Nach wenigen Augenblicken klapperten Schritte auf dem Metall der Treppe. Paul erschien stilvoll mit einem silbernen Tablett in der Hand, auf dem ein recht kleines Glas stand, das zudem nur zu zwei Dritteln gefüllt war. Ein durstiger Mensch hätte das Getränk mit einem großen Schluck verzehrt.

„Man kann dir jedenfalls nicht vorwerfen, dass du mich verwöhnen würdest, mein Junge."

Die Anrede klang seltsam, denn Paul war auf seiner Reise durch die Fünfziger schon fast bis ans Ziel gekommen. Zudem wirkte er wegen seiner hohen Stirn und des faltigen Gesichts, das von einem Leben in der Gastronomie erzählte, noch älter.

„Du sollst keinen Alkohol trinken und auch keine Cola, das weißt du doch, Gerd."

„Ist schon okay. Ich weiß ja, dass du es nur gut meinst. Und mehr als das Tröpfchen da bringe ich eh nicht runter. Ich will nur ein bisschen mosern. Du kennst mich lange genug, um das zu wissen. Danke, Paul! Ist was los?"

Das Faktotum schüttelte den Kopf.

„Tote Hose."

„Dann setz dich einen Moment zu mir. Wirst schon hören, wenn der nächste Bus mit Gästen kommt."

Paul verzog seinen schmalen Mund pflichtbewusst zu einem kleinen Lächeln über den Scherz von seinem Boss. Dieser nippte an seinem Drink, nickte zufrieden und stellte ihn wieder auf das Tablett. Die Füllhöhe des Glases war ziemlich unverändert geblieben.

„Wie lange kennen wir uns, 40 Jahre?"

Das Schulterzucken mit gleichzeitigem Nicken bedeutete wohl in Langform: Ich kann mich nicht genau erinnern, aber es wird wohl ungefähr hinkommen. Paul redete selten viel.

„Und ich treibe mich noch viel länger auf dem Kiez herum, bin schließlich da geboren."

Ein Hustenanfall unterbrach den Gedankengang. Widerwillig trank Daddel-Gerd einen Schluck Wasser und verzog das Gesicht. Aber zumindest ließ der Husten nach.

„Was habe ich nicht alles erlebt! Ich habe die selbsternannten oder echten Herrscher von St. Pauli kommen und gehen sehen und selbst eine Zeitlang mitgemischt. Wir haben Allianzen geschmiedet, Mädchen und Gebiete aufgeteilt, Konkurrenten verjagt und vor allem gefeiert. Wenn ich so zurückdenke, dann waren das goldene Zeiten!"

Die Erinnerung wirkte so anregend, dass er erneut zum Glas mit dem Asbach-Cola griff.

„Wir waren Halunken, aber wenigstens ehrbare Halunken. Wer etwas abzumachen hatte, der ging vor die Tür und regelte die Sache geradeheraus, wie es unter Männern sein sollte. Der Gewinner bekam recht und der Verlierer wischte sich das Blut von der Schnauze und akzeptierte seine Niederlage. Und fünf Minuten später standen wir oft schon wieder am Tresen und haben zusammen einen getrunken."

Es hieß, dass Daddel-Gerd auf diese etwas unorthodoxe Weise auch an seine Frau gekommen war. Da diese aber nicht mehr unter den Lebenden weilte, konnte sie die Geschichte nicht mehr bezeugen.

„Das war vor 50 Jahren und seitdem ist es immer bergab gegangen. Von den alten Recken lebt praktisch keiner mehr. Ich bin der letzte Dinosaurier. Aber vermutlich nicht mehr lange, Gott sei's getrommelt und gepfiffen!"

„Ach, komm!"

Was in Langversion nichts anderes bedeutete als: So alt bist du auch wieder nicht und deine Gesundheit ist zwar nicht mehr wie bei einem Zwanzigjährigen, aber insgesamt bist du noch ziemlich fit. Außerdem lebst du in sorglosen Verhältnissen und es gibt keinen Grund für Lebensüberdruss. Du hast schließlich mich!

„Doch, doch, für mich ist die Zeit bald um. Ich verstehe meinen Kiez auch nicht mehr. Die ganze Stadt nicht! Es gibt keine Ehre mehr unter den Luden. Da werden Autos in die Luft gesprengt, Häuser beschossen und wenn du nicht aufpasst, sticht dir von hinten einer das Messer ins Herz! Nein, das ist nicht mehr meine Welt. Drogen, an denen die Leute elendiglich verrecken, Artillerie, mit der du einen kleinen Bürgerkrieg führen kannst, und Typen, die aus der ganzen Welt kommen, weil sie glauben, dass sie hier mit ein bisschen dicker Hose und wenig Aufwand die schnelle Marie machen können."

Diesmal nickte Paul lediglich, um zu signalisieren, dass er einerseits konzentriert zuhörte und andererseits inhaltlich zustimmte. Dieses Lamento wiederholte sich regelmäßig, denn Gerd Kröger mischte selber zwar schon lange nicht mehr in der Szene mit, pflegte aber trotzdem sorgfältig seine Kontakte, um über die jeweils aktuellen Entwicklungen informiert zu bleiben. Denn allem Unmut zum Trotz liebte er seine Stadt und vor allem sein St. Pauli immer noch von ganzem Herzen.

„Die Sache mit Joschi hast du ja mitbekommen."

Keine Frage, eine Feststellung. Ein Nicken war daher überflüssig.

„Gestern ist ein Trupp Jungs mit AKs beim Klubhaus von den Hounds aufgetaucht und hat High Noon gespielt. Über 300 Schuss! Feige Bande!"

Daddel-Gerd war ernsthaft empört. So etwas machte man einfach nicht.

„Weiß man, wer?"

„Nein. Aber darauf gebe ich dir Brief und Siegel: Da ist jemand mit dem ganz großen Tortenheber in der Stadt, der ein verdammt dickes Stück vom Kuchen will. Ich will nicht behaupten, dass die Hounds alles richtig gemacht haben. Haben sie nicht. Aber zumindest herrschten klare Verhältnisse und jeder wusste, woran er war. Damit ist jetzt Schluss! Das bedeutet allerdings nichts Gutes für die kleinen Leute. Und nur die liegen mir heutzutage noch am Herzen!"

Der alte Kiezianer war so empört, dass er ganz in Gedanken einen großen Schluck Asbach nahm. Überraschenderweise akzeptierte der angeschlagene Körper das angebotene Gift ohne erkennbaren Widerstand.

„Ich muss einfach herausfinden, was da vorgeht. Ist der Wagen bereit?"

Paul, zu dessen vielfältigen Aufgaben auch die Dienste als Chauffeur gehörten, nickte wieder. Der alte Mercedes 300 SEL, den nahezu jeder in Hamburgs Szene kannte, war stets blitzblank gewienert und vollgetankt.

„Dann machen wir heute Abend mal eine kleine Tour. Ich muss mit ein paar Leuten reden, denen ich ins Gesicht sehen will, wenn wir uns unterhalten."

* * *

Hatte das alte Klubhaus der Hounds of Hell am vorherigen Abend bei der Party noch einladend, ja geradezu heimelig gewirkt, so war der aktuelle Eindruck exakt gegenteilig. Ein massives Metalltor, geschweißt aus dicken Stahlrohren, versperrte die Zufahrt an ihrer schmalsten Stelle. Um an dieser Stelle durchbrechen zu wollen, brauchte man schon einen Panzer oder wenigstens einen Vierzigtonner. Trotzdem war hinter dem Tor noch ein Mann postiert, der die Gegend aufmerksam und regelmäßig nach potenziellen Eindringlingen absuchte. Im Arm hielt er ein Gewehr, wie es auch in der Armee verwendet wurde. Das Gesicht des Wächters versprach nichts Gutes. Wer auf der anderen Seite dieses Tores auftauchte, sollte besser einen guten Grund dafür haben.

Das Leben, das sich sonst zu dieser Jahreszeit viel im Freien abspielte, war überwiegend ins Gebäude verlegt worden. Auch auf der Veranda saß ein Rocker in einem Korbstuhl und hielt ebenfalls eine Waffe auf den Knien. Unablässig schweifte sein Blick über den Garten und die angrenzenden Felder. Von dieser Seite waren zwar keine Fahrzeuge zu erwarten, aber ein Angriff zu Fuß war natürlich jederzeit möglich. Jetzt, mitten am Tage, war das Gelände gut einsehbar und für die Nacht waren Ständer mit starken Scheinwerfern aufgestellt worden. Türen und Fenster blieben weitgehend geschlossen und waren teilweise sogar mit dunklem Stoff verhängt.

Im Inneren des Gebäudes ging es umso lebhafter zu. Annähernd vierzig Personen hatten sich zusammengefunden und versuchten sich für diesen Belagerungszustand einzurichten. Der logistische Aufwand war enorm, schien den Verantwortlichen um den Road Captain jedoch alternativlos.

Der Teil des Gebäudes, der eigentlich als Werkstatt diente, war weitgehend ausgeräumt worden. Zwischen Hebebühnen und Werkstattwagen war ein Lager entstanden, wie man es von Berichten über Evakuierungen aus dem Fernsehen kannte. Luftmatratzen, Isomatten und Liegen standen dicht an dicht, teils mit Decken, teils mit Schlafsäcken und Kleidungsstücken belegt. Verständlicherweise herrschte ein gewisses

Chaos, wobei allerdings Angst oder gar Panik bei den Betroffenen nicht zu erkennen war. Die Situation war misslich, unkomfortabel und beengt, aber der Spirit der Lagerbewohner blieb ungebrochen. Man versuchte, das Beste aus der Lage zu machen. Sogar Scherze waren zu hören.

Die Theke war teilweise zu einem Buffet zweckentfremdet worden und wirkte ein bisschen wie das Frühstücksangebot eines recht zwanglosen Hotels. Tüten mit Brötchen, Aufschnitt, Käse, Marmelade, Nougatcreme für die Kinder, Obst, Müsli – es gab eine reichhaltige Auswahl an Nahrungsmitteln. Feste Essenszeiten schienen nicht geplant, jeder nahm sich etwas, wenn er Hunger hatte. Gleich drei Kaffeemaschinen befanden sich im Dauereinsatz, was dazu führte, dass der jahrelange Dunst von Motoröl, Bier und Zigaretten wenigstens für den Moment durch den aromatischen Duft des frischen Heißgetränks überdeckt wurde.

Es war die Stunde der Old Ladys. Während die Männer der Schöpfung für die Sicherheit sorgten, organisierten die Frauen und Mütter den Alltag, was zumindest im Augenblick die anspruchsvollere Aufgabe war. Vierzig Menschen auf engstem Raum mit zwei Toiletten und einer ganz normalen Küchenausstattung warfen Probleme auf, die niemand vorhergesehen hatte.

Anne hatte die Zügel in die Hand genommen. Unablässig streifte sie durch die Räumlichkeiten, stellte Fragen und vergab Aufträge. Ihre natürliche Autorität sorgte dafür, dass die notwendigen Dinge widerspruchslos und zügig erledigt wurden.

„Könnt ihr aus den restlichen frischen Sachen und ein paar Dosen sowas wie ein Chili kochen?", wies sie drei Frauen an, die in der Küche saßen und rauchten. „Am besten in vier Töpfen gleichzeitig. Dazu gibt es Brot, dann müssen wir nicht noch Reis oder Nudeln kochen. Dafür fehlt uns der Platz auf dem Herd."

Die drei Frauen drückten sofort ihre Zigaretten aus und machten sich an die Arbeit. Ein kleiner Junge erschien in der Küche und zupfte an Annes Hosenbein.

„Können wir nicht Würstchen grillen?", fragte er hoffnungsvoll.

„Nein, aber du kannst ein Eis bekommen, Süßer!"

Pädagogisch zweifelhaft, aber effektiv hatte sie das Problem umschifft. Sie raffte einen Haufen Zettel zusammen und begab sich in die abgeteilten

Räume, in denen früher die Klubsitzungen stattfanden. Dort suchte sie Bud. Als derzeitige Nummer eins des Klubs traf er die Entscheidungen.

„Hast du eine Minute?" Sie überflog den Raum, der heute hauptsächlich als Waffenkammer diente, und stellte fest, dass der Klub offensichtlich gut ausgerüstet war.

„Klar. Was gibt's?"

Bud legte die Pistole auf den Tisch, die er zerlegt, gereinigt und wieder zusammengebaut hatte. An einem Baumwolllappen wischte er sich die Finger ab.

„Wie lange werden wir deiner Meinung nach hier zusammenbleiben?"

„Schwer zu sagen. Es dürften schon ein paar Tage werden. Warum?"

„Die Versorgung ist nicht ganz ohne. Da morgen Sonntag ist und die Geschäfte nicht öffnen, brauchen wir Vorräte. Und ein paar zusätzliche Kochplatten wären auch nicht schlecht. Wir kommen nicht darum herum, es muss noch jemand einkaufen fahren."

„Verstehe. Zeig mal deine Liste!"

Sie gab ihm drei eng beschriebene Zettel, die er mit gerunzelter Stirn überflog.

„Das sind ganz schöne Mengen."

„Stimmt. Es gilt aber auch ein paar Mäuler zu stopfen. Wir müssen in den Großmarkt, da bekommen wir eigentlich alles, was wir brauchen. Außerdem können wir dort auf Rechnung kaufen und brauchen kein Bargeld."

Für ihre Partys und das Klubleben besaßen die Hounds einen Metro-Ausweis.

„Okay. Wir nehmen den Transporter und zwei Jungs begleiten ihn auf den Bikes. Aber eine von euch Frauen muss mit." Er deutete auf die Liste. „Beim Tamponkauf würde ich mich lieber nicht auf Frankies Auswahl verlassen."

„Ein berechtigter Hinweis", lachte Anne. „Ich schicke Mary mit."

Fünf Minuten später war die kleine Kolonne startklar. Der schwarze Transporter fuhr voran, die beiden chromblitzenden Harleys leicht seitlich versetzt hinterher. Am großen Stahltor hielten sie noch einmal an, bis der Wächter es mit sichtlicher Anstrengung aufgeschoben hatte. Dann bogen sie auf die Straße. Die Motorradfahrer hatten ihre Kutten trotz des warmen

Wetters geschlossen. Es musste ja nicht jeder gleich mitbekommen, dass sie darunter Pistolen trugen, die sie im Notfall ohne Zögern einsetzen würden. Hinter ihnen wurde das Tor rasch wieder geschlossen.

In der improvisierten Waffenkammer waren die Mitglieder zusammengekommen, denen gerade keine spezielle Aufgabe zugeteilt worden war. Im Gegensatz zu den sonstigen Versammlungen stand nicht ein einziges Bier auf dem Tisch. Instinktiv hatten alle verstanden, dass Nüchternheit das Gebot der Stunde war. Die moderne Wagenburg bestand jetzt gut einen halben Tag. Zeit, eine erste Bilanz zu ziehen und einen Ausblick in die nähere Zukunft zu wagen.

„Wir wechseln die Wachen alle vier Stunden, dann bekommt jeder genug Erholung", bestimmte der Road Captain. „Verpflegung ist auf dem Weg, alle Waffen sind einsatzbereit, Munition ist genügend vorhanden. Müssen wir noch an irgendetwas denken?"

„Ich schätze, dass wir irgendwann mal nach den Chicks gucken müssen", meinte ein langhaariger Rocker mit verschlagenem Blick. „Ich bin nicht sicher, dass die Hangarounds das alles im Griff haben. Wie schnell ist so eine Erziehung zum Teufel und man fängt wieder von vorne an!"

„Du willst doch nur sagen, dass du schon dicke Eier hast, Nick", hielt Bud ihm entgegen. „Da können wir jetzt keine Rücksicht drauf nehmen. Zwei angekettete Mädels bewachen, das schaffen die schon. Ohne ernsthaften Grund verlässt niemand hier das Gelände und alleine schon gar nicht. Ich möchte nicht, dass wir noch weitere Verluste hinnehmen müssen."

„Das verstehe ich auch", antwortete Nick, der jetzt ernsthafter wirkte. „Aber haben wir irgendeinen Plan, wie lange das dauern soll? Ich meine, natürlich kommen wir hier zurecht mit 40 Leuten. Aber wovor verstecken wir uns eigentlich?"

„Tja, wenn ich das wüsste", seufzte Bud. „Aber in erster Linie trage ich hier Verantwortung für den Klub, die Familien und auch für eure feisten Ärsche. Deswegen gehen wir kein unnötiges Risiko ein. Ich habe einen Haufen Telefonate geführt und Fragen gestellt. Irgendwer wird schon herausbekommen, worum es eigentlich geht. Bis dahin halten wir die Füße still, klar?"

Das folgende Gemurmel sollte wohl Zustimmung bedeuten, zeigte aber auch die tiefe Verunsicherung der Hounds an. Sie waren es gewohnt, dass sie die Marschroute bestimmten und alle anderen kuschten. Die unbekannte Bedrohung zerrte an den Nerven. Und das Lagerleben war nicht geeignet, die aufgewühlten Gemüter zu beruhigen.

Mit einem brummenden Vibrieren machte das Mobiltelefon, das der Road Captain vor sich liegen hatte, auf sich aufmerksam.

„Ja?"

Fast eine volle Minute hörte Bud ausschließlich zu. Seine Miene spiegelte wider, dass ihm die übermittelten Informationen eine Menge zu denken gaben. Dann endlich steuerte er selbst auch etwas zum Gespräch bei.

„Warum nicht hier?"

Eine weitere, längere Erklärung schien zu erfolgen.

„Okay. Aber nicht allein. Wir fahren zu zweit. Bis dann." Er warf das Handy wieder auf den Tisch. Alle Augen ruhten gespannt auf ihm. „Das war Sharkey. Er sagt, er weiß etwas über den Überfall."

Sharkey war ein wichtiger Geschäftspartner der Hounds of Hell. Er diente als Schaltstelle zwischen ihnen, die Drogen im großen Stil in die Stadt schafften, und den Dealern, die die Ware schließlich an die Endkunden brachten.

„Was hat er gesagt?"

„Keine Einzelheiten. Nicht am Telefon. Er will, dass wir uns treffen. Dann sagt er mir alles, was er weiß."

„Kann er nicht hierherkommen?"

„Er sagt, dass ihm das Risiko zu groß ist. Möglicherweise werden wir überwacht. Und dann möchte er nicht derjenige sein, der bei uns gesehen wird."

„Wie machen wir es dann?", erkundigte sich Nick.

„Wir treffen uns in seinem Laden. Er wollte, dass nur ich komme, aber das läuft nicht. Niemand von uns fährt allein!"

„Dann komme ich mit", beschloss Nick.

„Gut. Wir fahren in zwei Stunden. Sorgt bis dahin dafür, dass der Laden hier läuft, und achtet ein bisschen auf gute Stimmung. Ich kann jetzt keinen Lagerkoller gebrauchen."

* * *

„Hallo Töchterchen!"

Staller begrüßte Kati mit einer herzlichen Umarmung und blickte sich um. Die Wohnung von Sonja sah fast wie immer und trotzdem irgendwie verändert aus. Isa und Kati hausten nun schon drei Monate in den Räumen seiner Kollegin und würden noch weitere drei Monate hier verbringen. Für diese insgesamt eher kurze Zeit hatten sie beschlossen, die Möbel der Moderatorin weitgehend stehenzulassen. Aber andere Bewohner schafften eine eigene Atmosphäre und sei es nur durch ihre Klamotten oder einige Dekorationsstücke.

„Kontrollierst du etwa, ob ich aufgeräumt habe?", erkundigte sich Kati in betont gekränktem Tonfall.

„Bestimmt nicht. Ich weiß schließlich, dass du ordentlicher bist als ich", stellte der Reporter klar. „Warum die Einladung? Hast du etwas auf dem Herzen? Oder wolltest du nur sicherstellen, dass ich nicht verwahrlose in deiner Abwesenheit?"

Sie schob ihn ins Wohnzimmer.

„Vielleicht erinnerst du dich nicht mehr daran, aber wir haben bis vor einem Vierteljahr Tag und Nacht die Wohnung geteilt. Da kann man doch gelegentlich mal ein Stündchen miteinander plaudern. Kaffee?"

„Gern."

„Ich habe auch einen Apfelkuchen gebacken. Magst du?"

„Unbedingt! Ich habe heute zwar schon einmal eine Portion für Großfamilien aus der Bäckerei besorgt, aber da ist mir Bommel zuvorgekommen."

Kati lachte und besorgte alles Nötige aus der Küche. Der Kuchen war großzügig mit Puderzucker bestreut und duftete wie bei Muttern.

„Hmm", seufzte der Reporter nach dem ersten Bissen und schloss genießerisch die Augen. „Das ist richtig gut. Der Mensch, der vielleicht später mal dein Leben teilt, ist ein Glückspilz."

„Solange er nicht so reinhaut wie Thomas, soll es mir recht sein", schmunzelte Kati. „Hab' ich dich schon von Sonja gegrüßt?"

„Hast du nicht. Jedenfalls nicht heute."

„Ich habe ihr erzählt, dass du mit deinem neuen Einsiedlerleben klarkommst. Stimmt doch, oder?"

„Natürlich. Ich treffe in meinem Arbeitsalltag so viele Menschen, da vertrage ich nach Feierabend durchaus mal ein paar ruhigere Stunden. Bis jetzt habe ich mich jedenfalls nicht gelangweilt."

„Vermisst du sie denn manchmal?"

„Natürlich. Allein der Austausch bei der Arbeit fehlt mir schon. Mit Isa ist es einfach … anders."

Darüber musste Kati erst einmal lachen. Dann fragte sie ernsthaft weiter: „Und privat?"

Jetzt hob er misstrauisch die Augenbrauen.

„Du kannst es einfach nicht lassen, oder? Ich kann mir unmöglich vorstellen, dass Sonja dich zu diesem Verhör angestachelt hat. Das ist ganz allein auf deinem Mist gewachsen, habe ich recht?"

Sie schlug die Augen nieder und wirkte plötzlich schuldbewusst. Etwas sanfter fuhr er fort: „Für den Fall, dass ich mich vor Sehnsucht nach Sonja verzehre und nachts bittere Tränen in mein Kissen weine, wende ich mich direkt an sie. Es gibt Telefon, Skype, FaceTime und ein Dutzend andere Möglichkeiten, auch über eine Entfernung von 6000 Kilometern in Kontakt zu treten. Einige davon nutzen wir sogar – gelegentlich."

„Sorry, Paps. Manchmal vergesse ich, dass du schon erwachsen bist."

Darüber musste er so lachen, dass eine kleine Puderzuckerwolke aus seinem Mund stob, was wiederum Kati zum Prusten brachte. Mitten in diesen allgemeinen Ausbruch ungezügelter Heiterkeit brach Isa herein, die gerade nach Hause kam.

„Hab' ich was verpasst?"

„Ja, einen Apfelkuchen aus der Champions League. Wenn du dich beeilst, kannst du noch ein Stück abbekommen."

Das war natürlich reichlich übertrieben, denn drei Viertel des Kuchens waren noch unangetastet.

„Bin schon da!"

Isa schnitt sich ein Stück ab, das etwa so groß war wie die Menge, die Mike und Kati verzehrt hatten. Ihr Stoffwechsel stellte alles bisher Bekannte in den Schatten. Mit vollem Mund gab sie bekannt: „Neuigkeiten aus der Rockerburg! Es gibt ein Treffen mit irgendeinem Typen, der angeblich weiß, wer für die Schießerei verantwortlich ist."

Mehr Aufmerksamkeit hätte sie nicht erregen können, wenn sie behauptet hätte, dass Heidi Klum die Nachfolge von Angela Merkel antreten würde.

„Wieso weißt du so interne Dinge über eine Bande von Kriminellen?", entfuhr es Kati.

„Warum erzählt Ben dir so etwas?", überlegte der Reporter. „Das geht doch nur den Klub etwas an."

Isa genoss ihren Kuchen und die Aufmerksamkeit. Mit Gesten teilte sie mit, dass sie den Mund voll habe und deshalb nicht antworten könne. Ihre Gesprächspartner mussten sich also ein wenig in Geduld üben, bis die Volontärin geruhte mit einigen Einzelheiten rauszurücken.

„Mein neuer Kumpel Ben betrachtet mich weniger als Journalistin, sondern mehr als Gleichgesinnte. Möglicherweise hat er den Eindruck gewonnen, dass ich die kriminellen Tendenzen der Hounds für überbewertet halte."

„Das ist deine Schuld!", behauptete Kati und warf ihrem Vater einen bitterbösen Blick zu. „Genau so hättest du es doch auch gemacht."

„Möglich", antwortete dieser. „Ich habe aber auch ein bisschen mehr Erfahrung. Wie bist du an die Information gekommen?"

„Nachdem ich heute Morgen einen kleinen Besuch bei Ben gemacht habe und mir anschauen konnte, wie sie sich einigeln, habe ich ihn vorhin einfach mal angerufen und gefragt, ob sie noch alle am Leben sind. Dabei hat er mir die Neuigkeit erzählt. Bud und ein gewisser Nick fahren zu diesem Treffen hin."

„Weiß Ben, wer es ist, den sie treffen wollen?"

„Ich glaube nicht. Jedenfalls hat er nichts davon gesagt. Ich wollte auch nicht zu auffällig nachfragen."

„Gut gemacht, Isa." Der Reporter dachte nach. „Zwei Möglichkeiten: Der Unbekannte will sich nur wichtig machen und weiß gar nichts. Dann ist es eh egal. Oder er kennt tatsächlich die Angreifer. In dem Fall dürften die Hounds irgendetwas unternehmen. Wenn wir uns da dranhängen, kriegen wir auch raus, was los ist."

„Entschuldige, wenn ich mich ungefragt einmische, aber als deine Tochter möchte ich darauf hinweisen, dass die Überwachung von bewaffneten Kriminellen eine gewisse Gefahr darstellt!"

„Nicht, wenn man immer schön am Rand bleibt", wiegelte Staller ab. „Was meinst du, Isa, wird Ben dir erzählen, ob bei dem Besuch etwas herausgekommen ist?"

„Gut möglich", vermutete die Volontärin und warf begehrliche Blicke auf den restlichen Kuchen. „Wollt ihr etwa nicht mehr? Also ich nehme noch ein Stück!"

Kati schnitt eines in normaler Größe ab, woraufhin ihre Freundin enttäuscht guckte, aber keine Einwände erhob.

„Ruf ihn doch noch einmal an, wenn deiner Meinung nach dieses Treffen beendet sein könnte. Finde heraus, ob die Hounds irgendetwas vorhaben. Falls das so ist, werde ich ihnen folgen. Unbemerkt natürlich. Mal sehen, zu wem sie mich dann führen."

„Kann ich machen. Mit einer Einschränkung: Ich will mit, falls etwas passiert. Keine Widerrede", wischte sie Stallers angedeuteten Einspruch beiseite. „Es ist mein Kontakt, meine Information und ohne mich könntest du auf blauen Dunst vor dem Klubhaus campen und warten, bis der Wächter dir eine mit der AK aufbrennt!"

„Sie haben Posten aufgestellt, die offen Waffen tragen?" Der Reporter horchte auf. „Dann brennt ihnen aber wirklich der Bürzel. Na gut, meinetwegen. Wenn etwas los ist, darfst du mit. Versprochen!"

„Ihr seid beide verrückt! Sonja würde euch das auf keinen Fall durchgehen lassen. Und Thomas schon gar nicht!" Kati war regelrecht aufgebracht.

„Ich habe keinesfalls vor, mich in irgendwelche Auseinandersetzungen einzumischen", erklärte ihr Vater ernst. „Wir fahren, vermutlich im Dunkeln, hinter den Hounds her und schauen, wem sie einen Besuch abstatten. Wenn es überhaupt dazu kommt. Das weiß jetzt doch noch niemand. In Gefahr begeben wir uns dabei nicht."

„Und wenn die Rocker eine Schießerei anfangen?"

„Dann rufe ich ganz brav die Kavallerie. Und mache höchstens ein paar Aufnahmen, wenn Bommel und das MEK die Burschen festnehmen. Großes Ehrenwort!"

Kati ließ sich nur ungern von ihrem Widerspruch abbringen, musste aber schließlich akzeptieren, dass ihr Vater wohl wusste, was er tat und wie viel er riskieren konnte. Und da er Isa gestattete ihn zu begleiten, würde er seine Verantwortung doppelt ernst nehmen.

„Ich habe noch einen Ergänzungsvorschlag", verkündete die Volontärin. „Wenn du nichts Besseres vorhast, dann könnten wir uns außer Sicht, aber in der Nähe vom Klubhaus auf die Lauer legen. Dann sehen wir, wann die beiden zurückkommen."

„Das ist eine gute Idee. Sie werden jedenfalls Richtung Hamburg fahren und entsprechend von der Seite auch zurückkehren. Wenn wir uns etwas weiter auf der Straße irgendwo im Gebüsch postieren, können wir sie wirklich beobachten. Das kann dann aber eine nicht nur lang dauernde, sondern auch langweilige Angelegenheit werden."

„Wir müssen ja nicht zu früh dort auftauchen. In zehn Minuten wollen sie los. Wenn wir eine halbe Stunde pro Fahrt annehmen – wir wissen ja nicht, wo sie hinfahren – und mindestens eine halbe Stunde für das Treffen, dann sollten wir so gegen Viertel vor acht dort sein. Damit hätten wir die Wartezeit schon mal minimiert."

Staller rechnete kurz nach und nickte dann zustimmend.

„Guter Vorschlag. So machen wir es."

„Na toll. Und ich verbringe wieder einen einsamen Abend vor dem Fernseher", klagte Kati.

* * *

Die beiden Harleys bollerten im Leerlauf vor sich hin, während die Fahrer warteten, dass die Wache das Tor öffnete. Als der Zwischenraum breit genug für ein Motorrad war, schlängelten sich Bud und Nick geschickt hindurch. Auf der Straße nahmen sie eine leicht versetzte Formation ein und fuhren mit mäßiger Geschwindigkeit Richtung Autobahnauffahrt Stapelfeld. Es lag ihnen viel daran, keine besondere Aufmerksamkeit zu erregen, denn die beiden Rocker trugen jeder eine geladene Pistole unter der Weste. Außerdem vergewisserten sie sich regelmäßig im Rückspiegel, dass ihnen niemand folgte.

Als sie an einer Kreuzung nebeneinander anhielten, schweiften ihre Blicke zusätzlich in die Straßen rechts und links, aber niemand dort erregte ihr Misstrauen. Wer um diese Zeit in die Stadt hineinfuhr, kam besser zurecht als die Pendler, die jetzt zum Feierabend zurück in die Vorstadt oder aufs Land wollten.

Trotzdem war der Verkehr dicht genug, dass ein Verfolger sich leicht verstecken konnte. Deshalb benutzte Bud, der vorausfuhr, insgesamt zweimal einen Trick, der eine unbemerkte Überwachung schwer bis unmöglich machen sollte. Er bog von der Hauptstraße rechts ab und wiederholte diesen Vorgang noch weitere drei Male, sodass er sich am Ende wieder auf seine eigene Spur setzte. Wenn irgendjemand versucht hätte ihnen zu folgen, wäre er bei diesem Manöver mit großer Sicherheit aufgefallen.

Die Fahrt führte durch die halbe Stadt und endete in der Nähe des Großneumarkts. Dieser war das Zentrum des Einflussbereiches der Hounds of Hell. Von hier aus hatten sie begonnen den gesamten Kiez für sich zu erobern, was ihnen schließlich auch gelungen war. Wirklich heimisch und damit sicher fühlten sie sich aber in ihrem alten Viertel. Deshalb parkten sie ihre Bikes ganz unbesorgt vor dem unauffälligen Restaurant, das um diese Zeit schon gut gefüllt war. Die Helme hängten sie einfach über die Spiegel ihrer Motorräder, deren Tanks gut sichtbar mit dem Logo ihres Klubs bemalt waren. Kein Mensch würde es wagen, die Maschinen auch nur anzurühren.

Nach einem Routineblick in die Runde, der keinerlei Auffälligkeiten zutage förderte, nickten sie sich kurz zu und betraten das Lokal. Der Mann hinter dem Tresen, der zum schwarzen Hemd eine rote Schürze trug und gerade ein Tablett mit Getränken bereitstellte, deutete mit dem Kopf auf eine unscheinbare Seitentür, an der ein Schild "Privat" prangte.

„Sharkey ist hinten", murmelte er halblaut und stellte schwungvoll zwei Biergläser mit auf das Tablett. Dann schien er sich nicht weiter für die Neuankömmlinge zu interessieren.

Bud drehte prompt ab und steuerte die besagte Tür an. Nick folgte ihm mit dem breitbeinigen und selbstbewussten Gang, den nur Cowboys, Seeleute und Rocker so beherrschen, wenn auch aus völlig unterschiedlichen Gründen.

Ohne zu klopfen, öffnete der Road Captain die Tür. Das zeigte, wie vertraut ihm das Terrain war. Nick schloss sie, nachdem er seinem Boss gefolgt war, wieder sorgfältig. Niemanden sonst im Lokal ging es etwas an, was die Hounds und ihr Geschäftspartner zu besprechen hatten.

Eine schmale Treppe führte in den ersten Stock, aber die ignorierten die Rocker. Kurz davor ging rechts noch eine Tür ab, die in den sogenannten Klubraum führte. Dieser hatte mit dem eigentlichen Restaurant nichts zu tun und wurde für Besprechungen über geschäftliche Themen und gelegentlich für ein illegales Spielchen genutzt. Hier würde Sharkey vermutlich an dem großen runden Tisch sitzen und auf sie warten. Bud war äußerst gespannt, ob die Informationen, die er gleich bekommen würde, das hielten, was ihm am Telefon versprochen worden war. Er öffnete auch diese Tür. Sein Gesprächspartner saß wie erwartet da und winkte ihn heran.

„Bud, Nick, kommt rein und setzt euch!"

Er deutete einladend auf den Tisch. Die zwei Hounds machten ein paar Schritte in den Raum hinein, als ihnen gleichzeitig von hinten je ein Pistolenlauf in den Nacken gelegt wurde.

„Keine Bewegung und schön die Hände hoch", knurrte eine Stimme ebenfalls von hinten. In Zusammenhang mit dem kalten Stahl auf nackter Haut hatte dieser Satz eine hohe Überzeugungskraft. Die beiden Rocker gehorchten simultan und zügig. Der Sprecher ließ keine Spur von Unsicherheit vermuten und die geschickten Hände, die unter den Kutten der Rocker die Waffen ertasteten und entfernten, wussten ebenfalls genau, was sie taten.

„Nicht den Kopf drehen", warnte die Stimme, während eilige Schritte den Eindruck vermittelten, dass durchaus mehrere Männer hinter den Hounds in den Raum drängten. „Immer schön dran denken: Das, was ihr da spürt, ist eine 9 Millimeter mit Schalldämpfer. Und ich habe einen ziemlich nervösen Abzugsfinger."

Als Entscheidungshilfe war dieses Argument eigentlich unnötig, denn die ruhige, professionelle Art, wie diese Überrumpelung vonstattengegangen war, bedurfte keiner weiteren Erklärung. Die Hounds sahen auch keinen Anlass für eine Diskussion und beschränkten sich darauf, ihren Geschäftspartner böse anzustarren. Der zuckte nur minimal die Schultern und deutete mit dem Kopf hinter sich, wo ein Vorhang den Weg in den nächsten Flur verbarg. Dort erschien eine weitere Waffe, ebenfalls mit Schalldämpfer versehen und aus einem knappen Meter Abstand genau auf Sharkeys Hinterkopf gerichtet. Die Hand an der Waffe war mit einem schwarzen Lederhandschuh bedeckt, mehr war von dem Schützen nicht zu sehen.

„Verschnüren und ab mit ihnen", befahl die schon bekannte Stimme. Zuerst wurden den Rockern Stoffkapuzen übergestülpt, dann wurden ihnen die Hände in einer Weise auf den Rücken gebunden, dass ein Befreien ausgeschlossen erschien.

„Mitkommen!" Gesprächig war der Mann offenbar nicht. Die Befehle blieben auf des absolut Notwendige beschränkt. Die Gefangenen, denn so musste man sie bezeichnen, wurden am Oberarm gegriffen und abgeführt. Dies geschah in Richtung des Vorhangs. Es ging dann einige Schritte über einen weiteren Flur, durch eine Tür und in einen Innenhof. Das metallische Rollen einer schweren Schiebetür legte nahe, dass hier ein Transporter bereitstand. Recht unsanft wurden die beiden Männer hineingestoßen und fanden sich liegend auf der Ladefläche wieder. Die Tür wurde zugezogen und der Motor gestartet. Dem Geräusch nach ein Diesel. Mehr Informationen gab es nicht. Die Fahrt mit verbundenen Augen durch die verwinkelten Straßen verhinderte jede Orientierung. Auch das Zeitgefühl ist nicht mehr ganz so verlässlich, wenn man gefesselt auf der Ladefläche eines Autos liegt, statt mit einem Geschäftspartner gemütlich am Tisch zu sitzen. Mindestens zwei Männer waren hinten zu den Gefangenen eingestiegen und vorne hatten ebenfalls wenigstens zwei Leute Platz genommen, wie aus dem doppelten Türenschlagen zu entnehmen war.

Die Fahrt dauerte eine Viertelstunde und verlief erwartungsgemäß schweigend. Die Hounds waren zu stolz, um Fragen zu stellen, während ihre Angreifer zu professionell für Smalltalk waren.

Als der Wagen erneut abbog, veränderte sich die Geräuschkulisse. Der übliche Verkehrslärm verstummte, dafür klang das Brummen des Motors jetzt sonorer. Befanden sie sich in einer Garage? Oder vielleicht in einer Lagerhalle?

Als der Motor erstarb, wurde es still.

„Aussteigen!", befahl die schon bekannte Stimme, nachdem die Tür aufgeschoben worden war. Abermals wurden die Rocker an den Armen geführt, da sie unter ihren Kapuzen weiterhin nichts sehen konnten. Entsprechend unsicher stapften sie über den Boden, auf dem ihre Absätze klapperten. Vom selbstbewussten Rockergang war nicht viel übriggeblieben.

„Hinsetzen!"

Sie wurden rücklings auf zwei Stühle gedrückt. Harte Sitzfläche, kein Polster, keine Armlehne. Ob es hell oder dunkel im Raum war, konnte Bud nicht erkennen, die Maske war eindeutig blickdicht.

„Meine Herren!" Eine andere Stimme, die aus einigen Metern Entfernung erklang. „Verzeihen Sie mir bitte den kleinen Bauerntrick mit Ihrem Geschäftspartner. Er hat dieses Gespräch hier zügig und in der Form ermöglicht, die ich mir gewünscht habe."

Der verbindliche Tonfall konnte nicht darüber hinwegtäuschen, dass der Sprecher genau wusste, was er wollte, und dies auch umzusetzen gedachte. Der nächste Satz stellte diesen Eindruck unter Beweis.

„Zunächst möchte ich Sie darauf hinweisen, dass weiterhin auf jeden von Ihnen eine Waffe gerichtet ist. Sehen Sie also bitte von Unüberlegtheiten ab."

Mit ihren gefesselten Händen und den festen Kapuzen über den Köpfen war die Neigung zu einem spontanen Angriff bei den Hounds allerdings auch ohne diesen Hinweis eher schwach ausgeprägt.

„Ich verrate Ihnen zunächst einige Dinge, die Ihnen sowieso schon bekannt sind. Interessant an diesen Informationen ist nur die Tatsache, dass sie auch mir zur Verfügung stehen."

Wer genau lauschte, konnte jetzt das Entfalten eines Papiers wahrnehmen. Die Stimme las eine lange Liste vor, die sich sehr detailliert mit den einzelnen Unternehmungen der Hounds of Hell beschäftigte. Anzahl der Prostituierten, durchschnittlicher Tagesverdienst, Anzahl der Läden, die Schutzgeld zahlten und dessen monatliche Höhe, Menge der umgesetzten Drogen und Einnahmen aus dem Waffengeschäft. Am Ende las sich diese Liste wie die monatliche Bilanz eines mittelständischen Unternehmens für den Steuerberater.

„Unterm Strich bedeutet dies monatliche Einnahmen in Höhe von rund 400.000 Euro", fasste der Sprecher zusammen. „Steuerfrei, versteht sich, also ein Reingewinn."

Der Sprecher machte eine kleine Pause. Bud überlegte währenddessen fieberhaft, woher der Kerl diese Informationen haben konnte. Selbstverständlich veröffentlichten die Hounds keine Liste ihrer Einnahmen. Die Klubprinzipien sahen jedoch vor, dass alle Member sich unter anderem regelmäßig in der Kapelle trafen, um über die geschäftlichen Entwicklungen auf dem Laufenden gehalten zu werden. Zwar waren diese Informationen in der Regel nicht so detailliert, aber zumindest die Höhe des Gewinns und die Quellen, aus denen er stammte, waren jedem Vollmitglied des Klubs bekannt. Hatte einer der Ihren geplaudert? Wie sonst konnte dieser Fremde derartige Details wissen?

„Dreißig Prozent dieser Summe wandern in die Klubkasse, zehn Prozent dienen zur Deckung der monatlichen Fixkosten wie Mieten, Fahrzeuge und Bestechungsgelder. Zehn weitere Prozent sind für außergewöhnliche Belastungen vorgesehen und die restlichen fünfzig Prozent teilen sich die Klubmitglieder, also Sie und Ihre Freunde. Wenn man die Member einrechnet, die momentan eher passiv am Klubleben teilnehmen, wie den Präsidenten und seine Mitgefangenen, dann bleiben Ihnen persönlich pro Kopf knapp 15.000 Euro. Netto, um das noch einmal zu erwähnen. Eine mehr als ordentliche Bezahlung, wie ich finde."

Der Road Captain biss auf die Zähne. Die Informationen stimmten bis ins Detail und damit war zweifelsfrei bewiesen, dass es im Klub eine Ratte gab. Die Frage stellte sich, ob er noch die Gelegenheit bekommen würde, nach dem Verräter zu suchen. Noch war völlig unklar, was dieser ebenso gut organisierte wie informierte Typ von ihnen wollte. Aber die Erklärung sollte nicht lange auf sich warten lassen.

„Kommen wir nun zum entscheidenden Punkt. Ich möchte, dass Sie die Verteilstruktur Ihrer Gewinne zukünftig verändern. Zwanzig Prozent dieser Summe, die hoffentlich in Zukunft weiter steigt, werde ich bekommen."

Falls der Mann auf eine Reaktion seiner Opfer gehofft hatte, so wurde er enttäuscht. Sowohl Bud als auch Nick schwiegen weiterhin. Hätte man jedoch ihre Gesichter sehen können, dann wäre neben Überraschung auch Wut zu erkennen gewesen.

„Wie Sie die Gelder umverteilen, ist selbstverständlich Ihnen überlassen. Sofern Sie selber nicht zurückstecken wollen, muss eben die Klubkasse leiden oder der Etat für unvorhergesehene Ausgaben. Ihre Entscheidung! Aber die zwanzig Prozent für mich werden Sie monatlich nach ständig wechselnden Anweisungen an einen meiner Vertreter übergeben."

Jetzt war die Katze aus dem Sack und Bud konnte sich nicht länger beherrschen.

„Das werden wir ganz bestimmt nicht!"

„Natürlich können Sie nicht sofort einwilligen. Das sehe ich sogar ein. Rockerehre, nicht wahr? Aber ich möchte Ihnen erklären, warum Sie am Ende trotzdem mitspielen werden. Sehen Sie, Sie alle – und damit meine ich sämtliche in Freiheit befindlichen Mitglieder der Hounds of Hell – leben nur noch, weil ich dies so beschlossen habe. Die gestrige kleine Überraschung bei Ihrem Klubhaus sollte lediglich eine Demonstration dessen darstellen, was ich zu leisten imstande bin. Hätte ich es anders angeordnet, dann hätte ich heute keinen von Ihrem Klub zu diesem Besuch überreden können, weil nämlich niemand von Ihnen mehr am Leben wäre."

War da nicht doch ein Zucken der beiden Rocker zu erkennen? Bud jedenfalls war geradezu paralysiert von dieser Eröffnung. Jetzt war in den ganzen Geschehnissen der letzten 24 Stunden ein echter Sinn erkennbar. Ihr Gegenüber verfügte offenbar sowohl über sehr zutreffende Informationen als auch über eine Organisation, die kein Risiko darin sah, sich mit dem gefürchteten Klub anzulegen. Damit war klar, dass er in einer ausgesprochen hohen Liga spielte. Er wollte einen Anteil am Geschäft, ohne dass er dafür ein Risiko eingehen oder sich die Hände selber schmutzig machen musste. Verdammt schlau!

„Wie gesagt, ich akzeptiere Ihren Ehrenkodex. Aber ich appelliere auch an Ihren gesunden Menschenverstand. Was sollte mich zum Beispiel daran hindern, Sie beide hier und jetzt auszulöschen? Ein Wort, zwei Schüsse, die übrigens niemand hört durch die Schalldämpfer, und dann fährt der Wagen zurück. Mit zwei Leichen auf der Ladefläche. Ich kann mir noch überlegen, ob ich Ihre sterblichen Überreste vor dem Klubhaus abkippe oder doch lieber in einem einsamen Waldstück auf ewig verschwinden lasse."

In der Stimme des Mannes war nicht der Hauch einer Emotion zu spüren. Er erläuterte diese Möglichkeiten wie die Frage, was es zum Abendessen geben sollte.

„Aber da ich bereits einmal bewiesen habe, dass es mir nicht um Ihren Tod beziehungsweise den Ihrer Klubkameraden geht, sollten Sie jetzt nicht allzu besorgt sein. Auf der anderen Seite wäre es ein fataler Fehler und möglicherweise Ihr letzter, wenn Sie mein Anliegen nicht ernst nehmen würden. Sie persönlich oder Ihr Klub bedeuten mir nichts. Wenn ich es für erforderlich halte, dann bringe ich Sie alle um. Vergessen Sie das bitte nicht bei Ihren Überlegungen!"

Bud und Nick gefror das Blut in den Adern angesichts dieser unglaublichen Abgebrühtheit. Ihr Entführer meinte jedes Wort genau so, wie er es sagte, das stand für sie beide fest. Skrupel kannte er offenbar keine. Und dass sein schlechtes Gewissen ihn auch nur eine Sekunde vom Schlaf abhalten würde, durfte ebenfalls bezweifelt werden.

„Ich weiß, dass Ihre Klubregeln verlangen, dass über diese Frage abgestimmt wird. Von daher müssen Sie sich jetzt nicht äußern. Für diese Abstimmung möchte ich Ihnen noch einige Argumente mit auf den Weg geben. Sobald unsere Vereinbarung in Kraft getreten ist, bekomme ich die Rate für den ersten Monat ausgezahlt. Wie – das teile ich Ihnen noch mit. Sie bekommen jedoch auch etwas für Ihr Geld. Zunächst sichere ich Ihnen zu, dass Ihr Gebiet damit geschützt ist. Konkurrenz wird es nicht geben. Revierkämpfe wie mit den Night Devils gehören damit der Vergangenheit an. Außerdem werde ich Sie und Ihren Klub darin unterstützen, dass Sie Ihre Geschäftsfelder erweitern und sinnvoll expandieren können. Und drittens werde ich dafür sorgen, dass Ihre Chefs im Knast ihre Zeit nicht nur überleben, sondern auch einigermaßen angenehm verbringen werden. Ich rate Ihnen, diese vor einer Entscheidung zu kontaktieren. Sie werden eine klare Empfehlung zu dieser Abstimmung abgeben wollen."

Die Hounds wussten wie jeder Kriminelle, dass das Gefängnis nicht etwa ein abgeschotteter oder gar geschützter Raum war. Drogen, Alkohol, Nutten oder Kommunikationsmittel bekam man drinnen ähnlich leicht wie draußen. Lediglich der Preis differierte. Und wer draußen einen Todfeind hatte, der war auch drinnen nicht vor ihm beziehungsweise seinen Gehilfen sicher. Es stand also zu erwarten, dass der Entführer durchaus einen Weg finden konnte, auch einen Mord im Knast zu organisieren. Seine Möglichkeiten schienen nahezu unbegrenzt zu sein, wenn man bedachte, was er bisher so auf die Beine gestellt hatte.

„Da all dies vermutlich ein bisschen viel für Sie war, was zum Teil auch ihrer ungewohnten Rolle als wehrlose Opfer geschuldet ist, fasse ich die wichtigsten Punkte noch einmal zusammen. Zwanzig Prozent Ihrer Einnahmen gehen ab sofort an mich. Die Modalitäten der Übergabe teile ich Ihnen rechtzeitig mit. Dafür erhalten Sie meine Unterstützung bei der Wahrung Ihrer Gebietsansprüche und zur Expansion Ihrer Geschäfte.

Sollten Sie nicht innerhalb von drei Tagen zustimmen, lösche ich Ihren Klub aus, was Ihre inhaftierten Member mit einschließt. Bitte bestätigen Sie mir mit einem Kopfnicken, dass Sie all dies verstanden haben."

Unabgesprochen nickten beide Gefangenen ihre Zustimmung. Es ergab keinen Sinn, an dieser Stelle auf harten Knochen zu machen.

„Vielen Dank. Sie werden jetzt zurückgebracht. In genau drei Tagen hören Sie von mir. Treffen Sie die richtige Entscheidung!"

Bud und Nick wurden abermals am Oberarm ergriffen und hochgezogen.

„Ab mit euch!", befahl die erste Stimme. Notgedrungen gehorchten sie. Außerdem waren sie viel zu perplex und überrumpelt, um sich zur Wehr zu setzen. Allerdings wäre dies auch vollkommen sinnlos und hirnverbrannt gewesen.

Die Fahrt verlief ohne besondere Vorkommnisse. Am Ziel wurden sie, immer noch maskiert und gefesselt, bis in den Raum gebracht, in dem sie auch überwältigt worden waren. Dort drückte man sie auf zwei Stühle.

„In einer Minute kannst du sie losbinden", befahl die bekannte Stimme. Dann klappte eine Tür und es herrschte Stille. Die beiden Rocker wagten nicht sich zu bewegen und lauschten angestrengt. War überhaupt noch jemand im Raum?

Offensichtlich ja, denn nach einer Zeit, die den Gefesselten deutlich länger vorkam als eine Minute, hörten sie das Scharren eines zurückgeschobenen Stuhls. Dann wurden ihnen zunächst die Kapuzen abgenommen. Einigermaßen konsterniert blickten sie in das entschuldigende Gesicht ihres Geschäftspartners Sharkey.

„Einer von denen hatte meine Frau oben in der Gewalt. Er hat ihr ein Messer an den Hals gehalten. Was hätte ich tun sollen?"

„Nichts", knurrte Bud. „Mach die verdammten Fesseln los!"

Sharkey tat, wie ihm geheißen, und wiederholte diesen Vorgang unmittelbar darauf bei Nick, der sich wenig begeistert die Handgelenke rieb.

„Was für eine gottverdammte Scheiße!", fluchte er aus tiefstem Herzen.

„Völlig richtig", stellte Bud fest. „Aber das hilft uns nicht weiter. Sharkey, hast du einen von denen erkannt?"

Der Angesprochene schüttelte enttäuscht den Kopf.

„Keine Chance. Sie trugen Masken. Fünf Leute waren es. Alle groß und kräftig und mittelalt, würde ich sagen. Aber mehr weiß ich nicht."

„Das ist nicht viel. Hast du wenigstens ihren Wagen gesehen?"

„Nein. Sie standen plötzlich hier im Raum, haben uns mit ihren Waffen bedroht und dann ist einer mit meiner Frau nach oben gegangen. Vermutlich haben sie im Hof geparkt und die Hintertür aufgebrochen. Es ging alles so schnell."

„Amateure sind sie jedenfalls nicht gerade", räumte Nick ein. „Was machen wir jetzt?"

„Was sollen wir schon tun? Wir fahren zurück. Und dann müssen wir gemeinsam beraten, wie wir weiter vorgehen sollen. Außerdem brauchen wir dringend einen Draht in den Knast. Caspar muss unbedingt wissen, was hier gerade abgeht."

„Dann los. Wir gehen hinten raus." Nick machte sich auf den Weg und bedachte Sharkey mit einem letzten verärgerten Blick.

„Es tut mir furchtbar leid, Jungs, ehrlich!"

„Ja, mir auch." Bud hätte gerne irgendjemandem in die Fresse gehauen, aber er musste einsehen, dass ihr Geschäftspartner keine Wahl gehabt hatte. „Geh deine Frau beruhigen!"

Draußen fanden sie ihre Bikes erwartungsgemäß unangetastet vor. Nach außen waren sie weiterhin die ungekrönten Könige des Viertels. Innen sah es derzeit etwas anders aus. Als Bud seinen Helm nahm und aufsetzen wollte, fiel ein Stück Papier heraus.

„Nicht vergessen, drei Tage", las er den gedruckten Text vor. „Arschlöcher!"

Achtlos knüllte er den Zettel zusammen und warf ihn in den Rinnstein.

„Ob die uns beobachten?", fragte Nick und sah sich unauffällig um.

„Keine Ahnung. Ist mir auch egal. Los, weg hier!"

Bud klappte den Seitenständer ein und startete seine Harley. Er verspürte das dringende Bedürfnis, diesen Ort der Schmach und der Niederlage hinter sich zu lassen. Wütend drehte er den Gasgriff auf.

* * *

So früh am Abend wirkte St. Pauli wie ein ganz durchschnittlicher Stadtteil. Die Vergnügungssüchtigen waren erst vereinzelt unterwegs und die Etablissements befanden sich in der Erwartung eines samstäglichen Party-Abends. Jetzt erkannte man noch die regulären Bewohner des Viertels, die vom Einkaufen oder einer späten Schicht nach Hause strebten. Alles wirkte ein bisschen weniger laut, ein bisschen weniger schrill und fast alltäglich.

Auffällig hingegen war der chromblitzende Benz, der langsam in die enge Seitenstraße einbog. Er unterschied sich wohltuend von den Angeberautos der Zuhälter und Wichtigtuer, die auf dem Kiez häufig zu sehen waren. Paul manövrierte den Oldtimer mit der Umsicht eines Bombenentschärfers. Kein Kratzer durfte den schimmernden Lack beschädigen. Schlimm genug, dass die Reifen mit dem Unrat der Straße in Kontakt kamen.

Gerd Kröger saß im Fond und sog die Eindrücke auf, die er durch die Scheiben wahrnahm. Wann immer er sich der Mühe unterzog, seinen alten Stadtteil zu besuchen, bedauerte er, dass er kaum noch unter Menschen kam. Dann fehlten ihm die alten Recken, die er früher abends in der Kneipe getroffen hatte, um ein paar Asbach-Cola zu zischen und vielleicht ein Spielchen zu wagen. Aber die meisten Weggefährten waren inzwischen weggestorben und die, die noch lebten, waren wie er nur noch Schatten ihrer selbst. Ach, wenn man die Vergangenheit noch einmal aufleben lassen könnte! Oder wenn er wenigstens die Erinnerungen mit seiner Frau teilen könnte.

Daddel-Gerd schüttelte den Kopf und wischte sich mit der Hand unauffällig über die Augen. Meine Güte, er wurde nicht nur senil, sondern auch noch sentimental!

„Da vorne kannst du anhalten, Paul. Bei der Laterne!"

Der Chauffeur beäugte den Bordstein misstrauisch und fuhr mit äußerster Konzentration so, dass zwei Räder auf dem Bürgersteig standen. In dieser engen Gasse zu halten widerstrebte ihm zutiefst, aber wenn der Chef es so wollte, dann musste es eben sein.

„Danke, Paul. Ich denke, länger als eine halbe Stunde wird es nicht dauern."

Bis Kröger sich sortiert hatte, wurde ihm bereits die Tür geöffnet und eine Hand entgegengestreckt. Musste er es sich gefallen lassen, dass er gepampert wurde wie ein alter Sack? Vermutlich ja, denn alleine hätte er es kaum aus dem Auto geschafft. Als er schließlich auf dem schmalen Bürgersteig stand, straffte er die Schultern und sah zu den Fenstern des alten Hauses hoch. Erster Stock, das würde er noch ohne Hilfe schaffen. Noch vor zehn Jahren hätte er zwei Stufen auf einmal genommen und wäre nicht einmal außer Atem gewesen.

„Na los", gab er sich selber das Startzeichen. Aufrecht und mit bestimmtem Schritt ging er zur Haustür, die sich aufdrücken ließ. Stufe für Stufe nahm er vorsichtig und gleichmäßig und auf dem Treppenabsatz holte er einige Male tief Luft. Dann drückte er die Klingel, die ein lautes und hässliches Geräusch verursachte.

Der Mann, der nach einiger Zeit die Tür öffnete, trug ein fleckiges T-Shirt und einen ungepflegten Bart. Das wirre Haar bettelte um einen Friseurbesuch und war eisgrau. Die blauen, wässrigen Äuglein jedoch wirkten wach und aufmerksam, obwohl der Mann die Siebzig bestimmt überschritten hatte.

„Daddel-Gerd! Gut dich zu sehen!"

Die beiden alten Männer umarmten sich bärbeißig und schlugen sich mehrfach auf die Schultern, wie um sich ihrer Lebendigkeit zu versichern.

„Hotte, altes Haus! Ist lang her."

„Komm rein. Und stör dich nicht an der Unordnung. Mein Personal hat heute seinen freien Tag!"

Kröger lachte dröhnend und musste prompt husten. Aber er fing sich schnell wieder. Die Wohnung war sehr eng und das Mobiliar abgenutzt. Überall lagen Kleidungsstücke, Bierdosen und Essensreste. Das Bett war aufgeschlagen und die Bettwäsche hätte bestimmt schon länger eine Wäsche verdient. Außerdem roch es ziemlich streng nach einer Mischung aus kaltem Rauch, abgestandenem Bier und alten Socken.

„Setz dich hier hin", schlug der Mann vor und zog einen Stapel Zeitungen von einem der beiden wackligen Stühlen, die einen Tisch flankierten, dessen Platte von unzähligen Brandflecken geziert wurde. „Ich kann dir leider nur ein Bier anbieten."

Kröger drückte einen heruntergebrannten Zigarettenstummel in dem überquellenden Aschenbecher aus, bevor er auf die Tischplatte fallen konnte.

„Ach lass mal, der Arzt hat mir den Alkohol sowieso verboten!"

„Und du hältst dich dran?", fragte Hotte ungläubig.

„Meistens jedenfalls. Ich merke zu oft, dass der Quacksalber recht hat."

„Alt werden ist nix für Feiglinge, was?"

„Das kannst du laut sagen, Hotte. Wie geht's dir so?"

„Ach, ich komme zurecht. Gut, das ist hier nicht die Präsidentensuite", umfasste er mit einer ausladenden Handbewegung den kleinen Raum. „Aber für mich reicht es und solange Kippen und Bier im Haus sind, nenne ich es Heimat."

„Ja, mit dem Alter sinken die Ansprüche", stimmte Kröger zu. „Kommst du noch viel rum?"

„Was glaubst du? So gemütlich ist es hier auch wieder nicht. Klar ziehe ich um die Häuser. Allein schon, weil man hin und wieder doch noch jemanden aus der alten Garde trifft. Ist zwar weniger geworden, aber umso schöner, wenn es doch mal klappt."

„Und weißt du immer noch, was so läuft in der Stadt?"

„Kommt drauf an." Hotte blinzelte verschlagen. „Aber wer den ganzen Tag und die halbe Nacht über den Kiez latscht, der bekommt schon die eine oder andere Sache mit."

„Zum Beispiel die tödlichen Schüsse auf Joschi."

„Klar doch. Das hat nun wirklich jeder mitbekommen."

„Auch dass sein Klubhaus von ein paar Hundert Kugeln durchsiebt wurde?"

„Auch das."

„Irgendwelche Ideen, wer das war und warum?"

„Schon möglich." Die Zurückhaltung von Hotte war überdeutlich.

„Habe ich dich jemals enttäuscht?", fragte Kröger und griff in seine Hosentasche. Er fummelte einen Fünfziger aus einer Rolle Geldscheine und schob ihn unter den Aschenbecher.

„Das meine ich doch nicht", beeilte sich der Alte zu sagen, zog den Schein jedoch schleunigst auf seine Seite des Tisches. „Man will halt nur ungern zwischen die Fronten geraten, wenn es zum Knall kommt."

„Und was heißt das?"

Hotte beugte sich über den Tisch und raunte die nächsten Sätze mit unterdrückter Stimme.

„Es heißt, dass ein neuer Player am Start ist. Einer mit Ambitionen. Ich schätze, die Tage der Hounds sind gezählt. Entweder sie ordnen sich brav unter oder sie beißen ins Gras."

„Ein anderer Klub?"

„Nein, das glaube ich nicht. Zu provinziell."

„Was dann? Albaner, Libanesen, Russen?"

Hotte rückte noch etwas näher heran. Sein Atem roch nach einem gleichrangigen Gemisch aus Zigaretten, Alkohol und fauligen Zähnen.

„Man erzählt sich, dass es ein Deutscher ist. Allerdings einer mit internationalen Verbindungen. Ganz große Nummer!"

„Und der ist für Joschi und für die Ballerei verantwortlich? Warum Joschi?"

„Bei Joschi ist sich niemand sicher. Aber es würde doch passen, oder? Erstmal den Chef wegpusten, danach wirkt alles, was folgt, ein bisschen überzeugender. Und die Schützen waren schließlich Profis. Auch das fügt sich ins Bild ein. Die Bullerei tappt völlig im Dunkeln."

„Hm. Ja, klingt irgendwie logisch. Wer könnte denn wissen, wer der große Unbekannte ist?"

Hotte schüttelte bedauernd den Kopf.

„Ich habe noch niemanden gesprochen, der ihn getroffen hat. Das sind alles nur Gerüchte. Aber ich finde, dass sie einen Sinn ergeben."

„Du hast also keinen Namen für mich, niemanden, mit dem ich noch reden könnte?"

„Hör mal, du weißt doch, wer von uns Alten noch übrig ist. Da brauchst du keine Namen von mir. Die hören hier ein Wort, da einen Satz und reimen sich dann etwas zusammen. Aktiv im Geschäft ist niemand mehr aus unserer Generation. Also tratschen wir wie die Nutten nach Feierabend. Und da hat auch nicht alles gestimmt, was so erzählt wurde."

„Aber manches schon. Ich danke dir, Hotte." Kröger fingerte einen weiteren Schein aus seinem Geldbündel. „Gib den alten Vögeln heute Abend einen aus! Und wenn dir noch etwas zu Ohren kommt, dann ruf mich an, ja?"

„Geht klar, Gerd. Aber sag mal: Warum interessiert dich das eigentlich so?"

„Ach, weißt du, ich bin Kiezianer durch und durch. Und wenn ich spüre, dass es Stress gibt auf St. Pauli, dann will ich wissen, worum es geht. Nenn es meinetwegen Sentimentalität. Wirst du dich melden?"

„Wenn ich etwas Neues erfahre – natürlich. Und sei es, um der alten Zeiten willen. Spielst du noch?"

Daddel-Gerd winkte ab.

„Ich verbringe meine Nächte jetzt damit, alle zwei Stunden pissen zu gehen. Damit bist du am Spieltisch sofort erledigt. Du siehst, viel ist mit mir nicht mehr los!"

„Du wirst uns alle überleben! Du warst schon immer der Härteste von uns."

„Warst, Hotte – Vergangenheit. Lass es dir gut gehen! Und wenn du zufällig nach St. Georg kommst, schau mal rein, versprochen?"

„Auf jeden Fall, Gerd!"

Als Paul ihm unten auf der Straße mit Schwung die Tür zum Wagen öffnete, schüttelte Gerd Kröger erschöpft den Kopf.

„Lass uns nach Hause fahren! Mehr werde ich heute sowieso nicht erfahren und ich bin müde. Seltsame Dinge gehen vor auf unserem schönen Kiez. Aber viele Veränderungen werde ich nicht mehr erleben. Das spüre ich in meinen Knochen. Feierabend, Paul!"

Ohne Kommentar startete der Chauffeur den 300 SEL und fuhr sehr vorsichtig vom Kantstein herunter. Im Fond lehnte Daddel-Gerd den Kopf zurück und schloss die Augen.

* * *

Der Pajero hatte sich wieder einmal bewährt, denn Staller hatte ihn einfach auf den unbefestigten Randstreifen eines Ackers direkt hinter einem Gebüsch gefahren. Von der Straße aus waren sie kaum zu sehen und selbst wenn, würde man den Geländewagen vermutlich für das Fahrzeug eines Jägers halten.

Eine Stunde warteten der Reporter und Isa nun schon auf die Rückkehr der Hounds und allmählich begann der Einsatz langweilig zu werden.

„Jetzt könnten sie aber wirklich mal kommen", maulte Isa und veränderte zum mindestens fünften Mal in zehn Minuten ihre Sitzposition. „Soll ich Ben mal anrufen und nach dem Stand der Dinge befragen?"

„Bloß nicht! Dein Interesse an diesen Vorgängen darf auf keinen Fall zu aufdringlich wirken. Ich wundere mich sowieso, dass der Kerl verhältnismäßig offen mit dir über Dinge redet, die im Grunde der Verschwiegenheitspflicht unterliegen, weil es sich um interne Klubangelegenheiten handelt."

„Ich vermute, dass das damit zusammenhängt, dass ich eine Frau bin. Das etwas antiquierte Rollenverständnis der Hounds sieht nicht vor, dass Enthüllungsjournalisten weiblich sein können. Für die bin ich einfach ein Mädel, das beim Fernsehen arbeitet und wahrscheinlich die meiste Zeit Kaffee für ihre männlichen Kollegen kocht und höchstens mal ein paar Berichte abtippen darf."

„Klingt einleuchtend. Aber genau deswegen solltest du nicht zu penetrant nachfragen. Sonst kommt noch einer von denen auf die Idee, dass du doch eine Gefahr für ihre Geheimnisse darstellst."

„Solange ich nicht dort abhänge und nur Kontakt zu Ben halte, wird das funktionieren, glaube ich."

„Wie ist dein Verhältnis zu ihm denn eigentlich?"

Isa zog die Nase kraus.

„Willst du mich hier ausfragen?"

„Darf ich kurz daran erinnern, wer mein Verhältnis zu Sonja praktisch seit Jahren seziert?"

„Das ist doch etwas ganz anderes!"

„Ach ja? Warum denn gleich?"

„Weil … weil …"

„Ja?"

„Das weißt du ganz genau!" Isa machte eine wegwischende Handbewegung, lieferte dann aber doch eine Antwort auf die Ausgangsfrage. „Er war ein bisschen beeindruckt, weil ich ihn bei den Liegestützen geschlagen habe. Ich schätze, er steht auf mich. Aber er sieht mich nicht als willige Beute, sondern mehr so auf Augenhöhe, verstehst du?"

„Ich denke schon. Und du?"

„Wenn er nicht zu den Rockern gehören würde, fände ich ihn schon interessant. Ich glaube, dass er was in der Birne hat. Warum er dann bei den Hounds aufgenommen werden will, verstehe ich allerdings nicht wirklich."

„Du weißt ja vermutlich nicht allzu viel über seine Vergangenheit. Vielleicht ist eine starke Gemeinschaft für ihn wichtig."

„Du meinst, als Familienersatz? Könnte sein. Trotzdem finde ich es scheiße, dass er dabei mitmacht, Frauen zur Prostitution zu zwingen."

„Das verstehe ich gut. Also, dass dir das missfällt."

„Insofern ist er für mich momentan hauptsächlich eine Quelle in einem Fall, den ich bearbeite. Eine, mit der die Arbeit zusätzlich noch Spaß macht. Bin ich jetzt manipulativ?"

„Diese Frage kannst du nur selber beantworten. In unserem Job ist es eine sehr individuelle Sache, wo die Grenzen gezogen werden müssen. Natürlich versuchen wir den Menschen, mit denen wir es zu tun haben, ein Gefühl von Vertrauen zu vermitteln. Weil wir so die besten Ergebnisse erzielen. Die Kunst ist es, dabei aufrichtig zu bleiben. Dem anderen, aber vor allem sich selbst gegenüber."

Die Volontärin dachte über das Gesagte nach.

„Heißt das, dass du immer und unbedingt ehrlich zu deinen Quellen bist?"

„So pauschal kann ich das nicht sagen. Ich hätte wenig oder keine Bedenken, einem Verbrecher nicht die Wahrheit zu sagen, wenn ich ihn dadurch überführen oder sein Opfer retten kann. Ehrlichkeit ist dazu ein dehnbarer Begriff. Manchmal behält man Dinge bewusst für sich. Ist das schon unehrlich?"

„Natürlich nicht!"

„Kann sein. Oder auch nicht. Kommt halt sehr auf den individuellen Zusammenhang an. Journalistische Ethik ist ein spannendes Thema und befindet sich in einem ständigen Wandel. Wichtig ist, dass du dir immer bewusst machst, dass du es mit Menschen zu tun hast, sowohl bei den Opfern als auch bei den Tätern. Diese Menschen sind es, die du sehen musst. Nicht die Geschichte. Augenblick!", unterbrach sich Staller und betätigte den Fensterheber. „Psst, ich höre was!"

Ein dumpfes Grollen aus der Ferne kündigte die Rückkehr der Zweizylinder mit wenig wirksamer Schalldämpfung im Auspuff an.

„Das müssen sie sein!" Die Volontärin war im Nu wieder vollständig wach und bei der Sache. Wenig später brausten die beiden Motorräder an ihnen vorbei, ohne von dem versteckten Geländewagen Notiz zu nehmen. „Fahren wir hinterher?"

Staller antwortete nicht, sondern startete den Motor. Dann lenkte er den Pajero schlitternd auf die Straße und beschleunigte. Die Harleys waren bereits hinter der nächsten Kurve verschwunden, aber das interessierte den Reporter nicht. Er kannte ja ihr voraussichtliches Ziel und konnte deshalb eine Verfolgung ohne Sichtkontakt wagen. Bis zur Kreuzung, an der die Straße zum Klubhaus der Hounds of Hell links abging, bekam er die Rocker nicht einmal zu Gesicht.

Auf Höhe der Zufahrt zum Hof, erkannten sie im Vorbeifahren, dass das schützende Tor gerade wieder geschlossen wurde.

„Was machen wir jetzt? Soll ich anrufen?"

„Noch nicht. Da die Hounds immer noch in Alarmbereitschaft sind, dürfen wir nicht auffallen. Ich fahre auf einem anderen Weg wieder zu unserem lauschigen Versteck. Da drinnen gibt es vermutlich erst mal eine kleine Versammlung mit anschließender Beratung. Dafür müssen wir ihnen etwas Zeit einräumen. Dann stellt sich die Frage, ob die Übrigen überhaupt informiert werden. Prospects gehören normalerweise nicht mit an den Tisch, an dem die Entscheidungen getroffen werden."

„Es wäre also möglich, dass Ben gar nicht erfährt, was los ist?"

„Möglich wäre das. Allerdings glaube ich, dass zumindest in groben Zügen alle davon in Kenntnis gesetzt werden, falls die Situation sich geändert hat. Was zum Beispiel der Fall wäre, wenn man nun wüsste, wo der Feind zu suchen ist. Das brächte ja auch Veränderungen bezüglich der Sicherheit mit sich. Wir werden noch etwas Geduld brauchen."

Staller war in der Zwischenzeit einfach weiter geradeaus gefahren. Zu wenden und ein zweites Mal in so kurzer Zeit am Klubhaus vorbeizufahren, hielt er für zu auffällig. Der Verkehr auf der kleinen Landstraße war so geringfügig, dass sein Geländewagen vermutlich den Wächtern aufgefallen wäre. Also fuhr er einen weiten Bogen. Fünf Minuten später hatte er seine Ausgangsposition wieder erreicht und steuerte ihr altes Versteck vorsichtig an.

„So, jetzt heißt es wieder warten."

Isa rollte entnervt die Augen, sagte aber nichts.

Als Bud und Nick das Klubhaus betraten, richteten sich die Augen aller auf sie. Von allen Seiten wurden sie mit Fragen bestürmt, die sie jedoch ignorierten.

„Alle an den Tisch!", befahl Bud und stürmte auf den abgetrennten Teil des Raumes zu. „Auch die Prospects. Sofort!"

Das deutete ungewöhnliche Vorgänge an. Normalerweise durften nur Vollmitglieder an den berühmten "Tisch", den Ort, an dem die wichtigen Entscheidungen über den Klub getroffen wurden. Prospects gehörten erst dazu, wenn über ihre endgültige Aufnahme abgestimmt worden war. In diesem Fall machte der Road Captain eine Ausnahme. Eine solche Situation war ihm bisher nicht untergekommen. Jede Meinung konnte wichtig sein.

Es dauerte keine drei Minuten, dann war die Versammlung vollzählig. Die Prospects hoben sich insofern ab, als sie in zweiter Reihe Platz genommen hatten. Bud sah sich um, zählte durch und schlug zur Eröffnung mit dem Hammer auf den Tisch.

„Die Dinge haben sich etwas anders entwickelt als erwartet. Leider ist es dadurch nicht besser geworden. Eher schlechter."

Es folgte ein kurzer Abriss der Ereignisse, wobei nichts beschönigt oder weggelassen wurde. Für derlei Kosmetik war die Lage zu ernst.

„So, jetzt wisst ihr Bescheid. Irgendwelche Bemerkungen?" Bud nahm seine Klubkameraden einen nach dem anderen ins Visier, aber keiner sah so aus, als ob er einen klugen Ratschlag zu geben hätte. Der ganze Klub wirkte wie gelähmt. Eine solche Entwicklung konnte niemand vorausgesehen haben.

„Drei Tage haben wir Zeit für eine Entscheidung?", fragte Frankie nach.

„Ganz genau."

„Caspar muss informiert werden. Wir können nicht einfach ein Fünftel des Klubeinkommens wegschenken."

„Völlig richtig."

„Aber das bedeutet ein Zeitproblem."

„Warum?", fragte Bud irritiert, der eher mit den Inhalten als mit den Terminen zu kämpfen hatte.

„Heute ist Samstag. Besuche im Knast sind nur donnerstags bis sonntags möglich. Anmeldung mindestens einige Tage vorher. Es sei denn, wir lassen unsere Anwälte das regeln. Die können jeden Tag rein, wenn sie es dringend genug machen."

„Anwälte kommen nicht infrage. Ich denke, da sind wir uns einig."

Zustimmendes Murmeln bestätigte Bud in seiner Meinung. Die Rechtsverdreher mussten solche Informationen nun wirklich nicht haben.

„Deadline ist Dienstag. Ich fürchte, dass darüber nicht verhandelt werden kann. Was machen wir also? Selbst wenn Caspar uns die Entscheidung nicht abnehmen kann, so muss er zumindest gewarnt werden. Diese Typen haben ganz klar gesagt, dass auch die Hounds im Knast dran glauben müssen. Caspar braucht Schutz!"

Ratlosigkeit lag wie flüssiges Blei über der Versammlung. Die Rocker schauten einander in die Gesichter und sahen nur Fragezeichen. Sie kamen nicht einmal so weit, dass sie über die Konsequenzen sprechen konnten, die sich aus der einen oder anderen Entscheidung ergeben würden, da sie nicht einmal die grundlegende Kommunikation sicherstellen konnten.

„Es muss doch irgendeinen Scheiß-Weg geben, wie wir diese Info in den Knast und die Antwort wieder raus bekommen!" Nick schlug mit der Faust auf den Tisch, was die Ausgangslage allerdings nicht veränderte. „Da werden Nutten reingeschmuggelt! Dann wird das doch wohl mit einem Stück Papier möglich sein."

„Natürlich ist das möglich", erläuterte Frankie, der sich als Fachmann zu dem Thema etablierte. Er hatte bereits dreimal gesessen. „Es gibt viele Wege. Aber alle müssen vorbereitet sein. Das dauert ein paar Tage. Es sei denn, du wirfst einen Ball über den Zaun. Aber dann weißt du nie, wer den bekommt. Schlimmstenfalls einer von den Grünen. Das bringt also nix."

Nach dieser kalten Dusche für möglicherweise aufkeimende Hoffnung lastete erneut Schweigen über der Runde.

„Darf ich etwas sagen?", fragte Ben vorsichtig. Es war ungewöhnlich genug, dass er als Prospect an der Versammlung teilnehmen durfte. Ungefragt das Wort zu ergreifen, wäre geradezu tollkühn gewesen.

„Mach mal", forderte Bud ihn auf. Er war derjenige, der den Jungen als eine Art Mentor im Klub betreute.

„Die Kleine, die gestern auf der Party war und die vielen Liegestütze gemacht hat, die ist vom Fernsehen. Wenn sie über die Pressestelle einen Interviewtermin abmacht, dann könnte das vielleicht noch rechtzeitig klappen." Er verzichtete auf eine genauere Erklärung, denn schon dieser kleine Einwurf hatte seinen ganzen Mut erfordert.

Die übrige Runde wartete offensichtlich ab, was Bud zu sagen hatte, denn niemand reagierte. Der Road Captain dachte einige Zeit über den Vorschlag nach.

„Du meinst, das wäre innerhalb der drei Tage zu machen?"

„Sicher bin ich natürlich nicht, aber ich denke schon."

„Und du glaubst, sie würde mitspielen?"

„Der Typ, der sie mitgebracht hat, bringt doch am Sonntag was über die Schießerei. Ein Interview mit dem Präsi passt bestimmt dazu. Sie ist noch in der Ausbildung. Für sie wäre das ein dickes Ding, nehme ich an."

„Kann sie Caspar einen Brief zustecken?", erkundigte sich Bud bei Frankie.

„Schwer zu sagen. Verlassen würde ich mich nicht darauf. Selbst die Anwälte werden kontrolliert. Nicht immer und nicht allzu gründlich, aber meistens schon. Und es ist streng verboten den Knackis etwas zu geben. Wenn sie erwischt wird, sind beide dran, Caspar und sie."

„Also müsste sie die Botschaft mündlich überbringen."

„Darauf würde ich mich vorbereiten."

„Hm." Bud dachte weiter nach. „Die Infos lassen sich natürlich ein bisschen kodieren. Wenn sie noch in der Ausbildung ist, hat sie vermutlich wenig bis keine Erfahrung mit Bikern. Mit Glück versteht sie die Botschaft nicht einmal."

„Selbst wenn – was kann sie damit anfangen? Die Vorstellung ist so irre, das glaubt ihr kein Mensch. Wir würden es doch selber nicht glauben, wenn wir es nicht gerade erleben würden!" Nick hob zweifelnd die Hände. „Und Beweise gibt es keine."

„Ein guter Punkt. Können wir sie zu Stillschweigen verdonnern?"

Ben verzog skeptisch das Gesicht.

„Das glaube ich nicht. Ihr habt sie selbst erlebt. Mangelndes Selbstbewusstsein ist wirklich nicht ihr Problem. Aber wie Nick schon sagt: Kann sie uns mit dem Wissen schaden?"

„Keine Ahnung. Vielleicht nicht. Aber ich traue Journalisten fast so wenig wie den Bullen. Andererseits gehen uns die Optionen aus. Kannst du sie einigermaßen schnell erreichen?"

Ben grinste.

„Ich habe ihre Nummer."

Zum ersten Mal seit Beginn der Versammlung kam wieder etwas Heiterkeit auf.

„Hört, hört!"

„Die nächsten Liegestütz machst du über ihr, oder?"

„Du lässt aber auch nichts anbrennen!"

Mit einer Handbewegung stoppte der Road Captain die derben Scherze.

„Wir machen es so: Du fragst sie, ob sie mitspielt. Wenn ja, soll sie alles anschieben. Aber sie bekommt keine Info über den Inhalt des Gesprächs, bevor der Termin nicht steht und in unser Zeitfenster fällt. Sollte die Sache aus irgendeinem Grund vorher platzen, weiß sie nichts und wir gehen kein Risiko ein. Klappt alles, informieren wir sie unmittelbar vor dem Treffen. Sind alle einverstanden?"

Die Männer nickten, froh, dass es überhaupt einen Weg gab, den sie wenigstens versuchsweise beschreiten konnten.

„Dann ist das beschlossen." Bud hämmerte auf den Tisch. „Jetzt zu unserer Situation. Ich bin dafür, dass wir alle hier zusammenbleiben, bis das Ultimatum abgelaufen ist und wir wissen, wie es weitergeht. Ich möchte nicht, dass in der Zwischenzeit noch irgendwem etwas passiert. Wer nicht unbedingt wegmuss, bleibt hier und niemand fährt allein. Ist das klar?"

Auch für diesen Vorschlag fand sich eine breite Zustimmung.

„Gut. Alle anderen hier im Haus müssen nicht wissen, was aktuell auf dem Spiel steht. Es reicht, wenn sie die Regeln einhalten. Offiziell schützen wir uns weiterhin vor einer unbekannten Bedrohung. Im Prinzip stimmt das ja auch immer noch. Hat noch jemand etwas zu sagen?"

Das war nicht der Fall. Die Versammlung wurde beendet. Das Warten hatte begonnen.

Draußen, etwa einen Kilometer die Straße hinunter, hatten Staller und Isa vom Warten langsam genug. Mittlerweile dämmerte es zunehmend, sodass ihnen nicht einmal die Beobachtung der wenig abwechslungsreichen Umgebung blieb.

„Was ist, wenn die Hounds heute überhaupt nichts mehr unternehmen, Mike?"

„Dann brechen wir irgendwann hier unsere Zelte ab, fahren nach Hause und hauen uns aufs Ohr."

„Und wann wird das sein?"

„Wenn wir die Lust verloren haben."

„Also vor ungefähr einer Stunde?"

„Bleib doch mal realistisch, Isa. Wie lange brauchen die Hounds wohl, um eine Entscheidung zu fällen? Vorausgesetzt, sie haben überhaupt die Informationen, die eine solche Entscheidung ermöglichen."

Ein Handyklingeln unterbrach den Dialog. Der Reporter nahm den Anruf entgegen.

„Ja?" Danach hörte er längere Zeit ausschließlich zu. „Okay. Ich komme vorbei. Könnte aber noch ein Stündchen dauern. Macht nichts? Gut, bis später!"

Isa sah ihn fragend an.

„Das war Daddel-Gerd. Er hat, was ungewöhnlich genug ist, einen Ausflug auf den Kiez gemacht und mit seinen Jungs geplaudert. Natürlich über unser Lieblingsthema. Die Ergebnisse will er mir noch mitteilen."

„Heißt das, dass wir unsere erfolglose Observation abbrechen?"

„Eine Viertelstunde gönnen wir uns noch."

Quälend langsam verrannen die Minuten. Nach jedem Blick auf die Uhr stieg die Enttäuschung. Wieder nur eine Minute vergangen! Längst waren alle Gesprächsthemen abgearbeitet. Nach dreizehn Minuten hieb der Reporter mit der Faust aufs Lenkrad.

„So, Feierabend! Ich fahre noch einmal am Klubgelände vorbei und dann hauen wir ab. Ich glaube nicht, dass die Hounds heute Abend noch etwas unternehmen werden."

Die Volontärin nickte dankbar. Alles war besser, als weiter untätig in der Gegend herumzustehen. Staller steuerte auf die Straße und lenkte den Wagen langsam am Klubhaus vorbei. Da es fast dunkel war, würde er möglicherweise zwar auffallen, aber nicht erkannt werden können. Beide spähten konzentriert aus dem Fenster, konnten aber nichts erkennen, was ihnen einen Aufschluss über die Situation der Rocker geben konnte. Die Wache schob weiterhin Dienst, wie im Licht der aufgestellten Scheinwerfer zu erkennen war, aber darüber hinaus waren keine Personen zu sehen. Die Hounds of Hell schotteten sich weiterhin ab.

Erneut klingelte ein Handy, diesmal das von Isa.

„Hallo? Hi, Ben!"

Auch Isa hörte zu, ohne den Anrufer zu unterbrechen. Mike gestikulierte wild, um ihr zu verstehen zu geben, dass sie den Lautsprecher einschalten sollte, aber Isa winkte ärgerlich ab.

„Ich denke, das ist möglich. Worum soll es denn gehen?"

Eine weitere Pause, in der nur der Anrufer sprach. Staller hatte inzwischen am Straßenrand angehalten. Da das Verkehrsaufkommen gegen null tendierte, behinderte er niemanden.

„Okay, ich versuch's. Ich glaube nicht, dass ich morgen, am Sonntag, dort jemanden erreiche, aber Montag bestimmt. Ich melde mich dann. Ja, du auch. Tschüss!"

„Na, was hat deine exklusive Quelle aus der Burg der Bedrohten dir mitzuteilen?", wollte der Reporter wissen.

Isa behielt ihr Telefon in der Hand und schüttelte ungläubig den Kopf.

„Ich soll ein Interview mit dem Präsi führen. In Santa Fu!"

„Und warum?"

„Das kann er mir erst sagen, wenn ich den Termin verabredet habe. Es muss so schnell wie möglich geschehen, spätestens am Dienstag."

Staller pfiff durch die Zähne.

„Ich glaube, ich weiß, worum es geht! Da praktisch die gesamte Führung der Hounds einsitzt und Joschi als Interimschef ebenfalls aus dem Rennen ist, will der Road Captain sich absichern. Er hat irgendeine Information, die Caspar bekommen muss und zu der er Stellung beziehen soll. Das bedeutet, dass es wirklich wichtig ist!"

„Aber was könnte das sein?"

„An der Stelle ist meine Glaskugel leider dreckig. Es hat natürlich etwas mit den Ereignissen der letzten Tage zu tun, aber was? Ich habe keine blasse Ahnung!"

„Und was soll ich jetzt tun?"

Der Reporter ging in Gedanken die Optionen durch. Dabei hatte er durchaus ihr vorheriges Gespräch über Ethik im Journalismus in Erinnerung.

„Du darfst dich natürlich nicht zum Handlanger von Kriminellen machen lassen. Das ist klar. Auf der anderen Seite bekommst du nicht jeden Tag – eher sogar nie – die Gelegenheit ein Interview mit dem Präsidenten eines Bikerklubs zu führen. In der jetzigen Situation, mit dem Mord an

Joschi und der Schießerei am Klubhaus, schon gar nicht. Das wäre natürlich eine Riesensache."

„Wäre es denn theoretisch möglich, so schnell einen Termin für das Interview zu bekommen?"

„Sagen wir mal so: Es ist zumindest nicht ausgeschlossen. Ich kenne jemanden in der Anstaltsleitung, der mir noch einen Gefallen schuldig ist."

„Muss der Präsi da eigentlich einwilligen?"

„Klar muss er das."

„Warum sollte er das tun? Er weiß doch nicht, dass sein Klub auf diesem Weg an ihn herantreten will. Und von sich aus redet er doch bestimmt nicht mit der Presse."

„Das stimmt natürlich." Staller überlegte angestrengt. „Vielleicht telefoniert sein Anwalt mit Caspar. Dabei teilt er ihm mit, dass er dieses Interview unbedingt geben soll."

„Und warum sagt dann der Anwalt nicht gleich das, was ich übermitteln soll? Das wäre doch viel einfacher!"

„Einfacher schon. Aber auch seinem eigenen Anwalt kann der Klub nicht alles mitteilen. Wenn diese Nachricht sich zum Beispiel mit schweren Straftaten beschäftigt, die verabredet werden sollen, dann kann das Anwaltsgeheimnis aufgehoben werden und der Rechtsanwalt geht schlimmstenfalls in den Knast, wenn er das Verbrechen nicht anzeigt."

„Echt?"

„Ja. Unser Rechtssystem hat zwar ein paar Ecken und Kinken und ist auch nicht ganz einfach zu verstehen, aber im Großen und Ganzen funktioniert es doch ganz gut."

„Kann ich mich denn ebenfalls strafbar machen bei dem Gespräch mit Caspar Kaiser?"

„Theoretisch schon. Auch du wärest verpflichtet, geplante Straftaten, von denen du Kenntnis erlangst, anzuzeigen. Ich bezweifle allerdings, dass es dazu kommt. Man wird dich natürlich nicht zum Mitwisser machen wollen. Das wäre zu riskant."

„Wie gehen wir also vor?"

„Wir versuchen für Montag einen Termin zu bekommen. Wenn das klappt, hören wir uns mal an, was du von Ben erzählt bekommst. Ist das irgendwie heikel, können wir immer noch absagen. Ist es okay, dann redest du mit Caspar und wir versuchen, auch für uns etwas dabei rauszuholen."

„Ich frage mich, warum die ausgerechnet auf mich gekommen sind?"

„Oh, das kann ich mir gut ausmalen. Sie unterschätzen dich! Es passt in das Frauenbild dieser Menschen, dass sie versuchen, die junge Nachwuchsjournalistin zu manipulieren. Ihr Pech, dass sie damit an dich geraten sind."

„Klingt wie ein Kompliment. Aber im Moment fühle ich mich nicht sehr souverän. Ich habe ein bisschen Angst, dass ich es versemmele!"

Der Reporter sah sie überrascht von der Seite an.

„Solche Töne bin ich normalerweise nicht von dir gewöhnt. Aber ich glaube, dass ein paar Selbstzweifel keinem Menschen schaden."

„Zweifelst du denn manchmal an dir?"

„Manchmal? Ständig!", lachte Staller. „Immer wieder bei der Erziehung von Kati, auch wenn die jetzt langsam vorbei ist. Praktisch jedes Mal, wenn eine von euch mich auf mein Verhältnis zu Frauen anspricht. Und manchmal auch im Beruf. Dort allerdings etwas seltener, weil ich auf dem Gebiet vermutlich die meiste Erfahrung habe."

Jetzt war es an Isa, perplex zu ihm herüberzuschauen.

„Das ist eher ungewohnt. Normalerweise lenkst du bei solchen Fragen immer mit einem blöden Witz ab. Aufrichtige Antworten auf persönliche Fragen gehören sonst nicht zu deiner Kernkompetenz."

„Das klingt jetzt nicht wie ein Kompliment", grinste er. „Aber vielleicht lerne ich auch im hohen Alter noch dazu. Wir sind übrigens da. Hier ist der Laden von Daddel-Gerd. Ich würde gerne alleine dort hineingehen. Gerd ist ziemlich old school. Könnte sein, dass er in deiner Anwesenheit nicht alles sagen würde."

„Ist okay! Ich warte im Wagen."

Staller versuchte seine Verwunderung zu verbergen. Normalerweise hätte Isa vehement gegen so ein Ansinnen protestiert. Entweder machte sie gerade in Rekordzeit einen Reifeprozess durch oder sie plante ein weiteres Telefonat mit Ben. Und zwar ohne Zeugen. Ihm sollte das egal sein. Er stieg aus.

„Mike, schön, dass du es einrichten konntest!"

Gerd Kröger saß aufrecht auf seinem Sofa, aber an seinem Gesicht konnte man erkennen, dass er sehr müde war. Die unzähligen Falten, Zeugen eines bewegten Lebens, waren tiefer, die Wangen hohler und die

Augen von dunklen Ringen umgeben. Mit der Linken machte er eine einladende Handbewegung.

„Setz dich doch. Soll Paul dir etwas zu trinken bringen?"

„Danke Gerd, lass mal. Paul hat gut zu tun. Wahrscheinlich wirst du heute noch richtig reich."

Der alte Zocker lachte rau.

„Du weißt doch so gut wie ich, dass dieser Laden ein reines Hobby von mir ist. Vermutlich kostet er mich jeden Monat eine Stange Geld!"

„Manche Dinge muss man einfach bewahren, Gerd. Da geht es nicht um Gewinn oder Verlust."

„Richtig, mein Junge. Und mit der Liebe zu manchen Dingen ist es genauso. Ich mache mir Sorgen um mein St. Pauli."

„Irgendein besonderer Grund?"

„Ich war heute Abend unterwegs und habe mit ein paar letzten Mohikanern gesprochen. Auf dem Kiez geht irgendetwas vor. Und das bedeutet in aller Regel nichts Gutes."

„Was meinst du damit?"

„Man kann über die Hounds sicher verschiedener Meinung sein. Aber zumindest haben sie dafür gesorgt, dass Ruhe herrscht. Weniger Stress, wenn klar ist, wer das Sagen hat, verstehst du?"

„Ich ahne, wovon du sprichst."

„Wenn ständig jemand neu kommt und glaubt, dass er den Dicken machen kann auf dem Kiez, dann leiden die kleinen Leute. Der Druck wird von oben aus weitergegeben und am Ende bekommt es der Schwächste zu spüren. Das ist nicht gut. Die Hounds haben all die Armenier, Türken, Russen und andere Klubs im Zaum gehalten. Das bedeutete Ruhe für meine Jungs."

„Und die ist jetzt gestört?"

„Allerdings. Leider."

„Weißt du, um wen es dabei geht?"

Gerd Kröger räusperte sich und trank einen Schluck Mineralwasser.

„Das ist das Problem. Ich weiß es nicht. Deswegen wende ich mich an dich."

„Was kann ich tun?"

„Wir haben ein gemeinsames Ziel, glaube ich. Eine möglichst friedliche Stadt. Keine Schießereien. Keine Morde, richtig?"

„Nicht sehr realistisch, aber: Ja, das wollen wir wohl beide."

„Natürlich, Verbrechen wird es immer geben. Was ich vermeiden möchte, ist ein andauernder Krieg."

„Da sind wir uns einig."

Kröger seufzte.

„Es gibt einen Typen, der die ganze Stadt durcheinanderbringt, weil er an die Spitze will. Ich weiß von ihm nur, dass es ein Deutscher ist, dass er die ganz großen Handschuhe trägt und dass er eine Menge Erfahrung mitbringt."

„Viel ist das nicht."

„Das stimmt leider. Aber diesen Typen müssen wir finden und ihm das Handwerk legen. Wenn der anfängt, die Stadt richtig aufzumischen, dann wird es Tote geben. Viele Tote. Denn alle Dinge, die sich im Moment in einem labilen Gleichgewicht befinden, werden außer Kontrolle geraten. Und am Ende werden die kleinen Leute von der Straße die Zeche zahlen müssen."

„Das verstehe ich. Aber was glaubst du, was können wir tun?"

„Die Häuptlinge von heute sind andere Typen als wir früher. Guck dir Joschi an. Der hat mit den Schönen und Reichen der Stadt im Bett gelegen und sie mit ihm. Das ist der neue Weg. So wird es in diesem Fall auch sein."

„Wir suchen also einen Grenzgänger zwischen Gesellschaft und Halbwelt?"

Gerd Kröger verzog sein graues Gesicht zu einem gequälten Lächeln.

„Siehst du, ihr Fernsehfuzzis könnt die Dinge immer so gut beschreiben. Genau das suchen wir! Und ich habe nur die Kontakte auf der Straße, um ihn zu finden. Du hingegen hast Zugang zu den Pfeffersäcken und Dummschwätzern in den Parteien und Verbänden."

„Und du glaubst, da werden wir fündig?"

„Wir müssen ihn von allen Seiten einkreisen. Nur so haben wir eine Chance. Wir haben wenigstens eine Ahnung, wen wir suchen."

„Im Gegensatz zur Polizei, meinst du."

„Ja, aber auch im Gegensatz zu den Hounds of Hell. Die Ereignisse zeigen uns, dass sie dieser Herausforderung nicht im Entferntesten gewachsen sind."

„Da magst du recht haben, Gerd." Staller überlegte einen Moment. Dann entschloss er sich für Offenheit. „Ich glaube, dass die Hounds ein massives Problem haben. Sie wollen unbedingt ganz schnell Kontakt zu Caspar im Knast herstellen."

„Natürlich! Sie brauchen Führung. Joschi hat den Laden praktisch im Alleingang geschmissen. Er war ein knallharter Typ und er hat einen glücklichen Start gehabt. Deswegen hat das funktioniert. Jetzt ist da, wo er vorher stand, ein Vakuum. Bud, Nick und Frankie können das nicht füllen."

„Du kennst sie?" Eigentlich war der Reporter nicht erstaunt. Daddel-Gerd tat immer so, als ob er lediglich ein Relikt von früher wäre, aber seine Augen und Ohren waren überall.

„Nur die, die schon lange dabei sind. Keiner von denen ist fähig einen Klub zu führen. Sie sind gute Erfüllungsgehilfen, mehr nicht. Der Klub ist in großer Gefahr und niemand nimmt das Steuer in die Hand. Deswegen brauchen sie Rat von Caspar."

„Denkst du an eine Übernahme?"

„Nicht unbedingt. Es ist viel einfacher, die Strukturen bestehen zu lassen und einen Anteil zu kassieren."

Jetzt pfiff Staller anerkennend.

„Das meinst du! In dem Fall verstehe ich allerdings, warum sie an Caspar ran wollen. Und dann ergeben auch alle Dinge, die bisher passiert sind, einen Sinn."

„Ich spinne mal ein bisschen rum, Mike! Unsere schöne Stadt, also die dunkle Seite von ihr, ist entweder regional oder nach Branchen ganz gut aufgeteilt. Die Autoschieber, die Pillenkocher, die Zocker und auf der anderen Seite die Herrscher über den Kiez, den Hauptbahnhof und so weiter. Alle machen gute Marie auf ihrem Gebiet und sehen zu, dass ihnen niemand in die Quere kommt. Wenn einer das alles übernehmen will, dann braucht er eine kleine Armee. Oder besser eine größere."

„Klingt bis hierher ganz logisch."

„Es ist aber nicht damit getan, zum Beispiel die Hounds aus dem Spiel zu nehmen. Denn dann brauchst du Leute, die die Mädels beaufsichtigen und die in den Klubs und Kneipen abkassieren. Welche, die die Dealer versorgen und noch viel mehr. Das kann auch ein großer Spieler nicht leisten. Er weiß nicht um die Strukturen und kennt keine Ansprechpartner.

Das kann nur scheitern. Jedenfalls wenn man mehr als einen Zweig übernehmen will."

„Also wählt der Neue den anderen Weg."

„Genau. Er gibt richtig Gas und versetzt die Hounds in einen wahren Schockzustand. Dazu reicht es, wenn er Joschi umbringt und mal eben zeigt, dass er am helllichten Tag ein Klubhaus angreifen kann. Danach stellt er dann seine Forderungen."

„Das ergibt alles Sinn. Bud und Nick waren heute Abend unterwegs. Als sie zurückkehrten, wurde beschlossen, dass Caspar kontaktiert werden muss."

„Siehst du! Der Neue hat zum Gespräch gebeten, seine Ansprüche erklärt und den Hounds vermutlich ein Ultimatum gestellt. Deshalb wahrscheinlich die Eile."

„Das hieße aber, dass die Hounds beziehungsweise Bud und Nick den Neuen jetzt kennen."

Gerd Kröger schüttelte den Kopf.

„Nicht unbedingt. Entweder hat er einen Mittelsmann benutzt oder andere Vorkehrungen getroffen. Ich sage es doch: Der Typ ist 'ne große Nummer. Solche Fehler begeht der nicht."

„Möglich. Wie willst du weiter vorgehen?"

„Ich?" Kröger lachte humorlos. „Das klingt ja so, als ob ich irgendeinen größeren Einfluss auf die Dinge hätte. Das Einzige, was ich tun kann, ist meine Ohren offenzuhalten. Wenn meine Leute etwas in Erfahrung bringen, dann melde ich mich bei dir."

„Und was erwartest du von mir?"

„Lass nicht zu, dass Hamburg in einen Bandenkrieg verwickelt wird. Du bist doch sowieso an der Geschichte dran. Mach das, was du immer tust. Stell Fragen, beobachte und misch dich ein!"

„Hast du mal überlegt, mit deinen Informationen zur Polizei zu gehen?"

„Damit was genau passiert? Die kriegen doch mit Mühe den Autoschlüssel aus der Büx gefummelt, aber mehr auch nicht. Oder haben die schon eine Spur von Joschis Mörder?"

„Sie haben das Motorrad, von dem aus er erschossen wurde."

„Geklaut?"

Staller nickte.

„Rahmennummer rausgeflext?"

„Jepp."

„Nummernschild auch gestohlen?"

„Von einem Hamburger Roller, ja. Die Maschine ist vermutlich aus Polen."

„Also hatte ich recht. Die Polizei hat keine Spur."

„Stimmt vermutlich."

„Was glaubst du, machen die, wenn ich ihnen das sage, was ich dir gerade erzählt habe, hm?"

„Na ja, allzu konkret ist der Anhaltspunkt nun wirklich nicht."

„Aber du glaubst mir?"

„Auf jeden Fall passt deine Information zu den restlichen Geschehnissen. Das ist ein Argument."

„Da hast du den Grund, warum ich mit dir rede und nicht mit der Polizei. Du denkst wenigstens darüber nach, was du tun könntest. Ich weiß doch selber, dass ich nicht gerade einen Tatverdächtigen auf dem Silbertablett liefern kann."

„Gut, Gerd. Ich werde sehen, ob ich daraus etwas machen kann. Unten wartet eine junge Kollegin von mir. Sie wird vermutlich diejenige sein, die Caspar besucht. Vielleicht bringt uns das ein kleines Stückchen weiter."

Gerd Kröger zog seine müden Mundwinkel in die Breite.

„Ich wusste, dass ich mich auf dich verlassen kann! Das ist deutlich mehr, als ich zu hoffen gewagt hatte. Wann wird das Treffen stattfinden?"

„Ich hoffe, dass ich es für Montag oder spätestens Dienstag arrangieren kann. Ganz leicht wird das nicht werden."

„Du schaffst das, Mike! Wenn es jemanden gibt, der die Sache zurechtrücken kann, dann bist du das, mein Junge. Ich zähl' auf dich!"

Staller erhob sich.

„Hoffentlich kann ich deine Erwartungen erfüllen! Ruh dich ein bisschen aus, Gerd. Du siehst müde aus!"

„Das Alter! Manchmal wünschte ich, ich wäre noch einmal so jung wie du. Aber wahrscheinlich wäre das keine gute Idee. Du hältst mich auf dem Laufenden?"

„Klar, mach' ich!"

* * *

„Bommel, Bommel, ich fürchte, wir müssen mal über Kommunikation reden", äußerte der Sprecher der Abteilung Organisierte Kriminalität, der heute ausnahmsweise nur einen einzigen Kollegen mit in das Büro des Kommissars gebracht hatte. „Ich sehe da gewisse Defizite bei dir."

„Tatsächlich?" Bombach dachte nicht daran, den Eindringlingen einen Stuhl anzubieten. Er hatte mit diesem Besuch bereits gerechnet. Eine spektakuläre Schießerei ließ sich halt nicht verheimlichen.

„Warum hören wir von dem Angriff auf die Hounds nur aus den Nachrichten beziehungsweise durch diese Schmuddelsendung deines schmierigen Fernsehfreundes?", fuhr der Mann fort und hockte sich auf das Aktenregal an der Wand. „Erinnerst du dich nicht daran, was wir abgemacht hatten? Alle Ermittlungsergebnisse per Kopie an uns?"

Der Nerd, den er mitgebracht hatte, trug tatsächlich einen gelb-blau karierten Pullunder und sah seltsamer aus denn je. Im Moment beschränkte er sich auf ein zustimmendes Nicken.

„Oh, wir hatten etwas abgemacht? Ich kann mich so gar nicht an eine gemeinschaftliche Übereinkunft erinnern", entgegnete Bombach und begleitete seinen passiven Widerstand mit einem humorlosen Lächeln. „Außerdem gibt es faktisch keine Ermittlungsergebnisse über den Informationsgehalt der Nachrichten hinaus. Außer der Tatsache, dass russische Munition verwandt wurde. Wie in 95 % aller ähnlich gelagerten Fälle. Da wäret ihr bestimmt selber drauf gekommen, oder Jungs?"

Die beiden Besucher tauschten einen missbilligenden Blick. Bisher hatten sie den Rebellionsfaktor von Thomas Bombach als eher niedrig eingeschätzt.

„Kollege", begann der Sprecher sanft. „Das Klubhaus des in Hamburg führenden Rockerklubs wurde von mehreren Hundert Kugeln durchsiebt. Meinst du nicht, dass die Abteilung Organisierte Kriminalität in die Ermittlungen involviert werden sollte?"

Abermals steuerte der zweite OK-Mitarbeiter ein bekräftigendes Nicken bei.

„Keine Ahnung. Das soll der Chef entscheiden. Ich bearbeite den Mordfall am Vorsitzenden dieses Klubs und betrachte die Schießerei als zu diesem Fall dazugehörig. Das ist aber natürlich nur meine persönliche

Einschätzung. Wenn ihr also Akteneinsicht wollt – ihr kennt ja den Dienstweg. Oder solltet ihn zumindest kennen. Und jetzt seid so gut und schließt die Tür hinter euch, wenn ihr geht!"

Bombach machte eine wedelnde Bewegung mit der Hand und wandte sich dann seinem Monitor zu, auf dem allerdings nur der Bildschirmschoner mit einem Foto seiner Zwillinge zu sehen war. Aber das wussten die Kollegen ja nicht, die einen weiteren Blick wechselten, der diesmal nicht Missfallen, sondern geradezu Entsetzen ausdrückte. Da sie aber die Aufmerksamkeit ihres Kollegen nicht wiedererlangen konnten, standen sie schließlich auf.

„Das wird ein Nachspiel haben", knurrte der Sprecher grimmig.

„Sicher", stimmte Bombach gleichgültig zu. „Schönen Tag noch, Jungs."

Kopfschüttelnd zog das Paar ab und schloss tatsächlich die Tür hinter sich. So etwas wie heute hatten sie noch nicht erlebt.

Im Büro zeigte der Kommissar der geschlossenen Zimmertür beide Mittelfinger und lehnte sich in seinem Schreibtischstuhl zurück. Möglicherweise würden sie die Angelegenheit tatsächlich nicht auf sich beruhen lassen, aber für den Moment spürte er tiefe Zufriedenheit. Ein einziges Mal den gönnerhaften Kollegen Paroli zu bieten, fühlte sich richtig, richtig gut an. So großartig hatte eine Woche selten angefangen.

Sein Telefon klingelte. Er warf einen Blick auf das Display.

„War ja klar, dass das nicht so glatt weitergeht", seufzte er und nahm den Hörer ab. „Bis jetzt lief die Woche gut, Mike. Versau es also nicht!"

„Würde ich niemals tun, Bommel. Ganz im Gegenteil! Ich wollte dir eigentlich einen Gefallen erweisen."

„Der da wäre?", erkundigte sich der Kommissar defensiv.

„Gibt es vielleicht irgendwelche Fragen, die im Verlauf deiner Ermittlungen aufgetaucht sind, die du gerne beantwortet hättest?"

„Wie meinst du das?" Das Problem bei Staller war ja, dass man nie so recht wusste, was er im Schilde führte. Selbst vermeintlich harmlose Bemerkungen konnten unter Umständen schwerste Verwicklungen bedeuten.

„Na ja, Dinge, die dir nur ein Insider beantworten kann."

„Wäre es zu viel verlangt, dass du aufhörst in Rätseln zu sprechen?"

„Ich verstehe ja deine Ungeduld. Also: Was möchtest du vom Präsi der Hounds of Hell wissen?"

„Könntest du mit den Spielchen aufhören und einfach sagen, was du willst?"

„Na schön. Isa führt heute Nachmittag in Santa Fu ein Interview mit Caspar Kaiser. Sie könnte bestimmt auch für dich eine Frage stellen."

Bombach fiel fast der Hörer aus der Hand.

„Wie bitte?!"

„Soll ich es dir lieber aufmalen oder vortanzen? Das waren nun wirklich zwei kurze, verständliche Sätze. Die hättest sogar du begreifen müssen."

„Gibt es eigentlich noch andere Leute außer dir, die dich witzig finden? Zwei ebenso kurze Nachfragen: Wie hast du das so schnell organisiert und warum sollte Caspar mit euch reden wollen?"

„Ich bin eben kein Beamter. Und Caspar macht das, weil sein Klub es will."

„Meine erste Frage war unwichtig, merke ich gerade. Vermutlich hast du den Direktor geschmiert oder erpresst, das will ich gar nicht wissen. Aber warum wollen die Hounds, dass Caspar mit euch redet?"

„Das hoffe ich heute noch zu erfahren."

„Hä? Verstehe ich nicht."

„Soll ich jetzt überrascht tun?"

Der Kommissar atmete laut und tief ein und aus.

„Sollte ich jemals Blutdrucksenker benötigen, lasse ich die Rechnung auf dich ausstellen. Erklärst du mir jetzt den Zusammenhang oder soll ich dich aus der Leitung werfen?"

„Was bist du denn so renitent heute?" Staller gab sich einen besorgten Anstrich.

„Ich hatte gerade wieder mal eine Abordnung vom OK im Büro, die sich aufgeführt hat wie eine Horde Wildschweine im Gemüsegarten. Plan das ein, wenn du die Länge meiner Zündschnur auslotest."

„Na schön. Du hattest also einen schweren Tag." Der Reporter wurde ernst und erklärte, was sich in den letzten 48 Stunden ergeben hatte.

„Du glaubst also allen Ernstes, dass der alte Zausel Gerd Kröger, ein Relikt aus der Zeit, als es nur drei Fernsehprogramme gab, noch so gut vernetzt ist? Er soll wissen, dass ein ominöser Deutscher die Hounds of Hell vom Kiez verdrängen will?"

„Gewissheit kann ich dir natürlich nicht bieten. Aber eins steht für mich fest: Wenn jemand weiß, was vor sich geht, dann sind das die alten

Paulianer, die Haudegen vom Kiez. Und es gibt nur einen, mit dem sie reden: Daddel-Gerd. Insofern nehme ich das schon ernst. Außerdem passt es zu meinen eigenen Beobachtungen."

Der Kommissar seufzte.

„Schön. Nehmen wir für den Moment also an, dass an dem Gerücht etwas dran ist. Wie willst du dann herausbekommen, um wen es sich handelt?"

„Berechtigte Frage. Ehrlich gesagt, verfolge ich keinen klaren Plan."

„Jetzt hast du mit einem Satz dein ganzes Leben korrekt zusammengefasst."

„Für einen Beamten am Montag war das überraschend schlagfertig. Respekt, Bommel!" Staller klang ernsthaft beeindruckt, wurde aber schnell wieder sachlich. „Ich baue darauf, dass die Hounds unter Druck stehen. Ohne echte Führung brauchen die derzeit Verantwortlichen eine klare Position von ihrem Präsidenten. Dieses Interview dient also in erster Linie dazu, eine Botschaft an Caspar zu übermitteln und im Idealfall eine Antwort zu erhalten. Natürlich wird beides möglichst irgendwie codiert sein."

Darüber dachte Bombach einen Augenblick nach.

„Was kann denn so dringend sein, dass die Hounds sogar eine Außenstehende benutzen wollen, nur um mit Caspar zu reden?"

„Ich stelle mir das so vor", erklärte Staller. „Die Hounds benutzen ein über die Jahre gewachsenes System, mit dem sie ihr Gebiet beackern. Dazu gehören Prostituierte, Wirte, Bordellbesitzer und andere, die für Schutz zahlen. Außerdem Abnehmer für Drogen, Waffen und was sonst noch so Geld bringt. Wenn du das alles selber übernehmen willst, musst du einerseits die Konkurrenz völlig zerstören und andererseits die Strukturen komplett neu aufbauen."

„Klingt bis hierhin direkt logisch."

„Einfacher wäre es", fuhr der Reporter konzentriert fort, „wenn du dieses hochkomplexe Gefüge lässt, wie es ist, und einfach eine Beteiligung verlangst. Vorteil: Es gibt keine Phase der Neuorientierung, keine Reibungsverluste und, wenn du den Hounds genug Luft zum Atmen lässt, keinen Widerstand bis zum Letzten."

„Hm." Der Kommissar ließ sich die Sache durch den Kopf gehen. „Das wäre zumindest eine denkbare Erklärung dafür, dass die Hounds nicht zusammengeschossen worden sind, obwohl das möglich gewesen wäre. Weil sie weiterhin die Arbeit machen sollen. Dafür brauchen sie Personal."

„Genau! Und andererseits wissen die Hounds ebenso gut wie wir, dass die Schießerei auch ganz anders hätte ausgehen können. Sie leben also in dem Bewusstsein, dass ihr Gegner sie für extrem angreifbar hält. Das unterstützt vermutlich ihre Bereitschaft auf einen Deal einzugehen."

„Ich kenne mich mit den üblichen Margen nicht aus, aber wenn man mal unterstellt, dass die Angreifer irgendetwas zwischen 15 und 25 Prozent fordern, dann reden wir hier vermutlich von einem fünfstelligen Betrag. In der Woche."

„Ja, übers Jahr kann da schon eine Millionensumme zusammenkommen. Zumal niemand weiß, ob die Schraube nicht mit der Zeit fester angezogen wird. Ein Haufen Kohle dafür, dass das Risiko praktisch ausschließlich von den Hounds getragen wird", ergänzte Staller lakonisch.

„Das sind natürlich Fragen, über die der Präsident mitentscheiden muss. Egal, ob er im Knast sitzt oder nicht. So weit zumindest ist es logisch, was du dir da zusammengereimt hast."

„Ich danke dir für deine anerkennenden Worte!"

„Das heißt ja nicht automatisch, dass es auch stimmt", brummte der Kommissar.

„Und? Willst du nun irgendetwas von Caspar wissen?"

„Eine ganze Menge. Aber er wird es mir nicht sagen und dir ebenfalls nicht. Oder Isa."

„Na ja, so ganz zum Handlanger lassen wir uns natürlich nicht machen. Isa wird zur Bedingung machen, dass sie ein echtes Interview führen kann. Sonst steht sie nicht zur Verfügung."

„Und du glaubst, die Hounds oder Caspar lassen sich darauf ein?"

„Kommt drauf an, wie groß der Druck ist. Wenn meine Theorie stimmt, dann dürfte er ziemlich groß sein. Anstelle des großen Unbekannten hätte ich den Hounds ein Ultimatum gesetzt. Dazu passt, dass sie so aufs Gas gehen."

Bombach erwog diesen Gedanken sorgfältig.

„Gut möglich. Zumindest gibt es aus Sicht des Gegners kein Argument, das dem entgegensteht."

„Siehst du? Ich bringe dich schließlich noch so weit, dass du wie ein Krimineller denkst."

„Besser als du. Du handelst ja auch oft so!"

„Aber nur gegenüber Leuten, die es nicht besser verdient haben."

„Es gibt kein Recht im Unrecht."

„Belegst du neuerdings Philosophiekurse an der Volkshochschule?"

„Ich habe im Gegensatz zu dir eben ein Gewissen."

„Das brauchst du auch. Für deinen Büroschlaf. Du weißt ja: Ein gutes Gewissen ist ein prima Ruhekissen. In diesem Sinne – leg dich wieder hin!"

Der Kommissar hörte nur noch das Tuten der unterbrochenen Verbindung. Kopfschüttelnd legte er den Hörer auf die Gabel und dachte über das Gespräch nach. Was konnte dieses Interview mit dem Präsidenten der Hounds bringen? Wenn dadurch Stallers Theorie vom Außenstehenden, der ins Geschäft drängte, bestätigt würde, dann wären sie einen großen Schritt weiter. Aber was war, wenn der Tod von Joschi trotzdem auf persönlichen Motiven basierte? Und das war der Fall, der für die Polizei derzeit Priorität hatte. Eventuelle Übernahmekriege bezüglich der Kiez-Herrschaft waren momentan reine Spekulation und gingen im Zweifelsfall tatsächlich die Kollegen vom OK an. Er würde sich also schwerpunktmäßig weiterhin um den Mordfall kümmern.

Ein leiser Ton signalisierte den Eingang einer Mail. Die polnischen Kollegen hatten eine Liste mit den gestohlenen Motorrädern der letzten vier Wochen geschickt. Sie war entmutigend lang. Bombach stieß einen tiefen Seufzer aus und begann zu lesen.

* * *

Die allgemeine Besprechung zum Wochenanfang war beendet. Jetzt saßen im Büro des Hamburger Wirtschaftssenators außer ihm sein persönlicher Referent und zwei altgediente Mitarbeiter zusammen und tranken Kaffee. Normalerweise diente diese lockere Zusammenkunft dazu, eventuelle aktuelle Probleme vertraulich zu besprechen oder tatsächlich nur ein wenig miteinander zu plaudern. Wirtschaftliche Themen standen dabei naturgemäß meistens im Vordergrund. Heute war der

Gesprächsbedarf offenbar gering, denn seit mindestens dreißig Sekunden herrschte Schweigen, was selten vorkam. Der hektische Betrieb in der Behörde kannte keinen Stillstand.

Der Wirtschaftssenator nahm sich von dem weißen Porzellanteller, der mitten auf dem Tisch stand, einen Keks und betrachtete ihn nachdenklich. Anstatt ihn in den Mund zu stopfen, hielt er ihn weiter fest und stellte eine Frage.

„Was haltet ihr von diesem Projekt *ZusammenLeben* von Norman Schrader, das er uns letzte Woche vorgestellt hat? Ich möchte eure ganz persönliche Meinung wissen, ganz abseits von Wirtschaftlichkeit, bürokratischer Einschätzung und all unseren beruflichen Überlegungen. Wie findet ihr die Idee?"

Diese Frage war für diesen Ort und diese Teilnehmer ungewöhnlich. Normalerweise war fachliche Expertise gefragt. Das Wirtschaftsressort war in besonderem Maße zahlenbasiert. Entsprechend lang war die Pause.

„Habt ihr keine persönliche Meinung dazu?", hakte der Senator nach.

Sein persönlicher Referent brach das Schweigen. Man konnte auch sagen: Er traute sich als Erster aus der Deckung heraus. Meinung war ein Risikogebiet innerhalb dieser Abteilung.

„Den Ansatz finde ich zunächst einmal spannend. Innovation entsteht ja genau dann, wenn man ausgetretene Pfade verlässt und neue Wege beschreitet. Untrennbar verbunden sind damit gewisse unkalkulierbare Risiken. Solange diese von einem Unternehmer und nicht von der Stadt getragen werden, dürften sie uns nicht allzu sehr belasten. Wenn das Projekt scheitert, betrifft es nicht uns."

„Ja, ja." Der Senator winkte ärgerlich ab. „Politikergeschwätz kann ich selber. Hast du kein Bauchgefühl zu dem Thema?"

Der Referent überlegte einige Augenblicke.

„Das Beispiel mit dem gut funktionierenden Mehrgenerationenhaus, das Schrader erwähnt hat, überzeugt mich komplett. In einer überschaubaren Größe kann eine Kooperative sich selbst prima regulieren. *ZusammenLeben* hebt dieses Prinzip auf eine Ebene, die um den Faktor fünfzig größer ist. Das kann möglicherweise auch klappen, muss aber völlig andere Strukturen für Entscheidungen entwickeln. Ob das gelingt, erscheint mir zweifelhaft."

„Das ist doch mal eine Aussage!", lobte der Senator. „Was ist mit euch?"

Die beiden übrigen Mitarbeiter warfen sich gegenseitig Blicke zu. Schließlich antwortete der ältere von ihnen: „Schrader verfügt im Wesentlichen über zwei Qualitäten. Er ist sehr erfolgreicher Unternehmer und er besitzt eine hohe Sozialkompetenz durch seine vielfältigen Ehrenämter. Das scheinen mir gute Voraussetzungen für ein derartiges Projekt."

Der andere fasste nun auch Mut.

„Ganz viel wird an den Menschen liegen, die ein solches Haus mit Leben füllen. Ich traue Schrader zu, dass er die richtigen dafür findet. Seine Erfahrung hilft ihm dabei."

„Na also! Genau das wollte ich von euch wissen." Endlich knabberte der Senator an seinem Keks, den er die ganze Zeit in der Hand gehalten hatte.

„Und du?", fragte der Referent, der als Einziger den Senator duzte.

„Für mich ist Schrader der Prototyp des zukünftigen Unternehmers. Die Patriarchen alter Prägung haben ja nun schon länger ausgedient. Die Yuppies vom Neuen Markt sind entweder pleite oder segeln dank Verkauf ihrer Start-ups mit vierzig Jahren endlos um die Welt. Jetzt, da es nicht mehr ausschließlich um Profit um jeden Preis gehen kann, weil Nachhaltigkeit ein Wert an sich ist, und wo soziale und Klimafragen mehr und mehr in den Fokus rücken, da braucht es eine neue Generation Manager. Norman Schrader könnte dafür die Blaupause sein."

„Sie werden sein Projekt also unterstützen, Herr Senator?", erkundigte sich der ältere Mitarbeiter.

„Ich werde dafür sorgen, dass er am Grasbrook ein passendes Grundstück bekommen kann. Einerseits halte ich sein Projekt für vielversprechend, andererseits ist es für die Preisentwicklung von Vorteil, wenn wir von Anfang an eine hohe Nachfrage nach Bauland vermelden können."

Der Referent schürzte anerkennend die Lippen.

„Du bist einfach ein Fuchs! Diesen Aspekt habe ich noch überhaupt nicht in Erwägung gezogen. Aber das stimmt natürlich!"

„50.000 Quadratmeter oder mehr für einen einzigen Interessenten sind kein Pappenstiel", nickte der Senator selbstzufrieden. „Ich bin gespannt, wie sich die Situation in der nächsten Zeit entwickelt."

* * *

Die Lage im Klubhaus der Hounds of Hell hatte nach drei Tagen der Isolation eine fragile Stabilität angenommen. Organisatorische Anlaufprobleme waren mehrheitlich gelöst und im Rahmen der Ausnahmesituation war eine gesunde Routine herangewachsen. Regelmäßige Mahlzeiten, die diesen Namen sogar verdienten, trugen viel zur allgemeinen Zufriedenheit bei.

Andererseits führte das Missverhältnis von Quadratmetern Wohnfläche zur Anzahl der Personen, die hier leben mussten, zu deutlichen Reibungspunkten. Schon bei kleineren Familienfesten gab es immer Personen, die man tunlichst voneinander trennen musste. Die größere Gruppe im Klubhaus wies entsprechend mehr Konfliktpotenzial auf. Gerade unter den Frauen kam es immer mal wieder zu Wortgefechten, wenn zwei Individuen aufeinandertrafen, die sich einfach nicht leiden konnten. Anne, die Old Lady des Präsidenten, sprach dann meist ein Machtwort, welches allgemein akzeptiert wurde.

Bei den Männern wurde zwar nicht herumgezickt, aber man spürte, dass die Nerven blank lagen. Wer in Klubangelegenheiten unterwegs war, genoss die Auszeit von der selbstgewählten Quarantäne. Die Bereitschaft zur Übernahme externer Aufträge war daher hoch. Wachdienste wurden hingegen nur noch widerwillig übernommen, nachdem es bisher keinerlei Vorkommnisse gegeben hatte.

Im Moment saßen Bud, Nick und Prospect Ben etwas abseits um einen Tisch herum und tranken Kaffee. Alkohol war zwar nicht untersagt, aber der Verbrauch war trotzdem so niedrig wie praktisch nie zuvor. Die anhaltende Anspannung verlangte klare Köpfe.

Das Mobiltelefon vor Bud summte. Der Road Captain nahm den Anruf an und knurrte: „Ja?"

Dann folgte eine längere Pause, während der er konzentriert zuhörte. Schließlich beendete er das für seine Zuhörer unbefriedigende Gespräch mit einem: "Danke!" und warf das Gerät wieder auf den Tisch.

„Und?", erkundigte sich Nick neugierig. „Gibt es etwas Neues?"

Bud rieb sich die Nasenwurzel und nickte.

„Alles auf dem Weg. Caspar weiß Bescheid und die Kleine hat einen Termin für das Interview bekommen. Heute Nachmittag, 16 Uhr."

„Das ist doch super!", traute sich Ben zu sagen.

„Im Grunde schon. Was geben wir ihr nun mit auf den Weg? Wie kriegen wir die Situation möglichst klar für Caspar geschildert, ohne dass das Mädel weiß, worum es geht?"

Nick beschäftigte sich eingehend mit seinem Becher. Eine richtig zündende Idee schien er nicht zu haben.

„Wie wäre es, wenn wir von einem Investor sprechen? Ein anonymes Konsortium, das zwanzig Prozent unserer Stadtteilinteressen übernehmen will?" Ben bewies, dass zumindest seine intellektuellen Kapazitäten für eine volle Mitgliedschaft bereits jetzt ausreichten. „Dabei handelt es sich um eine stille Teilhaberschaft. Was nichts anderes bedeutet, als dass der Kerl nix für sein Geld tut."

Bud nickte beifällig.

„Kein schlechter Gedanke. Wir ergänzen noch, dass er völlig unvermutet aufgetaucht und zudem branchenfremd ist. Dann weiß Caspar alles, was er wissen muss. Außer dem Zeitrahmen. Die Kleine muss sagen, dass sie direkt eine Einschätzung benötigt, da bei Zeitverzug hohe Vertragsstrafen drohen. Das klingt alles wie eine ganz normale geschäftliche Situation." Zumindest wie das, was der Road Captain mit seinen begrenzten Erfahrungen für Normalität im Business hielt. „Nick?"

Der Angesprochene sah von seinem Becher auf und zuckte die Schultern.

„Für mich ist das Fachchinesisch. Aber da es sich kompliziert anhört, wird es wohl richtig sein. Caspar ist ja ein schlauer Bursche, der wird schon die korrekten Schlüsse daraus ziehen. Und besser kriegen wir es eben nicht hin, ohne ihr gleich sämtliche Klubgeheimnisse zu überlassen."

„Das denke ich auch. Keine Ahnung, ob sie sich aus diesen Bröckchen etwas zusammenreimen kann, aber zumindest bekommt sie keine harten Fakten."

„Isa hat ganz sicher was im Kopf, ihr solltet sie da nicht unterschätzen", meinte der Prospect. „Aber mit reinen Vermutungen können Journalisten nicht viel anfangen. Außer bei der BILD vielleicht."

„Hä? Das ist doch die einzige Zeitung, die man überhaupt lesen kann", warf Nick ein, der im ganzen Leben noch keine Süddeutsche oder

Frankfurter Rundschau aufgeschlagen hatte. In beiden Blättern hätten ihm auch die Bilder gefehlt.

„Was ich sagen will, ist, dass sie daraus kein Kapital für ihre Sendung schlagen kann. Ich weiß auch nicht, wie sie das Interview mit Caspar verarbeiten will. Ich meine, sie ist beim Fernsehen! Und in Santa Fu darfst du ganz sicher nicht filmen!"

„Wie auch immer, uns sind sowieso die Hände gebunden. Eine andere Wahl haben wir jetzt nicht, also ziehen wir das durch. Notfalls musst du ihr beibringen, dass sie keinen Scheiß machen darf", mahnte Bud.

Der Prospect machte ein zweifelndes Gesicht.

„Überschätz meinen Einfluss nicht! Das ist keine Klubmatratze."

„Dein Problem. Regel das!" Für den Road Captain war Widerspruch aus weiblichem Munde nicht vorstellbar. Oder maximal einmalig. Er warf das Telefon über den Tisch. „Ruf sie an und stell auf Lautsprecher. Dann erklärst du ihr die Sache so, wie wir es vereinbart haben."

„Okay."

Ben tippte eine Nummer ein.

„Isa? Hier ist Ben. Ich habe dich auf Lautsprecher."

„Hi Ben. Meine Herren!" Völlig ungezwungen grüßte die Volontärin pauschal in die Runde. „Wie sieht es aus?"

„Wir wissen, dass dein Termin mit Caspar heute um 16 Uhr stattfindet."

„Woher? - Ah, vermutlich euer Anwalt, stimmt's?"

Ben warf einen Blick in die Runde. Er hatte ja gesagt, dass Isa nicht blöd war. Bud nickte zustimmend.

„Ja, genau", bestätigte der Prospect. „Ohne unseren Hinweis würde Caspar dich vermutlich eine halbe Stunde lang anschweigen."

„Verstehe. Ich hoffe, ihr habt ihm klargemacht, dass ich ein paar anständige Antworten von ihm haben möchte und nicht nur ein bisschen Gelaber. Quid pro quo sozusagen."

„Natürlich." Der junge Rocker seufzte. Nick rollte demonstrativ mit den Augen.

„Was soll ich ihm übermitteln?"

„Es geht um eine geschäftliche Frage. Wir haben einen Investor an der Hand, der zwanzig Prozent unserer Stadtteilinvestitionen übernehmen will. Er wird nicht ins Daily Business reinreden, denn er ist branchenfremd. Sein Auftauchen kam völlig überraschend für uns und der Deal leidet unter einem gewissen Zeitdruck. Da geht es um irgendwelche Vertragsstrafen oder so. Deshalb brauchen wir eine sofortige Einschätzung dazu von Caspar. Hast du das verstanden?"

„Ich bin ja nicht doof", erwiderte Isa trocken. „Trotzdem: Genauer wollt ihr es mir nicht sagen? Wenn ich es begreife, heißt das ja noch nicht automatisch, dass euer Präsi das auch begreift."

„Da mach dir mal keine Sorgen drüber. Caspar wird die Lage schon richtig verstehen. Er soll dir nur auf jeden Fall eine Antwort für uns mit auf den Weg geben. Das ist enorm wichtig."

„Okay. Sonst noch etwas?"

„Nein. Doch! Nur der Vollständigkeit halber: Wir brauchen die Antwort auf jeden Fall natürlich noch heute Abend."

„Das hätte ich jetzt auch ohne besonderen Hinweis verstanden. Euer sogenannter Investor ist offenbar in der Lage eine Menge Druck auf euch auszuüben. Wir reden also offensichtlich über ein echtes Schwergewicht."

Bud verzog ärgerlich das Gesicht bei diesen leichthin gesprochenen Überlegungen der jungen Journalistin. Ben machte eine beruhigende Handbewegung und antwortete ausweichend.

„So ist das halt in der Wirtschaft. Manchmal läuft alles jahrelang so vorhersehbar, dass es fast langweilig ist, und dann passiert plötzlich in ganz kurzer Zeit ungeheuer viel."

„Seit wann bist du Experte für Ökonomie?"

„Ich lese nicht nur Bukowski, sondern manchmal sogar den Wirtschaftsteil der Zeitung. Dein Bild vom strunzblöden Biker ist ein bisschen überholt."

„Sollte mich freuen. Intelligenz ist sexy. Was nützen 1000 Watt im Arm, wenn oben die Lampe nicht anfängt zu brennen?"

Nick hörte diesen Satz mit halboffenem Mund. Wovon redete diese kleine Tussi da? Er verstand kein Wort. Vermutlich wusste sie es selber nicht.

„Schon recht. Wir warten dann auf deinen Rückruf."

„Macht mal. Schönen Tag noch, die Herren!" Isa hatte das Gespräch offensichtlich beendet, denn die Leitung war tot.

„Weiß Sporty Spice, wovon sie da labert?", wollte Nick wissen. „Die tut ja so, als ob sie uns am Nasenring durch die Arena führen könnte!"

„Wenn man es genau nimmt, kann sie das auch. Sie weiß, dass wir auf sie angewiesen sind. Ich habe doch gesagt, dass Isa nicht blöd ist. Du darfst sie nicht mit unseren ukrainischen Nutten verwechseln."

„Und du stehst auf sowas?", wunderte sich Bud.

„Sagen wir so: Ich find's nicht schlimm, wenn man sich mit einer Frau auch unterhalten kann."

„Wozu?" Nick wirkte ehrlich entsetzt. „Damit sie dir sagt, dass du noch den Müll rausbringen sollst?"

„Also ich finde auch, dass Frauen generell zu viel reden. Das sollen sie mal besser unter sich abmachen. Dann geht es mir nicht auf den Zeiger."

„Ist vielleicht eine Generationenfrage", philosophierte Ben, der sich bewusst war, dass er die alten Haudegen nicht von seiner Sichtweise überzeugen konnte. „Wichtig ist doch, dass sie mit Caspar sprechen wird. Und der Präsi wird ihr eine Antwort mit auf den Weg geben. Heute Abend wissen wir dann Bescheid, wie er sich die Sache denkt."

„Hoffentlich." Bud strahlte nicht gerade Optimismus aus. „Ich weiß allerdings ehrlich gesagt nicht, ob wir dann wirklich einen großen Schritt weiter sind."

„Das vielleicht nicht. Aber zumindest haben wir dann eine Ansage, wie es weitergehen soll." Nick lebte so lange unter den strengen Regeln der Hierarchie, dass eine Entscheidung eines Präsidenten, egal wie nachvollziehbar sie für seine Crew war, an sich etwas Gutes bedeutete.

* * *

Santa Fu – schon der Name erweckte in jedem Besucher ein besonderes Gefühl. Die Geschichte dieses Hauses schien aus jedem einzelnen Backstein auszudünsten. Hier, am Eingang Am Hasenberge, stand man vor der ehrfurchtgebietenden Fassade und glaubte, Stimmen im Kopf zu hören. Gefangene, die sich auf das Dach geflüchtet hatten und gegen unmenschliche Haftbedingungen revoltierten. Das Rasseln von Gittern und Türen, die mit schwerem Klang in massive Schlösser fielen. Das Klirren riesiger Schlüsselbunde, mit denen Justizvollzugsbeamte schweren Schrittes durch endlose Gänge schlurften.

Isa legte den Kopf in den Nacken und sah in den alten Giebel hinauf.

„Wow." Ausnahmsweise fehlten ihr die Worte.

„Beeindruckend, nicht wahr?"

Auch Staller hielt einen Moment inne und ließ das gewaltige Bauwerk auf sich wirken.

„Wenn man sich überlegt, dass einige Häftlinge lebenslang hier sitzen", überlegte die junge Journalistin und man sah, wie sie ein Schauder überlief. „Irgendwie furchtbar und überwältigend zugleich."

„Schaffst du das?"

„Natürlich. Du hast mir den Ablauf ja genau erklärt und das Gespräch mit Caspar wird schon irgendwie schiefgehen."

„Ich denke auch, dass du der Sache gewachsen bist. Sonst würde ich dich nicht alleine dort hineingehen lassen. Denn wenn ich mitkäme, bestünde die Chance, dass Caspar mich erkennt und das wäre nicht hilfreich."

„Allerdings nicht." Isa sah auf die Uhr. „Es ist Zeit. Drück mir die Daumen, dass auch für uns etwas dabei rumkommt."

„Mach dir keinen Druck! Wir werden auf jeden Fall etwas aus diesem Besuch machen können. Merk dir einfach möglichst genau, was Caspar sagt. Aufschreiben darfst du ja nichts."

„Okay, dann will ich mal." Isa gab sich einen Ruck.

Der Reporter sah, wie sich die schwere Tür hinter ihr schloss, und registrierte, dass er aufgeregter war, als wenn er selber zum Interview gegangen wäre.

„Ihren Ausweis bitte und die Besuchsgenehmigung!"

Die Stimme des Beamten war geschäftsmäßig. Er prüfte beide Dokumente sorgfältig. Dann nickte er zustimmend.

„In Ordnung. Das Gespräch wird im Verwaltungstrakt stattfinden. Bitte deponieren Sie alle persönlichen Gegenstände dort drüben in einem der Schließfächer. Eine Kollegin wird Sie dorthin begleiten und wieder abholen."

Isa räumte ihre Taschen leer und kam sich sofort ungeschützt, geradezu nackt vor. Eine weitere Tür öffnete sich und die angesprochene Kollegin erschien. In ihrer Uniform wirkte sie größer und massiver, als ihr Körperbau eigentlich vorgab.

Nach einer sorgfältigen Personen- und Taschenkontrolle verließen die beiden Frauen den kameraüberwachten Eingangsbereich. Obwohl es noch keinesfalls in einen der Zellentrakte ging, fühlte Isa sich rundum beobachtet und in ihrer persönlichen Freiheit deutlich eingeschränkt. Natürlich leuchtete ihr ein, dass sie sich in einem Gefängnis nicht so frei bewegen konnte wie in einem Schulgebäude, aber das mulmige Gefühl begleitete sie trotzdem. Für einen kurzen Moment wünschte sie sich, dass das Interview bereits hinter ihr läge. Ob Gefangene sich ebenso fühlten? Oder hatte man sich nach kurzer Zeit an diese ungewohnte Überwachung gewöhnt und empfand sie als Teil seines Alltags? Diese und ähnliche Fragen konnten möglicherweise ebenfalls eine gute Geschichte für "KM" liefern, spielten heute beim Treffen mit dem Präsidenten der Hounds of Hell aber vermutlich keine Rolle. Zumal Caspar Kaiser ziemlich sicher nicht seine persönlichen Befindlichkeiten im Zusammenhang mit dem Gefängnisaufenthalt diskutieren wollte.

Vor einer schweren grauen Tür hielt die Vollzugsbeamtin an.

„Dies ist der Raum, in dem Ihr Besuch stattfinden wird. Das Gespräch wird videoüberwacht. Sie dürfen dem Insassen keinerlei Gegenstände übergeben und auch keine von ihm annehmen. Die Dauer beträgt maximal dreißig Minuten. Falls Sie früher fertig sein sollten, können Sie an die Tür klopfen, dann hole ich Sie ab. Haben Sie das verstanden?"

Isa nickte nur und wappnete sich für das, was gleich kommen sollte.

„Bitteschön!"

Die Beamtin schloss die Tür auf und öffnete sie. Dann räumte sie den Weg für die Journalistin, die zögernd den Raum betrat. Hinter ihr fiel die Tür mit einem endgültigen Klacken wieder ins Schloss.

Eigentlich hatte sie damit gerechnet, dass ihr Interviewpartner bereits auf sie wartete, aber das war offenbar ein Irrtum. Der Raum war mehr als karg möbliert, genau genommen standen lediglich ein Tisch und zwei Stühle auf gegenüberliegenden Seiten desselben in der Mitte des Zimmers. Die Decke war dem Alter des Gebäudes entsprechend ziemlich hoch, sodass die beiden Videokameras, die auf den ersten Blick sichtbar waren, außerhalb der Reichweite der Nutzer waren. Neonröhren verbreiteten ein kaltes und künstliches Licht. Wenn man sich vorzustellen versuchte, dass hier auch die Treffen von entzweigerissenen Familien stattfinden mussten, so wurde die Freudlosigkeit der Atmosphäre geradezu überwältigend.

Mangels weiterer Optionen nahm Isa auf dem ihr näher stehenden Stuhl Platz und fragte sich, ob ihr Gesprächspartner durch dieselbe Tür erscheinen würde wie sie oder durch die auf der anderen Seite des Raumes.

Das Rasseln eines der vielen Schlüsselbunde in diesem Gebäude beantwortete ihre Frage praktisch nahtlos. Die Tür, auf die sie blickte, öffnete sich. Ein Beamter erschien, uniformiert, groß, kräftig. Er warf einen prüfenden Blick durch den Raum und wandte sich dann zurück.

„Keine Berührungen, kein Austausch irgendwelcher Gegenstände, klar? Dreißig Minuten, nicht länger!"

Offensichtlich wurden die menschlichen Umgangsformen auf der anderen Seite ein bisschen rauer interpretiert. Dem wollte sich Isa nicht anschließen und stand daher höflich auf. Fast hätte sie automatisch die Hand zur Begrüßung ausgestreckt, aber der Anblick des Mannes, der steifbeinig den Besucherraum betrat, ließ ihren Atem stocken.

Natürlich konnte sie sich an das Aussehen von Caspar Kaiser erinnern. Schließlich hatte sie Stallers alten Beitrag über die Rocker noch einmal aus dem Archiv gesucht und sich die Gesichter der wichtigen Führungspersonen eingeprägt. Kaiser war demnach ein ziemlich attraktiver Mann um die vierzig mit gleichmäßigen Gesichtszügen, hohen Wangenknochen und einem kräftigen Kinn. Er trug damals keinen Bart, halblange, gewellte Haare und zumindest im Gesicht keine entstellenden Tattoos.

Der Mann, der ihr entgegenkam, wirkte mindestens zehn Jahre älter. Aber das war nur eine Randerscheinung. Sein Gesicht sah aus, als ob er sich auf drei ernsthafte Runden mit Mike Tyson eingelassen hätte. Das rechte Auge fast vollständig zugeschwollen, das linke rot-lila unterlaufen. Über dem Jochbein klammerten drei schmale Pflasterstreifen einen heftigen Cut. Die Lippe erinnerte an eine misslungene kosmetische Korrektur, bei der deutlich zu viel Mittel zum Aufspritzen verwendet worden war. Der Winkel der Nase stimmte ebenfalls nicht mit der Norm überein, denn das gesamte Riechorgan war ein gutes Stück nach rechts verschoben. Der Nasenrücken war mindestens einmal gebrochen und ein paar fast schwarze Blutklumpen zeugten davon, dass der Lebenssaft nur so gesprudelt sein musste.

„Was ist denn mit Ihnen passiert?", entfuhr es Isa, nachdem sie ihr Gegenüber ausgiebig gemustert hatte.

„Kleiner Sportunfall. Bin beim Motocross in der Mittagspause auf die Schnauze gefallen", näselte Kaiser undeutlich. Angesichts der Schwere seiner Verletzungen war diese Form von Humor verwunderlich. Zumal auch der restliche Körper in Mitleidenschaft gezogen zu sein schien, denn der Rocker ließ sich mühsam wie ein alter Mann auf seinem Stuhl nieder. Aber seine Augen blitzten, soweit das zu erkennen war, ungebrochen, obwohl er ganz offensichtlich Schmerzen ertragen musste.

„Dann sollten Sie sich ein weniger gefährliches Hobby suchen", schlug die Journalistin vor, indem sie auf seinen Ton einging. „Vielleicht wird ja auch Schach angeboten."

„Ich denk' drüber nach."

„Gibt es eine Chance, dass Sie mir erzählen, was wirklich vorgefallen ist, oder widerspricht das irgendeinem Kodex als Knacki oder Biker?"

Die Augen von Kaiser umwölkten sich.

„Du hast eine Nachricht für mich, Mädchen. Das sollte unser Gesprächsthema sein. Nicht ein paar belanglose Äußerlichkeiten."

„Okay, was die Äußerlichkeiten angeht. Sie können sich natürlich die Fresse polieren lassen, von wem Sie wollen. Was den Rest angeht: Ja, ich habe eine Nachricht für Sie! Die bekommen Sie zu hören, wenn meine Fragen beantwortet sind. So ist der Deal. Vielleicht sollte ich hinzufügen, dass Ihr Klub ziemlich dringend auf eine Antwort wartet."

Der Rocker öffnete den Mund, um zu widersprechen, schloss ihn aber wieder, als er bemerkte, dass seine Besucherin ihn entschlossen anstarrte und abwartend die Arme vor der Brust verschränkte.

„Quid pro quo, wenn Sie verstehen, was ich meine. Keine Antworten, keine Nachricht. Das würde Ihren Klub vermutlich sehr unglücklich machen." Isa gelang es, ein überzeugend bedauerndes Gesicht zu zeigen.

„Schieß los!" Kaiser war intelligent genug, um zu merken, dass ihn kleine Macho-Spielchen in dieser Situation nirgendwohin führen würden. Außerdem hatten die drei Männer, die ihn heute Morgen in der Dusche nach allen Regeln der Kunst verdroschen hatten, ihm ziemlich deutlich zu verstehen gegeben, dass er im Laufe des Tages die Chance hätte, eine sehr kluge Entscheidung für seinen Klub, insbesondere aber für die inhaftierten Member zu treffen.

Mike Staller wurde es in seinem Wagen zu langweilig. Auch wenn die Wartezeit sehr klar auf gut eine halbe Stunde begrenzt war, litt er unter innerer Unruhe. Vermutlich hing das damit zusammen, dass er selber tatenlos am Rande stand, während Isa das Heft des Handelns in der Hand hatte. Ruhelos tigerte der Reporter also vor dem Eingang zur JVA auf und ab, warf jeweils nach einer gefühlten Viertelstunde einen Blick auf seine Uhr und stellte dann fest, dass wieder nur zwei Minuten vergangen waren.

Sein Fokus war dabei auf die Tür gerichtet, durch die Isa das Gebäude betreten hatte. Wann würde sie sich wieder öffnen? Was würde die junge Journalistin drinnen erfahren haben? Hatte Caspar Kaiser tatsächlich mit ihr gesprochen oder war er wie so oft stumm geblieben?

Diese Fragen beschäftigten Staller so intensiv, dass er den dunklen Mercedes Geländewagen nicht beachtete, der in etwa fünfzig Metern Entfernung am Straßenrand stand. Durch die getönten Scheiben war nicht viel vom Inneren zu sehen, aber drei Augenpaare verfolgten gespannt, was sich vor der JVA tat. Lediglich der Fahrer hielt den Verkehr und eventuelle Passanten im Blick.

Exakt 35 Minuten nachdem Isa im Gebäude verschwunden war, öffnete sich die Tür erneut und die Volontärin eilte mit schnellen Schritten auf den blauen Pajero zu. Staller öffnete die Beifahrertür für sie und drückte ihr den Laptop in die Hand. Er sagte kein Wort, sondern setzte sich hinters Steuer und ließ den Motor an. Mit mäßigem Tempo machte er sich auf den Weg in die Redaktion von "KM". Isa hatte den Rechner aufgeklappt und hämmerte konzentriert und zügig in die Tasten.

Der Fahrer des schwarzen Geländewagens ließ einen gehörigen Abstand und folgte dann dem Pajero. Auf der Hauptstraße achtete er sorgfältig darauf, immer mindestens zwei Autos zwischen sich und dem verfolgten Fahrzeug zu halten. So war es unter normalen Umständen unmöglich entdeckt zu werden.

Im Gebäude von "KM" bugsierte Staller Isa ohne Umwege direkt in sein Büro und schloss ausnahmsweise die Tür. Dann begab er sich in die kleine Kaffeeküche und besorgte zwei Becher mit dem anregenden Heißgetränk. Ungewöhnlicherweise war keiner der Kollegen in Sicht, sodass er nach kurzer Zeit unbemerkt wieder in seinem Büro verschwinden konnte. Hier stellte er einen der Becher vor Isa ab, die ihn jedoch überhaupt nicht registrierte, sondern mit konzentriertem Gesichtsausdruck und enorm flinken Fingern weiterhin auf ihren Laptop einhämmerte. Der Reporter nahm ungewohnterweise auf seinem eigenen Besucherstuhl Platz, kämpfte gegen den Impuls, Isa über die Schulter gucken zu wollen und blies in seinen Kaffeebecher.

Nach fünf Minuten ließ die Frequenz der Tastenanschläge spürbar nach. Die Volontärin scrollte an den Anfang ihres Textes und las das Geschriebene sorgfältig durch. Gelegentlich nahm sie eine kleine Korrektur vor. Schließlich nickte sie befriedigt, drückte eine Taste zum Speichern und eine weitere, um das Dokument zweimal zu drucken. Während sie wartete, dass der Drucker auf dem Sideboard zum Leben erwachte, nahm sie dankbar einen Schluck aus ihrem Becher.

„Hast du alles?", wagte der Reporter zu fragen.

„Ja", nickte sie zufrieden. „Wir können jetzt wieder reden."

„Was war dein Eindruck von Kaiser?"

„Zunächst mal, dass er richtig unter die Räder gekommen ist." Isa berichtete von den Spuren der einseitigen Prügelei, die sie im Gesicht des Rockers gesehen hatte, und von seiner Reaktion.

„Interessant", kommentierte Staller. „Ob da wohl der gleiche Auftraggeber wie bei der Schießerei die Fäden gezogen hat?"

„Halte ich für möglich", überlegte Isa und trat an den Drucker heran, der das Gedächtnisprotokoll ihrer Unterredung mit Caspar ausgespuckt hatte. „Hier, lies das erst mal!"

Der Reporter nahm seinen Ausdruck entgegen und vertiefte sich sofort in den Inhalt.

F: Herr Kaiser, Ihr Klub macht gerade eine schwere Zeit durch. Die führenden Mitglieder sitzen im Gefängnis, Ihr Vertreter wird auf offener Straße ermordet und Ihr Klubhaus beschossen. Zufall oder was steckt dahinter?

A: Zumindest unser Aufenthalt in Santa Fu hat mit dem Rest sicher nichts zu tun. Ob die anderen beiden Ereignisse zusammenhängen, kann ich von hier aus nicht beurteilen.

F: Wenn fast alle Präsidiumsmitglieder aus dem Verkehr gezogen worden sind, ist ein Klub weitgehend führungslos. Dann wird der neue starke Mann erschossen und das Klubhaus überfallen. Natürlich dürfte es da Zusammenhänge geben. Wer ist der Gegner, der den Klub zerstören oder übernehmen will?

A: So läuft das nicht. Auch wenn wir im Knast sitzen – wir sind ja noch im Amt. Bevor jemand den Klub übernehmen könnte, müssten wir verschwinden. Irgendwann werden wir schließlich entlassen und nehmen die Geschäfte wieder auf. Unsere Strukturen haben Bestand.

F: Sie sind offensichtlich gerade schwer zusammengeschlagen worden. Was macht Sie so sicher, dass derjenige, der dafür verantwortlich ist, nicht beim nächsten Mal endgültiger handelt?

A: Ich hatte es doch schon gesagt, die Verletzungen rühren von einem Unfall her.

F: Ihr Klub gilt als Herrscher über den Kiez. Alle Geschäfte dort werden auf die eine oder andere Weise von Ihnen kontrolliert. Letztmalig wurde diese Stellung von den Night Devils infrage gestellt. Das hat zu einigen unerwarteten Todesfällen in diesem Klub geführt. Ist das, was jetzt passiert ist, die Rache der Devils?

A: Sie überschätzen die Macht eines kleinen Motorradklubs. Die Hounds sind nicht die Herrscher über den Kiez. Wir betreiben einige kleine Geschäfte dort, aber mehr auch nicht. Und mit Todesfällen in anderen Klubs haben wir bestimmt nichts zu tun. Insofern wüsste ich nicht, wofür sich die Night Devils an uns rächen sollten.

F: Gerüchte besagen, dass Ihre Old Lady, also Ihre feste Freundin, eine Affäre mit Joschi Saleh, der jetzt erschossen wurde, gehabt haben soll.

A: Gerüchte gibt es immer und überall, aber die werde ich hier nicht kommentieren.

F: Im Zuge dieser Gerüchte wird aber auch behauptet, dass Sie diese Affäre in keiner Weise billigen und von daher ein Motiv gehabt hätten, den Tod von Joschi zu wünschen.

A: Selbst wenn das so wäre: Ich sitze im Gefängnis, schon vergessen? Wie sollte ich von hier aus einen Mord begehen können?

F: Nun, es wäre ganz gewiss nicht der erste Auftragsmord, der von Santa Fu aus angeschoben wurde.

A: Darf ich unterstellen, dass Sie eventuell zu viele Mafia-Filme schauen? Ich bin ein ganz durchschnittlicher Strafgefangener und verfüge über keinerlei Privilegien. Dazu gehört auch, dass es mir nicht möglich ist, Treffen mit Auftragsmördern durchzuführen. Sie können gerne meine Besucherliste einsehen.

F: Herr Kaiser, welchen Rat würden Sie Ihren Klubkameraden draußen jetzt geben?

A: Auch wenn ich momentan nicht gerade ein besonders qualifizierter Ratgeber bin, gilt generell, was immer gegolten hat. Wir sind die Hounds of Hell. Wer sich mit uns anlegt, macht einen Fehler.

Der Reporter sah von dem Ausdruck auf.

„Doof ist Caspar nicht, das muss man eingestehen. Die Antworten hätten auch von einem versierten Politiker stammen können. Viel wolkiges Drumherum, wenig konkrete Aussagen."

„Er hat sich auch einigermaßen Zeit mit den Antworten gelassen. Trotzdem wirkte er nicht unvorbereitet. Vielleicht ist sein Anwalt schon mal mögliche Fragen mit ihm durchgegangen."

„Das kann gut sein", nickte Staller. „Viele der Fragen sind vorhersehbar, weil sie einfach gestellt werden mussten. Nur an einer Stelle widerspricht er sich. Erst redet er von der überschätzten Macht eines Motorradklubs und später von den Hounds of Hell, mit denen man sich lieber nicht anlegt."

„Er wollte die Klubaktivitäten auf dem Kiez kleinreden. In Wirklichkeit dürfte er eher zu seiner zweiten Aussage stehen."

„Wie genau ist dieses Protokoll?"

„Inhaltlich hundertprozentig. Der Wortlaut mag in dem einen oder anderen Fall minimal abweichend gewesen sein, aber bestimmt nicht gravierend."

„Sehr gut. Wir werden uns einen Weg überlegen, wie wir das für die Sendung übermorgen optisch umsetzen. Auch wenn der Inhalt jetzt keine sensationelle Neuigkeit bietet, ist doch die Tatsache, dass der inhaftierte Präsident spricht, einen Beitrag wert."

„Prima!", freute sich die Volontärin.

„Jetzt zu deiner Botschaft von den Hounds draußen und Caspars Antwort darauf!"

„Steht auf der nächsten Seite."

Abermals begann der Reporter zu lesen. Dieser Teil war allerdings äußerst überschaubar.

F: Ihr Klub hat einen Investor an der Hand, der zwanzig Prozent der Stadtteilinvestitionen übernehmen will. Er ist nicht aus der Branche und wird sich deshalb nicht in die täglichen Geschäftsabläufe einmischen. Allerdings drängt die Zeit und man bittet Sie, mir Ihre Einschätzung der Situation direkt mitzuteilen. Dieser Investor ist ganz offensichtlich überraschend auf den Plan getreten.

Persönlicher Kommentar: Caspar Kaiser stellt keinerlei Nachfragen und hat die versteckte Botschaft offenbar verstanden. Allerdings wirkt er zu gleichen Teilen verärgert und besorgt. Er überlegt tatsächlich mehrere Minuten lang, bevor er antwortet. Diese Sätze unterscheiden sich in ihrer Tonalität von den vorherigen Antworten. Sie klingen gepresst und emotional aufgewühlt, während der Tonfall bisher leichthin klang.

A: Sagen Sie dem Klub, dass er das Angebot zunächst einmal annehmen soll. Allerdings ist regelmäßig zu überprüfen, ob es nicht möglich ist, die Geschäfte auch wieder ohne externe Beratung beziehungsweise Investoren wahrzunehmen. Nötigenfalls ist dafür die Mithilfe anderer Chapter erforderlich.

„Das ist ziemlich eindeutig", resümierte Staller. „Die Hounds sollen also zur akuten Gefahrenabwehr erst mal kooperieren. Aber das darf kein Dauerzustand werden. Die Mithilfe anderer Chapter bedeutet sicherlich, dass der Hamburger Klub versuchen soll, den Gegner zu identifizieren und auszuforschen. Sobald das erfolgreich war, soll mithilfe von Kräften aus anderen Städten zurückgeschlagen werden."

„Dann bekommen wir doch noch unseren Krieg um den Kiez", entgegnete Isa nachdenklich. „Wenn die Truppen aus Berlin, Bremen und Hannover hier einfallen, dann könnte es heiß hergehen."

„Allerdings. Stellt sich nur die Frage, ob dieser ominöse Investor für die Rocker wirklich greifbar wird. Bisher hat er seine Aktivitäten ja äußerst diskret abgewickelt."

„Wie gehen wir nun weiter vor?"

Der Reporter kratzte sich nachdenklich am Kinn.

„Du rufst Ben an und gibst ihm die Nachricht von seinem Präsi durch. Dann überlegen wir, wie wir den Rest des Interviews für die Sendung am Mittwoch aufbereiten können. Und dann wäre es natürlich hilfreich, wenn wir eine Vorstellung davon bekämen, wie die Hounds of Hell den Hinweis von Caspar umsetzen wollen. Ich weiß bloß noch nicht genau, wie wir da am Ball bleiben können."

„Das Klubhaus weiter zu beobachten, scheint mir keine tolle Option zu sein", erinnerte sich Isa mit Schaudern an die langweilige Überwachung. „Ich werde schauen, ob Ben mich ein bisschen auf dem Laufenden hält. Immerhin habe ich dem Klub einen Gefallen getan."

„Mach das, aber vergiss dabei bitte nicht, mit wem du dich da einlässt! Mag sein, dass dein Ben im Grunde seines Herzens ein netter Kerl ist, aber er marschiert geradewegs auf eine Karriere als Menschenhändler, Zuhälter und Drogendealer zu. Wenn du ihm zu nahe bist, bedeutet das für dich eine latente Gefahr!"

„Ich passe schon auf mich auf", behauptete Isa mit der nur der Jugend vorbehaltenen Überzeugung von persönlicher Unsterblichkeit. „Aber es wäre doch dumm von mir, wenn ich eine solche Quelle nicht zu nutzen versuchte. Würdest du doch genauso machen!"

„Möglicherweise. Aber ich kann mich auf ein paar Jahrzehnte Erfahrung berufen. Das ist der Unterschied zwischen uns."

„Schon gut. Ich werde aufpassen, versprochen. Und jetzt gehe ich Ben anrufen. Die Jungs kauen doch bestimmt schon auf den Fingernägeln."

* * *

Der erste Eindruck des Grundstücks erinnerte an eine klassische Hinterhofwerkstatt. Der Platz vor dem etwas schäbig wirkenden Gebäude war dicht an dicht mit Fahrzeugen vollgestellt. Rechts und links schotteten Mauern den Hof von den Nachbargrundstücken ab und der Zaun zur Straße hin war mit Sichtschutzblenden versehen. Ein großes Schiebetor, das momentan verschlossen war, bildete die Einfahrt zur Werkstatt.

Wenn man sich die geparkten Wagen so ansah, passte das Angebot allerdings nicht recht zur Umgebung. Statt mehr oder weniger schrottreifer Möhren fand man hier große SUV von BMW oder Mercedes, hochwertige Kombis aus der Sport-Reihe von Audi und gut ausgestattete VW-Busse neueren Baujahrs. Keines der Fahrzeuge schien älter als zwei Jahre zu sein. Außerdem fehlten komplett die Unfallwagen oder Ersatzteilträger in mehr oder weniger demontiertem Zustand, die gerne auf vergleichbaren Höfen standen. Das Angebot hätte jeder Gebrauchtwagenabteilung eines großen Autohauses gut zu Gesicht gestanden.

Entsprechend der hier herumstehenden Werte war der Hof durch mehrere starke LED-Strahler auf hohen Masten gut ausgeleuchtet. Etwas weniger auffällig, aber mit der gleichen Intention angebracht, waren zwei Kameras, die an dem Gebäude montiert waren und jeweils etwa die Hälfte des Vorplatzes abdeckten. In ihrem Überlappungsbereich befand sich das massive Schiebetor, welches ebenfalls mit einem Sichtschutz verkleidet war. Die Vorsichtsmaßnahmen gegen einen Einbruch konnten als angemessen betrachtet werden, wenn man anhand der etwa 25 Autos überschlug, dass hier ein Verkaufswert von über einer Million Euro geparkt war.

Wenn es jemanden gegeben hätte, der sie beobachtet hätte, dann wären die beiden dunkel gekleideten Männer höchst verdächtig gewesen. Sie kletterten geschickt über die Mauer vom Nachbargrundstück, und zwar auf Höhe des Werkstattgebäudes. An dieser Stelle wurden sie von keiner der Kameras erfasst.

Außerhalb der Scheinwerferkegel herrschte tiefe Dunkelheit. Es war weit nach Mitternacht und hier im Gewerbegebiet arbeitete niemand mehr. Entsprechend ungestört hatten die beiden Eindringlinge den Weg über das Nachbargrundstück, wo eine Sanitärfirma ansässig war, nehmen können.

Jetzt hatten sie den gekiesten Grund des Parkplatzes erreicht und sahen sich suchend um. Beide Männer waren groß und kräftig. Mehr konnte man über sie nicht sagen, denn zu ihrer dunklen Kleidung trugen sie schwarze Skimasken, die nur zwei Schlitze für die Augen frei ließen. Nachdem sie sich orientiert hatten, zeigte der Größere auf die Front der Werkstatt.

„Ich nehme die vordere und du die hintere Kamera."

Der andere Mann nickte nur und schlängelte sich über den Parkplatz, wobei er sich bemühte, möglichst dicht an dem Gebäude zu bleiben. Der Sprecher folgte nach wenigen Sekunden auf dem gleichen Weg.

Als sie jeweils unter den Kameras angekommen waren, zogen sie Dosen aus den Taschen ihrer Jacken. Auf ein Nicken des Größeren hin, sprühten sie gleichzeitig schwarze Farbe flächendeckend auf die Objektive. Falls jemand die Überwachungskameras kontrollierte, musste er denken, dass sie ausgefallen waren.

Ein weiteres Zeichen und die Dosen verschwanden wieder in den Taschen. Dafür nahmen die beiden Eindringlinge jetzt lange, spitze Gegenstände in die Hand. Sie begannen bei den ersten Fahrzeugen direkt an der Werkstatt. Gebückt schlichen sie von Reifen zu Reifen und rammten ihren Dorn kraftvoll in die Flanken der Pneus. Das dabei entstehende Geräusch musste sie nicht beunruhigen. Sie hatten sich vorher vergewissert, dass niemand weit und breit zu sehen war. Das Gewerbegebiet lag völlig verwaist und lediglich hin und wieder hörte man einen Wagen, dessen Fahrer die Straße wohl als Abkürzung wählte.

Das Zerstören von rund 100 Autoreifen ging überraschend schnell, war aber offensichtlich relativ anstrengend, denn als sich die beiden Männer am Schiebetor schließlich wieder trafen, ging ihr Atem schwerer.

„Fertig?", erkundigte sich der Kleinere.

Der Größere nickte nur.

„Gleicher Weg zurück!"

Der reibungslose Ablauf der Aktion, die geschmeidigen Bewegungen und das unabgesprochene Verständnis legten die Vermutung nahe, dass diese beiden Männer Experten auf ihrem Gebiet waren. Sie verschwanden ohne große Mühe wieder über die mannshohe Mauer und verfließen das Nachbargrundstück über einen Metallzaun zur Straße hin, auf der momentan niemand zu sehen war. Im trüben Licht der altmodischen Peitschenlampen sah man, dass vor dem Grundstück der Autowerkstatt zwei Kombis geparkt waren. Es handelte sich um einen 5er BMW und einen Audi A6, beide mit sportlichen Extras ausgerüstet. Gegenüber stand ein SUV mit getönten Scheiben am Straßenrand.

„Beide?"

Der Größere schüttelte den Kopf.

„Einer reicht. Hier, der BMW!"

Der Kleinere machte sich an der straßenabgewandten Seite des Luxuswagens auf Höhe des vorderen Radkastens zu schaffen. Nach etwa 30 Sekunden war er zurück und nickte auffordernd.

„Abflug!"

Mit einem letzten prüfenden Blick in die Runde, der ihnen verriet, dass sie unbeobachtet waren, gingen die beiden Männer gelassen über die Straße und stiegen in den SUV, in dem ein Fahrer wartete und den Motor startete, als er sah, dass der Auftrag erledigt war. Im Inneren des Wagens nahmen die Männer ihre Masken ab. Der Größere schaute sich um und wartete, bis sie etwa 300 Meter von der Werkstatt entfernt waren.

„Jetzt!", meinte er nur und sein Kollege drückte auf den Knopf eines Gerätes, das aussah wie eine kleine Fernbedienung. Einige Sekunden schien nichts zu passieren. Dann sah es so aus, als ob der BMW sich in geistiger Verwirrung für einen Helikopter hielt, denn er hob sich ein gutes Stück in die Höhe, bevor er in etliche Teile zerbarst. Erst dann war der ohrenbetäubende Knall zu hören. Bevor die Wrackteile wieder auf die Straße zurückfielen, hatte der Geländewagen eine Kurve erreicht und war außer Sicht. Die drei Männer sahen sich kurz an. Der Fahrer lächelte.

„Es ist immer ein Vergnügen, mit Profis zu arbeiten."

* * *

Das Leben im isolierten Klubhaus der Hounds of Hell folgte zwar inzwischen einer gewissen Routine, bot aber auch ständig neue Herausforderungen. Eine davon bestand darin, den Tag mit einer halbwegs geordneten Struktur zu beginnen. Die ebenfalls im Gebäude befindlichen Kinder wachten bereits um 6 Uhr in der Früh auf und waren ihrer Gewohnheit folgend putzmunter und aktiv. Etliche der Rocker bekamen normalerweise vor 9 Uhr kein Auge auf und waren nach drei Tagen durch den morgendlichen Trubel einigermaßen unausgeschlafen und entsprechend unleidlich. Starker Kaffee half ein bisschen, aber nicht genug. Die kleine Gruppe Führungspersonal, die sich um einen Tisch abseits der übrigen Bewohner gruppiert hatte, wirkte zerknittert und schlechtlaunig.

„Wie soll das funktionieren?", maulte Frankie und nahm angewidert einen Schluck des bitteren, pechschwarzen Gebräus aus dem großen Becher. „Caspar sagt einerseits, dass wir erst mal zahlen sollen. Das verstehe ich. Wenn wir beim nächsten Angriff alle abgeballert werden, dann ist eh Schicht im Schacht. Aber wie sollen wir die Arschgeigen loswerden, wenn wir nicht einmal wissen, wer sie sind? Da nützen doch auch keine Jungs aus den anderen Chaptern!"

Bud hatte sich zum Frühstück ein Brötchen mit Frikadelle gegriffen und leckte sich jetzt Senf von der Handfläche, bevor er sich zu einer Antwort bequemte.

„Immer mit der Ruhe, Frankie! Mir geht die Situation genauso auf den Zeiger wie dir. Aber im Moment haben wir nicht sehr viele Möglichkeiten. Ich denke, dass allen klar ist, einschließlich Caspar, dass wir das Problem nicht in ein paar Tagen lösen können. Also warten wir erst einmal ab, was der nächste Kontakt ergibt. Wir werden ja wohl heute einen Anruf bekommen."

„Und dann?"

„Dann werden wir wissen, auf welche Weise wir das Geld übergeben sollen. Erst danach können wir überlegen, ob wir auf diesem Weg Informationen über die Typen erlangen können. Wir brauchen ein Ziel. Vorher nützen auch unsere Brüder von außerhalb nichts."

„Du meinst, dass wir bei der Geldübergabe einen von denen zu Gesicht bekommen werden?"

„Das ist doch recht wahrscheinlich. Vielleicht ist es nur ein Bote, der gar nicht weiß, was er da transportiert, aber man kann ihn ja verfolgen."

„Und wenn wir die Kohle irgendwo deponieren sollen?" Für Nicks Verhältnisse war das ein geradezu genialer Einwurf.

„Dann beobachten wir halt den Ort", konterte Bud verärgert. „Bringt doch nix, wenn wir jetzt zig Möglichkeiten durchgehen. Wir warten ab und schauen dann, was wir machen können."

In diesem Moment klingelte das Mobiltelefon, das vor Bud auf dem Tisch lag.

„Für den Anruf ist es eigentlich noch zu früh", brummte er und nahm das Gerät in die Hand. Er drückte auf die Lautsprechertaste, nachdem er sich nach eventuellen unerwünschten Mithörern umgeschaut hatte. „Ja?"

„Guten Morgen! Ich weiß, dass Sie noch nicht mit mir gerechnet haben", ertönte die bekannte Stimme. „Aber ich weiß ebenso, dass Ihre Kontaktaufnahme mit Herrn Kaiser erfolgreich verlaufen ist und Sie nunmehr ausreichend Zeit hatten, die Angelegenheit zu beraten."

„Das heißt?" Bud konnte die Anspannung in seiner Stimme nicht verbergen. Gedankenverloren wischte er einen kleinen Senffleck vom Tisch.

„Sie werden das Geld in einen Rucksack packen. Diesen Rucksack übergeben Sie der jungen Unterstützerin, die Ihren Präsidenten besucht hat. Sie wird ihn jederzeit bei sich tragen. Wir wenden uns dann an die junge Dame."

„Sie hat nichts mit dem Klub zu tun! Was ist, wenn sie das Geld für sich nimmt?" Der Gedanke, der Journalistin eine solche Summe anzuvertrauen, gefiel dem Road Captain nicht im Geringsten. Und zwar aus zwei Gründen. Den einen hatte er genannt. Der andere war, dass so die Überwachung der Übergabe extrem erschwert wurde.

„Also bitte!" Die Stimme des Anrufers troff vor Sarkasmus. „Wenn Sie es nicht hinbekommen, eine junge Frau so einzuschüchtern, dass sie tut, was Sie ihr auftragen, dann steht es mit der Reputation der Hounds of Hell aber wirklich schlecht. Darüber hinaus rate ich Ihnen, die junge Dame nicht etwa zu überwachen. Das würden wir merken und unser Deal wäre sofort geplatzt. Die Folgen dessen sind Ihnen ja bekannt."

Bud starrte seine Kumpane an und wusste nicht, was er sagen sollte.

„Ich nehme Ihr Schweigen als Einverständnis. Sie haben sechs Stunden Zeit. Dann muss die Botin das Geld in ihrem Besitz haben. Sie kann ganz normal ihren alltäglichen Aufgaben nachgehen, muss aber jederzeit den Rucksack mit sich führen. Wir entscheiden, wann und wo wir das Geld übernehmen. Wird irgendeine dieser Bedingungen nicht oder nur unzureichend erfüllt, dann ist unser Deal geplatzt und ich setze die entsprechenden Maßnahmen in Gang. Zuerst wird Ihr Präsident einen bedauerlicherweise tödlichen Unfall erleiden. Aber dabei wird es nicht bleiben. Versuchen Sie also bitte nicht, oberschlau zu agieren. Auf gute Zusammenarbeit!"

Die Verbindung war beendet.

„Scheiße", stellte Frankie trocken fest.

„Wieso?" Nick hielt sich großartig an die Vorgabe, nicht allzu clever zu handeln.

„Durch diesen Schachzug können wir die Übergabe nicht wirklich beobachten", erklärte Bud geduldig. „Die Kleine bekommt das Geld, erledigt, was immer gerade ihr Job ist, und wir haben keine Ahnung, wann und wo die Übergabe dann erfolgt. Und wenn wir sie überwachen, dann fällt das mit ziemlicher Sicherheit auf."

„Möglicherweise dauert es sogar ein bis zwei Tage, bevor sie an das Mädel herantreten. Auf jeden Fall geschieht es erst dann, wenn sie sicher sind, dass ihr keiner von uns auf der Schleppe steht." Frankie knirschte mit den Zähnen.

„Das Problem ist: Wir haben keine Wahl. Ben muss das klarmachen, dass sie innerhalb der nächsten Stunden hier antrabt und was sie für uns tun muss."

„Und wenn sie sich weigert?" Nicks Begriffsstutzigkeit wurde heute von seinem Pessimismus noch in den Schatten gestellt. Seit der Entführung von ihm und Bud war er nicht mehr der Alte.

Bud warf ihm einen bedauernden Blick zu.

„Nick, die Situation ist zwar beschissen, aber in einem hat der Kasper am Telefon recht: Wenn wir es nicht hinbekommen, dass die Kleine das erledigt, was wir ihr auftragen, dann ist unsere Zeit sowieso abgelaufen."

Frankie wuchtete seinen Bierbauch vom Stuhl hoch.

„Ich hole Ben."

Bud nickte zustimmend und wandte sich an Nick.

„Hör mal, lass dich nicht hängen, ja? Selbst wenn wir bei dieser ersten Übergabe nichts über unsere Gegner herausfinden, dann haben wir in einem Monat die nächste Chance. Ein wenig Geduld müssen wir schon mitbringen."

Der Angesprochene winkte missmutig ab.

„Tut mir leid, ich bin ein bisschen neben der Kappe. Ich kann überhaupt nicht verstehen, wo plötzlich jemand herkommt, der glaubt, dass er uns in die Suppe spucken kann. Und diese Enge hier im Klubhaus geht mir auch auf den Sack!"

„Da habe ich gute Nachrichten für dich! Weil wir jetzt ja zunächst kooperieren, brauchen wir nicht mehr alle hier zusammenzuhocken. Die Leute können wieder nach Hause. Wir richten lediglich eine Meldekette ein, falls irgendjemandem etwas Ungewöhnliches auffällt."

„Das ist gut! Ich packe gleich meine Sachen!" Nick wirkte erleichtert und sprang auf.

„Du wolltest mich sprechen?" Ben hielt eine neue Kanne Kaffee in der Hand und setzte sich selbstbewusst auf den frei gewordenen Stuhl. Die erfolgreiche Mission von Isa in Santa Fu warf natürlich ein günstiges Licht auf den Prospect. Er hatte dem Klub damit sehr geholfen.

„Jepp." Bud schenkte sich dankbar Kaffee nach. „Du musst die Kleine um einen weiteren Gefallen bitten."

„Worum geht's denn?"

Der Road Captain berichtete von dem Telefonat mit dem Unbekannten und der Rolle, die Isa bei der Übergabe spielen sollte.

„Das haben die sich ganz schön schlau ausgedacht." Ben bewies, dass er die Zusammenhänge schneller begriff als Nick. „Damit sind uns die Hände ziemlich gebunden."

„Das ist richtig", räumte Bud müde ein. „Aber wir müssen die wenigen Vorteile, die wir haben, geschickt einsetzen."

„Woran denkst du da?"

„Für unsere Gegner ist deine Kleine ideal, weil sie glauben, dass ihre Verbindung zum Klub sehr lose ist."

„Das stimmt ja auch", unterbrach Ben.

„Hm", brummte Bud. „Das müssen wir dann eben ändern."

„Wie meinst du das?"

„Du kannst doch ganz gut mit ihr, oder?"

„Schon, aber worauf willst du hinaus?"

Der Road Captain nahm einen Schluck Kaffee und sah versonnen in die Ferne.

„Sie ist Journalistin und nicht doof, scheint mir."

Ben nickte nur zustimmend.

„Dann müsste sie in der Lage sein, gut zu beobachten und halbwegs vernünftige Schlüsse zu ziehen, richtig?"

„Davon gehe ich aus", bestätigte der Prospect, der nicht genau wusste, worauf sein Mentor hinauswollte.

„Mein Plan war, dass wir über die Geldübergabe Informationen sammeln, unsere Gegner betreffend. Da niemand von uns daran beteiligt sein wird, muss sie diesen Job für uns erledigen. Glaubst du, sie kann das?"

„Auf jeden Fall", antwortete Ben, ohne zu zögern. „Die Frage ist, ob sie es will."

Bud bedachte diesen Einwand sorgfältig, bevor er weitersprach.

„Normalerweise würde ich sagen, dass der Wille einer Braut nicht gerade die erste Geige spielt bei uns." Er machte eine Pause, während der er sein Gegenüber fragend ansah.

„So ein Typ Frau ist Isa nicht", wandte Ben ein. „Du kannst sie keinesfalls mit den Tussis aus dem Klubumfeld vergleichen. Dafür ist sie einerseits zu schlau und andererseits zu selbstbewusst."

„Das dachte ich mir schon", seufzte Bud. „Allerdings macht das die Sache nicht gerade einfacher."

„Dafür bietet sie einen anderen Vorteil", entgegnete der Prospect.

„Der da wäre?"

„Ihr Job. Sie ist neugierig ohne Ende. Sie kennt keine Angst. Und sie kann mit unerwarteten Situationen schnell und souverän umgehen."

„Aha."

„Darf ich einen Vorschlag machen?"

„Raus damit!"

Ben atmete tief ein.

„Lass uns ehrlich zu ihr sein. Wir erzählen ihr, dass Geld in dem Rucksack ist, das jemand haben will. Und dass wir sehr interessiert an Informationen über diesen Jemand sind."

Der Road Captain legte seine Stirn in nachdenkliche Falten und trommelte abwesend mit den Fingern auf die Tischplatte. Es dauerte fast eine Minute, bis er seine Gedanken sortiert hatte.

„Meine erste Reaktion war, dass wir ihr unmöglich von dem Geld erzählen können. 80.000 Tacken sind genug, um wankelmütige Charaktere zu unklugen Handlungen zu treiben. Aber wenn wir sie wirklich benutzen wollen, um an Informationen zu kommen, dann unterstreicht die Summe natürlich die Dringlichkeit unseres Anliegens sehr anschaulich. Jetzt kommt die Gretchenfrage: Traust du ihr, Ben?"

Nun war es an dem Prospect, sich gründlich Gedanken über die Beantwortung der Frage zu machen. Im Geiste ging er verschiedene Unterhaltungen mit Isa durch. Er wollte nicht aus dem Bauch heraus antworten, sondern so fundiert wie möglich. Denn wenn irgendetwas schiefgehen sollte, dann würde er seinen Kopf hinhalten müssen. Bei den Klubfinanzen hörte jeglicher Spaß auf.

„Ich denke, wir können ihr vertrauen", antwortete er schließlich langsam. „Geld ist vermutlich nichts, was sie aus der Spur werfen könnte. Aber sie ist ihrem Job ziemlich verfallen. Und das könnte der Grund sein, warum sie uns helfen würde. Sie muss glauben, dass für sie eine Bombenstory drin ist."

„Was bedeutet das für uns?"

Ben zuckte die Schultern.

„Keine Ahnung. Was sind die Fakten, die sie kennt? Die Hounds geben ihr eine größere Summe Geld, das eine unbekannte Person ihr wieder abnimmt. Der Klub möchte wissen, wer diese Person ist. Mehr muss sie nicht wissen. Was kann sie sich daraus zusammenreimen?"

„Kommt drauf an, wie clever sie ist", vermutete Bud.

„Oh, clever ist sie ganz sicher. Natürlich wird sie vermuten, dass es sich um schmutziges Geld handelt. Aber hat sie irgendeinen Beweis dafür?"

„Außer der seltsamen Transaktion? Nein, wohl nicht."

„Sie wird, was die ungewöhnliche Übergabe angeht, zwei Möglichkeiten erwägen: Erpressung oder Schmiergeld. Aber erneut: Was davon lässt sich für sie beweisen?"

„Nichts. Du hast recht. Ich schätze, wir können das Risiko eingehen."

„Ich vermute, dass wir gar keine andere Wahl haben. Oder wie würde unser ominöser Investor reagieren, wenn er erfährt, dass seine Geldbotin nicht am Start ist?"

„Ungehalten wahrscheinlich. Sehr sogar. Er hat vorhin angedeutet, dass als erste Reaktion Caspar ermordet werden würde, falls es nicht so läuft, wie er es angesagt hat."

„Damit ist die Sache doch entschieden, oder? Ich meine, wir können unmöglich riskieren, dass er unseren Präsi umlegt. Wie auch immer er das anstellen will im Knast."

„Der Knast ist nicht das Problem." Bud berichtete davon, dass Caspar Kaiser vor dem Interview brutal zusammengeschlagen worden war. „Den

Draht nach drinnen hat unser Gegner offensichtlich. Dann anstelle der Fäuste ein Messer einzusetzen, ist nicht weiter schwierig und macht keinen großen Unterschied."

„Okay. Dann rufe ich sie an?"

„Mach das. Sieh zu, dass sie heute Mittag spätestens hier erscheint. Erzähle ihr nur so viel, dass du ihre Neugierde weckst. Den Rest kläre ich, wenn sie hier ist."

„Haben wir denn das Geld bereit?"

„Das ist normalerweise keine Frage für einen Prospect", rügte Bud, aber er klang nicht ernsthaft verärgert.

„Tut mir leid. Ich nehme mir die Sache natürlich zu Herzen." Ben klang zerknirscht und ein bisschen kleinlaut.

„Schon in Ordnung. Ich versteh' dich ja." Der Road Captain hieb dem jungen Mann kraftvoll die Pranke auf die Schulter. „Da wir in unserem Geschäft abends keine Geldbomben zur Bank bringen, ist die Frage der Barmittel nicht unser Problem. Ich kann die Summe innerhalb weniger Minuten organisieren. Daran wird es nicht scheitern. Sieh du nur zu, dass die Kleine pünktlich antrabt."

„Schon unterwegs!"

* * *

Die Bilder, die das Kamerateam in der Nacht gedreht hatte, waren relativ unspektakulär. Die Trümmerteile des explodierten Wagens lagen weit verstreut auf Straße und Gehweg und etliche Kriminaltechniker in weißen Schutzanzügen liefen hin und her und schossen Fotos oder machten sich an den einzelnen Teilen zu schaffen. Das Feuerwehrfahrzeug im Bildhintergrund hatte keine ernsthafte Funktion, denn eventuelle kleine Brände waren längst erloschen. Die Besatzung bereitete demzufolge ihr Abrücken vor. Absperrband verlieh der Szenerie eine Bedeutung, die die Bilder jedoch nicht bestätigten.

„Das ist Käse, da schlafen einem ja die Füße ein", maulte Helmut Zenz, der Chef vom Dienst von "KM". „Kein Grund, dass wir das morgen in die Sendung nehmen. Langweilig."

„Besonders prickelnd sind die Aufnahmen nicht, da gebe ich dir recht", stimmte Staller zu, der sich gemeinsam mit dem CvD über den Monitor beugte. „Trotzdem gehört ein gesprengtes Fahrzeug in Hamburg nicht gerade zum Alltag. Der Hintergrund würde mich schon interessieren."

„Keine Bilder, keine Geschichte", entschied Zenz und stoppte die Wiedergabe. „Wenn du ohne großen Aufwand Einzelheiten dazu recherchieren kannst, dann isses gut. Aber investier nicht zu viel Zeit in die Nummer. Wie sieht es übrigens mit dem Interview mit diesem Rockerboss aus?"

„Fertig! Hier, es ist schon auf dem Server." Staller klickte ein paarmal und startete dann einen neuen Beitrag. Er begann mit den Bildern des Bentleys, in dem Joschi erschossen worden war. Anhand der Schwenks erkannte man, dass sie in extremer Zeitlupe abgespielt wurden. Dazu erschienen auf einem Laufband im unteren Bereich des Bildschirms Buchstaben, die sich wie mit der Schreibmaschine getippt zu Sätzen formten. Diese wurden von einer Sprecherstimme nachgesprochen.

„Diese Bilder sieht man immer wieder gern", kommentierte Zenz die Aufnahmen der Leiche. „Warum kommen keine Close-ups?"

„Bei den Großaufnahmen funktioniert der Effekt mit der Slow Motion nicht." Staller verschwieg, dass er die Bilder für zu grausam hielt. „Die Texte entsprechen dem Gedächtnisprotokoll von Isa. Das wird natürlich in der Anmoderation noch genauer erklärt."

„Ja, ja." Der CvD war mehr an den Bildern interessiert. Staller hatte auch Aufnahmen von der Festnahme der Hounds in dem früheren Fall verwandt, die ziemlich spektakulär wirkten. Eine kleine Einblendung "Archivmaterial" wies darauf hin, dass hier alte Bilder benutzt wurden. Zum Schluss sah man die von Kugeln zersiebte Wand des Klubhauses der Rocker, in die dann das Logo der Hounds, der brennende Wolfsrachen, eingeblendet wurde.

„In der Abmoderation spekuliere ich dann noch ein wenig darüber, wie die Lage in Hamburg rund um den Klub gerade so aussieht. Wir haben ja leider wenig Fakten zur Verfügung."

„Manchmal sind Fakten überbewertet", winkte Zenz ab. „Hier gibt es starke Bilder und die drohende Gefahr eines Bandenkrieges. Mehr brauchen wir doch nicht!"

„Das kann man so und so sehen", antwortete der Reporter ausweichend. Seine Moderation würde jedenfalls nicht dazu beitragen, Angst in der Bevölkerung zu schüren.

„Wie auch immer. Du hast ja bestimmt noch zu tun. Mach die Tür zu, wenn du gehst!" Der CvD hielt bekanntlich auch gute Umgangsformen für überbewertet.

Zurück in seinem Büro stellte Staller fest, dass er einen Anruf verpasst hatte. Die Nummer kam ihm vage bekannt vor, also rief er sofort zurück.

„Danke, dass du dich so schnell meldest, mein Junge", knarrte die bekannte Stimme von Gerd Kröger aus dem Lautsprecher.

„Was kann ich für dich tun, Gerd?"

„Hast du mitbekommen, dass letzte Nacht in Billstedt ein Auto hochgegangen ist?"

„Ich habe gerade die Bilder davon gesehen. Sah verdammt nach einer Bombe aus. Zum Glück ist kein Mensch zu Schaden gekommen. Weißt du etwas darüber?"

„Deswegen habe ich angerufen. Rate mal, wem die Karre gehört hat!"

„Jetzt sag nicht, einem von den Hounds!" Dieser Gedanke hatte den Reporter blitzartig überfallen.

„Nee, das nicht. Aber die Werkstatt, vor der der Wagen stand, gehört den Mogilno-Brüdern."

Staller stieß einen leisen Pfiff aus. Der Name sagte ihm natürlich etwas. Das, was die Hounds of Hell für den Kiez waren, das stellten die Mogilno-Brüder für den Bereich Autoschieberei dar. Sie waren die unumstrittene Instanz in diesem Bereich der Kriminalität im Großraum Hamburg und damit Norddeutschlands erste Adresse.

„Den Mogilnos eine Bombe unters Auto zu legen, zeugt von einer ziemlich ausgeprägten Portion Mut", stellte er sachlich fest. „Das lassen die sich bestimmt nicht einfach so gefallen."

„Das war im Übrigen auch nicht alles", fügte Kröger hinzu. „Auf dem Hof der Werkstatt stehen etwa zwei Dutzend Luxuswagen. An denen sind jetzt knapp hundert Reifen platt. Alle zerstochen."

„Da sucht aber jemand Streit!"

„Oder ein neues Business-Modell."

Staller ließ diese Entgegnung einen Augenblick auf sich wirken, bevor er vorsichtig nachfragte.

„Glaubst du, dass hier das gleiche Muster wie bei den Hounds vorliegt?"

„Was ich glaube, tut nichts zur Sache. Mir fällt nur auf, dass auch hier mit relativ großem Aufwand ein verhältnismäßig geringer Schaden angerichtet wurde."

„Was für eine Warnung spräche."

„Zweifellos. Anstatt ein Auto zu zerstören und 100 Reifen zu zerstechen, hätte man ja den ganzen Hof abfackeln können. Zusammen mit dem Gebäude wäre der Schaden in die Millionen gegangen. Die Reifen kosten vielleicht 20 Mille und einen Arsch voll Arbeit, aber das sind letztlich nur Peanuts."

„Das könnte natürlich einfach eine Bande sein, die sich stark genug fühlt, den Mogilnos den Rang abzulaufen. Vielleicht die Nummer zwei oder drei der Branche."

„Ich kenne die Jungs, die hinter den Mogilnos in Autos machen. Der Abstand ist so gigantisch, die würden sich nie in eine offene Auseinandersetzung trauen."

„Also …?"

„Was wäre, wenn unser unbekannter Freund mit der Neigung zu ausführlichen Schießübungen gleich mehrere Eisen im Feuer hätte?"

Der Reporter erwog diesen Gedanken sorgfältig.

„Angenommen, da möchte jemand den Ton auf dem Kiez angeben und gleichzeitig im Autogeschäft mitmischen. Das müsste dann aber ein sehr ehrgeiziger Typ sein."

„Nicht nur das", mutmaßte Daddel-Gerd. „Er braucht auch eine äußerst schlagkräftige Truppe hinter sich, die darüber hinaus sehr loyal zu ihm steht. Es wäre nicht das erste Mal, dass jemand aus der Exekutive plötzlich selber ganz vorne an den Fleischtopf möchte. Und oft genug hat's funktioniert."

„Das stimmt natürlich." Der Reporter dachte fieberhaft nach. „Wenn, also falls, es sich wirklich um ein und denselben Mann handelt, dann geht es ihm bei den Mogilnos ebenfalls um einen Anteil am Gewinn. Dann liegt es in seinem Interesse, nicht allzu viel Schaden anzurichten. Trotzdem muss die Botschaft eindeutig sein."

„Und dann passen die Geschehnisse von letzter Nacht perfekt ins Bild. Auf der einen Seite zeigen die zerstochenen Reifen, dass die Täter sich ihrer Sache äußerst sicher waren. Das Gelände der Mogilnos ist sehr gut geschützt. Da gibt es Zäune, Bewegungsmelder und Kameras. Wer da ganz in Ruhe jeden verdammten Reifen aufschlitzt, der beweist definitiv, dass er überlegen ist."

„Und das Auto, das sie in die Luft gejagt haben, soll ausdrücken, dass sie auch ganz anders können, wenn es nötig ist."

„Ganz genau. Anstelle der Mogilnos würde ich zurzeit nicht besonders gut schlafen. Aber es wäre bestimmt interessant, zu verfolgen, was in ihrem Umfeld in den nächsten Tagen so passiert."

Staller ahnte zwar, was Kröger meinte, aber er fragte trotzdem noch einmal nach.

„Du rechnest also damit, dass sich unser großer Unbekannter oder seine Leute in nächster Zeit bei den Mogilnos melden werden?"

„Was bleibt ihnen anderes übrig? Wenn sie wirklich einen Anteil haben wollen, dann müssen sie ihre Forderungen übermitteln. Die Brüder haben ihre Zentrale in dieser Werkstatt. Noch läuft dort die Spurensicherung herum. Das gibt uns ein bisschen Zeit. Aber dann wäre es doch interessant zu wissen, wer so zu Besuch kommt oder anruft."

„Üblicherweise wäre das ein Job für die Polizei, Gerd."

„Jaaa, schon", dehnte der alte Kiezianer. „Aber wie lange, glaubst du, würde es dauern, bis die Plattfüßler in die Gänge kommen? Vorausgesetzt, dass sie überhaupt Handlungsbedarf sehen."

„Da hast du natürlich recht. Andererseits ist so eine Überwachung nicht ganz einfach zu realisieren. In Zeiten von Mobilfunk kannst du nicht mehr einfach nachts irgendwo einbrechen und eine Wanze in den Telefonhörer schmuggeln."

Das raue Lachen von Gerd Kröger ging in einen Hustenanfall über, der erst nach einiger Zeit abflaute.

„Entschuldigung, mein Junge. Ich sag' ja: Ich werde alt." Er trank offensichtlich einen Schluck und klang danach etwas entspannter. „Das Abhörproblem ist einfach zu lösen. Du musst die Wanze eben nicht in den Telefonhörer bauen, sondern das ganze Büro überwachen. Dann bekommst du zumindest den Teil mit, den die Mogilnos beisteuern. Und wenn sie auf Lautsprecher stellen, dann sogar alles."

„Hm. Das stimmt natürlich. Ist allerdings ein kleines bisschen ungesetzlich, oder?"

„Komm mir doch nicht mit Paragrafen, Mike! Ich kenne dich nun so lange. Du hast noch nie gekniffen, nur weil irgendetwas nicht ganz legal war. Zumindest nicht, wenn am Ende etwas Gutes herausgekommen ist."

Staller schwieg einige Augenblicke. Ja, wenn es galt, einen Verbrecher zu überführen, dann setzte er die Maßnahmen ein, die zum Erfolg führten. Genau das war ja der ewige Streit zwischen ihm und Bombach. Der Kommissar war als Beamter streng angehalten, den gesetzlichen Rahmen nicht zu verlassen. Für den Reporter galt diese Einschränkung nicht. Jedenfalls hatte er das selbst so beschlossen.

„Ich kann dir anbieten, den technischen Teil der Angelegenheit zu organisieren", versuchte der ehemalige Kiez-König eine Brücke zu bauen.

„Mir fällt bloß nichts ein, wie ich das Zeug vor Ort installieren lassen könnte, ohne dass es auffällig wäre."

„Lass mich da einen Moment drüber nachdenken, Gerd! Unter diesen Umständen werde ich mich mal etwas genauer mit dem Fall befassen. Ich melde mich wieder bei dir! Und danke für deinen Anruf!"

„Kein Problem! Aber beeil dich mit dem Nachdenken! Ich bereite schon mal den technischen Teil vor."

Der Reporter musste grinsen. Offensichtlich war sich Gerd Kröger bereits sicher, wie das Ergebnis der Überlegungen ausfallen würde. Jetzt galt es, möglichst detaillierte Informationen über die Explosion zu sammeln. Dabei musste Bommel helfen, auch wenn er als Beamter der Mordkommission vermutlich nicht direkt in die Ermittlungen involviert war.

„Moin Bommel! Ich brauche mal ausnahmsweise etwas Unterstützung von dir."

„Nein, ich werde nicht deine Parkzettel verschwinden lassen."

„Also bitte! Als wenn ich jemals solche Petitessen an dich herantragen würde. Es geht um die Explosion in Billstedt gestern Nacht."

„Was ist damit? Das haben die Kollegen vom Kriminaldauerdienst übernommen. Für den Fall, dass du es vergessen hast: Ich arbeite bei der Mordkommission. Gestern ist glücklicherweise kein Mensch zu Schaden gekommen."

„Ich vergesse nichts. Natürlich kann ich mein schlaues Buch so lange durchforsten, bis ich jemanden darin gefunden habe, der gestern Nacht Dienst hatte. Ich brauche aber schnelle Ergebnisse."

„Warum interessierst du dich überhaupt für den Fall? So spektakulär war das doch alles nicht, dass dein reißerisches Kriminalmagazin darauf anspringen könnte oder hab' ich irgendwas verpasst?"

„Schöner Titel für deine Autobiografie. "Hab' ich irgendwas verpasst?" Schreib dir das auf, sonst vergisst du es. Und jetzt sag schon, was du über die Explosion weißt."

Der Kommissar grummelte irgendetwas vor sich hin, aber schien an seinem Rechner auf die Suche zu gehen. Nach einer schier endlosen Pause räusperte er sich und zitierte offensichtlich aus einem Einsatzbericht.

„Eintreffen am Tatort gegen 0:50 Uhr, hochwertiger BMW, Wrackteile im Umkreis von mehreren Dutzend Metern, Auslöser vermutlich Bombe mit Fernzündung, Sprengstoff noch nicht identifiziert, kein Personenschaden, bisher keine Augenzeugen, Untersuchung von Überwachungskameras noch anhängig, Schadenshöhe im oberen fünfstelligen Bereich. – Was ist daran so außergewöhnlich?"

„Habt ihr den Besitzer des Wagens schon ermittelt?"

„Warte mal!" Bombach schien den Bericht weiter zu überfliegen. „Nein, sieht nicht so aus. Das Fahrzeug war offenbar nicht mit Nummernschildern versehen. Halter also bisher unbekannt."

Der Reporter seufzte vernehmlich.

„Würdest du mir zustimmen, dass eine gewisse Wahrscheinlichkeit besteht, dass der Wagen zu der Autowerkstatt gehört, vor der er geparkt war?"

„Ach, das Ganze ist vor einer Werkstatt passiert?"

„Die zufälligerweise von den Mogilno-Brüdern geführt wird, falls dir der Name etwas sagt", ergänzte Staller.

„Hui!" Der Kommissar konnte sein Erstaunen nicht verbergen. „Davon steht hier nichts im Bericht. Aber vermutlich war zu der nachtschlafenden Zeit auch niemand vor Ort."

„Bestimmt nicht. Trotzdem hätten deine Kollegen das inzwischen mal herausbekommen haben können."

„Die sind bestimmt gleich heute Morgen noch einmal hingefahren."

„Dann sollten sie auch bemerkt haben, dass auf dem Hof der Mogilnos die Reifen sämtlicher Autos zerstochen worden sind."

„Woher weißt du schon wieder solche Einzelheiten?" Bombach bemühte sich kein bisschen, die Skepsis in seiner Stimme zu verbergen.

„Das hat mir ein Vögelchen zugezwitschert", erwiderte der Reporter vage. „Allerdings wette ich meinen heiß geliebten Pajero gegen deine alte Angeberkutsche, dass es keine Anzeige durch die Brüder gegeben hat."

„Abgesehen davon, dass kein Mensch deine umweltversauende Blechdose haben möchte, stelle ich mir die Frage, warum ein derartiger Vandalismus nicht zur Anzeige kommen sollte?"

„Vielleicht solltest du diese Frage direkt an die Mogilnos richten. Ich würde dich übrigens ganz selbstlos bei diesem Besuch begleiten. Nicht dass du dich fürchten musst."

„Ich fürchte mich definitiv mehr vor deiner Begleitung als vor diesen Autoschiebern. Die sind wenigstens ausrechenbar."

„Jetzt machst du mich aber traurig. Trotzdem bestehe ich darauf, dich zu begleiten. Immerhin wüsstest du ohne mich überhaupt nichts von dem Vorfall."

„Warum nur bin ich misstrauisch?" Bombach konnte seinen tiefen Zweifel an den Motiven Stallers nicht aus seiner Stimme heraushalten.

„Weil du als Polizist quasi automatisch auch ein Misanthrop bist? Das ist ein Menschenfeind."

„Stell dir vor, das eine oder andere Fremdwort befindet sich auch in meinem Wortschatz. Hör auf um den heißen Brei herumzureden! Warum willst du mit mir dahin?"

„Dahinter könnte sich doch eine Geschichte für uns verbergen!"

„Keine Ahnung, wie die aussehen könnte, aber was hält dich davon ab, das zu tun, was du sonst immer tust: allein dort aufzutauchen?"

„Ich habe die Befürchtung, dass die Mogilnos mit dem Hof voller Kriminaltechniker und einem gesprengten Luxuswagen vor der Werkstatt gerade ihre PR-Abteilung geschlossen haben. Nicht dass es sonst einen großen Gesprächsbedarf bei ihnen gegeben hätte, aber im Moment sind sie bestimmt noch schweigsamer."

„Du brauchst mich also auch als Türöffner." Der Kommissar klang selbstzufrieden wie lange nicht mehr. „Dass ich das noch erleben darf!"

„Wenn es für dein Ego eine Rolle spielt – ja. Ich wäre sogar bereit dich abzuholen."

„Schönen Dank, aber danke, nein. Die Vorstellung, in deiner vollgerümpelten und schmuddeligen Karre zu sitzen, verursacht bei mir spontanen Juckreiz. Wir treffen uns dort. Wann?"

„Sagen wir, um 15 Uhr? Dann hast du noch Zeit für dein mehrgängiges Mittagsmenü bei Manni."

Die Vorliebe des Kommissars für fetttriefende Mahlzeiten beim nahegelegenen Imbiss war häufiges Gesprächsthema zwischen den beiden, zumal sie sich zunehmend an den Konturen des Schnitzelfreundes ablesen ließ. Staller selbst speiste ebenfalls gerne dort, denn das Essen war zwar gesundheitlich bedenklich, aber extrem lecker. Allerdings verarbeitete der Metabolismus des Reporters die fiesen Attacken auf den BMI ohne Probleme, weswegen Bombach beinahe grün vor Neid wurde.

„An deiner Stelle würde ich mir die Spitzen sparen, Mike. Sonst könnte es passieren, dass ich kurzfristig verhindert bin."

„Sei doch nicht so empfindlich! Bist du vielleicht unterzuckert? In deiner rechten oberen Schreibtischschublade müssten deine Notfallriegel liegen. Also, falls du sie nicht alle aufgefuttert hast. Bis nachher!"

Staller war erleichtert. Es war ihm gelungen, das Interesse seines Freundes zu wecken, ohne dass er die möglichen Parallelen zu den Geschehnissen rund um die Hounds of Hell offenbaren musste. Der Kommissar war allein durch den Namen der Mogilno-Brüder geködert worden. Vermutlich, weil er eine Gelegenheit sah, sich einen Vorsprung vor seinen verhassten Kollegen aus der Abteilung Organisierte Kriminalität zu verschaffen.

Jetzt galt es nur noch auf eine Gelegenheit zu hoffen, wie er unbemerkt die Wanze im Büro der Autoschieber platzieren konnte. Aber das Problem würde er angehen, wenn es so weit war. Improvisation war schließlich seine Stärke. Gerd Kröger würde zufrieden mit ihm sein. Der Reporter griff erneut zum Telefon.

* * *

Isa war überrascht, dass sie unkontrolliert bis auf den Parkplatz des Klubhauses fahren konnte. Entweder war die Wache gerade auf der Toilette, was eher unwahrscheinlich war, oder die Sicherheitsmaßnahmen waren drastisch heruntergefahren worden. Was mochte der Grund dafür sein? Es musste eine bedeutsame Entwicklung gegeben haben und sie hoffte, etwas darüber in Erfahrung bringen zu können.

Sie parkte den Produktionswagen abseits der ordentlich aufgereihten Harleys der Hounds und stieg aus, wobei sie ihren schwarzen Rucksack, der unter anderem als Handtasche diente, über eine Schulter warf. Als sie sich umschaute, entdeckte sie Ben, der auf dem Geländer der Terrasse saß und ihr freundlich zugrinste. Ganz kurz huschte der Gedanke durch ihr Bewusstsein, dass sie sich gerade ganz allein mitten unter eine Gruppe von Kriminellen begab. Sie hatte niemandem in der Redaktion von ihrem Ausflugsziel berichtet, nicht einmal Mike. Ob das ein Fehler gewesen war?

Sie schüttelte diese Überlegungen schnell wieder ab. Ihr Bauch sagte ihr, dass die Geschichte rund um die Rocker ihren Höhepunkt noch nicht erreicht hatte. Als Journalistin musste sie jetzt am Ball bleiben und die Möglichkeiten nutzen, die sich ihr anboten. Die Angaben von Ben in ihrem Telefonat waren zwar nebulös geblieben, hatten aber trotzdem ihr Interesse geweckt.

„Hallo Ben! Kannst du schon nicht mehr ohne mich leben?"

Der Prospect stand von seinem Platz auf und thronte nun zwei Stufen über ihr. Aus der Froschperspektive wirkte sein muskulöser Körper noch Ehrfurcht gebietender. Allerdings milderte sein sympathisches Lächeln den Eindruck ein wenig.

„Tatsächlich geht es nicht vorrangig um meine persönlichen Wünsche. Der Klub möchte dich sehen."

„Sollte ich mir Sorgen machen?"

„Warum?"

„Ihr seid nicht gerade die Heilsarmee. Wenn der Klub mich sprechen will, klingt das ein bisschen nach der Einladung eines Mafiabosses: Der Capo möchte dich sehen!", versuchte sie sich an einer mittelmäßigen Parodie auf Don Vito Corleone.

Ben lachte dröhnend.

„Was?"

„Du schaust zu viele alte Filme. Außerdem bist du als Pate nicht gerade die Idealbesetzung."

„Warum nicht?"

„Sagen wir: Es ist einfach zu wenig von dir da." Er zwinkerte ihr zu.

„Das kommt nur, weil du zwei Stufen über mir stehst. Außerdem kommt es nicht auf die Größe an. Ich könnte jederzeit Hackfleisch aus dir machen." So, wie sie es sagte, klang es hundertprozentig überzeugt.

„Wir wollen hier doch keinen Schwanzvergleich", beruhigte er sie. „Danke, dass du gekommen bist. Ich darf nicht vorgreifen, aber so viel kann ich dir sagen: Der Klub möchte dich um einen Gefallen bitten."

„Etwas Ungesetzliches?"

Ben schüttelte den Kopf.

„Was dann?"

„Du wirst es von Bud erfahren. Als Prospect bin ich nicht befugt, dir mehr zu erzählen. Nur so viel: Du würdest dichter an den Klub heranrücken als jemals ein Außenstehender vor dir."

„Also kobern kannst du", grinste die Volontärin und stapfte die zwei Stufen hinauf, um ihm freundschaftlich in den Bauch zu boxen. „Dann bring mich mal zu deinem Boss."

Während sie durch das Klubhaus gingen, beobachtete sie überall Menschen, die sich offensichtlich für einen Aufbruch bereit machten.

„Löst ihr eure Wagenburg auf?"

„Jepp."

„Was hat sich verändert? Woher wisst ihr, dass die Gefahr vorbei ist?"

„Du stellst zu viele Fragen."

„Erstens ist das mein Job. Und zweitens habe ich euch bereits einen Gefallen getan und stehe nun vor einem zweiten. Da habe ich doch wohl das Recht zu ein paar harmlosen Fragen, oder?"

Er blieb stehen und deutete auf das Gewimmel um sie herum.

„Wenn so viele Menschen auf relativ engem Raum leben, dann ist das nicht gerade einfach. Die Leute gehen sich nach einer Zeit auf den Geist. Wenn du sie lange genug zusammensperrst, ist die Gefahr größer, dass sie sich selber die Köppe einschlagen, als dass jemand von außerhalb das erledigt."

„Okay, das leuchtet ein", gab Isa zu. „Trotzdem würdet ihr das nicht machen, wenn sich eure Einschätzung der Lage nicht geändert hätte. Aber vermutlich gehört das auch wieder zu den Dingen, zu denen ein Prospect keine Stellung nehmen darf."

„Es geht weniger um die Frage, ob ich Stellung nehmen darf. Manche Sachen erfährt ein Prospect auch einfach nicht."

„Und damit hast du kein Problem?"

Ben zuckte mit den Schultern.

„Stört es dich, wenn du beim Mensch-ärgere-dich-nicht rausgeschmissen wirst? So sind halt die Regeln. Wenn sie dir nicht gefallen, suchst du dir eben ein anderes Spiel."

„Also ich könnte das nicht", stellte Isa fest und folgte ihm durch die Tür in den abgeteilten Raum des Klubhauses. „Ich darf ins Allerheiligste. Die Sache scheint wichtig zu sein."

An dem großen Tisch saß lediglich Bud, der Road Captain der Hounds of Hell, und rauchte nachdenklich eine seiner unzähligen Zigaretten. Die Luft war entsprechend schlecht.

„Setz dich!", brummte er und deutete auf einen Stuhl ihm gegenüber.

Sie wedelte mit der Hand die beißenden Qualmwolken zur Seite, nahm aber kommentarlos Platz. In einer seltenen Aufwallung von Rücksichtnahme drückte er den Stummel aus.

„Danke, dass du gekommen bist. Ben, setz dich ebenfalls!"

Der Prospect ließ sich auf den Stuhl neben Isa fallen und schwieg respektvoll. Bud schob den halb geleerten Kaffeebecher, der vor ihm stand, angeekelt zur Seite und sammelte sich einen Moment.

„Du hast uns netterweise geholfen, ein paar Informationen mit unserem Präsidenten auszutauschen. Eigentlich neigen wir nicht dazu, klubfremde Menschen mehr als nötig in unsere Angelegenheiten zu ziehen, aber in diesem Fall haben uns bestimmte Faktoren dazu gezwungen."

Isa sah ihn ruhig und erwartungsvoll an, ohne auf das bisher Gesagte einzugehen. Nach einer kurzen Pause fuhr er fort.

„Der Gefallen, um den wir dich bitten, ist relativ einfach auszuführen. Trotzdem bedeutet er ein hohes Maß an Verantwortung."

Als er wieder eine Pause einlegte, reagierte die Volontärin nun doch.

„Was soll ich tun?"

Falls ihn diese Unterbrechung störte, dann bemühte sich Bud, dass man es seinem Gesicht nicht ansehen konnte.

„Es geht um diesen Rucksack", erklärte der Road Captain und hob das gute Stück vom Fußboden an, um es ihr zu zeigen. „Er enthält etwas, das jemand anderes gerne haben möchte."

„Was ist das und wer will es haben?" Die Fragen waren heraus, ehe Isa darüber nachdenken konnte, ob es sonderlich klug war, ihren Gesprächspartner an dieser Stelle zu unterbrechen. Ihr spontanes und furchtloses Naturell hatte die Herrschaft über die Vorsicht übernommen.

„Es handelt sich um Geld. Und die zweite Frage kann ich leider nicht beantworten." Bud ließ sich nicht anmerken, ob ihn die Zwischenfrage ärgerte.

„Die Kohle ist echt, kein Falschgeld", ergänzte Ben und ergriff damit zum ersten Mal in diesem Gespräch das Wort.

„Ich wiederhole mal zur Sicherheit: In dem Rucksack befindet sich Bargeld, das dem Klub gehört, und es soll an eine unbekannte Person gehen. Was habe ich damit zu tun?"

„Du sollst es übergeben."

Isa stutzte.

„Wie soll denn das gehen, wenn ich nicht weiß, wer es bekommen soll?"

Bud wandte sich Hilfe suchend an Ben und nickte ihm auf dessen fragenden Blick auffordernd zu.

„Derjenige oder diejenige wird sich an dich wenden. Wir wissen nicht einmal, ob es ein Mann oder eine Frau sein wird."

„Wann und wo wird das sein?"

Isa bewies in dieser Situation wieder einmal, dass sie blitzschnell denken konnte und sich keinesfalls versteckte, wenn es kompliziert oder gefährlich zu werden drohte.

„Auch das wissen wir nicht genau", räumte Bud ein.

„Bitte? Wie stellt ihr euch das denn vor?" Jetzt war ihr doch anzumerken, dass sie ein bisschen perplex war.

„Du wirst den Rucksack, wenn du hier das Gelände verlässt, bei dir tragen, und zwar ständig. Dann verhältst du dich ganz normal, arbeitest oder tust, was du normalerweise erledigst, nur dass der Rucksack immer dabei ist. Irgendwann wird dich jemand ansprechen. Dem gibst du dann das Geld."

„Aber da könnte ja jeder kommen."

„Es weiß aber nicht jeder davon", grinste Ben und zwinkerte ihr zu. „Nur du, wir – und der Empfänger. Trotzdem wäre es nett, wenn du gut auf die Kohle achtest. Ich hoffe, du bist kein Rucksackvergesser!"

„Mache ich mich bei dieser Transaktion in irgendeiner Weise strafbar?"

„Solange du nicht mit dem Geld verschwindest – nein." Bud musterte sie bei diesem Satz genau. Unausgesprochen transportierte er eine Warnung.

„Und ihr habt keine Ahnung, wann dieser Jemand kommt?"

„Keine Ahnung", bestätigte der Road Captain.

„Es könnte in einer Stunde passieren, aber vielleicht auch erst in drei Tagen", führte Ben weiter aus. „Wobei mir drei Tage eher etwas lang erscheint."

Nachdenklich strich sich Isa durch die Haare.

„Das ist meine ganze Aufgabe? Ich trage den Rucksack ständig bei mir, sobald ich hier wegfahre, und händige ihn der ersten Person aus, die mich darauf anspricht?"

Die beiden Rocker wechselten einen Blick, der der Journalistin nicht entging.

„Aha! Das war noch nicht alles, oder?"

Bud griff automatisch nach seiner Zigarettenschachtel, schob sie jedoch nach einem strengen Blick seines Gastes wieder von sich.

„Wenn es zu dieser Übergabe kommt, dann wäre es sehr hilfreich, wenn du dir alle Einzelheiten einprägen könntest. Personenbeschreibung, Stimme, wo kam er her, wo geht er hin, all diese Dinge."

„Wenn er ein Fahrzeug benutzt, dann würde das Kennzeichen zum Beispiel sehr helfen. Oder bei einem öffentlichen Verkehrsmittel, wohin es fährt. Jedes Detail ist nützlich."

Isa sah von einem zum anderen und zog blitzschnell die korrekten Schlüsse.

„Ihr habt keine Ahnung, an wen das Geld geht, möchtet das aber unbedingt in Erfahrung bringen. Das bedeutet, diese Zahlung erfolgt nicht gerade freiwillig. Ihr hofft, dass ich euch auf die Spur des Empfängers bringen kann. Denn ihr wollt die Kohle zurückhaben."

Dem Road Captain blieb nicht gerade der Mund offen stehen, aber die Überraschung war ihm trotzdem deutlich anzumerken. Offensichtlich hatte er die Journalistin trotz Bens ausdrücklicher Warnung unterschätzt. Jetzt überlegte er, wie er auf diesen bemerkenswerten Schluss reagieren sollte.

„Es geht nicht darum, die Kohle zurückzubekommen", brummte er schließlich. „Dann würden wir sie einfach nicht zahlen. Wir möchten nur ein paar Informationen sammeln. In unserem Business arbeitet man halt nicht so viel mit Sparkassen zusammen. Wirst du tun, worum wir dich bitten?"

Jetzt, da die entscheidende Frage gestellt worden war, senkte sich Stille über den Raum. Ben warf neugierige Blicke zu Isa hinüber und versuchte in ihrem Gesicht zu lesen. Bud beschäftigte sich mit seinem Kaffeebecher und bemühte sich darum, möglichst gleichgültig zu erscheinen. Die junge Journalistin achtete kaum auf die beiden Männer, sondern starrte auf einen imaginären Fleck vor sich auf der Tischplatte. Was bedeutete diese Aufgabe für sie? Der wichtigste Punkt war sicher, ob sie sich in irgendeiner Weise strafbar machte, wenn sie dieses Geld übernahm. Ganz zweifelsfrei konnte sie das nicht beurteilen, dafür fehlte ihr der juristische Background. Ihr Bauchgefühl meldete jedoch, dass die Sache koscher war. Das reichte ihr.

War die Angelegenheit in irgendeiner Weise gefährlich? Auch diese Frage ließ sich nicht eindeutig beantworten. Aber ihre Jugend und ihr Optimismus flüsterten ihr zu, dass eigentlich nicht viel passieren konnte. Derjenige, der das Geld von ihr übernehmen würde, wusste mit Sicherheit, dass sie instruiert worden war, den Rucksack auszuhändigen. Also war dabei keine Gewalt zu erwarten.

Die Situation bot aber auch Chancen. Jenseits jeden Zweifels stand fest, dass sie bei den Hounds of Hell einen Stein im Brett haben würde, wenn sie ihre Aufgabe nach Plan erfüllt hätte. Das war schon mal nicht schlecht. Viel attraktiver erschien ihr jedoch die Aussicht, dass ihre Aufgabe ihr Zugang zu einer wirklich großartigen Geschichte ermöglichen würde. Warum zahlten die Hounds auf diesem Wege Geld an jemanden, den sie offenbar nicht kannten? Sie hatte zu diesem Zeitpunkt keine klare Vorstellung von den Gründen, aber es konnte nur eine spannende Geschichte hinter diesem Vorgang stecken. Wurden die Rocker erpresst? Wollte sie jemand aus dem Geschäft drängen? Wer war der Gegner, der sich an eine so mächtige Bande traute? Keine dieser Fragen konnte sie beantworten, aber mithilfe von Mike hoffte sie, die Hintergründe nach und nach erhellen zu können.

„Von wie viel Geld reden wir hier eigentlich?", unterbrach sie ihre Gedanken.

Bud zögerte nur einen winzigen Moment, dann antwortete er knapp und präzise.

„80 Riesen."

„Nicht gerade Kleingeld", stellte Isa lakonisch fest. „Habt ihr keine Angst, dass ich damit abhaue?"

Bud wollte antworten, aber Ben kam ihm zuvor.

„Wir vertrauen dir", verkündete er und warf seinem Road Captain einen Blick zu, der diesen um Zurückhaltung bat. Wenn sie Isa jetzt einzuschüchtern versuchten, würde das den Erfolg ihrer Mission gefährden. Bud verstand den Wink und nickte zustimmend.

„Danke für die Blumen." Sie holte tief Luft und traf eine Entscheidung. „Okay, ich mach's! Aber wir nehmen meinen Rucksack. An den bin ich gewöhnt. Oder ist das ein Problem?"

Zum wiederholten Mal wechselten die Rocker einen Blick. Ben zuckte minimal die Achseln und Bud übernahm daraufhin die Antwort.

„Nein, kein Problem. Gib mal her!"

Isa nahm ihren Rucksack, den sie abgestellt hatte, und hob ihn auf den Tisch. Bud stellte den anderen daneben. Auch er war schwarz, insofern ähnelten sie sich sehr.

„Schon mal 80 Riesen auf einen Haufen gesehen?", fragte er grinsend und öffnete den Reißverschluss. „Ist zusammengepackt weniger, als man glaubt."

Das Geld steckte in einer Tüte. Überwiegend Hunderter und Fünfziger waren zu einzelnen Packen zusammengeschnürt worden. Aufgestapelt auf dem Tisch war das Volumen ziemlich überschaubar.

„Sieht unspektakulär aus", stimmte Isa zu. „Hat aber den Vorteil, dass es noch gut in meinen Büdel reinpasst." Sie öffnete den Reißverschluss ihres Rucksacks und Bud stopfte die Geldbündel, die er wieder in der Tüte verstaut hatte, hinein, was ihm ohne nennenswerte Probleme gelang.

„Wär' nett, wenn du deinen Rucksack nirgendwo vergisst", mahnte er gutmütig.

„Klauen lassen wäre auch eine blöde Idee", ergänzte Ben.

„Keine Sorge", antwortete Isa. „Der Typ, der mir den Rucksack abknöpfen will, verbringt den Rest der Woche im Krankenhaus!"

Der Road Captain zog skeptisch die Augenbrauen hoch, schwieg jedoch. „Du glaubst mir nicht, oder?"

Bud machte eine vage Handbewegung, die alles Mögliche bedeuten konnte, äußerte sich aber nicht.

„Dann wirf mal einen Blick hierauf", schlug Isa vor und tippte in mörderischer Geschwindigkeit etwas in ihr Handy. „Vermutlich kannst du dann auch besser schlafen, bis die Geldübergabe erledigt ist."

Bud nahm das Telefon, das in seinen groben Pranken wie ein winziges Spielzeug wirkte, und tippte auf den Startbutton des Videos. Zu sehen waren zwei Personen in einer Turmhalle. Eine davon war klein und zierlich, die andere deutlich größer und extrem muskulös. Das war gut zu erkennen, da beide nur kurze Hosen und enge Oberteile trugen. Sie standen sich gegenüber und warteten offenbar auf ein Zeichen. Dann begannen sie sich konzentriert umeinander zu bewegen. Dabei belauerten sie sich aufmerksam. Urplötzlich schoss das Bein der größeren Person in einem Halbkreis auf die kleinere zu. Diese jedoch duckte sich blitzschnell und entging so einem Tritt, der sie vermutlich von der Matte geschleudert hätte. Eine Zeit lang umschlichen sich beide wieder, bevor die kleinere Person einen Schlag gegen den Hals des Gegners versuchte, der jedoch geblockt wurde.

„Bist du das?", erkundigte sich Bud interessiert.

„Jepp. Der Gegner ist ein Kampfsportlehrer. Ungefähr so groß wie Ben, aber etwas schwerer."

Der Angesprochene stand auf, umkreiste den Tisch und sah dem Road Captain fasziniert über die Schulter.

Die Auseinandersetzung in dem Video ging mit vermehrter Intensität weiter. Der Großteil der Schläge und Tritte wurde jeweils abgefangen oder umgangen, aber gelegentliche Treffer kamen auch durch. Bisher schien das keinen der Kombattanten zu beeinträchtigen. Als jedoch der Große zu einem weiteren halbkreisförmigen Tritt ansetzte, duckte sich die junge Frau nicht einfach weg, sondern antizipierte den Vorgang und sprang nach vorne, gegen das Standbein des Hünen. Hier war er inmitten des komplexen Bewegungsablaufs am verletzlichsten. Er geriet aus dem Gleichgewicht und krachte wie eine Bahnschranke auf die Matte, wo er halb auf dem Bauch für einen Augenblick liegen blieb. Im selben Moment sprang die kleine Person mit einem Panthersatz, den man ihr gar nicht zugetraut hätte, in die Luft und krachte aus erstaunlicher Höhe auf den liegenden Mann, wobei ihr angewinkelter Ellenbogen wie ein Fallbeil in die Nierengegend des Gegners krachte. Dieser bäumte sich auf, aber weniger, um sich zu verteidigen, sondern vor Schmerzen. Wie ein Flummi sprang die junge Frau auf und ließ ihren nackten Fuß in einem perfekten Bogen auf seinen Hals herabsausen. Nur Zentimeter vor dem Aufprall auf Höhe der Halsschlagader bremste sie den Tritt weitgehend ab und stellte ihren Fuß schwer an dieser Stelle ab.

„Gibst du auf?", war zu hören.

„Allerdings", ächzte der Mann.

„Wenn ich durchgezogen hätte, wärst du jetzt tot", stellte die Frau sachlich fest und zog ihren Fuß zurück. „Komm, ich helfe dir hoch!"

Erneut tauschten die beiden Rocker einen Blick. Dieses Mal lag darin Erstaunen, Schock und Respekt.

„Ich dachte, dass du nur eine große Klappe hast", gab Ben zu. „Aber nachdem ich das gesehen habe, nehme ich das zurück. Alter Schwede, mit dir möchte man sich wirklich nicht prügeln!"

„Das wäre ganz sicher keine gute Idee", stimmte Isa fröhlich zu. „Ich hab' ja gesagt, dass ich Hackfleisch aus dir machen könnte. Jetzt glaubst du mir vielleicht."

„Unbedingt."

„Und du? Machst du dir noch Sorgen um eure Kohle?"

Bud hatte sich noch nicht von dem Schock erholt, den die Aufnahme bei ihm ausgelöst hatte.

„Du haust 'ne verdammt harte Kelle", staunte er. „Wie machst du das? Ich meine – bei deinem Gewicht!"

„Der Trick ist Geschwindigkeit und gute Beobachtung. Mein Gegner hätte mich in zwei Hälften schlagen können, wenn er richtig getroffen hätte. Also muss ich klug ausweichen und dann blitzschnell die Stelle angreifen, die er in dem Moment nicht schützen kann. Der Rest ist dann Kindergarten."

Sie sagte das in aller Gelassenheit und lehnte sich entspannt in ihren Stuhl zurück. Das verbissene und kompromisslose Training hatte sich überraschend schnell ausgezahlt und die dabei erworbenen Kenntnisse hatten ihr im Leben bereits mehrfach genützt. Die wichtigste Folge war jedoch dieses ruhige Selbstbewusstsein, das sie durch ihre großen Fähigkeiten zur Selbstverteidigung gewonnen hatte.

„Ich sehe ein, dass man dir das Geld gegen deinen Willen nur schwer abnehmen kann. Ja, das finde ich sehr beruhigend." Bud hatte sich inzwischen wieder gefasst. „Hier! Da ist dein Rucksack. Hast du noch Fragen?"

„Werdet ihr mich beobachten?"

„Nein. Das wäre vermutlich zu auffällig."

„Was passiert nach der Geldübergabe?"

„Ruf Ben an. Dann sehen wir weiter. Wie gesagt: Jede Information über die Person ist von Bedeutung."

„Alles klar. Dann mache ich mich mal wieder auf den Weg." Isa warf den Rucksack an einem Riemen über ihre Schulter und nahm ihr Mobiltelefon wieder an sich.

„Ich begleite dich noch raus", erbot sich Ben.

„Aber immer schön da gehen, wo ich dich sehen kann!" Isa zwinkerte ihm spöttisch zu. „Nicht dass du dir noch weh tust."

„Ich werde mich hüten, dich herauszufordern", ging er auf den kleinen Scherz ein.

Draußen auf dem Hof steuerte Isa geradewegs auf ihren Wagen zu. Der Prospect folgte ihr und lehnte sich lässig mit dem Arm auf das Dach.

„Es ist wirklich nett von dir, dass du da mitmachst. Ich weiß natürlich, dass du das nicht wegen meiner schönen Augen tust."

„Du findest deine Augen schön?", zog sie ihn auf.

„Frauen sagen mir das meistens", grinste er zurück. „Im Ernst: Du hoffst auf eine Geschichte für deine Sendung, oder?"

„Bei dir ist ja tatsächlich nicht alles tot zwischen den Ohren!"

„Nimm die Sache trotzdem nicht auf die leichte Schulter. Auch wenn du eine verdammt gute Kampfsportlerin bist, nützt dir das nichts gegen eine Knarre. Wir sind wirklich sehr interessiert an Infos über den, der das Geld von dir will. Aber geh kein unnötiges Risiko ein, okay?"

Isa legte den Kopf schief und sah ihn lange und forschend an.

„Warum machst du das?"

„Was meinst du?"

„Warum warnst du mich in dieser Weise?"

„Vielleicht finde ich dich nett?"

„Nett ist die kleine Schwester von scheiße!" Wenn sie lächelte, so wie jetzt, dann wurde ihr sonst so willensstarker Gesichtsausdruck ganz weich.

„Na gut, dann finde ich dich halt sympathisch. Ich möchte eben nicht, dass dir etwas passiert." Auch bei ihm fiel die Maske des harten Kerls und seine braunen Augen, im Zusammenspiel mit den kleinen Fältchen vom Lächeln, konnten tatsächlich schön genannt werden. Sein Blick hielt sie fest und untermauerte die Ernsthaftigkeit seiner Aussage.

„Wenn du so guckst, dann fällt es fast schwer zu glauben, dass du dein Geld damit verdienst, Frauen an Bordelle zu liefern und Waffen zu verticken", entgegnete die Journalistin langsam und öffnete die Tür. Falls ihn dieser Satz verletzt hatte, ließ er es sich nicht anmerken. Er machte Platz, um sie einsteigen zu lassen, und hielt die Tür am Rahmen fest. Dann beugte er sich etwas herab, damit er dichter an ihr Ohr kam.

„Das hilft dir Distanz zu wahren, oder? Eben hast du nämlich noch so ausgesehen, als ob du mich gleich küssen wolltest."

Isa erstarrte mit dem Schlüssel in der Hand. Tatsächlich hatte sie diesen Impuls noch vor wenigen Sekunden verspürt. Verwunderlich, dass ein Kerl wie Ben derartige Antennen für Stimmungen und Gefühle besaß. Eigenartigerweise fühlte sie sich zwar ertappt, aber nicht peinlich berührt. Bevor sie sich in diesem emotionalen Durcheinander zu sehr verlor, rammte sie den Schlüssel ins Schloss und griff nach der Tür.

„Danke für die Warnung!" Sie knallte die Fahrertür zu und startete den Wagen. Mit einem Aufheulen des Motors beschleunigte sie so kräftig, dass die durchdrehenden Reifen den Kies aufspritzen ließen. Bevor sie vom Gelände fuhr, sah sie unbewusst noch einmal in den Rückspiegel. Ben stand noch an derselben Stelle und schaute ihr nachdenklich hinterher.

Während sie durch Braak Richtung Autobahnauffahrt Stapelfeld fuhr, dachte Isa über die Geschehnisse der letzten Stunde nach. Bewusst ignorierte sie dabei die letzten Minuten, die sie mit Ben verbracht hatte. Andere Dinge waren im Moment wichtiger. Allerdings würde die Erinnerung an den Moment, in dem sie ihn als Mann und nicht als Rocker gesehen hatte, sie bei der nächsten Gelegenheit einholen, dessen war sie sich sicher.

Noch nie in ihrem Leben hatte sie eine solche Summe Geld gesehen, geschweige denn in ihrem Besitz gehabt. Trotzdem machte ihr der

Rucksack keine Sorgen. Was sie wirklich beschäftigte, waren die Schlüsse, die sie aus den sparsamen Informationen drumherum ziehen konnte. Irgendjemand hatte die Hounds of Hell so eingeschüchtert, dass sie bereit waren ihm 80.000 Euro zu bezahlen. Eine einmalige Summe? Oder gar eine regelmäßig zu zahlende? Die Rocker ließen sich auf diese Forderung ein, suchten aber nach einem Weg, wie sie an den Drahtzieher herankommen konnten, vermutlich mithilfe anderer Chapter. Diese Theorie konnte nach den Aussagen von Caspar Kaiser und dem heute Erlebten als ziemlich gesichert gelten. Möglicherweise ging auch der Mord an Joschi auf genau dieses Konto. Aber was würde passieren? Wann und wo würde jemand auftauchen, der das Geld von ihr fordern würde? Ihre Gedanken kreisten immer schneller und sie musste aufpassen, dass sie wenigstens noch halbwegs auf die Straße achtete. In ihrem Kopf fühlte es sich an wie auf einer Achterbahn, die mit voller Geschwindigkeit bergab donnerte, auf einen Punkt zu, an dem die Schienen endeten. Vor einer Wand. Die in Flammen stand. Keine schönen Aussichten.

Das ohrenbetäubende Signalhorn eines Vierzigtonners riss sie aus diesen müßigen Überlegungen. Sie schreckte hoch und bemerkte, dass links neben ihr ein LKW fuhr, dessen Fahrer nicht viel von ihrem Fahrstil hielt. Vor lauter Nachdenken war sie offenbar mit 60 Stundenkilometern unterwegs, was auf einer Bundesautobahn nachvollziehbar Missfallen erregte.

Mit einem tiefen Atemzug riss sie sich aus ihren Gedanken heraus und konzentrierte sich wieder auf das Fahren. Hinter dem Lastwagen fuhr ein vollbesetzter dunkler Mercedes Geländewagen, der vor ihr einscherte. Sie schien beinahe einen kleinen Stau produziert zu haben. Es war an der Zeit, sich auf das Wesentliche zu besinnen.

Nach einem Blick in den Rückspiegel betätigte sie den Blinker und gab Gas. Die Insassen des Geländewagens schienen sie zu ignorieren. Der Fahrer des LKW hingegen hatte sich noch nicht wieder beruhigt und gestikulierte wild in seiner Kabine herum. Vermutlich nannte er sie gerade eine blöde Kuh oder Schlimmeres. Sie konnte es ihm nicht einmal verübeln.

Das Wichtigste war jetzt, dass sie die Neuigkeiten mit Mike besprach. Seine Erfahrung und seine Ruhe waren in einer solchen Situation Gold wert. Er wüsste mit Sicherheit, was sie tun und wie sie sich verhalten sollte. Also fuhr sie auf direktem Wege zurück in die Redaktion. Sie musste sowieso den Produktionswagen zurückbringen und außerdem sollte sie sich ja ganz normal verhalten und ihrer Arbeit nachgehen.

Angesichts dieser Perspektive fuhr sie jetzt wieder wie ein durchschnittlicher aufmerksamer Verkehrsteilnehmer und vergaß binnen Kurzem, dass sie um ein Haar einen Unfall gebaut hätte.

„Huhu, Jutta! Ist Mike in seinem Büro?" Isa warf schwungvoll die Schlüssel für den Produktionswagen auf den Schreibtisch der Sekretärin von "KM".

„Tut mir leid, der ist vor ein paar Minuten los."

„Shit. Ich meine: schade. Hat er gesagt, wohin er will? Und ob es lange dauert? Kommt er danach wieder in die Redaktion?"

Jutta Brehm rollte in gespielter Verzweiflung mit den Augen.

„Frollein Stein mal wieder in Bestform!" Sie zwinkerte der Volontärin zu. Die beiden Frauen verstanden sich gut und zogen sich gerne gegenseitig auf. „In der Reihenfolge deiner Fragen: nein, nein und weiß ich nicht."

„Ja, danke, das ist mir eine große Hilfe!" Isa umklammerte mit gesenktem Kopf ihren Rucksack und wirkte daher ungewohnt klein und unglücklich.

„Ist irgendetwas passiert? Kann ich etwas für dich tun?" Jutta Brehm war keine zehn Jahre älter als Isa, verfügte aber über ein sehr mütterliches Auftreten.

„Ja und nein. In der Reihenfolge deiner Fragen!" Isa hatte sich wieder gefasst und war sofort wieder ganz sie selbst. „Ich werde ihn einfach anrufen oder abwarten, bis er wiederkommt. Danke dir!"

In ihrem eigenen, winzigen Büro warf sie den Rucksack auf den Boden in der Ecke und setzte sich auf ihren Schreibtischstuhl. Nach einem kurzen Moment der Überlegung traf sie eine andere Entscheidung. Ihr Schreibtisch verfügte über eine Reihe von unterschiedlich großen Schubladen und war abschließbar. Normalerweise benutzte sie den Schlüssel nicht, deshalb steckte er stets im Schloss an der obersten Schublade. Jetzt öffnete sie das unterste Fach und schob den Rucksack hinein. Er passte problemlos und die Schublade ließ sich leicht wieder schließen. Dann drehte sie den Schlüssel im Schloss, zog ihn ab und schob ihn tief in die vordere Tasche ihrer Jeans. Die Chance, dass in der Redaktion des Kriminalmagazins geklaut wurde, war zwar gering, aber sie wollte kein Risiko eingehen. Und so streng, dass sie das Geld mit auf die Toilette nehmen würde, gedachte sie den Auftrag nicht auszulegen. Überhaupt rechnete sie nicht damit, dass derjenige, der das Geld fordern würde, sie ausgerechnet an ihrem Arbeitsplatz aufsuchen würde.

Aber was wäre ein geeigneter Ort für die Geldübergabe? Nachdenklich erwog sie mehrere Möglichkeiten. Vielleicht, wenn sie das Gebäude verließ? Oder würde es in ihrer Wohnung, also eigentlich Sonjas Wohnung, die sie sich mit Kati teilte, plötzlich klingeln? Das würde bedeuten, dass der Geldbote ihre Adresse kannte. War das möglich? Konnte sie bereits länger beschattet worden sein? Oder wurde sie auch in diesem Augenblick überwacht? Besorgt sprang sie auf und warf einen Blick aus dem Fenster, das sich direkt über dem Parkplatz von "KM" befand. Es herrschte das übliche Gewimmel auf der Straße, Autos schoben sich voran, Radfahrer schlängelten sich durch das Gewühl und Fußgänger hasteten unbekannten Zielen entgegen. Typisch viel befahrene Straße einer pulsierenden Großstadt eben. Woran sollte sie einen möglichen Beobachter überhaupt erkennen? Ihr fiel auf, dass alle Erfahrungen, die sie zu dem Thema besaß, aus alten Agentenfilmen stammten und ganz gewiss nicht mehr zeitgemäß waren. Auf jeden Fall war nirgendwo ein Mann mit Hut und Trenchcoat zu sehen, der an einer Hauseinfahrt stand und hinter einer Sonnenbrille über seine Zeitung starrte.

Sie musste grinsen. Wie überwachte man heutzutage? Vielleicht über eine Kamera? Dann hatte sie garantiert keine Chance, diese zu finden. Aus dem gegenüberliegenden Gebäude? Sie musterte die unzähligen Fenster und seufzte. Es kamen bestimmt dreißig Stück infrage und aufgrund der Blendwirkung konnte sie so gut wie nichts erkennen, was drüben hinter den Scheiben vor sich ging. Vielerorts verdeckten zudem Lamellenjalousien die Sicht von außen. Trotzdem konnte man sie umgekehrt ganz bestimmt hervorragend observieren.

Ein weißer Lieferwagen erregte ihre Aufmerksamkeit, der auf dem Seitenstreifen auf der gegenüberliegenden Straßenseite parkte und die hinteren Türen geöffnet hatte. Durch den Türspalt hatte man bestimmt eine ausgezeichnete Sicht auf den Eingang von "KM", konnte selbst aber nicht erkannt werden. Steckte dahinter ein Bewacher? Langsam bekam sie eine

Vorstellung davon, wie sich Menschen fühlen mussten, die unter Verfolgungswahn litten. Jedes Fahrzeug, jede dunkle Ecke und jeder Mensch, der sich suchend umsah, konnten eine potenzielle Gefahr darstellen. Der Puls beschleunigte sich, die Handflächen wurden feucht und man neigte dazu, den Blick hektisch von links nach rechts schweifen zu lassen, damit man auch ja nichts verpasste, was den unmittelbaren Fluchtreflex auslösen konnte.

Ein junger Mann in einer blauen Latzhose schob eine Sackkarre vor sich her, auf der drei Umzugskartons gestapelt waren. Er schien ganz auf seine Aufgabe konzentriert. Aber das konnte natürlich täuschen. Er hielt hinter dem Lieferwagen an und wuchtete einen Karton nach dem anderen ins Wageninnere. Zum Schluss nahm er die Sackkarre und legte sie ebenfalls in das Auto. Dann knallte er beide Türen zu, stieg auf der Fahrerseite ein und war innerhalb von 30 Sekunden mit dem Lieferwagen verschwunden. Blinder Alarm.

Isa stieß die Luft geräuschvoll aus und fragte sich dann, wie lange sie den Atem schon angehalten hatte. Ganz so souverän, wie sie sich bei den Hounds gegeben hatte, war sie offensichtlich doch nicht. Sie würde Mike jetzt anrufen. Das würde sie beruhigen.

Sie zog das Mobiltelefon aus der Hosentasche und wählte seine Nummer. Das Rufsignal ertönte.

Der blaue Pajero des Reporters stand vor der Kneipe von Daddel-Gerd in St. Georg. Im Fußraum des Beifahrersitzes lag neben diversem Leichtgerümpel, das sich hier seit dem Kauf des Wagens vor vielen Jahren angesammelt hatte, das Handy von Staller. Es war ihm beim Griff nach der Jacke unbemerkt aus der Tasche gefallen. Lautlos vibrierte es einige Male, dann, als die Mailbox sich eingeschaltet hatte, lag es wieder ruhig.

* * *

Das Büro von Norman Schrader lag zwar in bester Lage am Ballindamm in der City von Hamburg, wirkte aber ansonsten eher zweckmäßig als protzig. Durch die großen Fenster genoss man einen fantastischen Blick auf die Binnenalster und die Räume waren hell und geräumig. Die Einrichtung bewies aber, dass das Hauptaugenmerk hier auf Arbeit lag und nicht auf Repräsentation. Ein wirklich ausladender Schreibtisch war mit Akten und Merkzetteln übersät, wurde momentan aber von einem übergroßen Auszug vom Katasteramt dominiert. Die Linien, Zahlen und Nummern konnten einen Uneingeweihten definitiv verwirren.

Der Herr über diese Räumlichkeiten hatte die Ärmel seines wie üblich blütenweißen Hemdes hochgekrempelt und stützte sich auf die Ränder des Papiers. Über sein offenes und freundliches Gesicht huschte ein zufriedenes Lächeln.

„Wisst ihr, was das hier ist?", fragte er die beiden anderen Personen, die respektvoll vor dem Schreibtisch warteten, bis das Wort an sie gerichtet wurde.

„Ein Grundstücksplan", mutmaßte der Mann. Er trug einen akkuraten Haarschnitt und ansonsten hanseatisches Blau.

„Für ein neues Bauprojekt?", erkundigte sich die Frau, die mit ihrer hellen Bluse und der eleganten weiten Hose in Schwarz einen sehr geschäftsmäßigen Eindruck machte, der durch die streng zurückgebundenen Haare noch unterstrichen wurde. Sie war wie ihr Kollege noch ziemlich jung, aber offensichtlich in der Hierarchie von Schraders Imperium ziemlich weit oben angesiedelt.

„Das", erklärte der Chef mit einer großen Handbewegung über dem Papier, „ist das Angebot des Hamburger Wirtschaftssenators für unser Projekt *ZusammenLeben*. Er hat es mir heute geschickt."

„Wow!", staunte der Mann und zupfte ein unsichtbares Stäubchen von seinem Ärmel. „Das ging schnell. Du warst doch erst letzte Woche zur Vorstellung dort. Und jetzt schon ein Angebot?"

„Ich hatte gleich den Eindruck, dass meine Zuhörer recht aufgeschlossen waren. Wir passen mit unseren Überlegungen genau in die Zeit und unsere Reputation ist glücklicherweise sehr überzeugend."

„Du meinst, du warst zur richtigen Zeit am rechten Ort?", wollte die Frau wissen.

„So könnte man es nennen." Schrader nickte beifällig. „Natürlich handelt es sich hier nicht um ein konkretes Kaufangebot. Aber die Tatsache, dass der Senator so schnell einen Vorschlag aus dem Hut zaubert, ist ein sehr aussagekräftiges Signal."

„Und was heißt das für uns?"

„Zunächst einmal wissen wir, dass die Grundstimmung für das Projekt positiv ist. Außerdem existiert offensichtlich eine Fläche, die unseren Vorstellungen nicht nur nahekommt, sondern sie sogar übertrifft. Auch wenn noch keinerlei Preise gefallen sind, gehe ich trotzdem davon aus, dass das Volumen der Transaktion unseren Rahmen nicht sprengt."

„Das sind sehr, sehr gute Entwicklungen", pflichtete die Frau bei und drehte den Kopf, um Einzelheiten auf dem Blatt lesen zu können. „Fünf Hektar! Und mit Blick auf das Wasser, wenn ich das richtig interpretiere. Das ist schon ein Filetstück!"

„Das es vermutlich aber nicht für den Preis von Hackfleisch geben dürfte", warf ihr Kollege ein.

„Baugrund ist das Wertvollste, was es in Hamburg oder vergleichbaren Großstädten gibt. Logisch, dass da viele Millionen zusammenkommen werden. Aber dieses Geld ist in jedem Falle gut angelegt. Die Erfahrungen mit der Hafencity haben gezeigt, dass das Risiko minimal ist." Schrader richtete sich auf und ballte die Faust. „Wir haben einen ganz wichtigen Meilenstein geschafft. Das muss uns einen Schub geben. Ich möchte wirklich, dass *ZusammenLeben* ein Erfolg wird!"

„Wenn das alles so klappt, wie du es dir vorstellst, dann wird Hamburg dir ein Denkmal setzen wollen", überlegte die Frau. „Ehrenbürgerschaft inklusive."

„Das ist nicht so wichtig. Ich möchte, dass das Projekt funktioniert. Wenn irgend möglich, möchte ich unseren Zeitplan sogar unterbieten." Schrader richtete sich auf und blickte seine beiden wichtigsten Assistenten mit blitzenden Augen an. „Beginnt mit dem Start von Phase 2! Setzt euch mit den entsprechenden Ämtern zusammen und entwickelt konkrete Szenarien, wie viele jugendliche Migranten, wie viele Menschen mit Handicap und wie viele Senioren wir aufnehmen könnten. Macht dort Druck! Wir wollen nicht wochen- und monatelang auf Antworten warten. Mit der Unterstützung des Wirtschaftssenators sollten wir ein hohes Maß an Kooperation erwarten können."

Die beiden jungen Menschen knallten zwar nicht gerade die Hacken zusammen, verließen jedoch mit zügigem Schritt das Chefbüro. Dabei erinnerten sie an zwei Jagdhunde, denen ein Kommando gegeben wurde. Sie würden sich wie die Terrier an ihre jeweiligen Ansprechpartner heften.

Schrader verlangte flotte Ergebnisse und er würde sie bekommen. Sie hatten es nicht so weit gebracht, weil sie Dienst nach Vorschrift liebten.

Schrader selbst trat ans Fenster und gönnte sich einen Augenblick der Muße. Sein Blick fiel auf ein Ruderboot, einen Achter. Die Ruder wurden synchron, gleichmäßig, aber mit enormem Druck geführt und durchgezogen. Kaum ein Wassertropfen spritzte beim Eintauchen auf und acht perfekte Strudel zeugten beim Zug von der Kraft und Effektivität der Rudernden. Im Gleichklang pendelten die Oberkörper vor und zurück, während die Rollsitze der Bewegung folgten. Das Boot bewegte sich nicht ruckweise, sondern es schien schwerelos durch das Wasser zu gleiten. Diese vollendete Harmonie war das, was Norman Schrader sich auch für sein liebstes Projekt wünschte. *ZusammenLeben* sollte ohne überflüssige Reibung wie ein Pfeil voranschießen und der Ziellinie entgegenfliegen.

„Herr Schrader? Ihr nächster Termin. Herr Luschenko wartet im Konferenzraum!"

„Danke Frau Haller!" Er drehte sich nicht gleich um. Wenn man es bis an die Spitze geschafft hatte, dann brachte das gewisse Privilegien mit sich. Man war deutlich mehr Herr seiner Zeit, als es nach außen hin wirkte. Die Umstellung von seinem Steckenpferd auf den schnöden Alltag dauerte ein paar Momente. Als der Achter unter die Brücke zur Außenalster fuhr, straffte Schrader sich. Er schloss für einige Sekunden die Augen und holte konzentriert Luft. Dann drehte er sich um und ging zur Tür. Jetzt war er wieder bereit für den Alltag.

* * *

„Da bist du ja endlich!"

Staller riss die Tür des grünen BMW seines Freundes auf und gestikulierte formvollendet wie ein Chauffeur.

„Es ist exakt 15 Uhr", stellte der Kommissar milde fest, stieg aus und streckte sich ausgiebig.

„Du hast da einen Ketchupfleck auf dem Hemd!", konnte sich der Reporter nicht verkneifen zu bemerken.

„Das ist Blut. Aber von dem Anderen!"

„Ja, ja, träum weiter. Guck mal, deine Kollegen sind fleißig bei der Arbeit!" Staller deutete auf den Hof der Autowerkstatt, wo mehrere Kriminaltechniker in weißen Schutzanzügen zwischen den Wagen umhergingen und den Fußboden sorgfältig absuchten.

„Natürlich sind sie das! Was dachtest du denn?"

„Ich dachte, dass du sie nach meinem Anruf erst losgeschickt hast, weil deine Kollegen sich gar nicht um die unzähligen zerstochenen Reifen geschert haben."

„Woher weißt du das?", platzte Bombach überrascht heraus. Dann ärgerte er sich, weil er bemerkte, dass sein Freund ihn reingelegt hatte. „Ist ja auch egal. Jedenfalls wird jetzt alles untersucht und ich bekomme die Gelegenheit, mal ein paar Worte mit diesen Gaunern zu wechseln."

„Und wer hat's möglich gemacht?"

„Halt den Schnabel und komm mit. Aber quatsch mir nicht in die Befragung hinein!"

„Jawoll, Herr Hauptkommissar!"

Das Büro der Mogilnos unterschied sich nicht von jedem beliebigen Büro irgendeiner kleineren Autowerkstatt. Es gab zu wenig Platz, die Sauberkeit ließ zu wünschen übrig und an den Wänden hingen Bilder von wenig bekleideten Frauen neben exklusiven Fahrzeugen. Einige Plastikkörbe auf dem Schreibtisch waren ursprünglich wohl dazu gedacht, eine gewisse Ordnung zu garantieren, erfüllten diesen Zweck jedoch schon lange nicht mehr. Die Papierflut hatte die gesamte Schreibtischplatte überschwemmt, sodass deren Farbe und Material nicht feststellbar waren. Ein schnurloses Telefon mit abgegriffenen Tasten diente möglicherweise nur als Briefbeschwerer. Vor dem Fenster hing eine Gardine, die sich nicht sehr von einem ölverschmierten Lappen unterschied. Gegenüber dem Schreibtisch befand sich ein Sideboard, welches diverse Aktenordner beherbergte, wobei man sich unwillkürlich fragte, wer in diesem Umfeld sich die Mühe machte, irgendwelche Geschäftspapiere abzuheften. Auf der Ablagefläche stand eine Kaffeemaschine, deren Glaskanne den trüben Rest einer undefinierbaren Flüssigkeit enthielt. Möglicherweise handelte es sich um Felgenreiniger, eventuell aber auch um Kaffee.

Der Mann hinter dem Schreibtisch war vielleicht vierzig Jahre alt, konnte aber auch mühelos zehn Jahre jünger oder älter sein. Sein dunkles

Haar war von silbrigen Fäden durchzogen und das hagere Gesicht mit dem Schnurrbart zierten Falten, die jedoch nicht auf Humor schließen ließen. Die braunen Augen unter buschigen Brauen starrten die beiden Besucher misstrauisch an.

„Was soll das? Warum wurschtelt die Polizei hier seit Stunden herum? Das stört meinen Geschäftsbetrieb!" Die Aussprache des Mannes wies Hamburger Dialekt mit einer winzigen Härte, die auf seine osteuropäische Herkunft schließen ließ, auf.

„Ehrliche Menschen müssen die Anwesenheit der Polizei nicht fürchten", erwiderte der Kommissar. „Mein Name ist Bombach, Kripo Hamburg."

„Was wollen Sie? Ich habe nichts getan!"

„Das steht momentan auch gar nicht zur Debatte. Aber Ihnen ist etwas angetan worden! Der explodierte Wagen gehört doch Ihnen, oder?"

„Ja und? So etwas passiert schon mal."

„Tatsächlich? Bei uns werden ausgesprochen selten explodierte Autos gemeldet. So selten, dass wir einem entsprechenden Fall immer nachgehen. Autos pflegen nämlich nicht von selbst zu explodieren. Das sollten Sie eigentlich besser wissen als ich."

„Meinetwegen. Das waren wahrscheinlich irgendwelche halbstarken Jungs, die eine Mutprobe veranstaltet haben."

„Tatsächlich? Und zusätzlich haben sie noch jeden einzelnen Reifen der auf dem Hof abgestellten Autos zerstochen?"

„Es weiß doch niemand, was in deren Köpfen vorgeht. Vermutlich waren sie betrunken oder unter Drogen."

„Ausgeschlossen ist das nicht. Aber sehr, sehr unwahrscheinlich. Wissen Sie, wie ich die Situation einschätze?"

„Nein – und es ist mir auch egal." Der ältere der Mogilno-Brüder machte aus seiner Abneigung gegenüber der Polizei keinen Hehl.

„Ich sage es Ihnen trotzdem. Ich glaube, da hat jemand etwas mit Ihnen abzumachen. Vielleicht haben Sie ja dem Falschen das Auto geklaut?"

„Ich klaue keine Autos."

„Der Kollege meinte auch nicht Sie persönlich", mischte Staller sich erstmalig in das Gespräch ein.

„Richtig, richtig." Bombach trat an den Schreibtisch heran und stützte todesmutig die Hände auf den Papierwust, um sich vorzubeugen.

„Vielleicht gibt es ja auch Ärger mit der Konkurrenz? Die ganze Sache sieht ein wenig wie ein Denkzettel oder eine Warnung aus, finden Sie nicht?"

„Ich habe keine Ahnung, wovon Sie reden".

„Die Tore zu Ihrem Gelände sind doch nachts geschlossen, nehme ich an. Stimmt das?" Der Reporter klang harmlos.

„Natürlich. Es gibt ja einen Haufen Gesindel."

„Klar. Die Bösen sind immer die Anderen. Also müssen Sie ziemlich starke Sicherheitsvorkehrungen treffen, oder?"

„Ich weiß nicht, wovon Sie reden. Ist doch normal, dass man seinen Hof abschließt. Hier stehen ziemlich viele wertvolle Autos."

„Sehr vernünftig. Lichtmasten mit starker Beleuchtung sind ebenso eine gute Maßnahme wie ein massiver, hoher Zaun zur Straße hin, der zudem mit Sichtblenden bestückt ist. Niemand kann also das Grundstück einsehen und niemand kann es unbemerkt betreten."

„Worauf wollen Sie hinaus?" Der Pole ahnte tatsächlich nicht, was Staller von ihm wollte. Auch Bombach warf seinem Freund unauffällig fragende Blicke zu.

Der Reporter, der bewusst einige Minuten vor dem Kommissar erschienen war, hatte diese Wartezeit genutzt und das Gelände sorgfältig beobachtet. Deshalb konnte er jetzt seine dabei gemachten Erfahrungen sinnvoll anwenden.

„Sie sind zwar recht unauffällig angebracht, aber ich habe sie trotzdem gesehen. An Ihrer Werkstatt befinden sich zwei Überwachungskameras. Ich bin mir sicher, dass Sie meinem Kollegen sehr gerne die Bilder aus der vergangenen Nacht zeigen werden. Das könnte nämlich zur Ermittlung der Täter eine Menge beitragen."

Bombach schaffte es mit äußerster Körperbeherrschung, seinen Mund nur einen Sekundenbruchteil offen stehen zu lassen. Ein kleiner Seitenblick verriet allerdings, dass er seinen Freund gern ungespitzt in den Boden gerammt hätte.

„Herr Mogilno, sind Sie dann bitte so gut und zeigen mir die Aufnahmen?"

„Ich weiß gar nicht, wie lange die gespeichert werden", knurrte der Autohändler.

„Also bitte! Zumindest wohl über das Wochenende. Sonst wäre die Maßnahme ja völlig sinnlos", bewies der Kommissar, dass auch sein Hirn zu schnellen Schlussfolgerungen fähig war. „Wo finde ich denn die Bilder?"

„Nebenan." Mogilno gab sich keinerlei Mühe kooperativ zu erscheinen.

„Wenn Sie mich dann freundlicherweise begleiten würden? Mein Kollege passt in der Zwischenzeit hier auf Ihr Telefon auf. Nicht dass Ihnen durch Ihre Mithilfe noch ein Auftrag entgeht."

Staller machte ein betrübtes Gesicht, was seinem Freund ein zufriedenes Lächeln entlockte. In Wirklichkeit kam ihm diese Maßnahme äußerst gelegen.

Kaum dass die beiden den Raum verlassen hatten, griff der Reporter in seine Jackentasche und zog einen Gegenstand von der Größe eines halben Fingernagels hervor. Glücklicherweise hatte er während des bisherigen Gesprächs eine Stelle ausgemacht, die ideal für das Anbringen der Wanze geeignet war. Der Schreibtisch bestand nämlich aus einer Tischplatte auf vier Beinen in rechteckiger Metallausführung. Diese Beine waren genau wie die Wanze schwarz. Staller ging rasch um den Schreibtisch herum, zog eine Schutzfolie von der Rückseite des Überwachungsgerätes ab und klebte es dann so an das Tischbein, dass es auf der Innenseite ziemlich weit oben hing. Um es zu entdecken, musste man sich schon auf die Knie begeben und sehr genau hinschauen. Gerd Kröger hatte ihm versichert, dass die hochempfindliche Wanze Gespräche in einem Umkreis von mindestens fünf Metern gut verständlich übertragen würde. Wenn man unterstellte, dass die meisten Telefonate vom Schreibtischstuhl aus geführt wurden, dann betrug der Abstand weniger als einen Meter. Bessere Voraussetzungen konnte man sich nicht wünschen.

Da zu vermuten war, dass die Sichtung der Überwachungsbilder mehr als diese 45 Sekunden in Anspruch nehmen würde, die er zur Installation der Wanze benötigt hatte, gönnte sich Staller noch einen Blick auf die unzähligen Papiere und Notizen auf dem Schreibtisch. Viele davon empfand er als kryptisch. Die ellenlangen Buchstaben- und Zahlenkombinationen stellten vermutlich Teilenummern oder Baureihenbezeichnungen von Fahrzeugen dar. Inwieweit sich dies auf legale oder illegale Geschäfte bezog, konnte er nicht beurteilen. Telefonnummern mit dazugehörigen Namen waren ebenfalls keine große Hilfe. Andererseits hatte er auch nicht damit gerechnet, offene Hinweise auf verbrecherische Aktivitäten zu finden.

Als die Stimmen von Bombach und dem Werkstattinhaber im Flur zu hören waren, trat der Reporter schnell ans Fenster und gab vor, gelangweilt auf den Hof zu starren.

„Die Aufnahmen händigen Sie bitte den Kollegen von der Kriminaltechnik aus. Wir werden sehen, ob wir noch verwertbare Spuren finden können."

„Wenn es sein muss." Die Begeisterung von Mogilno hielt sich in äußerst überschaubaren Grenzen.

„Natürlich muss es sein. Ich verstehe überhaupt nicht, warum Sie so zögerlich sind. Wir versuchen unser Bestes, um diese Tat aufzuklären. Das sollte doch auch in Ihrem Interesse sein."

„Vielleicht ist sein Vertrauen in die Polizei nicht genügend ausgeprägt", vermutete Staller und drehte sich um. „Dabei versuchen wir doch alles, um die Bürger dieser Stadt vor Schaden zu bewahren."

„Vor allem du", murmelte Bombach zur Seite. Dann wandte er sich an den Werkstattinhaber. „Herr Mogilno! Ein letztes Mal die Frage: Haben Sie irgendeine Idee, wer hinter dieser Zerstörung steckt?"

„Nein."

Leise schmunzelnd registrierte der Reporter, wie Bombach, abweichend von seiner Ankündigung, die Frage noch einige Male in leicht abgewandelter Form stellte und keinerlei weitere Informationen erhielt.

„Ich habe den Eindruck, als ob deine Mühe vergeblich ist", stellte er schließlich fest. „Lass doch die Kollegen der Spurensicherung ihren Job machen und dann sehen wir weiter. Es ist ja nicht so, dass wir auf eine Anzeige von Herrn Mogilno angewiesen wären. Die Ermittlungen gehen auch so weiter."

„Das ist doch sinnlos", wandte der Pole ein. „Keiner hat etwas gehört oder gesehen. Auf der Überwachungskamera ist nichts zu erkennen! Vielleicht ist sie kaputt. Ich muss eine neue kaufen."

„Das wird nicht nötig sein!" Staller war die Freundlichkeit in Person. „Es reicht, wenn Sie die Objektive sorgfältig reinigen. Sie wurden mit schwarzer Farbe besprüht. Kein Dank – die Polizei, dein Freund und Helfer! Komm Bommel, wir fahren."

Der Kommissar ließ sich in seiner Verblüffung tatsächlich aus dem Büro schieben. Draußen konnte er jedoch nicht mehr an sich halten.

„Woher weißt du das schon wieder?"

„Augen auf, nicht nur im Straßenverkehr!"

„Jetzt ist nicht die Zeit für blöde Sprüche."

„Komm raus und schau selbst. Der Sprühnebel hat um die Kameras herum Spuren hinterlassen. Wer genau hinguckt, kann das gar nicht übersehen. Dafür muss man natürlich in der Lage sein, über den Tellerrand hinauszuschauen. Aber dafür hast du ja mich."

Bombach trat vor das Werkstattgebäude und betrachtete grimmig die Kameras. Die schwarze Farbe war deutlich erkennbar.

„Das ist ja wieder ein Fest für dich", grummelte er.

„Okay, ich gebe zu, du hättest mich nicht gebraucht. Deine Spurenexperten hätten das früher oder später selbst entdeckt. Wahrscheinlich eher später. Die schauen ja nur nach unten."

Staller deutete auf zwei Beamte, die am Fuße der Außenmauer versuchten Abdrücke im Kies sichtbar zu machen.

„Ich befürchte, dass hier wenig brauchbare Spuren zu finden sind", unkte der Kommissar. „Das scheinen Profis gewesen zu sein. Die werden keine Fehler gemacht haben."

„Da stimme ich dir ausnahmsweise vorbehaltlos zu. Aber schließlich ist das ja nicht dein Fall, oder?"

„Er könnte es aber werden."

„Wieso das?" Der Reporter war ernsthaft irritiert.

„Ich weiß ja, dass du mich gern für einen etwas trotteligen Beamten hältst. Aber völlig überraschend kann ich auch zwei und zwei zusammenzählen."

„Das sind gute Nachrichten, aber was meinst du?"

„Du bist nicht der Einzige, dem hier die Parallelen zu den Hounds of Hell auffallen." Bombach beobachtete seinen Freund scharf und schmunzelte über dessen Minenspiel. „Ja, das hättest du nicht gedacht, oder? Eine Schießerei am Klubhaus der Rocker und ein explodiertes Auto vor der Werkstatt der Autoschieber – das sieht doch eindeutig nach einer bestimmten Handschrift aus. Ich gehe stark davon aus, dass wir es hier mit demselben Täter oder derselben Tätergruppe zu tun haben."

„Du überraschst mich immer wieder, Bommel! Jetzt muss ich dir schon zum zweiten Mal innerhalb einer Minute recht geben. Das dürfte neuer Rekord sein. Vermutlich ist mit deiner baldigen Beförderung zu rechnen."

„Anstelle deiner mittelwitzigen ironischen Bemerkungen wüsste ich lieber, was du hier gewollt hast. Ich befürchte nämlich, dass es sich um irgendwelche ungesetzlichen Aktivitäten handelt."

„Wenn das so wäre, dann verstehe ich nicht, warum du es wissen willst."

„Weil ich die Hoffnung nie aufgegeben habe, dass ich dich eines Tages verhaften darf?"

„Träum weiter!"

„Also, was wolltest du hier?"

„Dasselbe wie du: Informationen."

„Und – hast du sie bekommen?"

„Noch nicht."

„Du bist also nicht fertig hier?"

„Doch."

„Herr im Himmel!", stöhnte Bombach. „Ziehst du es in Betracht in zusammenhängenden Sätzen zu reden oder eher nicht?"

„Sagen wir es mal so: Du hattest viele Fragen an Mogilno, hast aber keine Antworten bekommen. Ich möchte die Fragen weglassen, aber trotzdem die Antworten wissen."

„Gut, die erste Hürde hast du genommen. Das waren zusammenhängende Sätze. Schön wäre jetzt noch, wenn sie auch verständlich wären."

„Versuchen wir es damit: Angenommen, wir haben recht und derselbe Täter setzt die Hounds und die Autoschieber unter Druck – was wird dann passieren, nachdem diese kleine Demonstration Wirkung gezeigt hat?"

„Derjenige wird Kontakt aufnehmen."

„Sehr gut. Und auf welche Weise?"

„Persönlich oder telefonisch."

„Denke ich auch. Dabei werden bestimmt ein paar wichtige Informationen ausgetauscht. Hätten wir gern davon Kenntnis?"

„Auf jeden Fall!"

„Na bitte! Sagen wir: Ich habe unsere Chancen in dieser Hinsicht erhöht."

Staller machte dazu ein höchst unschuldiges Gesicht. Der Kommissar beäugte ihn äußerst skeptisch und nickte dann langsam, geradezu frustriert.

„Ich hab es doch geahnt. Ohne es explizit wissen zu wollen, gehe ich davon aus, dass du den Mogilnos irgendwie eine Wanze untergejubelt hast. Ich hatte mich schon gewundert, dass du ohne Widerworte im Büro geblieben bist."

„Ich habe mich nicht gelangweilt, so allein und unbeobachtet."

„Dir ist schon klar, dass nichts, was illegal abgehört wird, gerichtsverwertbar ist?"

„Ist mir bekannt. Ich löse Fälle und muss sie nicht vor Gericht bringen. Irgendwas kannst du doch auch tun."

„Wenn man es genau betrachtet, dann berichtest du lediglich über Fälle. Jedenfalls ist das dein Beruf."

„Komm mir doch jetzt nicht mit Haarspaltereien. Wie lange würde es dauern, bis du eine Abhörgenehmigung in Händen hältst, wenn du sie überhaupt bekommst?"

„Ist dir mal aufgefallen, dass du immer mit diesem Totschlagargument kommst, wenn du etwas Illegales anleierst?"

„Ich kann doch nichts dafür, dass ich immer recht habe. Wenn es dich nicht interessiert, muss ich meine Informationen nicht mit dir teilen."

„Du bist ein unmöglicher Mensch!"

„Ein unmöglicher Mensch mit Ergebnissen, Bommel!"

„Das werden wir dann ja sehen. Tschüss."

Der Kommissar drehte auf dem Absatz um und überquerte die Straße. Er stieg in seinen dort geparkten BMW und fuhr davon, ohne seinen Freund eines einzigen Blickes zu würdigen.

„Gern geschehen!", grinste Staller und drehte sich ebenfalls um. Heute würde hier vermutlich nichts mehr passieren. Die Kriminaltechniker wirkten bestimmt abschreckend.

* * *

In ihrem Büro im Gebäude von "KM" beschloss Isa, dass sie jetzt ihren Rechner herunterfahren und Feierabend machen würde. Zwei weitere Anrufe bei Mike hatten ebenfalls nur die Mailbox erreicht. Offenbar war er mit wichtigen Dingen beschäftigt und niemand konnte wissen, ob und wann er wieder ins Büro kommen würde.

Sie selbst hatte zwar versucht noch einige Recherchen zu betreiben – Geschichten, die sie in Planung oder Vorbereitung hatte – musste aber feststellen, dass ihre Konzentration unter den Ereignissen gelitten hatte. Nur die hohe Qualität ihres Arbeitsmaterials hatte vermutlich vermieden, dass sie Löcher in den Bildschirm gestarrt hatte. Es war einfach sinnvoller, nach Hause zu fahren.

Vorher suchte sie noch einmal Mikes Büro auf. Sein Schreibtisch war wie immer ein Chaos aus Papieren, Merkzetteln und Kaffeebechern. Sie schrieb ihre dringende Bitte um einen Anruf auf einen Klebezettel und platzierte diesen direkt auf der Tastatur. Das schien ihr der geeignete Ort zu sein, um seine Aufmerksamkeit auf jeden Fall zu erregen. Mehr konnte sie nicht tun.

Zurück in ihrem Büro warf sie einen Blick aus dem Fenster. Natürlich! Immer wenn sie mit dem Fahrrad unterwegs war, schien die Regenwahrscheinlichkeit exponentiell zu steigen. Momentan wehte ein typischer Hamburger Querregen über die Straße. Es handelte sich um die Art Feuchtigkeit, die als einzelner Tropfen nicht der Rede wert war, aber in ihrer Gesamtheit bei kontinuierlichem Wind überraschend schnell die gesamte Kleidung durchnässte. Zum Glück hatte sie ein Regencape dabei.

Sie schloss ihren Schreibtischschrank auf, entnahm den Rucksack und wühlte unter dem Geld. Richtig, da war das Cape!

Auf ihrem Weg über den Flur begegnete sie keiner Menschenseele. Entweder war die halbe Redaktion heute außer Haus tätig oder die Nachrichtenlage war so entspannt, dass viele ein paar ihrer zahllosen Überstunden abbummelten.

Der Wind zerrte unangenehm an ihrem Cape, als sie vom Parkplatz von "KM" auf die Straße abbog. Sie senkte den Kopf gegen den Regen. Der Rucksack war nicht sichtbar, denn auch er war unter dem Regenschutz verborgen. Isa beugte sich über den Lenker und trat kräftig in die Pedale. Sie beabsichtigte sich nicht länger als nötig der unwirtlichen Witterung auszusetzen.

Als sie etwa 200 Meter vom Parkplatz entfernt war, bog ein weißer Transporter langsam aus einer Seitenstraße und folgte ihr. Isa war jedoch so verbissen mit Treten beschäftigt, dass sie überhaupt nicht auf ihren Verfolger achtete. Dieser hielt allerdings auch stets gebührenden Abstand.

Nach einer Viertelstunde hatte sie ihr Ziel erreicht, schloss eilig das Rad an und rettete sich in den Hauseingang. Dort schüttelte sie den Regen von ihrem Umhang und stürmte die Treppen hinauf.

Der weiße Transporter hatte schräg gegenüber einen Parkplatz gefunden.

„Was machen wir?", fragte der Fahrer.

„Wir warten." Der Beifahrer trug ein Headset und murmelte einige Sätze hinein. Dann wandte er sich wieder dem Fahrer zu. „Du beobachtest den Hauseingang!"

Isa hatte im Flur ihr Regencape an die Garderobe gehängt und den Rucksack ins Wohnzimmer gebracht. Dann ging sie in die Küche, wo sie Kati vorfand, die einen Joghurt löffelte und dazu Tee trank.

„Willst du auch einen Becher?"

„Ja, warum nicht." Isa ließ sich auf einen Stuhl fallen und schimpfte: „Schweinewetter! Wo kommt denn plötzlich der Regen her?"

„Ja, ärgerlich. Ich muss gleich noch zu einer Vorlesung an die Uni. Da werde ich wohl ordentlich nass werden."

„Fahr doch mit dem Auto!"

„Sagt die ehemalige Umweltaktivistin Nummer eins!" Kati erinnerte sich an die radikale Phase ihrer Freundin und grinste. „Außerdem gibt es keine Parkplätze und ich muss so weit weg stehen, dass ich genauso gut mit dem Rad fahren kann."

„Auch wahr. Du kannst mein Cape nehmen, das hält ziemlich gut dicht."

„Danke, das ist eine gute Idee. Wie geht es meinem Vater?"

Isa zuckte die Schultern.

„Der ist unbekannt verzogen. Ich habe ihm schon auf die Mailbox gequatscht, aber er hat sich bisher nicht gemeldet."

Kati runzelte die Stirn.

„Das ist eigentlich nicht seine Art. Weißt du, was er vorhatte?"

„Ich glaube, dass er sich mit Thomas treffen wollte, aber genau weiß ich es nicht."

„Gut zu wissen", lachte Kati erleichtert auf. „Dann besteht die größte Gefahr für ihn ja darin, dass er zu viel ungesundes Zeug in sich hineinstopft."

Isas Mobiltelefon meldete sich.

„Vielleicht ist er das ja! Oh, nein, es ist Sonja."

In Amerika war es mitten am Vormittag und die Freundin nutzte gern die Gelegenheit, Kontakt zur Heimat zu halten, sofern ihre Arbeit es zuließ. Isa stellte auf Lautsprecher und für die nächsten zehn Minuten entwickelte sich ein munteres Gespräch mit viel Frotzeln und Gelächter, bis Kati nach einem Blick auf die Uhr voller Schrecken feststellte, dass es höchste Zeit für sie wurde, wenn sie nicht zu spät kommen wollte.

„Kann ich dein Rad nehmen? Wenn ich meins jetzt erst aus dem Keller schleppen muss, komme ich zu spät!"

„Kein Problem. Ich will heute nicht mehr los. Vergiss nicht das Cape! Es ist echt unangenehm da draußen."

„Klar, danke. Tschüss, Sonja, mach's gut!", rief Kati noch Richtung Telefon und eilte dann in den Flur. Dort warf sie sich ihren Rucksack über die Schulter und schlüpfte dann in das Cape von Isa. Bevor sie das Haus verließ, warf sie einen Blick durch die Tür, die zur Hälfte verglast war.

„Bäh!" Es regnete womöglich noch stärker als vorhin. Sie zog die Kapuze tief ins Gesicht und trat ins Freie. Dann öffnete sie das Schloss von Isas Rad und schob das Gefährt zum Bürgersteig. Zehn Minuten würde sie bis zur Uni brauchen und sie hoffte, dass sie bis dahin halbwegs trocken bleiben würde. 90 Minuten nass in einem Hörsaal zu sitzen war kein Vergnügen.

Isa plauderte oben in der Wohnung weiter mit Sonja, bis ihr Telefon einen weiteren eingehenden Anruf meldete. Es war Mike. Schnell verabschiedete sie sich von der Freundin und nahm den neuen Anruf an.

„Bist du zum Geheimdienst gewechselt? Seit Stunden versuche ich dich zu erreichen!"

„Mir ist das Handy in den Fußraum gefallen." Staller klang zerknirscht. „Es war mir gar nicht aufgefallen, dass ich es verloren habe, bis ich deinen Zettel im Büro gefunden hatte. Was ist denn so dringend?"

„80.000 Piepen!"

„Wofür brauchst du so viel Geld?"

„Im Gegenteil: Ich will es loswerden."

„Bitte?!"

Isa erklärte ihm kurz, welche Aufgabe sie für die Hounds of Hell übernommen hatte.

„Bin ich in Schwierigkeiten? Mache ich mich damit strafbar? Ich gebe zu, dass ich ein bisschen verunsichert bin."

„Du hast ein Problem, aber ich glaube nicht, dass du von der Justiz belangt werden kannst. Schlimmer finde ich die Vorstellung, was dir passieren könnte, wenn du das Geld übergibst."

„Wie meinst du das?"

„Die Empfänger könnten sich daran stören, dass du sie gesehen hast. Tote Zeugen reden nicht."

„Du glaubst ernsthaft, dass ich in Gefahr sein könnte?"

„Zumindest kann man das nicht ausschließen. Wir müssen schnell überlegen, was wir tun können, um dich zu schützen. Wo bist du?"

„Zu Hause."

„Bleib dort! Ich bin in zehn Minuten bei dir. Ist Kati auch da?"

„Nein, die ist vor zwei Minuten zur Uni gefahren. Sie hat noch eine Vorlesung."

„Fleißig, fleißig! Bis gleich."

Da sie wusste, dass Mike zu jeder Tages- und Nachtzeit gern Kaffee trank, ging Isa in die Küche, um die Kaffeemaschine einzuschalten. Sonja besaß einen vorzüglichen Vollautomaten, der ungefähr alle Kaffeespezialitäten des Erdballs herstellen konnte. Für Staller war das allerdings verschwendete Kunst, denn der trank am liebsten schlichten, schwarzen Kaffee.

Kati fluchte derweil leise vor sich hin, denn der ergiebige Nieselregen wuchs sich langsam zu einem mittleren Monsun aus. Die Tropfen sprangen so hoch von der Fahrbahn wieder ab, dass sie von unten nass wurde. Die kleine Einbahnstraße, durch die sie gerade fuhr, war fast menschenleer. Fußgänger hatten vorübergehenden Schutz in Hauseingängen oder Torbögen gesucht. Autofahrer waren ebenfalls kaum unterwegs und fuhren, wenn überhaupt, dann in wenig mehr als Schritttempo. Die Scheibenwischer kamen gegen die Fluten selbst auf höchster Stufe kaum an. Ein weißer Transporter verfolgte sie nun schon geraume Zeit und schien sich nicht an ihr vorbeizutrauen. Kati steuerte ihr Rad so weit wie möglich nach rechts und winkte mit dem linken Arm. Der Wagen so dicht hinter ihr machte sie nervös.

„Jetzt!", befahl der Beifahrer des Transporters in sein Headset und winkte dann dem Fahrer, auf gleiche Höhe mit dem Rad aufzuschließen. „Tür öffnen in drei, zwei – eins!"

Kati konzentrierte sich auf die Fahrbahn. Die rechts und links parkenden PKW ließen nur einen schmalen Raum. Wenn hier ein Fahrzeug und ein Rad nebeneinander fuhren, dann blieben nur wenige Handbreit dazwischen Platz. Das Geräusch einer Schiebetür irritierte sie zwar sehr, aber sie traute sich nicht einen Blick zur Seite zu werfen.

„Das Geld! Gib es uns. Jetzt!"

Kati glaubte, sie habe sich verhört. Obwohl sie immer noch starr nach vorne schaute, weil sie befürchtete, dass sie am nächsten Außenspiegel hängenbleiben könnte, reagierte sie doch. Allerdings nicht wie erwartet.

„Hä? Was?"

„Her mit der Kohle! Aber zackig!"

Beide Fahrzeuge wurden immer langsamer. Die offene Seitentür blieb stets auf Höhe ihres Hinterrades.

„Habt ihr sie noch alle? Wollt ihr mich abziehen?"

„Schluss mit den Spielchen! Gib uns jetzt das Geld. Letzte Warnung!"

„Sonst?" Kati hatte auf Drängen ihres Vaters einen Selbstverteidigungskurs mitgemacht und neben vielen anderen Fähigkeiten dabei auch gelernt, jederzeit selbstbewusst aufzutreten.

Der Beifahrer, der aufmerksam die Umgebung beobachtete, griff jetzt ein. Ruhig, aber eindringlich sprach er in sein Headset.

„Störfaktor in 100 Metern!"

Der "Störfaktor" war eine ältere Dame, die mit einem durchsichtigen Plastikkopfschutz und einem langen Regenmantel der Witterung trotzte. Sie zog einen Hackenporsche hinter sich her, in dem sie ihre Einkäufe transportierte. Mit gleichmäßigen Schritten näherte sie sich dem Ort des Geschehens auf dem rechten Bürgersteig. Sie wirkte rüstig genug, um genau zu bemerken, was um sie herum vor sich ging.

„Schnappt sie euch. Sofort!" Dann gab er das nächste Kommando dem Fahrer. „Fahr die Lücke zu!"

Kati registrierte zufrieden, dass der Transporter neben ihr beschleunigte, und dachte schon, dass dieser Spuk nun vorbei wäre. Völlig überraschend stellte sie jedoch fest, dass der Wagen unmittelbar vor ihr nach rechts zog und ruckartig anhielt. Nur mit Mühe konnte sie selbst einen Zusammenprall vermeiden und ihr Fahrrad gerade noch rechtzeitig abbremsen. Allerdings geriet sie dabei aus dem Gleichgewicht. In diesem Moment sprangen zwei dunkel gekleidete Gestalten mit Masken aus dem Transporter und rissen sie vom Rad. Bevor sie überhaupt wusste, wie ihr geschah, wurde sie durch die Seitentür ins Wageninnere geworfen. Sofort kniete ein Mann auf ihr und drückte einen breiten Streifen Klebeband auf ihren Mund. Dann folgte eine dunkle Kapuze. Zuletzt wurden ihr Hände und Füße gefesselt und innerhalb weniger Sekunden war sie komplett hilflos. Erst jetzt kam ihr in den Sinn zu schreien, aber mehr als ein paar grunzende Laute brachte sie nicht heraus. Sie hörte, wie die Schiebetür mit Schwung geschlossen wurde und spürte, wie der Wagen beschleunigte. Seltsamerweise kreisten ihre Gedanken nicht um ihre Situation und die möglicherweise damit verbundenen Gefahren, sondern sie dachte ausschließlich daran, dass Isas Fahrrad jetzt herrenlos auf der Straße im Regen lag.

Eine knappe Minute nach diesen Vorkommnissen hatte die alte Dame die Stelle erreicht, an der Kati gekidnappt worden war. Sie hatte das weiße Fahrzeug zwar gesehen, aber nicht exakt beobachtet, was passiert war. Die Wassertropfen auf ihrem Kopfschutz hatten ihre Sicht verschleiert. Jetzt, da sie das Fahrrad so ganz ohne Besitzer auf der Straße liegen sah, machte sie sich ihre Gedanken.

„Na sowas", murmelte sie vor sich hin. Sie war verwitwet, lebte seit Jahren allein und hatte sich daran gewöhnt, dass sie normalerweise ihr einziger Gesprächspartner war. „Da liegt das Fahrrad hier auf der Straße rum. Das ist doch nicht normal!"

Sie schob ihren Kopfschutz ein wenig zurück und schaute in die Richtung, in die der Transporter verschwunden war. Natürlich war er schon längst nicht mehr zu sehen.

„Das kann eigentlich nicht mit rechten Dingen zugehen. Was soll ich denn jetzt bloß machen?" Die Situation sprengte ganz eindeutig ihren Erfahrungshorizont. Sie konnte sich keinen Reim darauf machen, was hier gerade geschehen war. Der Besitzer oder die Besitzerin des Rades musste aber in das große weiße Auto gestiegen sein, so viel war klar. Aber hätte er oder sie nicht das Fahrrad mitnehmen sollen? Handelte es sich vielleicht um einen Fahrraddieb? Aber es war ja kein Polizeiwagen gewesen, die waren schließlich blau-weiß, das wusste sie. Außerdem hätten Polizisten doch bestimmt das Rad mit eingepackt.

Sollte sie wenigstens das Fahrrad von der Straße ziehen? Es war ja möglich, dass jemand damit zusammenstieß. Aber so dicht an dicht, wie die Autos hier am Straßenrand parkten, war das gar nicht einfach und sie war ja nicht mehr die Beweglichste.

Am Ende kam sie zu dem Schluss, der auf einer Weisheit fußte, die ihr Vater ihr vor rund siebzig Jahren mit auf den Weg gegeben hatte. "Wenn du mal in einer Situation bist, in der du nicht ein noch aus weißt, und niemand da ist, der dir helfen kann, dann ruf die Polizei. Denn die ist dein Freund und Helfer!" Dabei hatte er sie gütig angeschaut und ihr mit der Hand über das Haar gestrichen, das damals noch semmelblond gewesen war. Ja, ihr Vater war ein ebenso kluger wie freundlicher Mann gewesen und hatte in fast allen Dingen recht gehabt.

Unwillkürlich strich sie über ihren Kopfschutz, weil sie sich an seine starke und gleichzeitig zärtliche Handbewegung erinnert hatte. Schnell zog sie ihre Finger wieder zurück, denn sie waren ganz nass geworden.

„Dann ist dieses olle Ding endlich mal für etwas gut", schmunzelte sie und fingerte in der Tasche ihres Regenmantels herum. „Das wird Sabrina aber freuen!"

Schließlich zog sie ein ziemlich vorsintflutliches Handy aus der Tasche, das ihre Enkelin ihr geschenkt und ihr dazu eingeschärft hatte, es immer bei sich zu tragen. "Für Notfälle!", hatte sie gesagt.

Die extragroßen Tasten ermöglichten ihr auch ohne Brille die 110 zu wählen. Sie war stolz, dass sie sofort wusste, welche Nummer sie tippen musste.

„Moin! Mein Name ist Erna Kramp und ich stehe gerade am Laufgraben kurz vor dem Papendamm." Nach einigen Nachfragen schilderte sie ihre Beobachtungen und endete mit einer Frage. „War es richtig, dass ich Sie angerufen habe?"

Die Antwort stellte sie zufrieden. Nichts anderes hatte sie erwartet. Sie war schließlich nur dem Rat ihres Vaters gefolgt. Nun hoffte sie, dass es nicht zu lange dauern würde, bis der angekündigte Streifenwagen erschien. Sie war zwar nicht gerade gebrechlich, aber der Einkauf hatte schon seine Zeit gedauert und sie freute sich jetzt darauf, auch mal wieder sitzen zu können.

Wenigstens ließ der Regen langsam nach. Sie streckte ihren Rücken durch und blickte nach links. Von dort musste der Peterwagen kommen. Sie würde ihn mit Winken auf sich aufmerksam machen.

* * *

Staller war jedes Mal irritiert, wenn er in die Wohnung kam, die für ihn immer Sonjas bleiben würde, obwohl die beiden Mädels hier schon ein Vierteljahr wohnten und sich deswegen einiges verändert hatte. Einiges, aber nicht alles.

„Ich habe Kaffee gemacht", sagte Isa zur Begrüßung. Der Reporter nahm das Angebot dankbar an. Sie setzten sich in der Küche an den kleinen Tisch, der für zwei Personen gerade Platz bot. Die Journalistin berichtete noch einmal mit allen Einzelheiten, wie sie zu dem Geld gekommen war. Dann holte sie den Rucksack aus dem Wohnzimmer und zeigte Staller die Banknoten.

„Das gefällt mir immer weniger", brummte er, während sie die Bündel wieder in den Rucksack schob und den Reißverschluss schloss.

„Warum?"

„Überleg mal! Die Empfänger müssen ziemlich viel über dich wissen. Wahrscheinlich haben sie unseren Besuch bei Kaiser im Gefängnis beobachtet. Sie kennen also dein Aussehen. Vermutlich haben sie dich auch überwacht, als du das Geld bei den Hounds abgeholt hast. Wo du arbeitest, wissen sie sowieso. Bestimmt haben sie auch schon herausgefunden, dass du hier wohnst. Sind dir irgendwann mal Personen oder ein Wagen aufgefallen, die dich verfolgen?"

Isa stützte ihr Kinn auf die Fäuste und dachte nach. Dazu schloss sie die Augen, um sich besser konzentrieren zu können.

„Auf der Fahrt von den Hounds ins Büro war ich mit meinen Gedanken zu beschäftigt, um auf die Umwelt zu achten. Ich hätte sogar beinahe einen

Unfall gebaut, so unaufmerksam war ich. Im Büro kam mir dann selber dieser Gedanke, aber mir ist nichts Verdächtiges aufgefallen. Und auf dem Heimweg hat es so geregnet, dass ich nur auf die Straße geguckt habe."

„Verständlich. Außerdem wissen wir ja, dass diese Leute Profis sind. Es wäre schwer gewesen sie zu entdecken. Also gehen wir einfach davon aus, dass sie viele Eckdaten von dir kennen. Stellt sich die Frage, auf welche Weise sie das Geld von dir fordern werden."

„Meinst du, sie klingeln hier einfach an der Tür?"

„Das wäre zumindest wahrscheinlicher, als dass sie in der Redaktion auftauchen. Dort ist die Gefahr für dich am geringsten."

„Weil sie dort von zu vielen Leuten gesehen werden könnten?"

„Genau."

„Und wenn sie sich als Pizzaboten oder so tarnen?"

„Laufen sie trotzdem Gefahr, dass sich jemand ihr Aussehen merkt. Du schlägst ja sofort Alarm, wenn sie das Geld von dir geholt haben."

„Stimmt eigentlich. Was dann?"

„Sie könnten hier klingeln. Je nachdem, um welche Uhrzeit das geschieht, werden sie wenig oder gar keine Mitbewohner sehen. Oder, was ich für wahrscheinlicher halte, sie passen dich irgendwo auf dem Weg ab. Das wäre dann zwar in der Öffentlichkeit, aber wer achtet schon auf zwei Leute, die sich kurz unterhalten und dann einen Beutel austauschen. Es sei denn, wir verpassen dir einen Schatten."

Isa erinnerte sich an das Gespräch mit Bud und Ben früher am Tage.

„Die Hounds wollen mich nicht beobachten, weil sie das für zu auffällig hielten. Ich vermute mal, dass Teil der Abmachung ist, dass ich eben nicht überwacht werden darf. Da werden die Empfänger wohl gut drauf achten."

„Hm. Da ist was dran. Ich sage ja, dass mir das alles nicht wirklich gefällt. Aber wir können es leider nicht rückgängig machen. Und es ergibt vermutlich auch keinen Sinn, wenn ich ständig bei dir bleibe. Dann warten die halt. Ehrlich gesagt bin ich ein bisschen ratlos."

„Du überraschst mich, Mike!"

„Auf jeden Fall solltest du in der nächsten Zeit einsame Orte und unpopuläre Uhrzeiten meiden. Ich möchte, dass du dich da draußen immer so bewegst, dass Menschen um dich herum sind. Das ist für eine junge Frau nicht unnormal und dürfte nicht auffallen."

„Ich verspreche es. Tatsächlich ist mir ein bisschen mulmig wegen der Sache. Ich habe zwar bei den Hounds ordentlich auf die Tonne gekloppt, aber innen drin sieht es doch etwas anders aus."

„Hast du ihnen eins deiner berühmt-berüchtigten Prügelvideos gezeigt?"

Sie nickte bloß.

„Und? Waren sie gebührend beeindruckt?"

„Kann man so sagen. Ach, eins noch: Ben hat mich gewarnt, dass ich sehr vorsichtig sein soll. Er meint, dass die ganze Kampfsportnummer nicht gegen eine Knarre hilft. Er … er findet mich sympathisch und möchte nicht, dass mir etwas passiert."

Staller warf ihr einen prüfenden Blick zu.

„Läuft da was zwischen euch? Diesen Tonfall habe ich bei dir noch nie gehört!"

„Ich weiß nicht." Die Journalistin wirkte verwirrt. „Ich meine, ich weiß, dass er ein Macho und ein Krimineller ist, aber es wirkt irgendwie so, als ob das nicht wirklich er ist. Er scheint mir eigentlich anders. Ergibt das für dich irgendeinen Sinn?"

„Außer der Erkenntnis, dass du auf dem Weg zu sein scheinst, dich in ihn zu verlieben – nein!"

„Verlieben? Also ich weiß ja nicht!" Isa stockte und starrte auf die Tischplatte. Der Gedanke erschien ihr gleichzeitig einleuchtend und völlig abwegig. Über Gefühlsdinge dachte sie normalerweise nicht allzu lange nach. Sie reagierte meist impulsiv und stellte ihr Verhalten in der Regel nicht infrage. Das war an diesem Punkt anders. Wenn Ben nicht ausgerechnet ein Hound wäre – wäre dann alles ganz anders?

„Ich werde nachdenken, was wir zu deinem Schutz noch machen können. Bleibst du heute zu Hause?"

„Auf jeden Fall", antwortete Isa spontan. „Mir ist nicht mehr nach Ausgehen."

„Kommt Kati bald wieder?"

„Vielleicht in einer guten Stunde."

„Gut. Bleibt zusammen hier. Vielleicht fällt mir noch etwas Kluges ein. Ich melde mich, bevor ihr morgen das Haus verlasst, okay?" Der Reporter stand auf.

„Danke, Mike!" Isa erhob sich ebenfalls und umarmte ihn vertrauensvoll. „Du bist echt immer für uns da. Das ist toll! Ich soll dich übrigens ganz lieb von Sonja grüßen."

„Danke. Für beides! Sei vorsichtig. Und falls sich telefonisch jemand meldet: Ruf mich an, bevor du etwas unternimmst, ja?"

„Mach' ich. Danke nochmal!"

Als Staller auf die Straße trat, ging er nicht zu seinem Wagen, sondern spazierte gemächlich über den Bürgersteig nach rechts. Nach knapp zweihundert Metern schlenderte er über die Straße und ging etwa vierhundert Meter zurück. Dabei musterte er aus dem Augenwinkel sowohl alle geparkten Fahrzeuge als auch die Fenster der Wohnungen. Nirgends fiel ihm eine Person besonders auf. Auch die wenigen Fußgänger, die unterwegs waren, gingen zielstrebig ihrer Wege und achteten nicht auf ihn. Im Moment, so schien es ihm, wurde die Wohnung nicht überwacht.

Er ging zurück zu seinem Pajero, der schräg gegenüber dem Hauseingang zu Sonjas Wohnung geparkt war. Er machte es sich auf dem Fahrersitz gemütlich und richtete sich auf eine längere Wartezeit ein. Nachdenken konnte er überall. Dann konnte er das genauso gut hier machen und nebenbei ein Auge auf Isa haben.

* * *

„Die Schlampe hat die Kohle nicht dabei!", meldete einer der Männer aus dem Laderaum des weißen Transporters, in dem Kati gefesselt und geknebelt lag. „Irgendwelche Unterlagen, ein Laptop und Kleinkram, aber kein Geld." Er hatte den Inhalt ihres Rucksacks einfach auf den Boden gekippt.

„Scheiße! Zum Hafen!", bellte der Mann vom Beifahrersitz und tippte eine Nummer in sein Mobiltelefon. Er trommelte mit den Fingern auf die Armlehne in der Tür und wartete ungeduldig. Endlich nahm jemand das Gespräch an.

„Team 1 hier, wir haben ein Problem. Die Lieferantin wollte uns die Ware nicht übergeben. Schlimmer noch: Sie hatte sie nicht einmal dabei!

Daraufhin haben wir die Lieferantin einkassiert. Wir könnten dabei beobachtet worden sein. Jetzt sind wir auf dem Weg zum Hafen. Wir müssen das Fahrzeug wechseln und entsorgen."

Er hörte zunächst längere Zeit zu, beendete dann aber zügig das Gespräch. Der Fahrer sah ihn erwartungsvoll an.

„Und? Was machen wir jetzt?"

„Wir fahren zum Lagerhaus. Dort bekommen wir einen neuen Wagen. Der alte wird abgeholt und irgendwohin gebracht, wo man ihn nicht sofort findet. "

„Und was passiert mit dem Mädel?"

„Die nehmen wir erst einmal mit. Sie hat keinen von uns erkennen können, denn die Jungs waren maskiert. Jetzt trägt sie selber eine Maske, durch die sie nichts sehen kann. Wir gehen also kein Risiko ein. Der Boss soll entscheiden, was mit ihr geschieht."

Fünfzehn Minuten später erreichte der Wagen die Veddel. Dieser Stadtteil verfügte über unzählige Lagerhallen und Freiflächen. Alle nur vorstellbaren Gewerbe hatten sich hier teilweise seit Jahrzehnten angesiedelt. Ringsum von Wasser umgeben, arbeiteten hier Tausende Menschen und nur wenige Straßen weiter fanden sich Wohnhäuser und Geschäfte. Wirtschaft und Gesellschaft lebten auf diesem engen Raum in gelungener Koexistenz und mit einigen hippen Start-ups zog sogar langsam ein bisschen Glanz in das ehemalige Arbeiterviertel.

Im Oberwerder Damm bog der Transporter mit Schwung durch ein großes Metalltor und verschwand binnen Sekunden hinter einer mindestens zwanzig Meter langen Halle, die die Sicht zur Straße versperrte. Sie gehörte zu den älteren Bauwerken in der Straße und war noch mit Backsteinen verklinkert. Andere Gebäude bestanden aus Glas, Metall oder Beton und wirkten deutlich moderner. Die Straße war gesäumt von parkenden Autos, Lastwagen, die Ware anlieferten oder abholten, und von Bahngleisen, die parallel zum Oberwerder Damm verliefen und aussahen, als ob sie seit Jahren nicht mehr benutzt wurden.

Auf der Rückseite der Halle befand sich ein großes Tor, durch das auch ein Lastwagen gepasst hätte. Der Transporter fuhr hindurch und hielt in der Halle an. Auf ein Zeichen des Beifahrers wurde das Tor von einem vierschrötigen Kerl im Blaumann geschlossen. Auf ein weiteres Zeichen verschwand dieser hinter einem Hochregal, auf dem Paletten mit undefinierbaren Werkstücken gelagert waren.

Der Beifahrer, ein baumlanger Kerl mit kräftigen, tätowierten Oberarmen und offensichtlich der Anführer des vierköpfigen Entführungskommandos stieg aus und sah sich um.

„Der ist für uns, nehme ich an", sagte er zu seinem Fahrer und deutete auf einen älteren Mercedes W124 in staubigem Blau. Das Auto trug Hamburger Nummernschilder und wirkte leicht vernachlässigt, was angesichts seines Alters nicht auffällig war. „Unser Gast bekommt immerhin einen geräumigen Kofferraum."

„Umladen?"

„Ja - und zwar zügig! Wir fahren sofort weiter. Kalle kümmert sich um den Transporter." Er klopfte mit der Faust auf die Schiebetür. „Bringt sie raus!"

Sofort flog die Tür auf und zwei muskulöse Gestalten sprangen aus dem Wagen. Ein kurzer Blick auf den Mercedes, ein schnelles Nicken und sie wussten, was sie zu tun hatten. Einer öffnete den Kofferraum, der tatsächlich riesig und zudem leer war. Dann trugen er und sein Kollege Kati, die mittlerweile zusätzlich in eine alte Decke eingewickelt worden war und kaum noch einen Finger rühren konnte, hinüber und verstauten sie sorgfältig. Mit dem typischen, satten Sound der Baureihe schloss einer von ihnen die Kofferraumklappe. Selbst wenn Kati durch Klebeband und die ganze übrige Verpackung noch ein Geräusch abgeben würde, wäre es außerhalb des Wagens garantiert nicht zu hören. Ihr Rucksack wurde auf die Rückbank geworfen.

„Fahren wir mit?"

Der Anführer nickte.

„Kalle?!", rief er. Der Kerl im Blaumann erschien und wischte sich die Hände an einem öligen Lappen ab, der nicht so aussah, als ob er irgendetwas reinigen könne.

„Ja?"

„Hier ist der Schlüssel zum Transporter. Stell ihn irgendwo ab, wo er nicht gleich gefunden wird. Die Nummernschilder entfernst du und lässt sie verschwinden. Der Wagen ist ansonsten sauber und muss nicht mehr ausgeräumt werden. Ein einfacher Job, aber lass dich nicht erwischen. Hast du alles verstanden?"

„Klar, Chef."

„Gut. Hier, ein kleiner Bonus!" Der Anführer schob dem Mann einen Hunderter in die Brusttasche seines Overalls. „Mach es gleich, nachdem wir weg sind."

„Kannst dich auf mich verlassen. Danke!"

Der Anführer bezog seinen Stammplatz auf dem Beifahrersitz auch im Mercedes. Der Fahrer hatte seine Position ebenfalls eingenommen und den Schlüssel im Zündschloss vorgefunden.

„Wohin?"

„Zur Maschinenhalle. Die Angelegenheit wird jetzt zur Chefsache. Und immer schön an die Verkehrsregeln halten. Wir wollen ja nicht auffallen!"

Nur fünf Minuten nach der Limousine mit Kati im Kofferraum bog auch der weiße Transporter aus der Einfahrt. Am Steuer saß ein zufrieden grinsender Kalle in seinem Blaumann. Er liebte diese Aufträge. Sie bedeuteten ein überschaubares Risiko, waren einfach auszuführen und boten eine äußerst willkommene Abwechslung zur eintönigen Alltagsarbeit. Außerdem ließ der Chef fast immer einen Extraschein springen. Kalle zündete sich eine Zigarette an, öffnete das Fenster einige Zentimeter und pfiff ebenso fröhlich wie falsch ein Lied.

* * *

Erna Kramp war außerordentlich zufrieden. Zweimal hatten die netten Streifenpolizisten sie ausdrücklich gelobt für ihre Aufmerksamkeit. Sie hatten ihr auch sofort angeboten, im Peterwagen Platz zu nehmen, etwas, das sie sich schon immer einmal gewünscht hatte.

Jetzt beantwortete sie alle Fragen nach bestem Wissen und Gewissen, wobei sie feststellte, dass dies der spannendste Nachmittag seit langer Zeit für sie war.

„Das war so ein Lieferwagen. Vorne mit Fenstern und hinten konnte man nicht reinsehen. Und er war weiß!"

„Stand etwas an den Seiten, vielleicht ein Firmenname?"

„Nein, ich glaube nicht. Daran würde ich mich erinnern."

„Trotz des Regens? Zu der Zeit hat es doch ziemlich stark geregnet, oder?"

„Ja, das stimmt. Aber schauen Sie, meine Kopfhaube ist ja durchsichtig. Selbst wenn sie vollgeregnet war, eine Schrift wäre mir aufgefallen. Nur lesen hätte ich sie wohl nicht können. Außer sie wäre sehr groß."

Die Ausführungen der alten Dame waren durchaus schlüssig. Außerdem wirkte sie trotz ihres Alters vollkommen klar und orientiert.

„Können Sie noch etwas zu der Person auf dem Fahrrad sagen?"

„Hm. Das ist nicht so einfach. Die war zwischen den Autos ja nicht so gut zu sehen. Außerdem trug sie eine Art Poncho mit Kapuze."

„Männlich oder weiblich? Alt oder jung?"

„Rot!"

„Bitte?!" Die fragende Polizistin war erheblich irritiert.

„Der Poncho war rot. Über die Person kann ich wirklich nichts sagen, tut mir sehr leid."

Der Polizist, der das Fahrrad gründlich untersucht und einige Notizen gemacht hatte, stieg jetzt ebenfalls in den Streifenwagen und griff zum Funkgerät. Nachdem er Verbindung aufgenommen hatte, las er eine Nummer von seinem Block ab.

„Das müsste eine E.I.N. sein. Checkt ihr mal bitte, ob ihr den Besitzer findet? Oder ob eine Diebstahlsanzeige vorliegt?"

„Das ist aber interessant", stellte Erna Kramp fest. „Sie können anhand des Rades den Besitzer ermitteln?"

„Ja, wenn es codiert ist. Die Nummer, die der Kollege vorgelesen hat, müsste eine Eigentümer-Identifizierungs-Nummer, kurz E.I.N. sein."

„Doll!", befand die ältere Dame. „Was es nicht alles gibt."

„Was geschah, als der Wagen das Rad eingeholt hatte?", setzte die Polizistin die Befragung fort und unterdrückte ein Schmunzeln. Die Rentnerin war aber auch zu drollig.

„Eine Zeitlang fuhren sie auf gleicher Höhe. Vielleicht haben sie sich unterhalten? Das weiß ich natürlich nicht."

„Und dann?"

„Der Lieferwagen fuhr schneller und plötzlich war das Fahrrad verdeckt. Dann hielt er kurz an und nach wenigen Sekunden gab der Fahrer des Wagens wieder Gas. Und das Fahrrad war verschwunden."

„Aber es lag doch auf der Straße?"

„Schon, aber das konnte ich ja nicht sehen. Ich dachte zuerst, dass der nette Mensch den Radfahrer vielleicht kannte und bei dem Regen mitgenommen hat."

„Okay. Aber dann haben Sie doch die Polizei gerufen."

„Klar, nachdem ich gesehen hatte, dass das Rad liegengeblieben war. Man nimmt doch niemanden mit und lässt das Rad einfach auf der Straße zurück."

„Da haben Sie natürlich recht."

Erna Kramp beugte sich nach vorne und fragte neugierig: „Was passiert denn jetzt?"

„Ich denke, dass wir Sie für Ihre Mühe jetzt erst einmal nach Hause fahren. Schließlich regnet es immer noch. Oder?" Die Polizistin blickte ihren Kollegen fragend an.

„Machen wir!", versprach dieser. „Ich lade vorher das Rad noch ein. Wenn wir es hier stehen lassen ohne Schloss, dann ist es in ein paar Minuten weg."

Der Polizist öffnete die Heckklappe des Wagens – zum Glück handelte es sich um einen geräumigen Kombi – und baute das Vorderrad des Fahrrads aus, was dank Schnellspannachsen eine Sache von Sekunden war. Mit etwas Mühe passte das Gefährt in den Kofferraum. Lediglich die Klappe schloss nicht mehr ganz, was er mit einem Spanngurt aber regeln konnte.

„So, wo soll's denn hingehen?"

„Rentzelstraße 53. Das ist aber sehr nett von Ihnen!" Erna Kramp lehnte sich entspannt in die Polster zurück und genoss die Fahrt, obwohl es sich nur um wenige hundert Meter handelte. Der Tag würde ihr sicherlich noch lange in Erinnerung bleiben.

Der Polizist fuhr mit Schwung auf den Bürgersteig bis praktisch direkt vor die Haustür.

„Das ist ein bisschen gegen das Gesetz, aber wir wollen Ihnen ja nicht noch mehr Umstände machen. Haben Sie Dank für Ihre Hilfe!"

„Ich danke Ihnen! Einen schönen Tag noch!" Die alte Dame stieg aus und nahm auch ihren Hackenporsche aus dem Streifenwagen.

„Danke ebenso, Frau Kramp!" Die Polizistin winkte ihr nach. Dann knisterte es im Funkgerät und sie nahm die Meldung entgegen.

„Aha, Isabell Stein, hab' ich notiert. Handynummer? Gib mal durch!"
Sie notierte alles und bedankte sich. Dann wandte sie sich an ihren Kollegen. „Sollen wir sie anrufen? Oder nehmen wir das Rad mit zur Wache und melden uns von dort?"

„Wir können ja …", begann der Kollege, wurde jedoch vom erneuten Quäken des Funkgerätes unterbrochen, das einen Handtaschenraub am Bahnhof Dammtor meldete. Er drückte die Sendetaste.

„Peter 14/3 übernimmt. Wir sind ganz in der Nähe." Im gleichen Zug startete er den Motor und fuhr zügig vom Bürgersteig. „Das Rad und seine Besitzerin müssen jetzt noch ein bisschen warten. Heute ist wohl Tag der älteren Damen."

„Wieso?"

„Mehr als 80 Prozent der Handtaschendiebstähle werden an Frauen im Rentenalter verübt."

„Vielleicht ist es dieses Mal ja ein knackiger junger Mann", hoffte die Polizistin.

„Keine Chance. Wenn er Handtäschchen trägt, dann ist er schwul."
Sie hieb ihm vorwurfsvoll auf den Oberarm.
„Du bist so klischeebeladen!"

* * *

Der Übergang von Hamburg nach Schleswig-Holstein vollzieht sich vollkommen unbemerkt. Die Luruper Hauptstraße heißt plötzlich Altonaer Chaussee und von den beiden Fahrschulen, die nur gut 50 Meter auseinander liegen, gehört die eine nach Hamburg und die andere ins Nachbarbundesland.

Der schmutzigblaue Mercedes überquerte diese unsichtbare Grenze in angepasster Geschwindigkeit und bog etwas später links ab. Die Straße führte in ein Industriegebiet. Der Fahrer passierte etliche Einfahrten und bog dann auf einen Hof ab, auf dem verschiedene Baumaschinen vom großen Bagger bis zur kleinen Walze standen. Die obligatorische Halle im XXL-Format war moderner als die, bei der die Fahrt begonnen hatte, verfügte aber ebenfalls über ein großes Tor, das auf einen Anruf des

Beifahrers hin geöffnet worden war. Innerhalb von Sekunden war der Wagen vor den Augen möglicher Beobachter verborgen. Das Tor schloss sich hinter ihm elektrisch.

„Holt die Kleine raus und bringt sie nach hinten ins Büro! Ihre Sachen auch." Der Beifahrer ging voraus und betrat einen abgeteilten Bereich in der linken Ecke der Halle. Großzügige Fenster an der Frontseite offenbarten einen Blick auf mehrere Schreibtische, die mit Papieren übersät waren, und Aktenschränke aus Metall, die einen Großteil des Mobiliars ausmachten. Eine Miniküchenzeile mit Kaffeemaschine versuchte vergeblich, dem nüchternen Raum etwas Heimeliges einzuhauchen. Im Hintergrund führten zwei Türen in weitere Räume. Im Moment schien hier niemand zu arbeiten.

Der Anführer des Entführungskommandos durchschritt den Büroteil, ohne die Schreibtische eines Blickes zu würdigen. Er verschwand durch die linke Tür. Der Raum dahinter war fensterlos und noch spartanischer eingerichtet als der Rest. Hohe Regalwände beherbergten unzählige Aktenordner. Lediglich ein kleiner Schreibtisch mit zwei Stühlen brachte etwas Abwechslung. Die Neonleuchten an der Decke summten leise.

Nach wenigen Augenblicken erschienen seine beiden Komplizen und zerrten Kati herein, die selber gehen konnte, weil man ihr die Fesseln an den Beinen gelockert und die Decke, in die sie eingewickelt war, entfernt hatte. Über dem Kopf trug sie immer noch die schwarze Kapuze und ihre Hände waren nach wie vor auf den Rücken gebunden.

„Masken auf!", befahl der Anführer und verbarg selbst ebenfalls sein Gesicht. Nur die Augen waren noch sichtbar, kleine blaue Pfützen unter schwarzem Stoff. „Nehmt ihr die Kapuze ab! Und dieses blöde Cape auch!"

Ein wenig rücksichtsvoller Ruck riss die Kopfbedeckung herunter, ein zweiter Griff, dann war auch der Regenschutz entfernt. Katis Gesicht war von der Atemnot gerötet, aber ihre Augen blitzten sehr lebendig und äußerst aufgebracht. Reden konnte sie nicht, denn der breite Streifen Klebeband verhinderte dieses.

Der Anführer starrte sie an und glaubte seinen Augen nicht zu trauen.

„Verdammte Scheiße!"

„Was ist, Boss?" Die Stimmen klangen alle dumpf und irgendwie gleich, was an den dichten Masken lag.

„Das ist sie nicht!"

„Was?!"

„Das ist die Falsche!"

„Aber wie kann denn das sein?" Der Kumpan war völlig verdattert. „Sie ist in das richtige Haus hineingegangen und genau dort wieder herausgekommen. Gleiche Klamotten, gleiches Fahrrad!"

„Das ist trotzdem nicht das Mädel, das wir suchen!"

„Und was machen wir jetzt?"

Der Anführer ließ sich schwer auf einen der Stühle fallen. Er fühlte sich im Moment gerade überfordert und musste erst einmal nachdenken.

„Bringt sie wieder raus und bewacht sie sorgfältig! Ich möchte nicht, dass hier irgendetwas schiefgeht. Also noch schiefer als bisher. Zieht ihr die Kapuze wieder über und bringt sie in den Wagen. Ihr bleibt auch dort."

Er stützte die Stirn auf die Fäuste und versuchte sich einen Reim darauf zu machen, was passiert war. Seit dem Besuch im Gefängnis hatten sie die junge Frau beschattet, um möglichst viel über sie herauszufinden. Er war die meiste Zeit dabei gewesen und würde seine Hand dafür ins Feuer legen, dass sie nicht bemerkt worden waren. Das Mädel konnte sie also nicht bewusst in die Irre geführt haben. Abgesehen davon, dass das vollkommen gegen die Anweisungen verstoßen hätte, die sie bekommen hatte. Wie war es also zu dieser Verwechslung gekommen? Und vor allem, wie sollte es weitergehen? Wenn es sein Fehler war, dann würde der Zorn des Chefs ihn mit voller Wucht treffen. Und wie wenig ein Menschenleben für den Chef zählte, das hatte er im Laufe der gemeinsamen Arbeit oft genug beobachten dürfen. Auch als verdienter Mitarbeiter war er keinesfalls sicher, seine Rente erreichen zu können.

Ein leises Geräusch schreckte ihn aus seinen unerfreulichen Gedanken. Hinter den Aktenregalen tat sich die Wand auf. Es handelte sich offenbar um einen geheimen Zugang, der mit einer Schiebetür versehen war. Diese wurde jetzt etwa zehn Zentimeter geöffnet. Erkennen konnte man in dem Nebenraum nichts, denn dort herrschte vollständige Dunkelheit.

„Was ist geschehen?"

Der glücklose Entführer erkannte die Stimme seines Chefs. Dessen Vorkehrungen unerkannt zu bleiben waren gewohnt exzellent. Außerdem blieb er stets ein Muster an Beherrschung, egal ob es darum ging ein Todesurteil auszusprechen oder einen Millionenbetrag einzustreichen.

„Wir haben die junge Journalistin auf Schritt und Tritt verfolgt. Wir kennen ihren Arbeitsplatz und ihre Wohnung. Sie hat das Geld von den Hounds übernommen und wir waren immer dicht an ihr dran. Von dort ist sie erst mit einem Firmenwagen ins Büro gefahren und dann mit dem Rad nach Hause. Kurz darauf verließ sie die Wohnung wieder und wir sind hinterher."

„Und?"

„Die Gelegenheit war perfekt. Einbahnstraße, Regen, kaum Menschen unterwegs. Wir haben das Geld verlangt. Sie hat sich geweigert. Mehrmals. Dann kam eine Oma in Sicht. Wir haben uns das Mädel geschnappt und sind weg. Wir wollten nicht, dass wir beobachtet werden. Der Haken ist nur: Es ist das falsche Mädel. Keine Ahnung, wie das passieren konnte."

„Hat die Passantin euch gesehen?"

„Nein. Nur den Wagen. Außerdem haben wir Masken getragen. Wer weiß, ob die Oma überhaupt etwas bemerkt hat?"

„Was ist mit dem Wagen?"

„Der ist sicher entsorgt. Vorsichtshalber. Was sollen wir jetzt machen? Sollen wir die Kleine umlegen?"

„Hat sie einen von euch gesehen?"

„Nein, Chef. Ganz bestimmt nicht."

Hinter der Schiebetür blieb es einen Moment still. Der Chef dachte offensichtlich nach. Nach einer vollen Minute meldete er sich erneut zu Wort. Er hatte die Lage gründlich durchdacht.

„Schafft sie irgendwohin, wo sie keinen Schaden anrichten kann. Aber lasst sie leben. Vorerst. Weder die Hounds noch die eigentliche Botin haben meine Anweisungen bisher missachtet. Es war einzig und allein euer Fehler. Wenn ihr ihn ausbügeln könnt, dann wird alles noch gut und ihr setzt euer Missverständnis irgendwo in der Pampa aus. Wenn ihr hingegen in 24 Stunden die Kohle nicht in euren Besitz bringt, dann habt ihr ein Problem!"

Die Schiebetür schloss sich mit einem energischen Ruck. Der Mann in dem Archivraum stellte erst jetzt fest, dass er lange Zeit die Luft angehalten hatte und blies sie nun mit einem kräftigen Atemzug aus. Dann sog er frischen Sauerstoff tief in seine Lungen und unterstützte so seine Gehirntätigkeit.

Als erste Maßnahme musste er das Mädchen an einen sicheren Ort bringen. Nach kurzem Nachdenken fiel ihm dazu die perfekte Lösung ein. Dieses Problem ließ sich in einer guten Stunde lösen.

Schwieriger war die Beschaffung des Geldes. Er wollte vermeiden, in die Wohnung der Botin einzudringen. Das brachte ein zu hohes Risiko mit sich. Am liebsten war ihm die Methode, mit der er heute gescheitert war. Andererseits sprach nichts dagegen, einen zweiten Versuch zu unternehmen. Die richtige Botin kannte diese Vorgehensweise schließlich noch nicht. Und nur weil es einmal schiefgegangen war, war es nicht grundsätzlich falsch. Er hatte noch bis morgen Abend Zeit. Vielleicht ergab sich die passende Gelegenheit schon früh, wenn sie ins Büro fuhr. Dafür mussten sie die Überwachung der Wohnung möglichst schnell wieder aufnehmen.

Mit frischem Mut erhob er sich und verließ das Büro. In der Halle wartete immer noch der blaue Mercedes mit den drei Männern im Wageninnern und dem Mädel im Kofferraum. Er schwang sich auf den Beifahrersitz.

„Habt ihr den Boss gesehen?"

Die Männer schüttelten die Köpfe. Verwunderlich war das nicht. Der Chef achtete penibel auf Anonymität. Wahrscheinlich hatte der zweite Raum eine Seitentür, durch die er direkt und ungesehen auf den Hof gelangt war.

„Okay. Wir fahren zur Kiesgrube. Zügig, jedoch ohne Hast, wenn ich bitten darf. Wir deponieren das Mädel dort und fahren zurück zur Wohnung. Wir haben genau noch eine Chance das Geld zu besorgen. Wenn wir das vermasseln, können wir alle checken, ob es ein Leben nach dem Tod gibt."

Die Stimmung im Wagen wurde durch diese Perspektive nicht gerade verbessert. Schweigend fuhren sie Richtung Autobahn. Den Elbtunnel konnten sie ausnahmsweise ohne großen Zeitverlust durchqueren. An der Anschlussstelle Elsdorf verließen sie die Autobahn. Mittlerweile war es dunkel geworden.

Nachdem die Wege immer schmaler geworden waren, bog der Mercedes inmitten von Wiesen und Feldern nach rechts ab. Im Licht der Scheinwerfer wurde ein marodes Metalltor mit zwei Flügeln sichtbar. Eine rostige Kette, die mit einem Bügelschloss gesichert war, umfing die mittleren Stäbe. Der Fahrer stieg aus, zog einen Schlüssel aus der Tasche, öffnete mit einiger Mühe das Tor, ließ sich wieder auf den Sitz fallen und fragte: „Zum Container?"

„Ganz genau." Der Anführer nickte.

Im Licht der Scheinwerfer war ein staubiger Weg zu erkennen, der zwischen einem mit Gestrüpp überwucherten Sandberg und einer riesigen, mit Wasser gefüllten Grube entlangführte. Nichts deutete darauf hin, dass hier in letzter Zeit Menschen gewesen wären.

Am Ende des Weges befand sich ein Rondell, auf dem vermutlich früher Lastwagen gewendet hatten, wenn sie Kies abgeholt hatten. Hinter dem künstlich aufgeschütteten Hügel verborgen, stand ein rostfleckiger Container. Der Fahrer parkte den Wagen so, dass die Scheinwerfer die verschrammte Tür beleuchteten. Mit etwas Wohlwollen konnte man die ursprüngliche Farbe des Containers als blau erkennen.

„Hast du den Schlüssel?"

„Natürlich." Der Fahrer ließ den Motor laufen, um die Batterie nicht zu überfordern. Dann öffnete er unter Schwierigkeiten die Tür. „Puh, das riecht nicht wirklich lecker."

Der Anführer trat ebenfalls heran und sog die abgestandene Luft ein. Ein Hauch von Fäulnis und Verwesung haftete ihr an.

„Das soll schließlich kein Urlaub werden", befand er. „Hast du eine Taschenlampe?"

Im Strahl einer starken Stablampe betraten sie den Container und schauten sich um.

„Das Ritz ist es nicht, aber es wird gehen." Der Fahrer drehte sich mit der Lampe im Kreis. Der Lichtschein fiel auf einen leeren Schreibtisch, einen Stuhl und einen uralten Kühlschrank. In besseren Zeiten hatte es einen funktionierenden Generator gegeben, der die Bude mit Strom versorgt hatte. Auch ein primitives WC war hinter einer Bretterwand installiert. Offenbar hatte einst auch ein Brunnen mit einer Pumpe existiert.

An drei Seiten waren nur die glatten Wände zu sehen, an der vierten befanden sich zwei Fenster. Diese waren jedoch von außen mit Brettern verkleidet. Seit die Grube nicht mehr in Betrieb war, hatte man das Gelände notdürftig vor nächtlichen Besuchern und Vandalen geschützt.

„Na bitte! Die Minibar ist gut gefüllt!" Der Fahrer leuchtete in den Kühlschrank und deutete auf mehrere Flaschen. Es gab Bier, Wasser und sogar Jägermeister.

„Sehr schön. Ich denke, dass wir unseren Gast nur etwa 24 Stunden hier beherbergen werden. In der Zeit wird sie schon nicht sterben. Auf jeden Fall kann sie nicht raus und wenn sie Lust hat zu schreien – nun, mehr als ein paar Füchse erschreckt sie damit nicht. Hol sie her. Aber denk an die Maske!"

Zwei Minuten später stand Kati mit ihrer dicken schwarzen Kapuze in dem zum Büro umfunktionierten Baucontainer. Der Anführer zog seine Maske über und winkte seinen Komplizen mit einer Kopfbewegung hinaus.

„So, Lady", bemerkte er, während er ihr die Kapuze abnahm und das Klebeband vom Mund abriss, was Kati einen leisen Schmerzensschrei entlockte. „In der Eile haben wir nichts Hübscheres gefunden. Du wirst die nächsten 24 Stunden hier schon überstehen. Damit du dir keine falschen Hoffnungen machst: Schrei, wenn du willst. Es wird niemand hören. Du bist der einzige Mensch weit und breit."

„Was haben Sie mit mir vor?", fragte Kati, die verunsichert, aber nicht paralysiert wirkte.

„Dir wird nichts passieren. Wir ziehen dich einen Tag aus dem Verkehr."

„Warum?"

„Weil wir es können. Frag nicht so viel. Da hinten ist ein Klo und in dem Kühlschrank steht Wasser. Unangebrochen. Falls du Hunger hast – Pech gehabt. Einen Tag Fasten wirst du aushalten können. Weil ich ein netter Mensch bin, lasse ich dir die Lampe da. Allerdings weiß ich nicht, wie lange die Batterien noch halten. Sei also lieber sparsam."

„Und was machen Sie?"

„Meinen Job. Genug gequatscht." Er durchtrennte mit einem Messer, das wie von Zauberhand zwischen seinen Fingern erschien, ihre Handfesseln. „Angenehmen Aufenthalt, Lady!"

Kati hörte, wie er die Tür von außen sorgfältig verschloss. Dann legte sie ihr Ohr an die Wand des Containers und lauschte angestrengt. Mit großer Mühe hörte sie den Motor des Wagens, in dem sie gebracht worden war. Das Geräusch wurde schnell leiser und hörte dann ganz auf. Sie schien allein zu sein. Wo? Das wusste sie nicht. Schnell überprüfte sie mithilfe der Lampe ihr Gefängnis und realisierte, dass es für sie momentan keinen Ausweg gab. Mit einem leichten Aufwallen von Ekel betrachtete sie die Toilette. Damit würde sie sich auseinandersetzen, wenn es erforderlich war. Aus dem Kühlschrank nahm sie eine der Wasserflaschen und drehte probehalber den Verschluss. Es zischte leise. Das Getränk schien in Ordnung zu sein. Der Vollständigkeit halber kontrollierte sie auch den Rest des Kühlschranks. Das Bier war schon zwei Monate abgelaufen, zeigte aber noch keine Flocken. Vermutlich war auch dieses noch genießbar. Die Flasche Jägermeister war noch halbvoll. Das Zeug wurde vermutlich nie schlecht. Sie war also nicht unmittelbar vom Verdursten bedroht. Wenn sie wollte, würde sie sogar eine kleine Party feiern können. Ihr war allerdings nicht danach.

Sie konzentrierte sich auf ihren Vater. Er wüsste, was in dieser Situation zu tun wäre. Information war das Stichwort. Entkommen war unmöglich, Lebensgefahr bestand nicht und ihr war sogar angedeutet worden, dass ihr Martyrium nur von kurzer Dauer sein würde. Als gutes Zeichen wertete sie, dass sie ihre Entführer stets nur maskiert gesehen hatte. Es gab also keinen Grund sie umzubringen. Wenn man sie irgendwo unauffällig freiließ, würde sie der Polizei keine verwertbaren Hinweise geben können.

Es sei denn, sie würde noch irgendwelche relevanten Informationen beschaffen können. Sie setzte sich an den Schreibtisch und dachte nach. Die Fahrt hatte so lange gedauert, dass sie Hamburg ziemlich sicher verlassen hatten. Sie war auf dem Land, vermutlich weit ab vom nächsten Dorf. Wenn sie herausfinden würde, wo genau, könnte das später von großer Bedeutung sein.

Sie zog die Schubladen des Schreibtischs auf. In der ersten lag ein Kugelschreiber neben einem Zollstock. Die Werbung eines Baumarkts auf dem Gliedermaßstab konnte alles und nichts bedeuten. Es handelte sich um eine bekannte Kette. Immerhin konnte sie damit notfalls die Bierflaschen öffnen. Isa hatte ihr mal gezeigt, wie man das machte.

Die nächste Schublade war leer. Warum war hier so gründlich aufgeräumt worden? War dieser Ort als Versteck für Geiseln vorgesehen? Die Fragen waren da. Mit den Antworten haperte es jedoch.

Die dritte Schublade hakte etwas beim Öffnen. Dennoch war sie bis auf eine Autozeitschrift leer. Da Kati sonst nichts anderes zu tun hatte, ging sie dem Haken auf den Grund. Und ihr Einsatz wurde belohnt. Als sie die Lade ganz herausgezogen hatte und hinter ihr die Rückwand des Schreibtischs betastete, fand sie einen Block. Der war wohl mal hinter die Schublade gerutscht. Mühsam fingerte sie ihn heraus und stellte fest, dass es sich um einen Notizblock handelte, der mit einem Werbelogo bedruckt war. "Kiesgrube Mahler" stand dort, mit Adresse und Telefonnummer. War das der Ort, an dem sie sich befand? Möglich war es. Dann hatte sie einen wichtigen Fingerzeig gefunden.

Zur Feier dieses Erfolges öffnete sie eine der Bierflaschen. Eigentlich mochte sie nicht so gerne Bier, aber angesichts der Tatsache, dass ihr eine ziemlich ungemütliche Nacht bevorstand, schien es ihr trotzdem eine vernünftige Idee zu sein. Das Getränk war zu warm, aber ansonsten noch völlig in Ordnung. Sie löschte vorsichtshalber die Lampe, denn jetzt konnte sie nichts mehr tun.

Mit der Dunkelheit kamen auch schwere Gedanken. Ob sich Isa wohl schon Sorgen um sie machte? Wusste ihr Vater Bescheid? War ihr Leben wirklich nicht in Gefahr? Sie zog die Knie an den Leib und umfasste sie Schutz suchend mit den Armen. Obwohl die Temperatur im Raum angenehm war, durchfuhr sie ein innerliches Frösteln.

* * *

Langsam wurde Isa unruhig. Dreimal hatte sie Kati jetzt schon eine Nachricht geschrieben. Aber sie hatte sie noch nicht einmal gelesen, geschweige denn geantwortet. Die Freundin war jetzt schon zwei Stunden überfällig. Das war zwar noch kein echter Grund zur Sorge. Schließlich konnte Kati sich noch mit jemandem getroffen haben, saß irgendwo beim Essen oder hatte sogar einen spontanen Kneipenbesuch beschlossen. All das war schon vorgekommen. Aber es war selten. Meistens plante sie solche Ereignisse im Voraus. Wenn sie eine Zeit angab, zu der sie wieder zurück sein wollte, dann hielt sie sich in der Regel auch daran oder meldete sich wenigstens.

Ein weiterer Grund für die innere Unruhe konnte sein, dass Isa den Rucksack mit dem Geld nicht vergessen konnte. Der hatte zwar mit Kati nichts zu tun, war aber trotzdem eine so bedeutende Abweichung von ihrer normalen Lebensroutine, dass die junge Journalistin begann, sich mehr Gedanken als üblich zu machen.

Nicht zuletzt gingen ihr auch immer noch die letzten Sätze von Mike über das Verhältnis zu Ben im Kopf herum. War sie tatsächlich dabei sich zu verlieben? Sie hatte schon viele Freunde gehabt, auch kurze Beziehungen und einige One-Night-Stands, auch mit Frauen. Emotional besonders engagiert war sie dabei nicht mehr gewesen, seit damals ihr Freund mit dem Hang zu SM sie zu einer Domina mitgeschleppt hatte, von der sie vergewaltigt worden war. Aber jetzt spürte sie, dass es anders war, wenn sie an Ben dachte.

„Du bist einfach ein albernes Huhn", warf sie sich selber laut vor. „Der Typ ist ein Verbrecher!"

Das Problem war: Sie glaubte das nicht wirklich. Leider schützten sie alle rationalen Hinweise nicht davor, ihn für ein durchaus anständiges Mitglied der Gesellschaft zu halten. Kein gutes Zeichen für ihren Geisteszustand und so etwas wie der Beweis, dass sie sich vermutlich doch mit dem Amor-Virus infiziert hatte.

Während sie gerade darüber sinnierte, was sie an dem jungen Mann so anzog, klingelte ihr Mobiltelefon. Bestimmt war das Kati!

Aber die Nummer war ihr unbekannt.

„Ja?", meldete sie sich.

„Frau Stein? Isabell Stein?" Die Stimme klang sachlich, irgendwie nach Behörde.

„Das bin ich. Wer spricht denn da?"

„Mein Name ist Palme vom 14. Polizeikommissariat. Wir haben ein Fahrrad gefunden, das mit Ihren Daten codiert ist."

Isa sank das Herz in die Hose. Eine eisige Faust schien ihren Magen zusammenzupressen. Schreckliche Bilder von Lastwagen mit quietschenden Bremsen oder Männern mit Pistolen auf schweren Motorrädern flimmerten vor ihrem inneren Auge vorbei. Sie schloss die Augen und versuchte ganz ruhig zu atmen.

„Was ist passiert?"

Währenddessen saß Staller immer noch in seinem Wagen vor der Haustür und war in seinen Überlegungen nicht viel weitergekommen.

Natürlich konnte er dafür sorgen, dass Isa Schutz bekam. In diesem speziellen Fall vermutlich sogar durch die Polizei. Aber brachte ihn das irgendwie voran? Die einfachste Lösung wäre vermutlich, zu den Hounds zu fahren und ihnen den Rucksack vor die Füße zu werfen. Niemand konnte Isa zwingen, diesen Auftrag wirklich auszuführen. Die Gefahr wäre damit auf der Stelle beseitigt. Trotzdem konnte er sich nicht zu dieser Maßnahme durchringen und er wusste auch, warum. Isa hatte diesen Job übernommen, weil sie sich davon eine spannende Geschichte versprach, und er teilte diese Ansicht. Im Grunde war ihr Auftrag ja auch überschaubar. Wenn sie das Geld wie verabredet dem Abholer übergab, konnte ihr eigentlich nicht viel passieren. Eigentlich. Und was, wenn doch?

Er stellte fest, dass er sich gedanklich im Kreise drehte, und konzentrierte sich wieder mehr darauf die Umgebung zu beobachten. Aber ihm fiel niemand auf, der sich verdächtig benahm.

Um sich abzulenken, griff er nach seinem Telefon. Es war ja nicht so, dass nicht noch andere Baustellen zu bearbeiten waren.

„Gerd, hier ist Mike!"

„Guten Abend, mein Junge!" Der ehemalige Kiez-König klang erschöpft, aber erfreut. „Du hast die Wanze sehr gut angebracht. Wir können die Mogilnos wunderbar hören."

„Und? Gab es schon eine interessante Unterhaltung?"

„Bisher noch nicht. Aber es ist vermutlich auch noch etwas zu früh. Ich rechne erst morgen mit neuen Entwicklungen."

„Wie kommst du darauf?"

„Wenn die Mikrofone ansprechen, wird das jeweilige Gespräch natürlich aufgezeichnet und gespeichert, wie auch immer das funktioniert. Aber man kann auch praktisch live mithören. Paul hat ständig einen Knopf im Ohr. Vor einer halben Stunde hat er eine Unterhaltung zwischen den Brüdern mitbekommen."

„Worum ging's dabei?"

„Sie wollten Feierabend machen. Und sie haben darüber gesprochen, dass morgen ja der nächste Anruf kommen soll. Sie schienen sich nicht darauf zu freuen. Einzelheiten haben sie allerdings nicht erwähnt. Aber dieser Anruf steht bestimmt im Zusammenhang mit der Explosion des Wagens."

„Mehr nicht? Schade! Aber immerhin, jetzt wissen wir, dass die Technik funktioniert und dass wir gute Chancen haben, tatsächlich Informationen zu bekommen. Das ist doch besser als nichts!"

„Hast du denn etwas Neues, Mike?"

„Eine ganze Menge, aber das kann ich jetzt nicht am Telefon berichten."

„Gibt es Probleme? Du klingst niedergeschlagen."

„Ich weiß es nicht. Die Lage ist ein bisschen verzwickt."

„So kenne ich dich gar nicht. Wenn du Hilfe brauchst, dann meldest du dich doch bei mir, oder? Ein paar nützliche Kontakte habe ich schließlich noch."

„Danke, Gerd, das weiß ich doch. Ich melde mich spätestens morgen!"

Das war genau die Aufmunterung, die der Reporter gebraucht hatte. Wenn sich aus der Abhöraktion bei den Autoschiebern morgen konkret etwas ergab, dann war das wunderbar.

Nach einem kurzen Blick auf die Uhr beschloss er, dass er Bommel noch anrufen konnte. Die Zwillinge bestimmten immer noch stark den Tages- und Nachtrhythmus der jungen Familie, obwohl es ganz langsam besser wurde. Mindestens einmal pro Nacht wurde der Schlaf aber immer noch gestört.

„Kannst du nicht zu normalen Zeiten anrufen?", tönte die knurrige Stimme des Kommissars aus dem Lautsprecher.

„Es ist gerade mal 22 Uhr", rechtfertigte sich Staller und wechselte das Thema. „Haben deine Spurenjungs noch etwas bei den Mogilnos herausgefunden?"

„Hallo? Die haben bis in den frühen Abend vor Ort gearbeitet. Glaubst du, mir liegt jetzt schon ein Bericht vor? Mit dem kann ich frühestens morgen rechnen!"

„Entschuldigung, ich vergaß! Deine Beamtentruppe macht natürlich pünktlich Feierabend und füllt ordentliche Formblätter aus. Mal kurz telefonisch interessante Beobachtungen mitzuteilen ist vermutlich verboten."

„Sehr witzig. Wenn sie eine verbuddelte Leiche gefunden hätten, hätten sie sich wahrscheinlich gemeldet. Nur mitzuteilen, dass die Farbe, mit der die Kameras außer Kraft gesetzt wurden, handelsüblicher Sprühlack war, hat keine wirkliche Priorität. Das müsstest sogar du einsehen."

„Meinetwegen. Gibt es denn sonst irgendeine Perle der Erkenntnis aus deinem anstrengenden Kriminalistenleben, die dir erlaubt, heute mal stolz deinen Feierabend zu genießen?"

„Ich habe herausgefunden, dass das Motorrad, von dem aus Joschi erschossen wurde, aus der Gegend von Kattowitz stammt, wo es vor drei Wochen als gestohlen gemeldet wurde."

„Kompliment, Miss Marple! Wo genau bringt dich das hin?"

„Nirgendwo", räumte Bombach kleinlaut ein. „Es gibt keinen Verdächtigen, keine Zeugen und keine Hinweise auf den Dieb oder die Diebe. Vermutlich ist die Tat dem organisierten Verbrechen zuzuordnen, jedenfalls liegt der Fall bei den entsprechenden Kollegen in Polen."

„Und zwar in der Ablage für ungelöste Fälle, wo er bestimmt genügend Zeit hat Staub anzusetzen."

„Da könntest du recht haben."

„Soll ich dich etwas aufheitern?"

„Bitte nicht!", flehte der Kommissar.

„Das werte ich als ein Ja. Die Mogilno-Brüder erwarten morgen einen wichtigen Anruf, der sich mit den Geschehnissen der letzten Nacht auf ihrem Hof beschäftigt. Das könnte uns einen guten Schritt weiterbringen."

„Dass deine illegalen Machenschaften auch noch belohnt werden, ist eine schreiende Ungerechtigkeit."

„Was du eigentlich sagen wolltest, war: Gut, dass wenigstens du Fortschritte machst bei der Lösung des Falls. Danke für das angebrachte Kompliment."

„Wenn du sonst nichts zu sagen hast, würde ich mich gerne in Morpheus' Arme werfen. Im Gegensatz zu dir habe ich ein ebenso funktionierendes wie forderndes Familienleben."

„Fordernd? Du lässt doch Gaby alles machen!"

„Ich übernehme dann, wenn sie laufen und gegen einen Ball treten können."

„Wer's glaubt!" Staller ließ ein Hohngelächter los, wurde aber schnell wieder ernst. „Alles gut mit den Jungs? Ist Gaby noch nicht zu sehr genervt?"

„Max und Moritz wachsen und gedeihen prächtig. Gaby zeigt eine Engelsgeduld. Ich bewundere sie täglich."

„Sie hat ja lange genug an dir üben können", lachte der Reporter. „Grüß sie schön von mir! Ich melde mich, wenn es Neuigkeiten gibt."

„Aber bitte nicht vor sechs Uhr morgens!"

Staller verstaute sein Handy und verdrehte den Kopf ein wenig, bis er sehen konnte, dass in der Wohnung von Isa noch Licht war. Sollte er die ganze Nacht hier warten? Wenn bis jetzt niemand erschienen war, konnte er vermutlich beruhigt nach Hause fahren.

Das Klingeln des Telefons hielt ihn davon ab, den Zündschlüssel zu drehen.

„Isa, was gibt's?"

„Ich glaube, dass etwas Schreckliches passiert ist!"

„Was ist los?"

„Kati ist noch nicht wieder da."

„Na und? Es ist doch gerade erst 22 Uhr. Vielleicht hat sie sich noch verabredet oder hat sich mit einem Kommilitonen verquatscht."

„Das ist es nicht allein. Sie war mit meinem Rad unterwegs. Eben hat die Polizei angerufen. Sie haben es verlassen auf der Straße gefunden."

„Wo?"

„Auf dem Weg von hier zur Uni. Und zwar etwa zu der Zeit, als Kati dort entlanggefahren sein muss."

„Scheiße." Er überlegte fieberhaft, was das bedeuten konnte. Ein Unfall?

„Es steht auf der Wache in der Caffamacherreihe. Ich wollte es jetzt abholen und mich erkundigen, was passiert ist."

„Ich fahre mit dir hin. Komm runter, sofort! Ich stehe noch vor dem Haus."

Er warf das Telefon auf die Ablage und startete den Motor. Kaum hatte er den Wagen aus der Parklücke manövriert, stürmte Isa bereits über die Straße, den Rucksack über einer Schulter.

„Du hast an das Geld gedacht?", staunte Staller.

„Ich habe ganz kurz in Betracht gezogen, dass das alles inszeniert sein könnte, damit auf diesem Weg die Geldübergabe stattfinden könnte."

„Hm, das wäre tatsächlich möglich. Das würde ich sofort nehmen! Aber das erscheint mir doch ziemlich aufwendig."

„Wenn es so wäre, dann würden wir vermutlich verfolgt und beobachtet, oder?"

Der Reporter, der während der ganzen Fahrt immer wieder in den Rückspiegel geschaut hatte, hob vage eine Hand vom Steuer.

„Ich habe lange genug vor eurer Wohnung gestanden und dort niemanden bemerkt. Und auch jetzt kann ich kein auffälliges Fahrzeug entdecken. Aber sie könnten natürlich vor der Wache auf uns warten. Halte dort nur nicht zu offensichtlich nach denen Ausschau. Ich werde mich unauffällig umsehen."

Zu der späten Stunde kamen sie schnell voran und erreichten ihr Ziel nach wenigen Minuten. Staller trödelte beim Abschließen des Wagens ein bisschen und ließ sogar seinen Schlüssel fallen. Dabei warf er schnelle Seitenblicke in alle Richtungen. Allerdings konnte er nichts Auffälliges entdecken. Am Eingang holte er Isa ein, die dort auf ihn gewartet hatte und sich ebenfalls umsah. Auf ihren fragenden Blick schüttelte er ganz leicht den Kopf.

„Ich habe auch nichts bemerkt", bekannte sie.

Drinnen wurden sie in ein typisches Büro geführt, in dem ein mit Akten überladener Schreibtisch den Raum dominierte. Diverse prall gefüllte Aktenschränke und Sideboards kündeten ebenfalls von einer Vielzahl von Fällen.

„Sie sind Isabell Stein?", fragte der Beamte, der müde aussah, obwohl seine Schicht gerade erst begonnen hatte.

„Ja."

„Und Sie haben ein Fahrrad codieren lassen von der Marke …?" Er suchte in den Akten auf seinem Schreibtisch nach dem Bericht.

„Stevens Strada Blacktop 800. In Silbergrau."

„Genau. Hier ist es ja." Der Polizist zog ein Formular zurate. „Haben Sie den Verlust schon angezeigt?"

„Es ist mir nicht gestohlen worden."

„Aber Sie haben es doch nicht selber gefahren und einfach liegengelassen?"

„Eine Freundin von mir hatte es geliehen."

„Und warum lässt sie es dann einfach auf der Straße liegen?"

„Das hat sie bestimmt nicht freiwillig getan."

Der Beamte runzelte die Stirn. „Warum sollte sie es sonst getan haben?"

Isa warf einen fragenden Blick zu Staller, der unmerklich den Kopf schüttelte.

„Das weiß ich nicht. Es ist jedenfalls nicht ihre Art, geliehene Sachen einfach irgendwo liegen zu lassen."

Der Reporter mischte sich nun ein.

„Mein Name ist Michael Staller und ich arbeite ..."

„Ich weiß, wer Sie sind. Seit wann interessiert sich Ihr Magazin für Fahrraddiebstähle?"

„Nun, erstens handelt es sich ja nicht um einen Diebstahl. Und zweitens, die besagte Freundin ist meine Tochter. Sie ist seitdem verschwunden. Ich weiß, dass es für eine Vermisstenanzeige zu früh ist, aber Sie könnten mir sehr helfen, wenn Sie mir den Bericht der Kollegen zur Auffindung des Fahrrades vorlesen würden."

„Vermuten Sie ein Verbrechen? Gibt es einen Grund für diese Annahme?"

Staller präsentierte ohne Zögern eine glaubhafte Begründung.

„Sie können sich sicher vorstellen, dass ich bei meinem Beruf eine Vielzahl von Feinden habe. Die meisten davon entstammen dem kriminellen Milieu. Da ist es nicht ganz abwegig, wenn ich unter diesen Umständen zum Beispiel eine Entführung einkalkuliere."

Der Beamte nickte langsam. Die Argumentation war einleuchtend. Seine Einstellung zu "KM" war einigermaßen neutral und deshalb tat er sich nicht allzu schwer, die Dienstvorschrift etwas großzügig auszulegen.

„Um 17.18 Uhr wurde der Notruf informiert. Die Zeugin meldete ein verlassenes Rad auf dem Laufgraben. Die Kollegen trafen um 17.43 Uhr dort ein, stellten das besagte Rad sicher und vernahmen die Zeugin. Laut deren Aussage fuhr der Radfahrer, Geschlecht unbekannt, mit einem roten Poncho bekleidet Richtung Papendamm."

Bei der Erwähnung des Ponchos warf Staller Isa einen Blick zu, auf den diese mit einem Nicken reagierte.

„Ein weißer Transporter ohne Werbeaufschrift, Marke, Modell und Kennzeichen unbekannt, fuhr auf gleicher Höhe, verdeckte den Radfahrer kurz und beschleunigte dann. Der Radfahrer war verschwunden und die Zeugin vermutete, dass er eingestiegen wäre. Zu der Zeit regnete es stark. Als die Zeugin den Ort des Geschehens erreichte, sah sie, dass das Rad noch auf der Fahrbahn lag. Das kam ihr komisch vor, deshalb informierte sie die Kollegen."

Der Blick, den Staller und die junge Journalistin diesmal austauschten, war eindeutig besorgt.

„Wie zuverlässig wirkte die Zeugin?", erkundigte sich der Reporter mit eisiger Beherrschung.

„Ältere Dame beim Einkaufen, eingeschränkte Sicht wegen des Regens, aber die Kollegen beschreiben sie als orientiert und glaubwürdig."

„Eine andere Erklärung, als dass Kati in den Transporter gestiegen ist, kann ich anhand des Berichtes nicht finden", mutmaßte Isa.

„Bleibt die Frage, ob dies freiwillig geschah oder nicht", ergänzte Staller, der sich mit aller Kraft an die Logik der Möglichkeiten klammerte. Denn die Wahrheit drohte ihn zu zermalmen.

„Kannte Ihre Tochter Freunde mit einem weißen Lieferwagen?", erkundigte sich der Polizist hoffnungsvoll.

„Nicht dass ich wüsste. Isa?"

Sie zuckte die Schultern. „Ich kenne auch niemanden."

„Eine Entführung läge also im Bereich des Möglichen", räumte der Beamte ein. „Wobei es natürlich bisher keinen Beweis gibt. Haben Sie denn aktuell jemanden im Verdacht, der Ihre Tochter entführt haben könnte?"

„Wie gesagt, als Polizeireporter hat man nicht nur Freunde", antwortete Staller unbestimmt. „Ich weiß manchmal selbst nicht genau, wem ich gerade auf die Füße getreten bin. Noch ist es zu früh, um endgültige Schlüsse zu ziehen. Ich weiß, dass das gegen die Dienstvorschrift ist, aber würden Sie mir den Namen der Zeugin geben? Ich würde mich einfach gerne selber überzeugen, wie ich ihre Aussage einschätzen kann."

„Ich verstehe Ihre Besorgnis, Herr Staller. Aber damit würde ich gegen eine Menge Vorschriften verstoßen. Das darf ich wirklich nicht. Vielleicht gibt es ja auch eine ganz einfache Erklärung für das Verschwinden Ihrer Tochter", wich der Beamte aus.

Bevor Staller antworten konnte, mischte sich Isa wieder ein.

„Na klar, das ist doch verständlich. Aber Sie dürfen mir doch bestimmt mein Fahrrad wieder aushändigen, oder?" Sie lächelte ihn sehr verständnisvoll und freundlich an. Der Polizist konnte sich ihrer Charmeoffensive nicht entziehen und lächelte zurück.

„Aber sicher. Es steht im Hof."

„Könnten Sie mir den Weg zeigen? Außerdem möchte ich nicht in den Verdacht geraten, direkt von der Wache ein Rad zu klauen. Wenn Sie dabei sind, dann fühlt sich das korrekter an."

„Kein Problem." Der Beamte stand auf und begleitete seine Besucher zur Tür. „Nichts für ungut, Herr Staller, bevor wir nach Ihrer Tochter suchen können, müssen wir erst abwarten, ob sie nicht vielleicht von selber wieder nach Hause kommt, das kennen Sie ja", sagte er noch einmal beschwichtigend. „Es gibt derzeit noch keinen hinreichenden Verdacht auf ein Verbrechen."

„Ich weiß, danke!" Der Reporter wandte sich an Isa. „Wir treffen uns am Auto. Ich lade dein Rad dann ein!"

Auf dem Flur gingen Isa und der Polizist nach links, Staller nach rechts. Nach einigen Sekunden sah er sich um und eilte so leise wie möglich zurück zu dem Büro, das sie gerade verlassen hatten. Ein kurzer Griff, dann hatte er den Bericht in der Hand, aus dem der Beamte gelesen hatte.

„Erna Kramp", murmelte der Reporter vor sich hin und merkte sich die angegebene Adresse. Auch die Namen der Beamten, die den Fall aufgenommen hatten, speicherte er in seinem Gedächtnis ab. Dann verließ er hastig ein zweites Mal das Büro und eilte nun direkt zu seinem Wagen. Dort räumte er schon mal die Rückbank leer und legte die Sitze um, damit Platz für das Rad geschaffen wurde.

Isa erschien nach einer Minute und winkte dankend in den Hof zurück, dann schob sie das Rad zügig zum Wagen.

„Wir nehmen das Vorderrad raus, sonst wird es eng", schlug Staller vor. Nach kurzer Zeit war das gute Stück verstaut und die beiden setzten sich ins Auto.

„Hast du den Namen?"

„Ja. Das hast du prima eingefädelt, Isa." Er antwortete mechanisch.

„Was ist deiner Meinung nach passiert?", fragte sie ängstlich.

Er starrte blicklos durch die Frontscheibe. Sie dachte schon, dass er überhaupt nicht antworten würde, aber schließlich begann er doch zu sprechen.

„Es gibt nur eine vernünftige Erklärung. Das war eine Verwechslung. Die Typen in dem Transporter wollten dich beziehungsweise das Geld. Eine kleine Seitenstraße, wenig befahren, kaum Fußgänger wegen des Platzregens – eine bessere Gelegenheit konnten sie sich nicht wünschen. Ob sie Kati nun eingesackt haben, weil sie nichts von dem Geld wissen konnte, oder ob es schon vorher so geplant war, wissen wir nicht."

„Was bedeutet das für Kati?" Isa klang kleinlaut.

„Ich weiß es nicht." Staller starrte weiterhin stur geradeaus. Seinem Gesicht war keine Gefühlsregung anzusehen. Aber es war zu bemerken, welche ungeheure Kraft es ihn kostete, diese Maske aufrechtzuerhalten.

Ganz anders erging es Isa. Die stets schnodderige, vorlaute junge Frau schlug die Hände vors Gesicht und brach in Tränen aus.

„Das ist alles meine Schuld!", schniefte sie. „Wenn ich mich nicht auf diese dumme Idee mit der Geldübergabe eingelassen hätte, dann wäre das alles nicht passiert. So eine gottverdammte Scheiße! Ich bin so blöd!"

Der Ausbruch riss den Reporter aus seiner Versteinerung. Er drehte sich zu Isa hin und zog ihren Kopf an seine Brust. Mit der Hand streichelte er über ihr Haar und drückte sie fest an sich.

„Mach dir keine Vorwürfe! Das konntest du auf keinen Fall ahnen. Und wenn es dich beruhigt: Ich hätte genauso gehandelt. Das war einfach eine Gelegenheit, die ein Journalist wahrnimmt."

Isa umfasste seinen Oberkörper und schluchzte lauter. Er stützte sein Kinn auf ihr Haar und biss die Zähne zusammen, dass ihn der Kiefer schmerzte. Zu gern würde er jetzt brüllen, toben, irgendetwas tun, um den Druck in seiner Brust zu mildern. Aber er konnte nicht. Eine einzelne Träne sammelte sich in seinem linken Auge und floss langsam über seine Wange. Auf halbem Weg war sie jedoch schon wieder getrocknet.

Mit von Tränen umflortem Blick schaute Isa schließlich zu ihm hoch.

„Was machen wir jetzt?"

Er schob sie sanft wieder auf ihren Sitz zurück.

„Wir fahren zu mir. Ich lasse dich jetzt nicht allein."

* * *

Die kleine Straße in Eimsbüttel lag in nächtlicher Ruhe, als der schmutzigblaue Mercedes langsam über das Pflaster rollte. Zu dieser späten Stunde war die Parkplatzsuche ein echtes Glücksspiel. Legale Plätze waren längst belegt und selbst die Grenzfälle waren durch risikobereite

Autofahrer besetzt worden. Deshalb kroch der Wagen im Schritttempo voran. Schließlich gab der Fahrer die Suche auf und fuhr einmal um den Block. Nach der dritten derartigen Runde hatte er Glück, weil ein Kleinwagen ganz in der Nähe von Isas und Katis Wohnung einen Platz freimachte. Mit etwas Mühe quetschte der Fahrer die breite Limousine in die Lücke und stellte den Motor ab.

„Und jetzt?", fragte er.

Der Beifahrer verdrehte den Kopf, um aus dem Fenster zu schauen.

„Es brennt noch Licht in der Wohnung."

„Was heißt das für uns?"

„Nun, zumindest wissen wir, dass sie zu Hause ist."

„Okay, das scheint logisch. Aber was machen wir? Sollen wir jetzt die ganze Zeit hier rumsitzen und warten? Das könnte ziemlich langweilig und unbequem werden."

„Lass mich mal einen Augenblick nachdenken." Der Anführer lehnte sich zurück und schloss die Augen. Sollten sie das Risiko eingehen und in die Wohnung gehen? Sie konnten schlecht maskiert durch ein Treppenhaus stiefeln. Wenn sie jemand dabei beobachtete, war das mehr als verdächtig. Ihre Gesichter offen zu zeigen, lag allerdings ebenfalls nicht in ihrem Interesse.

„Wie spät ist es, gegen 23 Uhr?"

Der Fahrer brummte seine Zustimmung.

„Dann warten wir noch. Nach Mitternacht dürfte es hier sehr einsam werden. Dann können wir es riskieren hochzugehen. Wir holen uns das Geld, fahren wieder raus, lassen die Kleine aus dem Container frei und setzen sie irgendwo im Nirgendwo aus. Danach fahren wir nach Hause und alles ist wieder im Lot."

„Okay, Boss. Mann, über eine Stunde noch. Ein Glück, dass es wenigstens warm ist!"

* * *

Mike Staller stand von seinem Sessel auf und dimmte zunächst das Licht. Isa saß auf dem Sofa und war zur Seite umgesunken. Sie hatte sich nicht überreden lassen, in Katis Zimmer ins Bett zu gehen. Die Mitschuld, die sie an der schrecklichen Situation empfand, lag wie ein massiver Fels auf ihren Schultern. Sie wollte ihm unbedingt helfen, aber ihr Körper reagierte auf die Belastung erfrischend normal: Er ermüdete. Schon nach kurzer Zeit waren ihr immer mal wieder die Augen zugefallen. Unterstützt wurde dies dadurch, dass der Reporter schweigend seinen Gedanken nachhing.

Jetzt nahm er vorsichtig ihre Beine und hob sie aufs Sofa, damit sie eine wenigstens halbwegs bequeme Lage einnehmen konnte, dann deckte er die Schlafende mit einer leichten Decke zu. Zu guter Letzt schenkte er sich neuen Kaffee nach und nahm seine Lieblingsposition auf dem Sessel ein, mit einem Bein über der Armlehne.

Die Gedanken jagten durch seinen Kopf und gaben sich alle Mühe, ihn in den Wahnsinn zu treiben. Bilder von Kati in Fesseln, Männer mit Messern, die sie bedrohten, und barsche Verhöre mischten sich mit Nachrichtenbildern von Waterboarding, Geiselnahmen und Selbstmordattentaten. Er würde es nicht ertragen können, wenn seiner Tochter auch nur ein Haar gekrümmt würde! Aber was konnte er tun? Wie konnte er sie befreien?

Seine Souveränität im logischen Denken, seine Kreativität bezogen auf ungewöhnliche Ermittlungsansätze und all seine Fähigkeit zu improvisiertem Handeln – sie waren dahin, verloren, Vergangenheit. Verzweifelt bemühte er sich, sich zusammenzureißen, aber die Tatsache, dass er diesmal ganz persönlich betroffen war, dass es um das Liebste ging, was er im Leben besaß – dies stand einer nüchternen Analyse der Situation schlicht im Wege.

Wenn er ehrlich zu sich war, dann musste er zugeben, dass er mit seinem Latein am Ende war. Der Schmerz, die Angst, die Hoffnungslosigkeit, sie lähmten ihn bis zur kompletten Starre. Immer wieder fragte er sich, wo Kati jetzt gerade war und wie es ihr wohl ging. Hatte sie Angst? Natürlich hatte sie die. Wer würde keine Todesangst haben, wenn er auf offener Straße gekidnappt und irgendwohin verschleppt wurde. Wenn eiskalte Killer Geld forderten, das man nicht besaß. Wenn sie dieser Forderung womöglich mit Folter Nachdruck verliehen!

Staller presste die Hand auf seine von ungeweinten Tränen schmerzenden Augen. Auch sein Körper zollte der Anspannung Tribut. Er glitt unmerklich in diesen Zustand zwischen Wachen und Schlafen, in dem die Gedanken noch bewusst waren, aber nicht mehr gesteuert werden konnten. Schneller und schneller rotierten Bilder durch seinen Kopf und die Gegenwart mischte sich mit der Vergangenheit. Bilder von zwei glücklichen Erwachsenen mit einem Kinderwagen. Kati auf der Schaukel vor ihrem Wochenendhaus in der Heide. Chrissie, seine Frau, mit einem kugelrunden Babybauch, die in komischer Ungeschicklichkeit von der Bettkante aufstehen wollte. Er selbst auf der Dachterrasse ihrer alten Wohnung, fünf Stockwerke hinabschauend auf seine Frau, die in ihrem Blut dort lag ...

Sein Kopf sank langsam auf die Brust und zwischen einzelnen Atemzügen hörte man ihn stöhnen. Wer genau hingehört hätte, hätte den Namen seiner Tochter hören können, immer wieder: Kati! ... Kati! ... und schließlich: Chrissie!

Jetzt, da er die Grenze zum Schlaf fast überschritten hatte, rannen endlich Tränen über sein Gesicht. Mike Staller weinte um die Gegenwart, um die Vergangenheit und um die Zukunft. Den Verlust seiner geliebten Frau hatte er mit eiserner Energie zu meistern gelernt. Der Verlust seiner Tochter würde ihn endgültig zerbrechen.

* * *

„Okay, wir probieren es jetzt!"

Der Fahrer des blauen Mercedes schreckte aus seinem Nickerchen hoch und schaute sich um. Die Straße wirkte menschenleer. Das Fenster der Wohnung, die sie überwachten, war immer noch erleuchtet. Hier hatte sich nichts verändert.

„Alles klar, Boss. Sollen wir die Masken aufsetzen?"

„Nein, Käppi muss reichen. Bei der schlechten Straßenbeleuchtung sind wir eh kaum zu erkennen."

Die beiden Männer stiegen aus und überquerten zügig mit gesenkten Köpfen die Straße. Wer sie beobachtet hätte, würde zwei Spätheimkehrer sehen, die sich freuten, bald zu Hause zu sein.

Die Haustür stellte kein Problem dar, denn sie ließ sich einfach aufdrücken. Die Männer verzichteten darauf, den Lichtschalter zu betätigen und lauschten im Hausflur auf Geräusche. Sie hörten nichts. Die Bewohner schienen alle zu schlafen oder wenigstens keine Lust auf nächtliche Spaziergänge zu verspüren.

Auf leisen Sohlen eilten sie die Stufen bis zum zweiten Stock hinauf. Vor der Wohnungstür blieben sie stehen und lauschten erneut. Alles blieb ruhig. Bis hierhin war ihr Vorhaben glatt gelaufen. Niemand hatte sie beobachtet.

„Soll ich die Tür öffnen oder klingeln wir, Boss?", raunte der eine Mann.

Der Anführer überlegte kurz.

„Wenn sie noch wach ist – und das Licht deutet darauf hin – dann ist es sinnvoller zu klingeln. Denn selbst wenn du die Tür ohne jedes Geräusch knacken kannst, haben wir das Problem, dass wir die Wohnung nicht kennen. Die Chance, dass sie uns hört, ist zu groß."

„Gut. Wenn sie die Tür aufmacht, halte ich ihr den Mund zu. Das müsste zusammen mit dem Überraschungseffekt funktionieren, ohne dass sie laut wird."

Der Anführer drückte auf die Klingel. Das Läuten drang laut und deutlich durch die Tür. Gespannt warteten die beiden, ob sie Schritte hören konnten. 10 Sekunden, 20 Sekunden, eine halbe Minute – nichts.

„Ob sie bei Licht eingeschlafen ist?"

„Passiert mir auch schon mal, dass ich vor dem Fernseher einpenne, Boss. Und jetzt? Nochmal klingeln?"

„Nein, mach auf!"

Der Fahrer holte ein kleines Werkzeug aus der Tasche, das auch von Schlüsseldiensten benutzt wird, und machte sich am Schloss zu schaffen. Man sah, dass er mit der Materie vertraut war, und nach wenigen Sekunden öffnete sich die Tür nach einem leisen Klicken.

„Fertig!"

„Okay. Wir gehen rein!"

Mit unhörbaren Schritten betraten die beiden Männer die Wohnung und vergaßen nicht, die Tür leise wieder hinter sich zu schließen. Auf keinen Fall durfte ein verspäteter Nachtschwärmer durch eine offene Tür misstrauisch werden.

Der Schein der Wohnzimmerlampe sorgte dafür, dass es auch im Flur nicht ganz dunkel war. Die beiden Eindringlinge verständigten sich jetzt nur noch per Handzeichen. Unhörbar schob sich der Anführer bis an die offen stehende Wohnzimmertür heran und steckte vorsichtig und ganz langsam seinen Kopf um die Ecke. Innerhalb einer Sekunde hatte er den Raum überblickt. Er drehte sich um und schüttelte den Kopf. Vier weitere Türen waren zu sehen, nur eine davon geöffnet. Mit der fingen sie an und fanden die Küche dahinter ebenfalls verlassen. Nach gut einer Minute hatten sie die ganze Wohnung überprüft und schauten sich verwundert an.

„Keiner zu Hause!", stellte der Fahrer völlig zurecht in halblautem Tonfall fest. „Ist vermutlich weg und hat vergessen das Licht auszumachen."

„Das ist jetzt blöd." Mit dieser Situation hatte der Anführer nicht gerechnet. Blitzschnell erwog er die verbliebenen Optionen. Viele waren es nicht. Der entscheidende Punkt war, dass sie keinen blassen Schimmer hatten, wo ihre Geldbotin sich gerade aufhielt.

„Was machen wir jetzt?"

„Wir durchsuchen die Wohnung, ob das Geld vielleicht hier ist. Könnte sein, dass sie es für ihren nächtlichen Ausflug nicht mitnehmen wollte, obwohl sie es ja immer bei sich tragen sollte. Aber mach schnell, wenn sie jetzt plötzlich zurückkommt, dann besteht die Gefahr, dass sie Krach schlägt. Achte also auf die Wohnungstür. Wenn die Kleine kommt, müssen wir sie sofort überwältigen!"

Die beiden Profis machten sich an die Arbeit. Es war nicht davon auszugehen, dass die Privatwohnung einer Journalistin Geheimfächer, doppelte Böden oder Tresore enthielt, was den Job einfacher machte. Eine knappe Viertelstunde später wussten sie, dass sich das Geld nicht in der Wohnung befand.

„Keine Kohle", befand der Fahrer enttäuscht. „Und nun?"

„Erstmal wieder zum Wagen. Hier können wir nichts mehr erreichen. Wir sollten niemandem die Möglichkeit bieten uns zu erkennen."

Genauso geräuschlos, wie sie das Haus betreten hatten, verließen sie es auch wieder und huschten mit tief in die Gesichter gezogenen Käppis über die Straße. Als sie sich unbeobachtet wieder in den Mercedes gesetzt hatten, trommelte der Anführer unwirsch auf das Armaturenbrett.

„Zwei Möglichkeiten", stellte er schließlich fest. „Entweder sie übernachtet irgendwo anders. Dann kriegen wir sie vermutlich erst morgen im Büro wieder zu fassen. Oder sie hockt in der Kneipe oder bei Freunden und kommt spät nach Hause. In dem Fall könnten wir unsere kleine Übung wiederholen."

„Oh nein", stöhnte der Fahrer. „Das bedeutet, dass wir hier noch ein paar Stunden rumhängen müssen. Eine Mütze voll Schlaf wäre mir bedeutend lieber!"

„Das Leben ist kein Wunschkonzert", erwiderte der Anführer weise. „Wir wechseln uns ab mit Beobachten. Du fängst an!"

Neidvoll musste der Fahrer mit ansehen, wie sein Kompagnon die Lehne nach hinten neigte und sich das Käppi über die Augen zog. Die kommenden Stunden dürften lang werden.

* * *

Der Duft von frischem Kaffee weckte Staller. Er schlug die Augen auf und wollte den Kopf drehen, als ein heftiger Schmerz durch seinen Nacken zuckte. Ächzend nahm er einen Arm hoch und massierte die verspannten Muskeln. Offenbar wurde er langsam alt. Eine Nacht im Sessel steckte er jedenfalls nicht mehr ohne Weiteres weg.

„Guten Morgen, Mike!" Isa tappte barfuß und mit nassen Haaren herein, in den Händen zwei Kaffeebecher. Sie trug ein viel zu weites T-Shirt, das ihm vage bekannt vorkam. „Ich hab' mir mal ein Shirt von dir geliehen. Kati hat keine Klamotten mehr hier."

„Kein Problem!"

Mit einiger Mühe erhob er sich aus dem Sessel und schaute auf die Uhr. Schon nach acht! Er hatte offensichtlich tief und fest geschlafen.

„Willst du erst ins Bad? Bis du dort fertig bist, habe ich eine Art Frühstück organisiert", schlug Isa vor.

„Klingt wie ein Plan!"

Unter der Dusche strömten mit dem Wasser die ungelösten Fragen des Vorabends wieder auf ihn ein. Mit starker Selbstdisziplin zwang er sich, diese Gedanken für den Moment zurückzudrängen. Er musste sich frisch machen, frühstücken und dann konnte er vielleicht vernünftige Überlegungen anstellen.

Zehn Minuten später saß er in der Küche am Tisch und staunte, was Isa in der kurzen Zeit zustande gebracht hatte. Es gab frischgepressten Orangensaft, Rührei, Toast, Aufschnitt, Käse, Marmelade und Müsli.

„Ich wusste gar nicht, dass du so eine begabte Küchenfee bist", lobte er mit vollem Mund. „Das Ei ist super!"

„Danke! Ich habe halt gedacht, dass wir wenigstens mit vollem Magen in den Tag starten sollten."

„Sehr richtig. Noch Kaffee?" Er schenkte ihnen nach.

„Du hast mich aufs Sofa gezogen und zugedeckt, oder?"

Staller nickte.

„Ich wollte nicht einschlafen, aber irgendwie konnte ich nichts dagegen tun. Warum bist du nicht ins Bett gegangen?"

„Vielleicht, weil es mir ebenso erging wie dir. Ich bin einfach eingepennt. Eine Nacht im Bett wäre vermutlich weniger schmerzhaft gewesen." Er rollte die Schultern. Das heiße Wasser hatte zwar geholfen, aber ein bisschen steif fühlte er sich immer noch.

„Und wie geht es dir jetzt?" Isas Stimme klang besorgt. „Sei ehrlich, bitte!"

Er legte sein Besteck sorgfältig neben seinen Teller. Dadurch gewann er ein bisschen Zeit für eine Antwort.

„Ich bemühe mich, mir nicht zu viele Schreckensszenarien auszumalen. Es ist sehr schmerzhaft zu wissen, dass Kati in den Händen von Kriminellen ist. Ich bin wütend, traurig, ängstlich und noch verschiedenes mehr. Aber das darf ich nicht zu sehr in den Vordergrund lassen. Denn dann bin ich handlungsunfähig. Verstehst du das?"

„Mmh", stimmte Isa mit vollem Mund zu. „Das Kaninchen sollte der Schlange nicht in die Augen sehen. Klingt sinnvoll, wenn es denn klappt."

„Es muss klappen. Durch meinen Job und durch meine Erfahrung stehe ich ja nicht völlig hilflos vor der Situation. Ich muss mich auf meine Fähigkeiten und Möglichkeiten konzentrieren. Dann kann ich wenigstens sagen, dass ich alles versucht habe."

„Was werden wir also tun?", fragte sie und goss sich einen Schuss Milch in den Kaffeebecher. „Hast du ein paar Ideen?"

„Ich bin weggedusselt, bevor ich einen klaren Gedanken fassen konnte", gestand er. „Wir fangen also gemeinsam bei null an."

„Tragen wir doch erst einmal zusammen, was wir wissen oder zumindest stark annehmen", schlug sie vor.

„Okay. Also von Anfang an. Du trägst 80 Riesen mit dir rum, die du für die Hounds an jemanden übergeben sollst. Das ist Fakt. Eine ziemlich gesicherte Annahme ist, dass dieser Jemand das Geld als seinen Anteil an den Geschäften der Rocker auf dem Kiez fordert. Sie lassen sich darauf ein, weil ihr Interims-Boss von eben diesem Jemand – oder zumindest in dessen Auftrag – erschossen worden ist."

„Daraus folgt, dass diese Gruppe – denn eine Einzelperson kann es nicht sein – erstens skrupellos ist, zweitens sehr professionell handelt und drittens nicht leichtsinnig agiert. Die Art der Geldübergabe ist ziemlich klug gewählt", fuhr die Volontärin fort.

„Der Organisationsgrad der Gruppe ist ebenfalls sehr hoch. Beispiel: Die Schießerei beim Klubhaus. Akribisch vorbereitet, minutiös durchgeführt und maximal diskret. Wir wissen fast nichts über die Täter. Außerdem haben sie dich, die Geldbotin, unbemerkt überwacht und ausspioniert."

„Einen einzigen Fehler haben sie bisher gemacht. Nämlich, als sie Kati für mich gehalten haben. Und das war nur möglich, weil sie mein Rad und meinen Regenponcho genommen hat. Damit waren wir fast nicht mehr zu unterscheiden."

„Es ist nicht hundertprozentig gesichert, aber doch äußerst wahrscheinlich, dass sie Kati verschleppt haben. In einem weißen Lieferwagen, vermutlich ohne Werbeaufdruck und wahrscheinlich gestohlen. Das ist ein erster kleiner Anhaltspunkt", meinte der Reporter.

„Von da an wird es allerdings vage", ergänzte Isa nachdenklich. „Klar ist noch, dass sie irgendwann ihren Fehler bemerkt haben. Kati war nicht im Besitz des Geldes. Wie haben sie darauf reagiert?"

„Das ist die entscheidende Frage", stimmte Staller ihr zu. „Wir dürfen annehmen, dass sie auf dieser Straße das Geld übernehmen wollten. Nach allen Erfahrungen werden sie vermieden haben, dass sie von dir beziehungsweise Kati wiedererkannt werden können. Vermutlich waren sie also maskiert."

„Das wäre doch eine gute Nachricht, oder? Ich meine, wenn sie sicher sein können, dass sie nicht identifiziert werden können, dann bedeutet es kein Risiko für sie, Kati wieder freizulassen."

„Das ist es, worauf ich hoffe", antwortete er und seine Stimme bebte für einen winzigen Moment. „Denn das ist in meinen Augen Katis einzige Chance."

„Warum sollten sie sie überhaupt festhalten? Irgendwann haben sie gemerkt, dass sie die falsche Frau erwischt haben und deshalb nicht an ihr Geld kommen. Warum lassen sie Kati nicht gleich wieder frei? Sie nützt ihnen doch nichts. Im Gegenteil. Irgendwer muss auf sie aufpassen, es gibt das Risiko, dass sie irgendeinen Ort oder eine Person doch erkennt, und sie muss essen und trinken. Ganz schöner Aufwand. Und wofür?"

Der Reporter nickte anerkennend.

„Gut nachgedacht! Leider kenne ich die Antwort nicht. Ein guter Grund würde mich sicher beruhigen. Können sie Kati in irgendeiner Form als Druckmittel benutzen? Ich wüsste nicht, wie. Ist es eine Warnung an dich? Das passiert mit dir auch, wenn du nicht genau tust, was dir aufgetragen wurde?"

„Dann müssten sie mir aber eigentlich mitteilen, dass sie Kati in ihrer Gewalt haben. Denn ich weiß ja offiziell gar nicht, was da passiert ist."

„Das stimmt schon. Aber andererseits – kannst du dir das nicht zusammenreimen? Du bist eine Geldbotin, Kati verschwindet, nachdem sie mit deinem Regenponcho und deinem Fahrrad unterwegs war, und taucht nicht wieder auf?"

Jetzt musste Isa einräumen, dass dieser Gedanke durchaus überzeugend war. Dann überlegte sie laut weiter: „Wann, wo und wie werden sie den nächsten Versuch unternehmen? Werden sie das überhaupt?"

„Auf jeden Fall können sie weder dir noch den Hounds einen Vorwurf machen. Wenn man so will, dann haben sie die Sache ganz alleine verbockt. Das spricht dafür, dass es einen neuen Versuch geben wird."

„Können wir nicht versuchen Einfluss darauf zu nehmen? Ich meine damit, dass wir eine Situation herbeiführen, bei der es geschieht?"

„Ich fürchte, das bringt uns nichts. Wenn du meinst, dass wir ihnen eine Falle stellen sollen, dann birgt das unzählige Unwägbarkeiten. Im allergünstigsten Fall kriegen wir ein oder mehrere Personen zu fassen. Und dann? Ich glaube kaum, dass wir sie gegen Kati austauschen können."

„Da hast du wohl recht", musste Isa einräumen. „Aber irgendetwas müssen wir doch tun können!"

Staller runzelte konzentriert die Stirn. Der Gedankenaustausch erinnerte ihn an die Art und Weise, wie er mit Sonja zu arbeiten pflegte. Einer entwickelte eine Idee, die vom anderen überprüft und infrage gestellt wurde. So kamen oft die besten Ergebnisse zustande. Ihm fiel auf, dass er die Kollegin gerade sehr schmerzhaft vermisste. Und dass Isa sich bewusst oder unbewusst große Mühe gab, Sonja zu ersetzen.

„Ich sehe zwei Ansatzpunkte. Der erste ist der weiße Transporter. Wenn die Entführer gesehen haben, dass es eine Zeugin gab, nämlich diese Frau Kramp, dann müssen sie einkalkulieren, dass ihr Wagen, schlimmstenfalls sogar das Kennzeichen bekannt ist. Was werden sie also tun?"

„Sie müssen den Transporter verschwinden lassen. Er stellt eine direkte Verbindung zu ihnen dar."

„Allerdings könnte er gestohlen sein. Dann ist die Verbindung nicht mehr ganz so direkt. Aber ich könnte mir vorstellen, dass es nicht geplant war, dass der Wagen entsorgt werden muss. Vielleicht haben wir Glück!"

„Nur, wie sollen wir den finden?"

„Das ist in der Tat ein Problem. Wir müssen sehr schnell sein und wir brauchen erhebliche Manpower."

„Kann Thomas ihn vielleicht zur Fahndung ausschreiben lassen?"

„Hm", brummte Staller unentschlossen. „Er würde mir natürlich helfen, wo er nur kann. Dafür müsste er allerdings in alles eingeweiht werden. Das gilt auch für deinen Job als Geldbotin. Sonst versteht er die Dringlichkeit nicht."

„Wäre das denn ein Problem?"

„Abgesehen davon, dass er mir die Hölle heiß machen würde, weil ich das zugelassen habe …"

„Aber du hast doch gar nichts davon gewusst!", unterbrach Isa ihn hitzig.

„Das weißt du, das weiß ich, aber Bommel ist das egal. Ich schätze nur, dass er die Sache irgendwie an sich reißen würde. Wenn er zum Beispiel die Kohle beschlagnahmt, dann stehst du echt beschissen da. Dann kannst du dir aussuchen, von wem du lieber in die Mangel genommen werden willst, von den Hounds oder von den anderen Verbrechern."

„Autsch. Dem kann ich leider nichts entgegenhalten. Du hast völlig recht. Ich komme mehr und mehr zu der Überzeugung, dass ich mich echt dumm verhalten habe. Wenn ich mich nicht auf diesen blöden Deal eingelassen hätte, dann wäre Kati jetzt nicht in Gefahr und wir nicht in der Bredouille." Sie schaute Staller betreten an. „Es tut mir wirklich leid, Mike."

„Ich habe es dir doch gestern schon gesagt: Mach dir keine Vorwürfe! Das bringt uns momentan nicht weiter."

„Danke, dass du das sagst."

„Ich meine es auch so." Er nahm den alten Gedankengang wieder auf. „Bommel fällt für den Moment als Unterstützung für mich aus. Aber ich denke an eine andere Person."

„Einer allein? Wie soll der den Wagen finden?"

„Nicht einer, der sucht. Einer, der die Suche organisiert."

„Wer kann das sein und wie viele Leute kann er aktivieren?"

„Gerd Kröger, mein guter, alter Daddel-Gerd. Er wirkt wie ein alter, kranker Mann und vielleicht ist er das auch. Aber er war mal die ultimative Größe auf dem Kiez. Er kennt Gott und die Welt und sein Netzwerk dürfte immer noch unglaublich weit reichen. Das wiegt eine Hundertschaft Bereitschaftspolizei locker auf."

„Was kann er denn konkret tun?"

„Wenn er verbreitet, dass wir einen abgestellten Wagen suchen, dann werden einige hundert Augen danach suchen. Und zwar solche, die wissen, an welchen Stellen eine solche Suche Erfolg verspricht."

„Das klingt ziemlich gut, Mike."

„Bleibt die Frage, ob es schnell genug geht. Viel Zeit bleibt uns nicht, fürchte ich."

Isa stand auf und holte die Kanne von der Kaffeemaschine.

„Du hattest von zwei Anhaltspunkten gesprochen", erinnerte sie, nachdem sie frisch eingeschenkt hatte.

„Stimmt. Der zweite Punkt sind die Hounds of Hell. Was wissen sie über die Leute, denen sie diese Kohle übergeben sollen?"

„Vermutlich sehr wenig. Schließlich haben sie mich angestiftet, möglichst viele Informationen über den oder die Geldeintreiber zu sammeln. Mittelfristig wollen sie diese Bedrohung natürlich loswerden. Aber im Moment fehlt ihnen ganz offensichtlich ein Ansatzpunkt."

„Möglich. Trotzdem haben sie Kontakt zu dieser Gruppe gehabt. Ich muss alles darüber wissen. Vielleicht kann ich ja mehr aus diesen Informationen herausholen als die Hounds selber."

„Wie stellst du dir das vor? Willst du hingehen und sie einfach fragen, wie das denn so gekommen ist mit dieser Geldforderung?"

„Das dürfte der einfachste und auch der beste Weg sein, ja."

„Warum sollten sie dir Auskunft erteilen?"

„Weil wir für eine gewisse Zeit die gleichen Interessen verfolgen. Ihnen ist genauso gedient wie mir, wenn wir diese neue Gruppe identifizieren und damit vermutlich auch aus dem Verkehr ziehen können."

„Ist das nicht sehr gefährlich für dich?", erkundigte sich Isa besorgt.

„Was sollen sie denn machen, mich umlegen? Ihr Interesse, dass all das, was gerade passiert, der Polizei und der Öffentlichkeit zu Ohren kommt, dürfte eher gering sein. Es wäre von daher ziemlich unklug, mich als Gegner zu betrachten."

„Glaubst du wirklich, dass du, selbst wenn sie mit dir reden, irgendetwas Nützliches erfährst?"

„Das kann ich jetzt noch nicht sagen. Aber die Chance ist da."

„Ich würde dir ja gern glauben, aber ich habe meine Zweifel. Was kann ich tun?"

Staller grinste.

„Du hast Glück! Ich schleppe dich überall mit hin, ohne dass du darum betteln musst. Niemand hat dir vorgeschrieben, dass du allein bleiben sollst. Wenn also jemand das Geld haben will, werde ich dabei sein. Auch das könnte uns den entscheidenden Hinweis geben."

„Aber wenn die Typen daraufhin abwarten?"

„Wer wartet, bekommt kein Geld. Das wird ihnen irgendwann aufgehen. Ich werde dich jedenfalls ganz bestimmt nicht allein lassen und riskieren, dass sie dich womöglich auch noch verschleppen."

„Hältst du das für wahrscheinlich?"

„Ob es wahrscheinlich ist, kann ich nicht einschätzen. Auf jeden Fall ist es möglich. So – und jetzt muss ich mal einen Plan machen, was ich in welcher Reihenfolge erledigen muss."

„Okay. Und was soll ich tun?"

„Sprich mit Ben. Sag ihm, dass es ein Problem gibt und du mit ihnen reden musst. Gib ihm keine Hinweise, worum es geht. Nicht am Telefon. Er und seine Obermuftis sollen sich ab Mittag bereithalten. Wir fahren dann zusammen hin."

„Mach' ich. Sonst noch was?"

„Bestimmt. Aber ich muss erst einen Haufen Telefonate führen. Unter anderem wäre da heute Abend eine Sendung zu moderieren. Das muss ich auch klären. Und dann werden wir einige Besuche machen."

Staller sprang auf und warf einen fragenden Blick auf den Frühstückstisch.

„Ich räum' das weg hier." Isa fuchtelte ihn mit den Händen aus der Küche. „Husch, husch, an die Arbeit! Ich bin froh, wenn ich auch eine Aufgabe habe."

* * *

Der blaue Mercedes stand immer noch in der Parklücke vor Isas Wohnung und die Laune im Wagen hatte sich keinen Deut verbessert. Beide Männer waren unausgeschlafen und klagten über steife Gliedmaßen. Selbst die bequemen Sitze der Limousine hatten sie nicht davor bewahren können. Die Vögel, die bereits ab halb fünf einen unfassbaren Lärm gemacht hatten, waren einer entspannten Erholung ebenfalls abträglich gewesen.

„Sie kommt nicht mehr", stellte der Anführer sachlich fest, nachdem er einen weiteren Blick auf die Uhr geworfen hatte. Gefühlt überprüfte er die Zeit seit zwei Stunden alle fünf Minuten. „Ab neun Uhr ist sie normalerweise im Büro. Wo auch immer sie über Nacht war, jetzt beginnt ihre Arbeitszeit."

„Was bedeutet das für uns?"

„Sehr einfach. Wir verlassen diesen ungemütlichen Ort und postieren uns in Sichtweite des Büros. Ist zwar nicht besser als der Job hier, aber zumindest können wir uns dort einen Kaffee besorgen."

„Ein paar Brötchen wären auch nicht schlecht", stimmte der Fahrer zu. „Verbringen wir jetzt den ganzen Scheiß-Tag damit, die blöde Trulla vom Auto aus zu überwachen? Und was ist mit der anderen in der Kiesgrube?"

„Die läuft uns ja nicht weg. Vielleicht schiebt sie ein bisschen Kohldampf, aber davon stirbt sie wohl nicht gleich. Wichtiger ist, dass wir endlich das Geld besorgen. Sonst haben wir nämlich ein Problem. Dagegen ist ein wenig Langeweile harmlos. Vielleicht haben wir auch Glück. Sie ist ja nicht immer den ganzen Tag im Büro."

„Du willst dir bei der nächsten Gelegenheit die Kohle schnappen, oder?"

„Wenn es irgend geht, ja. Je eher wir sie dem Boss bringen, umso besser für uns. Also, fahr los!"

Eine Viertelstunde später hatte der Mercedes seinen neuen Posten bezogen, schräg gegenüber der Einfahrt zum Gelände von "KM". Der Fahrer und der Anführer hielten große Pappbecher mit Kaffee in den Händen und futterten belegte Brötchen aus einer großen Papiertüte. Die Nahrung und das Heißgetränk hoben die Stimmung um einige Prozentpunkte, aber bereits nach einer Stunde ergebnislosen Wartens begann das Nichtstun erneut an den Nerven zu zerren.

„Wahrscheinlich ist sie schon im Gebäude. Wenn das jetzt doof läuft, dann sitzen wir hier bis heute Abend fest", maulte der Fahrer und gähnte ausgiebig. „Können wir uns nicht ablösen lassen?"

„Außer uns hat niemand die Kleine gesehen, schon vergessen? Und außerdem haben wir die Übergabe verkackt. Da müssen wir es auch wieder rausreißen, ob wir wollen oder nicht. Wenn das hier nicht funktioniert, dann kann es durchaus sein, dass wir den morgigen Abend in einem abgelegenen Waldstück im Umland von Hamburg verbringen. Einen Meter unter der Grasnarbe."

Der Fahrer warf einen schnellen Blick zur Seite. Meinte sein Komplize diese Worte ernst? Zumindest war da kein Lächeln, das vielleicht einen geschmacklosen Scherz angedeutet hätte. Der Anführer starrte humorlos und mit verkrampftem Kiefer auf das Gebäude gegenüber.

In der Redaktion von "KM" warf der Chef vom Dienst einen verärgerten Blick auf die große Uhr im Konferenzraum. Der Zeiger war gerade auf eine Minute nach zehn Uhr vorgerückt. Die Mittwochskonferenz würde also nicht pünktlich beginnen. Der Raum war gut gefüllt, aber die Plätze von Mike und Isa blieben leer.

„Mir ist völlig egal, was für Extrawürste sich unser Chefreporter und Hilfsmoderator wieder gönnt, die Konferenz beginnt um zehn. Wir fangen also an!", befahl Helmut Zenz und wirkte noch übellauniger als sonst, was eine besondere Leistung darstellte. „Heute Abend ist Sendung und ich möchte den Ablaufplan besprechen."

In diesem Moment öffnete sich die Tür und Peter Benedikt, der Chefredakteur von "KM", trat ein. Im Gegensatz zum eher lässigen Auftritt der übrigen Kollegen trug er gewohnheitsmäßig dunklen Anzug mit weißem Hemd und Krawatte. Kein Stäubchen zierte seine polierten Schuhe und seine Haare waren akkurat frisiert. Er hätte sich auf der Stelle zum Fotoshooting für eine Modezeitung in Positur stellen können.

„Guten Morgen allerseits!", grüßte er mit einem warmen Lächeln in die Runde. „Entschuldigt die Verspätung. Ich vertrete Mike, der sich aus wichtigem Grund entschuldigen lässt. Das gilt auch für Isa, unsere Volontärin."

„Das ist … ungewöhnlich", stellte der CvD fest, der so aus dem Konzept gebracht war, dass er auf eine seiner typisch verletzenden Bemerkungen verzichtete.

„In der Tat", pflichtete Benedikt ihm bei und setzte sich auf Stallers Stuhl. „Mach nur weiter, Helmut!"

„Was heißt denn vertreten in diesem Zusammenhang?"

„Nun, ich werde keine eigenen Geschichten drehen, aber für heute Abend werde ich seine Moderation übernehmen. Ich bin ein bisschen aus der Übung, aber mit eurer Hilfe werde ich das schon hinbekommen." Er schickte ein weiteres strahlendes Lächeln in die Runde, das meistenteils prompt erwidert wurde. Der Chefredakteur war im Gegensatz zum CvD überall beliebt. Das lag an seiner Kompetenz, die durch eine sehr menschliche und empathische Art ergänzt wurde. Zusammen mit Mike Staller hatte er "KM" aus der Taufe gehoben und in der Anfangszeit auch abwechselnd moderiert. Insofern besaß er alle erforderlichen Fähigkeiten, um diese Aufgabe auch heute souverän zu meistern.

„Äh, ja. Schön. Dann beginnen wir mal mit dem Ablaufplan." Zenz biss sich auf die Zunge. Normalerweise hätte er die Abwesenheit seines

Lieblingsfeindes genüsslich hinterfragt, aber unter der natürlichen Autorität des Chefredakteurs wurde der CvD regelmäßig vom reißenden Wolf zum zahmen Schoßhündchen. Insofern waren alle Kolleginnen und Kollegen für diese Entwicklung dankbar und der Verlauf der Sendungskonferenz gestaltete sich produktiv und erfreulich. Für den heutigen Abend waren zudem alle Beiträge bereits fertig erstellt und es durfte einen Ablauf ohne allzu große Überraschungen geben. Benedikt fragte klug nach, wenn er einzelne Beiträge besser verstehen wollte, und bekam genügend Informationen zu den Berichten, zu denen Staller noch keine Moderation geschrieben hatte. Es dauerte nur knapp eine Dreiviertelstunde, dann konnte der CvD die Runde bereits wieder beenden und die Journalisten begaben sich eifrig an ihre Arbeit.

„Ich setze mich gleich an die Moderationstexte", versprach Benedikt. „Bis zum Mittag sollten sie fertig sein."

„Gut. Was ist denn nun mit unserem Superreporter? Er wird doch nicht krank sein und sich von der Volontärin pflegen lassen?"

„Nein, das ist er nicht."

„Also geht es um eine Recherche für eine Geschichte? Dann würde ich als Chef vom Dienst doch gerne davon wissen."

„Es handelt sich in allererster Linie um eine Privatangelegenheit, die nur Mike etwas angeht", wich Benedikt routiniert aus. „Das sollten wir respektieren. Er gibt seit Jahren wirklich alles für seinen Beruf und hat seine eigenen Interessen stets dem Magazin untergeordnet. Insofern ist es absolut selbstverständlich, dass er jetzt den Freiraum bekommt, den er benötigt."

„Klar", pflichtete Zenz ihm bei, obwohl er die Sache persönlich in einem ganz anderen Licht sah. Aber er würde seinem Chefredakteur nicht widersprechen. „Ich warte dann auf die Texte!"

Peter Benedikt nickte freundlich und beobachtete lächelnd, wie der CvD den Flur entlang ging, in seinem Büro verschwand und die Tür hinter sich zuknallte. Er wusste genau, dass Zenz gerade richtig unzufrieden war. Aber das ließ sich nicht ändern.

* * *

„Warte bitte hier, es wird nicht lange dauern!"

Staller deutete auf ein bequemes Besuchersofa, das im Vorraum der Firmenzentrale des legendären Mohammed stand und einen einladenden Eindruck machte.

Mohammed war ein Experte für Sicherheit und Überwachungstechnik, der seit langer Zeit eng mit "KM" zusammenarbeitete. Ansonsten beschäftigte er sich mit Objekt- und Personenschutz, wobei Kommissar Bombach ihm stets im Hintergrund unlautere Geschäfte und eine Nähe zur organisierten Kriminalität unterstellte, die er aber niemals nachweisen konnte.

Der Firmeninhaber war praktisch nur unter seinem Vornamen bekannt, ein Libanese, der seit Jahrzehnten in Hamburg lebte und sogar einen leichten regionalen Dialekt angenommen hatte. Seine große, schlanke Figur, die weißen Haare und der Schnurrbart verliehen ihm mit seiner seriösen Kleidung eine durchaus vertrauenswürdige Ausstrahlung.

Mike wurde von einer freundlich lächelnden Assistentin praktisch sofort in das Büro des Chefs geführt. Sie erkundigte sich kurz nach Getränkewünschen und verschwand dann diskret.

„Mike, schön Sie zu sehen!" Mohammed stand hinter dem Schreibtisch auf und begrüßte den Reporter. Sein Händedruck war kräftig und sein Blick ruhte wohlwollend auf dem Besucher. Er wies einladend auf den Stuhl für Gäste. „Sie klangen dringend am Telefon. Was kann ich für Sie tun?"

Staller setzte sich und ordnete kurz seine Gedanken. Verschweigen musste er Mohammed nichts, es ging mehr darum, die notwendigen Informationen knapp, aber doch vollständig zu transportieren.

„Zunächst einmal: Dieser Besuch ist privater Natur und mein Anliegen ebenfalls. Unser Kriminalmagazin ist mit großer Wahrscheinlichkeit nicht involviert. Allerdings könnte sich das nachträglich noch ändern."

„Sie machen mich neugierig", räumte Mohammed ein, der sehr aufmerksam zuhörte.

„Es geht um meine Tochter Kati. Sie ist vermutlich entführt worden und in der Hand einer Bande sehr professioneller Verbrecher." Staller lieferte einen kurzen Bericht über die Ereignisse rund um die Hounds of Hell, die Geldforderung und die Verwechslung von Isa und Kati. Er unterbrach sich nur ein einziges Mal, als die Assistentin ein Tablett mit Kaffee und Keksen brachte. Am Ende seiner Geschichte rührte Mohammed gedankenverloren in seinem Becher und ließ das Gehörte noch einmal Revue passieren. Dann sah er seinen Besucher offen und mitfühlend an.

„Das ist eine schreckliche Sache. Wie kann ich helfen?"

„Mein wichtigstes Anliegen ist, dass ich Kati unbeschadet aus den Händen dieser Bande zurückbekomme."

„Natürlich. Haben Sie die Polizei bereits informiert?"

Staller schüttelte den Kopf.

„Darf ich fragen, warum nicht?"

„Für die Polizei besteht kein hinreichender Verdacht auf eine Straftat", presste der Reporter heraus und klang dabei bitter. „Abgesehen davon würde die Polizei die Angelegenheit mit der Geldübergabe nicht verstehen und damit den Fall noch weiter verkomplizieren. Das würde die Chancen für meine Tochter vermutlich deutlich senken."

„Ich verstehe."

„Augenblicklich verfolge ich zwei Anhaltspunkte. Das eine ist der weiße Transporter, in dem Kati entführt wurde. Ich vermute stark, dass er irgendwo verborgen wurde. Wenn man ihn fände, würde er vielleicht einen Hinweis auf die Täter oder den ungefähren Ort liefern, wo man Kati jetzt festhält."

„Und der zweite Punkt?"

„Ich will versuchen über die Hounds of Hell einen Kontakt zu der Bande herzustellen. Ich habe etwas, was sie wollen, nämlich das Geld, und sie haben etwas, das ich will. Meine Tochter."

Mohammed faltete seine gepflegten Hände unter dem Kinn und musterte seinen Besucher gründlich.

„Sie begeben sich da in eine erhebliche Gefahr, Mike. Nach allem, was Sie mir erzählt haben, scheuen diese Kriminellen auch vor einem Mord keine Sekunde zurück. Haben Sie das in Ihre Überlegungen einbezogen?"

„Ja", antwortete Staller schlicht. „Aber ich sehe keine andere Möglichkeit. Sie vielleicht?"

Der Sicherheitsexperte, zu dessen Angestellten ehemalige Elitesoldaten und SEK-Angehörige zählten, antwortete nicht gleich.

„Ich unterteile diese Aufgabe in mehrere Abschnitte", begann er schließlich. „Sie beginnt mit dem schwierigsten: Information. Wir müssen wissen, wer Ihre Tochter hat und wo. Abschnitt zwei wäre dann die Aufklärung. Wie sind die Verhältnisse vor Ort, wie viele Menschen bewachen Ihre Tochter, wie hoch ist ihre Motivation und welche Möglichkeiten zur Befreiung gibt es? Der dritte und letzte Abschnitt ist zugleich der einfachste: der Zugriff. Wenn alle Details der Geiselnahme bekannt sind, besteht eigentlich immer die Möglichkeit, einen geeigneten Plan zur Befreiung aufzustellen. Wenn dieser dann von Profis ausgeführt wird, stehen die Chancen sehr gut, dass er auch gelingt."

„Sie haben das Problem außerordentlich präzise auf den Punkt gebracht, Mohammed", stellte der Reporter anerkennend fest. „Leider zähle ich mich trotz meines Trainings mit dem SEK nicht zu den von Ihnen genannten Profis."

„Da gebe ich Ihnen sofort recht", lächelte der Sicherheitsexperte. „Für diese Profis könnte ich jedoch sehr kurzfristig sorgen. Mich beschäftigt eher der erste Abschnitt, den ich für den schwierigsten halte."

„An der Stelle sehe ich mich in der Pflicht. Ich habe zumindest eine ganz entfernte Verbindung zu den Entführern und bin entschlossen, alles nur Mögliche zu versuchen."

„Sie erwähnten die Suche nach dem Transporter. Das ist eine wahre Sisyphusaufgabe. Außerdem basiert die ganze Idee auf einer reinen Annahme. Und zum Schluss: Wie wollen Sie unter Hunderten von weißen Transportern den richtigen finden und welche Erkenntnisse bringt er Ihnen?"

„Das sind berechtigte Einwände", räumte Staller ein. „Was den Transporter angeht, verlasse ich mich auf mein Bauchgefühl. Ich möchte einen alten Kiezianer und sein sehr großes Netzwerk nutzen, um den Wagen zu suchen. Das läuft also so nebenher. Wenn wir ihn finden sollten, schauen wir mal, was er uns bringt."

„Meinen Sie womöglich Gerd Kröger, Mike?"

„Sie kennen ihn?"

Mohammed lächelte fein.

„Wer kennt ihn nicht? Daddel-Gerd liegt auf einer Linie mit dem Michel und dem Hamburger Dom, was seine Bekanntheit angeht. Wenn der seine alten Kumpels losschickt, dann könnte tatsächlich etwas dabei herauskommen."

„Er ist der Nächste auf meiner Besuchsliste."

„Dann hoffen wir mal das Beste."

„Erfolgversprechender beurteile ich aber meinen Besuch bei den Hounds of Hell. Sie müssen doch irgendeinen Kontakt zu der Bande haben. Da will ich ran."

„Warum sollten die Ihnen helfen?"

„Weil ich ihre Kohle habe."

Der Libanese strich über seinen Schnurrbart und machte ein nachdenkliches Gesicht.

„Was macht Sie so sicher, dass die Ihnen nicht den Schädel einschlagen, Mike? Ohne Caspar Kaiser sind sie zwar nur die Hälfte wert, aber die Rocker sind ebenfalls keine Chorknaben."

„Sie erstaunen mich abermals. Caspar kennen Sie auch?"

„Sehen Sie, wir sind drei Menschen, die alle mit Verbrechen zu tun haben, wenn auch von völlig unterschiedlichen Ausgangspunkten. Ihr Freund Bombach denkt, dass er der einzige mit einer Berechtigung dazu ist. Sie vertreten die vierte Macht im Staat, Mike, und leiten daraus ebenfalls eine nachvollziehbare Rechtfertigung ab, sich mit Kriminellen zu beschäftigen. Und ich kümmere mich um Menschen, die den Schutz ihrer Lieben und die Sicherheit ihres Besitzes in professionelle Hände legen wollen. Automatisch komme ich dadurch ebenfalls mit Dieben, Räubern und Erpressern in Kontakt. Keiner von uns ist deswegen gezwungen, gegen Gesetze zu verstoßen oder selbst kriminell zu werden."

„Sie wissen, was Bommel über Sie denkt?"

Das freundliche Gesicht von Mohammed legte sich in unzählige Fältchen, als er breit grinste.

„Der Kommissar hält mich für einen Spitzbuben mit Sheriffstern. Er glaubt immer noch, dass ich Lagerhäuser ausrauben lasse, um damit für meinen Sicherheitsdienst zu werben. Ich schätze, er würde zwei Jahre seiner Pension dafür geben, mich dessen überführen zu können. Aber zurück zu Ihnen und den Hounds. Fühlen Sie sich nicht unsicher bei dem Gedanken, dort aufzutauchen und Forderungen zu stellen?"

„Damit habe ich mich, ehrlich gesagt, nicht beschäftigt. Es ist erforderlich. Ich muss meine Tochter heil da rausholen. Nur das zählt." Der Reporter kniff die Lippen zusammen und blickte stur auf seinen Kaffeebecher, von dem er noch keinen Schluck getrunken hatte.

„Nun gut. Ich kann Sie nicht abhalten. Aber helfen kann ich Ihnen. Ein Bodyguard wird nichts nützen, da Sie alleine zu den Rockern gehen müssen, wenn Sie etwas in Erfahrung bringen wollen. Darf ich Ihnen wenigstens eine Schutzweste empfehlen?"

„Ich möchte lieber nicht auffallen."

„Das habe ich einkalkuliert. Einen Moment, bitte!" Er murmelte einige halblaute Worte in eine Sprechanlage und lehnte sich dann zurück. Wenige Augenblicke später betrat ein Mann das Büro durch eine andere Tür und händigte dem Libanesen eine sehr dünne Plastiktüte im Format eines Schreibblocks aus. Dann verschwand er wieder.

„Das ist unsere beste Kevlarweste. Geeignet zum Unterziehen, trägt kaum auf und wiegt nicht viel. Dafür hemmt sie den Beschuss aus nahezu allen gängigen Kurzwaffen. Und niemand wird sehen, dass Sie sie tragen. Das sollte Ihnen eine gewisse Sicherheit geben."

„Danke, Mohammed! Ich werde mir große Mühe geben, sie Ihnen unbeschädigt wiederzubringen."

„Darum möchte ich auch bitten", lachte der Libanese. „Nicht wegen der Weste, sondern weil Sie dann auch noch gesund sind. Aber ich habe noch etwas für Sie."

Der Libanese ging quer durch den Raum zu einem Schranksystem, das eine ganze Wand des Büros einnahm. Dort zog er einen Schlüssel aus der Hosentasche und öffnete eine Tür. Er entnahm ein Köfferchen und schloss anschließend sorgfältig wieder ab.

„Damit wäre ihre Erstausrüstung dann vollständig, Mike." Er übergab dem Reporter den Gegenstand und wartete ab, bis dieser das Köfferchen öffnete.

Nach einem kurzen Blick hob Staller erstaunt den Kopf.

„Eine Walther P99Q, ein Schulterhalfter und vier Stangenmagazine?"

„Sie kennen sich ja aus", stimmte Mohammed zu.

„Das wäre nicht so ganz den Vorschriften entsprechend, wenn ich die tragen würde, oder?"

„Korrekt."

„Und Sie bieten sie mir trotzdem an?"

Der Sicherheitsexperte nickte.

„Warum? Ich meine – vermutlich ist die Waffe auf Sie registriert und Sie besitzen auch die dafür erforderliche Genehmigung. Wenn Sie sie mir hingegen überlassen, kommen Sie in Teufels Küche, falls das herauskommt."

Mohammed hatte sich inzwischen wieder auf seinen Schreibtischstuhl gesetzt und entspannt zurückgelehnt.

„Wie lange kennen wir uns jetzt, Mike?"

„Ich weiß nicht genau, vielleicht knapp zehn Jahre?"

„Es sind über zwölf. Damals brauchten Sie eine Minikamera für eine verdeckte Recherche. Seitdem haben wir unzählige Male bei den verschiedensten Gelegenheiten zusammengearbeitet. Ich kenne Sie und Sie kennen mich. Glauben Sie auch wie Ihr Freund, der Kommissar, dass ich krumme Geschäfte mache?"

„Nein, ich denke, das haben Sie nicht nötig."

„Sehen Sie, Sie vertrauen mir. Umgekehrt geht es mir genauso. Auch ich vertraue Ihnen. Sie würden niemals mit dieser Waffe etwas anstellen, das einem Unschuldigen Schaden zufügen würde. Und ansonsten bin ich ein Verfechter des Prinzips "lieber etwas haben, was man nicht braucht, als etwas zu brauchen, was man nicht hat". Vielleicht kann die Waffe Ihnen in einer schwierigen Situation helfen. Dann ist es gut. Im Idealfall tragen Sie sie nur ein bisschen durch die Gegend. Das schadet nichts."

Die Mundwinkel des Reporters zuckten ganz leicht. Die spitzfindige Formulierung seines Gegenübers war ihm nicht entgangen. Nur Unschuldige würden von Schaden verschont bleiben. Sollte es einen Verbrecher treffen, würde der Libanese deswegen keine unruhige Nacht verbringen.

„Ich nehme Ihr freundliches Angebot dankend an und betrachte es als reine Lebensversicherung. Hoffentlich kann ich Sie Ihnen vollständig ungenutzt zurückgeben."

„Niemand kann in die Zukunft schauen. Aber ich weiß, dass Sie umsichtig damit umgehen werden. Passen Sie einfach gut auf sich auf!"

„Danke, Mohammed!"

„Wenn Sie zielführende Informationen haben, dann wenden Sie sich wieder an mich, bitte. Ich erkenne Ihre Fähigkeiten an, aber manche Dinge sollte man den Profis überlassen."

„Auch für dieses Angebot danke ich Ihnen."

„Und, Mike?"

„Ja?"

„Ich wünsche Ihnen von ganzem Herzen, dass Sie Ihre Tochter bald unversehrt wieder in die Arme schließen können." Er stand auf, schüttelte Staller ernst die Hand und blickte ihm fest in die Augen.

„Ja, danke. Ich melde mich. Versprochen!" Der Reporter verließ den Raum.

Mohammed schaute ihm nachdenklich hinterher und griff zum Telefon.

* * *

Die Dunkelheit wurde von mehreren bleistiftdünnen Lichtstrahlen durchbrochen. Kati hob den Kopf, der bisher auf den verschränkten Armen gelegen hatte, und richtete den Oberkörper langsam auf. Dabei durchfuhren ihren Rücken stechende Schmerzen. So eine Nacht im Sitzen war auch für junge Menschen kein Vergnügen.

Sie hätte gerne gewusst, wie spät es war, aber ihr Handy war verschwunden und eine Uhr trug sie nicht. Die Helligkeit half nicht wesentlich weiter. Sie hatte wach am Schreibtisch gesessen, bis die Vögel ihr Konzert begonnen hatten, und war dann offenbar doch noch eingenickt.

Sie stand auf und folgte den Lichtstrahlen bis zu einigen Löchern in der Wand, die vielleicht gerade einmal einen halben Zentimeter groß waren. Indem sie ihr Auge auf die jeweilige Öffnung presste, versuchte sie etwas von ihrer Umgebung zu erkennen. Das Ergebnis frustrierte sie. Irgendwelche Büsche, mehr gab es nicht zu erkennen.

Erst zögernd und dann immer nachdrücklicher meldete sich ihre Blase. Sie würde den Gang auf die widerliche Toilette nicht viel länger hinauszögern können. Dann konnte sie sich genauso gut auch gleich erleichtern. Mithilfe der Taschenlampe orientierte sie sich hinter der provisorischen Bretterwand. Wenn irgend möglich, wirkte die Schüssel noch weniger einladend als letzte Nacht. Aber die Natur verlangte ihr Recht. Seufzend zog sie ihre Hose herunter und achtete peinlichst darauf, sich nur über die Toilette zu hocken, ohne irgendeinen Teil des nackten Porzellans zu berühren. Selbst so hatte sie das Gefühl, als ob ekelhafte kleine Tierchen über ihre Rückseite krabbeln würden. Aber das war ganz sicher nur Einbildung.

„Vornehm, vornehm", murmelte sie, als ihr Blick auf eine vergilbte Rolle Klopapier fiel. Die ersten Blätter entfernte sie großzügig, der Rest schien ihr in der Not akzeptabel. Ihrer eigenen Einschätzung nach war sie weder penibel noch eine Hygienefanatikerin, aber die Verhältnisse hier empfand sie als äußerst grenzwertig.

Zum Frühstück – oder war es schon das Mittagessen? – gönnte sie sich einen Schluck Selter. Nach den Erfahrungen mit der hiesigen Sanitäreinrichtung fiel der Schluck ziemlich klein aus. Großen Durst hatte sie nicht und somit gab es keinen Grund, ihre Blase mehr als nötig zu belasten.

Aus purer Langeweile stellte sie sich abermals an eines der winzigen Löcher in der Wand und presste dieses Mal ihr Ohr daran. Vielleicht konnte sie Straßenverkehr oder – wahrscheinlicher – einen Trecker erlauschen. Aber obwohl sie sich mit aller Kraft konzentrierte, hörte sie nur eine erstaunliche Vielfalt von Vogelstimmen. Das erinnerte sie an ihr Wochenendhaus in der Heide, wo ebenfalls Vögel die akustische Dominanz innehatten. Sie konnte also davon ausgehen, dass sie sich in einer ähnlich einsamen Gegend befand.

Da sie nur noch das Rauschen des Blutes in ihren Adern zu vernehmen glaubte, verließ sie den Horchposten. Konnte sie noch irgendetwas tun? Ihr fiel nichts mehr ein, das in dieser Situation weiterhelfen konnte. Die erzwungene Tatenlosigkeit machte ihr zu schaffen. Sie war in ihrem Leben stets aktiv, neugierig und umtriebig gewesen. Alternativ konnte sie zwar auch Stunden mit spannenden Büchern verbringen oder in der Sonne dösen, aber die Abwesenheit jeglicher Beschäftigungsmöglichkeiten und äußerer Reize begann ihr auf die Nerven zu gehen.

Ihre Gedanken schweiften zu ihrem Vater. Inzwischen dürfte er sich ernsthafte Sorgen machen. Und es gab keinerlei Anhaltspunkte, die ihn auf ihre Spur führen konnten. Sie war also ausschließlich auf sich alleine und das Wohlwollen ihrer Entführer angewiesen. Mit dieser Überlegung fühlte sie sich zum ersten Mal in ihrem Leben so richtig allein. Selbst damals, als ihre Mutter gestorben war, hatte ihr Vater stets an ihrer Seite gestanden, sie getröstet und ihr das Gefühl vermittelt, Teil einer Gemeinschaft zu sein. In diesem Moment fühlte sie sich von der ganzen Welt und von dem Leben, das sie kannte, abgeschnitten. Waren das die Empfindungen, mit denen Waisen zurechtkommen mussten? Kati setzte sich wieder auf den

Schreibtischstuhl und bettete ihr Gesicht abermals auf die Arme. Obwohl sie das total blöd fand, merkte sie, dass sie sich selber leidtat. Eine einzelne Träne lief aus ihrem Augenwinkel auf den Tisch. Dann eine zweite. Und als ob sich die Schleusen dadurch geöffnet hätten, schluchzte sie bald darauf aus tiefster Seele.

* * *

„Was kann ich für dich tun, mein Junge?"

Daddel-Gerd deutete einladend auf die Kaffeekanne, die mit einigen Bechern zusammen auf einem Tablett stand, und warf einen fragenden Blick auf Isa, die sich neben Staller gesetzt hatte und den altmodisch eingerichteten Raum mit unbewegter Miene musterte.

„Danke Gerd!" Der Reporter schenkte sich ein. „Das ist übrigens Isa. Sie ist Volontärin bei uns, beste Freundin von Kati und in den aktuellen Fall eingeweiht."

„Hallo, Herr Kröger!"

„Sag Gerd zu mir! Dann fühle ich mich nicht ganz so greisenhaft." Der alte Kieziander besaß durchaus Charme, der gelegentlich aufblitzte wie ein Sonnenstrahl hinter einer dunklen Wolkenwand. „Möchtest du etwas anderes trinken?"

„Nein danke, Kaffee ist super!" Wenn sie wollte, konnte Isa durchaus zurückhaltend und gesellschaftskonform auftreten.

„Gibt es schon etwas Neues von den Mogilnos?"

„Nein, bisher gab es keine auffälligen Anrufe. Wir müssen weiter abwarten, fürchte ich. Aber du bist bestimmt nicht nur gekommen, um mir diese Frage zu stellen. Du siehst müde und besorgt aus."

„Man sieht mir das an? Das ist kein gutes Zeichen. Ich werde wohl alt." Es kostete Staller ziemliche Mühe, den leichten Tonfall zu finden. „Aber du hast recht, ich brauche deine Hilfe. Es handelt sich um ein ziemlich dringendes Problem. Meine Tochter ist vermutlich entführt worden."

„Ach du Scheiße!", entfuhr es Kröger. „Was ist passiert?"

Der Reporter schilderte das, was er wusste beziehungsweise sich zusammengereimt hatte. Es gelang ihm dabei erstaunlich gut, die Informationen strukturiert und sachlich zu transportieren.

„Meine Güte!" Der ehemalige König von St. Pauli wirkte schockiert. Er war so fassungslos, dass er ganz gegen seine Gewohnheit barsch zur Treppe nach unten rief: „Paul, mach mir mal einen Asbach-Cola!"

Der Ton war offenbar so beunruhigend, dass der Angesprochene auf jeden Widerspruch verzichtete und in Rekordzeit mit einem kleinen Tablett erschien, das er vor Kröger abstellte. Sein anklagender Blick verriet, dass er den Besuch für diesen Verstoß gegen alle ärztlichen Regeln verantwortlich machte. Ohne ein weiteres Wort drehte er auf dem Absatz um und verschwand wieder.

Kröger nahm einen großen Schluck, schnupperte misstrauisch an seinem Glas und stellte es mit einem Knurren zur Seite.

„Das hat ja höchstens neben der Asbach-Flasche gestanden!" Dann wandte er sich wieder dem Reporter zu. „Also, wie kann ich dir helfen?"

„Dieser weiße Transporter, der bei der Entführung benutzt wurde, dürfte verbrannt sein. Eine Zeugin hat ihn gesehen und beschrieben. Deshalb vermute ich, dass die Täter ihn irgendwo abgestellt haben, wo er nicht so schnell auffällt."

„Und wahrscheinlich ohne Nummernschilder, damit er nicht zugeordnet werden kann, oder?"

„Genau. Er könnte natürlich auch gestohlen gewesen sein, aber das wissen wir nicht. Dieser Wagen ist momentan meine einzige Verbindung zu den Tätern."

„Hast du ein paar mehr Informationen dazu?"

„Leider nicht. Ich habe heute Morgen mit der Zeugin telefoniert. Die Frau ist geistig voll auf der Höhe, aber sie kennt sich nicht mit Autos aus. Außerdem hat es stark geregnet, als es passiert ist, und sie hatte so ein Plastikkopftuch auf. Das war zwar durchsichtig, aber mit all den Tropfen drauf kann man nicht viel davon erkennen, was hundert Meter weit entfernt passiert."

„Hm, das ist natürlich blöd." Kröger leerte sein Getränk in einem weiteren Zug zur Hälfte.

„Wir wissen nur: ein Transporter mit seitlicher Schiebetür und ohne Fenster, weiß und kein Werbeaufdruck. Ich schätze, dass er in irgendeinem

Industriegebiet, vielleicht im Hafen, möglichst unauffällig abgestellt wurde."

„Es gibt vermutlich Hunderte von Plätzen, wo so ein Wagen wochenlang unentdeckt bleiben könnte", sinnierte Kröger. „Das ist die Suche nach der berühmten Nadel im Heuhaufen."

„Ich weiß, Gerd. Aber einen anderen Ansatz habe ich nicht."

„Okay. Wir machen es so: Ich aktiviere mein ganzes Netzwerk. Ehemalige Luden, Kneipenwirte und deren Gäste, die Mädels auf der Straße und wer immer Daddel-Gerd einen Gefallen tun würde. Aber das wird nicht reichen. Es geht ja auch um Zeit."

„Was schlägst du noch vor?"

„Das Schneeballprinzip. Jeder, den ich anspreche, kennt wieder welche, die helfen würden. Allerdings brauchen die einen Anreiz."

„An was denkst du da?"

„Nur Bares ist Wahres. Wer den Wagen findet, bekommt fünf Hu." Damit meinte der alte Zocker eine Prämie von 500 Euro.

„Das ist kein Problem", stimmte Staller zu.

„Natürlich nicht, denn die werde ich übernehmen. Keine Widerrede, die tun mir nicht weh! Und außerdem muss ich erst einmal die Gelegenheit bekommen, sie auch tatsächlich auszugeben."

„Was glaubst du, wie schnell bekommst du deine Leute an den Start?"

„Paul!", brüllte Kröger anstelle einer Antwort. „Ist der Wagen bereit?"

„Jo!", tönte es von unten zurück.

„Wir fahren in fünf Minuten!" Die Stimme von Daddel-Gerd klang plötzlich mindestens zehn Jahre jünger. Er goss den restlichen Drink hinunter und wandte sich an den Reporter.

„Ich rede mit den wichtigsten Leuten sofort und persönlich. Bis heute Abend habe ich ein paar Hundert Menschen auf der Straße, die nach deinem Transporter suchen. Die meisten davon werden wissen, an welchen Stellen sie suchen müssen."

„Danke, Gerd! Das ist wundervoll. Ich weiß nicht, was ich sagen soll."

„Sag nichts! Noch haben wir ja kein Stück erreicht. Wer einen passenden Transporter findet, soll mich sofort anrufen und ich gebe das dann an dich weiter, okay?"

„Perfekt. Nochmals vielen Dank!"

„Überhaupt keine Ursache. Was wirst du tun?"

„Ich fahre zu den Hounds of Hell. Die müssen ja irgendwie mit den Typen in Kontakt getreten sein, die jetzt das Geld bekommen sollen. Wenn sie etwas wissen, dann finde ich es heraus."

„Ah, deshalb die Artillerie!" Kröger zwinkerte verschmitzt.

„Woran hast du das erkannt?"

„Du bist das Schulterhalfter noch nicht gewöhnt. Man kann die Wumme zwar nicht sehen, aber so wie du deinen linken Arm bewegst, muss da etwas sein."

„Das werde ich mir merken." Staller spürte den beredten Seitenblick von Isa und zog seine Jacke ein Stückchen beiseite, worauf ein ledernes Halfter und die Walther sichtbar wurden. „Ja, Mohammed hat mir eine kleine Lebensversicherung aufgeschwatzt. Ich habe aber nicht vor, damit herumzuballern."

„Obwohl du nicht schlecht schießt, wenn ich mich nicht irre", grinste Kröger. „Muss ich noch etwas wissen? Ansonsten würde ich jetzt loslegen."

„Mehr fällt mir momentan nicht ein. Wir wollen auch weiter. Ach, eins noch: Was machen wir mit den Mogilnos?"

„Da sitzt jemand mit dem Ohr am Schlüsselloch", versprach der Kiezianer, der nun geradezu energiegeladen aufsprang. „Wenn etwas geschieht, erfährst du es sofort!"

* * *

Thomas Bombach warf in einem Anfall von Frustration seinen Kugelschreiber auf den Schreibtisch. Zumindest war das der Plan. Stattdessen landete das Schreibgerät in dem vollen Kaffeebecher und verspritzte das Getränk über die Schreibtischplatte und die darauf befindlichen Akten.

„So eine Scheiße!", fluchte der Kommissar und versuchte den Schaden mit einem gebrauchten Papiertaschentuch zu begrenzen. Leider wenig erfolgreich. In diesem Augenblick wurde die Tür zu seinem Büro aufgerissen und ein Mann stürmte herein.

„Na, mal wieder ungeschickt gewesen?"

Der Blick, den Bombach seinem Besucher zuwarf, hätte empfänglichere Gemüter für längere Zeit paralysiert. Der Kollege von der Abteilung Organisierte Kriminalität hingegen war derart dickfellig, dass er ihn nicht einmal bemerkte.

„Du hast mir gerade noch gefehlt zu meinem Glück!"

„Ich weiß, Bommel, und deshalb war es mir auch eine heilige Pflicht dich aufzusuchen", salbaderte der wie immer extrem lässig gekleidete OK-Mann.

„Was willst du? Ich habe zu tun und keine Zeit für deine üblichen Plänkeleien. Sag, was du zu sagen hast, und schwing dann deinen Allerwertesten hier wieder raus!"

„Besonders gastfreundlich bist du nicht gerade. Aber wir können es gerne kurz halten. Eigentlich tue ich dir nur einen Gefallen. Wusstest du, dass dein Fernsehfreund sich zum Handlanger der Hounds macht?"

„Wie bitte?" Der Kommissar fiel aus allen Wolken und man merkte ihm das deutlich an.

„Vielleicht nicht er persönlich, aber eine Kollegin von ihm. Junge Frau, heißt Isa."

„Und was hat die angestellt?"

„Sie macht die Geldbotin für die Hounds. Hat einen Rucksack mit 80.000 Krachern bei sich, den sie an jemanden übergeben soll."

„Nämlich an wen?"

Der Besucher lehnte sich mit verschränkten Armen an das Sideboard und zuckte die Schultern.

„Das ist die Millionenfrage! Die Hounds wüssten das gern, dein Kumpel auch und wir erst recht!"

Bombach, der sich überrumpelt fühlte, kam erst nach und nach dazu, das Vorgetragene auch zu verarbeiten.

„Moment mal, eins nach dem anderen! Woher wisst ihr eigentlich, dass Isa diese Aufgabe übernommen hat?"

„Ah, du kennst sie also?"

„Natürlich. Aber du weichst mir aus."

„Weil das keine Rolle spielt. Es reicht, dass wir es wissen. Das ist unser Job, verstehst du? Und es ist eine reine Gefälligkeit, dass wir dir davon erzählen. So im Sinne einer guten und kollegialen Zusammenarbeit zwischen den einzelnen Abteilungen, klaro?"

Dieses ungewohnte Entgegenkommen stimmte den Kommissar misstrauisch. Geschenke pflegten die Beamten vom OK im Allgemeinen nicht zu verteilen.

„Und du erzählst mir das einfach mal so. Ohne Hintergedanken? Sei mir nicht böse, aber da fehlt mir der Glaube."

„Das tut mir jetzt auch weh", tat der Besucher beleidigt. „Wir bemühen uns stets …"

„Ja, ihr seid stets bemüht, so schätze ich das auch ein. Warum sollten die Hounds of Hell 80.000 Euro an jemanden zahlen, Bestechung? Dann müsst ihr das Geld doch einfach nur in Empfang nehmen!"

„Der war billig", klagte der OK-Mann. „Ehrlich gesagt wissen wir das nicht. Aber wir haben natürlich unsere Vermutungen."

„Haben die zufällig etwas mit grundlegenden Verwerfungen in der Hierarchie der Hamburger Großkriminellen zu tun?"

„Wie kommst du denn darauf?" Der Besucher war ernsthaft überrascht.

„Es tut mir sehr leid, wenn ich dich enttäusche, aber auch wir normalen Schupos können bis drei zählen, wenn wir uns ganz doll anstrengen. Und jetzt sag mir endlich, warum du mich aus dem Füllhorn deiner exklusiven Informationsquellen so überreichlich beschenkst."

„Wir dachten, dass du deinem Busenfreund und seiner Kleinen ein bisschen auf die Finger gucken könntest. So im Sinne von: Amateure raus aus dem Geschäft. Funktioniert vielleicht besser, als wenn wir das ganz offiziell machen. Dein Kumpel Staller ist für eine gewisse Dickköpfigkeit bekannt."

„Das ist der erste Satz, den ich von dir höre, den ich vorbehaltlos unterschreibe. Habt ihr da irgendeine Operation am Laufen?"

Der OK-Mann wand sich sichtlich.

„Du kannst dir denken, dass die Hounds immer bei uns auf dem Zettel stehen. Erst recht natürlich, wenn ihnen solche merkwürdigen Dinge widerfahren wie die Ermordung ihres Chefs und eine wüste Schießerei auf dem Klubgelände."

Jetzt war es an Bombach, den Ernst der Situation zu betonen.

„Mein lieber Herr Kollege, ich arbeite seit Tagen an diesem Mordfall und verfolge aktuell keinerlei brauchbare Spuren. Die Hinweise bezüglich der Schießerei beim Klubhaus, denen ich nachgehen könnte, belaufen sich auf – lass mich kurz nachdenken – genau: null. Wenn ihr also irgendwelche

Anhaltspunkte habt oder sonst in diesen Scheißfall verwickelt seid, dann erwarte ich jetzt Informationen. Ansonsten lasse ich Mike und Isa mit der Kohle meinetwegen nach Paraguay auswandern."

„Ruhig Blut, Bommel! So einfach, wie du dir das denkst, ist das alles gar nicht."

„Dann erklär's mir!"

„Du bist ja schon auf dem richtigen Dampfer. Schließlich hast du dich in die Explosion bei den Mogilnos eingemischt, obwohl das mit deinem Fall nichts zu tun hat, habe ich recht?"

„Woher weißt du das?"

„Weil der Fall auf unserem Schreibtisch liegt. Du weißt, wer die Burschen sind?"

„Hamburgs erste Adresse in Sachen Autoschieber."

„Ganz genau. Wir glauben, dass diese kleine Demonstration vorgestern Nacht das Äquivalent zu der Schießerei am Klubhaus der Hounds war."

„Eine nachdrückliche Ermahnung zur Kooperation, was in diesem Fall heißt, zur Zahlung einer regelmäßigen Summe dafür, dass sie ihr Geschäft ohne zukünftige Störungen weiterführen können?"

„So ist es. Und zwar durchgeführt von der gleichen Truppe, die jetzt auch die Hounds abkassieren will."

„Da hat sich dann aber jemand verdammt viel vorgenommen. Wer könnte das sein?"

„Wir kennen möglicherweise einen der Beteiligten. Aber wir können ihn nicht festnageln, selbst wenn wir wollten."

„Warum nicht?"

„Weil wir weiter denken als du, Bommel. Wir wollen an die Hintermänner. Es muss da jemand die Fäden ziehen. Einer, der sich richtig was traut. Jemand, für den der Zweite der erste Verlierer ist."

„Du meinst, dass sich da einer als der zukünftige Pate von Hamburg sieht?"

„Etwas in der Art. Derjenige, den wir zu kennen glauben, ist schon ganz gut. Aber nicht für die absolute Spitze geeignet."

„Warum greift ihr ihn euch nicht und presst ihn aus?"

„Wir haben einen Verdacht. Aber keinen Beweis. Wir könnten ihn ein paar Stunden verhören, aber dann müssten wir ihn gehen lassen. Und dann haben wir nichts mehr in der Hand."

„Wer ist das?"

Der Besucher überlegte einen Augenblick und winkte dann lässig mit der Hand.

„Kommt jetzt auch nicht mehr drauf an. Carlos Fischer, ehemaliger Fremdenlegionär. Insofern gibt es keine Garantie, dass das sein richtiger Name ist. Erfahrener Saboteur, Guerilla, Spezialität: Sprengfallen. Stammt vermutlich aus dem deutschsprachigen Raum, beherrscht aber drei Fremdsprachen perfekt. Klingelt da was?"

„Das explodierte Auto?"

„Du darfst dir einen Lolli nehmen. Da es aber keine Beweise gibt, die ihn mit der Tat in Verbindung bringen, bleibt es bei einer Vermutung. In einer erstklassigen Organisation wäre er eine gute Wahl für den Operations Manager. Ich möchte aber an den CEO."

„Der Chef soll ein Deutscher sein, habe ich gehört", rutschte es Bombach halb unbewusst heraus. Daraufhin musterte ihn sein Kollege streng.

„Wo hörst du denn solche Einzelheiten?"

„Es wird halt geredet auf der Straße", gab sich der Kommissar betont vage.

„Ach ja? Das ist ja ganz großes Kino! Wir arbeiten verdeckt seit Monaten an der Sache und dann wird auf der Straße schon davon geredet? Wer ist denn da so gut informiert? Vielleicht sollte ich mich auch mal mit ihm unterhalten."

Jetzt bemerkte Bombach, dass er sich in eine Sackgasse manövriert hatte und suchte dringend nach einem Ausweg, um nicht Mike Staller und Daddel-Gerd als Informanten zu outen.

„Ich habe es auf dem Kiez gehört, als ich nach Zeugen für den Mord an Joschi gesucht habe. Irgendein Alter hat davon geredet. Ich habe es eigentlich gar nicht richtig ernst genommen. Dachte, er wollte sich nur wichtig machen. Hat mir für meine Suche nach dem Mörder ja auch nichts genützt."

„So, so, geschwätzige Alte vom Kiez plaudern über den aufsteigenden Stern am Hamburger Verbrecherhimmel. Irgendwelche weiteren Informationen neben seiner mutmaßlichen Nationalität?"

„Nein. Irgendwas noch von internationalen Verbindungen. Aber das versteht sich wohl von selbst, wenn sich jemand mit der ganzen ersten Liga der Hamburger Ganoven anlegt. Aber bevor ich das vergesse: Gibt es ein Foto von eurem Fremdenlegionär? Auf den Namen kann man ja nicht setzen, aber Bilder lügen nicht."

„Es gibt eins, aber du solltest dir nicht zu viel davon versprechen. Es ist schon älter, schlechte Qualität und der Kerl trägt Uniform. Ob man ihn anhand dessen heute erkennen könnte? Ich bezweifle das."

„Schickst du es mir trotzdem?"

„Mach' ich. Und du siehst zu, dass dein Kumpel Staller sich nicht weiter in unsere Operation einmischt, okay?"

„Ich will gerne mein Bestes versuchen, aber du hast ja selber gesagt: Er neigt ein wenig zur Dickköpfigkeit."

„Setz ihn unter Druck. Sag ihm, dass wir seine Mitarbeiterin drankriegen könnten für das, was sie da macht."

„Ich glaube nicht, dass du ihn mit so einer Drohung beeindrucken kannst."

„Dann lass dir was anderes einfallen. Und jetzt bin ich schon wieder weg!"

Bombach wappnete sich innerlich gegen den Knall der hinter dem Kollegen zufliegenden Tür und zuckte trotzdem zusammen. Dann lehnte er sich in seinem Schreibtischstuhl zurück und dachte über das Gespräch nach. Das Verhalten des Kollegen war zumindest ungewöhnlich gewesen. So viel Kooperation hatte es in seiner ganzen Laufbahn noch nicht mit der Abteilung Organisierte Kriminalität gegeben. Gab es einen Grund für dieses weitreichende Entgegenkommen? Und auf welchem Wege hatten die Kollegen überhaupt von der geplanten Geldübergabe erfahren? Hörten sie die Hounds of Hell eventuell ab?

Dem Kommissar gingen noch etliche andere Fragen durch den Kopf. Leider passierte das nicht mit den entsprechenden Antworten. Es war also müßig, sich noch länger damit zu beschäftigen.

Blieb also die Tatsache, dass Mike sich mal wieder ausgesprochen eigenmächtig verhielt. Sich in die Geldübergabe von den Rockern an den unbekannten Bandenboss einbinden zu lassen, stellte selbst für den Reporter eine besondere Leistung dar. Und die unerfahrene Isa darein zu verwickeln war geradezu fahrlässig. Das bedurfte dringend eines klärenden Gesprächs.

Nach dreimaligem Klingeln sprang die Mailbox von Staller an.

„Bommel hier, ruf mich sofort zurück! Es gibt genau 80.000 Gründe, warum das auf keinen Fall warten kann." Grußlos legte der Kommissar auf. War ja klar, dass sein Freund nicht ans Telefon ging.

* * *

Den beiden Beschattern in dem blauen Mercedes gegenüber der Ausfahrt von "KM" brannten mittlerweile die Augen. Zu wenig Schlaf und permanente Konzentration forderten ihren Tribut. Vier Stunden hatten sie ihren Posten nun schon inne und von ihrer Zielperson war weiterhin nichts zu sehen.

„Verplempern wir hier nicht wertvolle Zeit?", fragte der Fahrer und rutschte mit dem Gesäß hin und her. Ihm schlief so langsam die untere Körperhälfte ein.

„Hast du eine bessere Idee?", fragte sein Komplize zurück. Er hielt sich zwar deutlich besser, registrierte bei sich aber trotzdem ebenfalls erste Abnutzungserscheinungen. Das erhöhte seine Bereitschaft guten Rat anzunehmen, auch wenn er von einem Untergebenen kam.

„Können wir nicht wenigstens feststellen, ob sie überhaupt im Gebäude ist?"

„Und was nützt uns das? Wenn nicht, müssen wir trotzdem warten, bis sie vom Zahnarzt oder einem Interviewtermin oder was auch immer zurück ist."

„Ja, aber was ist, wenn sie zum Beispiel Urlaub hat?"

Daran hatte der Anführer tatsächlich nicht gedacht. Diese Möglichkeit konnte er nicht ausschließen.

„Okay, du hast mich überzeugt." Er zückte sein Telefon und suchte die Nummer von "KM" im Internet. Dann wählte er die Zentrale an.

„Krüger, schönen guten Tag! Könnten Sie mich freundlicherweise zu Frau Stein durchstellen?"

„Tut mir leid, die ist nicht im Hause. Kann ich ihr etwas ausrichten?"

„Oh, nein, ich müsste schon persönlich mit ihr sprechen. Wissen Sie, ob sie heute noch reinkommt?"

„Soweit ich weiß, nicht. Sie ist den ganzen Tag mit einem Kollegen auf Recherche. Dann müssten Sie es morgen noch einmal versuchen."

„Das werde ich machen. Haben Sie besten Dank, tschüss!" Er legte auf. Da er auf Lautsprecher geschaltet hatte, hatte der Fahrer das Gespräch mitgehört.

„Tja, da können wir uns die Warterei hier wohl schenken!"

„Allerdings. Das war eine gute Idee von dir."

„Und jetzt? Was machen wir?"

Der Beifahrer überlegte einen Moment. Er war natürlich an einer schnellen Erledigung der Angelegenheit interessiert, aber momentan waren ihm die Hände gebunden. Klar war nämlich nur, dass die junge Frau mit dem Geld hier heute nicht mehr auftauchen würde. Sie konnten diese Überwachung deshalb abbrechen. Leider konnten sie keinen Kontakt zu der Journalistin herstellen und mussten deshalb ihre Wohnung weiterhin im Auge behalten. Irgendwann musste sie ja dort wieder auftauchen.

„Wir machen hier für heute Schluss. Wenn sie den ganzen Tag unterwegs ist, müssen wir erst am Abend wieder bei ihrer Wohnung sein."

„Und bis dahin?"

„Legst du dich ein paar Stunden aufs Ohr."

„Du nicht?"

„Ich kümmere mich mal um die nächste Aufgabe. Arbeit gibt es schließlich genug." Der Beifahrer klang grimmig.

„Was machen wir mit der Kleinen in der Kiesgrube?"

„Nichts! Sie wird sich ein bisschen langweilen und möglicherweise ein, zwei Kilo verlieren. Das kann uns ziemlich egal sein. Wir kümmern uns um sie, wenn wir die Kohle endlich haben. Fahr los!"

Vorsichtig fädelte sich der Mercedes aus der Parklücke. Dann reihte er sich in den Verkehr ein und rollte unauffällig zwischen den unzähligen anderen Hamburger Autos davon. Ein dunkler Golf folgte ihm unbemerkt, indem er den Abstand immer wieder sehr geschickt variierte.

* * *

„Wir haben ein Problem mit der Geldübergabe", warf der Road Captain in die Runde der versammelten Member der Hounds of Hell und zog dabei seine Stirn in missbilligende Falten.

„Sag nicht, Sporty Spice ist mit unserer Kohle durchgebrannt", stieß Nick stöhnend aus und verdrehte die Augen. „Ich hatte von Anfang an ein blödes Gefühl bei der!"

„Das nicht", beschwichtigte Bud, „aber viel besser ist es trotzdem nicht."

Der bierbäuchige Frankie legte etwas mehr Gelassenheit an den Tag und erkundigte sich sachlich: „Was ist denn passiert? Müssen wir wieder damit rechnen, unter Beschuss zu geraten?"

„Normalerweise würde ich das verneinen, aber die Zeiten sind gerade alles andere als normal. Unsere unbekannten Gegner haben das falsche Mädel erwischt und logischerweise bei ihr kein Geld gefunden."

Nick prustete ungläubig.

„Wie blöd kann man denn sein? Ist ja nicht so, dass wir uns die Kleine ausgesucht hätten. Das war deren Idee! Und dann greifen sie die Falsche ab? Da können wir doch nun nichts für!"

„Stimmt schon. Aber ich habe keine Ahnung, wie diese Leute reagieren werden."

„Woher weißt du das überhaupt?", erkundigte sich Frankie, dem sichtlich daran gelegen war, die Situation möglichst nüchtern zu betrachten. „Haben die Typen sich bei dir gemeldet?"

„Nein", bekannte Bud. „Die Kleine hat Ben angerufen und ihm alles erzählt. Dazu gehört auch, dass der Vater der Entführten sich einmischen wird, was eine zusätzliche Komplikation darstellt."

„Hä? Verstehe ich nicht." Nick zeigte sich klar überfordert.

„Jetzt macht mal alle den Kopp zu und lasst mich erzählen. Wenn ihr mich alle paar Sekunden unterbrecht, dann wird das hier nie was und wir können uns nicht beraten, bevor der Besuch vor der Tür steht."

„Welcher Besuch denn?", begann Nick und verstummte abrupt, als er den verärgerten Blick seines derzeitigen Klub-Anführers bemerkte. „Ups, 'tschuldigung."

„Also." Bud musste sich erst einmal sammeln. „Die Kleine wohnt mit einer Freundin zusammen. Die Bude stand wohl unter Beobachtung. Die Kleine kommt mit dem Rad von der Arbeit, den Rucksack dabei, und verschwindet im Haus. Eine halbe Stunde später kommt sie wieder raus, nimmt das Rad und fährt los. Es regnet und sie nimmt eine wenig befahrene Straße als Abkürzung. Die Bewacher halten das für die Gelegenheit und zerren sie in einen Transporter. Irgendwann stellen sie fest, dass sie die Falsche haben. Konnte man nicht sehen, denn sie hatten beide das gleiche Regencape an. Tja – die Freundin hatte natürlich keine Kohle bei sich."

Die übrigen Member des Rockerklubs hörten gebannt zu. Die Geschichte war fast zu irre, um wahr zu sein, aber die Realität schlägt bekanntlich jede Fantasie.

„Jedenfalls haben sie die Freundin verschleppt und halten sie gefangen. Was nun allerdings den Vater auf den Plan ruft. Und das ist Mike Staller, der Fernseh-Fuzzi, der neulich mit der Kleinen hier auf der Party war."

„Ach du Scheiße!", entfuhr es Frankie.

„Du sagst es. Der ist jetzt ziemlich auf dem Baum, was ich ihm nicht einmal übel nehmen kann. Er dürfte recht bald hier aufschlagen und hat erheblichen Gesprächsbedarf. So hat die Kleine es jedenfalls Ben berichtet."

„Wir lassen ihn einfach nicht rein", schlug ein Member, das bisher geschwiegen hatte, vor.

„Das wird uns vermutlich nicht helfen", entgegnete der Road Captain. „Denn dann zieht er das Geld aus dem Verkehr, hat er übermitteln lassen."

„Fuck!", stellte Nick fest. Diesen einfachen Zusammenhang hatte sogar er in der ersten Sekunde begriffen.

„Ja, wir stehen nicht gerade sehr glücklich da. Ich kenne den Typen. Staller ist ein Bluthund. Der lässt schon normalerweise nicht locker. Und jetzt, nachdem sie seine Tochter gekrallt haben, erst recht nicht."

Die Runde schwieg für einige Augenblicke. Diese neue Entwicklung mussten die Rocker erst einmal verarbeiten. Zigaretten wurden angezündet, Kaffeebecher oder Biergläser an den Mund geführt und alle machten den Eindruck, als ob sie intellektuelle Schwerstarbeit verrichteten. Frankie war der Erste, der dabei zu einem Ergebnis kam.

„Wir sollten uns überlegen, ob wir nicht mit ihm zusammenarbeiten wollen", stellte er fest und sah seine Kameraden der Reihe nach an.

„Was? Niemals!", protestierte Nick. „Nie mit den Bullen, nie mit den Medien!"

Bud überging diesen Einwurf und wandte sich direkt an Frankie.

„Warum denkst du das?"

Der Angesprochene schob sein Bierglas zehn Zentimeter Richtung Tischmitte und stützte seine massigen, tätowierten Unterarme auf die Platte.

„Weil wir das gleiche Ziel haben."

Jetzt wurden einige murrende Zwischenrufe laut. Die Mehrheit der Rocker konnte diesen Gedanken offensichtlich nicht nachvollziehen.

„Erklär doch mal", forderte Bud seinen Kameraden auf.

„Wir haben die Kleine doch angespitzt, dass sie möglichst viele Infos über die Typen, denen sie die Kohle geben soll, sammelt. Warum? Weil wir an die heranwollen. Damit wir nicht jeden Monat 20 Prozent vom Gewinn abdrücken müssen für nix. Richtig?"

Zustimmendes Gemurmel bildete die Antwort.

„Mike Staller will seine Tochter befreien. Dafür muss er an die Typen ran, die sie gefangen halten. Nachweislich sind das die gleichen Leute, an die wir ebenfalls herankommen wollen. Warum sollten wir da nicht zusammenarbeiten?"

„Damit der Kerl uns an die Bullen ausliefert?", befürchtete Nick lautstark.

„Was meinst du, wenn du zusammenarbeiten sagst, Frankie?" Bud überging den Einwurf einfach.

„Ich meine, dass wir gemeinsam versuchen könnten herauszufinden, wer diese Typen sind. Nach außen hin unterstützen wir Staller bei der Suche nach seiner Tochter. Wenn das erfolgreich war, haben wir gleichzeitig die Informationen, die wir brauchen, um uns von diesen bescheuerten Zahlungen zu befreien."

Die anfängliche Skepsis in der Gruppe hatte sich vollständig gelegt. Zu einleuchtend waren die Erklärungen von Frankie. Nur Nick war noch nicht überzeugt.

„Keine Bullen, keine Medien", beharrte er stur. „So haben wir es immer gehalten und dabei sollten wir auch bleiben."

„Es ist ja nicht gerade so, als ob wir Staller in unsere Klubgeheimnisse einweihen würden. Wir sichern ihm lediglich unsere Unterstützung dabei zu, seine Tochter zu finden. Und indem wir dabei eng mit ihm zusammenarbeiten, bekommen wir hoffentlich ganz automatisch etwas an die Hand, um unsere Kohle in Zukunft wieder komplett selber zu behalten." Der Road Captain nahm den Hammer in die Hand und blickte in die Gesichter der übrigen Versammlungsteilnehmer.

„Zusammenarbeit mit Staller – ja!", stellte Frankie fest. Die Mehrheit der Anwesenden schloss sich seinem Vorschlag an. Nur Nick schaffte es nicht, mit den gewohnten Gepflogenheiten zu brechen.

„Zusammenarbeit mit der Presse – nein!", brummte er trotzig.

„Damit ist der Antrag bei einer Gegenstimme angenommen", resümierte Bud und ließ den Hammer auf den Tisch krachen. „Wollen hoffen, dass er uns den erwarteten Erfolg bringt. Das wäre gut für den Klub. Hier passiert im Moment zu viel Scheiße. Das gefällt mir nicht!"

Stallers Pajero bog mit Schwung in die Auffahrt zum Klubgelände. Dem Reporter kam es schon fast wie Gewohnheit vor. Geradezu selbstverständlich parkte er den Wagen und betrat ungehindert über die Terrasse das Klubhaus, das heute weitgehend menschenleer zu sein schien. Das Umfeld der Rocker war froh, dass nicht mehr alle wie in einem Lager zusammenleben mussten, und genoss seine Privatsphäre.

Lediglich Ben stand hinter der Theke und beobachtete, wie Staller und Isa den düsteren Raum betraten.

„Die Klubsitzung ist noch in Gange", erklärte er und deutete auf einen Tisch neben der Bar. „Ihr müsst noch einen Moment Geduld haben. Was zu trinken?"

„Nein, danke", antwortete Staller kurz und setzte sich so hin, dass er die Tür zum abgeteilten Raum im Blick hatte. Isa warf Ben einen freundlichen Blick zu und winkte mit einer Hand. Die andere war um den Schulterriemen ihres Rucksacks gepresst.

„Möchtest du etwas?"

„Nee, lass mal, danke."

Es entstand eine Stille, die eher unangenehm war. Zu viele Erwartungen hingen in der Luft, zu viele Ungewissheiten und zu wenig Erkenntnis darüber, wie es weitergehen könnte. Ben wischte mit einem Lappen über den bereits sauberen Tresen und warf gelegentlich einen schnellen Blick auf das ungleiche Paar, das mehr oder weniger geduldig wartete. Niemand sprach ein Wort, nicht einmal ein Räuspern durchbrach die bleierne Schwere der Atmosphäre.

Schließlich öffnete sich die Tür und die Mitglieder des Klubs strömten heraus. Die meisten von ihnen gingen nach einem kurzen Nicken weiter in den hinteren Teil des Raumes, der als Werkstatt diente. Nur Bud trat zunächst an den Tresen und ließ sich von Ben einen Kaffee einschenken. Dann ging er breitbeinig mit seinem Becher, der in seiner Faust winzig wirkte, zu den beiden Gästen. Mit einem lauten Scharren zog er sich einen Stuhl zurecht und ließ sich darauf fallen.

„Tut mir leid mit deiner Tochter, Mann! Ich kann verstehen, dass du sauer bist."

„Sauer oder nicht, das spielt jetzt keine Rolle." Staller drehte sich herum und stützte beide Ellenbogen auf die Tischplatte. Er fixierte sein Gegenüber mit einem Blick aus Stahl. „Ich erwarte totale Offenheit und Kooperation von den Hounds of Hell in allen Fragen, die das Wohl meiner Tochter betreffen. Kein Verstecken hinter Klubregeln, keine Geheimniskrämerei, nichts. Ist das klar?"

Bud streckte ihm abwehrend die Handflächen entgegen. Beeindruckende Handflächen, was ihre Größe betraf.

„Ho, ho, ruhig Brauner! Du trittst hier gerade sperrangelweit offene Türen ein. Das ist überhaupt nicht nötig. Wir haben gerade eben in der Sitzung beschlossen, dass wir mit dir zusammenarbeiten wollen, auch wenn wir nichts dafür können, was mit deiner Tochter geschehen ist."

„Das sehe ich ein bisschen anders. Wenn ihr nicht meine Kollegin als Geldbotin eingesetzt hättet, dann wäre das ja wohl nicht passiert."

„Unsere Idee war das nicht", beharrte Bud. „Und deine Kollegin hätte schließlich auch ablehnen können. Es ist nicht so, dass wir sie gezwungen hätten."

„Ach, hättet ihr nicht?"

„Haben wir nicht. Stimmt's?", wandte er sich an Isa.

„Das ist richtig. Ich habe mich freiwillig bereit erklärt."

„Was keine so gute Idee war, wie wir jetzt alle wissen", ergänzte der Reporter und bemühte sich, jede Anklage aus seiner Stimme herauszuhalten. Die nächsten Sätze richtete er wieder an den Road Captain.

„Ich weiß, dass alles, was euch passiert ist, zusammenhängt. Der Mord an Joschi, die Ballerei bei eurem geheimen Klubhaus und die Übergabe von

80.000 Euro, die aus euren Klubgeschäften auf dem Kiez stammen. Woher im Einzelnen, lasse ich jetzt einmal beiseite."

Falls Bud von diesem umfangreichen Wissen überrascht war, dann verstand er dies sehr gut zu verbergen. Er stützte jetzt das Kinn auf seine gefalteten Hände und hörte weiter konzentriert zu.

„Es gibt da jemanden, der euch mächtig Feuer unter dem Arsch gemacht hat, weil er Anteile von euren illegalen Einkünften verlangt. Wie viel sind die 80.000 Mäuse, fünfzehn, zwanzig Prozent?"

„Zwanzig", räumte Bud nach kurzer Überlegung ein.

„Caspar hat euch geraten, zunächst auf diesen Deal einzugehen. Aber ihr sollt versuchen eurem Gegner einen Namen und ein Gesicht zu geben, damit ihr ihn dann mithilfe der anderen Hounds-Chapter ausschalten könnt."

Der Rocker nickte langsam.

„Genau diesen Gegner beziehungsweise seine Organisation suche ich nun ebenfalls. Sie haben statt Isa meine Tochter erwischt und halten sie gefangen. Warum sie das machen, kann ich nur raten: Vielleicht sehen sie das als Sicherheit, dass die Übergabe auf jeden Fall stattfindet."

„Oder sie hat etwas gesehen, was sie nicht sehen sollte", schlug Bud vor.

„Das will ich nicht hoffen. Denn das bedeutet, dass sie sie nicht lebend gehen lassen könnten." Staller wirkte eisern beherrscht. Nur die Bewegung seiner Kieferknochen zeigte, dass er die Zähne immer wieder zusammenbiss. „Ich will von euch jetzt jedes Detail im Zusammenhang mit diesen Typen. Welchen Kontakt hattet ihr, was könnt ihr über sie sagen und wie könnt ihr mit ihnen in Verbindung treten?"

„Fangen wir mal hinten an", begann Bud bedächtig und strich sich dabei mit dem Finger glättend über die buschigen Augenbrauen, eine Bewegung, die so gar nicht zu dem massigen Kerl in Leder passte. „Wir treten nicht mit denen in Verbindung. Sie rufen uns an."

Staller holte schon Luft, um eine Zwischenfrage zu stellen, aber der Rocker bremste ihn mit einer abwehrenden Geste.

„Unterdrückte Nummer, vermutlich ein Wegwerfhandy. Du kannst dir denken, dass wir das schon gecheckt haben. Aber keine Chance. So kommen wir nicht an sie ran."

„Okay." Der Reporter akzeptierte das. „Was wisst ihr sonst über sie?"

„Verdammt wenig. Eigentlich nur das, was du auch schon weißt: Joschi geht auf ihr Konto und das kleine Schützenfest bei unserem Klubhaus auch. Eines nur ist auffällig. Sie wissen sehr genau Bescheid über den Klub."

„Was heißt das?"

„Diese 80.000 Mäuse, die sie aufgerufen haben, die waren sehr gut und genau berechnet. Der Kerl, mit dem ich gesprochen habe, kannte alle unsere Margen und Einnahmen im Detail. Das sind nun keine Informationen, die im Internet stehen."

„Also habt ihr eine Ratte im Klub?" Staller beabsichtigte nicht, seinen Gesprächspartner zu schonen.

Bud holte tief Luft. Mit exakt diesem Gedanken plagte er sich nun schon seit einiger Zeit herum. Die Antwort fiel ihm nicht leicht.

„Ich weiß es nicht. Wir sind Brüder. Wer uns verrät, handelt schlimmer als der übelste Feind und muss mit entsprechenden Konsequenzen rechnen."

„Out in bad standing", nickte Staller verständnisvoll. „Er wird ausgestoßen aus dem Klub und darf ungestraft umgelegt werden. Jedenfalls was die Klub-Gesetze angeht."

„Du weißt Bescheid", stellte der Rocker fest. „Wer dieses Risiko eingeht, der muss entweder ganz tief in der Klemme stecken oder bekommt eine sensationelle Belohnung. Das muss sich schon richtig lohnen."

„Und? Gibt es jemanden im Klub, dem du das zutraust?"

„Ich kann es mir nicht vorstellen. Aber andererseits habe ich auch keine andere Erklärung dafür, dass die Kerle so gut informiert sind."

„Gut, lassen wir das erst einmal beiseite. Gibt es sonst irgendeine Information, die ihr mir geben könnt?"

Bud seufzte tief. Die Erinnerung an das erste Treffen mit den Gangstern schmerzte ihn an jedem einzelnen Tag.

„Nick und ich hatten eine, nennen wir es: "Begegnung" mit den Leuten. Ich erzähle nicht gerne davon, denn wir sahen dabei alle beide nicht gut aus."

„Ich höre."

Der Rocker berichtete von der Überrumpelung im Lokal ihres Geschäftspartners, der kurzzeitigen Verschleppung und der eiskalten Art und Weise, in der ihr Gegner ihnen seine Forderungen vortrug.

„Der Kerl hat sehr glaubwürdig angekündigt, dass er sowohl uns als auch die Hounds in Santa Fu ohne Bedenken umbringen würde. Ausnahmslos. Das war keine leere Drohung. Der meinte, was er da sagte."

„Ihr habt in einem Transporter gelegen, als ihr bei eurem Partner überrumpelt und weggebracht worden seid, sagst du."

„Ja, da war eine freie Ladefläche."

„Kannst du dich erinnern, ob der Wagen eine Schiebetür hatte?"

„Die hatte er. Und es war ein Diesel."

Staller hatte die Antwort mit Spannung erwartet.

„Dann war es vermutlich derselbe Wagen, mit dem sie meine Tochter entführt haben. Ich lasse ihn derzeit suchen."

„Hast du denn ein Kennzeichen?"

„Nein, mir ist nur die Farbe bekannt: Weiß, keine Werbeaufschrift."

„Wie willst du den denn finden? Da brauchst du Hunderte von Leuten!"

„Die habe ich. Jedenfalls in ein paar Stunden spätestens."

Bud zog zweifelnd die Augenbrauen hoch.

„Selbst wenn, was nützt dir der Wagen?"

„DNA-Spuren, Fingerabdrücke – irgendeinen Hinweis wird es hoffentlich geben. Aber zurück zu eurem kleinen Abenteuer. Ich weiß, dass ihr die meiste Zeit Kapuzen übergestülpt hattet. Gibt es trotzdem noch irgendeinen Hinweis auf die Kerle? Jede winzige Einzelheit könnte helfen."

„Von Sharkey weiß ich, dass es fünf Leute waren. Geredet hat nur einer."

„Nationalität?"

„Er sprach wie ein Deutscher. Alle waren eher groß und kräftig, vermutlich mittleres Alter. Wortkarg. Der, zu dem wir gefahren worden sind, klang anders. Der hat gesabbelt wie ein Buch. Ziemlich gebildet, aber sehr skrupellos. Ganz klar der Boss."

„Ist dir an seiner Stimme etwas aufgefallen?"

Der Rocker überlegte einige Augenblicke. Dann schüttelte er den Kopf.

„Nee. Höflich war der. Schätze, der redet oft mit anderen Menschen. Wie ein Politiker. So spontan und geschliffen."

„Ein geübter Redner also?"

„Ja, so kann man das wohl sagen. Und absolut gewohnt, dass man ihm nicht widerspricht."

Der Reporter stellte noch eine ganze Menge weiterer Fragen, aber es deutete sich schnell an, dass er keine weiteren Informationen bekam, die ihm einen wie auch immer gearteten Nutzen bringen konnten.

„Was wirst du als Nächstes tun?", erkundigte sich Bud schließlich.

„Viele Möglichkeiten bleiben mir nicht", seufzte Staller. „Die Suche nach dem Wagen läuft, aber ich weiß nicht, ob und wann sie erfolgreich sein wird. Du hast mir keine wirklich sinnvollen Anhaltspunkte gegeben, also kann ich auch nicht viel tun, außer eurem Sharkey vielleicht noch einmal auf den Zahn zu fühlen."

„Ich sag' ihm Bescheid, dass er mit dir reden soll", bot der Road Captain eilfertig an.

„Mach das. Viel erwarte ich allerdings nicht von ihm. Die Kerle sind sehr professionell, wie es scheint. Aber eins kannst du noch tun: Sorg dafür, dass du das Gespräch aufnehmen kannst, wenn der Typ das nächste Mal auf eurem Klubhandy anruft. Zum einen haben wir dann wenigstens eine Stimme und zum anderen musst du dir weniger merken. Und ich will sofort wissen, wenn er sich gemeldet hat."

„Kein Problem, das kriege ich hin."

„Wenn dir noch irgendetwas einfällt oder etwas geschieht, dann soll euer Prospect Isa anrufen. Sie bleibt bis auf Weiteres immer in meiner Nähe, mitsamt dem Geld."

Der Rocker räusperte sich.

„Du hast doch nichts … Unvorhergesehenes vor mit der Kohle, oder?"

„Diesbezüglich wirst du mir einfach vertrauen müssen. Aber ich kann dir versprechen, dass ich ausschließlich an meiner Tochter interessiert bin. Eure Kohle geht mir am Arsch vorbei."

„Ich wollte ja auch nur ausdrücken, dass niemand etwas davon hätte, wenn, sagen wir mal, die Bullen am Ende die Taler hätten." Die Andeutung war für Buds Verhältnisse geradezu subtil.

„Noch einmal: Es geht um meine Tochter, sonst nichts. Erst wenn ich sie heil zurück habe, denke ich wieder über eure kriminellen Aktivitäten nach."

„Das erscheint mir fair." Bud stand auf und schob seinen Stuhl zurecht. „Wenn du Unterstützung durch den Klub brauchst, dann sag Bescheid. Wir helfen dir, wo es in unserer Macht steht. Im Gegenzug erwarten wir einen Informationsaustausch, was unseren gemeinsamen Gegner angeht."

„Ich verstehe eure Motivation. Ihr helft mir, weil auf diesem Wege im Idealfall auch euer Problem gelöst wird. Aber damit es keine Missverständnisse gibt: Sollte ich den Kopf dieser Bande identifizieren, dann liefere ich ihn dem Gericht aus und nicht euren Flinten."

„Mir ist es egal, auf welche Weise der Kerl verschwindet", grinste Bud. „Hauptsache, er ist weg! Wir bleiben dabei, dass ihr euch an Ben wendet, wenn irgendetwas anliegt. Er kann uns jederzeit alle erreichen, falls ihr Hilfe braucht."

Der Angesprochene hatte das gesamte Gespräch verfolgen können und hob jetzt zustimmend den Daumen. Bud winkte verabschiedend und stampfte breitbeinig in den hinteren Teil der Halle, um die übrigen Member vom Ergebnis der Unterhaltung zu informieren.

„Was werdet ihr jetzt tun?", erkundigte sich Ben, der den Kaffeebecher seines Road Captains einsammelte.

„Kleines Gespräch mit eurem Kumpel Sharkey. Ob das viel bringt, darf bezweifelt werden. Aber versuchen muss ich es." Staller machte sich zum Aufbruch bereit und Isa erhob sich ebenfalls.

„Mach's gut, Kleiner", warf sie Ben mit einem Lächeln zu.

„Passt auf euch auf", erwiderte dieser ernsthaft und wandte sich dann an den Reporter. „Ich habe das mit deiner Tochter gehört. So etwas sollte nicht geschehen. Tut mir echt leid, Mike."

„Ja, danke", antwortete dieser abwesend und checkte dabei sein Handy auf neue Nachrichten. „Ich melde mich."

Draußen auf dem Parkplatz öffnete er für Isa den Wagen und lehnte sich dann gegen den Kotflügel, um seine Mailbox abzuhören. Drei Nachrichten in so kurzer Zeit bedeuteten, dass offenbar Dinge in Bewegung gerieten.

Als er die Nachricht von Bommel hörte, runzelte er die Stirn. Die Anspielung auf die Geldübergabe war nicht zu verkennen. Woher zum Teufel wusste der Kommissar das? Dafür gab es keinerlei Erklärung. Aber die reine Tatsache reichte aus, dass er diese Meldung nicht ignorieren konnte. Er wählte also die entsprechende Nummer und schaute sich kurz nach eventuellen Zuhörern um. Es befand sich aber niemand außerhalb des Gebäudes.

„Hier ist Mike. Was gibt's denn?"

„Das wäre meine Frage an dich gewesen. Kannst du mir mal erklären, warum du Isa für die Hounds Geldbotin spielen lässt?"

„Ich bin zunächst mal äußerst überrascht, dass du das weißt."

„Überraschend viel zu wissen ist mein heutiges Tagesmotto. Damit konnte ich schon den Kollegen vom OK begeistern." Bombach berichtete von dem Gespräch. „Tja – und ich soll dich davon überzeugen, dass ihr diese Sache doch bitte den Profis überlasst."

Staller hatte plötzlich das Gefühl, dass ihm die Situation Stück für Stück entglitt. Bisher hatte er mit eiserner Selbstbeherrschung ganz rational die Dinge angeschoben, die er in diesem Moment für richtig hielt, um seine Tochter zu befreien. Die Einzelheiten, die Bommel ihm nun berichtet hatte, verwirrten ihn zutiefst. Wieso wusste das OK von der Geldübergabe? Und woher stammte die Information über den ominösen Fremdenlegionär? Warum wussten alle anderen offenbar mehr als er selbst?

„Mike, bist du noch dran?" Bombach klang besorgt.

Der Reporter gab sich innerlich einen Ruck.

„Ja, klar. Dein Bericht hat mich wohl auf dem falschen Fuß erwischt."

„Und?"

„Was – und?"

„Wirst du die Angelegenheit den Profis überlassen?"

Normalerweise hätte sich der Reporter an dieser Stelle sicherlich über die vermeintliche Professionalität der Polizei ausgelassen. Aber heute fehlte ihm die Kraft für seine üblichen Scherze.

„Das kann ich nicht."

„Warum denn nicht?"

„Dein Fremdenlegionär oder wer auch immer – sie haben Kati entführt."

„Was?!" Der erstaunte Ausruf blieb dem Kommissar förmlich im Halse stecken. Für mehr als dieses eine Wort reichte es bei ihm nicht.

„Ich nehme an, dass es sich um eine Verwechslung handelte." Staller berichtete die Fakten, soweit sie ihm bekannt waren.

„Großer Gott. Mensch Mike, das ist ja furchtbar!" Bombach wusste nicht, was er sagen sollte. Diese Entwicklung rückte alles, was er bisher wusste, in den Schatten. Der Mord an Joschi, die Umwälzungen in Hamburgs Verbrecherstruktur – all dies wurde gerade abstrakt, unwirklich und eindeutig zum Nebenkriegsschauplatz. Auch alle guten Ratschläge, den Fall doch bitte der Polizei zu übergeben und sich aus der Angelegenheit herauszuhalten, schluckte der Kommissar mühelos hinunter. Wenn er sich nur eine Sekunde lang vorstellte, wie er sich fühlen würde, falls seine Jungs oder seine Gaby entführt worden wären, dann würde er auf der Stelle durchdrehen. Insofern bewunderte er seinen Freund außerordentlich, der zumindest noch zusammenhängend zu denken schien.

„Ich verfolge zwei Ansätze. Nein, jetzt drei", korrigierte sich Staller. „Der Transporter, in den sie Kati gezerrt haben, spielt ganz offensichtlich eine Rolle, denn er wurde vermutlich schon vorher eingesetzt." Er berichtete von dem unrühmlichen Ausflug der beiden Hounds of Hell.

„Sollen wir ihn zur Fahndung ausschreiben?"

„Nein, das führt zu nichts. Wir haben kein Kennzeichen, keine Marke, nichts. Es dürfte Hunderte geben. Außerdem schätze ich, dass er inzwischen irgendwo verborgen abgestellt wurde. Aber ich lasse nach ihm suchen."

„Wie soll das denn funktionieren? Dafür brauchst du eine Trillion Leute."

„Gerd Kröger setzt sein gesamtes Netzwerk darauf an. Ich weiß, dass wir ein bisschen Glück brauchen. Der zweite Ansatz ist ein Restaurantbesitzer, bei dem die Hounds überwältigt worden sind. Vielleicht hat dort doch jemand irgendetwas gesehen, was uns weiterhilft. Und der dritte Ansatz ist jetzt ganz neu dein Fremdenlegionär. Hast du ein Bild von ihm?"

Der Kommissar seufzte.

„Ja, aber es wird dir nicht viel nützen. Schlechte Qualität, schon älter und komplett in Camouflage. Das könnte ungefähr jeder sein."

„Schick es mir trotzdem. Vielleicht findet sich jemand, der ihn erkennt. Ich werde es Daddel-Gerd weiterleiten, damit er seine Jungs damit füttert."

„Kann ich sonst noch irgendetwas tun? Du hast ja noch nicht einmal Vermisstenanzeige erstattet."

„Du weißt doch, wie das ist. Der Kollege gestern hat gesagt, dass ihm die Hände gebunden sind. Sie ist noch keine 24 Stunden weg und es gibt keinerlei Beweise für ihre Entführung."

„Das ist beschissen, alles", platzte Bombach heraus. „Beschissen und ungerecht. So etwas sollte nicht passieren. Ich biete dir jede Hilfe an – unabhängig von Dienstvorschriften und ähnlichen Dingen. Wenn du irgendetwas brauchst, sagst du mir Bescheid, klar?"

„Danke, Bommel, ich weiß das zu schätzen. Ich melde mich."

Die anderen beiden Nachrichten verlangten keine sofortige Aktion, deshalb glitt der Reporter hinter das Lenkrad.

„Ist etwas passiert?", erkundigte sich Isa.

„Bommel weiß über deinen Auftrag Bescheid."

„Woher das denn?" Die Volontärin war schockiert. Es gab schließlich nur drei Parteien, die diese Information teilten. Die unbekannten Dritten, die Hounds of Hell und sie selber. Woher konnte der Kommissar sein Wissen also bezogen haben?

„Die Kollegen von der Organisierten Kriminalität haben es ihm gesteckt."

„Und woher wissen die das? Das verstehe ich nicht."

„Keine Ahnung. Werden die Hounds möglicherweise abgehört? Vorstellbar wäre das."

Isa versank in tiefes Grübeln. Aber alles Nachdenken brachte sie nicht weiter. Es dauerte fast bis zur Autobahn, bis sie die nächste Frage stellte.

„Was liegt jetzt als Nächstes an?"

„Ein Restaurantbesuch." Staller schmunzelte über ihr irritiertes Gesicht. „Nein, ich bin nicht hungrig. Wir besuchen den Geschäftspartner der Hounds, bei dem sie so demütigend übertölpelt worden sind. Ich setze zwar keine große Hoffnung auf ihn, aber vielleicht kann er uns ja doch wenigstens einen kleinen Schnipsel Information liefern."

* * *

Mohammed blickte auf die kleine Phalanx von Mobiltelefonen, die auf seinem Schreibtisch vor ihm aufgereiht lag, um das zu ermitteln, das gerade klingelte.

„Ja?"

„Hier Schatten eins. Verdächtiges Fahrzeug, blaue Mercedes Limousine, älteres Baujahr, zwei Personen."

„Kennzeichen?"

„HH–JX–3571."

Der Sicherheitchef notierte sich das Kennzeichen.

„Wie ist die Lage?"

„Fahrzeug hat Beobachtung vom Bienenstock aufgegeben. Zwischenstopp Fritz-Flinte-Ring. Bei Hausnummer 92 ist der Fahrer ausgestiegen und der Beifahrer hat den Platz gewechselt."

„Fotos?"

„Positiv, einmal allerdings nur im Profil."

„Schick sie mir bei nächster Gelegenheit."

„Ich folge weiter dem Wagen."

„Okay. Wo seid ihr gerade?"

„Wir fahren nach Westen. Könnte zur A 7 gehen."

„Bleib dran, aber lass dich nicht erwischen."

„Geht klar, Chef. Krieg' ich hin."

Mohammed überdachte die neue Entwicklung nur für wenige Sekunden. Dann drückte er den Knopf seiner Sprechanlage.

„Ich brauche eine Halterermittlung." Er diktierte das Kennzeichen. „Außerdem benötige ich Informationen über sämtliche Mieter des Hauses Nummer 92 im Fritz-Flinte-Ring. Beides möglichst schnell. Danke."

Für Normalbürger standen derartige Datensätze selbstverständlich nicht zur Verfügung. Aber Mohammed war weder ein Normalbürger noch scheute er sich jedes Mittel auszuschöpfen. Viele seiner Mitarbeiter hatten vorher in Diensten der Polizei oder anderer Behörden gestanden. Sie wussten, wie man sensible Informationen beschaffte. Er rechnete binnen einer Stunde mit Ergebnissen. Das war auch wichtig, denn Zeit schien in diesem Fall eine große Rolle zu spielen. Je eher die Tochter seines Freundes gefunden wurde, desto besser.

* * *

Der alte Mann fuhr ein Mofa, das aussah, als ob es annähernd ebenso viele Jahre auf dem Buckel hatte wie sein Besitzer. Eine stinkende, blaue Qualmwolke hing dahinter wie eine Fahne in der Luft. Der Auspuff kam seiner eigentlichen Aufgabe nur ungenügend nach, denn das Knattern drang nahezu ungedämpft in die Umwelt. Hier im Bermudadreieck zwischen Autobahn und Hafen störte das jedoch niemanden, ja, es blieb sogar vollkommen unbemerkt. Das ständige Dröhnen der Lastwagen, die diesen Teil des Industriegebiets befuhren, das Quietschen der Waggons auf den nahegelegenen Gleisen und das permanente Grundrauschen des starken Verkehrs auf der A1 und der A255 ließen das Geräusch einfach untergehen.

Die Geschwindigkeit von knapp 30 Kilometern pro Stunde ermöglichte es dem Fahrer, seine Umgebung gründlich zu betrachten, und das tat er auch. Die wachen Äuglein unter dem offenen Helm schwenkten beständig von einer Straßenseite zur anderen und ließen sich nichts entgehen. Zu sehen gab es eine ganze Menge, denn rechts und links der Müggenburger Straße parkten Lastwagen, Transporter und PKW zuhauf. Andererseits gab es keinerlei Durchgangsverkehr, denn es handelte sich bei dieser Straße um eine Sackgasse. Wer hier einbog, der hatte einen klaren Grund. Wer den nicht hatte, fuhr einfach dran vorbei.

Für den Mofafahrer mit dem auffälligen weißen Bart war diese Gegend der beste Ort, um Dinge verschwinden zu lassen. Wo nur gearbeitet wurde und niemand wohnte, da war das Interesse sich um auffällige Dinge zu kümmern eher gering. Geradezu gegen null tendierte es bei Sachen, die sich der Umgebung auch noch anpassten wie ein Chamäleon.

500 Euro für einen abgestellten Transporter waren ein Riesenhaufen Geld. Der Mofafahrer würde davon fast einen Monat leben können. Und um diesen Wagen zu finden, musste er nur das tun, was er sowieso liebte: mit seinem alten Mofa durch die Gegend juckeln und die Augen offen halten. Die Sonne schien und der Motor lief zuverlässig wie eh und je. Der alte Mann verzog sein Gesicht zu einem breiten Grinsen und drehte den Gasgriff noch ein wenig weiter auf. Er hatte schon deutlich unangenehmere Arbeit für weniger Geld machen müssen. Und wenn Daddel-Gerd für die Summe bürgte, dann war auch nicht mit Beschiss zu rechnen. Es handelte sich heute also eindeutig um einen guten Tag.

Etwa 150 Meter weiter wurde aus dem guten ein herausragender Tag. Am linken Straßenrand, eingeklemmt zwischen einem LKW und einem ehemals grauen und nun stark bemoosten Container, stand ein weißer Transporter ohne Nummernschilder. Das fiel nur auf, wenn man wirklich genau aufpasste, denn an sich waren Front und Rückseite gut abgedeckt. Wer nicht nach einem abgemeldeten Fahrzeug suchte, würde das gar nicht erkennen.

Es gab zwar immer noch die Möglichkeit, dass es sich nicht um den gesuchten Wagen handelte. Aber der Mofafahrer hatte ein gutes Gefühl. Dem Transporter war anzusehen, dass er noch nicht lange hier abgestellt war, denn dazu war er zu sauber. Die Chancen auf den Jackpot standen also gut. Der alte Mann stellte den Motor aus und bockte sein Fahrzeug auf. Er näherte sich dem weißen Lieferwagen nur so weit, dass er sehen konnte, dass die Nummernschilder auch nicht in der Fahrerkabine lagen. Die Anweisung lautete, auf keinen Fall etwas zu berühren, sondern nur sofort Meldung zu machen. Endlich war dieses blöde Handy mal für etwas gut.

* * *

In ihrem improvisierten Gefängnis stellte Kati fest, dass die Zeit ganz schön langsam verging, wenn man beschäftigungslos und fast gänzlich von irgendwelchen äußeren Reizen abgeschottet lebte. Es war jetzt gefühlte drei Tage lang ununterbrochen hell, wie ihr die schmalen Lichtstrahlen verrieten, die durch die wenigen Bohrlöcher der Außenhaut des Containers schienen. Ein zwingend notwendiger zweiter Gang auf die Toilette hatte erneut Ekel bei ihr hervorgerufen und sie davon abgehalten, ausreichend Flüssigkeit zu sich zu nehmen. Da die Temperatur hier drinnen relativ hoch war, fühlte sie sich ein wenig benommen und spürte aufkeimende Kopfschmerzen, die sie sonst überhaupt nicht kannte. In regelmäßigen Abständen luscherte sie erneut durch die Löcher und versuchte dort draußen irgendwas oder irgendwen zu erkennen. Das Ergebnis blieb erwartungsgemäß so unbefriedigend wie beim ersten Mal.

Auch ihre Lauschertätigkeit nahm sie immer wieder auf. Außer abwechselnden Vogelstimmen brachte sie ihr allerdings ebenfalls keinerlei neue Erkenntnisse. Nicht einmal ein entferntes Treckergeräusch war zu hören gewesen. Ihr Gefängnis musste wirklich außerordentlich einsam gelegen sein.

In den Pausen zwischen ihren bescheidenen Aufgaben kreisten ihre Gedanken wie hungrige Habichte über der Beute. Wer hatte sie entführt und warum? Sie ahnte mehr, als dass sie es wusste, dass ihr Vater finanziell nicht schlecht dastand, aber als klassisches Entführungsopfer wegen einer Geldforderung empfand sie sich nicht. Andererseits hatten die Entführer ja Geld von ihr verlangt. Warum von ihr? Sie grübelte und grübelte über dieser Frage, aber sie kam zu keinem vernünftigen Ergebnis.

Möglicherweise hingen diese Ereignisse mit einem Fall zusammen, den ihr Vater gerade bearbeitete. Konnte er irgendeiner brisanten Geschichte exklusiv auf der Spur sein? Einer so brandheißen Story, dass man sie entführte, um ihren Vater und seine Recherchen zu stoppen? Das brachte sie aber ebenfalls nicht mit der Frage der Entführer nach dem Geld überein.

Nach einiger Zeit musste sie einsehen, dass ihre Überlegungen sie nirgendwo hinführten, sondern nur ihre Kopfschmerzen verstärkten. Sie gönnte sich abermals einen Schluck von dem Wasser, aber erneut nicht genug, um ihren Flüssigkeitshaushalt auszugleichen. Zu dem Ekel vor der schmuddeligen Toilette gesellte sich eine unterschwellige Angst. Die Entführer hatten zwar von 24 Stunden gesprochen, die sie hier verbringen sollte. Aber was war, wenn sie gelogen hatten? Oder wenn irgendwelche Dinge geschehen waren, die ihre Freilassung verzögerten? Oder wenn die einzigen Menschen, die wussten, wo sie sich befand, bei einem Autounfall getötet worden waren? Nachdem sie erst einmal begonnen hatte, Situationen zu erdenken, die dazu führten, dass sie hier unentdeckt verweilen musste, drehte sich das Karussell ihrer Fantasie plötzlich schneller und schneller. Immer abwegigere Überlegungen schossen durch ihr Hirn und wurden sofort von noch abstruseren Konstruktionen abgelöst. Allen gemein blieb aber eine Tatsache: Sie war eingeschlossen, sie war allein und nur zwei Leute wussten, dass sie hier in wenigen Tagen verschmachten konnte.

An diesem Punkt riss sie unnötigerweise die Augen weit auf, holte tief Luft und gab sich, als ihr Puls mehr und mehr zu flattern schien, selbst eine kräftige Ohrfeige. Der plötzliche Schmerz durchbrach die Schussfahrt Richtung Panik und holte sie zumindest für den Augenblick in die traurige Realität zurück.

In diesem Moment wurde ihr bewusst, wie leicht der Mensch unter bestimmten Umständen in der Lage war, den Verstand zu verlieren.

Mit dieser Erkenntnis schalt sie sich selbst eine Närrin und machte sich klar, dass vermutlich noch nicht einmal die angekündigten 24 Stunden verstrichen waren. Falls sie also vorhatte verrückt zu werden, dann blieb ihr später noch reichlich Zeit. Jetzt war sie es sich und auch ihrem Vater, der wahrscheinlich alle Hebel in Bewegung setzte, um sie zu finden, schuldig, dass sie ihre fünf Sinne beisammen hielt!

Nur um eine Beschäftigung zu haben, trat sie erneut an die Löcher in der Wand heran und presste ihr rechtes Auge gegen das Metall. Grüne Büsche. Es hatte sich nichts verändert. Wie auch!

* * *

Die alte blaue Mercedes Limousine steuerte erneut die Maschinenhalle im Industriegebiet von Lurup an. Im Auto saß nur noch ein Mann, der Anführer der Gruppe, die das Geld von Isa übernehmen sollte. Er hatte unterwegs mehrere Telefonate geführt und ein geheimes Treffen organisiert. Jetzt bog er auf den Hof ein, passierte zwei Bagger und einen Radlader und fand das große Tor zur Halle offen. Deshalb lenkte er den Wagen zügig hinein. Im Rückspiegel beobachtete er, dass das Tor sich langsam wieder schloss. Er konnte jedoch keine Person erkennen, die diesen Vorgang ausgelöst hatte. Achselzuckend stieg er aus.

„Jemand da?", rief er halblaut. Keine Antwort. Nun gut, ihm sollte es recht sein. Seine Anweisung lautete, sich in das Büro zu begeben, in dem er gestern durchschaut hatte, dass er die falsche Geldbotin erwischt hatte. Er schlug die Autotür zu und setzte sich in Bewegung. Seine Schritte auf dem harten Betonboden waren das einzige Geräusch.

Draußen hatte sich der dunkle Golf in eine Parklücke gequetscht und gerade noch beobachten können, wie der Mercedes in der Halle verschwand. Als das Tor sich hinter dem Wagen geschlossen hatte, überlegte der Mitarbeiter von Mohammed, der bisher als Verfolger unentdeckt geblieben war, wie er sich weiter verhalten sollte. Es gab mehrere Möglichkeiten. Er konnte hier stehenbleiben und abwarten, bis der Mercedes die Halle wieder verließ. Dann würde er keine Ahnung haben, was der Besuch dieses Geländes zum Ziel hatte. Es bestand immerhin die Möglichkeit, dass das Entführungsopfer hier verborgen gehalten wurde.

Er konnte versuchen, sich Zugang zu der Halle zu verschaffen. Das Problem bestand darin, dass er nicht wusste, ob und wenn ja, wie viele Menschen sich sonst noch auf dem Gelände aufhielten und in welcher Beziehung sie zu dem Entführer standen. Wurde er entdeckt, war seine Beschattung aufgeflogen und der Gegner gewarnt. Damit hätte sich der bisherige Vorteil erledigt.

Die dritte Möglichkeit bestand darin, sich einen groben Überblick über das Gelände zu verschaffen und damit zum Beispiel sicherzustellen, dass es keinen zweiten Ausgang gab. Es wäre fatal, wenn der Verfolgte einfach auf der anderen Seite wieder aus der Halle fuhr und das Gelände auf der Rückseite verließ. Eine simple, aber höchst effektive Maßnahme, um einen Beschatter abzuschütteln.

Diese ganze Überlegung dauerte nur ein paar Sekunden, dann sprang der Mann aus seinem Golf und überquerte eiligen Schrittes die Straße, auf der in diesem Moment kein Fahrzeug unterwegs war. Er betrat die Einfahrt und suchte hinter einem der Bagger vorübergehend Deckung für den Fall, dass ein Arbeiter über das Gelände lief oder vielleicht ein Lieferant erschien.

Der Entführer hatte erneut das Büro aufgesucht, das er mit seinen Kumpanen schon am Abend zuvor genutzt hatte. Es war abermals leer und nichts hatte sich verändert. Ob hier überhaupt jemand gearbeitet hatte in der Zwischenzeit?

Ein Blick auf die Uhr verriet ihm, dass er sehr pünktlich war. Er ließ sich hinter dem Schreibtisch nieder und sammelte seine Gedanken. In den letzten 24 Stunden waren einige Dinge schiefgelaufen und er sollte lieber eine Erklärung dafür zur Hand haben. Oder besser gleich eine Lösung. Aber die halb durchwachte Nacht in Verbindung mit der Frustration über den Fehlgriff erschwerten seine Konzentration.

Das Scharren der verborgenen Tür riss ihn aus seinen Gedanken. Offensichtlich hatte sein Auftraggeber wieder den Nachbarraum genutzt, um sich unerkannt zu nähern.

„Was gibt es?" Die Stimme klang absolut neutral und beherrscht.

„Wir werden das Geld nicht innerhalb der verabredeten 24 Stunden übernehmen können", berichtete der Entführer knapp und vermied es, zu der halb offenen Geheimtür zu gucken. „Die Journalistin ist über Nacht nicht zu Hause gewesen und befindet sich zurzeit mit einem Kollegen auf Recherche, Ort unbekannt. Ich kann lediglich ihre Wohnung und die Redaktion überwachen. Solange sie dort nicht auftaucht, haben wir keinen Zugriff."

„Trägt sie das Geld denn bei sich?"

„Mutmaßlich schon. In ihrer Wohnung befindet es sich jedenfalls nicht. Das haben wir überprüft."

„Natürlich ohne Spuren zu hinterlassen oder beobachtet worden zu sein."

„Versteht sich. Es war mitten in der Nacht und wir haben niemanden zu Gesicht bekommen. Wir werden das Geld kriegen, aber es könnte noch ein bisschen dauern."

„Ist das andere Mädchen sicher untergebracht?"

„Vollkommen! Sie ist ... komplett isoliert." Beinahe hätte er den Ort erwähnt, aber gerade rechtzeitig fiel dem Entführer noch ein, dass sein Auftraggeber möglichst wenig Details wissen wollte. „Sie kann weder entkommen noch zufällig aufgespürt werden."

Der Mann hinter der Geheimtür schien einen Moment nachzudenken. Die plötzliche Stille füllte den Raum.

„Ich akzeptiere die Komplikation. Ihr bekommt weitere 24 Stunden Zeit, das Geld zu besorgen. Das Mädchen bleibt in der Zwischenzeit, wo es ist, und wird anschließend ausgesetzt, ohne dass ihr etwas passiert. Es sei denn, sie kann einen von euch oder ihren Aufenthaltsort identifizieren."

Während dieses Gesprächs hatte der Mitarbeiter von Mohammed sehr vorsichtig und stets auf der Suche nach Deckung die Halle mehr als zur Hälfte umrundet. Dabei hatte er festgestellt, dass es keine weiteren Ein- oder Ausgänge gab. Die Oberlichter, durch die das Gebäude dem Tageslicht Einlass gewährte, befanden sich in zu großer Höhe, als dass eine Flucht auf diesem Weg wahrscheinlich war.

Mit gleichbleibender Vorsicht steckte der Beschatter seinen Kopf für eine Sekunde um die Ecke zur letzten Hallenseite und zog ihn sofort wieder zurück. Auf dem Hof parkte eine chromblitzende Limousine neuesten Baujahrs und das Tor zum Nachbargrundstück stand offen. Eine zweite Person oder eine Gruppe hatte sich tatsächlich unbemerkt von hinten genähert.

Der Mann legte sich flach auf den Boden und schob seinen Kopf erneut vorsichtig um die Ecke. Auf dieser Höhe rechnete niemand mit einem Beobachter, nicht einmal bei größter Wachsamkeit. In dem Wagen saß ein Mann hinter dem Steuer, den man durch die schräg stehende Frontscheibe nicht genau erkennen konnte. Dafür war das Nummernschild gut lesbar. Blieb die Frage, ob der Wagen auf den Mann aus dem alten Mercedes wartete oder ob er eine weitere Person zu einem Treffen gebracht hatte. Gab es an dieser Schmalseite eine Tür? Einer spontanen Eingebung folgend streckte der Mann seinen Kopf für einen Sekundenbruchteil noch etwas weiter vor und zog ihn blitzartig wieder zurück. Ja, es gab eine schmale Tür, die momentan geschlossen war.

Was sollte er jetzt tun? Zurück zu seinem Wagen gehen? Dann verpasste er, was hier auf der Rückseite des Gebäudes passierte. Mit Pech konnte er dann stundenlang warten, weil der Beobachtete die Halle durch den Hinterausgang verlassen hatte und mit dem zweiten Fahrzeug weggefahren war. Blieb er hier, dann konnte er nicht prüfen, ob sein Kunde das Gelände vorne wieder verließ. Eine Zwickmühle. Die Option, das Gebäude unbemerkt zu betreten, bestand nicht. Die beiden Zugänge kamen nicht infrage und der Weg über die Oberlichter barg definitiv zu viele Risiken.

Drinnen war der Entführer dankbar, dass er einen Aufschub erwirken konnte. Er beeilte sich darum auch, seinem Boss zu versichern, dass sich die Lage grundsätzlich unter Kontrolle befände.

„Wir werden das Geld organisieren. Und dem Mädel wird kein Haar gekrümmt. Wäre auch schlechte PR. Danke, dass Sie sich so schnell mit mir getroffen haben!"

„Ich lege Wert darauf, dass sich meine Investitionen kalkulierbar entwickeln. Vermeiden Sie derartige Fehlschläge zukünftig. Ich erwarte Ihre Vollzugsmeldung."

Die Stimme hatte sich kein bisschen gehoben, aber für den Entführer fühlte es sich an, als ob jemand mit einem Eiswürfel seine Wirbelsäule herabfuhr. Dabei war er selbst ein harter Knochen, wie er fand. Das Scharren der Tür signalisierte ihm, dass sein Gesprächspartner verschwunden war. Er selbst hatte nun ein paar Minuten zu warten.

Draußen beobachtete der Beschatter, wie sich die schmale Seitentür öffnete und ein Mann im edlen Anzug heraustrat, sich umdrehte und die Tür mit einem Schlüssel versperrte. Dann eilte er zu der wartenden Limousine und öffnete die Tür zum Fond. Für einen Moment war zumindest ein Teil seines Gesichts zu sehen.

* * *

Sharkey, der Restaurantbesitzer am Großneumarkt, war offensichtlich bereits im Bilde, denn er bat Staller und Isa sofort in das Hinterzimmer, in dem vor ein paar Tagen die Hounds überrumpelt worden waren.

„Bud hat mich informiert. Ich sage euch alles, was ich weiß, aber ich fürchte, das ist nicht allzu viel. Wollt ihr was trinken?"

Der Reporter lehnte dankend ab. Dann befragte er den Geschäftspartner der Hounds of Hell etwa zwanzig Minuten lang nach allen Regeln der Kunst, aber das Ergebnis war recht ernüchternd. Außer der Anzahl der Männer und der Tatsache, dass sie maskiert waren, ergaben sich keine nennenswerten Anhaltspunkte. Die Professionalität der Entführung war auffällig, aber nichts Neues und die Bewaffnung unterstrich die Vermutung, dass tatsächlich dieser Ex-Fremdenlegionär, den Bommel aufgetan hatte, für die Tat verantwortlich gewesen sein mochte. Viel heiße Luft und wenig Fakten. Staller gingen langsam die Ideen aus, was er noch fragen könnte.

„Wie viel Zeit ist denn zwischen der Abfahrt und der Rückkehr der Hounds und ihrer Entführer vergangen?", wollte Isa wissen.

„Hm, lass mal überlegen. Bud und Nick sind so gegen halb sieben hier erschienen und wurden nach spätestens fünf Minuten abtransportiert. Ich würde sagen, dass sie so gegen acht wieder hier waren. Also waren sie ungefähr anderthalb Stunden weg."

Staller nickte anerkennend zu Isa rüber. Diese zeitliche Einordnung half vielleicht zu ermitteln, wie weit der Ort, zu dem sie gebracht worden waren, von dem Restaurant entfernt war. Wieder ein Puzzlestückchen, das möglicherweise noch eine Bedeutung bekommen konnte.

„Okay, danke für die Unterstützung!" Staller stand auf. „Wenn wir noch Fragen haben, melden wir uns."

Isa ging voraus und der Reporter folgte, wobei er bereits wieder sein Telefon zückte. Es gab neue Nachrichten. Er schloss den Wagen auf, ließ sich auf den Fahrersitz plumpsen und wählte eine Nummer.

„Gerd, du hattest angerufen. Was gibt es?"

„Gute Nachrichten. Wir haben einen Transporter gefunden. Weißer Fiat, Schilder abgebaut, Schiebetür. Abgestellt im Hafen in einer Sackgasse, wo er normalerweise nicht aufgefallen wäre. Aber Mofa-Siggi hat ihn trotzdem entdeckt."

„Das ging schnell, super!"

Daddel-Gerd lachte dröhnend.

„Ich habe dir doch gesagt, meine Jungs sind gut. Was sollen wir jetzt machen?"

Staller dachte fieberhaft nach.

„Ist dein Mann noch vor Ort?"

„Aber sicher. Er hat sich gedacht, dass er mal lieber aufpasst, ob sich noch jemand für die Karre interessiert. Mofa-Siggi hat's drauf."

„Kann er ein Foto von dem Wagen machen? Und eventuell mal reinschauen, ob da ein Navi drin ist?"

„Na klar."

„Großartig! Aber er soll um Gottes willen nichts anfassen! Schick mir das Bild und die Info so schnell wie möglich. Das könnte wirklich ein entscheidender Durchbruch sein."

„Geht in Ordnung, Mike."

„Gute Arbeit, Gerd. Und – danke!"

Der Reporter drehte sich zu Isa, die ihm vom Beifahrersitz aus fragende Blicke zuwarf, und erklärte die Neuigkeiten.

„Gerds Leute haben den Transporter gefunden. Also einen, auf den die Beschreibung passt und der offensichtlich aus dem Verkehr gezogen wurde. Natürlich keine Nummernschilder, aber wir kriegen schon raus, wem der gehört."

Isa grinste breit.

„Das klingt super! Wie willst du den Besitzer rauskriegen ohne Schilder?"

„Über die Fahrgestellnummer sollte das kein Problem sein. Außer man hat sie weggeflext. Dann wird es etwas komplizierter."

„Ich habe auch noch eine Idee", ergänzte die Volontärin. „Wenn wir die Marke des Wagens haben, könnte man die Überwachungskameras um den Großneumarkt überprüfen. Wir kennen ja das Zeitfenster. Falls der Wagen um etwa halb sieben und um acht drauf ist, dann muss er es wohl sein, oder? Vielleicht erkennt man ja das Nummernschild auf den Aufnahmen."

„Hervorragender Gedanke! Der hätte mir auch kommen müssen. Ich rufe gleich Bommel an, der brennt sowieso darauf, etwas beitragen zu können. Wenn er ordentlich Dampf macht, bekommen wir vielleicht noch heute ein Ergebnis." Er drückte die passende Kurzwahltaste und erklärte dem Kommissar in knappen Worten die Situation. Bombach versprach, sich sofort um die Kameras zu kümmern.

Kaum hatte der Reporter aufgelegt, da klingelte sein Telefon erneut.

„Mohammed, gute Nachrichten! Wir haben vielleicht den Wagen!"

„Das freut mich. Und ich kann ebenfalls etwas Neues beisteuern. Es wäre gut, wenn wir das persönlich besprechen könnten. Haben Sie gerade Zeit?"

Der Libanese misstraute grundsätzlich nahezu jeder elektronischen Kommunikation und bevorzugte das persönliche Gespräch in seinem Büro, das regelmäßig auf eventuelle Abhörmaßnahmen gescannt wurde.

„Es passt tatsächlich gerade ganz gut. Ich kann in zwanzig Minuten bei Ihnen sein."

„Gut, bis gleich."

Staller verstaute sein Telefon und warf Isa einen überraschten Blick zu.

„Im Moment entwickeln sich die Dinge schneller, als ich dachte. Ich weiß gar nicht, ob ich dem Frieden trauen soll."

„Nimm die positiven Nachrichten einfach an. Wohin sie uns führen, wissen wir ja noch nicht."

„Hast recht. Es ist für mich eine ganz ungewohnte Situation. Normalerweise bin ich schließlich nicht persönlich involviert."

„Du hast Angst um Kati, auch wenn du versuchst, dir das nicht anmerken zu lassen, oder?"

„Allerdings", nickte der Reporter. „Ich muss sie unbedingt finden. Ich weiß nicht, was mit mir geschieht, wenn das schiefgeht."

„Das ist doch völlig normal und verständlich. Ich wundere mich sowieso, dass du noch so überlegt und geordnet an die Sache herangehst."

„Das ist meine einzige Chance, nicht den Verstand zu verlieren", antwortete Staller und presste seine Finger um das Lenkrad, dass die Knöchel weiß hervortraten.

Isa legte vorsichtig ihre Hand auf seinen Unterarm und drückte ihn fest.

„Wir schaffen das. Ganz bestimmt! Du hast jede Menge Freunde, die dir helfen. Kein Grund, den einsamen Wolf zu spielen."

Er schaute kurz zu ihr rüber.

„Du hast wieder recht, Isa. Danke!"

Eine Viertelstunde später saßen die beiden wieder bei Mohammed im Büro. Der Libanese offerierte kalte Getränke und Häppchen, die dankbar angenommen wurden. Staller bemerkte erst jetzt, dass er geradezu ausgehungert war, und Isa aß wie immer mit gutem Appetit.

„Das war eine wunderbare Idee, Mohammed", dankte Staller, nachdem er sich das letzte Käsespießchen einverleibt hatte.

„Stress lässt einen die wichtigsten Grundbedürfnisse vergessen", lächelte ihr Gastgeber wissend. „Aber Hunger lähmt das Gehirn. Wir brauchen Sie in Höchstform."

„Okay, ich bin jetzt bereit." Der Reporter leerte durstig eine Apfelschorle und lehnte sich dann in seinem Stuhl zurück. „Was gibt es denn für Neuigkeiten?"

Mohammed führte die Fingerspitzen aneinander und wirkte ein wenig wie ein Politiker bei der Neujahrsansprache.

„Ich habe mir eine kleine Eigenmächtigkeit erlaubt", gestand er. „Es hat sich aber gelohnt."

„Sie haben meine volle Aufmerksamkeit."

„Der Gedanke war, dass die Entführer vermutlich nach wie vor das Geld übernehmen wollen. Dafür müssen sie Ihre junge Kollegin hier ausfindig machen, die Sie allerdings ziemlich aus dem Verkehr gezogen haben, indem sie ständig bei Ihnen ist. Davon wissen die Entführer jedoch nichts."

„Völlig richtig."

„Es erschien mir wahrscheinlich, dass sie an zwei Orten auf Isa warten würden. Bei ihr zu Hause und in der Redaktion."

Staller richtete sich auf und hörte gespannt weiter zu.

„Ich habe mir erlaubt, diese beiden Orte unter Beobachtung zu halten. Natürlich von einem Profi."

Der Reporter schlug sich die Hand vor die Stirn.

„Meine Güte, darauf hätte ich selber kommen müssen! Wie blöd kann man denn sein!"

Der Libanese lächelte fein.

„Ich denke, Sie sind entschuldigt. Die Sorge um Ihre Tochter macht Ihnen die Arbeit schwer. Aber dafür sind Freunde schließlich da."

„War die Observation erfolgreich?"

„Um es kurz zu machen: ja!"

„Das ist ja unglaublich! Ich verstehe wirklich nicht, wie ich das übersehen konnte."

„Nochmal: Für Sie ist das eine Ausnahmesituation. Ich wundere mich, wie strukturiert Sie das überhaupt alles angehen. Ein kleines Versäumnis passiert immer mal. Und es ist ja kein Schaden entstanden."

„Was haben Sie herausgefunden?"

„Vor der Redaktion von "KM" parkte stundenlang ein mit zwei Männern besetzter Mercedes. Älteres Baujahr, Hamburger Kennzeichen. Irgendwann haben die beiden wohl eingesehen, dass Isa heute nicht ins Büro kommt, und sind weggefahren. Möglicherweise haben sie vorher telefonisch überprüft, ob Isa im Laufe des Tages noch erwartet wurde. Jedenfalls sind sie nach Steilshoop gefahren, wo der Fahrer des Wagens ausstieg. Der Beifahrer ist dann zu einer Lagerhalle in einem Gewerbegebiet bei Lurup gefahren, wo er sich mit einem anderen Mann getroffen hat. Limousine mit Chauffeur, ebenfalls Hamburger Kennzeichen."

Isa platzte in die Erzählung hinein, weil sie sich nicht mehr länger zurückhalten konnte.

„Das war bestimmt der Drahtzieher im Hintergrund! Sensationelle Ergebnisse!" Dann schlug sie sich schuldbewusst die Hand vor den Mund. „Entschuldigung! Ich wollte Sie nicht unterbrechen."

Mohammed machte eine abwehrende Handbewegung.

„Kein Problem. Ich verfüge noch über einige zusätzliche Informationen." Er schob zwei Fotos über den Schreibtisch. Staller nahm sie entgegen und betrachtete sie ausführlich. Dann zückte er sein Telefon und suchte die Nachricht von Bombach. Lange wanderten seine Augen vom Telefon zu einem der Fotos und wieder zurück.

„Möglich wäre es", murmelte er schließlich halblaut.

Der Libanese zog lediglich fragend die Augenbrauen hoch. Mehr war nicht nötig.

„Ein paar Informationen konnte ich ebenfalls ergattern", erklärte der Reporter und reichte sein Telefon über den Schreibtisch. „Carlos Fischer, Ex-Fremdenlegionär und mutmaßlich in die Ermordung von Joschi, die Schießerei am Klubhaus der Hounds und in die Explosion vor der Werkstatt der Mogilnos verwickelt. Könnte das unser Mann sein?"

Jetzt nahm sich der Sicherheitschef viel Zeit, die beiden Bilder zu vergleichen.

„Das ist schwer zu beurteilen", stellte er schließlich fest. „Das Handyfoto ist qualitativ nicht sehr gut. Ausschließen würde ich es nicht. Aber ich habe da jemanden, der das besser beurteilen kann. Könnten Sie das Bild mal an diese Adresse schicken?" Er schob eine Visitenkarte über den Tisch.

„Mach' ich. Aber es wird vermutlich dauern, das Bild zu prüfen."

„Ja, eine halbe Stunde bestimmt." Mohammed grinste. „Es geht ja nicht um gerichtsverwertbare Ergebnisse. Wir wollen wissen, ob er es ist. Punkt."

„Ich staune immer wieder über Ihre Möglichkeiten und Verbindungen."

„Das bringen die Jahre so mit sich", wehrte der Libanese das Kompliment ab. „Gehen wir mal vorläufig davon aus, dass es sich um Fischer handelt. Dafür spricht auch sein derzeitiger Standort."

„Wo ist er denn gerade?"

„In der Straße, in der die Werkstatt der Mogilnos liegt."

„Das kann doch kein Zufall sein!", unterbrach Isa erneut.

„Allerdings nicht. Gibt es sonst noch etwas, Mohammed?"

„Ich habe noch einige kleine Recherchen anstellen lassen. Der blaue Mercedes ist auf eine Firma, die mit Baumaterialien handelt, zugelassen. Ihr Sitz ist auf der Veddel."

„Das ist ganz in der Nähe von dem Ort, wo der Transporter gefunden wurde."

„Dann passt das zusammen, Mike. Die andere Halle in Lurup, wohin mein Mann den Mercedes verfolgt hat, gehört zu einer anderen Firma, die Baumaschinen vermietet."

„Ob da ein Zusammenhang besteht?", fragte der Reporter.

„Warten Sie es ab. Es gibt noch mehr." Mohammed verzog seine Mundwinkel erneut zu seinem feinen Lächeln, das immer anzeigte, dass er noch ein Ass im Ärmel hatte. „Zwei Dinge. Die Adresse in Steilshoop, im Fritz-Flinte-Ring, ist ebenfalls interessant. Alle Wohnungen in dem Block werden als Monteurswohnungen geführt und gehören zu einer großen Hamburger Baugesellschaft."

„Dreimal Bau – das ist kein Zufall", legte Isa sich fest.

„Der letzte Punkt betrifft die Limousine, die mein Mitarbeiter in Lurup identifiziert hat. Sie ist ebenfalls auf diese große Baufirma zugelassen."

„Jetzt wäre es schön zu wissen, wer dringesessen hat", wünschte sich der Reporter.

„Ja, nicht?" Mohammed lächelte weiterhin. „Leider konnte mein Mitarbeiter diesen Mann nicht fotografieren. Das hätte möglicherweise zu seiner Entdeckung geführt. Das Risiko war zu hoch."

„Schade!", befand Isa.

„Er hat ihn aber für einen Moment gut sehen können. Ich habe ihm verschiedene Bilder von Mitarbeitern der Firma geschickt und ihn gebeten zu schauen, ob er ihn darauf wiedererkennt." An dieser Stelle machte der Libanese eine kleine Kunstpause. „Er konnte ihn zweifelsfrei identifizieren."

„Und? Wer war es?"

„Der Chef höchstpersönlich."

„Hat der Chef auch einen Namen?"

„Allerdings, Mike. Der Mann heißt Schrader."

„Schrader? Norman Schrader? Der Prototyp des sozialen Unternehmers? Der Engel der Mühseligen und Beladenen? Ich könnte nicht überraschter sein, wenn Sie unseren Bürgermeister genannt hätten!"

„Erstaunlich, nicht wahr? Aber es ist kein Zweifel möglich. Mein Mitarbeiter hat sich sofort festgelegt. Die Limousine wird zudem ausschließlich von Schrader genutzt und der Chauffeur spricht ebenfalls dafür."

Der Reporter wirkte völlig perplex.

„Das ist nun wirklich der Letzte, den ich in der Nähe der Organisierten Kriminalität vermutet hätte. Ein bisschen Schmiergeld, Verstöße gegen den Arbeitsschutz und ein paar nicht ganz legale Leiharbeiter – meinetwegen. Aber Waffen, Drogen und Prostitution? Das muss ich erst einmal verdauen."

„Fairerweise muss ich darauf hinweisen, dass ich über keinerlei Beweise verfüge. Ich kann bestätigen, dass sich Schrader mit diesem Kerl, möglicherweise dem Fremdenlegionär, getroffen hat. Was dabei besprochen wurde und in welchem Verhältnis die beiden stehen, bleibt völlig offen."

„Schon klar. Aber ich glaube nicht, dass meine Spekulationen völlig aus der Luft gegriffen sind."

„Vermutlich nicht, Mike. Wir sollten aber den zweiten Schritt nicht vor dem ersten machen. Ob Schrader der Auftraggeber dieses Fremdenlegionärs ist oder nicht, können wir klären, wenn wir Ihre Tochter gefunden und in Sicherheit gebracht haben. Es liegt an uns zu entscheiden, ob diese Informationen uns dabei helfen."

Der Reporter schloss für einen Moment die Augen und sah plötzlich viel älter aus. Er rieb sich mit der Hand die Nasenwurzel und schüttelte benommen den Kopf.

„Ich muss das alles erst sortieren", murmelte er.

Isa betrachtete ihn besorgt. Würde Staller diese Belastung aushalten? Die Sorge um seine Tochter fraß ihn innerlich fast auf und gleichzeitig reagierte sein journalistischer Instinkt auf die unvorstellbare Dimension des Verbrechens.

„Nehmen Sie sich einen Moment Zeit", schlug Mohammed vor und reagierte auf ein leises Summen seiner Telefonanlage. Etwa eine Minute lang redete er halblaut und schnell in einer für Isa unverständlichen Sprache. Dann ging ein Lächeln über sein Gesicht und er legte den Hörer weg.

Staller wirkte inzwischen wie ein angeschlagener Boxer. Die Zwickmühle, in der er steckte, drohte ihn selbst zu zerstören. In seinen Gedanken überschlugen sich Namen und Vermutungen und seine analytischen Fähigkeiten blieben dabei komplett auf der Strecke. Nach zwei Minuten hob er den Kopf, blickte Mohammed an und hob verzweifelt die Hände.

„Es tut mir leid, aber ich habe gerade überhaupt keine Idee, was wir machen können."

Isa, die auf dem Stuhl neben ihm saß, ergriff seine Hand und drückte sie tröstend.

„Setz dich doch nicht so furchtbar unter Druck! Du musst hier nicht den Vorturner machen."

„Ihre junge Kollegin hat recht", stimmte der Libanese zu. „Wenn man mal überlegt, was sich seit heute Morgen alles ergeben hat, dann haben wir unglaubliche Fortschritte gemacht. Wir sind mit nichts gestartet und verfügen jetzt über mehrere Namen, Fahrzeuge und Gesichter. Was uns jetzt noch fehlt, ist der Ort, an dem Kati festgehalten wird."

„Der Fremdenlegionär kennt ihn", behauptete Isa im Brustton der Überzeugung. „Können wir ihn nicht irgendwie greifen?"

Mohammed nickte wohlwollend.

„Zunächst einmal: Der Fremdenlegionär ist wirklich der Mann, den mein Mitarbeiter observiert. Mein Fachmann hat einen schnellen Durchgang mit einer Gesichtserkennungssoftware gemacht und ist zu 98 Prozent sicher. Das genügt für unsere Ansprüche."

„Yes!" Isa ballte zufrieden die Faust. „Und? Schnappen wir ihn uns?"

„Auf welcher gesetzlichen Grundlage?"

„Ich dachte jetzt nicht an die Polizei." Der Ton der Volontärin verlor ein bisschen von der vorherigen Sicherheit.

„Sondern? Eine kleine Kommandoaktion, die ihr Ende in irgendeinem schmutzigen Keller findet, in dem nur ein Stuhl, ein Wasserbottich und ein Stromkabel zu finden sind?"

„Na ja." Isa klang jetzt eindeutig kleinlaut. „Vielleicht nicht ganz so krass, aber schon irgendwas in der Richtung, ja."

Staller, der zeitweise in sich selbst versunken zu sein schien, hatte trotzdem die Diskussion verfolgt und schaltete sich an dieser Stelle ein.

„Wer bei der Legion war, ist ein ganz harter Knochen. Dem presst du nicht mal eben mit ein bisschen "Folter light" seine Geheimnisse ab."

„Mike hat recht", ergänzte Mohammed sanft. „Mit Gewalt werden wir bei dem nichts. Ebenso wenig mit der Polizei."

„Aber irgendetwas müssen wir doch tun!"

„Richtig, Isa. Und ich weiß jetzt auch, was." Der Reporter hatte seine Gedanken offensichtlich erfolgreich geordnet. „Wir haben einen einzigen Trumpf und den müssen wir nutzen."

„Welcher ist das?"

„Das Geld. Das Geld gegen Kati. Aber das geht nicht, wenn du es hast."

„Warum nicht?"

„Weil ich garantiert nicht eine zweite junge Frau in Gefahr bringe."

„Wie soll es denn sonst funktionieren?"

„Wir tauschen. Dank Mohammed haben wir die Möglichkeit dazu."

„Ich verstehe kein Wort!" Isa wirkte völlig verwirrt.

Der Libanese lächelte schon wieder, nachdem er den Schlagabtausch der beiden Journalisten interessiert verfolgt hatte.

„Ich habe doch gesagt, wir brauchen Sie in Höchstform. Darf ich Vermutungen anstellen, wie Sie sich die Sache gedacht haben?"

„Natürlich."

„Sie wollen vor den Augen von diesem Fischer, dem Legionär, den Geldrucksack übernehmen. Dann schicken Sie Isa weg und lassen sich aufgreifen. Das Geld rücken Sie aber nur heraus, wenn Sie im Gegenzug Ihre Tochter bekommen."

„Das sind die Grundzüge, allerdings." Staller nickte anerkennend. „Sie denken schnell. Ich brauche nur noch eine gute Idee, mit der ich verhindere, dass die mich einfach umpusten, um an das Geld zu kommen."

„Mike, spinnst du?"

„Tja, die leidigen Details", sinnierte der Sicherheitschef. „Der Plan ist nicht perfekt. Aber ich sehe keinen anderen."

„Ernsthaft? Sie unterstützen das? Das bedeutet Lebensgefahr für Mike!" Wenn Isa entrüstet war, dann hörte man ihr das auch an. Jetzt klang sie geradezu entsetzt, als ob Mohammed vorgeschlagen hätte, Hundewelpen bei lebendigem Leib in kleine Stückchen zu schneiden.

„Haben Sie denn eine bessere Alternative?"

Die Volontärin biss sich auf die Unterlippe und dachte fieberhaft nach. Die Sekunden verrannen, aber die beiden Männer störten sie nicht. Schließlich sah sie wieder hoch und zuckte die Schultern.

„Ich weiß es nicht. Das fühlt sich nicht richtig an. Es ist einfach zu gefährlich."

Der Reporter lächelte ihr zu.

„Es ist lieb, dass du um meine Sicherheit besorgt bist, Isa. Aber weißt du, was sich für mich nicht richtig anfühlt? Dass Kati schon 24 Stunden irgendwo von diesen Verbrechern gefangen gehalten wird. Sie hat mit Sicherheit Angst, ist womöglich verletzt und leidet unter der Ungewissheit, was mit ihr passieren wird. Das muss ich unter allen Umständen ändern. Und zwar so schnell wie möglich. Verstehst du das?"

„Emotionale Erpressung kannst du", stellte Isa mit einem Augenzwinkern fest, um ihrem Satz die Schärfe zu nehmen. „Es geht Kati nicht besser, wenn du einen Schlag über den Schädel bekommst und bewusstlos irgendwo im Rinnstein liegst."

„Da haben Sie natürlich recht", räumte der Libanese ein. „Deswegen gilt es das Risiko zu minimieren. Der Schutz von Personen ist meine Kernkompetenz. Wenn meine Firma also Teil des Plans werden könnte, steigen die Chancen für Mike."

„Ich nehme Ihre Hilfe sehr gern in Anspruch. Sowohl bei der Entwicklung der Einzelheiten des Vorgehens als auch bei der Durchführung."

„Sehr schön. Und um diese Frage im Vorwege zu beantworten: Betrachten Sie mein Engagement als einen Freundschaftsdienst. In der Not muss man zusammenhalten."

„Danke, Mohammed", sagte Staller einfach.

„Ich möchte mich kurz mit einigen Mitarbeitern beraten, die jeweils spezielle Kenntnisse besitzen, die uns für die Planung nützlich sein können. Es dauert nicht lang. Kann ich Ihnen noch irgendetwas bringen lassen?"

„Kaffee wäre gut. Ich denke ja, dass wir relativ bald handeln werden."

„Ja, das wäre hilfreich. Kommt sofort!"

Mohammed verließ den Raum. Man hörte ihn im Vorzimmer eine ganze Reihe von Anweisungen erteilen. Der Reporter rutschte tiefer in seinen Sessel und lehnte den Kopf an die Lehne. Mit geschlossenen Augen schien er zu dösen, was Isa irritierte. Aber ausnahmsweise hielt sie den Mund. Mike würde schon wissen, was ihm guttat.

Nach einigen Minuten erschien die Assistentin von Mohammed und stellte, als sie den scheinbar schlafenden Reporter sah, das Tablett lautlos auf den Schreibtisch.

„Ihr Kaffee", flüsterte sie Isa zu, die dankbar nickte. Offenbar war es nichts Ungewöhnliches, dass ein Klient im Büro des Chefs im Sessel ein Nickerchen machte.

Wieder einige Minuten später klingelte Stallers Handy. Der Reporter reagierte umgehend. Geschlafen hatte er also nicht.

„Bommel, was gibt es?"

„Ich habe die Aufnahmen der Überwachungskameras am Großneumarkt gecheckt."

„Was, so schnell?"

„Ja nun, wenn es doch sein muss. Also, wir haben zu den angegebenen Zeiten zweimal denselben Wagen identifiziert. Marke und Modell stimmen mit deinen Angaben überein."

„Das ist ja super!"

„Wir konnten auch das Kennzeichen erkennen. Es gehört zu einer Firma für Baumaterialien auf der Veddel."

„Bingo!" Staller sprang elektrisiert auf und bemerkte erst jetzt das Tablett mit dem Kaffee. Dankbar griff er sich einen der Becher.

„Wieso bingo?"

Der Reporter erklärte kurz die erstaunlichen Ergebnisse der bisherigen Ermittlungen.

„Heiliger Strohsack! Wie hast du das denn alles so schnell herausbekommen?"

„In erster Linie dank der tatkräftigen Unterstützung von Mohammed."

„Hm."

„Vielleicht musst du deine Haltung ihm gegenüber doch eines Tages mal überdenken."

„Hm."

„Das werte ich als ein Ja. Jetzt schmieden wir einen Plan, wie wir Kati befreien können."

„Wir?"

„Mohammed hilft mir auch dabei. Was bist du überhaupt so einsilbig?"

„Hm."

„Wenn du noch einmal grunzt, lege ich sofort auf!"

„Ich bin im Zwiespalt", gestand der Kommissar ein. „Einerseits kriege ich graue Haare, wenn ich höre, dass du mit deinem libanesischen Freund Polizeiarbeit leistest. Das geht mir natürlich gegen den Strich."

„Aha. Und?"

„Andererseits habe ich Verständnis für deine Situation. Du musst alles versuchen, um Kati zu befreien. Ich wünschte nur, du würdest mehr auf meine Hilfe vertrauen."

„Ich stelle dankbar fest, dass du auf Moralpredigten verzichtest, Bommel", antwortete der Reporter warm. „Wirklich. Und ich glaube auch, dass deine Unterstützung noch eine Rolle spielen wird. Aber im Moment muss es vor allem schnell gehen. Und das kriegen Mohammeds Leute besser hin als dein Verein. Außerdem lässt er mich mitspielen."

„Okay, gut", antwortete der Kommissar nach einer kleinen Pause. „Hältst du mich zumindest auf dem Laufenden?"

„Ich gebe mir Mühe."

„Das muss vermutlich reichen."

„Es kann sein, dass viele Dinge sehr schnell passieren. Was wir vorhaben, ist keine Routine."

„Und was genau wäre das?"

„Ich will an Fischer ran für einen Austausch – oh, da kommt Mohammed. Ich muss Schluss machen. Ich melde mich!"

„Sei bloß vorsichtig, Mike!"

Das waren die letzten Worte des Kommissars, die Staller hörte. Er blickte erwartungsvoll zu Mohammed, der sich wieder an seinen Platz gesetzt hatte und lächelte.

„Ich habe einen Plan. Darf ich den Rucksack für einen Moment haben, bitte?"

* * *

Nach unzähligen todlangweiligen Gesprächen über Autotypen, Ausstattungen und Ersatzteilnummern bildete der aktuelle Anruf die ersehnte Abwechslung. Der hagere Mann in der kleinen Wohnung auf dem Kiez rückte näher an den Lautsprecher heran und lauschte mit größtem Interesse. Die eine Stimme erkannte er als die des Werkstattbesitzers, die andere war ihm unbekannt.

„Mogilno."

„Sie wissen, wer spricht. Ich habe Anweisungen für Sie." Die Stimme klang kalt und kalkuliert.

„Nämlich?" Der Werkstattbesitzer war offensichtlich nicht gerade begeistert.

„Packen Sie das Geld in eine Tüte. Verschließen Sie sie mit Klebeband. Dann übergeben Sie das Paket Ihrem jungen Mitarbeiter mit den roten Haaren. Er soll sein Fahrrad nehmen und dieses Handy. Vom Gelände soll er links abbiegen und dann so lange geradeaus fahren, bis er andere Anweisungen über das Telefon bekommt. Sollte ihm jemand folgen, wird er erschossen. Sie haben exakt fünf Minuten. Hat der Mann bis dahin Ihren Hof nicht verlassen, wird es laut."

„Das ist zu knapp!"

„Vier Minuten fünfzig."

Das Gespräch wurde unterbrochen.

Der heimliche Lauscher fluchte halblaut. Er hatte dieses Telefonat zwar mitgeschnitten, aber der Vorlauf von wenigen Minuten verhinderte, dass jemand rechtzeitig vor Ort sein konnte. Trotzdem musste er die Information so schnell wie möglich weitergeben. Er wählte die Nummer von Gerd Kröger, seinem Auftraggeber.

Schräg gegenüber der Autowerkstatt parkte der alte blaue Mercedes, der jetzt wieder mit vier Personen besetzt war. Der Beifahrer hatte soeben das Telefonat beendet und starrte nun auf die Ziffern des Displays, die jetzt die Uhrzeit angaben.

„Wird der Junge kommen?", wollte der Fahrer wissen.

„Oh ja. Mogilno wird es nicht darauf ankommen lassen, dass wir seinen ganzen Hof abfackeln."

Die Sekunden verstrichen zäh wie fester Honig. Die gesamte Besatzung des Wagens hielt die Blicke gespannt auf die menschenleere Einfahrt zur Werkstatt gerichtet.

„Wird er versuchen ihm zu folgen?"

„Glaube ich nicht. Es muss ihm klar sein, dass wir das sofort merken würden. Hier ist gerade recht wenig los."

„Das mit dem Fahrrad war echt eine super Idee. Wir können ihm ewig Vorsprung lassen und haben ihn trotzdem ruckzuck eingeholt."

„Wir brauchen ihn gar nicht einzuholen." Der Beifahrer gestattete sich ein leichtes Grinsen. Endlich schien mal etwas auf Anhieb glattzugehen.

„Hä?"

„Du wirst schon sehen. Da kommt er schon!"

In der Einfahrt erschien ein junger Mann im blauen Overall, der ein wenig vertrauenerweckendes Herrenrad schob. Sein roter Haarschopf leuchtete kräftig und bildete ein weit sichtbares Erkennungszeichen. Über seiner Schulter baumelte eine schwarze Umhängetasche. Er sah sich vorsichtig nach rechts und links um und radelte dann los. Niemand schien von ihm Notiz zu nehmen.

„Folgen wir ihm?"

„Warte noch." Der Anführer auf dem Beifahrersitz wirkte völlig gelassen, während die Silhouette des Radfahrers mit zunehmender Entfernung kleiner wurde.

„Aber wenn er verschwindet?"

„Wie soll er denn? Seine Ansage lautet: geradeaus fahren. Ich kenne die Straße."

Weitere Sekunden verstrichen. Im Wagen herrschte gespanntes Schweigen.

„Jetzt!", befahl der Anführer. „Aber langsam. Wir wollen ihn bloß im Auge behalten."

Der Mercedes bog auf die Straße und beschleunigte nur vorsichtig. Mit etwas über dreißig Kilometern in der Stunde folgte er dem Radfahrer. Der Anführer nahm sein Telefon und drückte auf die Taste für Wahlwiederholung.

„Nächste Straße links abbiegen!" Der Ton duldete keinen Widerspruch.

„Was hast du vor?", fragte der Fahrer neugierig.

„Schnauze!"

Nach etwa hundert Metern hatte der Radfahrer die nächste Seitenstraße erreicht und bog auftragsgemäß links ab. Der Anführer der Verfolger schätzte die Geschwindigkeit und den Abstand ab und wies dann seinen Fahrer an.

„Geradeaus und mit normalem Tempo. Wir fahren die übernächste Straße links rein."

„Nicht hinter dem Radfahrer her?"

„Tu einfach, was ich dir sage!"

Der Fahrer beschleunigte auf die innerstädtisch übliche Geschwindigkeit und folgte der Anweisung seines Chefs. Nach dem Abbiegen fuhren sie fast einen Kilometer geradeaus, bevor die nächste Ansage kam.

„Jetzt links und gleich wieder rechts. Dann suchst du dir nach etwa hundert Metern einen Parkplatz."

Der Fahrer wollte sich keinen zweiten Rüffel einhandeln und gehorchte kommentarlos.

„Fahr da rechts auf den Seitenstreifen! Dann sind wir von dem Lieferwagen gedeckt." Der Anführer dirigierte den Mercedes so, dass er von der Straße nur eingeschränkt sichtbar war. Er drehte den Kopf und sah, nachdem ein dunkler Golf vorbeigefahren war, in einigen Hundert Metern den leuchtend roten Schopf des Radfahrers.

Auch diese Straße gehörte noch zum Gewerbegebiet. Es herrschte wenig Verkehr und dieser bestand ausschließlich aus Autos. Fußgänger waren überhaupt nicht unterwegs. Es gab zwar eine Buslinie, wie die Haltestelle schräg gegenüber bewies, aber momentan war kein Bus zu sehen.

„Fahr auf den linken Bürgersteig!", befahl der Anführer in sein Telefon.

„Ah, wir haben ihn überholt!", stellte der Fahrer flüsternd fest, was ihm einen bösen Blick von der Beifahrerseite einbrachte.

Der Radfahrer hatte sich offensichtlich an die Anweisungen gehalten, denn er war nicht mehr auf der Straße zu sehen. Parkende Fahrzeuge erschwerten den Blick auf den Fußweg. Der Anführer schätzte die Entfernung ein und sprach nach wenigen Sekunden in sein Telefon.

„Vor dir liegt eine Bushaltestelle. Daneben befindet sich ein Papierkorb. Wirf das Paket dort hinein und fahr sofort weiter. Immer geradeaus und mit Tempo, wenn ich bitten darf."

Gespannt warteten die Männer im Mercedes ab, was passieren würde. Der Radfahrer erschien in ihrem Blickfeld, stoppte auf Höhe des Papierkorbs und fummelte an seiner Umhängetasche herum. Schließlich zog er eine braune Papiertüte hervor und legte sie in den offenen Drahtkorb. Dann setzte er sich wieder in Bewegung und trat in die Pedale, ohne sich ein einziges Mal umzudrehen. Er zog den Kopf zwischen die Schultern und schien erleichtert, dass er von seiner Last befreit war.

„Geht doch", grinste der Anführer, nachdem er die telefonische Verbindung beendet hatte. „Da fährt er hin!"

Nach einer halben Minute war der Junge verschwunden.

„Soll ich?", fragte der Fahrer sicherheitshalber.

„Unbedingt!"

Anscheinend völlig unbeobachtet konnte der Mann aussteigen, die Straße überqueren und sich das Päckchen aneignen. Nach einem schnellen Blick in alle Richtungen kehrte er zurück und ließ sich in den Sitz fallen.

„Das hat doch mal geklappt!", seufzte er erleichtert.

„Erst mal kontrollieren", verbesserte der Anführer und ließ sich die Tüte aushändigen. Nachdem er die Klebestreifen abgerissen hatte, warf er einen Blick ins Innere.

„Sieht gut aus", stellte er zufrieden fest und wedelte mit einem Bündel Banknoten. „Das Glück scheint sich wieder gewendet zu haben. Jetzt besorgen wir noch die 80 Riesen von der Journalistin und dann ist alles wieder im Lot."

„Wohin?", erkundigte sich der Fahrer.

„Zur Wohnung von der Kleinen. Irgendwann muss sie da ja mal auftauchen. Ich habe ein gutes Gefühl."

Der Fahrer hob den Daumen zum Zeichen seiner Zustimmung und startete den Motor. Zufrieden fuhr er zurück auf die Straße und beschleunigte. Der Motor schnurrte, das Einsammeln des Geldes hatte geklappt und niemand konnte ihnen etwas nachweisen.

Der Fahrer des schwarzen Golf hatte die Straße im Außenspiegel nicht aus den Augen gelassen und genau beobachtet, wie der Mann das Paket aus dem Papierkorb geholt hatte. Jetzt, da der blaue Mercedes angefahren kam, rutschte er auf seinem Sitz so weit wie möglich nach unten, damit er nicht von einem zufällig herüberschauenden Insassen entdeckt werden konnte. Nachdem der Wagen ihn passiert hatte, tauchte er blitzartig wieder auf. Selten hatte er bei einem Beschattungsauftrag so viele Register ziehen müssen, um nicht entdeckt zu werden. Es wurde Zeit, dass er entweder von einem Kollegen abgelöst wurde oder wenigstens das Fahrzeug wechselte. Irgendwann würde seine Kunst nicht mehr ausreichen oder seine Glückssträhne reißen und dann würde er entdeckt werden. Das musste mit allen Mitteln verhindert werden. Mit ausreichend Abstand fuhr er hinter dem Mercedes her und drückte die Anruftaste seines Telefons.

* * *

Das Büro von Mohammed hatte ein wenig von seiner Makellosigkeit eingebüßt. Neben den diversen Tellern und Bechern lagen unterschiedlichste Ausrüstungsgegenstände herum. Funkgeräte, Telefone, Ferngläser und etliche andere Dinge, deren Funktion nicht auf den ersten Blick ersichtlich war. Ständig klingelte ein Telefon und alle paar Minuten erschien ein Mitarbeiter mit einem weiteren Gegenstand oder einer Nachricht.

„Der blaue Mercedes ist vermutlich wieder auf dem Weg zu Ihrer Wohnung", teilte der Sicherheitschef Isa mit. „Diesmal sind vier Personen im Wagen."

„Dann sollten wir langsam losfahren", schlug Staller vor. „Dort ist der richtige Ort für unser Vorhaben."

„Ein paar Minuten haben wir sicher noch", beruhigte der Libanese. „Ich muss meinen Mitarbeiter ablösen lassen. Es war für ihn beinahe unmöglich, den Zielpersonen unauffällig zu folgen. Sie haben offenbar eine andere Geldübergabe abgewickelt und entsprechend sorgfältig auf Verfolger geachtet."

„Wo? Mit wem?"

„Es hat wohl die Mogilnos getroffen. In der Nähe ihrer Werkstatt. Ein Mitarbeiter auf einem Fahrrad. Er hat das Geld in einem Papierkorb deponiert und ein Insasse des Mercedes hat es sich geholt."

„Faul sind die ja nicht gerade", staunte Isa.

„Ich schicke eine Ablösung für meinen Mitarbeiter. Er wird aber in der Nähe bleiben und sich weiter bereithalten."

Staller wollte etwas sagen, wurde aber vom Klingeln seines Mobiltelefons unterbrochen. Er sprach wenig und hörte meistens zu. Dann dankte er dem Anrufer.

„Sie haben recht gehabt, Mohammed. Das war ein Mann von Daddel-Gerd, der die Wanze im Büro der Mogilnos überwacht hat. Die Geldübergabe wurde mit einem Vorlauf von fünf Minuten angekündigt."

„Damit haben die Burschen sichergestellt, dass es keine ausgeklügelten Maßnahmen geben konnte, um ihnen zu folgen. Ein guter Plan."

„Ich fahre los", beschloss der Reporter. „Mein Bauch sagt mir, dass es jetzt schnell gehen muss. Wo ist der Rucksack?"

„Er müsste jede Sekunde bereit sein", vermutete Mohammed, als sich schon die Bürotür öffnete und seine Assistentin das gute Stück brachte. „Alles wie besprochen?"

Sie nickte freundlich.

„Klar, Chef."

„Okay, dann los!" Staller gab Isa das Zeichen zum Aufbruch und drückte ihr den Rucksack in die Hand. „Ich melde mich nach Möglichkeit."

„Tun Sie das. Alles Gute, Mike!"

* * *

Der Feierabendverkehr war weitgehend abgeebbt und in der kleinen Straße in Eimsbüttel herrschte entsprechend wenig Betrieb. Zumindest galt das für Fahrzeuge. Fußgänger, Jogger und Radfahrer waren noch einige unterwegs. Das gute Wetter lud dazu ein, an die frische Luft zu gehen und viele Menschen folgten der Verlockung, sich im Abendsonnenschein entweder zu entspannen oder auszupowern. Hier spazierte eine Familie mit kleinen Kindern zurück vom Spielplatz zum Abendbrottisch und dort stand eine kleine Gruppe älterer Herrschaften mit Hunden um einen Baum herum und plauderte. Immer wieder passierten junge Leute auf Fahrrädern oder Rollern den blauen Mercedes, der einen Parkplatz schräg gegenüber der Wohnung von Isa und Kati gefunden hatte. Im Wagen saßen jetzt nur zwei Männer, die anderen beiden hatten sich auf einer Parkbank niedergelassen und futterten Döner aus Papiertüten. Vier Männer in einem Wagen wären auf Dauer auffällig gewesen. Außerdem tat es gut, sich gelegentlich ein wenig die Füße zu vertreten. Wer immer behauptete, dass Observationen aufregend waren, der hatte noch nie stundenlang darauf gewartet, dass eine Zielperson überhaupt auftauchte.

„Da! Das könnte sie sein!"

Der Fahrer des Mercedes deutete auf eine junge Frau mit Rucksack, die sich mit leichtem Schritt dem Hauseingang näherte, den sie so sorgsam überwachten.

„Hm, die Größe und die Haarfarbe kommen hin. Mist, dass wir sie nicht von vorne gesehen haben!"

Der Anführer saß wie immer auf dem Beifahrersitz und spähte angestrengt, damit er es ja nicht verpasste, falls die Beobachtete sich zufällig umdrehen und ihr Gesicht zeigen würde.

„Wir werden es wissen, wenn sie in den Hauseingang biegt. Noch zehn Meter, noch fünf, nee, sie geht weiter. Dann war sie es wohl doch nicht."

Die kurz aufflackernde Spannung sank in sich zusammen wie ein misslungenes Soufflee. Die beiden Dönerfreunde nahmen Blickkontakt auf und schüttelten unauffällig die Köpfe. Blinder Alarm! Aber zumindest bewies der Zwischenfall, dass die Aufmerksamkeit des Observationsteams weiterhin gegeben war.

Hundert Meter weiter lehnte ein junger Mann in der Durchfahrt zu einem Innenhof und war damit beschäftigt, was fast alle jungen Menschen in der Stadt ständig machen: Er starrte auf sein Handy. Wenn man ganz genau hinsah, konnte man jedoch bemerken, dass er aus den Augenwinkeln seiner Umgebung mindestens ebenso viel Aufmerksamkeit schenkte wie seinem Telefon, vermutlich sogar mehr. Es entging ihm zum Beispiel nicht, dass ein blauer Pajero langsam durch die Straße fuhr und etwa hundert Meter hinter dem Eingang zu Isas Wohnung anhielt. Der Parkplatz war zwar höchstens halblegal, aber der Insasse des Geländewagens schien sich darum nicht zu kümmern, denn er stieg aus und schlenderte ganz entspannt auf der gegenüberliegenden Straßenseite zurück. Es handelte sich um einen hochgewachsenen Mann in Jeans und Turnschuhen, der eine dünne Lederjacke über einem Hemd trug. Neben dem Eingang lehnte er sich an die Hauswand und stützte sich mit einem Fuß hinten ab.

Auch im Mercedes erregte der Mann Aufmerksamkeit.

„Ist das Zufall, dass sich der Kerl da ausgerechnet neben unserem Eingang aufbaut? Das ist doch nicht normal", stellte der Fahrer nachdenklich fest.

„Auffällig ist es schon", pflichtete der Anführer ihm bei. „Mal sehen, ob noch etwas passiert."

Sie mussten nur zwei Minuten warten, dann geschah etwas, was die Beobachter geradezu in Alarmzustand versetzte. Ein Fahrrad erschien mit ziemlich hoher Geschwindigkeit. Auf dem Rad saß eine junge Frau mit dunklem Rucksack. Auf Höhe des Eingangs bremste sie scharf ab, lehnte das Rad an den Schutzbügel für einen Straßenbaum und schloss es an. Dann trat sie vor den Eingang.

„Das muss sie sein", befand der Anführer. „Aber solange der Typ dort steht, können wir nichts machen."

Auch die beiden Männer auf der Bank, die inzwischen ihre Döner verspeist hatten, wurden aufmerksam und warfen fragende Blicke Richtung Auto. Der Beifahrer schüttelte energisch den Kopf. Keine Aktion, hieß das.

Die Frau wechselte einige kurze Worte mit dem Mann und drehte sich dann mit dem Gesicht zur Straße.

„Das ist sie ganz sicher", nickte der Fahrer zufrieden.

„Aber was macht sie denn jetzt?" Der Anführer klang völlig perplex.

Die junge Frau nahm den Rucksack ab und übergab ihn an den Mann, der sich recht umständlich daran zu schaffen machte und ihn danach sorgfältig aufsetzte. Dann verschwand die Frau im Hauseingang. Der Mann betrachtete recht auffällig die Straße in beide Richtungen, steckte eine Hand in die Jackentasche und behielt ansonsten seine Position bei.

„Wieso hat sie ihm den Rucksack mit dem Geld gegeben?" Der Fahrer konnte kaum glauben, was er da gesehen hatte. „Hat der Kerl alles gewusst und einfach behauptet, er sei wir? Und sie hat ihm die Knatter guten Gewissens übergeben?"

Auch der Anführer war von dem Erlebten überrascht und fand keine sofortige Erklärung. Aber da er das Geld praktisch vor Augen hatte, wenn auch bei einer anderen Person, geriet er nicht in Panik.

Der Mann an der Hauswand machte keinerlei Anstalten sich zu entfernen. Im Gegenteil, er suchte weiterhin die Straße ab, als ob er auf jemanden wartete.

„Was sollen wir jetzt machen?"

„Lass mir einen Augenblick zum Überlegen." Der Beifahrer wägte seine Optionen ab. Wenn er das Geld jetzt aus den Augen verlor, dann hätte er keinen Ansatzpunkt mehr, es wiederzufinden. Der Mann war ihm unbekannt und demzufolge brauchte er nur zu verschwinden, um das Geld sicher zu haben. Das war ein triftiger Grund, ein Risiko einzugehen, das er lieber vermieden hätte. „Ich gehe hin."

Der Anführer öffnete die Beifahrertür und trat auf die Straße. Als er sich dem Mann an der Hauswand langsam näherte, wandte dieser den Kopf und verfolgte seine Annäherung konzentriert.

„Ich glaube, Sie haben etwas, das mir gehört", meinte der Fremdenlegionär leise, als er Staller erreicht hatte. Dabei deutete er unauffällig auf den Rucksack.

„Möglich", entgegnete der Reporter. „Sie haben aber auch etwas, was ich haben möchte."

„Keine Ahnung, wovon Sie reden, aber es gibt keine Verhandlungen. Wenn ich ein Zeichen gebe, dann sind Sie ein toter Mann."

„Bevor Sie die Lage falsch einschätzen, möchte ich Ihnen etwas erklären", entgegnete Staller ruhig und zog langsam seine Hand aus der Tasche. „Ich halte hier eine Fernbedienung. Wie Sie sehen, drücke ich mit dem Daumen auf einen Knopf. Sie sollten nichts unternehmen, damit sich daran etwas ändert."

„Warum sollte ich das tun?"

„Der Inhalt des Rucksacks wurde ergänzt. Und zwar um einen höchst effektiven Explosivstoff. Wenn ich jetzt meinen Daumen von dem Knopf nehme, wird die Zündung ausgelöst. Das verwandelt nicht nur die 80 Riesen in kleine Schnipsel, sondern Sie noch dazu."

Der Fremdenlegionär, der Experte im Umgang mit Sprengfallen war, nickte anerkennend.

„Okay, das wäre möglich. Für den Fall, dass Sie es übersehen haben: Sie würden mein Schicksal und das des Geldes teilen. Warum sollten Sie sich selbst in die Luft sprengen wollen?"

„Jetzt kommen wir wieder zurück an den Anfang und Sie werden einsehen, dass Sie doch verhandeln wollen. Sie haben nämlich meine Tochter und die möchte ich zurück. Gesund und unbeschadet."

Diese Information traf den Entführer völlig unvorbereitet und seine Gesichtszüge drohten zu entgleisen. Aber er riss sich schnell wieder zusammen.

„Wie kommen Sie auf die Idee?"

„Bitte!", wehrte der Reporter mit einer Hand ab. Die andere blieb in der Jackentasche. „Lassen Sie uns auf alle Spielchen verzichten. Ich biete Ihnen folgenden Deal an: Sie geben mir meine Tochter zurück und bekommen von mir dafür den Rucksack mit dem Geld. Ein ganz einfaches

Tauschgeschäft. Sie bekommen, was Sie wollen, und ich ebenfalls. Eine Win-win-Situation. Jeder geht seiner Wege und alle sind zufrieden. Sollten Sie jedoch meine Tochter bereits beseitigt haben, sprenge ich uns beide mit Vergnügen ins Nirwana! Also?"

„Nicht so eilig!" Der Fremdenlegionär hatte das Gefühl, dass er nicht so schnell denken konnte, wie die Situation sich entwickelte. „Wer sagt mir denn, dass Sie Wort halten werden, wenn es so weit ist?"

„Niemand. Da müssen Sie mir schon vertrauen. Aber vielleicht hilft Ihnen dies: Ich weiß, woher das Geld stammt. Und mir ist es egal, ob der eine oder der andere Verbrecher über die Kohle verfügt. Ich will meine Tochter und meinen Frieden. Ende der Durchsage. Sie haben jetzt genau eine Minute Zeit, eine Entscheidung zu treffen." Staller holte die Hand wieder aus der Tasche und drehte das Gelenk, sodass er das Zifferblatt seiner Uhr sehen konnte.

Der Entführer holte geräuschvoll Luft und stieß sie dann vorsichtig wieder aus. Für einen Moment schien es ihm, als ob der Daumen die Taste auf der Fernbedienung verlassen wollte.

„Also gut. Nehmen wir mal an, dass ich organisieren könnte, dass Ihre Tochter Ihnen übergeben wird. Wie stellen Sie sich den Austausch vor?"

„Wir treffen uns an einer einsamen Stelle. Sie bringen mir meine Tochter. Ich stelle den Rucksack ab und steige mit meiner Tochter ins Auto. Sobald ich außer Sicht bin, deaktiviere ich den Zündmechanismus und werfe die Fernbedienung aus dem Wagen. Sie können dann unbesorgt an Ihr Geld."

Das war zwar mit einem gewissen Restrisiko behaftet, aber für den Entführer akzeptabel. Schließlich war der Plan sowieso, die falsche Geldbotin freizulassen. Sofern er das Geld in die Hände bekam, war seine Aufgabe erfüllt. Um den Mann konnte er sich hinterher immer noch kümmern, denn der hatte ihn nun gesehen und konnte ihn demzufolge identifizieren. Aber das hatte noch Zeit, bis er das Geld hatte. Über die Autonummer würde er seinen Widersacher schon finden.

„Okay, so machen wir das. Ich schlage Ihnen jetzt einen Treffpunkt vor …"

„Nein, so nicht. Ich folge Ihrem Wagen in Richtung des Ortes, an dem Sie meine Tochter verbergen. Keine Angst, ich will den Platz nicht genau kennen. Sie halten an einem geeigneten Ort, aber so, dass Sie innerhalb von zehn Minuten mit meiner Tochter zurück sein können."

„Sie treten auf, als ob Sie alle Trümpfe in der Hand hielten. Darf ich daran erinnern, dass Sie auch etwas möchten, nämlich Ihre Tochter?"

„Sie dürfen. Dann möchte ich jedoch erwähnen, dass ich ein gesetzestreuer Bürger bin und Sie offenbar ein Profi-Verbrecher. Die Situation ist ein bisschen ungerecht, finden Sie nicht?"

„Ein gesetzestreuer Bürger, der Sprengstoff besitzt?"

„Ich bin Polizeireporter von Beruf. Das bringt gewisse Kontakte mit sich. Die nutze ich allerdings in der Regel nur zu legalen Zwecken."

„Können Sie sich denn ausweisen? Es wäre ja immer noch möglich, dass Sie ein Lockvogel der Polizei sind."

Staller griff mit der freien Hand in seine Hemdtasche und zog eine Karte hervor, die er seinem Gegenüber vors Gesicht hielt.

„Ich bin ein Kollege der jungen Frau, von der Sie eigentlich das Geld bekommen wollten. Rufen Sie gerne in der Redaktion an, wenn Sie Zweifel haben."

„Michael Staller, von "KM – Das Kriminalmagazin". Richtig, jetzt wo ich das lese, kommen Sie mir auch bekannt vor. Gut, ich glaube Ihnen."

„Fein, dann mal los. Ich würde gern noch vor Einbruch der Dunkelheit fertig werden mit dem Austausch. Welches ist Ihr Wagen? Ich stehe da vorne, der blaue Pajero."

„Gut. Folgen Sie mir. Blauer Mercedes, Limousine, älteres Baujahr." Der noch heute Abend verschwinden musste, ergänzte der Fremdenlegionär im Stillen. Aber, wie es aussah, würde der Deal ablaufen können, ohne dass dieser Reporter mehr zu sehen bekam als sein Gesicht und den Wagen. Ein überschaubares Risiko.

* * *

Das Büro von Mohammed hatte sich in eine Art Kommandostand verwandelt. Ein Mitarbeiter hatte die verschiedenen Kommunikationsmittel auf dem Konferenztisch angeordnet und sprach gelegentlich in ein Funkgerät oder Telefon. Er wirkte ruhig und konzentriert. Ein Mann, der sein Handwerk verstand und es zudem gerne betrieb. Gelegentlich hob er die Stimme, um seinen Chef über wichtige Entwicklungen auf dem Laufenden zu halten.

„Staller steigt jetzt in seinen Wagen. Das Zielfahrzeug fährt vor, der Pajero folgt. Schatten zwei hängt sich dran, Schatten eins hält größeren Abstand."

„Gut", murmelte der Libanese. „Dieser Fischer scheint angebissen zu haben."

Ein Summen der Telefonanlage kündigte an, dass seine Assistentin ihn sprechen wollte. Er drückte die entsprechende Taste.

„Ja, was gibt's?"

„Ein Kommissar Bombach ist in der Leitung und möchte Sie dringend sprechen."

„Stellen Sie ihn bitte durch." Ein minimales Heben seiner Augenbrauen bedeutete höchste Überraschung. Was mochte das zu bedeuten haben? „Guten Abend, Herr Kommissar! Was kann ich für Sie tun?"

„Hallo, Herr Sehnaoui."

„Sagen Sie Mohammed zu mir", bat der Sicherheitsexperte. „Das machen alle und es spricht sich leichter."

„Gerne. Ich rufe an, weil ich mir Sorgen um Mike mache. Seine Andeutungen, was er vorhat, waren vorhin sehr dürftig und ich kann ihn nicht erreichen. Aber er sagte, dass Sie mit ihm zusammenarbeiten."

„Sie sind ein guter Freund, Herr Kommissar. Wenn Sie sogar Ihre persönliche Abneigung gegen mich überwinden, nur um Mike zu helfen, dann sagt das etwas über Sie aus."

„Ich hege keinerlei persönliche Abneigung gegen Sie." Bombach klang ein wenig zerknirscht. „Und was meine berufliche Skepsis angeht, muss ich ja einräumen, dass Ihre Weste eindeutig weiß ist. Es liegt nichts gegen Sie vor."

Mohammed lachte leise.

„Das ist doch schön, diese Worte aus dem Munde eines kompetenten Ermittlers zu hören. Ich werde mich bemühen, dass das so bleibt. Wie kann ich Ihnen denn jetzt helfen?"

„Ich wüsste gerne etwas genauer, was Mike plant. Möglicherweise kann er ja meine Unterstützung brauchen."

„Kein Problem. Wir haben folgenden Plan überlegt, wie wir seine Tochter befreien können." Der Libanese umriss in groben Zügen das Vorhaben.

„Grundgütiger!" Der Kommissar fand zunächst schwer Worte. „Das ist selbst für Mikes Verhältnisse abenteuerlich!"

„Ich versichere Ihnen, dass sich die Angelegenheit auf einem guten Weg befindet. Zurzeit hält er sich … Augenblick, ich bekomme gerade den neuesten Stand." Der Mitarbeiter an der Kommunikationszentrale reichte ihm einen Zettel herüber. „Ah, er fährt auf der A7 Richtung Süden in den Elbtunnel. Sieht so aus, als ob er Hamburg verlässt. Das erschwert es Ihnen allerdings, unterstützend tätig zu werden."

„Warum wundert mich das nicht?"

„Ich erlaube mir zu bemerken, dass Mike nur den Entführern folgt. Es ist also nicht so, dass er sich absichtlich aus Ihrem Zuständigkeitsbereich entfernt."

„Nein, natürlich nicht." Bombach stöhnte leise auf. „Es ist schrecklich, wenn man untätig herumsitzt und nicht eingreifen kann."

„Das verstehe ich voll und ganz. Aber wir wissen nicht, wie es weitergeht. Der zentrale Geschäftsbereich dieser Leute scheint Hamburg zu sein. Sie werden also irgendwann zurückkehren. Dann können Sie sich auch wieder einmischen. Meine Intention ist lediglich, Mike dabei zu helfen, seine Tochter zu befreien. Was die Überführung der Verbrecher angeht – das ist Ihr Beritt."

„Würden Sie mich über die weiteren Entwicklungen informieren? Ich bleibe im Büro, bis ich Gewissheit habe, dass Mike und Kati nichts passiert ist."

„Natürlich."

„Danke! Und – danke auch, dass Sie Mike unterstützen. Dann können Sie gar kein schlechter Mensch sein, Mohammed."

„Nach meiner Auffassung gibt es keine schlechten Menschen. Nur solche, die das Falsche tun. Ich melde mich, Herr Kommissar!"

* * *

Als sie am Buchholzer Dreieck auf die A1 einbogen, wurde Staller langsam ungeduldig. Er folgte dem alten Mercedes in einem eher großzügigen Abstand und fragte sich langsam, wohin die Reise denn noch gehen sollte. Falls Kati auf einem einsamen Bauernhof festgehalten wurde, so gab es derartige Orte doch wirklich dichter an der Stadt. Aber irgendwelche Argumente würde es schon geben. Im Grunde seines Herzens war er froh, dass die Entführer sich ohne lange Verhandlungen auf den Austausch eingelassen hatten. Er musste nun nur noch vermeiden, dass in letzter Sekunde etwas schiefging.

Etwa zwanzig Minuten später verließ der Mercedes die Autobahn an der Abfahrt Elsdorf.

„Na endlich", murmelte der Reporter vor sich hin und manövrierte den Geländewagen um den neu aussehenden Kreisverkehr. Dann bog der vorausfahrende Wagen Richtung Scheeßel ab. Die folgende Landstraße bot etliche langgezogene Kurven und war nur spärlich befahren.

„Das ist ja fast noch einsamer als bei uns", setzte er sein Selbstgespräch fort und spielte dabei auf das Wochenendhaus in der Heide bei Dibbersen an, in dem Kati und er so manche gemeinsame Stunde verbracht hatten. Wenn diese Krise überstanden war, dann würden sie mal wieder ein ausgedehntes Vater-Tochter-Wochenende verbringen, das schwor er sich.

Die tief stehende Sonne zeigte an, dass auch der längste Frühsommertag sich langsam seinem Ende entgegenneigte. Momentan hatte er sie im Rücken, was die Sicht nach hinten deutlich erschwerte, worüber er nicht unglücklich war. Außerdem gehörten zu den wenigen Fahrzeugen, die überhaupt unterwegs waren, überproportional viele Traktoren mit riesigen Ladewagen dahinter. An denen vorbeizusehen war schon fast unmöglich.

Sie durchquerten ein verlassen wirkendes Dorf, ohne einen einzigen Menschen auf der Straße zu sehen. Ein kleiner Landmaschinenhändler auf der rechten Seite wirkte mit seinen alten Gebäuden neben all den Einfamilienhäusern und Bauernhöfen geradezu industriell. Dann folgten wieder Felder, vorwiegend mit Mais bepflanzt, der bisher erst wenige Zentimeter hoch stand.

Im nächsten Ort überraschten unzählige Autos auf der Freifläche eines Mitsubishi-Händlers. Es handelte sich bestimmt um fünfzig Fahrzeuge.

„Wer zur Hölle kauft denn in …", er entzifferte das Schild am Ortsausgang, „… Hetzwege derart viele Autos?" Immerhin wusste er nun, dass im Falle einer Panne Hilfe in der Nähe war.

Etliche Abzweigungen später waren zwei Dinge passiert: Staller hatte komplett die Orientierung verloren und seit zwei Kilometern gab es keinerlei Anzeichen einer Behausung mehr. Die Straße, auf die sie zuletzt eingebogen waren und die diesen Namen kaum verdiente, war zudem für Autos und Motorräder gesperrt. Nur landwirtschaftliche Fahrzeuge hatten Zugang.

Jetzt bog der Mercedes von der Straße ab und hielt an. Der Beifahrer stieg aus, öffnete ein Schloss an einem uralten Tor und stieß die Flügel mit einiger Mühe auf. Dicht wucherndes Unkraut hatte seine gierigen Finger um die rostigen Rohre gewunden und leistete erbitterten Widerstand. Aber schließlich war eine Durchfahrt frei, die gerade für ein Auto ausreichend war. Auf beiden Seiten wucherten Büsche und kleinere Bäume, die von undurchdringlichen Brombeerranken zu einem Dschungel verwoben worden waren.

Der Mann winkte Staller, der ebenfalls angehalten hatte, ihm zu folgen und stieg wieder ein. Abgesehen von dem Unkraut war der Boden offenbar gut befestigt, denn selbst die Limousine befuhr den Pfad ohne Probleme. Stallers Geländewagen hätte es zur Not auch querfeldein geschafft.

Nach kurzer Zeit führte der Weg sanft bergab und die grüne Hölle trat etwas zurück. Nun wurde klar, das man sich auf dem Gelände einer stillgelegten Kiesgrube befand. Ein Teil davon bestand aus einem undurchsichtigen Gewässer, eingeschlossen von Sandhügeln, die weitgehend überwuchert waren. Einmal führte der Weg noch um die Ecke, dann erreichten sie einen Platz von der Größe einer Turnhalle. Am hinteren seitlichen Ende stand ein vernachlässigt wirkender Container. Der Mercedes fuhr eine weite Kurve und stand nun mit der Schnauze in die Richtung, aus der er gekommen war. Der Beifahrer stieg aus.

Staller hatte etwa zehn Meter entfernt angehalten und öffnete sein Fenster.

„Holen Sie meine Tochter! Die zehn Minuten laufen ab jetzt." Zur Veranschaulichung hielt er die Linke hoch, in der die Fernbedienung lag. Der Daumen ruhte auf der entscheidenden Taste.

„Ich brauche nicht einmal eine Minute", antwortete der Fremdenlegionär, der herangetreten war. „Steigen Sie aus, Ihre Tochter ist hier! Und vergessen Sie das Geld nicht."

„Hier? Wo denn?" Der Reporter sah sich um. Erwartungsgemäß war kein Mensch zu sehen.

„Dort drüben." Der Entführer deutete auf den Container. „Kommen Sie!"

Gemeinsam gingen sie zu der ehemaligen Baubude. Der Fremdenlegionär schlug derbe mit der Faust gegen die Tür.

„He, Mädel, bist du wach?"

„Lassen Sie mich jetzt hier raus?", entgegnete Kati. Ihre Stimme klang kräftig, aber ziemlich genervt.

„Kati, bist du okay? Geht es dir gut?" Staller hatte seine Stimme unbewusst erhoben.

„Paps? Bist du das?"

„Ja, Kati. Alles in Ordnung?"

„Mir geht es gut."

„Ich hole dich da raus!" Dann wandte er sich an den Fremdenlegionär. „Los, schließen Sie auf!"

Der grinste breit.

„Tut mir leid, der Schlüssel ist irgendwie verloren gegangen. Es ist heutzutage so schwer, vernünftiges Personal zu bekommen. Aber Sie werden das schon hinkriegen! Wenn Sie dann jetzt freundlicherweise das Geld übergeben würden ..."

„So war das nicht abgemacht!"

„Es war abgemacht, dass Sie Ihre Tochter gegen das Geld tauschen. Bitte, hier ist Ihre Tochter und es geht ihr gut. Also rücken Sie jetzt das Geld raus. Ich ziehe es vor, dass ich zuerst abfahre. Wenn Sie damit beschäftigt sind, Ihre Tochter da rauszuholen, mindert das Ihre Lust uns zu verfolgen."

Staller überlegte blitzschnell die Optionen und erkannte, dass ihm eigentlich keine Wahl blieb. Es konnte ihm im Grunde egal sein, wie die Übergabe verlief, solange Kati und er dadurch nicht in Schwierigkeiten kamen.

„Na gut. Ich stelle den Rucksack zwischen die Autos und deaktiviere den Zünder hinter meinem Wagen. Auf mein Zeichen können Sie ihn dann mitnehmen."

„Oh nein." Der Entführer schüttelte entschlossen den Kopf. „Ich gehe kein solches Risiko ein. Sie werden selbst den Rucksack öffnen und mir das Geld aushändigen. Nicht dass Sie noch schmutzige Tricks probieren."

Der Reporter reagierte spontan.

„Meinetwegen. Ich werde auf die linke Seite meines Wagens gehen und das Geld auf die Motorhaube legen. Sie können es dann von der rechten Seite aus wegnehmen. Denn ich fürchte, dass Sie viel mehr schmutzige Tricks kennen als ich."

„In Ordnung. Daran sehen Sie, dass ich wirklich nur das Geld will. Ich ziehe mich jetzt zu meinem Wagen zurück und komme dann, wenn ich das Geld auf der Motorhaube liegen sehe."

„Okay." Der Reporter drehte sich erneut zu dem Container um. „Einen Moment noch, Kati, gleich hol' ich dich da raus."

„Kein Problem, jetzt wo du da bist, bin ich ganz beruhigt."

In der Zwischenzeit hatte sich der Fremdenlegionär hinter den Mercedes geduckt. Staller ging zu seinem Wagen und legte den Rucksack, den er über eine Schulter gehängt trug, auf die Motorhaube. Dann drückte er mehrere Knöpfe auf der Fernbedienung und legte diese dann zur Seite. Jeder seiner Arbeitsschritte wurde von dem Fremdenlegionär scharf beäugt. Schließlich griff der Reporter zum Reißverschluss und zog ihn ganz langsam auf. Dann griff er in den Rucksack und holte eine Papiertüte heraus, die er auf die Haube legte. „So, fertig!"

„Nehmen Sie das Geld aus der Tüte!"

Achselzuckend erfüllte Staller diesen Wunsch, indem er die Tüte einfach auskippte. Ein knappes Dutzend Geldbündel fiel heraus.

„Jetzt wieder einpacken!"

Auch dieser Auftrag wurde erfüllt. So sinnlos, wie es schien, war diese Maßnahme nicht. Es hatte genügend Geldübergaben gegeben, bei denen eine Farbbombe explodiert war. Das Geld in dem Rucksack hingegen war sauber.

„Jetzt über die Motorhaube ganz auf die andere Seite schieben", ertönte es vom Mercedes aus. „Dann gehen Sie zurück bis zum Container!"

Der Reporter gehorchte abermals und achtete beim Zurückgehen lediglich darauf, dass der Pajero zwischen ihm und dem Entführer blieb. So konnte er zwar den Mercedes nicht gut sehen, aber auf der anderen Seite von dort auch nicht beschossen werden.

„Ich komme jetzt und hole das Geld."

Auch der Entführer war so schlau, den Wagen als Deckung zu benutzen. Die beiden Männer ließen sich gegenseitig keine Sekunde aus den Augen. An der Beifahrertür angekommen, griff der Fremdenlegionär an der Scheibe vorbei nach den Henkeln der Papiertüte und zog sie an sich. Schritt für Schritt zog er sich rückwärts zurück, bis er an den Mercedes stieß. Dann drehte er sich blitzschnell herum und verschwand im Wagen, der im nächsten Moment mit Vollgas zum Ausgang jagte.

Da Staller gegen die untergehende Sonne blickte, konnte er nicht erkennen, wer noch alles in dem Fluchtwagen saß. Er wartete ab, bis das Auto mit schlingerndem Heck hinter der Kurve verschwunden war und wandte sich dann eilig wieder dem Container zu.

„Die Leute sind weg, aber ich habe keinen Schlüssel zu dem Ding hier. Lass mich kurz prüfen, wie ich dich da rausholen kann!"

Er umrundete den Container mit mäßigem Erkenntnisgewinn. Neben der Tür, die er schon gesehen hatte, fand er nur die beiden verrammelten Fensteröffnungen. Die Holzbretter waren sorgfältig aufgeschraubt. Zurück an der Tür rüttelte Staller einige Male an der Klinke, ohne damit irgendetwas zu bewirken. Im Film würde der Held jetzt vermutlich einfach das Schloss aufschießen, aber ob das bei einem Metallcontainer so klug war, durfte bezweifelt werden.

„Ich hole mir ein Werkzeug und versuche die Verkleidung von den Fenstern zu entfernen, Kati!", rief er und wartete ihre Antwort gar nicht ab. Beim Wagenheber seines Pajero befanden sich ein Radmutternschlüssel und ein sehr solider Schraubendreher. Ein Kuhfuß wäre besser gewesen, aber das Leben war bekanntlich kein Wunschkonzert.

Er setzte den Schraubendreher in der Nähe einer der Befestigungsschrauben an und hämmerte mit dem Radmutternschlüssel auf den Griff, bis das Werkzeug einige Zentimeter zwischen Holz und Blechwand geglitten war. Dann versuchte er mit aller Kraft das Brett loszuhebeln. Dabei schickte er innige Bitten ab, dass die alten Bretter in der Feuchtigkeit der Norddeutschen Tiefebene schon einiges an Festigkeit verloren haben mögen. Hatte sich das Brett gerade einen Millimeter bewegt? Er suchte eine Stelle auf der anderen Seite des Fensters und versuchte sein Glück erneut. Auch hier fasste sein Werkzeug und das Holz bewegte sich minimal. Sechs Versuche, abwechselnd rechts und links ausgeführt, brachten den Erfolg. Das Holz brach über den Schrauben und das erste Brett war entfernt. Die übrigen boten weniger Widerstand, weil er viel besser hebeln konnte. Nach knapp fünf Minuten lag das Fenster frei.

„Geh zurück, ich schlage die Scheibe ein! Ich möchte nicht, dass dich die Splitter treffen!", rief er hinein.

„Alles klar, ich stehe an der Tür", erklang die Antwort.

Der Radmutternschlüssel war mehr als geeignet. Staller entfernte sorgfältig die restlichen Glassplitter aus dem Rahmen und beugte sich in den Container.

„Schaffst du es alleine hier raus?"

„Worauf du wetten kannst", antwortete Kati und schwang sich souverän durch das Fenster. Im nächsten Augenblick lag sie in den Armen ihres Vaters und verdrückte nun doch einige Tränen der Erleichterung. Staller selbst hatte die Augen geschlossen und hielt seine Tochter ganz fest. Auch über seine Wangen kullerten Tränen. Erst jetzt, als sich die Spannung löste, erkannte er, in welcher Ausnahmesituation er sich befunden hätte. Wäre Kati etwas passiert, er wäre in seinem Leben nicht wieder froh geworden. Tief aufseufzend presste er sie noch einmal an sich und hielt sie dann auf Armeslänge von sich.

„Wie geht es dir jetzt?"

Sie lächelte ihn unter Tränen tapfer an und nickte einige Male energisch mit dem Kopf.

„Besser. Auf jeden Fall besser. Die Zeit da drin ist mir ganz schön lang geworden. Aber ich wusste, dass du kommen würdest."

Von so viel Urvertrauen gerührt, fragte er weiter.

„Hast du Durst? Oder Hunger?"

„Es gab Wasser, Bier und Jägermeister. Aber ich hab' nicht viel getrunken. Da drin ist eine Art Klo, allerdings ziemlich eklig. Essen könnte ich wohl tatsächlich was."

„Komm. Irgendetwas wird sich im Auto schon noch finden. Und später lade ich dich zu Mario ein. Dort bekommst du dann richtiges Essen."

Sie folgte ihm zu seinem Wagen. Ihrem temporären Gefängnis gönnte sie keinen einzigen Blick mehr.

„Was hatte das eigentlich alles zu bedeuten?"

„Das ist eine längere Geschichte. Ich erzähle sie dir unterwegs. Außerdem muss ich noch ganz dringend telefonieren."

* * *

Im Büro von Mohammed war man bestens informiert. Allerdings waren die Nachrichten nur bedingt positiv. Die beiden Fahrzeuge des Sicherheitsdienstes waren Staller mit ausreichend Abstand gefolgt, was ihnen dadurch ermöglicht wurde, dass sie den Reporter tracken konnten. Sie waren also bisher unentdeckt geblieben. Schatten eins hatte sich in einem Wäldchen nahe der Kiesgrube versteckt und überwachte die Einfahrt. Schatten zwei hingegen war einen Feldweg an der Querseite der Grube entlanggefahren und hatte den Zaun um das Gelände, der schon erhebliche Alterserscheinungen aufwies, ohne große Mühe überstiegen. Jetzt lag der Beobachter auf einem der Hügel im Unkraut und verfolgte mit einem Fernglas, was sich um den Container herum abspielte. Auch die Einzelheiten der Geldübergabe berichtete er praktisch in Echtzeit ins Büro.

„Das ist ärgerlich", stellte Mohammed fest, als er erfuhr, dass die Entführer lediglich die Papiertüte mit dem Geld eingepackt hatten. Von ihm durfte ein solcher Satz bereits als maximale Missfallensbekundung gelten. „Jetzt bleibt der schöne Peilsender bei Mike."

Schatten eins meldete die Abfahrt des Fluchtwagens und erbat Anweisungen, da er das erwartete Peilsignal nicht empfing.

„Geh davon aus, dass er zurück zur Autobahn fährt! Folge ihm auf diesem Weg mit entsprechendem Abstand", ordnete der Libanese an. „Wenn er woanders hinfährt, haben wir Pech gehabt."

Dann wandte er sich an den anderen Mitarbeiter.

„Schatten zwei? Lass Mike alleine! Der kommt schon klar. Versuch vor dem Mercedes auf die Autobahn zu kommen. Wir gehen davon aus, dass er nach Hamburg zurückfährt. Lass dich irgendwann zwischendrin überholen. Schnell!"

Obwohl die Lage eindeutig kompliziert war, nahm sich der Sicherheitschef die Zeit sein Versprechen einzulösen und meldete sich kurz bei dem Kommissar, um zu berichten, dass der Austausch offenbar erfolgreich gewesen war. Bombach war hörbar erleichtert und bot erneut seine Hilfe an.

„Hier Schatten eins! Der Wagen biegt auf die Auffahrt Elsdorf Richtung Hamburg ein. Schätze, er hat mich nicht bemerkt!", tönte es aus dem Lautsprecher der Kommunikationsanlage.

„Immerhin", kommentierte Mohammed erfreut und nahm einen eingehenden Anruf auf seinem Handy an.

„Ja?"

„Mike hier. Ich habe meine Tochter und sie ist wohlauf. Leider ist es mir nicht gelungen, den Entführern den Sender unterzujubeln."

„Ich freue mich, dass es Ihrer Tochter gut geht. Das ist das Wichtigste. Meine Mitarbeiter sind an dem Wagen drangeblieben. Wenn ich einen Tipp abgeben soll, dann schätze ich, dass es wieder zu der Lagerhalle in Lurup geht. Das ist aber reine Kaffeesatzleserei."

„Wenn Sie das sagen, dann hört es sich überzeugend an."

„Dort wird es für meine Männer allerdings schwierig weiter zu observieren. Das Gelände ist ungünstig und die Gefahr entdeckt zu werden groß. Wir sind schon zu lange an dem Mercedes dran."

„Ich denke mal nach, was wir noch probieren können. Ich melde mich wieder. Vielen Dank, Mohammed!"

„Keine Ursache."

* * *

Isa lehnte lässig an einem Laternenpfahl weiter unten in ihrer Straße und beobachtete das nahende Motorrad. Sehr niedertourig, aber dafür mit dem charakteristischen Bollern des V-Twins rollte die Harley heran. Das fröhliche Grinsen von Ben war gut erkennbar, denn der Helm bedeckte nur so viel von seinem Kopf wie eine Mütze. Die verspiegelte Sonnenbrille ließ zwar keinen Blickkontakt zu, aber die hochgezogenen Mundwinkel gestatteten nur eine Interpretation. Der Rocker freute sich, sie zu sehen.

Gemächlich rollte die Maschine aus und neben Isa hielt Ben an. Mit einem gekonnten Kick klappte er den Seitenständer aus, stoppte den Motor und lehnte die Harley zur Seite. Dann nahm er Helm und Sonnenbrille ab. Sein Lächeln schloss erwartungsgemäß die Augen ein.

„Kein Rucksack mehr?", fragte er augenzwinkernd.

„Nö." Sie kräuselte schelmisch die Lippen.

„Dann ist die Geldübergabe erfolgt?"

„Das weiß ich nicht."

Jetzt runzelte er verwirrt die Stirn.

„Was willst du damit sagen?"

Isa beschloss, ihn nicht länger auf die Folter zu spannen.

„Mike hat den Rucksack. Er beabsichtigt ihn gegen seine Tochter auszutauschen. Nach einem kleinen Disput mit den Entführern ist er ihnen mit dem Wagen gefolgt."

„Wie bitte?" Diese Informationsbröckchen verwirrten Ben mehr, als dass sie ihm einleuchteten. Isa erklärte ihm den Plan, den sie gemeinsam mit Mohammed entwickelt hatten.

„Und wie ist es gelaufen?", wollte der Prospect daraufhin wissen.

„Ich weiß nicht", musste die Volontärin einräumen. „Er hat sich noch nicht wieder gemeldet."

In diesem Augenblick surrte es leise in der Innentasche der Kutte, die Ben über seinem üblichen weißen T-Shirt trug. Er meldete sich mit einem kurzen "Ja?" und hörte dann fast zwei Minuten lang nur zu.

„Wann und wo?" Eine kurze Pause folgte. „Ich werde da sein."

„Aufträge?", erkundigte sich Isa. „Bisschen Schutzgeld einsammeln?"

„Ja und nein", antwortete der Rocker kurz. Er stieg von seinem Motorrad ab und ging einige Schritte auf die Seite, wo er ein weiteres Telefonat führte. Bei diesem redete meistens er, allerdings mit sehr gedämpfter Stimme, sodass Isa nichts davon verstehen konnte. Nach zwei Minuten verstaute er das Telefon wieder und betrachtete sie einen Moment lang versonnen. „Lust auf einen Ausflug?"

„Klar", antwortete sie, ohne zu zögern. „Ich habe aber keinen Helm."

„Du nimmst meinen" bestimmte er und warf ihn ihr herüber. „Los, wir müssen uns beeilen."

Er schwang sein Bein über den Sattel und richtete die Maschine auf. Während Isa sich geschickt hinter ihn setzte, hatte er die Harley schon gestartet. Ohne sich darum zu kümmern, ob sie bequem saß, knallte er den Gang rein und ließ den Motor aufbrüllen. Leicht schlitternd raste das Motorrad davon.

Dank guter Ortskenntnis umging Ben größere Verkehrsknotenpunkte und gelangte trotzdem schon nach einer knappen Viertelstunde in das Gewerbegebiet in Lurup. Isa genoss die schnelle Fahrt und fühlte sich mit den Händen um seinen Oberkörper sicher, denn sie spürte, dass er ein sehr guter Fahrer war. Sie hatte selber eine Zeitlang ein Motorrad besessen und konnte das beurteilen. Gleichzeitig war sie gespannt, denn sie hatte keine Ahnung, was sie erwartete.

Der Rocker bog auf den verwaist wirkenden Hof eines Reifendienstes ein. Der Betrieb hatte um diese Zeit längst geschlossen, war aber trotzdem zugänglich. Ben fuhr die Harley hinter einen Haufen alter Reifen, wo sie gut versteckt war.

„Warte einen Augenblick", sagte er zu Isa und verschwand über einen Zaun zum Nachbargrundstück, wobei er sich vorher versicherte, dass ihn niemand beobachtete. Er verschwand hinter einigen Baumaschinen und blieb etwa zwei Minuten unsichtbar. Dann tauchte er plötzlich an anderer Stelle wieder auf und nutzte diesmal ein Tor, das sich überraschenderweise öffnen ließ.

„Was genau ist hier der Plan?", erkundigte sich die Volontärin, bei der sich berufliche und private Neugier gerade die Waage hielten.

„Wir haben keine Zeit für lange Diskussionen", stellte er klar. „Also hör einfach zu! Mikes Tochter ist frei und die Entführer sind auf dem Weg hierher. Vermutlich wollen sie jemanden treffen, dem sie das Geld aushändigen werden. All das findet auf dem Grundstück nebenan statt. Die Halle dort hat zwei Ausgänge, einen hier und einen gegenüber. Du kannst dich hier verstecken und das Ganze beobachten; ich gehe auf die andere Seite."

„Und was machen wir, wenn die Entführer kommen?"

„Du? Nichts. Gar nichts, okay? Nur gucken! Versuch dir das Aussehen der Leute zu merken. Aber du darfst dich auf keinen Fall sehen lassen. Denk dran, die Typen sind skrupellos und schrecken auch vor einem Mord nicht zurück. Hast du verstanden?"

Er klang derart eindringlich, dass Isa nur nickte, was wirklich ungewöhnlich für sie war.

„Bleib am besten hinter den Reifen hier. Beweg dich nicht von der Stelle, bis ich wiederkomme!"

„Und was machst du?", fragte Isa nun doch.

„Das Gleiche wie du, nur auf der anderen Seite. Aber vergiss nicht: Was auch passiert, du parkst deinen süßen Arsch genau hier!" Völlig überraschend beugte er sich herunter und küsste sie. Dann drehte er sich um und verschwand wieder auf dem Nachbargrundstück. Er bewegte sich dabei geschickt wie eine Katze und bog nach wenigen Sekunden um die Ecke der benachbarten Halle.

Isa schaute ihm hinterher und spürte noch den Druck seiner Lippen auf den ihren. Ein gutes Gefühl, aber ihr fehlte die innere Ruhe, um diese Empfindungen auszukosten. Ihr Instinkt meldete sich und wies sehr nachdrücklich darauf hin, dass hier bald etwas passieren würde, auf das sie sich besser vorbereiten sollte und für das sie alle Sinne brauchen würde.

Der Ort hinter den Reifen gefiel ihr nicht. Zu viele Hindernisse standen zwischen ihr und der Halle, bei der die Action vermutlich passieren würde. Kurzerhand gab sie ihren Posten auf und kletterte wie vorher Ben über den Zaun. Auf dem Nachbargrundstück stand eine große Walze, mit der Asphalt verdichtet wurde. Wenn sie sich dahinter versteckte, würde sie sehr viel besser sehen können.

Sie suchte sich einen geeigneten Platz und wartete. Die Sonne war bereits hinter der Halle verschwunden und langsam setzte die Dämmerung ein. Noch konnte man sehr gut sehen, aber in einer halben Stunde würde es schwierig werden. Wie lange sie wohl warten mussten?

Es war ungewöhnlich still. Immerhin lag die Großstadt in unmittelbarer Nachbarschaft und das Gewerbegebiet beherbergte unzählige Firmen aus den unterschiedlichsten Branchen. Überraschend auch, dass praktisch kein Auto zu hören war. Stattdessen erklang das aufgeregte Zetern einer Amsel, die irgendwie unzufrieden mit der Gesamtsituation zu sein schien. Einer Eingebung folgend, zückte Isa ihr Handy und aktivierte die Kamerafunktion. Sie war schließlich Reporterin und wenn es hier etwas zu sehen gab, dann musste sie das dokumentieren.

Als sie gerade überlegte, ob sie wirklich die optimale Position eingenommen hatte, drang das dezente Brummen eines hubraumstarken Motors an ihr Ohr.

Einer der unzähligen Anrufe, die Staller aus dem Auto heraus geführt hatte, war an Mario gegangen. Das bekannte Hinterzimmer war reserviert und hergerichtet worden und der Reporter saß sehr zufrieden vor einem Glas Rotwein und den beliebten Pizzabrötchen mit Aioli. Mittlerweile war es dunkel geworden und das Restaurant hatte sich weitgehend geleert, sodass der sizilianische Wirt sich praktisch ausschließlich um das Wohl seiner Lieblingsgäste kümmern konnte.

Kati hatte bei einem Zwischenstopp in ihrer Wohnung in Rekordzeit geduscht und sich umgezogen. Mit den alten Klamotten hatte sie gleichzeitig einen Teil der unguten Erinnerungen an ihren Aufenthalt in dem dunklen Container abgelegt, ein Privileg der Jugend. Jetzt schob sie ein Brötchen nach dem anderen in sich hinein und wirkte fast wieder wie immer.

„Danke, Paps, dass du mich da rausgeholt hast", nuschelte sie zwischen zwei Bissen. „Ich hatte allerdings auch fest damit gerechnet!"

„Schön, dass du so viel Vertrauen in mich setzt", erwiderte er mit einem liebevollen Lächeln. „Und noch schöner, dass es dir offensichtlich ziemlich gut geht."

„Marios Essen ist wie Medizin. Jedenfalls würde er das selber so sagen. Kommt eigentlich sonst keiner mehr? Warum sitzen wir dann hier hinten? Und wieso bist du nicht irgendwo unterwegs, um die Entführer zu verfolgen oder etwas Ähnliches?"

„Fragen über Fragen!", lachte er. Einer Antwort wurde er enthoben, da sich die Tür öffnete. Mohammed sah in seinem dunklen Anzug wie ein Hochzeitsgast aus, seine beiden Mitarbeiter wirkten deutlich legerer.

„Das ist also Ihre Tochter, Mike", stellte er glücklich fest und wandte sich an Kati. „Ich freue mich, dass Sie wohlauf sind!"

Mitten in die Vorstellung hinein klappte die Tür erneut und Kommissar Bombach erschien. Beim Anblick des Libanesen stutzte er kurz, gab sich dann jedoch einen Ruck und begrüßte ihn höflich. Mario hatte alle Hände voll zu tun, um die Getränkewünsche zu erfüllen und weitere Grußbotschaften aus der Küche zu senden.

„Alles in Ordnung, Kati?", erkundigte sich Bombach. „Warum werde ich den Eindruck nicht los, dass hier noch irgendwas im Busch ist? Ich fühle mich vollkommen ausgeschlossen aus dem ganzen Fall."

„Das tut mir leid, Bommel. Es musste alles ziemlich schnell gehen, deshalb habe ich mich nicht an dich gewandt." Staller grinste seinen Freund breit an.

„Ja, ja, trampel nur auf mir rum. Erzählst du mir jetzt, was los ist?"

„Gedulde dich noch ein paar Augenblicke. Wir sind noch nicht vollzählig."

„Wo ist eigentlich Isa?", wollte Kati wissen und schob mit Bedauern die Aioli-Schüssel Richtung Tischmitte. Es würde mit Sicherheit noch mehrere Gänge geben.

„Die macht gerade meinen Job", erklärte der Reporter. „Ich wollte jetzt einfach mit dir zusammenbleiben. Es hat aber noch einen letzten Akt in dem Entführungsdrama gegeben und an dem ist sie beteiligt."

„Eine ungesetzliche Maßnahme?", vermutete der Kommissar.

„Was du wieder denkst", entrüstete sich Staller. „Im Gegenteil! Deine Kollegen sind maßgeblich beteiligt!"

Bombach beäugte ihn wie ein misstrauisches Reh, bevor es die Lichtung überquert.

„Meine Kollegen? Wer denn? Und wieso weiß ich dann von nichts?"

„Das kommt schon noch. Nimm dir ein Brötchen!"

Das Donnern der heranfahrenden Harley war bis ins Hinterzimmer zu hören. Der Motor verstummte abrupt und ungefähr eine Minute später stürmte Isa ins Zimmer und fiel zunächst Kati um den Hals.

„Ein Glück, dass dir nichts passiert ist! Es tut mir so leid. Und es ist alles meine Schuld!"

Kati wusste mit diesem Ausbruch nichts anzufangen, denn ihr Vater hatte ihr bisher nichts erzählt.

Mit leichter Verzögerung betrat auch Ben den Raum. In seiner Kutte mit den Insignien der Hounds of Hell fiel er einigermaßen aus dem Rahmen der übrigen Gäste. Er wechselte einen kurzen Blick mit dem Reporter und nickte fast unmerklich. Dann nahm er auf einem Stuhl Platz, der unter ihm klein und zerbrechlich wirkte, und beobachtete vergnügt das Durcheinander.

„Bevor Mario gleich den ersten Gang serviert ...", erhob Staller die Stimme, „... und damit jedes Gespräch unterbindet, möchte ich zunächst euch allen danken, die ihr geholfen habt, Kati unversehrt aus den Händen der Verbrecher zu befreien. Ihr wart großartig!"

„Ich verstehe nur Bahnhof", brummte Bombach verwirrt. Die Ankunft des Rockers hatte ihn völlig aus der Bahn geworfen.

„Da alle hier zwar Teil der Ereignisse waren, aber jeweils nur einzelne Puzzlestückchen kennen, will ich versuchen den Lauf der Dinge zu erklären."

Doch dazu kam er nicht sofort, denn abermals ging die Tür auf und ein illustres Trio betrat den Raum. Vorneweg Gerd Kröger, der an guten Tagen immer noch die Aura eines Lebemannes verströmte. Heute war ein solcher. Seine Gestalt wirkte gestraffter und größer als sonst, sein Gesicht strahlte und seine Stimme klang dröhnend wie früher.

„Bisschen spät, tut mir leid!"

Hinter ihm ging sein Faktotum und Fahrer Paul, der wie so oft mit dem Hintergrund zu verschmelzen schien und nur mit besonderer Konzentration wahrnehmbar war. Und am Ende der kleinen Gruppe erschien ein Unbekannter, der sich von allen anderen dadurch unterschied, dass er irgendwie fehl am Platze wirkte. Ob es an seiner verschlissenen Kleidung lag, den ungepflegten Haaren oder am eindeutig aus der Zeit gefallenen weißen Hufeisenbart, konnte man nicht sagen.

„Ich habe den Mann mitgebracht, der den Transporter gefunden hat, Sigmar Schwenke. Hoffentlich ist das okay?", fragte Kröger den Reporter.

„Absolut! Nehmen Sie Platz und bestellen Sie sich Getränke, Herr Schwenke. Sie sind selbstverständlich mein Gast!"

„Danke, gern. Aber sagen Sie Mofa-Siggi zu mir. Das machen alle!" Mit diesen Worten setzte sich der alte Mann mit respektvollem Abstand neben Ben und musterte dessen Kutte neugierig. „Das ist deine Harley da draußen?"

„Jepp."

„Geiles Teil! Ich fahre auch."

Der Rocker erkannte, dass er es mit einem Original zu tun hatte, und ging auf den Smalltalk ein.

„Aha, was denn für eine?"

„Zündapp ZD 25 TS. Aber mit anderen Düsen und größerem Ritzel. Fährt auf gerader Strecke fast 40 Sachen."

„Das ist ja ein richtiger Oldtimer", grinste Ben. „Passt zu dir!"

Bevor das Benzingespräch ausufern konnte, ergriff der Reporter erneut das Wort.

„Da wir jetzt vollzählig sind und Mario in der Küche sicherlich schon mit den Hufen scharrt, will ich jetzt die Ereignisse der letzten Tage mit eurer Hilfe zusammentragen. Jeder hier im Raum hat auf seine Weise dazu beigetragen, den Fall zu lösen."

An dieser Stelle fiel der Blick des Kommissars fragend auf den Prospect der Hounds of Hell. Aber Staller redete bereits weiter.

„Angefangen hat alles mit dem Mord an Joschi auf der Reeperbahn. Das war der Startschuss zu einem äußerst ambitionierten Plan."

Nun rekonstruierte der Reporter die gesamten Ereignisse von da an über die Schießerei im Klubhaus der Rocker, die Geldforderung an die Hounds of Hell, Isas Besuch beim inhaftierten Präsidenten, ihren Auftrag als Geldbotin und die Verwechslung, die zur Verschleppung von Kati geführt hatte. Zwischendurch ergänzten die jeweils Beteiligten Details, sodass die Geschichte am Ende rund war.

„Was die Befreiung meiner Tochter angeht, da danke ich in ganz besonderer Weise Mohammed und Gerd. Ohne euren selbstlosen Einsatz säßen wir jetzt nicht hier."

Die Zuhörer trommelten begeistert auf die Tische, was einen aufgeschreckten Mario auf den Plan rief, der eilig umfangreiche Getränkewünsche aufnahm und in einer Geschwindigkeit wieder verschwand, die niemand seiner kegelartigen Figur zugetraut hätte.

Staller berichtete nun die Einzelheiten über den Austausch des Geldes und die Befreiung von Kati. Besonders Bombach hing dabei an den Lippen des Reporters, schließlich war für ihn vieles davon bisher unbekannt.

„Und jetzt kommt das Finale. In diesem Punkt hat unser ursprünglicher Plan nicht funktioniert."

„Wie sollte der denn aussehen?", wollte Bombach wissen.

„Im Rucksack mit dem Geld war ein winziger Peilsender versteckt. Damit wäre es möglich gewesen, die Entführer mit Abstand zu verfolgen. Aber der ist ja leider bei mir geblieben."

„Und was habt ihr stattdessen gemacht?"

„Die beiden Mitarbeiter, die Mohammed mir mitgegeben hat, haben eine Weltklasse-Beschattung hingelegt. Sie haben den Mercedes nach Hamburg verfolgt, ohne dass sie entdeckt worden sind. Ein bisschen Glück kam allerdings hinzu."

„Was heißt das?"

„Zweimal mussten wir bei der Operation von einer Annahme ausgehen. Wäre sie jeweils nicht eingetroffen, hätten wir sie verloren. Einmal, als wir davon ausgegangen sind, dass die Entführer zurück nach Hamburg fahren. Wären sie nach Bremen gefahren, hätten sie uns ausgetrickst."

„Und die andere Annahme?"

„Die betrifft den Übergabeort des Geldes an den Auftraggeber. Es gibt da eine Lagerhalle in Lurup, in der Mohammeds Mitarbeiter vorher schon ein Treffen observiert hatten. Wir haben darauf gesetzt, dass diese Halle wieder benutzt wird."

„Moment mal!" Der Kommissar war völlig aus dem Häuschen. „Auftraggeber? Übergabe? Soll das heißen, dass du den Hintermann kennst?"

Ausgerechnet in diesem Moment erschien Mario mit einem riesigen Tablett voller Gläser und unterbrach so die Erzählung.

„Scusi, nur eine momentino für kleine Erfrischungen!"

Routiniert verteilte er die Getränke. Alkoholfreies Bier für Bombach, Wasser für Ben und Paul, einen Cocktail mit Schirmchen für Isa, Lütt und Lütt für Mofa-Siggi und ein Glas mit brauner Flüssigkeit, das verdächtig wie Asbach-Cola aussah, für Daddel-Gerd. So schnell, wie er gekommen war, verschwand der Wirt auch wieder. Instinktiv begriff er, dass die Gesellschaft noch Redebedarf hatte.

„Tja, der Hintermann", nahm Staller den Faden der Geschichte wieder auf. „Der hatte wirklich ambitionierte Ziele. Er hat Carlos Fischer engagiert und der hat mit seinen alten Kontakten eine Söldnertruppe zusammengestellt. Ziel: Kontrolle über alle kriminellen Aktivitäten in Hamburg. Dabei ging es nicht darum, die vorhandenen Strukturen zu zerschlagen und zu übernehmen, sondern lediglich um eine Art stille Teilhaberschaft. Um dieses Ziel zu erreichen, wurden zum Beispiel die Hounds massiv unter Druck gesetzt. Der starke Mann – Joschi – wurde ermordet und der Klub durch die Schießerei terrorisiert. Gegen Zahlung von zwanzig Prozent der Einnahmen sollte wieder Ruhe herrschen. Ansonsten sollten die Hounds ausgelöscht werden."

„Das weiß ich doch alles!", schimpfte der Kommissar. „Wer ist denn nun dieser ominöse Hintermann?"

„Geduld, Bommel, immer der Reihe nach. Die Mogilnos mussten auch zahlen. Wer sonst noch im Visier unseres Paten stand, werden wir noch herausfinden müssen. Ich bin sicher, dass wir fündig werden. Aber zurück zu unserem Mercedes mit Fischer und drei seiner Komplizen."

Der Reporter unterbrach seinen Vortrag, um einen Schluck Wasser zu nehmen. Sein Rotweinglas blieb unterdessen unberührt.

„Die Annahme lautete wie gesagt, dass Fischer zu der Lagerhalle in Lurup fahren würde, um sich dort mit seinem Boss zu treffen. Zum Glück ist das auch genau so eingetreten. Vor Ort war ich zwar nicht dabei, aber Isa kann euch sicher berichten, was dann geschehen ist."

„Wie bitte?" Bombach sah aus wie jemand, der seinem eigenen Geist begegnet war. „Was hatte sie denn dort zu suchen?"

„Na, ich hätte es ja nicht rechtzeitig geschafft, nicht wahr? Außerdem wollte ich mich um Kati kümmern. Erzähl mal, Isa, wie ist es gelaufen?"

„Wir waren zuerst bei der Halle", fing die Volontärin ihren Bericht an, wurde aber sofort vom Kommissar wieder unterbrochen.

„Wer ist wir?"

„Ben und ich." Sie grinste den perplexen Fragesteller augenzwinkernd an. „Es gab zwei Eingänge. Jeder von uns hat eine Seite überwacht."

„Das ist doch viel zu gefährlich und absolut verantwortungslos!"

„Auf meiner Seite erschien eine große Limousine mit Chauffeur. Ein Mann stieg aus und verschwand hinter der Seitentür."

„Ziemlich zeitgleich ist von meiner Seite aus der Mercedes mit Fischer und seinen Jungs aufgetaucht und durch das große Tor in die Halle gefahren", ergänzte Ben.

„Und dann fing das ganz große Kino an", platzte Isa dazwischen und bekam glühende Wangen bei der Erinnerung. „Von allen Seiten stürmten Männer in schwarzer Montur heran. Sie überwältigten den Chauffeur, sprengten die Tür und waren blitzschnell in dem Gebäude verschwunden. Das Ganze ging unfassbar schnell. Aus der Halle drang ein Mörderkrach, grelle Blitze drangen durch die Oberlichter und nach einer Minute herrschte Totenstille. Es war unglaublich aufregend."

Bombach warf Mohammed einen finsteren Blick zu.

„Verfügen Sie auch über eine Privatarmee?"

„Ich bin vollständig unschuldig", schmunzelte der Libanese und hob entwaffnend die Hände. „Meine beiden Mitarbeiter haben an der letzten Kreuzung vor der Halle weisungsgemäß die Beschattung eingestellt. Wir hatten nichts mit den weiteren Geschehnissen zu tun."

„Ja, aber …"

„Ich darf vielleicht die Ergebnisse zusammenfassen", mischte Staller sich wieder ein. „Die vier Entführer wurden überwältigt und der Hintermann gefasst. Im Moment werden gerade einige Bewohner eines Hauses in Steilshoop ziemlich unsanft aus ihrem Feierabend gerissen. Dort wohnen nämlich vermutlich die restlichen Söldner aus Fischers Truppe."

„Und ich werde im Anschluss an diese vornehme Veranstaltung ins Klubhaus fahren und meinen Brüdern eine erfreuliche Mitteilung machen können", ergänzte Ben und zog eine Papiertüte hervor. „Die Klubkasse ist wieder gefüllt und der Gegner vernichtet."

„Augenblick, Augenblick!" Bombach konnte nicht folgen. „Bis eben habe ich gedacht, dass dieser Einsatz, wenn er nicht von Mohammed durchgeführt wurde, eine Angelegenheit des MEK gewesen wäre."

„Da hast du auch völlig richtig gedacht", grinste Staller.

„Ja, aber warum bekommen diese Kriminellen dann ihr schmutziges Geld zurück? Und, nebenbei, wieso sitzt ein Verbrecher hier mit uns am Tisch?"

„Ich muss doch sehr bitten, Herr Kollege!", echauffierte sich der Prospect künstlich.

„Herr Kollege?" Dem Kommissar schien heute die Rolle des Begriffsstutzigen auf den Leib geschrieben zu sein. „Was soll das bedeuten?"

„Ben ist von deinen Kollegen als verdeckter Ermittler bei den Hounds of Hell eingeschleust worden. Der Einsatz war außerordentlich erfolgreich, auch wenn ganz andere Verbrecher dingfest gemacht worden sind als geplant", erklärte der Reporter. „Aber deswegen muss der ursprüngliche Auftrag ja nicht vergessen werden. Wenn er dem Klub das Geld zurückbringt, dürfte sein Standing sich eher verbessern. Ich nehme an, dass ihm das die Vollmitgliedschaft einbringt. Und damit steigen die Chancen, dass ihr den Klub auch noch hochnehmen könnt."

„Aber die Hounds werden fragen, wie er an das Geld gekommen ist. Die Polizei händigt doch einem Rocker nicht die Kohle aus, die sie bei einem Einsatz sicherstellt! Das macht den Klub doch misstrauisch."

„Nö", stellte Ben kurz fest. „Ich weiß offiziell von Mike, dass ihr Fischer und seinen Jungs schon auf der Spur wart. Deshalb habe ich die Kohle gegen Falschgeld getauscht. Das echte bringe ich zurück mit der Nachricht, dass es keine weiteren Geldforderungen mehr geben wird. Alle sind glücklich."

Bombach hatte Mühe, all diese für ihn neuen Informationen zu verdauen. Deshalb dauerte es einige Sekunden, bis er seine nächste Frage abfeuerte.

„Und wer ist nun dieser geheimnisvolle Hintermann?"

„Das wird dich jetzt wirklich umhauen", mutmaßte Staller. „Sagt dir der Name Norman Schrader etwas?"

„Klar, der Baulöwe. Stinkreich, dick im Geschäft und dazu auch noch Everybody's Darling, weil er der Engel der Mühseligen und Beladenen ist. Warum, was ist mit dem?"

„Er ist es."

„Er ist was?"

„Der Hintermann."

Es gelang dem Kommissar nicht, ein neues Level an Überraschung zu zeigen, aber er hielt das alte ausgesprochen konstant.

„Was?!"

„Ja."

„Der?"

„Jawohl."

„Nein!"

„Doch!"

„Ooh!", machte Kati und alles lachte.

„Das glaube ich nicht." Mittlerweile war Bombach wieder zu einfachen Sätzen fähig.

„Nun, immerhin wurde er mit zwei erpressten Geldpaketen im Arm verhaftet. Vermutlich wird eine kleine Armee von Anwälten versuchen, das zu zerpflücken, aber die Ausgangslage für ihn ist nicht so gut. Und irgendeiner der Söldner wird bestimmt singen, wenn die Staatsanwaltschaft mit einem Deal ankommt."

„Warum macht der das? Der hat das doch überhaupt nicht nötig!" Der Kommissar konnte es immer noch nicht fassen.

„Das kennt man doch", erklärte Gerd Kröger. „Je mehr die Leute besitzen, desto mehr wollen sie haben. Die großen Verbrecher tragen doch heute alle Anzug, die Hanseatentöchter lassen sich Knasttattoos stechen und Bullen tragen neuerdings Kutten von Rockerklubs. Das ist doch nicht mehr meine Welt. Prost!" Er hob sein Glas und leerte es in einem Zug. Dann röhrte er zur Tür: „Mario, machst du noch einen Asbach-Cola?"

Alle lachten, bis auf Paul, der seinem Boss einen missbilligenden Blick schenkte. Isa lehnte sich an Bens Schulter und bemerkte leichthin: „Ich habe übrigens Aufnahmen von dem Einsatz. Alles mit dem Handy gefilmt. Wenn wir also einen Bericht machen wollen …"

„Mit nichts anderem habe ich gerechnet", lachte Staller. „Nachdem jetzt so weit alle offenen Fragen geklärt wären, könnte Mario eigentlich servieren."

Wie aufs Stichwort erschien der Angesprochene und schob gleich einen ganzen Servierwagen voller Köstlichkeiten vor sich her. Auf dem Weg zum Tisch stellte er das bestellte Glas vor Daddel-Gerd ab. „Signore, un Asbach-Cola!"

Stallers Handy klingelte. Gut gelaunt nahm er den Anruf an.

„Hallo Sonja, wie geht's dir?" Dann hörte er eine Zeit lang nur zu, bevor er weitersprach. „Nein, nichts Besonderes, hier ist alles wie immer."

Das darauf folgende Gejohle im Raum hätte man zur Not auch ohne Telefon bis Amerika hören können.

Dear constant reader,

wer hätte vorausgesehen, was da im letzten Jahr mit uns allen passiert ist? Eine weltumspannende Pandemie drückt der Menschheit ihren Stempel auf, brutal, unnachgiebig und mit persönlichen Auswirkungen für jeden Einzelnen. Abstände, Mundschutz und Desinfektion gehören momentan und vielleicht für lange Zeit zum Alltag.

Nur nicht für Bommel und Mike. Warum nicht?
Der erste Grund ist schrecklich simpel. Anfang März, als das Thema in den Fokus rückte, war schon ein guter Teil des neuen Bandes geschrieben. Der Gedanke, diese etwa 180 Seiten neu und coronagerecht zu gestalten, schreckte mich ab.

Dann habe ich mir alles noch einmal in Ruhe durch den Kopf gehen lassen und kam zu dem Schluss, dass Du das vielleicht auch gar nicht lesen willst. Vermutlich kämpfst auch Du, liebe Stammleserin, lieber Stammleser, mit den Tücken des Alltags. Wenn Du dann in Deinem Lieblingssessel sitzt und Mikes neues Abenteuer aufschlägst, soll das für Dich eine Reise in eine unbeschwertere Zeit sein. Ohne Mindestabstand. Ohne Mario mit einer Flasche Desinfektionsmittel in der Hand. Ohne Nachfragen, weil Mike seinen Interviewpartner unter der Maske nicht verstanden hat. In der Fiktion hat das zum Glück keine negativen Folgen.

Im Alltag werden wir uns vermutlich noch für längere Zeit an besondere Regeln halten müssen. Manchmal fällt das nicht leicht. Aber es dient einem guten Zweck. Wir schützen damit unsere Mitmenschen. Und eins zeigen uns Mike und Bommel ja immer wieder: Man kann sich auf den Arm nehmen, ärgern und auch mal fluchen. Aber wenn die Lage ernst wird, dann halten die beiden zusammen wie Pech und Schwefel. Das sollten wir auch tun. Selbst, wenn es schwer fällt. Ich möchte nämlich, dass wir uns wiederlesen.

Also, pass gut auf Dich und Deine Lieben auf und bleib gesund!

Januar – Oktober 2020
Chris Krause